HET GELUK VAN CAVENDON HALL

HET GELUK *van* CAVENDON HALL

BARBARA TAYLOR BRADFORD

Vertaling Monique de Vré

HarperCollins

Voor dit boek is papier gebruikt dat onafhankelijk is gecertificeerd door FSC™
ten behoeve van verantwoord bosbeheer.
Kijk voor meer informatie op www.harpercollins.co.uk/green

HarperCollins is een imprint van Uitgeverij HarperCollins Holland, Amsterdam

Oorspronkelijke titel: *The Cavendon Luck*

Vertaling: Monique de Vré
Omslagontwerp: bij Barbara
Omslagbeeld: © Ilina Simeonova/Trevillion Images
Zetwerk: Mat-Zet B.V., Soest
Druk: CPI Books GmbH, Germany

Vertaling *Koning Richard de Tweede* uit: *De werken van William Shakespeare, deel III*, vertaling dr. L.A.J. Burgersdijk, 1885, Uitgeverij E.J. Brill, Leiden

ISBN 978 94 027 0163 0
ISBN 978 94 027 5591 6 (e-book)

NUR 342
Eerste druk juni 2018

Originele uitgave verschenen bij HarperCollins Publishers Limited, UK
HarperCollins Holland is een divisie van Harlequin Enterprises Limited

www.harpercollins.nl

Voor Bob, met al mijn liefde, voor altijd

Inhoud

De personages

BOVEN

DE INGHAMS IN 1938

Charles Ingham, zesde graaf van Mowbray, 69 jaar oud. Eigenaar en beheerder van Cavendon Hall. Wordt aangesproken met 'Lord Mowbray'.
Hij is nu getrouwd met Charlotte Swann, 70 jaar oud, die de zesde gravin van Mowbray is.

DE KINDEREN VAN DE GRAAF EN ZIJN EERSTE VROUW, FELICITY, DIE INMIDDELS OVERLEDEN IS

Miles Ingham, erfgenaam van de grafelijke titel, 39 jaar oud. Hij staat bekend als de 'Honourable Miles Ingham' en is getrouwd met Cecily Swann, die 37 is. Ze hebben drie kinderen: de negenjarige erfgenaam van Miles, David, de zevenjarige Walter en de vijfjarige Venetia. Miles beheert landgoed Cavendon. Cecily reist heen en weer tussen Cavendon en hun huis in Londen om haar modebedrijf te leiden.
Lady Diedre Ingham Drummond, oudste dochter, 45 jaar oud. Ze is weduwe en woont in Londen met haar zoon Robin, die 11 is. Ze werkt weer bij het ministerie van Oorlog. Ze gaan in het weekend naar Cavendon, waar ze hun eigen appartement hebben.
Lady Daphne Ingham Stanton, tweede dochter, 42 jaar oud. Ze is nog steeds gehuwd met Hugo Ingham Stanton, die 57 is. Ze wonen permanent met hun vijf kinderen in de zuidvleugel van Cavendon Hall.
Lady DeLacy Ingham, derde dochter, 37 jaar oud, woont in Londen en op Cavendon. DeLacy is na haar scheiding van Simon Powers, jaren geleden, niet hertrouwd en heeft haar meisjesnaam weer aangenomen.

Lady Dulcie Ingham Brentwood, vierde dochter, 30 jaar oud. Ze woont in Londen en op Cavendon. Ze is getrouwd met Sir James Brentwood, 45 jaar oud, een van de beroemdste acteurs in Engeland, die door koning George VI geridderd is. Ze hebben drie kinderen: de negenjarige tweeling Rosalind en Juliet, en een zoon van zes, Henry.

De vier dochters van de graaf worden door het personeel nog steeds vertederd 'de vier D's' genoemd.

De kinderen van Lady Daphne en Mr. Hugo Stanton zijn Alicia, 24 jaar oud, Charles, 20 jaar oud, de tweeling Thomas en Andrew, 17 jaar oud, en Annabel, die 14 is.

ANDERE INGHAMS

Lady Vanessa Ingham Bowers, zus van de graaf, 59 jaar oud. Ze is gehuwd met Richard Bowers, die 58 is. Ze wonen in Londen en in Skelldale House op het landgoed, dat Lady Vanessa heeft geërfd van haar overleden zus Lady Lavinia Ingham Lawson.

Lady Gwendolyn Ingham Baildon, weduwe, tante van de graaf, 98 jaar oud; woont in Little Skell Manor op het landgoed. Ze was gehuwd met wijlen Paul Baildon.

De Honourable Hugo Ingham Stanton, neef van de graaf, 57 jaar oud. Hij is de volle neef van Lady Gwendolyn, de zus van zijn overleden moeder. Hij is gehuwd met Lady Daphne.

NOCH BOVEN, NOCH BENEDEN

DE TWEEDE FAMILIE: DE SWANNS

De familie Swann dient de familie Ingham al 185 jaar, met als gevolg dat hun levens in veel opzichten verweven zijn geraakt. De leden van deze familie wonen al generaties lang in het dorp Little Skell, grenzend aan het park van Cavendon. De huidige Swanns zijn de Inghams nog even toegewijd en trouw als hun voorouders, en ze zouden ieder lid van de familie met hun leven verdedigen. De Inghams vertrouwen hen onvoorwaardelijk, en omgekeerd geldt hetzelfde.

DE SWANNS IN

Walter Swann, kamerdienaar van de graaf, 60 jaar oud. Hoofd van de familie Swann.

Alice Swann, zijn vrouw, 57 jaar oud. Een kundig naaister die nog steeds kleding naait voor de dochters van Lady Daphne.

Harry, hun zoon, 40 jaar oud. Voormalig leerling-tuinman op Cavendon Hall; beheert nu samen met Miles het landgoed.

Cecily, hun dochter, 37 jaar oud. Ze is getrouwd met Miles en is een wereldberoemd modeontwerpster.

ANDERE SWANNS

Percy, de jongere broer van Walter, 57 jaar oud. Hoofdjachtopzichter op Cavendon.

Edna, de vrouw van Percy, 58 jaar oud. Verricht af en toe werkzaamheden op Cavendon.

Joe, hun zoon, 37 jaar oud. Werkt met zijn vader als jachtopzichter.

Bill, neef van Walter, 52 jaar oud. Hoofdtuinman op Cavendon. Hij is weduwnaar.

Ted, neef van Walter, 63 jaar oud. Hoofd onderhoudsdienst en timmerwerkplaats op Cavendon. Weduwnaar.

Paul, zoon van Ted, 39 jaar oud, werkt met zijn vader als onderhoudsman en timmerman op Cavendon.

Eric, broer van Ted, neef van Walter, 58 jaar oud. Butler in het huis van Lord Mowbray in Londen. Ongehuwd.

Laura, zus van Ted, nicht van Walter, 51 jaar oud. Huishoudster in het huis van Lord Mowbray in Londen. Ongehuwd.

Charlotte, tante van Walter en Percy, 70 jaar oud. Nu zesde gravin van Mowbray. Charlotte is de matriarch van de familie Swann en Ingham.

Ze wordt door iedereen met veel respect bejegend. Charlotte was de secretaresse en persoonlijk assistent van David Ingham, de vijfde graaf, tot hij stierf. Ze is in 1926 met de zesde graaf getrouwd.
Dorothy Pinkerton, meisjesnaam Swann, 55 jaar oud, nicht van Charlotte. Ze woont in Londen en is getrouwd met Howard Pinkerton, voormalig rechercheur bij Scotland Yard. Ze werkt bij Cecily in haar bedrijf, Cecily Swann Couture.

BENEDEN

Mr. Henry Hanson, butler
Mrs. Jean Weir, huishoudster
Miss Susie Jackson, kokkin
Mr. Gordon Lane, onderbutler
Mr. Ronald Gorme, tweede bediende
Miss Kate Smithers, eerste dienstmeisje
Miss Brenda Caine, tweede dienstmeisje
Mr. John Goff, chauffeur

ANDERE WERKNEMERS

Miss Angela Chambers, kinderjuf van Cecily's kinderen; wordt meestal met 'Nanny' of 'Nan' aangesproken.
Miss Eileen Marks, de gouvernante, wordt meestal aangesproken met 'Miss Marks'. De gouvernante verblijft 's zomers niet op Cavendon. De kinderen krijgen thuis les.

HET BUITENPERSONEEL

Een groot landhuis als Cavendon Hall, met zijn duizenden hectaren land en een enorm korhoenderheidegebied, heeft mensen uit de directe omgeving in dienst. Behalve dat het een grote familie huisvest, is dit ook de reden van zijn bestaan. Het biedt werkgelegenheid aan de plaatselijke dorpsbewoners en land aan de plaatselijke pachtboeren. De dorpen die Cavendon omgeven, zijn door diverse graven van Mowbray gebouwd om hun werknemers te huisvesten. Ook zijn er kerken en scholen gebouwd, en later postkantoren en kleine winkels. De dorpen om Cavendon zijn Little Skell, Mowbray en High Clough.

Er is een groot aantal mensen dat buiten werkt: een hoofdjachtopzichter plus nog vijf jachtopzichters, drijvers en flankeurs die werken wanneer het seizoen van de korhoenderjacht begint en de jagers op Cavendon arriveren om aan de jacht mee te doen. Anderen die buiten werken, zijn de houtvesters, die het omringende bos verzorgen voor de jacht in het laagland in bepaalde perioden van het jaar. Het park wordt verzorgd door een hoofdtuinman en vijf tuinlieden die onder hem werken.

Het seizoen van de korhoenderjacht begint op 12 augustus, de zogeheten *Glorious Twelfth*. Het eindigt in december. De patrijsjacht begint in september. Dan wordt er op eenden en wilde vogels gejaagd. De fazantenjacht begint op 1 november en gaat door tot en met december. De mannen die op Cavendon komen jagen, zijn meestal aristocraten en worden altijd *the Guns* genoemd, omdat ze met geweren schieten.

Deel een

De Inghams en de Swanns 1938

Voorspellingen

Ketellapper, kleermaker,
Soldaat, zeeman,
Rijke man, arme man,
Bedelaar, dief.

Oud Engels kinderversje

Hoofdstuk 1

Cecily Swann Ingham stond op de treden voor het kantoorgebouw van Cavendon Hall en keek om zich heen. Wat een weersomslag, dacht ze. Na een sombere, bewolkte ochtend was het een stralende middag geworden.

Blauwe hemel, geen wolken. Schitterend zonlicht dat door het gebladerte van de bomen filterde. Een perfecte dag aan het eind van de maand juli. Er gleed even een glimlach van genoegen over haar gezicht.

Ze liep de treden af en stak het stalerf over, naar het onverharde pad dat door het park van Cavendon naar het dorp Little Skell leidde.

Terwijl ze voortstapte, moest Cecily plotseling denken aan de verjaardag van haar zoon eerder die maand. Het had die dag gegoten, waardoor hun plannen voor het tuinfeest in het water waren gevallen. Uiteindelijk hadden ze het binnenshuis gevierd. Ze wenste dat het zo'n prachtige dag als deze was geweest. Maar David had niet zo'n moeite met het weer gehad. Hij was negen geworden en hij had van ieder moment genoten, net als zijn broer Walter, die zeven was, en hun zus Venetia, die vijf was. Het was voor de familie een vreugdevolle dag geweest, en dat deed er het meest toe: het plezier dat ze aan de feestelijkheden beleefden, en aan wat Miles 'het bijeenkomen van de clan' noemde.

Toen ze later die nacht in bed lagen, had Miles haar naar zich toe getrokken en zich hardop afgevraagd waar al die jaren waren gebleven. Ze had gezegd dat ze het niet wist en had hem eraan herinnerd dat de tijd altijd vloog wanneer ze samen waren.

Hij had gelachen en haar nog dichter tegen zich aan getrokken en haar haar gestreeld. Even later had ze eraan toegevoegd dat ze het druk hadden gehad met het opvoeden van drie kinderen, het beheren van hun afzonderlijke zaken en het in stand houden van Cavendon.

Ze herinnerde zich dat hij had gezegd hoe dankbaar hij voor alles was, zijn armen om haar heen had geslagen en zich toen, haar kussend en teder strelend, op haar had laten glijden. Algauw waren ze aan het vrijen met dezelfde opwinding en vreugde die ze altijd hadden gekend.

Nu die nacht haar zo duidelijk voor de geest stond, vroeg ze zich plotseling af of hij haar op de negende verjaardag van haar zoon zwanger had gemaakt. Ze hadden elkaar zo intens begeerd. Het was een hartstochtelijke nacht geweest.

De gedachte aan zwangerschap bleef hangen. Ze was zevenendertig. Als ze inderdaad zwanger was, dan was dat maar zo. Ik moet aan een nieuw kind denken als een geschenk, want mijn vruchtbare jaren zullen binnenkort voorbij zijn. Maar een kind krijgen met een oorlog in het verschiet? Deze gedachte baarde haar zorgen, maar ze duwde haar weg en liep haastig door naar het dorp. Haar geest richtte zich nu op de bergen werk die zij en Miles hadden verzet om Cavendon Hall in stand te houden en de familie te behoeden. Haar broer Harry had zich er ook in vastgebeten, evenals haar vier schoonzussen. Het waren in veel opzichten zware jaren geweest.

Ze hadden stuk voor stuk allerlei offers gebracht en hadden herhaaldelijk hun eigen geld ingelegd om de zaak draaiende te houden.

Maar het was hun gelukt!

De Inghams en de Swanns hadden met hun gezamenlijke inzet wonderen verricht. Cavendon was nu op de goede weg en liep geen gevaar meer.

Maar toch was er, ook vandaag, die afschuwelijke kleine knoop in haar maag. Cecily had die eerder toegeschreven aan haar zorgen om Harry, plus die om Greta, haar secretaresse, maar ze wist instinctief dat geen van beiden de echte reden voor haar ongerustheid was.

Het was iets heel anders, en het zat haar constant dwars, knaagde aan haar, bezorgde haar slapeloze nachten.

Duitsland begon met zijn dreigende Derde Rijk een reusachtige schaduw over Groot-Brittannië te werpen, zoals het al zo lang over Midden-Europa deed. En dat maakte haar gespannen. Het Rijk was sinister en gevaarlijk, en er hing een dreiging van oorlog in de lucht. Cavendon zou gevaar lopen als er een invasie kwam... Het hele land zou gevaar lopen. Net als Europa. Net als de hele wereld eigenlijk. Dat begreep ze maar al te goed.

Toen Cecily bij de ommuurde rozentuin kwam, stond ze stil en duwde toen de zware eikenhouten deur open en liep de treetjes af. Ze werd meteen omgeven door de geur van laatbloeiende zomerrozen. Ze ademde diep in en ging op een ijzeren tuinstoel zitten. Ze leunde achterover en sloot haar ogen, in een poging even te ontspannen.

Deze prachtige oude tuin was al eeuwenlang niet veranderd; hij was voor haar een verstild toevluchtsoord, al sinds haar jeugd. Ze zat hier bijna iedere dag, al was het maar een paar minuten. Ze was dol op de geur van de rozen, de vredige sfeer achter de hoge bakstenen muren. Deze plek kalmeerde haar bezwaarde gemoed, hielp haar haar geest helder te maken, haar zorgen op een rij te zetten.

Haar gedachten gingen naar haar moeder. Cecily wist dat ze druk bezig was zich voor te bereiden op oorlog, samenwerkte met de vrouwen in de drie dorpen, die lid waren van het Women's Institute. Het werd geleid door Charlotte, die voorzitter was, en bestond uit een verbazingwekkende verzameling dorpsvrouwen, die oplossingen hadden aangedragen om het leven gemakkelijker te maken als er inderdaad oorlog kwam.

'Natuurlijk komt die,' mompelde Cecily voor zich uit. De premier, Neville Chamberlain, meende dat hij Adolf Hitler gunstig kon stemmen, hoewel die Oostenrijk al geannexeerd had en zijn oog had laten vallen op Sudetenland in Tsjechoslowakije.

Winston Churchill, daarentegen, begreep hoe zinloos en vreselijk gevaarlijk een politiek van verzoening was en bleef de regering voorhouden dat er oorlog op komst was. Churchill had gelijk, daar was ze van overtuigd, hoe afschuwelijk die gedachte ook was.

Het gebrom van een laagvliegend vliegtuig onderbrak Cecily's gedachten, en ze sprong overeind en hief haar hoofd naar de blauwe lucht, en meteen verdween die eerste angstflits.

Op het vliegtuigje stond niet het embleem van nazi-Duitsland, de swastika.

Het was dat van Noel Jollion, de negentienjarige zoon van commandant Edgar Jollion van de Royal Navy, die aan de andere kant van het dorp Mowbray woonde, vlak bij High Clough. De commandant had in een lang weiland op zijn land bij Burnside Manor een landingsbaan aangelegd, omdat zijn zoon dol was op vliegen.

Cecily ging weer op de tuinstoel zitten en probeerde haar zorgen over de oorlog van zich af te zetten. Maar deze middag vond ze dat moeilijk. Ze lieten haar niet los.

De week ervoor had Hanson haar en Miles meegenomen naar de reusachtige kelders van Cavendon en hun de voorbereidingen voor de oorlog laten zien waarmee hij was begonnen.

De kelders, met hun gewitte muren en geveegde vloeren, waren altijd fris en schoon. Hanson had hun op een stapel veldbedden gewezen die hij uit de opslag had gehaald. Er stonden banken, leunstoelen en tafeltjes, die allemaal op zolder hadden gestaan. De graaf had hem opgedragen de kelders zo comfortabel mogelijk te maken, voor het geval ze erin zouden moeten leven. Ook zouden alle schilderijen en andere kunstvoorwerpen in de kluisgewelven worden geplaatst zodra Groot-Brittannië en Duitsland elkaar de oorlog verklaarden, had hij hun verteld.

Het scheen haar toe dat Hanson zoals gewoonlijk heel efficiënt was geweest. Er stond zelfs een koelkast, die was gekocht bij Harrods en door een Harrods-bestelwagen was bezorgd. Wat zouden ze zonder Hanson moeten beginnen? Hij zou in december eigenlijk met pensioen moeten gaan. Hij was zesenzeventig en al vijftig jaar bij Cavendon in dienst. Ze hoopte vurig dat het niet zou gebeuren. Hij leek nog topfit, en ze hadden hem nodig.

Met tegenzin verliet Cecily haar toevluchtsoord en vervolgde haar weg naar het huis van haar ouders in het dorp. Maar eerst zou ze langsgaan bij de woonwagen waarin Genevra woonde. Ze moest met haar praten.

Hoofdstuk 2

Toen Cecily de bocht in het onverharde pad om kwam, zag ze Genevra meteen – ze zat op het trapje van de wagen op haar te wachten. Ze had zoals gewoonlijk een oude jurk uit Cecily's modezaak aan, die haar door Cecily's moeder was gegeven. Hij was van rood-wit gestreept katoen, een zomerjurk, en hij stond haar goed.

De zigeunerin stak haar hand op en zwaaide.

Glimlachend zwaaide Cecily terug. Ze merkte op dat er een houten stoel voor haar klaarstond. Dat attente gebaar deed haar plezier.

Genevra had een opgewonden uitdrukking op haar gezicht en straalde iets verwachtingsvols uit. Ze was negenendertig, even oud als Miles, maar dat zag je niet aan haar, ze leek veel jonger. Ze was nog steeds een knappe vrouw, donker, exotisch, en haar weelderige haar was nog even ravenzwart als in haar jeugd.

Toen ze vijf jaar eerder hun wagens naar het lagergelegen veld hadden verplaatst, had Genevra Cecily voor het eerst in haar wagen uitgenodigd om een glas muntthee te drinken. Omdat Cecily haar niet had willen kwetsen en zich verplicht had gevoeld de uitnodiging aan te nemen, was ze naar binnen gegaan, en ze had er tot haar grote verbazing een schatkamer aangetroffen.

Genevra was schilderes, en wel een met talent. De schilderijen aan de wanden van het bijzonder nette woongedeelte hadden Cecily met stomheid geslagen. Het waren merendeels landschappen van Cavendon, uitgevoerd in heldere, levendige kleuren. Later had DeLacy haar verteld dat ze zouden worden gekenmerkt als naïeve kunst.

Toch hadden ze stijl, een unieke eigen stijl. 'Genevra's stijl' noemde Cecily hem. De schilderijen waren krachtig, indrukwekkend, vingen meteen je blik. Maar wat nog boeiender was, was de gloed die over de felle kleuren lag, een vreemde glans op het doek.

Cecily had algauw ontdekt dat Genevra al schilderde sinds ze klein was. Haar broer Gervaise had haar aangemoedigd, en toen ze ouder werd, had hij doeken en olieverf voor haar gekocht wanneer hij zich dat kon veroorloven. Ze was volledig autodidact, een begenadigd natuurtalent.

Cecily had meteen gevraagd of ze er een mocht kopen. Genevra had geweigerd en haar in plaats daarvan een schilderij als geschenk aangeboden. Ten slotte had Cecily er een uitgekozen dat veel in haar losmaakte, haar veel zei. Op het schilderij stond een hoek van de hoge muur in de rozentuin met een overdaad aan laatbloeiende rozen – een mengeling van verschillende tinten roze en verbleekt rood tegen een achtergrond van grijze steen.

Genevra liep het trapje af om Cecily te begroeten; zoals altijd maakte ze een kniebuiginkje, als een soort eerbetoon, terwijl ze Cecily's uitgestrekte hand in de hare nam.

'Ik heb een stoel klaargezet, Mrs. Miles,' zei Genevra, op de houten stoel wijzend.

'Dank je,' zei Cecily zacht, en ze ging zitten.

Genevra nam haar plaats op het trapje weer in.

Cecily staarde Genevra met gefronste wenkbrauwen aan. Ze vond haar er niet zo best uitzien, een beetje vermoeid ook. 'Je bent toch niet weer ziek geweest?' vroeg ze bezorgd. Ze had haar tien dagen niet gezien.

Genevra glimlachte flauwtjes. 'Nee, niet ziek. Maak het góéd.'

'Je ziet er wat pips uit.'

'Ik ben niet ziek, kleine Cecily,' mompelde Genevra, haar opnemend met een alwetende blik. 'Ik zou de eerste zijn die dat wist. En dan vertel ik het aan jou, en dan ben jij de tweede die het weet. Ik ga niet dood. Nog niet.'

'Niet boos zijn. Ik geef om je, Genevra.'

'*Aye.* Dat weet ik, Mrs. Miles.'

'Ik ga dinsdag met Miles weg. We gaan op bezoek bij Lady Daphne en Mr. Hugo in Zürich. Als je iets nodig hebt terwijl ik weg ben, zal mijn moeder je helpen.' Ze glimlachte naar haar. 'Je hoeft alleen maar bij haar langs te gaan.'

Genevra knikte. 'Je gaat op vakantie. Dat heeft Mrs. Alice me verteld.'

'Twee weekjes maar. Miles heeft rust nodig...' Cecily hield op met praten. Ze had plotseling een vreemde uitdrukking op Genevra's gezicht gezien. 'Wat is er? Is er iets?'

'Ik zie dingen. Het overkomt me gewoon. Dat weet je.'

Cecily knikte, hield zich stil. Na al die jaren wist ze dat ze zich niet moest verroeren. En haar mond moest houden.

'Je zult dapper moeten zijn, kleine Ceci, zoals je altijd bent geweest. Er zullen mensen doodgaan. Er komt oorlog. Een grote oorlog. Slechte tijden. Er gaan verschrikkelijke dingen gebeuren.' De zigeunerin stokte, sloot haar ogen. Even later deed ze ze open en voegde eraan toe: 'Je zult op Cavendon heersen. Dat heb ik altijd geweten.'

'Waarom nu?' vroeg Cecily met een frons in haar voorhoofd.

'Wat bedoel je?' Genevra staarde Cecily aan.

'Waarom vertel je me dat nú? Meestal ben je nogal terughoudend, niet altijd zo openhartig.'

'Omdat ik weet dat jij me gelooft, mijn voorspellingen voor waar aanneemt... ze begrijpt.'

'Ja, dat is waar, Genevra.'

'De toekomst. Die zal van jou zijn, Ceci. En je zúlt heersen.'

'Met Miles?'

Genevra gaf geen antwoord; ze staarde naar Cavendon Hall, dat hoog op de heuvel boven hen stond. Het huis in de gouden gloed, glanzend in het zonlicht. Een gezegend huis.

'Wanneer je zo vreemd klinkt, begrijp ik niet zo goed wat je bedoelt,' protesteerde Cecily, Genevra's starende blik beantwoordend.

'Er komen slechte tijden.'

'Heb je het dan over de oorlog?'

Genevra hield haar hoofd scheef. 'Het léven. Zware tijden. Slechte tijden. Dood, vernieling, verdriet, pijn. Veel leed. Het komt allemaal.'

Genevra wendde haar hoofd af en keek nogmaals naar Cavendon. Onverwachts vulden haar ogen zich met tranen. De gouden gloed die de muren meestal verguldde, was verdwenen. Het goudgele licht was weg. Er rustte doem op het huis. Het grote landhuis was in schaduwen gehuld... schaduwen die steeds donkerder werden. Ze sloot haar ogen en voor haar geestesoog zag ze reusachtige zwarte wolken om het dak zweven. Ze hoorde donderslagen, zag witte bliksemflitsen.

Na een poosje deed Genevra haar ogen weer open en zei zacht: 'Tumúlt. Cháos.' Ze schudde haar hoofd, zweeg en veegde met haar vingertoppen haar tranen weg.

Er viel een lange stilte.

Genevra glimlachte flauwtjes. 'Swanns zullen heersen.'

Cecily zei: 'Cavendon heeft de afgelopen jaren voorspoed gekend. Dat blijft toch zo? Er zal toch niets veranderen?'

'Altijd verandering. Voorspoed. Tegenspoed.' Genevra schudde haar hoofd en boog zich voorover; haar blik werd indringend. 'Geluk komt. Geluk gaat. Niemand weet het... Niemand kan bepalen of hij voor- of tegenspoed krijgt... dat bepaalt het leven. Je kunt er niets aan veranderen, kleine Ceci. Begrijp je me?'

'Ja, Genevra, en dank je wel.'

Hoofdstuk 3

De voordeur vloog plotseling open, en Alice schrok op en sprong meteen overeind toen Cecily met een brede glimlach op haar gezicht binnenkwam. Cecily liep snel op haar moeder af en kuste haar, terwijl ze haar stevig omhelsde.

'Het spijt me dat ik te laat ben, mam,' zei ze; daarna keerde ze zich om en sloot de deur achter zich.

'Geeft niet, Ceci, ik was alleen maar wat administratie aan het doen,' zei Alice, en moeder en dochter liepen samen de kamer in. Ze gingen in twee leunstoelen zitten die tegenover elkaar stonden, en Alice zei: 'Je ziet er vandaag schattig uit, liefje, maar lichtroze heeft je altijd goed gestaan.'

'Bedankt, ik weet het. U ziet er zelf ook mooi uit, mam.'

'Uiteraard. Ik heb een jurk aan die mijn dochter voor me heeft gemaakt. Ik vind hem leuk en hij zit lekker en hij is koel op een warme dag als vandaag.'

'Ik heb er een nieuwe versie van gemaakt, ook van katoen,' vertrouwde Cecily haar toe. 'Een soort wikkeljurk, bijna als een peignoir, en je kunt hem aan één kant dichtstrikken. Ik maak voor de wintercollectie iets in dezelfde stijl van lichte kasjmier. Ik zal er een paar voor u meenemen wanneer ze klaar zijn.'

'Bedankt, liefje, je bent altijd zo attent.'

'Doe niet zo raar. U bent mijn moeder, u mag van me hebben wat u maar wilt. Maar goed. Toen we elkaar gisteren aan de telefoon hadden, zei u dat u een plan had. Wat voor plan?'

'Ik wil een gemeenschappelijke moestuin aanleggen voor het dorp. Ik ben meteen naar tante Charlotte gegaan en heb om een stuk grond gevraagd. Ze heeft het aan de graaf gevraagd, en hij vond het een geweldig idee, heel praktisch, en hij heeft me direct een stuk grond gegeven.'

Alice knikte terwijl ze haar zin afmaakte en keek zelfingenomen. 'Het is al geregeld. Zo eenvoudig was het – ik hoefde het alleen maar te vragen.'

Alice stond op en wenkte Cecily. 'Kom mee naar mijn bureau en schuif een stoel bij. Ik wil je de indeling laten zien.'

Even later zaten ze samen voor het bureau van Alice, waar de papieren van haar Women's Institute lagen uitgespreid, samen met de gedetailleerde plattegrond van het veld dat de gemeenschappelijke moestuin zou worden. De grond zou beplant en verzorgd worden door vrijwilligers.

Cecily keerde zich naar Alice en zei: 'Het is zeker een praktisch idee. Voedsel zal een probleem worden als er oorlog komt.'

'Wanneer er oorlog komt,' corrigeerde Alice haar.

'Maar al te waar,' stemde Cecily in, en toen zei ze op ietwat vreemde toon: 'U had ook Miles om een stuk grond kunnen vragen, of zelfs uw zoon. Harry runt toch met Miles het landgoed?'

'Je hebt gelijk, dat had ik kunnen doen, Ceci. Maar ik denk dat dat niet juist was geweest. De zesde graaf blijft de zesde graaf; hij is nog niet dood en het is zijn land. Ik vond het niet meer dan fatsoenlijk om hem te benaderen, via tante Charlotte.'

'Nu begrijp ik het, mam,' antwoordde Cecily, en ze lachte Alice warm toe.

Ze keek naar het grote vel papier en zag hoe slim het stuk grond was ingedeeld om als moestuin te fungeren.

Elk vierkant lapje grond was aangegeven, en de naam van de groente die erin geteeld zou worden, stond erin geschreven. 'Aardappelen, wortelen, pastinaken,' las Cecily hardop. 'Uien, spruitjes, kool, bloemkool...' Ze hield op, lachte plotseling en schudde haar hoofd. 'U bent een meester in het plannen, mama! Harry zal zijn talent voor tuinieren en landschapsinrichting wel van u hebben.'

'Hemeltje, nee, hij is er zoveel knapper in dan ik,' protesteerde Alice, en toen draaide ze zich om in haar stoel. Ze keek haar dochter veelbetekenend aan. 'Heb je al met Harry gesproken? Over die... persoon... je weet wel.'

Cecily schudde nee en antwoordde zacht: 'Nee. Het is de bedoeling dat we elkaar later op de middag zien.'

'Zijn affaire met die scandaleuze vrouw begint uit te lekken!' riep Alice uit, plotseling boos klinkend. 'Hij denkt dat het een groot geheim is, maar dat is niet zo, en je vader weet er nu ook van. Hij is woedend. Je weet hoe een grote hekel *his lordship* aan schandalen heeft. En een schandaal zal er komen rond je broer.'

'Ik ben het helemaal met u eens, mama, maar het is een volwassen vent. Veertig jaar oud, om precies te zijn. Hij zal tegen me zeggen dat het me niks aangaat.'

'Maar je gaat wel met hem praten?' Alice klonk ongerust, en er lag een bezorgde blik in haar ogen.

'Ja, dat beloof ik. Morgen zal ik het doen,' stelde Cecily haar moeder gerust.

Alice knikte en tuitte haar lippen. Ze klonk gelijkmoediger en rustiger toen ze zei: 'Hij zou beter moeten weten dan zich met haar in te laten. Pauline Mallard is een getrouwde vrouw. Bovendien is ze een Amerikaanse erfgename die in mondaine kringen verkeert en een luxeleventje leidt in Londen en New York. En nu in Harrogate. Maar ik neem aan dat je dit allemaal al weet.'

'Ja, nou, inderdaad, mam.'

'Uiteindelijk zal ze hem een loer draaien, je zult het zien. En niet alleen dat – ze is ook een stuk ouder dan hij.'

'Maar behoorlijk mooi, heb ik gehoord,' onderbrak Cecily haar.

'En behoorlijk promiscue... dat is wat *ík* gehoord heb,' bracht Alice ertegen in – ze wilde duidelijk het laatste woord hebben.

'Nadat Genevra me die boodschap had gegeven, zei ze zomaar ineens iets vreemds. Ze zei dat ik niets tegen Harry mocht zeggen over "die vrouw". Dat verraste me. Genevra zei daarna dat *zíj* hem zou laten vallen en dat niet *zíj* zijn bestemming was, maar een andere vrouw.'

Alice staarde haar aan. 'Hoe zou Genevra iets van Pauline Mallard kunnen weten? Denk je dat hij haar heeft meegenomen naar het huis hier? En dat Genevra hen samen heeft gezien?'

'Nee, ik weet zeker van niet. Ik werd echter wel getroffen door de manier waarop ze het zei, zo zeker van wat ze had gezien in haar visioenen van de toekomst. En dan de manier waarop ze het woord "bestemming" gebruikte...' Cecily klonk nadenkend.

Ze schraapte haar keel en vervolgde langzaam: 'Genevra heeft zo haar eigen manier van spreken, mam. Schokkerig, een beetje staccato, en haar zinnen bestaan voornamelijk uit eenvoudige woorden. Ik vond het dan ook eigenaardig dat ze een woord als "bestemming" gebruikte, aangezien ze niet kan lezen.'

'O, maar dat kan ze wel!' riep Alice uit.

'Weet u het zeker?'

'Natuurlijk. Ik heb het haar geleerd.'

Cecily was zo verbaasd dat ze Alice met open mond aanstaarde. 'Wanneer hebt u dat gedaan en waarom hebt u me dat nooit verteld?'

'Dat is nooit bij me opgekomen. Het gebeurde zo'n beetje... bij toeval. Toen jij in Londen bij tante Dorothy en oom Howard was gaan wonen, liet ik een paar oude jurken van jou bij haar afgeven. Ze kwam naar me toe om me te bedanken en informeerde naar jou. Ze was heel intens, en het viel me toen op dat ze een sterke band met jou had, Ceci, en dat ze zich zorgen om jou en je welzijn maakte. Ik liet haar een paar van die eerste artikelen over je ontwerpen in de modetijdschriften zien. Toen bekende ze dat ze niet kon lezen. Ik heb het haar geleerd. Ze heeft naast me zittend leren lezen.'

'Wat lief dat u dat hebt gedaan.' Cecily was onder de indruk en dat was van haar gezicht af te lezen.

'Ze was een en al waardering.' Alice aarzelde even en vroeg ten slotte: 'Heb jij ooit het gevoel gehad van... zo'n band tussen jullie, Cecily?'

'O, ja. En die voel ik nog steeds. Ze vertelde me vijfentwintig jaar geleden al dat Swanns zouden heersen. Ja, er is dus wel een band tussen ons.'

'Wat heeft ze vijfentwintig jaar geleden precies gezegd?' vroeg Alice nieuwsgierig.

'Het was niet iets wat ze echt zéí... Ik liep haar een keer tegen het lijf op het onverharde pad. Ze pakte een lange tak en tekende in de aarde een vierkant met een soort vogel erbovenop. Ik vroeg haar wat dat betekende, maar dat wilde ze me niet vertellen. Toen zei ze dat het niks was en rende weg.'

'En vertelde ze je vandaag wat het betekende?'

'Nee. Ik heb het jaren geleden uitgedokterd. Het vierkant stelde Cavendon Hall voor en de vogel een zwaan. Wat ze met die tekening zei, was dat de Swanns en de Inghams zich zouden verbinden.'

Alice was even stil en zei toen zacht: 'Ze had toen niet kunnen weten dat je leven de wending zou nemen die het genomen heeft. Dat jij, een Swann, zou trouwen met de zoon van een graaf. Er moet dus waarheid schuilen in haar bewering dat ze helderziend is, dat ze het vermogen heeft de toekomst te voorspellen. Jij gelooft haar voorspellingen, hè?'

'Ja. Ik heb ze altijd geloofd, en dat zal ik altijd blijven doen.' Cecily pakte haar moeders hand. 'Ze heeft me het bewijs geleverd. Op onze trouwdag gaf ze ons een papiertje. Er stond op: "Swann heerst", en de tekening stond ernaast.'

Nadat Cecily was vertrokken, liep Alice met haar gieter de tuin in. Terwijl ze van bloembed naar bloembed wandelde, bleef ze met haar gedachten bij de Swanns en de Inghams.

Bloedlijnen. Haar drie kleinkinderen hadden gemengd bloed: dat van de Inghams en de Swanns. Net als Cecily vroeg ze zich wel eens af of er nog andere leden van de twee families waren geweest die een nakomeling hadden voortgebracht. Of misschien twee. Ze had geen idee.

Alleen Charlotte Swann Ingham zou dat weten. Zij bezat de archiefboeken die eeuwen teruggingen, opgeborgen in een brandkast, een brandkast die zich nu in Cavendon Hall bevond. Hij stond in haar kleedkamer. Nadat ze haar dit had verteld, had Charlotte haar een gesloten envelop overhandigd en haar verteld dat de nieuwe code voor de brandkast daarin zat. 'Geef hem alsjeblieft aan Cecily en zeg haar dat ze hem achter slot en grendel moet bewaren,' had Charlotte haar vervolgens opgedragen, en dat had Alice gedaan.

Alice zette de gieter neer en liet zich op de tuinstoel zakken, en zo bleef ze even over de heide uitkijken. Het was eind juli, en maandag zou het 1 augustus zijn. Dan zou de heide gaan bloeien, en binnen een paar weken zouden de heidevelden eruitzien als een golvende lavendelzee.

David, Cecily's oudste zoon, had ogen die de kleur van de heide hadden, de lavendelkleurige ogen die zo'n uniek Swann-kenmerk waren. Verder leek hij sprekend op zijn vader, Miles. Walter had dezelfde ogen, maar hij had ook Cecily's huids- en haarkleur en haar fijne gelaatstrekken. En wat de vijfjarige Venetia betrof: zij was een echte Ingham, met haar goudblonde haar en helderblauwe ogen. Alice lachte stilletjes toen ze bedacht hoeveel Venetia op Lady Dulcie leek toen die even oud was.

Kleinkinderen. Ze waren een kostbaar bezit, en ze zou er dolgraag meer willen hebben. Harry wilde ook een gezin hebben, dat had hij een paar maanden geleden gezegd. Hij zou graag getrouwd willen zijn, had hij haar toevertrouwd, en een kind of kinderen willen krijgen.

Hij had het in zich een goede vader te zijn, dat leed voor haar geen twijfel. Maar Pauline Mallard, van wie men dacht dat ze achtenveertig was, kon zeker geen kinderen meer krijgen. Er welde een vlaag woede in Alice op. Meteen duwde ze hem weg. Ze zou geen gedachten aan die vrouw verspillen.

Even later won haar natuurlijke meelevendheid het van haar irritatie en haar ongerustheid over Harry. Ze had plotseling met hem te doen.

Hoofdstuk 4

Greta Chalmers legde de hoorn neer en liet haar hand er even op rusten. Het was alsof er een strakke band om haar borstkas zat, en de tranen welden op in haar groene ogen. Ze slikte ze weg en knipperde een paar maal met haar ogen.

Ze had haar vader nog nooit zo wanhopig en somber horen klinken en ze wist waarom dat zo was. Hij zag geen uitweg uit zijn hachelijke situatie, geen oplossing voor zijn dilemma. Aan het eind van hun gesprek had hij gezegd: 'Ik zit gevangen. Wij zitten gevangen. Niemand kan iets voor ons doen, *liebling*.' Nadat hij tegen haar had gezegd dat hij van haar hield, dat ze allemaal van haar hielden, had hij opgehangen.

Zij hield ook van hen: haar vader, haar stiefmoeder Heddy, haar halfzus Elise en haar halfbroer Kurt. Ze woonden in Berlijn, maar omdat ze Joden waren, waren ze inmiddels tot het inzicht gekomen dat ze zo snel mogelijk moesten vertrekken, moesten ontsnappen aan de gevaren van het monsterlijke Derde Rijk. Ze wilden naar Engeland gaan, omdat ze wisten dat ze bij haar terechtkonden totdat ze een eigen woning vonden. Ze hadden paspoorten, maar geen visa, geen reisdocumenten. Ze zaten vast, zoals haar vader zojuist had gezegd.

Greta dacht razendsnel na. Allerlei ideeën drongen zich op de voorgrond. Ze keek op haar horloge. Het was nu bijna halfvier, en Cecily kon ieder moment terugkomen op kantoor. Ze beheerste zich zo goed ze kon en liet de telefoon los; ze ging rechter zitten, schikte de kraag van haar katoenen jurk en streek met haar hand haar donkerbruine haar glad.

Ze pakte de laatste brief die ze had getypt en legde hem in de map, bedenkend dat ze kalm moest zijn wanneer Cecily kwam. Ze wist dat Cecily zich zorgen om haar en haar vaders situatie maakte. Maar tot dusverre had ook zij nog geen oplossing weten te vinden. Niemand die ze kende wist er een, en ze had toch een aantal goede vrienden in Londen. Ook haar werkgeefster was een ware vriendin gebleken die het beste met haar voorhad.

Toen ze elkaar voor het eerst ontmoetten, had het meteen geklikt tussen Greta en Cecily. Ze hadden elkaar gemogen en waren sindsdien probleemloos met elkaar omgegaan: nooit een onvertogen woord, nooit een faux pas, van geen van beiden.

Cecily maakte er vaak grapjes over dat ze zo goed bij elkaar pasten, dat ze zo vaak hetzelfde dachten op hetzelfde moment. 'Allebei in mei geboren, daar komt het door,' had Cecily gezegd na het eerste jaar van hun samenwerking. Ze waren allebei in de eerste week van mei geboren, maar Cecily was zes jaar ouder dan Greta.

Ze hield van haar baan als secretaresse van Cecily Swann, en hoewel er veel werk was, werkte haar bazin net zo hard als zij. Ze vonden bevrediging in hun werk, en soms huiverde Greta wanneer ze bedacht dat ze bijna niet was gaan solliciteren in de winkel in de Burlington Arcade. Angst, misschien te grote bescheidenheid, of misschien zelfs haar gebrek aan ervaring had haar een poosje in de weg gezeten. Maar uiteindelijk had ze al haar moed bij elkaar geraapt en was ze op de beroemde ontwerpster afgestapt. En zij had de baan gekregen. Ze was de volgende dag bij Cecily Swann Couture begonnen.

Cecily's eerdere raad opvolgend haalde Greta haar notitieboekje uit haar handtas en pakte een potlood. Ze zou een lijst maken, zoals Cecily had geopperd, en alles opschrijven wat ze moest doen om haar huis in gereedheid te brengen voor haar familie.

Toen ze gisteren in Cavendon was aangekomen, had Cecily tegen haar gezegd dat ze positief naar de toekomst moest kijken en haar gerustgesteld door te zeggen dat haar familie uiteindelijk uit nazi-Duitsland zou weten weg te komen, dat ze hen in huis zou moeten nemen. Dat wilde Greta ook, ze wilde hen liefdevol verzorgen.

De afgelopen jaren had Greta vele malen gewenst dat haar man Roy nog leefde. Hij zou het probleem ogenblikkelijk hebben aangepakt, er korte metten mee hebben gemaakt. Maar hij was dood en begraven. Nu al vijf jaar, en hij was nog veel te jong geweest om te sterven.

Greta boog haar hoofd en begon een lijst van extra dingen op te stellen die ze zou moeten kopen om haar huis in Phene Street comfortabeler te maken.

'Daar ben ik!' riep Cecily, gehaast Greta's kantoor binnenlopend. 'Sorry dat ik zo laat ben, ik weet dat je je trein moet halen.'

'Ik heb meer dan genoeg tijd. Goff zei dat ik de trein van zes uur naar King's Cross kan halen als we om halfvijf vertrekken.'

'Dan kunnen we even ontspannen en wat kletsen. Ik zal mijn brieven ondertekenen en met jou mijn afspraken doornemen. Wat heb ik maandag in Londen?'

'Niet zoveel,' antwoordde Greta. 'Ik heb de dag niet al te vol gepland in verband met je vertrek naar Zürich op dinsdag.'

Nadat ze haar brieven had ondertekend, keek Cecily haar secretaresse aan en zei voorzichtig: 'Is het je gelukt je vader te pakken te krijgen?'

'Ja, en hij klonk eerlijk gezegd een beetje down.' Het verbaasde Greta dat haar stem zo vast klonk.

Cecily knikte. 'Dat is logisch, hij maakt zich zorgen en is gefrustreerd. Maar weet je, ik ga proberen je te helpen een oplossing te vinden. En je weet hoe ik ben wanneer ik ergens mijn tanden in zet.'

Ondanks haar zorgen moest Greta lachen. 'Als een hond met een bot.'

'Zo is het,' antwoordde Cecily. 'Als er een probleem is, móét ik het oplossen, en snel ook, voordat het uit de hand loopt. Ik heb hier hulp bij nodig, Greta, maar dat snap je ongetwijfeld. Er is iemand met wie ik kan praten, die me misschien de juiste kant op kan helpen.'

Greta knikte alleen maar. Ze voer blind op haar; als er iemand was die haar kon helpen, dan was het Cecily – deze mooie en getalenteerde vrouw die ze volkomen vertrouwde.

Iets later liep Cecily de grote entreehal van Cavendon door toen ze muziekklanken hoorde. Ze stond meteen stil en bleef even aandachtig staan luisteren.

De betoverende klanken kwamen uit de gele zitkamer, en de piano, een recente aanwinst, werd bespeeld door Daphnes dochter Annabel. Geen ander kon zulke wonderschone muziek aan de ivoren toetsen ontlokken als zij.

Het veertienjarige meisje speelde al piano sinds haar kinderjaren. Het was haar passie, en ze speelde voortreffelijk. Cecily zei telkens weer tegen Daphne hoe begaafd ze haar vond. En goed genoeg om ooit concertpianiste te worden, voegde ze er altijd aan toe.

Daphne glimlachte slechts sereen, ongetwijfeld omdat ze hetzelfde geloofde, maar dat niet wilde toegeven. De lieftallige Daphne, op wie Cecily dol was, was veel te verfijnd om haar kinderen aan anderen op te dringen om hen te laten prijzen. Maar het vijftal was getalenteerd en zeer intelligent. Alicia wilde actrice worden, Charlie journalist, en de tweeling was van plan net als Hugo in de financiële wereld te gaan werken.

Ze liep door naar de zitkamer, wetende dat ze alweer aan de late kant was voor de middagthee. Ze deed de deur open, bleef op de drempel staan en keek naar binnen.

Ze slaakte een lichte zucht van opluchting toen ze besefte dat ze nu eens niet de laatste was. Tante Charlotte en de graaf waren er al, en Lady Gwendolyn was er ook. Annabel zat natuurlijk nog steeds achter de piano en begon aan een nieuw stuk. Het was Beethovens Mondscheinsonate. Diedre was kennelijk vroeger dan anders uit Londen aangekomen. Ze zat tussen Lady Gwen en haar elfjarige zoon Robin in en luisterde naar hem terwijl hij haar bij zat te praten. Zoals meestal bracht hij de zomer bij zijn neven en nichten op Cavendon door.

Haar eigen kroost, David, Walter en Venetia, zat aan de kindertafel aan de andere kant van de zitkamer. Dat was iets nieuws wat Charlotte had bedacht – ze meende dat ze meer plezier aan de middagthee zouden beleven als ze hun eigen tafel hadden. De kinderen hadden enthousiast gereageerd. Er waren twee onbezette stoelen, duidelijk die van Robin en Annabel.

Terwijl ze naar binnen liep, hoorde Cecily een kreet van blijdschap. Venetia had haar in de gaten gekregen. Een wolk van een kind met een engelengezichtje, blonde krullen en helderblauwe ogen rende blij lachend op haar af.

Gehurkt ving Cecily haar vijfjarige dochter in haar armen en knuffelde haar. Ze fluisterde: 'Zie je wel, ik heb me aan mijn afspraak gehouden. Ik ben vandaag niet de laatste.'

Venetia's blauwe ogen sprankelden van de lach, en er verschenen kuiltjes in haar wangen. Ze fluisterde terug: 'Papa komt het laatst, mammie. Het láátst!'

Terwijl ze haar eigen lach onderdrukte, keek Cecily haar aan en schudde haar hoofd. 'Misschien niet, schattebout. Waar is tante DeLacy? Verbergt ze zich ergens in de kamer – wat denk je?'

Giechelend schudde Venetia haar hoofd en fluisterde: 'Zij komt het laatst?'

'Ik denk het wel,' antwoordde Cecily. Dit was hun spelletje. Cecily was doorgaans degene die het laatst op de thee kwam, en Miles plaagde haar ermee. Haar dochtertje protesteerde altijd tegen het geplaag, en nu vond Venetia het blijkbaar geweldig dat haar moeder deze middag eerder was gearriveerd dan haar vader.

Cecily nam Venetia bij de hand en liep met haar de kamer in, iedereen toelachend en vol genegenheid begroetend. Ze liep naar de kindertafel en kuste haar zoons, David en Walter, die haar grijnzend toeknikten. Ze hadden er ook plezier in dat zij er eerder was dan Miles, dat was wel duidelijk. Cecily was uiterst geamuseerd.

Robin stond op en gaf haar een kus; daarna liep hij snel naar de kindertafel, gevolgd door Annabel. Cecily bukte zich, kuste Lady Gwendolyn en zei: 'Wat ziet u er mooi uit in uw paarse japon, oudtante. Hij staat u nog steeds goed.'

'Dank je, Cecily. Hij is wel een paar jaar oud. Maar dat weet je.' Lady Gwendolyn grinnikte en vervolgde: 'Ik ben heel zuinig en bewaar alle kleren die je voor me maakt. Het is maar goed dat je andere klanten dat niet doen, want anders zou je je bedrijf wel op kunnen doeken.'

Cecily knikte instemmend en ging tussen Lady Gwen en Diedre in zitten. Ze wendde zich tot Diedre en zei met gedempte stem: 'Kan ik je straks even spreken? Het gaat over werk.'

Diedre stemde met een hoofdknikje toe.

De graaf, die aan de andere kant van de kamer zat, keek haar aan en zei warm: 'Bedankt, Ceci, dat je Greta die paar brieven voor me hebt laten doen vanmorgen. Dat heeft me enorm geholpen.'

Greta hielp vaak een handje en had een bijzondere verstandhouding met Diedre en Robin, die ze in de vreselijke maanden na de dood van Paul Drummond, Diedres man en Robins vader, ook had bijgestaan.

'Het was geen moeite; ze wilde graag helpen.'

Charles Ingham keek met een liefdevolle blik naar zijn schoondochter. Hij behandelde haar als een van zijn eigen dochters en bewonderde haar enorm. 'Ik vind het zo naar voor Greta. Ze maakt zich zoveel zorgen om haar familie en weet niet wat ze moet doen. Heeft ze onlangs nog iets van haar vader gehoord?'

'Ze heeft hem vandaag nog gesproken. Professor Steinbrenner denkt dat ze voorlopig vastzitten in Berlijn.'

Het gezicht van de graaf stond ernstig toen hij begon: 'De zaken staat er slecht voor in Europa. En wij –'

Charlotte onderbrak hem snel. Zachtjes zei ze: 'Laten we het niet hebben over Europa en wat daar gaande is… waar de kinderen bij zijn.' Ze had net gemerkt dat David en Robin aandachtig luisterden naar het gesprek dat hun opa voerde. 'Kleine potjes hebben grote oren,' vervolgde ze zacht.

Voordat Charles iets terug kon zeggen, vloog de deur open en kwam DeLacy met een rood hoofd en buiten adem de kamer in gesneld.

'Dag allemaal!' riep ze, en meteen daarna liep ze naar haar vader en Charlotte en kuste hen beiden. Snel liep ze naar Lady Gwendolyn aan de andere kant en ging naast haar zitten; ze gaf een kneepje in haar hand, boog zich naar haar toe en kuste haar wang. 'U vroeg laatst toen u me in de galerie belde of er nog nieuws van Dulcie en James was. Ik kan u tot mijn vreugde vertellen dat ik vanochtend een brief van Dulcie heb ontvangen –'

'Sorry, Charlotte, sorry, papa, dat ik zo laat ben. Er was niets aan te doen. Ik had een belangrijk telefoongesprek,' kondigde Miles aan, terwijl hij vlak na DeLacy de kamer binnenkwam.

'Geeft niet, Miles,' zei de graaf.

'Het is je vergeven,' voegde Charlotte eraan toe met een warme en verwelkomende klank in haar stem. Hij was altijd een van haar lievelingen geweest.

'U bent te laat, u bent te laat, u bent te laat,' zong een koor van jonge stemmen, dat wel heel erg uitgelaten klonk.

Venetia begon te giechelen, en Cecily deed mee, en precies op dat moment ging de deur open en stapte Hanson de kamer in.

Hij richtte zich tot Lord Mowbray en vroeg: 'Zullen we de thee serveren, *my lord*?'

'Ja, graag, Hanson. Iedereen is er.'

Hanson boog zijn hoofd en keerde zich om. Hij wenkte Gordon Lane, de onderbutler, die binnenkwam met de grootste theewagen, waarop een zilveren theeservies, kopjes, schotels en bordjes stonden. Gordon werd gevolgd door de twee dienstmeisjes, die ook wagentjes voortduwden, met sandwiches, scones, aardbeienjam en dikke room erop. Er was slagroomcake en allerlei verrukkelijk gebak.

Er werden kopjes volgeschonken en borden met sandwiches rondgedeeld, en opnieuw werd de middagthee geserveerd zoals dat al jarenlang gebeurde. Het was een ritueel waar iedereen van genoot. Zodra het personeel de wagentjes achter in de gele zitkamer had gezet en iedereen zich had geïnstalleerd, nam Lady Gwendolyn het woord. 'Kom, DeLacy, vertel ons het nieuws uit het Amerikaanse Hollywood.'

'Dat zal ik doen,' antwoordde DeLacy, haar kop op de schotel zettend. 'Dulcie en James maken het goed, evenals de tweeling Rosalind en Juliet, en de kleine Henry. De kinderen maken het zelfs bijzonder goed. James is halverwege zijn nieuwe film en geniet van zijn werk bij Metro Goldwyn Mayer. Maar Dulcie en James willen terugkomen naar Engeland.' DeLacy zweeg even en keek oudtante Gwendolyn veelbetekenend aan. Haar ogen gingen naar haar vader, Charlotte en haar zus Diedre.

Lady Gwendolyn zei: 'Ik denk dat we de reden kennen. Een rasechte Engelsman als James moet het gevoel hebben dat het zijn plicht is in dit land te zijn op dit bijzondere en gevaarlijke moment in de geschiedenis. En Dulcie kennende weet ik zeker dat zij er net zo over denkt.'

'O, dat lijdt geen twijfel,' zei Charles. Hij keek Charlotte even aan en vroeg: 'Denk je ook niet?'

'O, zeker. En je weet dat Dulcie zo Engels is als maar kan.'

Miles mengde zich in het gesprek en vroeg: 'Ik neem aan dat ze uit Californië weggaan wanneer hij klaar is met de film.'

'Hopelijk wel, ja,' antwoordde DeLacy haar broer. 'Maar volgens Dulcie zou er een probleem kunnen zijn. James heeft een groot contract afgesloten met MGM. Kennelijk is Louis B. Mayer, die het bedrijft leidt, een groot fan van hem; dat hij James binnenhaalde betekende veel voor hem. Dulcie denkt dat hij James misschien niet van zijn contractuele verplichtingen wil ontslaan.'

'Omdat hij nog andere films te maken heeft, neem ik aan,' beweerde Diedre. 'Een getekend contract is heel bindend, zoals je weet. En dat niet alleen – James brengt bij MGM veel geld in het laatje. Het is logisch dat ze hem niet willen laten gaan.'

'Maar over alles valt te onderhandelen,' merkte Cecily op. 'Ik weet zeker dat er een manier is om het probleem te omzeilen, mocht er zich een voordoen.' Ze wierp een blik op DeLacy en glimlachte haar dierbaarste vriendin toe. 'En hoe zit het met James' managers, Felix en Constance? Zijn zij op dit moment ook niet in Amerika, DeLacy?'

'Ja, in New York. Ze gaan volgende week naar Los Angeles. Dulcie bidt dat Felix weet hoe hij met Mr. Louis B. Mayer om moet springen.'

Miles keek DeLacy nieuwsgierig aan en zei: 'Waarom noem je hem bij zijn volledige naam? Het klinkt zo vreemd.'

DeLacy lachte. 'Ja, hè? Maar zo noemt Dulcie hem in haar brieven, en ik denk dat ik dat gewoon heb overgenomen, dat ik haar woorden herhaal.'

'Ik weet absoluut zeker dat Felix Lambert een heel slimme vos is, en Constance ook,' zei Diedre. 'Daarom heeft James ook het volste vertrouwen in hen als zijn vertegenwoordigers. Laat het maar aan hen over. Ze bedenken wel wat. Het is tenslotte hun beroep. Ik heb ontdekt dat het altijd een goed idee is het aan de professionals over te laten.'

Cecily knikte. 'Ik ben het helemaal met je eens. En voor zover ik weet, komt Felix altijd wel met een konijn uit de hoge hoed.'

DeLacy knikte. Toen richtte ze zich tot haar vader. 'Het zal u genoegen doen te horen dat Dulcie dolblij is met de manier waarop ik haar kunstgalerie heb geleid. Vooral omdat we hoge winsten hebben gemaakt, met name dit jaar. Het zou u ook blij moeten maken, papa. U krijg een flinke cheque van de galerie voor het Cavendon Restauratiefonds.'

'Ik ben dolblij, DeLacy. Goed gedaan, schat,' zei haar vader.'

'Goh, dat is fantastisch nieuws!' riep Miles uit. Hij stond op, liep naar zijn zus toe, boog zich over haar heen en omhelsde haar. 'Het is waar: je hébt fantastisch werk verricht.'

DeLacy keek glimlachend naar hem op. 'Dankzij jou. Jij bent degene die me heeft geleerd hoe je een bedrijf moet runnen. En Ceci ook.'

Glimlachend liep Miles naar de kindertafel toe. Voordat hij iets kon zeggen, klonk het in koor: 'Te laat, te laat, te laat, te laat, te laat, te laat.'

Hij maakte het haar van Walter in de war, die het koor leidde. 'Jullie zijn allemaal kleine rakkers. Heel stoute jongens, hoor!'

'Ben ik een stout meisje?' vroeg Venetia, en ze staarde haar vader met dansende ogen aan.

Hij liep om de tafel heen, ging naast haar stoel staan en zei zacht: 'Ik denk van wel. Maar dat wil nog niet zeggen dat ik niet van je hou, Venetia.' Hij streek met zijn hand over haar witblonde haar. 'En jij bent beslist mijn lievelingsdochter.'

'O, papa, doe niet zo gek. Ik ben de enige.'

'Ik heb wel eens het gevoel dat er heel wat Venetia's hier rondspoken.'

Hoofdstuk 5

Ze hadden afgesproken elkaar vlak voor het avondeten in de serre te ontmoeten, maar Diedre was er niet toen Cecily er aankwam. Ze liep over de terracotta vloer naar de openslaande deuren en bewonderde daar het uitzicht over de heidevelden die golvend naar de Noordzee liepen. Het was vertrouwd, maar het deed haar altijd plezier.

Het was aan het schemeren, en de lucht begon al donker te worden. Hij was donkerder blauw en boven de horizon in de verte hing een mengeling van gekleurde strepen: lavendelkleur, abrikooskleur en donkerroze overgaand in rood.

Avondrood, mooi weer aan boord. Ochtendrood, water in de sloot. Deze oude wijsheden kwam bij haar op toen ze zich herinnerde hoe vaak haar moeder die tegen haar had gezegd toen ze nog klein was.

Cecily draaide zich om, slenterde naar het bureau en streek met liefdevolle hand over het warmgetinte oude hout. Hoe vaak had ze hier niet gestaan en met Daphne gesproken, die er haar bureau van had gemaakt, het voor zichzelf had opgeëist toen ze zeventien was en in haar jonge leven voor vreselijke problemen was komen te staan.

De serre was algauw Daphnes privédomein geworden, haar toevluchtsoord. Geen van de andere familieleden gebruikte hem ooit, en daarom had ze hem in beslag genomen.

Hier had ze plannen gemaakt voor haar huwelijk met Hugo, een blijde gebeurtenis, en later was het haar commandopost geworden.

Na nog even bij het bureau te zijn blijven staan liep ze naar een rotan stoel die deel uitmaakte van een zithoek, en ging zitten. Haar gedachten gingen naar Diedre. Cecily wist dat Diedre de beste persoon was om mee te praten over Greta's familie en hun netelige situatie. In 1914 was ze bij het ministerie van Oorlog gaan werken, en daar was ze gebleven nadat de oorlog was afgelopen. Pas toen ze zich verloofde met Paul Drummond had ze ontslag genomen.

Cecily wist hoe diepbedroefd ze was geweest toen Paul onverwachts was overleden. Ze had haar zo goed ze kon door dat verschrikkelijke eerste jaar van haar weduwschap heen geholpen. Op een dag had Diedre haar toevertrouwd dat ze haar oude functie bij het ministerie van Oorlog weer ging oppakken. Ze had uitgelegd dat werken haar verdriet en eenzaamheid zou verlichten. Ook zou er oorlog komen, had ze uitgelegd, een heel nare oorlog, en ze zou nodig zijn.

Hoewel Diedre nooit sprak over haar werk bij het ministerie van Oorlog, was Cecily er volledig van overtuigd dat ze voor de inlichtingendienst werkte, en Miles was het met haar eens. Dus als er iemand was die wist hoe je iemand een ander land uit moest krijgen, was het Diedre wel.

Cecily's gedachten gingen nu naar Greta. Ze was erg aan haar gehecht geraakt en gaf om haar, maakte zich zorgen om haar welzijn. Haar secretaresse was bijzonder oprecht, zeer integer en werkte hard; Cecily was beslist op haar gaan steunen. Ze had veel inzicht in mensen, vooral in degenen die iets voor haar betekenden; Cecily wist hoe Greta onder de situatie in Berlijn leed.

Greta's vader was een beroemde professor in de filosofie. Hij had jaren geleden klassieke letteren en wijsbegeerte in Oxford gestudeerd en was een Plato-expert geworden. Hij gold zelfs als een van de beste professoren op zijn vakgebied. Greta was dol op hem. Ze mocht haar stiefmoeder, Heddy, heel graag. En wat haar halfbroer en -zus, Kurt en Elise, betreft, die waren bijna als haar eigen kinderen, en ze maakte zich constant zorgen om hen. Cecily vond het vreselijk haar te zien lijden en trok het zich aan dat ze haar niet zelf kon helpen. Ze leunde achterover in de rotan stoel en sloot haar ogen, terwijl haar gedachten door haar hoofd tolden.

Het scherpe getik van hoge hakken op steen deed Cecily ineens rechtop zitten. Diedre stevende de serre in, elegant ogend in een marineblauwe zijden jurk, die Cecily voor haar had gemaakt.

Hij was schuin gesneden en deed Diedre langer en nog ranker lijken dan anders. Maar Diedre, die veel tijd in Londen doorbracht, stond dan ook reeds lang bekend om haar chique modegevoel.

'Jij doet mijn kleding altijd zoveel beter tot haar recht komen,' zei Cecily met een grote glimlach.

Diedre lachte. 'Bedankt voor het lieve compliment, maar het kómt door de jurk, dat weet je. Het is mijn lievelingsjurk.' Diedre ging op een stoel zitten en zei: 'Je klonk zo-even gespannen. Dus voor de draad ermee. Wat is er aan de hand?' Net als haar oudtante Gwendolyn kwam Diedre altijd meteen ter zake.

'Greta's familie is Joods. Ze moeten Duitsland uit. Ik zou haar graag willen helpen als ik dat kan. Maar ik heb advies nodig. Jouw advies, in feite.'

Toen ze dat hoorde, verstijfde Diedre op haar stoel. Ze schudde heftig haar hoofd. 'Dat is lastig. Moeilijk. Ik kan je hierin geen advies geven, Ceci.'

'Haar vader, stiefmoeder en hun twee kinderen hebben blijkbaar niet de juiste reisdocumenten. Ze zijn ten einde raad,' zei Cecily, maar toen ze de ontdane uitdrukking op Diedres gezicht, de angst in haar ogen zag, viel ze stil.

Diedre, die goed kon observeren, mensen begreep, wist wat hen bezielde, was zich ervan bewust dat Cecily de werkelijke en oprechte wens had Greta te helpen. Ze had echter geen idee hoe zwaar die taak zou zijn. Omdat ze zich er niet te snel van wilde afmaken, zei Diedre nu: 'Je hebt me al iets over Greta verteld toen ze bij je kwam werken. Vertel me dat alsjeblieft nog eens. Ik ben het meeste alweer vergeten.'

'Greta is van geboorte Duitse, net als haar vader, maar haar moeder, die stierf toen ze nog een kind was, was Engelse. Ze heette Antonia Nolan. Nadat haar moeder vroegtijdig gestorven was, stuurde haar vader haar naar haar oma, Catherine Nolan, die trouwens nog steeds leeft en in Hampstead woont. Zij heeft Greta grootgebracht.'

'Ah, nu weet ik het weer,' zei Diedre. 'Ze ging toch naar Oxford?'

'Ja, ze volgde haar vaders voorbeeld. Na verloop van tijd hertrouwde haar vader, maar Greta bleef in Londen, want ze gaf de voorkeur aan haar leven hier.'

Diedre knikte. 'Ik herinner me nog iets anders. Greta huwde een Engelsman, een architect.'

'Dat klopt, Roy Chalmers. Helaas overleed hij ongeveer vijf jaar geleden aan leukemie.'

'Even voor de nieuwsgierigheid: is Greta Brits onderdaan? Ik bedacht dat ze met een Engelse moeder en Engelse echtgenoot dat moet zijn geworden. Klopt dat?'

'Ja, en ze heeft een Brits paspoort.'

'Ik ben blij dat te horen, en dat paspoort is belangrijk hier, in oorlogstijd een noodzaak. Het zal haar familie helaas niet helpen, maar het lucht me op te weten dat ze niet geïnterneerd kan worden of iets dergelijks.'

'Zou dat kunnen als ze Duitse was? Is dat wat je bedoelt, Diedre?'

'Ja.'

'Nou, dat zit dan goed, ze is beschermd door haar Engelse nationaliteit. Maar ze heeft het er wel over gehad dat ze naar Berlijn wil om te kijken hoe haar vader het maakt, om de situatie in te schatten,' zei Cecily.

'Ze moet niet gaan! Nee, nee, dat is gevaarlijk.'

'Misschien zou ik kunnen gaan. Wat denk jij?'

'Absoluut niet. Ik laat je niet gaan. Er is nog niets... Haar vader zou wel eens in de gaten kunnen worden gehouden. Hij is een beroemd man, zou best op een lijst van zogenaamde onruststokers kunnen staan. In de gaten worden gehouden zonder het te weten.'

'Als dat waar is, zal ze erg van streek zijn!' riep Ceci uit.

'Vertel haar niet wat ik heb gezegd. Ze mag het niet weten. En ze mag zeker niet naar Berlijn gaan.' Diedre klonk streng toen ze vervolgde: 'Luister. Het spijt me dat ik zo negatief ben, maar de situatie in Berlijn is erger dan je je kunt voorstellen. Het is er gevaarlijk – het stikt er van de schurken, buitenlanders en nazi's, een sinistere stad. Niemand is er veilig.'

Cecily knikte. 'Ik begrijp het. En ik neem je advies heel serieus. Jij weet beter dan wie dan ook die ik ken wat daar gaande is.'

'Een paar maanden geleden is er een nieuwe maatregel ingesteld. Joden werden verplicht om de letter "J" van "Jood" in hun paspoort te laten stempelen,' zei Diedre rustig.

Ontzet staarde Cecily haar aan. 'Wat afgrijselijk!'

'Ja. Alles wat ze doen is afgrijselijk. Nee, grúwelijk.' Diedre boog zich dichter naar haar schoonzus toe en vervolgde op gedempte toon: 'Hitler is in januari 1933 rijkskanselier van Duitsland geworden, en zeven maanden later bouwde hij al het eerste concentratiekamp. Het heet Dachau.'

'Er worden Joden in geïnterneerd. Is dat het doel?'

'Inderdaad, ja. En ook anderen... katholieken, en dissidente politici, en iedereen die het niet met de naziprincipes eens is. Het antisemitisme is wijdverbreid. De haat woekert overal. Geweld is de norm. En mensen worden om futiliteiten gearresteerd.' Diedre keek Cecily lang en indringend aan. 'Hitler is in januari 1933 zoveel als dictator geworden en hij is van plan zo veel van Midden-Europa op te slokken als hij kan.'

'Waarom? Machtswellust? Wil hij de wereldheerschappij?'

'Ja. Maar hij wil ook land, de veelgeprezen ruimte, om zijn volmaakte arische ras te kweken. *Lebensraum* noemt hij het... zijn droom over land, waar een superieur ras gecreëerd wordt.'

Cecily was bleek, en haar blik was aan Diedre genageld. 'Ik word niet gauw bang, maar wat je me nu vertelt baart me wel zorgen,' vertrouwde Cecily haar zachtjes toe.

'Maak je zoveel zorgen als je wilt, Cecily, maar wees niet bang. We moeten allemaal dapper en sterk zijn. En we moeten ervoor zorgen dat onze nek niet onder de Duitse laars terechtkomt. Dat zou rampzalig zijn.'

Diedre zweeg even. 'Luister, Ceci. Wat ik heb gezegd mag je aan niemand in onze familie vertellen. Ik had het je eigenlijk niet mogen zeggen. Ik vertrouw erop dat je het voor je houdt en loyaal bent.'

'Je weet dat je me kunt vertrouwen. Maar zou ik het aan Miles kunnen vertellen?'

'Ja, dat kan. Maar ook hij moet zijn mond houden. Geen gebabbel met Charlotte en papa. Daar moet je op staan.'

'Dat zal ik doen.' Ze aarzelde even voordat ze verderging. 'Jij hébt toch een kantoorbaan? Ik bedoel: je werkt toch niet in het veld? Om… van alles te dóén?'

'Nee. Ik ben… laten we zeggen: ik heb een leidende functie. Niettemin heb ik zo mijn eigen regels, en daar hou ik me aan.'

'Wat zijn die regels? Kun je ze me vertellen, Diedre?'

'Geloof niemand. Vertel niemand iets. Onthoud alles. Ga alleen te werk.'

Hoofdstuk 6

Instinctief wist Harry Swann dat er iets mis was. Pauline was sinds zijn aankomst om vier uur, zogenaamd voor de thee, niet zichzelf geweest. Ze dronken inderdaad thee in haar elegante salon, maar dat gebeurde snel. Ze stond altijd te popelen om zich terug te trekken in haar slaapkamer voor een paar uur intimiteit en buitengewone hartstocht.

Nu hij naast haar in bed lag en hun seksuele honger bevredigd was, probeerde hij erachter te komen waarom ze zo vreemd had gedaan. Ze was niet afstandelijk geweest, zoals ze wel vaker was, maar eerder afgeleid. Of misschien was 'door iets in beslag genomen' beter uitgedrukt. Hij had het in ieder geval gevoeld zodra hij haar huis binnen was gestapt en ze hem koeltjes begroette in de hal.

Ook toen ze net begonnen waren met vrijen, was ze minder vurig geweest dan anders; maar zodra hij haar lust begon op te wekken zoals zij dat prettig vond, was ze meer gefocust geworden. Ze was een wellustige vrouw, uiterst erotisch en sensueel, dol op seks, hongerend naar seks – de vrouwelijke lust sloeg van haar af. Haar verlangen naar hem was enorm en eindeloos; ze gaf zich gewillig aan hem, deed alles wat hij wilde. Dat was al zo sinds het begin van hun affaire, en ze schonken elkaar steevast enorm veel seksueel plezier.

Ze hadden dat deze middag ook gedaan, maar in plaats van in zijn armen te blijven rusten, hem aan te raken, te strelen en liefkozingen te mompelen, was ze meteen op haar zij gaan liggen, met haar rug naar hem toe.

Verbaasd en een beetje gekwetst, sprak hij ten slotte. 'Wat is er, lieveling? Je hebt je van me afgewend en bent heel stil. Meestal ben je een en al liefde voor me... nadat we elkaar hebben verslonden. En dat hebben we zojuist zeker gedaan.'

Ze zweeg even voordat ze zei: 'Ik heb je misleid... en ik voel me schuldig.'

Harry leunde op zijn elleboog, draaide haar gezicht naar zich toe en keek op haar neer. 'In welke zin schuldig?'

'Ik heb je laten denken dat Sheldon morgen thuiskwam. Hij belde vandaag rond lunchtijd op. Hij zei dat hij vanavond hier zou zijn voor het avondeten. Je moet weg; je kunt niet blijven zoals je meestal doet.'

Harry voelde zich overvallen door haar woorden en staarde haar even aan; toen stond hij op en liep snel de kamer door naar de stoel waarop zijn kleren lagen.

Pauline sprong uit bed en rende achter hem aan, sloeg haar armen om hem heen en drukte zich dicht tegen zijn lichaam aan. 'Ik kan het niet verdragen als je zo weggaat. We vrijen altijd nog een keer voordat je weggaat. Altijd. Laten we dat nu ook doen, hier, staand. Kom, ik leun wel tegen de deur.' Ze trok zijn gezicht naar het hare en kuste hem hartstochtelijk. Hij reageerde, dat gebeurde bij haar altijd. Hij voelde dat hij een erectie kreeg, maar net toen hij wilde bezwijken voor haar gloeiend hete verlangen naar hem, kreeg zijn gezonde verstand de overhand.

'Nee, nee, het kan niet. Het is te riskant,' zei hij ferm, op zijn horloge kijkend. 'Het is bijna kwart over zes. Sheldon kan hier ieder moment zijn en dan worden we op heterdaad betrapt.'

Pauline schudde haar hoofd. 'Nee, het duurt nog wel een uurtje voor hij er is, dat weet ik zeker.' Ze leunde tegen de deur en staarde hem aan, vervuld van lust. Ze verlangde hevig naar hem, had nog nooit iemand zo willen bezitten, had vóór hem nog nooit van een man gehouden. En ze wist dat ze hem niet zou krijgen. Onverwachte tranen welden op en ze wierp zich weer in zijn armen, zodat hij ze niet zou zien.

Maar hij had ze wel gezien. Hij hield haar stevig vast en streelde haar lange kastanjebruine haar. 'Waarom huil je?'

'Omdat je boos op me bent… omdat ik je niet heb verteld dat hij vanavond thuiskwam,' loog ze. 'Zeg dat je me vergeeft, Harry. Alsjeblieft.'

Hij keek op haar neer en glimlachte, raakte teder haar gezicht aan. 'Er valt niets te vergeven, Pauline, mijn liefste lief. Ik schrok, meer niet; ik was niet boos, ik ben nooit boos op jou.'

Harry pakte zijn kleren en liep snel naar de badkamer.

Pauline keek toe terwijl hij door de kamer liep, opnieuw getroffen door de schoonheid van zijn lenige lichaam, en de tranen kwamen terug, rolden over haar wangen. Ze glipte haar kleedkamer in, sloot de deur en veegde haar tranen weg. Toen pakte ze een handdoek en legde hem op de kruk met zachte zitting voordat ze erop ging zitten.

Ze hadden die middag een paar maal de liefde bedreven, en ze was van hem vervuld. Hij had haar misschien zwanger gemaakt. Ze hoopte het. Maar ze was achtenveertig. Te laat, toch? Ze haalde diep adem. De geur van zijn eau de cologne, Jicky, en zijn eigen lichaamsgeur hingen nog om haar heen.

Ze pakte een fles parfum en wilde wat op zich spuiten, maar bedacht zich. Ze wilde zijn geur op haar lichaam hebben. Er werd op de deur geklopt, en ze deed open.

Daar stond Harry; hij keek haar aan. Er gleed een langzame glimlach over zijn gezicht. 'Je ziet er mooi uit.' Hij pakte haar arm, verstevigde zijn greep en trok haar dichter naar zich toe. 'Je kunt je maar beter aankleden,' zei hij, en toen vroeg hij: 'Ben je volgende week alleen?'

'Ik denk het wel.' Ze raakte zacht zijn gezicht aan. 'Ik bel je zodra het kan.'

Harry knikte en liet haar arm los. Toen was hij weg.

Pauline draaide zich om, kleedde zich snel aan en verzorgde haar haar en make-up. Meestal nam ze een bad na een vrijpartij, maar deze keer deed ze dat niet. Ze wilde zijn zaad in zich, wilde zijn kind, verlangde ernaar de rest van haar leven een deel van hem te hebben. Een zoon of een dochter. Het maakte niet uit, zolang het maar zijn kind was.

Pauline ging naar beneden om op Sheldon Faircross, haar man, te wachten, wetende dat hij gauw zou arriveren. Ze liep de bibliotheek door en vulde bij de drankentafel een glas met sherry. Ze bleef even in het bleke vocht staan kijken, napeinzend over Harry Swann.

In sommige opzichten betreurde ze het dat ze hem had ontmoet en een affaire met hem had, want hij had in zekere zin haar leven verpest. Voor het eerst was ze verliefd geworden. Dat was streng verboden. En nu wist ze dat ze hem zou moeten loslaten. Scheiden en hertrouwen zat er niet in. Harry zou nooit de hare kunnen zijn. Ze zat in de val.

Toen ze vijftien jaar eerder met Sheldon was getrouwd, had ze erin toegestemd zijn regels te respecteren. Hij zou haar rampzalige financiële toestand op orde brengen, veroorzaakt door haar eerste twee echtgenoten. Die hadden beiden een groot deel van de erfenis van haar vader, wijlen Allan Mallard, een van de grootste zakenmagnaten van Amerika, erdoor gejaagd.

Met Sheldons hulp was haar financiële situatie verbeterd, maar ze was niet meer de grote erfgename die ze ooit was geweest. Niettemin was ze beslist niet arm. En Sheldon was dat evenmin: hij was multimiljonair.

Sheldons regels waren heel eenvoudig. Als selfmade man wilde hij het prestige van haar naam, haar schoonheid en élégance aan zijn arm en aan het hoofd van zijn dinertafel. En ook eiste hij volledige loyaliteit van haar.

Maar omdat hij geen seksuele belangstelling voor haar had en de voorkeur gaf aan jongemannen, had hij tegen haar gezegd dat ze liefdesaffaires mocht hebben, op voorwaarde dat ze discreet was. Ook had hij haar laten zweren dat ze nooit zijn eigen seksuele voorkeuren zou onthullen.

Ze had er destijds maar al te graag in toegestemd. Niet alleen kon ze daardoor weer over haar eigen geld beschikken, maar ook had ze de legitimiteit van een huwelijk met een bekend zakenmagnaat, een verdomd goeie belegger, en Sheldons grote fortuin om te spenderen zoals ze wenste. En toestemming om zoveel affaires te hebben als ze maar wilde. Sheldon had duidelijk gemaakt dat haar gestoei met andere mannen alleen seksueel van aard mocht zijn. Geen emotionele verwikkelingen, had hij met klem gezegd. En tot Harry had het allemaal gewerkt. Nu wilde ze met Harry trouwen, zijn vrouw zijn, een kind van hem krijgen. En Harry helemaal voor zich alleen hebben. Hij was de beste minnaar die ze ooit had gehad. En een fijne man.

Nog steeds in de sherry starend dacht ze: ik zou bij Sheldon weg kunnen gaan. Hij beheert mijn geld en heeft er zeggenschap over. Maar geld is niet belangrijk voor me. Harry zal voor me zorgen.

Ze zette het glas aan haar mond en nam een flinke slok, maar toen bedacht ze dat geld wél belangrijk voor haar was. Ze was in rijkdom geboren, vond het heerlijk geld uit te geven, en ze zou het missen. Als ze eerlijk was, zou ze ook haar leven op het internationale toneel missen. Harry zou dat leven nooit leuk vinden; hij mocht dan smoorverliefd op haar zijn, maar zijn hart lag bij Cavendon en de Inghams.

Geen uitweg, dacht ze, ik zit vast. Ze keerde zich om toen ze Sheldon hoorde zeggen: 'Goedenavond, Pauline. Ik zie dat je alleen bent.'

'Dag, Sheldon. Ja, natuurlijk ben ik alleen.'

'Maar Harry is net weg, dat weet ik zeker.'

Pauline knikte alleen maar en liep naar de haard. Sheldon kwam bij haar staan en kuste haar wang. Hij schonk een single malt voor zichzelf in en slenterde het vertrek door.

'Die affaire zal nu wel op zijn laatste benen lopen,' zei Sheldon, terwijl hij naast haar kwam zitten op de bank.

'Zou kunnen...' Meer kon ze niet uitbrengen.

'Harry is ongetwijfeld verliefd op je geworden. Dat doen ze eigenlijk allemaal. Maar wat zijn je gevoelens voor Harry?'

'Hij is echt een heer, zorgzaam. Het is een aardige man.'

'En ongetwijfeld goed in bed. Hij zou het niet zo lang met je uitgehouden hebben als hij niet supergeil was geweest en je op je wenken had bediend.' Sheldon lachte.

Pauline zei niets. Ze had een hekel aan Sheldons vulgaire uitbarstingen en de manier waarop hij haar affaires besprak. Ze had al vaak gedacht dat hij daar misschien een soort kick van kreeg. Een beetje zoals sommige mannen van voyeurisme genoten.

Toen er geen reactie kwam, zei Sheldon: 'Ik heb vanmorgen met Tiger gesproken. Ze heeft ons uitgenodigd om bij haar op het chateau in Versailles te komen logeren. Ze geeft een groot zomerfeest en wij zijn uitgenodigd. En ik heb de uitnodiging namens ons beiden aangenomen.'

Pauline schrok even, maar zei toen snel: 'Dat is geweldig, Sheldon. Ze is een fantastische gastvrouw.'

'En ze heeft een heel goede smaak. Voor andere gasten. Er zal gedurende een lang weekend een fantastische groep aantrekkelijke mannen en vrouwen verblijven.'

'Juist, ja,' mompelde Pauline, beseffend waar hij heen wilde. Na een korte stilte vroeg ze: 'Hoe staat het met je Italiaanse minnaar?'

Sheldon grijnsde haar toe. 'Dat is klaar. Ik heb hem teruggestuurd naar Italië. Ik ben zo vrij als een vogel, schattebout, net als jij.'

'Ben ik zo vrij als een vogel?' Pauline trok vragend een wenkbrauw op.

'Natuurlijk. Harry moet nu weg, Pauline. Het duurt al te lang, deze affaire – het is ernst aan het worden. Bedenk dat we een deal hebben, dat je altijd met mij getrouwd zult blijven en dat ik je geld veilig zal stellen, en dat jij zoveel mannen kunt hebben als je maar wilt. Stel je voor, Tiger heeft vast een heerlijke man voor je klaarstaan.'

Pauline slikte opkomende tranen weg en zei: 'Wanneer is dat feest in Versailles? En gaan we eerst naar Parijs?'

'We vertrekken zondag hier uit Harrogate en gaan een paar dagen naar Londen. Parijs het weekend daarna, dan door naar Versailles.'

'Goeie genade, Sheldon, ik kan niet zondag vertrekken. Dan heb ik alleen morgen om te pakken!'

'Het enige wat je nodig hebt, zijn je juwelen en wat kleding. Mrs. Heath stuurt al het andere na. Het maakt eigenlijk niets uit, want ik ben van plan met je te gaan winkelen bij Chanel en Schiaparelli. Ik had ook een paar nieuwe juwelen van Cartier in gedachten.'

Ze knikte, geforceerd glimlachend. 'Wat heb je toch een goeie ideeën, Sheldon,' merkte Pauline op, begrijpend dat hij haar uit Harrogate weghaalde voordat ze Harry weer kon ontmoeten. Dit was de laatste dag van hun affaire. Sheldon had daar zojuist voor gezorgd.

Terwijl ze daar naar hem zat te luisteren terwijl hij over hun reis naar Parijs praatte, hoorde ze plotseling een andere stem achter in haar hoofd. Het was die van haar vader, Allan Mallard, die uitlegde dat hij nooit iets deed zonder een advocaat aan zijn zijde. Meerdere advocaten, indien nodig. Dat had hij heel vaak gezegd. Om haar te waarschuwen, veronderstelde ze.

Ik heb een advocaat nodig, dacht ze, misschien meerdere. Machtige advocaten uit Manhattan, met veel invloed. Die zullen me helpen de controle over mijn leven terug te krijgen. Over mijn erfenis. Van Sheldon scheiden. En dan naar Harry gaan. Dan kunnen we trouwen. Alleen al het idee ontlokte haar een glimlach.

Sheldon, die haar zoals gewoonlijk aandachtig opnam, zei: 'Je kijkt ineens zo blij, Pauline. Vanwaar die glimlach?'

'Ik zat net aan de toekomst te denken...' Ze liet de zin onaf en leunde tegen de kussens.

'Ah, ja. Ons reisje naar Versailles zal daar deel van uitmaken. Tiger heeft ons veel pret beloofd.'

Pauline knikte; ze dacht razendsnel na en maakte plannen om naar New York te gaan. Ze zou zich niet door Sheldon laten dwarsbomen. Hij zou binnenkort de schok van zijn leven krijgen. Er verspreidde zich een nieuwe blijde glimlach over haar gezicht toen ze aan Harry Swann en hún gezamenlijke toekomst dacht.

Hoofdstuk 7

Harry had Harrogate achter zich gelaten en reed noordwaarts, naar Cavendon, opgelucht dat Pauline had onthuld waarom ze zich die middag zo eigenaardig had gedragen.

Hij grinnikte. Wat kende ze hem na een paar maanden al goed. Als ze hem die middag bij zijn aankomst had verteld dat haar man al op de terugreis was, zou hij onmiddellijk zijn vertrokken. Ze had hun rendez-vous niet willen opgeven en had het dus voor hem verborgen gehouden.

Pauline Mallard. Wat een unieke vrouw was het toch. Verbluffend mooi, met haar weelderige kastanjebruine haar, prachtige roomblanke huid en amberkleurige ogen. Ze kleedde zich met flair en had ook het geld om het beste te kopen, en daardoor staarde iedereen haar na, waar ze ook ging. Ze veroorzaakte meestal heel wat opschudding. Vrouwen benijdden haar om haar schoonheid, mannen begeerden haar zonder meer.

Hij hield van haar, was haar toegewijd, en als ze er ten slotte in zou toestemmen van Sheldon Faircross te scheiden, zou hij meteen met haar trouwen. Niet alleen pasten ze in seksueel opzicht goed bij elkaar, maar hij genoot ook van haar gezelschap, vond haar uiterst intelligent. Tevens was ze van veel dingen op de hoogte. Ze was fantastisch gezelschap. En ze maakte hem met haar gekke gevoel voor humor aan het lachen.

Terwijl hij voortreed, dacht hij aan een gesprek dat hij pas met zijn moeder had gevoerd. Tot zijn verbazing had hij haar bekend dat hij wilde trouwen omdat hij kinderen wilde. Niet een of twee, maar een heleboel.

Wat benijdde hij Miles en Cecily met hun kroost, en Daphne en Hugo met hun vijf prachtige nakomelingen.

Daar draaide het hele leven toch om? Dat je met een speciale vrouw trouwde en een fantastisch gezin stichtte, een gezin dat je kon liefhebben en beschermen en koesteren.

Harry kromp ineen toen hij zich de opmerking van zijn moeder herinnerde nadat hij zijn kinderwens had uitgesproken. Ze had hem op koude toon gezegd dat zijn huidige geliefde veel te oud was om kinderen voort te brengen en had eraan toegevoegd dat zijn verhouding op het punt stond bekend te worden.

Toen hij had geprobeerd uit te leggen wat hij voor Pauline voelde, had zijn moeder hem het zwijgen opgelegd en hun gesprek beëindigd.

Hij was zich er terdege van bewust waarom Cecily met hem wilde praten. Ze zou hem op zijn kop geven en zeggen dat hij een eind moest maken aan zijn relatie met een vrouw die getrouwd was. Zijn zus keurde het af, en het leed geen twijfel dat zijn moeder Cecily ertoe had aangezet de confrontatie met hem aan te gaan.

Pauline moet haar man verlaten, dat is de enige manier, stelde Harry vast, terwijl hij de grote weg verliet en het land van Cavendon op reed.

En zoals altijd wanneer hij hier terugkwam, al was het maar na een paar uur, overviel hem een geluksgevoel, een gevoel van tevredenheid en het gevoel hier thuis te horen. Dit was zijn plek… dit land dat hij met liefde in zijn hart verzorgde en beschermde. Op deze plek hoorde hij thuis.

Harry zag het meisje helemaal niet. Ze snelde op de fiets over het weggetje links van de weg door Cavendon, in de richting van Little Skell. Hij was zich er pas van bewust dat hij haar had geraakt toen hij het geknerp en een hoge gil hoorde, een paar blote benen door de lucht zag zwaaien en tot slot een plof voelde.

Harry trok onmiddellijk aan de rem en sprong hevig geschrokken de auto uit. Hij zag het verbogen voorwiel van de fiets op de grond, maar van het meisje was niets te bekennen. Hij keek naar links, toen naar rechts, en snapte er niets van.

Even later riep een meisjesstem: 'Ik lig hier, in de greppel. Kunt u me alstublieft helpen?' Hij rende de weg over en liep de berm op, terwijl er boven de rand van de greppel een rode krullenbol verscheen. Het meisje was bezig zich naar boven te trekken, houvast zoekend aan graspollen en planten.

Goddank, ze is niet dood, dacht Harry. Hij knielde op het gras en bood haar zijn uitgestrekte handen aan. Ze pakte eerst de ene vast, toen de andere. Hij hees haar omhoog en even later zat ze zwaar hijgend in elkaar gedoken naast hem.

Harry nam haar snel op. 'Ben je gewond? Heb je ergens pijn?' vroeg hij bezorgd.

'Ik geloof niet dat er iets gebroken is,' antwoordde ze met gefronst voorhoofd. 'Maar ik ben wel een beetje van slag.'

'Dat verbaast me niets,' antwoordde hij. 'Het spijt me dat ik je heb aangereden. Ik zag je helaas niet het zijweggetje af komen. Misschien moet ik met je naar het ziekenhuis in Harrogate rijden, dan kunnen ze daar kijken of je verwondingen hebt.'

Het meisje schudde heftig haar hoofd. 'Nee, nee, dank u, ik maak het prima.'

Harry hield vol en zei: 'Ik vind echt dat je naar een dokter moet. Je kunt wel inwendige verwondingen hebben. Ja, ik kan je maar beter naar een dokter brengen.'

Het meisje begon te lachen en schudde weer haar hoofd. 'Ik zou het weten als er iets beschadigd was. Echt waar. Mijn broers zeggen dat ik een taaie rakker ben.' Glimlachend vervolgde ze: 'Maar ík moet me verontschuldigen. Ik fietste veel te hard. Het spijt me heel erg.'

Harry knikte en zei: 'Als je zeker weet dat je niets mankeert, zal ik niet verder aandringen om naar het ziekenhuis te gaan.'

'Ik weet het zéker.' Het meisje trok haar kleurige bloemetjesjurk recht, trok haar witte sokken op en veegde vervolgens de katoenen jurk schoon. 'Zelfs de jurk is nog heel,' kondigde ze met een twinkeling in haar ogen aan. Ze stak haar rechterhand uit en zei: 'Bedankt dat u me uit de greppel hebt getrokken. En ik ben Phoebe Bellamy.'

'Harry Swann,' antwoordde hij, haar toelachend – hij vond haar meisjesachtigheid, haar vriendelijke manier van doen, innemend. Ze had een aardig gezichtje met sproeten en hazelnootbruine ogen. Hij schatte haar op een jaar of twaalf en had geen idee wie ze was. Hij vroeg zich af waarom ze zich op het land van Cavendon bevond.

Phoebe keek hem verbaasd aan en riep opgewonden uit: 'Bent u een van de beroemde Swanns van Cavendon? U bent toch niet familie van Cecily Swann, de wereldberoemde modekoningin?'

Grinnikend om die beschrijving van Cecily antwoordde hij: 'Ze is mijn zus.'

'Gossie! Wow! Jemig! Wat een eer met u kennis te maken, Mr. Swann.'

Haar onverhulde enthousiasme amuseerde Harry. Hij zei: 'En jij bent dus Phoebe Bellamy. Aangenaam kennis te maken, en het spijt me werkelijk dat dat op zo'n onfortuinlijke manier gebeurde. Goed, en waar woont juffrouw Bellamy? Het moet ergens in de buurt zijn.'

'Dat is ook zo, Mr. Swann. Ik logeer bij mijn oom, commandant Jollion.'

'Ik ken hem goed, en ook zijn zoon Noel, die dan dus jouw neef is.'

'Ja. We logeren allemaal de hele zomer bij oom Edgar.'

Harry ging staan, bood Phoebe zijn hand en trok haar overeind. 'Laten we nu eens kijken hoe goed je kunt lopen, en laten we hopen dat alles in orde is. Als je geen pijn hebt, zal ik je naar Burnside Manor terugbrengen.'

Samen staken Harry en Phoebe de weg over naar de auto. Hij hield haar ondertussen nauwlettend in de gaten en zag dat ze volkomen normaal leek te lopen.

Ze stonden allebei stil toen ze bij de kapotte fiets kwamen. Phoebe keek ernaar en zei: 'Gossie! Wat moet ik met de fiets doen?'

'Ik leg hem daarginds in de berm,' antwoordde Harry. Hij raapte hem op en legde hem verderop neer. 'Ik stuur er morgenochtend iemand heen. Misschien kunnen we hem voor je maken. We hebben een werkplaats.'

'O, wat aardig. Dank u wel, Mr. Swann. Het spijt me dat ik u zoveel last bezorg. Weet u, het gaat goed met mij. Ik kan wel naar Mowbray teruglopen.'

'Nee, daar komt niets van in. Ik rij je naar de Manor en leg commandant Jollion uit wat er precies is gebeurd.'

'Dat is echt niet nodig, dat van die uitleg,' protesteerde Phoebe – ze klonk gealarmeerd.

'Ik zal de schuld op me nemen,' hield Harry vol. 'En wil je nu alsjeblieft in de auto stappen, Phoebe?'

Hoofdstuk 8

Diedre had niet goed geslapen. Ze was rusteloos geweest en haar geest had overuren gemaakt – er spookten heel veel gedachten door haar hoofd.

Ze had zich nu eens niet zorgen om haar vader en zijn gezondheid gemaakt. De afgelopen paar weekends was hij bijna zoals vroeger geweest: veel krachtiger, in goede conditie en weer vol humor. Ze besefte dat ze niet aldoor over hem moest tobben. Charlotte hield van hem en paste zorgzaam en ijverig op hem. Ze waren haar allemaal veel verschuldigd.

Het grootste deel van de nacht was ze in beslag genomen geweest door de gunst die Cecily haar had gevraagd – en door Greta Chalmers, en dan met name Greta's moeilijkheden.

Met haar jarenlange ervaring in de Britse inlichtingendienst wist Diedre dat er veel verschillende manieren waren om aan visa en reisdocumenten te komen, en andere middelen om mensen Duitsland uit te krijgen. Het probleem met de Steinbrenners was die afschuwelijke 'J' die in hun paspoort gestempeld was om aan te geven dat ze Joods waren. Het zou moeilijk zijn om aan vier gloednieuwe paspoorten te komen. Hetzelfde gold voor visa en reisdocumenten. Vier was gewoon te veel; twee zou al moeilijk zijn. Misschien was het zelfs al onmogelijk om er één te bemachtigen.

Ze had twee contactpersonen die mogelijk konden helpen. De ene aan wie ze al verschillende gunsten had gevraagd, was het machtigst. Hij bekleedde een machtige positie in het militaire opperbevel van het Derde Rijk, en ze wist dat hij alles voor haar zou doen, als het enigszins mogelijk was. Toch had ze er moeite mee het hem te vragen. Ze waren al een aantal jaren bevriend; ze bewonderde en respecteerde hem als een dierbare vriend. Ze wilde nu niet weer naar hem toe gaan. Niet al zo gauw.

Knipperend met haar ogen tegen het bleke ochtendlicht dat door de gordijnen viel, ging Diedre rechtop zitten; ze stapelde de kussens op achter haar hoofd, vlijde zich ertegenaan en concentreerde zich op haar andere contactpersoon.

Die moest ze ook onmiddellijk uit haar hoofd zetten, want hij had banden met haar eerste contactpersoon. Ook hij had een hoge rang in het militaire opperbevel en zou zijn leidinggevende gemakkelijk in zijn val mee kunnen sleuren als hij werd betrapt. Hem streepte ze ook door. Bovendien zou hij beter van pas komen op andere terreinen.

Ze bedacht dat ze het best haar eigen man in Berlijn kon gebruiken. Hij was jong, maar kon snel nadenken en had veel ervaring. Ook kon ze hem tot op zekere hoogte ongestraft bellen.

Dat was tegenwoordig een van haar belangrijkste aandachtspunten. Ze wist al een aantal jaren dat telefoons in Duitsland niet veilig waren, en dat vooral gesprekken uit het buitenland in de gaten werden gehouden. De Britse ambassade in Berlijn had hier ongetwijfeld ook mee te maken; ze vermoedde dat de Gestapo meeluisterde, maar zij en haar contactpersoon daar hadden zo hun eigen taal, die voor anderen niet te volgen was.

Ze wierp een blik op de klok en zag dat het bijna zes uur was. De anderen in huis sliepen nog. Ze sprong uit bed, liep haar slaapkamer in, waste haar handen en gezicht, poetste haar tanden en kamde haar haar. Toen ze weer in haar slaapkamer was, trok ze gauw een zijden peignoir aan, stapte in haar slippers en liep naar beneden.

Er heerste stilte. Er was niemand op, niets bewoog. Geen geluid, behalve het tikken van de klok in de hal. Het was nog een beetje te vroeg voor Hanson, de bedienden en de dienstmeisjes. Maar over een halfuur zou de huishoudster op haar post zijn, en zouden ze allemaal druk in de weer zijn met de voorbereidingen voor het ontbijt, en zou de kokkin al in de keuken staan om bijtijds te kunnen beginnen.

Het was koel en stil in de bibliotheek. Diedre ging aan haar vaders bureau zitten, leunde achterover in zijn grote leren stoel en dacht even na. Zijn bureaukalender stond vlak voor haar. Ze staarde ernaar. 'O, god, het is zaterdag,' mompelde ze zacht. Zaterdag 30 juli. Ach, wat kan mij het ook schelen, dacht ze, en een snelle beslissing nemend pakte ze de hoorn, belde de centrale voor continentale gesprekken en gaf aan de juffrouw het nummer in Berlijn dat ze wilde bellen.

'Hallo?' zei een mannenstem bars toen de telefoon vier keer was overgegaan.

'Is Toby Jung daar nog steeds?'

'Spreek ik met Daffy Dilly?'

'Ja.'

'Wat een genoegen je stem te horen, Daffy. Wat is er aan de hand?'

'Ik heb de vorige keer dat ik bij je was een koffer laten staan, Toby. Ik vroeg me af of je iemand kende die misschien deze kant op komt en hem voor me mee zou willen nemen. Ik wil ervoor betalen.'

'Ik zal mijn licht opsteken. Verder nog nieuws?'

'Niet zoveel. Hoe is het in Berlijn? Ik heb een vriendin die er misschien heen gaat; ze vroeg me hoe het weer daar is.'

'De hitte is drukkend. We krijgen geen lucht. De stad stinkt. We zweten allemaal. Er moet hier nodig een frisse wind waaien.'

'Het weer blijft nooit lang hetzelfde, Toby.'

'Dat weet ik, engel. Maar die koffer. Is hij zwaar?'

'Helaas wel, ja.'

'Zou hij door één persoon te dragen zijn?'

'Ik denk het niet. Er moet nog iemand bij, misschien wel twee. Maar ze hebben op stations kruiers, weet je, en ik zorg voor de fooien.'

'Ik zal eens kijken wat ik kan doen. Waar ben je nu?'

'Ik kijk naar de hei.'

'Hoelang?'

'Twee dagen. Hoezo?'

'Ik moest het even weten. Ik bel je terug. Volgende week. Op de oude plek? Ben je daar dan?'

'Ja. Bedankt, Toby.'

'Dikke zoen, engel,' zei hij, en hij hing op.

Diedre legde de hoorn op de haak en leunde achterover. Als iemand had meegeluisterd, zou die er niet veel van begrepen hebben. Maar Toby wist nu dat ze mensen het land uit wilde hebben. Ze spraken altijd in hun eigen geheimtaal. Zijn boodschap voor haar was er een geweest over de toestand in Berlijn, overgebracht via opmerkingen over het weer. Het enige wat ze nu hoefde te doen was wachten en kijken wat hij eventueel voor elkaar kon krijgen.

Toen ze haar naam hoorde roepen, draaide Cecily haar hoofd naar links en zag haar broer naar haar zwaaien. Hij had zijn rijkleding aan en liep langs het stallenblok. Die droeg hij altijd op zaterdag, omdat hij dan over het landgoed reed om alles op het land van de Inghams te controleren.

Ze glimlachte toen hij naast haar stilstond en haar op haar wang kuste. 'Je ziet er vanmorgen beslist stralend uit, Ceci,' zei hij.

'Met vleierij kom je overal, dat weet je best, Harry,' antwoordde ze een beetje lachend, en ze voegde eraan toe: 'Jij ziet er trouwens ook niet verkeerd uit. Heb je je ronde al gedaan?'

'Nee. Ik wilde jou eerst spreken. Zullen we naar het paviljoen gaan? Daar is het koel.'

'En ook heel privé,' merkte Cecily op, haar pas op de zijne afstemmend.

Hij keek haar even aan. 'Dat is waar. Ik vat hem. Maar het was vanmorgen nogal warm in mijn kantoor... dat komt door die julizon.'

'Ik ga je niet op je kop geven of zo, hoor. Je bent een volwassen man en je hebt alle recht je leven te leiden zoals jou dat goeddunkt. Ik wilde alleen maar even met je praten, voornamelijk vanwege mama.'

Harry riep uit: 'Ze is toch niet ziek of zo?'

'Nee, natuurlijk niet, maar ze is bezorgd om jou.'

'Weet ik.' Meer zei hij niet.

Ze liepen zwijgend door, verdiept in hun eigen gedachten. Na een poosje nam Cecily weer het woord. 'Ik wil je bedanken dat je Walter met paardrijden helpt, Harry. Hij is altijd een beetje bang voor paarden geweest, zoals je weet, en het is jou gelukt die angst weg te nemen. Hij is dol op zijn rijlessen bij jou.'

'En op het paard dat ik voor hem heb gekocht. Het is een zachtaardig dier, en hij gaat heel goed vooruit. Ik ben best trots op hem.'

'Hij vertelde me gisteren dat hij David bijna ingehaald heeft en dat hij binnenkort beter zal rijden dan zijn grote broer.'

Harry grinnikte. 'Hij is denk ik op de goede weg. O, ik had gisteren trouwens wat raars. Ik heb een meisje op een fiets aangereden.'

Geschrokken keek Cecily hem aan. Ze fronste haar wenkbrauwen en vroeg: 'Op een fiets? Waar? Toch niet hier op het landgoed?'

'Jawel. Ze kwam met een noodgang van links onze hoofdweg op, in de richting van het dorp. Ik had haar niet gezien.' Hij vertelde Cecily onopgesmukt het verhaal en sloot af met: 'Ze bleek Phoebe Bellamy te zijn, de nicht van commandant Jollion, en toen ze erachter kwam dat ik Swann heette, wilde ze weten of ik familie was van Cecily Swann, de wereldberoemde modekoningin.'

Cecily begon te lachen en schudde toen hoogst geamuseerd haar hoofd. 'Ik heb Phoebe nog nooit ontmoet, maar haar moeder is Adrianna, de zus van commandant Jollion. Ze heeft een vrij groot gezin. Ongeveer zeven kinderen.'

'Lieve help, dat is nogal een aantal. Maar ze had het alleen maar over twee broers,' zei Harry, terwijl ze het paviljoen in liepen. Ze gingen tegenover elkaar zitten, en Cecily verklaarde: 'Mama is niet boos op je, Harry, ze is alleen maar bang –'

'Dat er geroddeld wordt,' onderbrak hij haar somber.

'Ik denk dat dat haar inderdaad wel een beetje zorgen baart, vanwege je positie hier. Maar ze maakt zich meer zorgen over het feit dat je op een weg bent die nergens heen leidt, zoals zij het formuleert. Je hebt tegen haar gezegd dat je kinderen wilt, heel graag zelfs, en zij denkt dat dat niet zal gebeuren omdat Pauline Mallard te oud is.'

Harry knikte, en er kwam een peinzende uitdrukking op zijn gezicht. 'Mama heeft gelijk, Pauline is achtenveertig, en zij denkt het zelf ook. Haar vruchtbare jaren zijn hoogstwaarschijnlijk voorbij. Althans, dat gelooft Pauline.'

'Ze lijkt geen achtenveertig, ze ziet er veel jonger uit.'

'Dat zei ik ook toen ze me haar leeftijd vertelde. Ze is heel eerlijk en openhartig tegen me geweest, Ceci. Pauline is een goede vrouw.'

'Een getrouwde vrouw,' zei Cecily heel zacht. Ze stak haar hand uit en pakte Harry's hand, die op de tafel lag. Ze hield hem stevig vast en zei: 'Luister, ik ben je zus en ik ken je beter dan wie ook. Daarom weet ik dat je smoorverliefd op haar moet zijn, want anders had je allang een eind aan deze affaire gemaakt.' Cecily zweeg even en schudde toen langzaam haar hoofd en zei ten slotte: 'Maar het leidt tot niets.'

Toen Harry bleef zwijgen, zei Cecily zacht: 'Ze heeft zeker een ongelukkig huwelijk?'

'Ja. Sheldon is veel op reis, enne... het is geen intieme relatie, voor zover ik weet.'

Cecily zuchtte onwillekeurig. 'Harry, Harry. Dat zeggen ze allemaal, of het nu een man of een vrouw is die overspel pleegt. Het is altijd hetzelfde verhaal, al eeuwenlang. Altijd zo geweest, vermoed ik.'

'In Paulines geval denk ik dat het waar is. Zijn belangstelling ligt elders... is anders gericht.'

'Wat bedoel je?' Ze dempte haar stem en vroeg behoedzaam: 'Bedoel je dat hij homoseksueel is?'

'Dat heeft ze nooit gezegd, alleen maar dat de relatie niet intiem was,' antwoordde Harry zacht. 'En dat hij een andere smaak had.'

'Het verbaast me niets dat ze verder niets zei. Hij zou de bak in kunnen draaien.'

Hij knikte. 'Ik geloof haar, Ceci, en daarmee uit. Ik wil haar niet kwijt.'

'Heeft ze het wel eens over een scheiding gehad?' vroeg Cecily, haar ogen op Harry gericht.

'Ze zegt dat hij nooit zal instemmen met een scheiding, en dat we er het beste van moeten maken.'

'Ik vind niet dat je er het beste van moet maken, zoals Pauline het noemt. Je zit vast aan een vrouw die te oud is om je kinderen te baren, en ook een die kennelijk om de een of andere reden niet wil scheiden.'

Cecily leunde voorover en zei nadrukkelijk: 'Harry, wees alsjeblieft verstandig, denk aan jezelf. En aan je toekomst. Je bent veertig. Maak je los en ga je eigen weg. Je komt heus wel iemand tegen, ik weet het gewoon.'

'Dat klinkt raar uit jouw mond. Ik herinner me nog jouw eeuwige uitspraak... Je zei altijd dat je nooit van iemand anders zou kunnen houden dan van Miles. En zo is het voor mij ook met Pauline.'

'Het is moeilijk, ik weet dat, echt waar. Het leek mama een goed idee als je een poosje weg zou kunnen gaan, op vakantie. Ik had graag gezien dat je met ons meeging... naar Zürich.'

Harry lachte flauwtjes. 'Ik beheer dit landgoed, samen met Miles, en wanneer hij weg is, moet ik hier zijn. Dat wil niet zeggen dat ik geen plezier zou beleven aan een vakantie met jullie beiden in Zürich. Ik vind het heerlijk om bij jou en Miles te zijn. Maar weet je, je neemt je problemen met je mee, waar je ook naartoe gaat. Een voordat je dat nu weer ontkent – dat is precies wat jij ooit tegen mij zei over jouw gevoelens voor Miles.'

Cecily knikte vol liefde voor haar broer, en ook vol begrip voor zijn situatie, zijn emoties. Hij was verliefd op een vrouw met wie hij niet kon trouwen, een vrouw die hoogstwaarschijnlijk niet zijn kinderen zou kunnen baren. Cecily wilde hem niet berispen, of hem het vuur na aan de schenen leggen – ze wilde hem alleen maar troosten. En hem ertoe aansporen iets beters te zoeken. Ze wilde dat ze hem kon voorstellen aan een bijzondere vrouw, maar ze kon op dit moment niemand bedenken. Maar ach, hij zou haar haar bemoeienis niet in dank afnemen.

Cecily stond op en zei: 'Ik ben er voor je als je me nodig hebt, Harry, en dat geldt ook voor Miles.'

Harry sprong ook overeind en pakte vol genegenheid haar arm vast. 'Dat weet ik, en bedankt voor je zorgzaamheid.'

Ze liepen samen hand in hand zonder te spreken over het pad. Hij maakte zich los toen ze bij het stallenblok kwamen. Nadat hij haar op de wang had gekust, zei Harry zacht: 'Ik zal voor David en Walter zorgen wanneer jullie weg zijn, Ceci. Want ik hou van hen.'

Ze knikte. 'Je bent de perfecte oom,' was haar reactie.

Hij lachte haar toe en liep weg.

Ze keek hem na, bedenkend wat een knappe man hij toch was, en vriendelijk en zorgzaam. En hij hield inderdaad van haar kinderen. Dat was maar al te duidelijk te merken aan de manier waarop hij zijn tijd met de jongens doorbracht en hun van alles leerde. Wat een geweldige vader zou hij zijn, en zeker een goede echtgenoot.

Terwijl ze naar het terras liep, dacht ze onwillekeurig: wat heeft mijn broer toch een triest leven. Hij houdt van Cavendon en zijn werk. Hij en Miles zijn dikke vrienden en werken goed samen. Hij is populair bij iedereen, wordt erg bewonderd en is hier omringd door dierbaren. Maar hij is alleen, woont in het huis dat oudtante Charlotte hem heeft gegeven. Helemaal alleen! Hij moet zich vanbinnen leeg voelen. Hij bereidt zijn eigen maaltijden. Of hij steekt de dorpsstraat over naar het huis van onze ouders, of hij eet in het dorpscafé, Little Skell Arms. Hij is geen sociaal dier en leeft merendeels alleen.

Het is niet eerlijk, dacht Cecily, plotseling boos. Die vrouw gebruikt hem. Mijn broer verdient beter. En ik zal ervoor zorgen dat hij het krijgt.

Tien minuten later werd er op Cecily's slaapkamerdeur geklopt en zei Diedre: 'Mag ik binnenkomen?'

'Ja, natuurlijk!' riep Cecily, en ze liep naar de deur. Diedre kwam glimlachend met een jurk in haar hand binnen. Het was de jurk die ze onlangs in de winkel in de Burlington Arcade had gekocht.

'Is er iets mee aan de hand?' vroeg Cecily, de jurk bekijkend.

Diedre keek om zich heen. 'Nou, ik weet niet zeker of die plooien opzij goed zitten. Ik hoop dat ik jou en Miles niet stoor? Is hij in je zitkamer?'

Cecily schudde haar hoofd. 'Nee, hij is met de jongens in de tuin, en Venetia helpt Nanny bloemen voor me af te snijden. Je wilt me zeker alleen spreken?' vroeg ze, haar mond tuitend in een lach.

'Dat klopt.' Diedre legde de jurk op een stoel. 'Zoals gewoonlijk past hij perfect. Het was maar een list, een reden om je op te zoeken.'

'Laten we hier gaan zitten. Als Miles eerder terugkomt dan ik verwacht, gaat hij naar de zitkamer. Dat doet hij altijd.'

Diedre ging naast Cecily op de bank zitten. 'Ik wil je niet te veel hoop geven, maar ik heb met een contactpersoon van me gesproken. Vanmorgen. In Berlijn. Hij zal zien of er een manier is om Greta's familie te helpen.'

'O, fantastisch!' Cecily's gezicht klaarde op.

'Verheug je niet te veel, Ceci. En zeg niets tegen Greta. Tegen niemand, trouwens. Zelfs niet tegen Miles. Er is een enorm probleem met de Steinbrenners, en dat is hun paspoort. Ze hebben gloednieuwe nodig, zoals ik gisteren al tegen je zei. Te veel om in één keer te regelen, als je het mij vraagt. De familie moet misschien in de loop van vele maanden een voor een het land uit worden gesmokkeld.

'O, maar dat zou zo moeilijk voor hen zijn,' protesteerde Cecily. 'Greta zal van streek zijn.'

Diedre keek Cecily indringend aan, en haar gezicht stond ernstig. Ze zei: 'Je moet begrijpen dat dit ontzettend moeilijk is. Inmiddels vrijwel onmogelijk. Greta zal er niets over te zeggen hebben. Als ik één persoon het land uit kan krijgen, bof ik al. En die persoon ook. Wie van de familie zou dat moeten zijn? Wat denk jij?'

'Ik heb geen idee. Voor zover ik iets over de professor weet, ben ik er zeker van dat hij zal willen dat zijn kinderen het eerst vertrekken. Als het er maar een is, denk ik dat hij Elise, zijn dochter, zou kiezen. Maar ik kan het aan Greta vragen –'

'Je mag hier niet met Greta over spreken!' riep Diedre scherp uit. 'Dat heb ik je toch net gezegd, Cecily! Níémand mag het weten. De keuze zal op het laatste moment gemaakt moeten worden. Zeg alsjeblieft dat je begrijpt hoe moeilijk dit is. En gevaarlijk.'

'Ja. Het spijt me, Diedre, als ik dom overkom.'

'Dat doe je niet, maar je hebt geen idee hoe de situatie in Berlijn is. De

Gestapo is overal, en ook de ss, en iedereen is in principe verdacht. Het spijt me dat ik tegen je snauwde, maar anderen zullen dit voor mij moeten doen, en het zou hun het leven kunnen kosten als ze gesnapt worden.'

Cecily werd bleek. Ze knikte. 'Ik bagatelliseerde het niet. Ik besef de ernst van zaak.'

Diedre stak haar hand uit en gaf een kneepje in haar arm. 'Geheimhouding is van het grootste belang. Wanneer je in Zürich bent, mag je niets tegen Daphne of iemand anders zeggen. Dat weet je?'

'Ja. Het blijft tussen ons. Ik zal je nooit verraden.' Cecily balde haar hand tot een vuist en strekte haar arm. 'Trouw bindt mij,' zei ze.

Diedre deed hetzelfde en legde haar vuist op die van Cecily. 'Trouw bindt mij,' herhaalde ze.

Buitenlandse intriges

Jack be nimble, Jack be quick,
Jack jump over the candlestick.

Oud Engels kinderversje

Hoofdstuk 9

Daphne was de eerste keer dat ze hem zag, nu ruim vierentwintig jaar geleden, meteen verliefd geworden op Villa Fleurir aan het meer van Zürich. Hugo had haar op huwelijksreis meegenomen naar Parijs, en daarna waren ze doorgereisd naar Zwitserland, waar ze een tijdje waren gebleven.

De villa was ruim, met grote kamers die in elkaar overliepen, en alle gebruikte kleuren waren zacht, gedempt: crème en wit, lichtroze en perzikkleurig, en heel lichtblauw.

Het was er fris, en je voelde je er welkom; het huis en de inrichting hadden iets informeels, en Daphne had er nooit iets aan veranderd, omdat ze het gevoel van gemak en comfort prettig vond.

In de meeste kamers stond een mix van antieke meubels met een warme houtkleur en grote, comfortabele banken en stoelen die waren overtrokken met prachtige stoffen, en er hingen mooie schilderijen aan de muren. Al deze elementen verrijkten de kamers, gaven er iets vertrouwds aan, maar de villa was allerminst in een volledig traditionele stijl ingericht, want die vond Daphne vaak veel te stijf.

De informele sfeer had haar in de loop der jaren tot een vrijere manier van leven gebracht, vooral nadat er meer kinderen waren geboren, en iedereen vond het hierdoor heerlijk in de villa te verblijven, of dat nu 's zomers of 's winters was. Cavendon was hun thuis, maar bij een voornaam huis hoorde een bepaalde verantwoordelijkheid en werden bepaalde normen verwacht. In de loop der jaren was de villa niet alleen voor Daphne en Hugo en hun kinderen het ultieme vakantiehuis geworden, maar ook voor andere familieleden. Daphnes vader, de zesde graaf, had er zijn huwelijksreis met Charlotte doorgebracht en was in de ban geweest van de schoonheid en sereniteit.

De belangrijkste ontvangstkamers kwamen uit op een grote tuin die doorliep tot aan het meer, en de uitzichten waren spectaculair. Hugo, die de villa lang voor zijn huwelijk met Daphne had gekocht, had hem nooit willen verkopen, ook niet toen er financiële problemen dreigden. Hij had altijd begrepen dat Villa Fleurir een fantastische plek was om er even tussenuit te zijn en te relaxen, om te genieten van het natuurschoon om het huis en van de oude charmante stad Zürich.

De enige kamer die Daphne had veranderd, was een kleine zitkamer die uitkwam op de bibliotheek. Ze had hem uiteindelijk zelf in bezit genomen. Door er een bureau in te zetten had ze er meteen een kantoor van gemaakt. Zolang ze een veilige plek had voor haar administratie en een plek waar ze kon werken, was ze gelukkig.

Op deze zonnige ochtend in de eerste week van augustus zat ze achter het bureau de huishoudadministratie door te nemen. Doordat ze jarenlang voor haar vader Cavendon had gerund, was ze eraan gewend geraakt alles te controleren, ook het geld dat in de villa werd uitgegeven. Tevreden over het feit dat ze binnen haar budget was gebleven, sloot ze het laatste boek en leunde achterover in haar stoel.

Toen ze pas met Hugo getrouwd was, hadden Hans en Hilde Bauer het huis uiterst efficiënt beheerd en alles tiptop in orde en werkend gehouden. Hun zoon Bruno, zijn vrouw Anna en twee dienstmeisjes die dagelijks kwamen, hadden het overgenomen toen Hans met pensioen was gegaan. De zoon was zo mogelijk nog beter dan de vader, maar Daphne hield die gedachten altijd voor zich. En Hilda was een prima kokkin geweest, maar Anna deed niet voor haar onder. Ze boften dat ze de Bauers hadden om voor hen te zorgen.

Ze stond op en ging de hal in. Snel liep ze de huiskamer door naar de tuindeuren. Ze stond op de drempel van de openslaande deuren met haar hand boven haar ogen om ze te beschermen tegen het felle zonlicht en kreeg toen haar dochter Alicia in de gaten, die in het paviljoen aan het eind van het grasveld zat. Om zich heen kijkend besefte ze dat het rustig was in huis, heel stil voor de verandering. Iedereen behalve Alicia was verdwenen.

Daphne liep naar het paviljoen, de tuin bewonderend terwijl ze het meer vóór zich naderde. De bloemen waren schitterend en maakten de tuin dit jaar adembenemend mooi. Alles had zo mooi gebloeid, en gelukkig ook op het juiste moment.

Alicia keek op toen ze haar moeder naast zich zag staan en lachte Daphne toe.

Haar moeder boog zich voorover, gaf haar een kus op haar wang en ging naast haar zitten. 'Waar is iedereen, schat? Zijn ze allemaal weg?'

'Nee, helemaal niet. Tante Cecily zit boven in haar slaapkamer. Ze zei tegen mij dat ze moest werken. En mensen moest bellen, vast en zeker om te kijken hoe het op de zaak gaat. Charlie zit op zijn kamer te schrijven. Papa is naar een vergadering en heeft oom Miles meegenomen. Hij zei dat ze op tijd terug zouden zijn voor de lunch, en dat we niet bang hoefden te zijn dat ze te laat zouden komen.'

Daphne lachte. 'Je vader is zelden te laat, de goeie ziel.'

'Ik ben blij dat tante Cecily en oom Miles hier zijn, mama,' zei Alicia. 'Ik vond haar er moe uitzien. Hen allebei. Maar tante Cecily leek meer gespannen.'

'Ik weet wat je bedoelt. Ik heb het ook gemerkt toen ze dinsdagavond aankwamen. Maar nu ze hier een paar dagen is, lijkt ze meer op haar gemak, vind je ook niet?'

'Dat komt door het huis – iedereen komt hier los. Ze worden allemaal zacht en onbezorgd en opgewekt. Dat zie ik denk ik goed.'

Daphne lachte. 'Dat weet ik wel zeker. Ze laten eigenlijk alles los. Maar, Alicia, heb je al een besluit genomen? Ga je met je broers mee naar de familie Bowen in Zuid-Frankrijk of niet?'

Alicia schudde haar hoofd. 'Nee, mama. Ik ga aanstaande maandag terug naar Cavendon. Ik wil me voorbereiden op mijn werk, in september, want dan zijn Felix en Constance terug. Ik heb gisteren een briefje van hem gekregen waarin hij zegt dat hij me als cliënt aanneemt.'

'Ik ben heel blij voor je, schat!' riep Daphne uit. 'Ze zijn de beste; ze zullen je goed helpen. En het kan geen kwaad voor je carrière als actrice dat je de nicht bent van een van de beroemdste acteurs van Engeland.'

Er was plotseling rumoer; er klonk gelach en ze hoorden mannenstemmen. Daphne hield op met praten en keek achter zich. Alicia deed hetzelfde en riep toen: 'Het zijn papa, oom Miles en Charlie! Maar wat zijn ze in 's hemelsnaam aan het doen?'

Daphne schudde haar hoofd. 'Ik heb geen idee. Maar ik zie wel een paar damesschoenen achter hun gezamenlijke broekspijpen uit piepen.'

'O, dat is natuurlijk tante Cecily! Ze plagen haar of zo,' opperde Alicia. 'Ze zijn in ieder geval gekheid aan het maken.'

Charlie, Daphnes oudste zoon, kwam over het tuinpad aangemarcheerd; hij hief zijn armen en bewoog gracieus zijn handen, als een dirigent die een reusachtig orkest dirigeert. Hij zong luid: 'Tada! Tada! Tada!'

Op dat moment verscheen Cecily ten tonele. Ze kwam door de openslaande deuren het terras op en liep naar de mannen.

Alicia zei: 'O, ze verbergen zeker iemand anders, mama. Wie zou het toch zijn?'

'Ik heb geen flauw idee,' antwoordde Daphne, en ze stond op, ging voor het paviljoen staan en staarde naar het terras. Meteen wist ze wie het was en haar hart sprong op van vreugde. Er was maar één persoon in de wereld die van die bevallige benen, nu volledig zichtbaar, op heel hoge hakken had.

'Hé! Verstop je niet achter die malle mannen!' riep ze uit. 'Ik herken je aan je benen en je schoenen, Diedre.'

Hugo, die heel goed wist dat zijn lieve vrouw zich zelden ergens door liet verrassen, stapte opzij, en Miles deed hetzelfde, waardoor Diedre snel het pad af kon lopen, Daphnes gespreide armen in.

Cecily, die naast Miles stond, vroeg zich af waarom Diedre in Zürich was. Was ze hier met nieuws voor haar? Meteen wuifde Cecily dat idee weg. Het was nog veel te vroeg voor nieuws. Ze had de vrijdag ervoor, nu precies een week geleden, voor het eerst met Diedre over Greta's probleem gesproken. Misschien wilde Diedre gewoon een paar dagen ontspannen op een andere plek, had ze verandering van omgeving nodig.

Cecily wist hoe hard ze werkte en hoe betrokken ze was bij haar werk op het ministerie. Niet dat ze er ooit iets over zei. Dat kon ze niet, vermoedelijk omdat ze gebonden was aan de geheimhoudingswetten van het land. Als ze inderdaad bij de inlichtingendienst werkte. Geen van hen wist iets van haar werk. Ook vóór haar huwelijk met Paul was ze al nooit spraakzaam geweest over haar leven in Londen. En dat was niet veranderd nadat ze in 1935 weer was gaan werken.

De twee zussen hielden elkaar even vast. Hun band was de laatste negen jaar hechter geworden dan ooit; ze hadden zich samen door de familieproblemen en -beproevingen heen geslagen, vooral nadat Paul zo plotseling was overleden. Diedre was overmand geweest door groot verdriet en had op haar, Cecily en DeLacy gesteund. Ieder van hen had geholpen zoveel ze kon, was er voor haar geweest wanneer het verdriet haar te veel dreigde te worden.

Ten slotte lieten ze elkaar los en keken elkaar grijnzend aan. 'Ben ik even blij jou te zien!' zei Daphne. 'Welkom, lieve Diedre. Het doet me goed dat je er bent.'

Voordat Diedre kon reageren, nam Hugo het woord. 'Ik kon mijn ogen niet geloven toen we terugkwamen in de villa en Miles riep: "Kijk eens wie daar komt aangewaaid," en daar stond Diedre voor onze neus, een taxi te betalen.'

Diedre keerde zich naar haar zus en zei: 'Weet je, Daphne, ik ben woensdagavond in Genève aangekomen omdat ik daar de volgende dag iets moest doen. Tot mijn verbazing verliep dat allemaal heel gladjes, en toen bedacht ik dat ik wel heel dicht bij Zürich was. En plotseling wilde ik bij jullie zijn en hier een paar dagen doorbrengen. En toen besloot ik gewoon hierheen te komen en jullie te verrassen zonder eerst te bellen.'

'En we zijn blij dat je dat gedaan hebt,' zei Miles. 'Je bent een gewéldige verrassing.'

'Het is heerlijk je hier te hebben, Diedre,' zei Cecily warm, en ze liep naar haar schoonzus en kuste haar op de wang.

Diedre keek Cecily heel direct aan. Hun blikken haakten zich in elkaar en de veelbetekenende blik die ze uitwisselden zei alles: niets zeggen.

Daphne stak haar arm door die van Hugo. 'Laten we op het terras een verkoelend drankje voor de lunch gaan drinken. Het begint hierbuiten behoorlijk warm te worden.' Ze keek hem aan en voegde eraan toe: 'Anna en Bruno weten toch dat Diedre hier is?'

'Ja, hoor. Bruno heeft Diedres koffer naar haar kamer boven gebracht, en hij zei dat hij tegen Anna zou zeggen dat er voor één persoon extra gedekt moet worden.'

Daphne knikte en ging met haar man voor over het pad; de anderen volgden.

Het lange terras achter de villa dat uitkeek op het meer en de bergen, was in feite een overdekte galerij in de vorm van een loggia, waarbij het dak schaduw en bescherming bood en de open uiteinden ervoor zorgden dat de lucht vrij kon stromen. Het was er meestal koel, zelfs op de warmste dagen, en de familie gebruikte er 's zomers altijd het middagmaal, en vaak ook het avondmaal.

Ze gingen met hun zevenen op de witte rieten leunstoelen zitten die om de ijzeren tafel met glazen blad heen stonden. Terwijl ze zich installeerden, arriveerde Bruno met een blad met glazen en een grote kristallen kan met limonade. Nadat hij hen had bediend, wendde hij zich tot Daphne en zei zacht: 'Wanneer wilt u de maaltijd geserveerd hebben, *my lady*?'

'Over ongeveer een halfuur, graag, Bruno.'

Hij knikte en verdween.

Charlie zei: 'Gaat u vaak naar Genève, tante Diedre?'

'Af en toe, Charlie. Waarom vraag je dat?'

'Ik was gewoon nieuwsgierig. Eigenlijk vind ik dat u vaker langs zou moeten komen, vindt u ook niet, mama?'

'Jazeker. Maar je tante moet ook om Robin denken, en die brengt de zomers op Cavendon door, en daar treffen we Diedre dan ook meestal aan. Aan zijn zijde, als een goede moeder.'

'Misschien neem ik hem hier weer eens een paar dagen mee naartoe,' merkte Diedre op. 'Hij heeft het altijd fijn gevonden hier te logeren, vooral wanneer hij bij jou was, Charlie. Bedankt dat je je met hem bezighoudt en hem het gevoel geeft bijzonder en, nog belangrijker, al groot te zijn.'

'Het is een opmerkelijke jongen. Wanneer ik met hem praat en luister naar zijn antwoorden op mijn vragen, en hem in de ogen kijk, denk ik altijd onwillekeurig: hij is hier al eens geweest, het is een oude ziel.'

Diedre knikte. 'Dat is denk ik ook zo.' Ze zweeg even. 'Hij mist zijn vader, en jij bent in de vakanties in het gat gesprongen. Hij is dol op je, Charlie, en je hebt hem het schrijfvirus bezorgd. Hij zei vorig weekend dat hij journalist wil worden, net als jij na Oxford.'

'Ik heb hem wel aangemoedigd, ja. Ik hoop dat u niet boos bent.'

'Nee, helemaal niet.'

Charlie stapte over op een ander onderwerp, en terwijl hij Miles aankeek zei hij: 'Over journalistiek gesproken: ik heb gemerkt dat de Britse kranten vol staan met artikelen over Edward en zijn minnares. Onze voormalige koning schijnt echt een volgeling van Hitler en de nazi's te zijn. Hij werd onlangs in een van de kranten geciteerd. Hij schijnt tegen iemand te hebben gezegd dat hij honderd procent Duits bloed heeft. Ik geloof tegen Joachim von Ribbentrop toen die de Duitse ambassadeur in Londen was, maar ik –'

'Dat heb ik ook gelezen,' onderbrak Miles hem. 'En hij zei het tegen Diana Mosley, de vrouw van Sir Oswald Mosley, niet tegen Von Ribbentrop.' Miles schudde zijn hoofd. 'Ze vond het vast heerlijk dat te horen, gezien Sir Oswalds bewondering voor Hitler. Zij en haar man zijn constant in Berlijn, net als Unity Mitford, haar zus, die geobsedeerd is door Hitler.'

'Die zussen Mitford slaan alles!' riep Hugo uit. 'Eer betonen aan de Führer in hoogsteigen persoon, en Unity met haar hielengelik. Hij voelt zich erg gevleid door alle aandacht die hij krijgt van bepaalde leden van de Britse aristocratie. Dwazen zijn het, allemaal. Logisch dat Churchill kookt van woede, dat doe ik ook. Ik leef met hem mee.'

'Ik weet wat je bedoelt,' mengde Daphne zich in het gesprek. 'Maar ik heb gemerkt dat het establishment net zo denkt: ze vinden Hitler een geweldige leider. Ze zijn bang voor het communisme, daarom.'

Alicia richtte haar aandacht op Miles en zei: 'Maar onze koninklijke familie ís toch Duits, oom Miles?'

'Inderdaad. Onze ex-koning sprak de waarheid toen hij zei dat hij Duits bloed had. We mogen niet vergeten dat zijn overgrootmoeder, koningin Victoria, Duitse was via haar voorouders, de Hannoveraanse koningen, en dat haar moeder Duitse was. Victoria huwde een Duitser, haar neef prins Albert van Saksen-Coburg-Gotha. Zo heeft onze koninklijke familie ook jarenlang geheten. Koning George v, Edwards vader, veranderde die naam tijdens de oorlog. Toen heeft de familie de achternaam Windsor aangenomen.'

Miles schraapte zijn keel en wilde verder praten, toen Daphne uitriep: 'Ik zie Bruno klaarstaan, dus laten we maar gaan eten. En Miles, alsjeblieft geen geschiedenislessen. Als kind heb ik er bij iedere maaltijd naar moeten luisteren.'

Haar broer was zo vriendelijk te lachen, en Cecily riep uit: 'Ik was dol op zijn geschiedenislessen, en dat ben ik nog steeds. Miles heeft een fantastisch geheugen voor al die schitterende historische details.'

Terwijl ze opstond, schonk Daphne Cecily een warme blik en plaagde: 'Natuurlijk ben je dol op zijn geschiedenislessen. Je bent dol op alles wat hij doet. Je aanbidt de grond waarop hij loopt.'

Grijnzend kaatste Cecily terug: 'Dat is waar, ja, en het kan me niets schelen als iedereen het weet.'

'We weten het allemaal sinds je een jaar of twaalf was,' mompelde Hugo, terwijl hij Cecily's arm in het langslopen een kneepje gaf. Hij boog zich over haar schouder en fluisterde in haar oor: 'Maar ik persoonlijk hou van je omdat je zo van hem houdt.'

Hoofdstuk 10

Diedre, die van nature veel observeerde, had deze bijzondere eigenschap door jaren van training op het ministerie van Oorlog versterkt, en ze vond het een fascinerende bezigheid mensen gade te slaan, zelfs als het haar eigen familie betrof.

Dus toen ze allemaal aan de andere kant van de loggia van de lunch zaten te genieten, kon ze zich uitleven. Ze zei haast niets en deed omstandig alsof ze met smaak at, maar hield ondertussen haar oren wijd open.

Tijdens de eerste gang, een koude vichyssoisesoep bestrooid met bieslook, praatte haar familie over Wallis Simpson, de Amerikaanse gescheiden vrouw voor wie Edward VIII de troon had opgegeven, zodat hij met haar kon trouwen.

Het interesseerde Diedre niet echt, en ze luisterde maar met een half oor. Haar gedachten waren op dit moment bij haar leidinggevende, William Lawson. Hij was een paar jaar voordat ze in 1935 terugkeerde, een jaar na Pauls plotselinge en tragische dood, komen werken bij 'de firma', zoals hij dat noemde. Hij had haar warm en enthousiast verwelkomd en zijn bewondering voor haar en haar vele talenten niet onder stoelen of banken gestoken. Het gevolg was dat hij haar heel wat ruimte had gegeven in de drie jaar waarin ze nu al nauw met hem samenwerkte, en hij luisterde naar haar ideeën.

Daar richtte ze nu haar gedachten op – ze wist dat hij zijn toestemming zou geven als ze om een paar extra dagen vrij vroeg. Hij had het in ieder geval niet erg gevonden dat ze vandaag naar Zürich was gegaan om het weekend bij haar zus en andere familieleden door te brengen. Misschien zou ze Will later bellen en hem om deze gunst vragen.

Toen ze een paar uur geleden in de villa was aangekomen, had Diedre zich voor het eerst in maanden ontspannen. Dat was voor een groot deel te danken aan Daphne, die iedereen altijd liefde en begrip schonk. En Diedre vormde daar geen uitzondering op.

Steels keek ze over de lange tafel naar haar zus, en onwillekeurig was ze heel trots. Daphne was nu tweeënveertig, maar dat zag je niet aan haar. Ze was nog steeds de grote schoonheid van de familie, de bekoorlijke blondine met de roomblanke perzikhuid die ze altijd was geweest. Ze was wel een beetje aangekomen, maar niet veel, en ze had een lieve uitstraling. Dat komt door haar goedheid, oprechtheid en toewijding, stelde Diedre vast, wetende hoezeer Daphne zich altijd om anderen bekommerde. Maar achter de liefdevolle echtgenote en moeder ging een stalen vastberadenheid schuil, die Daphne in staat had gesteld na het vertrek en de dood van hun moeder Cavendon Hall te runnen.

Ook door de nabijheid van Hugo voelde Diedre zich goed, misschien omdat hij zo goed met mensen kon omgaan, wist hoe hij hun het gevoel moest geven dat ze welkom waren. Hij had een goede band gehad met haar Paul, was de zakenpartner en beste vriend van haar echtgenoot geweest. Veel van haar gelukkigste herinneringen waren verbonden met haar zus en zwager, en die herinneringen verwarmden haar, namen wat van de pijn in haar binnenste weg.

Diedre werd uit haar gemijmer gerukt toen Bruno de hoofdgang voor haar neerzette en Hugo zei: 'Anna maakt de lekkerste zeebaars ter wereld, zoals jullie weten.'

Hem toelachend zei ze: 'Dat weet ik nog wel. En Daphne stelt altijd de heerlijkste menu's samen.'

'Mama is de beste moeder die er is,' verkondigde Charlie. 'Ze is een tovenares. Ze doet alles perfect.'

Hugo grijnsde, en Alicia knikte instemmend, waarna Miles en Cecily volgden. Diedre voegde eraan toe: 'En zonder meer de beste zus die ooit bestaan heeft.'

Er kroop een lichte blos vanuit Daphnes nek naar haar wangen, en er glinsterden tranen in haar ogen, maar ze wisten allemaal dat het tranen van geluk waren. Ze zat hen lachend aan te kijken, duidelijk in haar nopjes.

Diedre liet haar observeergewoonte los en concentreerde zich op haar bord met eten. De zeebaars was geroosterd en werd geserveerd met nieuwe aardappeltjes en een citroensaus met kappertjes.

'Het is heerlijk,' zei Diedre tegen Hugo, en ze voegde eraan toe: 'Ben jij hier volgende week ook nog, Hugo? Of ben je dan in Genève?'

'O, hier natuurlijk, Diedre. Geen zaken volgende week. We willen nog een paar weken van Villa Fleurir genieten. En dan gaan we weer terug naar Cavendon.'

'Ik dacht erover volgende week naar Berlijn te gaan,' zei Charlie, eerst zijn moeder en toen zijn vader aankijkend, terwijl hij vragend een wenkbrauw optrok.

'Berlíjn!' riep Daphne uit, en ze staarde haar zoon stomverbaasd aan. 'Waarvoor in godsnaam?'

'Om de stad te zien. Voelen hoe het daar is. Ik heb zoveel gelezen over al die mannetjes die daar in belachelijke operetteachtige uniformen rondstappen dat –'

'En dat zou inderdaad grappig zijn als die mannetjes, zoals jij ze noemt, niet een stelletje gevaarlijke gangsters waren,' onderbrak Diedre hem op ernstige toon, haar neef met een grimmig gezicht aankijkend. 'Vergis je niet, het zijn tirannen, en ze laten zich door niets tegenhouden om hun doel te bereiken. Dat is één ding dat zeker is, Charlie.'

'Ik ben niet van plan je toestemming te geven om naar Berlijn te gaan,' zei Hugo ferm. 'En wat zou je ermee opschieten, als ik vragen mag?'

'Dit is een bijzondere tijd in de geschiedenis,' zei Charlie met vriendelijke, vaste stem – hij wilde zijn ouders, die altijd één lijn trokken, niet tegen zich in het harnas jagen. 'Als journalist in de dop wil ik zien wat er gaande is, foto's nemen met mijn Kodak en overal een beetje rondlopen. Ik heb gehoord dat Unter den Linden er ongelooflijk uitziet, met nazivlaggen, hoge zuilen met grote Duitse adelaars erop, bewegende zoeklichten. Zeer kleurrijk.'

'Nee,' zei Diedre op harde toon. 'Ze hebben die prachtige laan verpest met hun toneelrekwisieten. Enfin, niemand zou in zijn eentje naar Berlijn moeten gaan, Charlie, en vooral niet iemand van twintig.'

'Ik word binnenkort eenentwintig,' voerde hij nog steeds uiterst vriendelijk aan.

'Ik zou wel met je mee willen,' zei Alicia. 'Maar ik ga maandag naar Cavendon.' Omdat ze een ruzie tussen haar broer en haar ouders wilde afwenden, ging ze haastig verder: 'Ik heb vandaag een brief van Felix gehad, die bij Dulcie en James in Los Angeles is. Hij en Constance hebben erin toegestemd me te vertegenwoordigen en mijn managers te zijn. Ik wil namelijk films maken, niet het toneel op gaan.'

'Wat! Jij, een filmster?' riep Charlie hoofdschuddend, grinnikend. 'Je bent het lelijke eendje van de Inghams.'

'Nietwaar,' zei Cecily. 'Ze is een gracieuze en elegante zwaan, als je me het gebruik van mijn naam wilt vergeven.'

Charlie grijnsde naar zijn tante en zei: 'Ik plaag de mooie Alicia maar, en dat weten jullie allemaal.'

'Dat is zo, schat,' zei Daphne. 'En je hebt met je Kodak prachtige foto's van Alicia gemaakt. Maar toch zeggen we nee tegen Berlijn.'

Cecily keek Diedre aan en zei aarzelend: 'Misschien moeten we allemaal met Charlie meegaan... Wat vind jij, Diedre?' Ze zat op een antwoord te wachten, inwendig bevend, hopend dat Diedre niet boos op haar zou zijn.

Diedre reageerde niet meteen – Cecily's voorstel verbaasde haar niet echt. Ze zei altijd wat ze dacht. Haar schoonzus had in haar hele leven nog nooit angst getoond. En bovendien had ze uitgesproken wat Diedre op dat moment zelf zat te denken. Het zou voor haar een manier zijn om Toby Jung persoonlijk te spreken en de evacuatie te plannen, áls er een kwam. Maar hoe moest ze dat voor elkaar krijgen? Ten slotte sprak ze.

'Wat ik vind...? Tja, volgens mij is een familie als de onze volkomen veilig in Berlijn. Vooral als we door de Britse ambassadeur, Sir Nevile Henderson, zouden worden uitgenodigd voor een receptie in –'

'Goh, tante Diedre, zou u dat kunnen regelen?' onderbrak Charlie haar vol ontzag.

'O, nee, Charlie, dat soort macht heb ik niet, maar ik weet dat mijn chef het idee had dat binnenkort de jaarlijkse receptie weer wordt gegeven. Voor belangrijke gasten in Berlijn. Ik zou het kunnen onderzoeken, kijken of dat waar is.'

'Hitler is dol op de Britse aristocratie. Dat weten we allemaal, en ja, wíj zouden natuurlijk veilig zijn,' zei Miles positief. 'En ik zie waar je heen wilt, Diedre. Als we gefêteerd worden op de Britse ambassade zou ons dat het stempel van goedkeuring geven.'

'O, maar dat hebben we toch al,' riep Daphne uit. 'We zijn de Ingham-clan. Iedereen heeft van ons gehoord. We zijn, nou ja, op onze manier beroemd.'

'We zijn in ieder geval blond genoeg,' voegde Charlie eraan toe. 'En we hebben allemaal blauwe ogen. Nou ja, bijna allemaal. Op één na.'

Cecily moest lachen, maar zei tussen het lachen door: 'Ik weet dat ik geen blondine met blauwe ogen ben. Maar ik ben ook heel beroemd. Diverse Duitse prinsessen zijn klant bij mij.'

'Nou, zie je wel, we horen erbij!' riep Charlie uit. 'O, papa, laten we erheen gaan. Ik weet zeker dat het een heel interessante ervaring zou zijn.'

Hugo keek Daphne aan, maar die keek zorgelijk. Ze zei heel langzaam: 'Laten we erover praten, Hugo. Alles tegen elkaar afwegen.' Zich tot Charlie wendend voegde ze eraan toe: 'We zullen het je morgen laten weten.'

'Waarom doe je dat toch altijd!' riep Alicia uit terwijl ze naast haar broer op de rand van het zwembad ging zitten. Het bevond zich achter het paviljoen, aan de rand van het meer.

Haar snel een blik toewerpend vroeg hij: 'Doe wat?' Zijn blonde wenkbrauwen fronsten zich.

'Onder het middag- of avondeten iets verkondigen wat heel provocerend is en wel problemen móét geven. Ik dank God dat je het niet bij het ontbijt of de thee doet.'

'Ik vind wat ik aan tafel zei niet provocerend,' protesteerde Charlie. 'Jij overdrijft altijd zo. En je bent ook heel bazig.'

'Dat is niet waar. En je was wel provocerend, want je begon over iets wat

Schoonheid wel van streek móést maken,' was haar weerwoord – ze gebruikte de bijnaam die ze al sinds hun kinderjaren voor hun moeder gebruikten.

'Ik vind het niet provocerend dat ik zei dat ik naar Berlijn wilde. Ik bracht haar, hén, alleen maar op de hoogte van mijn reisplannen. Ik toonde gewoon initiatief van mijn kant. Als toekomstig journalist ben ik vanzelfsprekend nieuwsgierig, ben ik gefocust op het nieuws. En Duitsland is beslist in het nieuws de laatste tijd. Dit is toevallig een bijzondere tijd in de geschiedenis. De wereld verandert waar je bij staat.'

'Ze laten je niet gaan,' beweerde Alicia. 'Weet je nog, ze steunen elkaar altijd. Ridder en Schoonheid zitten altijd op één lijn.'

'Jezusmina, dat weet ik, waarom dram je er zo over door? Ze hadden er niet zo'n moeite mee als jij doet voorkomen.' Hij ergerde zich duidelijk aan zijn oudere zus.

'O, jawel! Ik zag alweer zo'n akelige scène aankomen. Daarom heb ik je gered door over iets anders te beginnen, over Felix.'

'Jij vindt het heerlijk om over jezelf te praten, Miss Alicia Ingham Stanton. Je vindt jezelf reuzeknap en elegant. En je carrière reuzebelangrijk.'

'Nietwaar. Maar ik vat dat acteren en mijn carrière starten wel ernstig op.'

'Nou, zo is het ook met mij en bij een krant willen werken. Ik heb definitief besloten dat ik oorlogscorrespondent wil worden. Er komt zeker oorlog, en ik wil ermiddenin zitten en erover schrijven.'

'O, mijn god, zeg er niets over tegen hén. Schoonheid zal een hartaanval krijgen en Ridder zal zijn poot stijf houden. Heel stijf. Vergeet Berlijn maar. Dat gaat niet gebeuren.'

'Nou, wijsneus, ik wed om vijf pond dat we naar Berlijn gaan. Tante Cecily heeft de oplossing gegeven.'

'Ik weet zeker dat je geen vijf pond hebt om die weddenschap af te sluiten,' sputterde Alicia tegen, hem zuur opnemend.

'Die heb ik wel. En let maar op: we gaan met de hele bups naar Berlijn. Jammer dat jij niet mee kan en weg moet om je briljante filmcarrière op te starten. Tada! Tada!'

'Ach, hou daar toch over op, je klinkt volslagen idioot, en het is ook irritant.' Ze keek hem nogmaals boos aan, maar hij glimlachte naar haar, legde zijn arm om haar schouders en trok haar naar zich toe. 'Doe niet zo... Je weet dat je mijn grote vriendin bent, en een echte makker. Ik weet niet wat ik zonder jou zou moeten. Bedankt dat je wat een boze confrontatie met hen had kunnen worden, hebt afgewend – hij steunt haar altijd, daar heb je gelijk in.'

'Mama maakt zich veel zorgen om jou... om al haar kinderen, Charlie. Daarom lijkt ze soms een beetje streng. Maar weet je, ze is reuze knap en slim, en daarom luister ik altijd naar haar. Al-tijd. Ze zegt gewoon verstandige dingen. Maar jij lijkt haar wensen altijd te willen negeren en je uiterste best te doen om domme keuzes te maken.'

'Daar is niks van waar. Dat doe ik níét. En voor het geval je het vergeten bent: ik ben een man en ik kan heus wel op mezelf passen.'

'Dat kan ik ook.'

'Mmm.' Hij schudde zijn hoofd. 'Niet waar. Het is helaas een mannenwereld, Ally.'

'Noem me niet zo! Mama vindt het niet leuk, en ik ook niet.'

'Laten we ophouden met ruziemaken.'

'We maken geen ruzie,' antwoordde ze, maar haar stem veranderde, klonk nu zachter.

'Maar we zijn wel aan het kibbelen,' voerde Charlie aan.

'Ik wil je graag beschermen, broertjelief. Ik wil niet dat je iets overkomt, op geen enkele manier, en soms ga je een beetje overhaast te werk, roekeloos zelfs.'

'Ik weet het.' Hij lachte, pakte haar hand. 'Ik beken schuld, beste meid. Ik zal proberen mijn leven te beteren, voor jou. Om jou een plezier te doen.'

Toen ze zweeg, voegde hij eraan toe: 'Zo kwaad ben je toch niet op me? Je kwam hier toch om met me te zwemmen?'

'Nee, ik kwam hier om je op je kop te geven.'

'Liegbeest.' Hij grinnikte en bleef haar aankijken.

Alicia boog zich naar hem toe, kuste hem op de wang, sloeg haar armen om hem heen en hield hem tegen zich aan. Ze had hem bemoederd vanaf zijn geboorte en deed dat nog steeds. Ze hadden een heel hechte band en waren al vanaf hun kinderjaren twee handen op één buik. In zekere zin leken ze meer een tweeling dan hun broers, Thomas en Andrew, die een tweeling wáren.

Na een paar minuten stilte zei Alicia zacht: 'Je wint, Charlie, ik kwam hier inderdaad om met je te zwemmen. Maar tegelijk wilde ik ook met je praten... je vragen geen dingen meer te zeggen die mama aan het schrikken maken. Ze is al ongerust genoeg, al wil ze dat niet laten merken. Oom Guy is in de oorlog omgekomen, weet je nog?'

'Ik zal het niet meer doen, ik beloof het je. Ik weet dat ik er wel eens iets uit flap, iets zeg zonder erbij na te denken. Het spijt me, ik zal mijn leven beteren.'

'Let gewoon een beetje meer op wat je zegt, dat is alles.' Ze sprong op, en hij volgde haar voorbeeld. Ze keken elkaar aan, veelbetekenend naar elkaar lachend, en doken toen volmaakt synchroon in het water.

Hoofdstuk 11

Altijd wanneer Diedre bij Daphne en Hugo kwam logeren in Villa Fleurir, zei Daphne tegen haar dat ze het kantoortje dat aan de bibliotheek grensde, mocht gebruiken. En dat deed Diedre nu. Iedereen had zich verspreid, was van alles gaan doen, en ze moest rustig nadenken en een paar mensen bellen.

Diedre ging aan het bureau zitten en keek om zich heen, opmerkend hoezeer dit vertrek een afspiegeling was van Daphne en haar smaak. De muren en bijpassende zijden gordijnen waren abrikooskleurig, en de comfortabele bank en leunstoelen waren overtrokken met een abrikooskleurige katoenen stof. Het vertrek kwam tot leven door de levendige kleuren van de schilderijen die aan de muren hingen en de kussens op de bank.

Diedre snoof en glimlachte. Het vertrek geurde naar Daphnes lievelingsparfum, lelietjes-van-dalen, dat speciaal voor haar door Cecily was gecreeerd.

Er ontsnapte haar een diepe zucht, en ze concentreerde zich op Cecily en haar voorstel om naar Berlijn te gaan. Het zou een slimme oplossing zijn – Charlie zou er blij mee zijn en het zou haar goed uitkomen om met het familiegezelschap mee te gaan, als Daphne en Hugo er hun goedkeuring aan gaven. Ze zou het echter aan William Lawson, haar chef, moeten vertellen. Ze kon geen reden bedenken waarom hij bezwaar zou maken; en bovendien was het reizen met de Ingham-familie de perfecte dekmantel voor haar. Diedre was niet van plan het met Will over een mogelijke mensensmokkel te hebben. Het was niet nodig dat hij het wist. Het was trouwens toch onwaarschijnlijk dat het snel zou gebeuren, als het al zou gebeuren.

Diedre vroeg bij de centrale voor overzeese gesprekken het gesprek met Engeland aan, waarbij ze Wills privénummer gaf. Hij nam meteen op en was duidelijk blij iets van haar te horen. Toen ze vertelde over het familiereisje, was hij het met haar eens dat ze moest gaan. 'Het zou nuttig kunnen blijken,' zei hij. 'Volgende week is het jaarlijkse festijn. Ik zal ervoor zorgen dat jullie allemaal worden uitgenodigd. Door de baas zelf.'

'Dat zou fantastisch zijn.' Ze merkte hoe voorzichtig Will was, ook al belde hij met een beveiligde telefoon. 'Ik dacht dat ik misschien het een en ander zou kunnen gaan zien... als je begrijpt wat ik bedoel.'

'Je zus zou het ook enig vinden, als je begrijpt wat ík bedoel.'

'Jazeker. Geen solo.'

'Juist. En denk aan mij.'

'Zal ik doen.'

Ze hingen op. Zijn laatste woorden betekenden dat ze hem iedere dag moest bellen. Dat was verplicht wanneer ze zich in het buitenland bevond.

Haar volgende telefoontje, via de centralist voor internationale gesprekken, pleegde ze met Berlijn.

'Zou ik Toby Jung kunnen spreken?'

'Spreek je mee, Daffy.'

'Ik meld me zoals je hebt gevaagd.'

'Op dezelfde plek als gisteren? Of ben je ertussenuit geknepen, heb je je hart gevolgd?'

'Hoe raad je het?' Ze lachte stilletjes. Wat kende hij haar goed.

'Je klonk zo ernstig, heel gedreven. Alsof je je door niets liet tegenhouden.'

'Klopt.' Diedre leunde achterover en staarde naar het schilderij van het herfstbos op Cavendon, een paar jaar geleden door Genevra geschilderd. Het roodbruin en goudgeel waren perfect voor dit vertrek. Haar ogen bleven op het schilderij rusten terwijl ze het gesprek voortzette. 'Geen vooruitgang, neem ik aan?'

'Er is niets veranderd, Daffy. Iedereen is ergens heen, op vakantie, op bezoek bij ouders. En sommigen houden zich gewoon met hun eigen zaakjes bezig.'

'Je gebruikelijke aantal helpers is dus geslonken?' vroeg ze.

'Dat kun je wel zeggen.'

'Misschien moet ik de koffer gewoon bij jou laten, Toby. Hem gewoon maar vergeten.'

'Dat zou misschien moeten, Daffy Dilly.'

'Bedankt dat je hem voor me hebt bewaard. Hoe is het weer?'

'Smoorheet. Gruwelijk heet zelfs.'

'Ik hou niet van heet weer,' zei Diedre, 'ik ben in het noorden opgegroeid.'

'Denk je erover hierheen te komen?'

'Dat is een mogelijkheid,' antwoordde ze rustig.

'Daffy Dilly, wat zou ik dat leuk vinden!'

'Ik ook. En misschien kan ik dan de koffer meenemen.'

Hij negeerde de opmerking over de koffer en vroeg: 'Wanneer?'

'Weet ik nog niet.'

'Ik ben zo vrij als een vogel –' Hij onderbrak zichzelf en vervolgde even later zachtjes: 'Er ís iemand die de koffer ongetwijfeld voor je zou kunnen ophalen. Maar je zou er zelf om moeten vragen.'

'Nee, dat is niet mogelijk!' riep ze uit. 'Dat kan ik niet. Of beter gezegd: dat wíl ik niet. Ik péíns er niet over. Ik mag hem er niet bij betrekken.'

'Ik begrijp het. Kom alsjeblieft, Daffy. Dan kunnen we misschien zelfs een beetje plezier hebben.'

'Wie weet. Tot ziens.' Diedre hing op, leunde achterover en sloot haar ogen. De gedachten tolden door haar hoofd, en ze vroeg zich af of ze naar Berlijn moest gaan of niet.

Diedre zat nog twintig minuten in het kantoortje in gedachten alles door te nemen. Haar voornaamste zorg was de reis naar Berlijn. Het zou alleen werken als ze als groep gingen, en die zou tamelijk groot zijn. In totaal zes personen, want Alicia ging niet mee. Een groep zag je niet zo gauw over het hoofd, dus zouden ze opvallen. Maar ze waren de Inghams van Cavendon en dus beschermd door hun nationaliteit en hun beroemde naam.

Wat Miles eerder had gezegd was waar. Adolf Hitler had inderdaad een zwak voor de Britse adel, en de gezusters Mitford waren een uitstekend voorbeeld van die voorkeur. Maar Diedre besefte ook terdege dat de man die door sommige Britse adellijke lieden en bepaalde politici werd bewonderd, binnen de kortste keren de dictator van Midden-Europa zou zijn, daar was ze van overtuigd.

Hoe kwam het toch dat ze niet zagen wie hij werkelijk was? Een kwaadaardig persoon die de wereld wilde overheersen. Een deel van het probleem was dat ze allemaal zo bang voor Rusland waren. Ze zagen het communisme als een grotere bedreiging dan het fascisme. Diedre slaakte een zucht. Ze vreesde dat ze een akelige toekomst tegemoet gingen, en dat hun grotere verschrikkingen te wachten stonden dan in de voorgaande oorlog.

Er werd zacht op de deur geklopt, en Daphne keek naar binnen. 'Heb je het druk? Kunnen we even praten?'

'Natuurlijk, Daphers.' Diedre stond op, liep bij het bureau vandaan en ging op de bank zitten.

Daphne nam de stoel tegenover haar. 'Hugo en ik hebben zojuist zitten praten over dat idee van Charlie om naar Berlijn te gaan. We willen niet dat hij alleen reist; aan de andere kant begrijpen we waarom hij geïnteresseerd is. Wat is jouw mening?'

'Ik ben het met jou en Hugo eens, hij zou niet alleen moeten gaan,' zei Diedre. 'Ik denk dat iedereen die alleen in die stad verblijft, heel kwetsbaar is in deze tijd.'

Daphne knikte. 'Ik besef dat jij Duitsland beter kent dan wij met zijn allen. Jij bestudeert het land al jaren en je spreekt Duits.' Daphne glimlachte plotseling en vervolgde: 'Ik wil geen zijwegen inslaan, maar ik weet nog dat jij er in 1914 met je vriendinnen Maxine en Laura heen bent gereisd. En toen je terugkwam, waarschuwde je iedereen dat de Duitsers zich aan het herbewapenen waren. Je maakte je er erg druk om.'

'Goh, wat heb jij een goed geheugen. Ja, het was inderdaad een heel onthullende reis. Ik had het gevoel dat ze zich op een oorlog aan het voorbereiden waren, en ik had gelijk.'

'En nu doen ze het weer. Slechts twintig jaar later,' mompelde Daphne met een ernstig gezicht.

Diedre knikte. 'De mensen in ons land herinneren zich nog hoe gruwelijk de vorige oorlog was, met al die dood en verwoesting, en daarom wordt er zo over een politiek van verzoening gepraat. Maar die zal niet werken.'

'Waarom niet?' vroeg Daphne, zich vooroverbuigend, goed luisterend naar wat haar zus zei.

'Omdat Adolf Hitler oorlog wil, hoewel niet per se met Groot-Brittannië. Daarom moedigt ook hij de Britten aan om met het idee van verzoening te komen.'

'Ik begrijp het. Maar terugkomend op Charlie, waarom kan hij niet alleen gaan? Ik moet hem redenen geven.'

'Omdat Berlijn tegenwoordig de gevaarlijkste stad ter wereld is. Hij is militaristisch, in zekere zin, en er zijn duizenden mannen in uniform... leden van de SS, de SD, de SA en de Gestapo. Er is onrust, onverdraagzaamheid en antisemitisme, en er zijn veel mensen die zich onbeschoft gedragen. Niet alleen Duitse criminelen, maar ook zwervers. Er is een toestroom geweest van honderden Polen, Tsjechen, Hongaren, Serviërs, noem maar op, en Berlijn is een kosmopolitische smeltkroes geworden.'

Diedre zweeg even en liet dit alles even bezinken. Vervolgens zei ze: 'Stel je het volgende voor. Een jongeman, in zijn eentje en zich met zijn eigen zaken bemoeiend, stapt een kroeg, of een bierhal, binnen om iets te drinken. Hij geeft iemand een por met zijn elleboog of iets dergelijks, en voor hij het weet zit hij midden in een gevecht en wordt in elkaar geslagen. De mensen zijn heel gespannen, heel opvliegend. En daarom is iemand alleen daar kwetsbaar.'

'Ik begrijp het, Diedre, je hebt het goed uitgelegd. Hugo en ik willen dat hij zelfstandig is, dat hij zijn vleugels uitslaat, zichzelf is, maar aangezien het onverstandig is dat hij alleen reist, vraag ik me af of jij denkt dat het zou werken als we als familie gaan?

'Als je Charlie een plezier wilt doen, en dat wil je kennelijk, kan ik ervoor zorgen dat we ongestoord als familie kunnen reizen. Ik heb met mijn baas gesproken en ik mag volgende week vrij nemen. Dan zou ik met jullie meegaan.'

'Dat zou gewoon geweldig zijn, Diedre. Echt, ik geloof werkelijk dat we niet zouden gaan als jij ons niet kon vergezellen.'

'Ik zal alles wel regelen. We verblijven in hotel Adlon. Ik ken het, het is het beste hotel in de stad. We hoeven alleen maar te beslissen wanneer we gaan.'

'Ik zal met Hugo praten en dan stellen we een datum vast. Had jij al iets in gedachten?' vroeg Daphne.

'Ja, eigenlijk wel. Volgende week dinsdag. Dan zouden we naar Berlijn moeten reizen,' antwoordde Diedre.

Hoofdstuk 12

Diedre deed een stap naar achteren en bekeek zichzelf in de passpiegel, tevreden met hoe ze eruitzag. Ze had van Cecily een simpele avondjapon van chiffon geleend. Hij was ridderspoorblauw, gedistingeerd, zoals gewoonlijk, en had lange mouwen en een klokrok. Haar enige sieraden waren haar trouwring, horloge en paarlen oorbellen. Om het geheel te completeren speldde ze nu Cecily's befaamde witte zijden broche in de vorm van een roos op haar schouder.

Toen ze beneden kwam, drong het tot Diedre door dat ze de eerste was, maar toen ze om zich heen keek, zag ze Cecily achter in de tuin bij de oever van het meer staan.

'Joehoe!' riep ze, terwijl ze naar haar schoonzus liep.

'Nog een vroege vogel,' zei Cecily, zich lachend omkerend. 'Ik wist dat je tegelijk met mij beneden zou zijn.'

'Aha! Ik begrijp het, je wilt met me praten.' Diedre nam haar met een vragende blik in haar ogen op.

'Alleen maar om je te bedanken dat je ermee instemde dat we met Charlie naar Berlijn gaan. Ik wist niet goed of je dat wel zou willen toen ik het voorstelde.'

'Ik wilde hem zijn uitje niet afnemen, aangezien hij zo gretig en oprecht bezig is met zijn carrière als journalist. En eerlijk gezegd biedt het mij de gelegenheid om zelf met mijn contactpersoon te praten.'

'Heb je al iets gehoord?' vroeg Cecily; ze klonk gretig en haar ogen lichtten op.

'Ja. En het is geen goed nieuws. Maar hij blijft het proberen.'

Cecily zweeg; er trok plotseling een bezorgde uitdrukking over haar gezicht. 'Volgens Greta zijn andere mensen wel het land uit gekomen.'

'Dat was eerder, een paar jaar geleden,' legde Diedre rustig uit. 'De professor had allang weg moeten zijn. Alles gaat momenteel heel snel in Berlijn, maak ik op uit wat mijn contactpersoon me vertelt. Niets blijft hetzelfde; alles verandert constant. Met de dag.' Ze zweeg. Ze mocht niet de indruk wekken te veel te weten.

Cecily knikte en keek uit over het meer; haar gezicht stond heel verdrietig, haar hart deed pijn om Greta.

Diedre sloeg haar arm om Cecily heen. 'Het is denk ik een goed idee om nu positief te zijn. Je weet nooit wat er kan gebeuren. Het leven is onvoorspelbaar.'

'Bedankt dat je zo behulpzaam bent, Diedre. Dat waardeer ik.'

'Je mag niets tegen Greta zeggen. Of haar ook maar het kleinste sprankje hoop geven. Dat zou wreed zijn. En je mag haar vader niet bezoeken wanneer we in Berlijn zijn. Onder geen beding. Dat is absoluut verboden.' Diedre keek Cecily lang en indringend aan, haar ogen tot spleetjes knijpend.

'Maar Greta zal weten dat ik in Berlijn ben, en dan nog wel met een heel gezelschap!' riep Cecily geschrokken uit. 'Ze zal het vreemd vinden als ik hem niet ga opzoeken.'

'Dat besef ik. En het zal ongetwijfeld gauw genoeg algemeen bekend zijn, vanwege de anderen die meegaan. Er zal over gepraat worden. Het kan echter heel goed zijn dat de professor in de gaten wordt gehouden, zoals veel vooraanstaande personen in allerlei beroepen, en vooral intellectuelen. Je mag niet bij hem in de buurt komen; je zou zijn leven in gevaar kunnen brengen.'

'Ik heb met onze oeroude eed gezworen dat ik loyaal zou zijn jegens jou. Dat blijft zo, zoals je weet. Nog nooit heeft een Swann een eed verbroken die aan een Ingham gezworen was,' zei Cecily fel.

Diedre knikte dat ze het begreep en voegde er, de hand over haar hart strijkend, vriendelijker aan toe: 'Ik zal aan mijn contactpersoon vragen of hij een zogenaamd toevallige ontmoeting tussen jou en de professor kan regelen. Maar daar blijft het bij.'

'Even voor de nieuwsgierigheid: is je contactpersoon iemand die bij jou op het ministerie van Oorlog zit?'

'Nee, en ik kan je niets over hem vertellen. Je begrijpt vast wel waarom. Laten we zeggen dat ik hem… toevallig heb ontmoet. Geen verdere vragen.'

Cecily tuitte haar lippen. 'Sorry, ik had het niet moeten vragen. Dat was verkeerd van me, en ik zal precies doen wat je zegt. Ik besef dat dit een ernstige, zo niet gevaarlijke zaak is.'

'Je bent intelligent, Ceci, en ik vertrouw erop dat je hierover zwijgt. Herinner je je nog mijn persoonlijke motto?'

'Geloof niemand. Vertel niemand iets. Onthoud alles. Ga alleen te werk.'

Diedre boog haar hoofd. 'En dat is nu ook jouw motto, Cecily Swann Ingham. Begrepen?'

'Ja.'

Op dat moment zagen ze de rest van de familie zich op de loggia verzamelen, en Diedre pakte Cecily's arm. Ze zei op gedempte toon: 'Kijk verbaasd wanneer Daphne aankondigt dat we allemaal met Charlie naar Berlijn gaan.'

'Dat zal ik doen.' Cecily liep met Diedre in gelijke pas het pad over. Ze was zich er nu volledig van bewust dat ze, net als Diedre, was overgeleverd aan het lot. Tante Charlotte had gelijk gehad toen ze een keer zei dat niemand de macht over zijn eigen leven heeft. Het is omgekeerd. Het leven heeft macht over ieder van ons, dacht ze.

De hele avond hield Diedre haar gezicht in de plooi en zei heel weinig. Ze beantwoordde alle gewone vragen over Berlijn en het Derde Rijk, en daarmee was de kous af. Alle vragen die extreem, politiek of complex waren, liet ze onbeantwoord. Ze zei gewoon dat ze geen idee had.

Niemand ter wereld, ook haar familie niet, wist dat ze bij de Britse inlichtingendienst werkte. Zelfs haar overleden dierbaren hadden het nooit geweten. Oudtante Gwendolyn was de enige die ooit de moed had gehad het haar openlijk en onomwonden te vragen. Zelfs toen had Diedre haar tante geen specifiek antwoord gegeven, maar haar laten speculeren, zodat ze nog steeds niet echt de waarheid wist. Haar dekmantel was onaangetast.

Als iemand uit haar vriendenkring of familie het onderwerp van haar werk aansneed, zei ze altijd precies hetzelfde: dat ze administratief werk deed, kantoorwerk, zoals de andere vrouwen die er werkten. Diedre liet het daar altijd bij, en ze drongen niet aan. Zo moest het ook nu zijn. Een uitgestreken gezicht, nietszeggende antwoorden die aangaven dat haar kennis tekortschoot.

Later, wanneer ze alleen was in haar slaapkamer, zou ze plannen voor Berlijn maken. En ze bad God dat ze zouden werken.

Cecily keek op de klok op het kastje naast haar bed. Het was ver na middernacht, en ze was nog klaarwakker, terwijl haar gedachten door haar hoofd tuimelden. Het was een heerlijke avond geweest, met een overvloedig maal en de beste wijnen. Natuurlijk was het uiterst levendig geworden toen Hugo had aangekondigd dat ze Charlie allemaal zouden vergezellen naar Berlijn.

Charlies vreugdekreten vulden de lucht, en zelfs Alicia had zich hardop afgevraagd of ze niet met hen mee moest gaan in plaats van maandag terug te keren naar Cavendon. Het was een ontspannen avond geweest, waarbij iedereen gelijkmoedig met elkaar omging, nu eens zonder gekibbel.

Na haar gesprek met Diedre eerder op de avond besefte Cecily pas goed dat het wat de professor betreft waarschijnlijk onbegonnen werk was. Diedre had daar geen doekjes om gewonden en was uiterst negatief geweest. Cecily slaakte een lange zucht bij de gedachte aan de reis, die nu in dat opzicht niet meer zinvol was.

Miles raakte haar arm aan, en ze besefte dat hij wakker was. Hij zei zacht: 'Ik kan die drukke gedachten van jou bijna horen rondmalen. Wat is er, lieveling?'

'Ik weet het niet goed. Ik ben gewoon een beetje rusteloos, Miles. Misschien komt het door de wijn, je weet dat ik daar vaak niet door kan slapen. Die zal mijn verbeelding voeden… of zoiets.'

'Bij mij is het hetzelfde,' antwoordde hij. 'Ik ben net zo rusteloos als jij. Weet je wat? Laten we naar de keuken gaan en op de snor gaan naar –'

'Je kunt toch haast geen trek hebben na dat fantastische diner,' onderbrak Cecily hem verbaasd.

Miles lachte. 'Ik wilde zeggen: op de snor gaan naar een paar bananen. Weet je niet meer dat tante Charlotte toen we klein waren altijd zei dat we een banaan moesten eten als we niet konden slapen? Ze zei dat het werkte, en dat was ook zo.'

'Ja, natuurlijk, laten we op zoek gaan.' Cecily liet zich uit bed glijden en deed haar peignoir en pantoffels aan; Miles volgde haar voorbeeld.

Even later stonden ze in de brandschone keuken, die na het overvloedige maal grondig door Anna en Bruno was schoongemaakt. Er stond een schaal met fruit op de aanrecht; Miles pakte twee bananen, greep Cecily bij de hand en nam haar mee naar buiten.

'Het is zo'n schitterende nacht, laten we bij het water gaan zitten,' zei Miles, en hij nam haar mee in de richting van het meer.

Hoewel de lucht middernachtelijk blauw was, waren er geen wolken; de duizenden sterren leken zichtbaarder dan ooit in de zuivere lucht. De bergen stonden ruig afgetekend tegen de lucht en hun witte toppen glinsterden in het maanlicht. Het meer was kalm, als een verzilverde glasplaat.

Er stond een lage bank aan de oever van het meer en Cecily en Miles gingen erop zitten, samen genietend van de majestueuze schoonheid van hun omgeving.

'Moet je die bergen zien, met die besneeuwde toppen, en die grote hemelboog vol fonkelende sterren... Wat is het hier mooi, Ceci.'

'Ik weet het. Het heeft iets vredigs, iets sereens.' Ze schudde haar hoofd. 'En dat terwijl er niet zo ver hiervandaan waanzin, chaos en geruchten over een ophanden zijnde oorlog heersen. De aarde waarop we leven is ontzagwekkend mooi, en toch zijn er mensen die haar willen vernielen. Boosaardige mannen als Hitler, die hongeren naar macht en overheersing.'

Cecily huiverde. Onmiddellijk legde Miles zijn arm om haar heen. 'Ik weet precies wat je bedoelt. De rust hier is uniek en heeft Hugo in al die moeilijke jaren bij zinnen gehouden. Althans, dat denk ik.' Het was even stil. Miles keek op haar neer en tilde haar hoofd op. 'Wil je niet naar Berlijn, Ceci?'

'Ja en nee,' antwoordde ze naar waarheid. 'Ik wil zien wat er gaande is en toch wil ik helemaal niets zien. Ik neem aan omdat ik denk dat ik de grimmige sfeer daar beangstigend zal vinden.'

'Ons zal niets overkomen, lieveling. Als bekende Engelse familie zijn we volledig beschermd,' stelde Miles haar gerust, haar dichter tegen zich aan trekkend.

'Ja, ik weet het,' mompelde ze.

'Heeft Diedre iets kunnen doen om Greta's vader te helpen?' vroeg hij plotseling.

'Ik geloof het niet,' antwoordde Cecily rustig, terwijl de schrik haar om het hart sloeg. Ze moest nu heel goed opletten wat ze zei. Ze mocht Diedre niet verraden.

'Ik dacht dat ze een contactpersoon had?' zei Miles zacht.

'Voor zover ik heb begrepen is het een... oude vriend,' improviseerde Cecily. 'Ze zei dat die persoon niets kon doen om mensen aan reispapieren te helpen. Ze schijnen schaars te zijn geworden, niet verkrijgbaar.'

Miles knikte. 'Zoals zovele Joden geloofde de professor dat ze Duits waren en dat hun daarom niets zou overkomen. Wat hebben ze zich vergist. Tragisch, hoor.'

Cecily bleef zwijgen.

Miles zei peinzend: 'Heeft Diedre tegen jou iets gezegd over een bezoek aan Greta's familie?'

'Niet met zoveel woorden, Miles. Ze zei alleen maar iets in de trant van dat intellectuelen in de gaten worden gehouden. Dat had ze gelezen in een van de Britse kranten,' loog Cecily.

'Dat heb ik ook. De Gestapo is een bedreiging... Ze pakken heel veel mensen op die totaal onschuldig zijn.' Er viel een korte stilte. Ten slotte voegde Miles eraan toe: 'Misschien is het verstandiger geen aandacht op de professor te vestigen door hem op te zoeken.'

'Ik ben het met je eens. We bewijzen hem misschien een dienst door weg te blijven.' Ze aarzelde, was behoedzaam. 'Wil je daarmee zeggen dat de beroemde Inghams misschien geobserveerd zullen worden?'

'Het is heel goed mogelijk, lieve schat. Maar wat zou dat? We zijn maar passanten, zogezegd. Diedres functie bij het ministerie is voor mij altijd een raadsel geweest, Ceci. Ze heeft nooit ook maar iets aan iemand verteld, behalve dat ze kantoorwerkzaamheden verricht. Wat is jouw mening? Is dat de waarheid? Of denk je dat mijn zus toch bij de inlichtingendienst werkt?'

'Ik weet zeker dat ze op kantoor werkt, dat het inderdaad administratief werk is. Laten we wel wezen, Miles. Als Diedre inderdaad bij de inlichtingendienst werkte, zou ze misschien wegen en middelen hebben gehad om Greta's vader te helpen.'

'Misschien. Misschien niet. Maar ik ben geneigd het met je eens te zijn. Enfin, Diedre is er niet het type naar om de spion uit te hangen of iets dergelijks. Ze is veel te bezadigd.'

'Ik ben het met je eens,' antwoordde Cecily stellig, opgelucht dat ze Miles op een dwaalspoor had kunnen brengen.

Hoofdstuk 13

Op hun eerste ochtend in Berlijn ontmoetten Daphne, Diedre en Cecily elkaar voor het ontbijt in de eetzaal van hotel Adlon, waar ze verbleven. Hugo en Miles waren met Charlie veel vroeger bezienswaardigheden gaan bekijken en zouden pas laat in de middag terug zijn.

'Ik ben zo blij dat we niet mee hoefden,' zei Daphne, terwijl ze eerst haar zus en toen Cecily aankeek. 'Ten eerste wilde ik niet bij het krieken van de dag al opstaan, en ten tweede verlang ik er niet echt naar te veel van deze stad te zien, vooral niet omdat je struikelt over de uniformen.'

Diedre moest lachen. 'Struikelen… ja, inderdaad!' riep ze uit. 'Ze zijn overal.'

'Ben jij al buiten geweest?' vroeg Cecily, Diedre opnemend, niet in staat haar nieuwsgierigheid te verbergen.

'Nee, nog niet echt,' antwoordde Diedre. 'Maar ik heb gisteravond, toen we na het diner een wandelingetje maakten, gemerkt hoeveel SA-mannen zich onder de onschuldige wandelende menigte bevonden. Ze kwamen op mij allemaal over als bullebakken.'

'Wat ik gisterenavond merkte, was hoeveel deftige vrouwen hier dineerden. Sommigen waren zelfs bijzonder chic, zagen er zeer verzorgd uit,' zei Cecily. Ze wendde zich tot Daphne en vervolgde: 'Ik zou graag later wat rond willen snuffelen in de beste winkels hier. Ga je mee?'

'Dat zou ik wel willen, Ceci, maar ik vind het ook heel leuk om naar de dierentuin te gaan, vanmorgen of vanmiddag, als jij dat ook leuk vindt. Hugo zei dat het een erg mooie plek is, een beetje als een Engels park. Een paar honderd jaar geleden was het het privéjachtterrein van de Brandenburgse prinsen.'

'Laten we dat doen,' stemde Cecily in.

'Je mag gerust met ons mee, Diedre,' zei Daphne. 'Tenzij je andere plannen hebt.'

'Die heb ik, ja. Ik moet een beleefdheidsbezoekje brengen aan de Britse ambassade.'

'Lunch dan samen met ons,' stelde Daphne voor.

'Dat kan niet, maar bedankt voor de uitnodiging. Er werkt daar een vriend die ik al lang ken, en we hebben afgesproken samen te gaan lunchen. Ook moet ik een van de attachés op de ambassade spreken over de receptie van morgenavond. Ik heb begrepen dat we op de lijst staan.'

'Ik ben blij dat we worden uitgenodigd,' zei Cecily. 'Ik vind het leuk om stiekem alle vrouwen en hun kleding te bekijken.'

'Blijkbaar is avondkleding verplicht,' zei Diedre. 'Dus ik ben blij dat ik tegen jullie heb gezegd dat de mannen hun smoking moesten inpakken.'

'En hoe moeten wij ons kleden, Diedre?' vroeg Daphne met een opgetrokken wenkbrauw. 'Ik neem aan dat we ons helemaal moeten optutten?'

'Nou en of. We zijn per slot van rekening de beroemde Inghams,' antwoordde Diedre grinnikend. 'En wat jou betreft: jij kunt een oud lor dragen en er nog steeds mooi uitzien. Jij bent morgen ongetwijfeld het mooist van iedereen.'

'Dat weet ik zo zeker nog niet, maar bedankt voor het compliment. Ik heb een paar zomeravondjurken meegenomen.'

Diedre ging staan en zei: 'Ik moet weg. Ik hoop tegen vieren terug te zijn. Zullen we proberen samen thee te drinken?'

'Dat is een prima idee,' antwoordde Cecily. 'Veel plezier vandaag.'

'Dat lukt vast wel.' Diedre glimlachte, zei iedereen gedag en liep haastig het restaurant uit.

Nadat ze een geroosterde boterham had gesmeerd, keek Daphne Cecily aan en zei: 'Heeft Charlotte tegen jou iets over papa gezegd? Over zijn gezondheid, bedoel ik.'

Deze vraag verraste Cecily, en ze fronste haar wenkbrauwen. 'Nee. Maar waarom vraag je dat? Denk je dat jullie vader ziek is?'

'Niet echt. Hij maakte het heel goed toen we weggingen, maar dat is nu alweer een paar weken geleden. Het kwam door iets wat Alicia zondag zei... Ze wilde eigenlijk met ons mee naar Berlijn, ik denk omdat Charlie het zo opwindend heeft laten klinken. En die twee zijn altijd al onafscheidelijk geweest. Ik vond het goed dat ze meeging, maar ze zei plotseling dat ze haar opa niet in de steek kon laten. Toen voegde ze eraan toe dat hij ernaar verlangde dat ze weer op Cavendon was en dat het gezien zijn leeftijd voor haar belangrijk was daar te zijn.'

'Ik denk dat ze niet doelde op iets wat met zijn gezondheid te maken heeft,' stelde Cecily haar gerust. 'Enfin, als de graaf het niet goed maakt, zou Miles het zeker weten, en dan zou hij het mij verteld hebben.' Cecily zweeg even en nam een slok thee. 'Je vader is altijd dol op Alicia geweest; ze is immers zijn oudste kleinkind. Hij was al gek op haar toen ze nog klein was, en ze hebben altijd een hechte band gehad. Ik weet zeker dat hij haar gemist heeft. Alicia begrijpt dat blijkbaar en wil zich gewoon aan haar belofte houden.'

Daphne knikte, en op haar gezicht was opluchting te lezen. 'Je hebt vast gelijk. Ik doe gewoon stom.' Er verscheen een lach op haar gezicht. 'De oude man en het meisje hebben een speciale band. Dat staat voor mij vast.'

'Alicia is een lieve meid, ze houdt altijd met iedereen rekening,' merkte Cecily op. 'Mijn moeder is dol op haar, dat weet je.'

'Dat gevoel is wederzijds, en ik ben ook dol op Mrs. Alice.' Er gleed even een lach over Daphnes gezicht; ze keek in de verte, alsof ze in het verleden staarde. Na een hele poos zei ze: 'Jouw moeder heeft me voor de waanzin behoed, heeft mijn leven gered toen ik zeventien was… Nou ja, jij weet dat allemaal.'

'Inderdaad.' Cecily zei verder niets en dacht aan die vreselijke zomer waarin Daphne was verkracht. Alleen de Swanns hadden het geweten, en Daphnes ouders.

Alsof ze haar gedachten las, zei Daphne: 'Ik ben sindsdien altijd vreselijk bang geweest voor geweld. Dat zal wel de reden zijn waarom ik me hier in Berlijn niet bepaald gelukkig voel. Ik voel een onderstroom van gevaar, van sluimerende onrust, die ineens kan losbarsten. Ik ben blij dat we maar een paar dagen blijven.'

'Er lijkt inderdaad heel wat spanning en onrust in de straten te hangen. Ik weet precies waar je op doelt, Daphne. Er hangt angst in de lucht. Maar zondag zijn we weer in Zürich, en trouwens, er kan ons niets gebeuren.'

'Ja, ik weet het. Hugo heeft het me verzekerd.'

Terwijl ze hun ontbijt opaten, viel er een stilte tussen hen. Ze waren allebei verdiept in hun eigen gedachten. Cecily was bezig met haar schoonvader en vroeg zich af of Alicia iets in de gaten had gekregen wat zijzelf onlangs ook had opgemerkt. De graaf leek niet meer zo robuust, en ze had de laatste tijd wel vaker bedacht dat zijn gezondheid mogelijk achteruitging. Ze had niets tegen Miles gezegd, of tegen iemand anders, maar hij was niet meer de oude. Maar nu kon ze er plotseling haar vinger op leggen. Hij had niet meer die spirit van vroeger, en dat maakte haar verdrietig. Ze besloot haar vermoedens over haar schoonvader voor zich te houden. Voorlopig hoefde niemand het te weten.

Diedre verliet hotel Adlon en stapte Unter den Linden op. Ze sloeg rechts af de Wilhelmstraße in, waar de Britse ambassade was gevestigd. Ze dacht aan Tony Jenkins, die ze op het punt stond te ontmoeten. Het luchtte haar op dat ze hem onder vier ogen kon spreken in klare taal en niet in geheimtaal, zoals via de telefoon. Desondanks wist ze zeker dat hij haar Daffy Dilly zou noemen, maar zij had besloten hem niet als Toby aan te spreken.

Hier op de ambassade was hij Tony Jenkins, een attaché. Hij werkte niet echt voor Buitenlandse Zaken; hij werkte voor de Britse inlichtingendienst, voor haar, hoewel geen van zijn collega's dit wist. Met zijn zelfverzekerdheid, zijn zelfbeheersing en zijn natuurlijke charme wist hij de rol van attaché met groot elan, en met succes, te spelen. Geen moment leek hij een agent.

Diedre bleef staan bij nummer 70 en keek omhoog naar de Britse vlag aan de vlaggenmast boven de reusachtige voordeur van de Britse ambassade. Hij flapperde in de lichte bries, een verblindend rood, wit en blauw, en er welde even een gevoel van patriottisme in haar op. Voor haar vertegenwoordigde die vlag niet alleen haar land, maar ook democratie, rechtvaardigheid en vrijheid.

Ze keek de Wilhelmstraße in en zag een paar deuren verder boven de Rijkskanselarij het hakenkruis op de Duitse vlag wapperen. In dat gebouw zaten Hitler en zijn trawanten, een stelletje schurken, belast met het bestuur van dit land, hun snode plannen te smeden en te bedenken hoe ze de heerschappij over Midden-Europa konden verwerven. Hitlers schending van de democratie vervulde haar met afschuw. Wat een ironie dat deze twee gebouwen in dezelfde straat stonden!

Snel liep Diedre de treden op en de ambassade in, het hoofd hoog geheven omdat ze er trots op was Engelse te zijn, en wel een die vast van plan was alles wat haar land vertegenwoordigde te verdedigen.

Nadat ze de jonge vrouw achter de receptiebalie haar naam had gegeven, zag ze Tony Jenkins al na een paar minuten snel op haar af komen lopen. Hij had een vrolijke lach op zijn gezicht en was duidelijk blij haar te zien.

Even later schudde hij haar de hand. 'Lady Diedre, goedemorgen, prettig u hier weer te zien.'

'Het is fijn om hier te zijn, Tony,' zei ze, en ze liet zich door hem via een korte gang naar zijn kantoor leiden.

Toen ze eenmaal binnen waren, gaf hij haar een stevige knuffel. Ze knuffelde hem ook en toen lieten ze elkaar los en keken elkaar lachend aan.

'Ik kan je niet zeggen hoe opgelucht ik ben je te zien,' zei hij.

'Ik weet wat je bedoelt. Het voelt voor mij hetzelfde.'

'Laten we even gaan zitten en daarna zouden we een stukje moeten gaan wandelen, denk ik.' Terwijl hij sprak, keek hij haar veelbetekenend aan.

Diedre knikte. 'Dat lijkt me een goed idee. Waarom zouden we op zo'n mooie dag als vandaag binnen blijven?' Ze draaide haar hoofd om en zocht met haar ogen de muren en het plafond af; toen keek ze naar Tony en mimede: 'We worden toch niet afgeluisterd?'

Hij schudde zijn hoofd. 'We kunnen maar beter naar buiten gaan voordat we onderbroken worden. Er kan altijd iemand binnenkomen.'

'Ik begrijp het. En wat doen we dan met Sir Nevile? Ik zou eigenlijk mijn opwachting bij de ambassadeur moeten maken.'

'Hij heeft me gevraagd uit te leggen dat hij op dit moment niet beschikbaar is. Maar hij heet je welkom en verheugt zich erop jou en je familie morgenavond te zien.'

Tony ging staan, liep naar zijn bureau en pakte een paar enveloppen op.

'Dit zijn je uitnodigingen voor de receptie en het diner, Diedre. Ik wilde ze eerst per koerier naar het Adlon laten brengen, maar besloot toen ze gewoon aan jou te geven.'

'Dank je wel,' zei ze, en ze pakte ze aan. Er was er een voor haar, een voor Cecily en Miles, en een derde voor Daphne, Hugo en Charlie. 'We zullen allemaal in vol ornaat verschijnen,' zei ze grinnikend. Ze opende haar handtas, stopte de drie enveloppen erin en kwam overeind. 'Waar wachten we nog op? Laten we gaan.'

Hoofdstuk 14

Ze stapten in de Tiergartenstraße uit de taxi, en nadat Tony de chauffeur had betaald, liepen ze meteen de dierentuin in. Diedre kende het park goed, want ze had er in het verleden doorheen gekuierd; het was tegenwoordig een van de weinige plekken in Berlijn waar nog rust heerste.

Het was waarlijk prachtig; het was aangelegd als een traditioneel Engels park, met grote groene gazons, linden en paardenkastanjes, en overal veel treurwilgen. Afgezien van de overvloed aan prachtige bomen stonden de struiken en bloembedden deze maand in volle bloei, en de lucht was doortrokken van al die verschillende geuren.

Tony en Diedre begaven zich naar een besloten plek dicht bij een van de aangelegde vijvers, waar een gietijzeren tuinzitje stond.

Toen ze eenmaal zaten, zei ze: 'Je zei in de taxi niet veel, Tony, dus laten we nu praten. Het is zo lastig om in geheimtaal te praten.'

'Maar wel veilig,' zei hij, haar toelachend. 'In mijn kantoor zit geen afluisterapparatuur, dat laat ik aldoor controleren. Nee, het is heel simpel: ik wilde niet op de ambassade blijven, omdat ik wist dat we onderbroken zouden worden. Iedereen loopt de hele tijd in en uit. Vandaar ons bezoekje aan de dierentuin.'

'Het is hier leuk,' antwoordde Diedre. 'Mijn zus Daphne wil hier vandaag ook naartoe. Maar ze heeft het eigenlijk niet zo op Berlijn begrepen. Ik heb het gevoel dat ze de angstsfeer die overal in de lucht hangt, heeft opgepikt.'

'Dat doen de meeste mensen, Daffy Dilly.'

Ze lachte. 'Ik wist dat je me vandaag een keer zo moest noemen. Maar daar blijft het bij, niet nog eens. Begrepen?'

'Begrepen.' Hij lachte met haar mee en zei toen: 'Ik denk dat ik misschien iemand heb die een koffer voor je zou kunnen verzorgen.'

Diedre ging rechter op de tuinstoel zitten en keek hem oplettend aan. 'Ik dacht dat al je contactpersonen weg waren?'

'Dat is ook zo. Deze viel in mijn schoot, als het ware, en wel heel onverwachts.'

'Wie is hij?'

'Het is een zij.'

'Vertel me iets over haar.'

'Het is iemand met een titel, staat goed bekend in Berlijn, sociaal overal geaccepteerd, jong, snel en slim. En heel toevallig vernam ik dat ze banden heeft met een van de ondergrondse bewegingen, je weet wel, van die antinazigroepen die mensen het land uit helpen.'

'Heb je al met haar gesproken?'

'Niet echt, nee. Je zult haar morgen ontmoeten. Ik heb haar op de uitnodigingslijst voor de receptie gezet, en ze heeft de uitnodiging geaccepteerd. Je zult ook een paar vrienden van haar ontmoeten, van hetzelfde soort, vermoed ik, o ja, en een mooie Engelse die getrouwd is met een Duitse prins. Nu ik erover nadenk, ken je haar misschien. Ik geloof dat ze afkomstig is uit een familie in Yorkshire.'

Diedre fronste haar voorhoofd en dacht snel na. En toen wist ze het ineens. 'Heet ze soms Arabella von Wittingen?'

'Ja, ze is getrouwd met prins Rudolf Kurt von Wittingen.

'Haar meisjesnaam is Lady Arabella Cunningham. Haar broer is graaf van Langley, en hij woont nog steeds op Langley Castle in Noord-Yorkshire. Het was een kennis van Daphne toen ze nog jong waren. Wat interessant. Daphne vindt het vast leuk om haar te zien.'

'Nu we op een veilige plek zijn, moet je me iets vertellen over de mensen die je het land uit wilt krijgen,' zei Tony. 'Ik weet niets, zoals je weet. Het is zo moeilijk geweest aan de telefoon.'

'Ik zal het je vertellen. Maar er is één ding… Ik vroeg me af of jouw telefoon in je woning veilig is. Weet je zeker dat er niemand meeluistert?'

'Hij is echt veilig. Ik heb zo mijn manieren om dat te controleren. Ik ken iemand die daar veel van weet. Goed, over hoeveel uitreisvisa hebben we het? Dat was niet helemaal duidelijk.'

'Vier.'

'Dat is te veel, Diedre. De boel zit de laatste tijd volledig op slot, en de mensen zijn bang aan het worden!' riep Tony uit, terwijl zijn lach langzaam wegtrok. 'Ze denken dat ze gearresteerd zullen worden.'

'Ik begrijp het. Mijn schoonzus, Cecily Swann, heeft een secretaresse die Greta Chalmers heet, en het gaat om familieleden van haar die hier niet weg kunnen. Cecily probeert Greta te helpen.'

'Hoe heten ze?' vroeg Tony gespannen.

'Steinbrenner. Greta's vader is professor in de filosofie, en –'

'Professor Helmut Steinbrenner, de beroemde Plato-expert?' onderbrak Tony haar. 'Mijn god, wat een eigenaardig toeval. Dat is nu al de derde keer dat zijn naam in een paar dagen tijd opduikt. Dat is 'm toch?'

'Ik denk het wel. Hij is beslist een autoriteit op het gebied van Plato. Waarom is zijn naam opgedoken, Tony? Dat lijkt me een beetje lastig.'

'Nee, dat is het niet. We krijgen hier nog een belangrijke gast uit Londen, Sir Anthony Parry, de schrijver, journalist en radiomedewerker. Hij is ook professor in Cambridge. Een heel grote naam in de academische wereld.'

'Dat weet ik. Ik heb wel eens een column van hem in de *Daily Telegraph* gelezen,' zei Diedre. 'Heeft hij het over professor Steinbrenner gehad?'

'Ja. Aan het begin van de week vroeg hij me of het misschien mogelijk was professor Steinbrenner voor de receptie van morgen uit te nodigen. Als persoonlijke gunst voor hem. Ze zijn al lange tijd goed bevriend. En dat heb ik dus gedaan. Ik heb ook mevrouw Steinbrenner op de lijst gezet, en toen vroeg een van de krantenmensen die ik van de persdienst hier ken of hij –'

'Heeft professor Steinbrenner de uitnodiging aangenomen?' onderbrak Diedre hem.

'Dat zal ik moeten nakijken. Ik heb er niet veel aandacht aan besteed, voornamelijk omdat ik Sir Anthony alleen maar een dienst bewees.'

'Heb je enig idee waarom een krantenman jou iets over professor Steinbrenner zou willen vragen?' vroeg Diedre bedachtzaam.

'Nee, maar het is een vriendelijke kerel, staat bij me in het krijt, dus daar kan ik snel achter komen. Maar laten we even terugkeren naar dat heel belangrijke punt. De uitreisvisa. Ik overdrijf niet als ik zeg dat die stroom is opgedroogd. Je zou naar Valiant kunnen gaan –'

'Ik ga niet naar hem toe! Noem hem niet!' riep Diedre uit, Tony met scherpe, boze stem onderbrekend.

'Goed, goed. Ik zal hem niet meer noemen. Dat is blijkbaar streng verboden.'

Diedre haalde diep adem en schudde haar hoofd. 'Sorry, Tony, echt sorry. Ik wilde niet snauwen. Maar we hebben helaas nog een probleem.'

'En dat is?' Hij keek haar snel aan – zijn lichtgrijze ogen stonden plotseling ongerust.

'In hun paspoort staat een J omdat ze Joods zijn,' zei Diedre.

'O, god, nee! Ik kan niet aan nieuwe paspoorten komen. Niet meer.' Tony zakte onderuit op zijn tuinstoel en zag er verslagen uit, voelde zich ook verslagen.

Diedre haalde nog eens diep adem en zei: 'Wat is het allermoeilijkste? Duidelijk niet aan uitreisvisa komen. Zou je er één kunnen bemachtigen?'

'Waarschijnlijk wel, als mijn nieuwe contactpersoon iets is en me helpt.'

'Professor Steinbrenner heeft twee kinderen. Ik ben ervan overtuigd dat hij een van hen het eerst het land uit zal willen hebben.'

Tony sloot zijn ogen en slaakte een diepe zucht. Toen ging hij rechtop zitten en zei: 'Een kínd. Hoe pakken we dat aan, Diedre? Een kind kan niet alleen reizen. Om te beginnen is dat te gevaarlijk. Een kind is in meerdere opzichten een te gemakkelijk doelwit. Als je snapt wat ik bedoel.'

'Zeker. Een doelwit voor iedereen. Maar als ik kind zeg, bedoel ik niet een jong kind. Uit wat Cecily me heeft verteld, maak ik op dat Elise, de jongste dochter van de professor, zestien of zeventien is.'

'Dat is beter, gemakkelijker, maar het blijft lastig. Een jonge vrouw die alleen met de trein reist. Die zitten tegenwoordig vol met soldaten, Diedre. Troepen die verlof hebben of worden overgeplaatst. Een vrouw van welke leeftijd dan ook is eigenlijk kwetsbaar.'

'Je hebt natuurlijk gelijk. Luister, ik heb in Zürich eens goed na zitten denken, en toen heb ik een plan bedacht, uitgaande van de veronderstelling dat jij maar aan één uitreisvisum zou kunnen komen, als je er al aan zou kunnen komen. En –'

'Ik moet jou ook nooit onderschatten, hè, Daffy Dilly.'

'Nee, dat is waar, Toby Jung,' reageerde ze lachend. 'Dit zou misschien kunnen werken. Ik heb een vriend bij de Amerikaanse inlichtingendienst. Zijn vroegere kamergenoot van de universiteit is impresario. Die is vaak in Berlijn voor een bezoek aan het Berlijns Filharmonisch Orkest. Hij zal zijn beste maatje wel een dienst willen verlenen. Ik zou hém in de trein kunnen zetten die vanuit Berlijn via Aken het land uit gaat. Met het meisje. Om haar te beschermen.'

'Dat is de grensplaats voordat hij België en daarna Frankrijk in rijdt… maar wat als er iets misgaat?' vroeg Tony. 'Iemand die geen militair is weet niet wat hij moet doen.'

'Ik heb die reis gemaakt, en de bewaking aan de grens is inderdaad zeer streng. De passagiers moeten de trein uit, hun paspoort, uitreisvisum en reisdocumenten laten zien, terwijl de bewakers de koffers openen. Maar het gaat niet zo vaak mis. Je zult deze man, de begeleider, moeten inlichten, en als hij iets vreemds ziet, of het gevoel heeft dat ze niet vertrouwd worden, stapt hij gewoonweg de trein uit, met het meisje, en gaat de stad Aken in. En daar neemt hij contact met jou op.'

'Begrepen. En dan zal ik ze ergens moeten onderbrengen…' Hij liet de rest ongezegd. Ze hadden op dat moment geen veilige verblijfplaats in Aken.

'Het gaat niet mis,' verzekerde Diedre hem.

'Maar hoe moet het met dat paspoort van het meisje? Met die J erin?' vroeg Tony plotseling.

'Als het meisje een retour Berlijn heeft, zal ze niet verdacht zijn. Ze gaat op vakantie naar Parijs en keert over twee weken terug naar Berlijn.'

'En ze gaat met een man?' Tony schudde zijn hoofd. 'Dat zou op sommige mensen vreemd over kunnen komen, vooral als hij ouder is.'

'Dat ben ik met je eens. Het alternatief is dat de man alleen de trein in gaat en in dezelfde coupé gaat zitten. Het meisje zal te horen krijgen dat hij er is om over haar te waken en dat hij geen bedreiging vormt. Maar ze zullen zich gedragen alsof ze elkaar niet kennen, alsof ze volslagen vreemden voor elkaar zijn.'

Tony knikte heftig ja. 'Dat is veel beter. Het zou kunnen werken. Hoe weet je of die man het doet?'

'Dat weet ik niet. Maar het is een werkbaar plan, een goed plan,' beweerde Diedre.

'Wat gebeurt er als het meisje in Parijs aankomt?'

'Hij neemt haar mee naar de Britse ambassade, waar ze een inreisvisum voor Groot-Brittannië krijgt. Het zal op haar liggen te wachten. En dan nemen ze samen de boot en de trein naar Londen, en daar neem ik het over.'

'Maar toch... Hoeveel Duitsers die Joods zijn en een J in hun paspoort hebben, stappen in de trein om er even tussenuit te gaan?' Tony tuitte zijn lippen. 'Ik kan het niet helpen, maar ik vraag me af of de bewakers het niet vreemd zullen vinden. En er is ook vaak Gestapo in de treinen.'

'Ik begrijp wat je zegt, maar de J is om te laten zien dat ze Joods zijn. Hij staat er niet in om te voorkomen dat ze ergens heen gaan. Het paspoort is géldig. Ze hebben toch een paspoort? Niemand heeft het hun ontnomen.'

'Juist, ja. Ik snap het. Dus het paspoort met het stempel erin zou niet echt een struikelblok moeten zijn. Maar ik zal toch kijken of ik een nieuw kan krijgen. Gemakkelijk zal het echter niet zijn, en ook niet goedkoop.'

'Dank je. En geld is geen bezwaar, Tony. Het maakt niet uit wat het kost.'

'Wat gebeurt er als ik twee uitreisvisa weet te bemachtigen? Betekent dat dan dat mevrouw Steinbrenner ook gaat – dat zou alles er wel gemakkelijker op maken, denk je ook niet?' Tony hield zijn hoofd scheef en nam zijn bazin nieuwsgierig op.

'Inderdaad, ja, maar ik denk dat de professor in dat geval zijn zoon het land uit zal willen hebben. Althans, dat zei Cecily tegen me. Dat zal op het laatste moment besloten moeten worden.'

Tony knikte en zei toen voorzichtig: 'Om het nog even over problemen te hebben. Laten we zeggen dat die Amerikaanse heer en het meisje de trein in Aken noodgedwongen moeten verlaten. Waar moeten ze dan heen? Ze zullen doelloos rond moeten zwerven. We hebben daar geen veilig onderkomen meer.'

'Toch wel,' zei Diedre tegen hem. 'Ik heb afgelopen maandag bevestigd gekregen dat we er weer een hebben. Ik zal je later de bijzonderheden geven. Goed, hoe heet de persoon die ik morgen ga ontmoeten, degene die met mijn koffer zou kunnen helpen?'

'Dat vertel ik je tijdens de lunch,' zei hij.

Het restaurant bevond zich in een smal steegje midden in een druk web van achterafstraatjes in een impopulair deel van Berlijn. Maar men serveerde er het beste Beierse eten, en het was al een paar jaar Tony's lievelingsrestaurant. Hij was er vaste klant, en vanwege zijn aangeboren charme, welgemanierdheid en gulle fooien werd hij door Frau Weber, de eigenaresse, en het bedienend personeel vorstelijk behandeld.

Hij had altijd dezelfde tafel in een hoek bij de voordeur met zijn rug tegen de muur. Zo zag hij iedereen die binnenkwam en vertrok, en kon hij zo nodig vliegensvlug wegkomen.

Diedre hield ook van het restaurantje, en wanneer ze in Berlijn was, nam Tony haar er altijd mee naartoe. Dus daar gingen ze heen nadat ze de dierentuin hadden verlaten en in de Tiergartenstraße een taxi hadden aangehouden.

Na het warme welkom van Frau Weber werden ze naar Tony's vaste tafel gebracht, en even later verschenen er grote glazen limonade en de menu's. Geen van hen beiden dronk alcohol wanneer ze aan het werk waren. Na een paar slokken boog Tony zich naar Diedre toe en zei: 'Voordat we bestellen zou ik je graag iets over mijn nieuwe contactpersoon willen vertellen.'

'Ja, ja, doe dat,' zei Diedre. 'Ik wil alles van haar weten.'

'Ik weet niet zoveel, maar in ieder geval genoeg, zodat je begrijpt waar ze vandaan komt, de achtergrond weet van haar nogal turbulente leven.'

'Turbulent?' Diedre trok vragend een wenkbrauw op en keek bedenkelijk. Turbulente achtergronden vond ze alarmerend.

'Ja, helaas wel, hoewel ze zo te zien heel is gebleven: beheerst en kalm. Maar goed, daar gaat-ie. Ze heet prinses Irina Troubetzkoy. Haar vader, prins Igor Troubetzkoy, werd in 1917 vermoord, toen Irina zo'n zes jaar oud was en haar moeder, prinses Natalie, begin twintig. Door zijn dood en de val van het huis

Romanov ontvluchtten ze Rusland. Ik heb trouwens begrepen dat haar moeder een nicht van wijlen de tsaar is.' Tony zweeg even en nam een slok limonade.

Diedre zei: 'En daarom kwamen ze naar Berlijn?'

'Nee, dat niet, althans, eerst niet. Ze woonden in verschillende landen, en verbleven ook een hele tijd in Polen, waar ze goede vrienden onder de Poolse adel hadden. Tien jaar geleden kwamen ze naar Berlijn en zijn daar gebleven, kennelijk moe van het vluchteling zijn en het trekken van land naar land.'

'Heeft haar moeder gewerkt? Of heeft Irina gewerkt toen ze ouder was? Hoe hebben ze zich in leven gehouden, weet je dat?'

Tony schudde zijn hoofd. 'Ik weet het niet. Maar ik geloof niet dat prinses Natalie gewerkt heeft, en Irina ook niet, toen ze ouder werd. De persoon die me aan Irina voorstelde, impliceerde onlangs nog dat ze hadden weten te ontsnappen met een heleboel juwelen en wat geld, en dat bepaalde leden van de familie Romanov die ook ontsnapt waren, hen financieel bijstonden.'

'Hetzelfde is gebeurd met veel Wit-Russen die voor de revolutie zijn gevlucht. Maar ik kan wel zeggen dat degenen die ik heb ontmoet, heel veerkrachtig bleken te zijn, en prijzenswaardig.'

'Je gebruikt goede woorden. Ik denk dat prinses Irina en haar moeder in de loop der jaren uiterst veerkrachtig hebben moeten zijn. Enfin, het goede nieuws is dat prinses Natalie onlangs met een Pruisische baron is getrouwd, een weduwnaar, en dat ze eindelijk een echt thuis hebben. Herr Baron heeft een huis aan de Lützowufer, en alles lijkt goed te gaan, en het huwelijk is een groot succes, heeft men mij verteld.'

'Een happy end is altijd hartverwarmend,' zei Diedre rustig. 'Maar goed. Wat doet jou denken dat prinses Irina ons aan een uitreisvisum of uitreisvisa kan helpen?'

'Het wordt er vast maar één, Diedre, zoals het er nu uitziet.' Tony leunde achterover en staarde het restaurant in. Ten slotte zei hij rustig: 'Een goede vriend die hetzelfde werk doet in een andere buitenlandse ambassade in Berlijn tipte me dat Irina vaak werkt voor een ondergrondse antinazigroep die Joden, dissidenten en katholieken helpt Duitsland te verlaten. Hij heeft me laten zweren dat ik haar geheim geheim zou houden.'

'Ik begrijp het volledig. Jouw geheim is mijn geheim. Hoe oud is ze?'

'Ik heb uitgerekend dat ze midden twintig moet zijn, want in 1917 was ze zes. Ze is waarschijnlijk in 1911 geboren. Ze is aantrekkelijk, zelfs tamelijk knap, en een en al charisma. Ze lijkt een leven van gemak en luxe te hebben geleid, terwijl het tegendeel waar is. Maar je zult haar morgen ontmoeten.'

Ik neem aan dat ik haar als een Engelse uit de hogere kringen ontmoet, en niet als een vrouw die voor het ministerie van Oorlog werkt?'

'Dat klopt, en daarom ben ik zo blij dat je Lady Daphne en haar man bij je hebt, en je broer en zijn vrouw... Het komt allemaal goed uit. Jullie zijn belangrijke Britse gasten, op vakantie in Berlijn.'

Diedre knikte. 'Ik ben het met je eens, en dat betekent dat jij de vragen stelt, rechtstreeks met prinses Irina onderhandelt?'

'Ja. Maak je daar geen zorgen over. Jouw dekmantel moet intact blijven. Uiteraard. Maar laten we nu iets bestellen. Ik weet niet hoe het met jou zit, maar ik verga van de honger.'

Diedre lachte hem toe. 'Ik ook, maar ik moet oppassen. Dit eten is heel verleidelijk. Ik eet altijd alles op en moet daarna een week op dieet. En ik mag op het moment geen onsje aankomen. Ik leef in geleende kleren van Daphne en Cecily. Ik had maar een paar dingen bij me toen ik naar Genève ging en vervolgens besloot bij Daphne en de anderen in Zürich te gaan logeren.'

'En moet je zien waar je nu beland bent. Bij mij. En dat is goed geweest, want we hebben zonder angst voor luistervinken eens goed kunnen praten. En we hebben een plan gemaakt.'

'Nu hangt alles van jou af, Tony.' Diedre pakte het menu en staarde ernaar, maar haar gedachten waren bij de dagen die komen gingen en bij wat ze moest doen.

Ze keek op van het menu en voegde eraan toe: 'Ik neem toch weer mijn gebruikelijke maal... *Bockwurst* en *Sauerkraut*, en vooraf aardappelpannenkoekjes en appelmoes.'

Hij lachte. 'Ik neem hetzelfde, ik ben dol op die Beierse braadworst.' Hij fronste zijn voorhoofd en zei toen: 'Ik zou dolgraag een glas koud bier willen nemen, maar dat kan denk ik niet.'

'Ik zou met je meedoen als dat kon, Tony, maar laten we maar niet drinken. We moeten voortdurend alert blijven. Het leven kan in een fractie van een seconde veranderen. Je weet nooit wat er zal gebeuren. Vooral niet in ons vak.'

'Je hebt gelijk.' Hij wenkte de ober, bestelde het eten en wendde zich toen tot Diedre. Hij zei zachtjes: 'Ik denk dat de factor tijd van groot belang is – alles verandert zo snel in Berlijn. Ik wil proberen de koffer voor het eind van deze maand te versturen.'

Diedre keek hem met haar blauwe ogen onderzoekend aan. 'Weet jij iets wat ik niet weet?'

'Nee. Maar ik denk dat er moeilijkheden op komst zijn. Er hangt een heel nieuw gevoel in de lucht... een gevoel van verwachting... Er gaat iets groots gebeuren. Ik weet alleen niet wat.'

'Dan zul je snel en handig moeten zijn,' antwoordde Diedre. 'Luister, hier is de informatie die je nodig hebt over het veilige onderkomen in Aken.'

Ze sprak, en hij luisterde, terwijl hij het adres en andere details in zijn geheugen grifte. Even later vroeg Tony: 'Tussen twee haakjes, hoe heet de impresario, die Amerikaanse heer die vaak in Berlijn is?'

'Hij heet Alexander Dubé, en hoewel zijn naam anders doet vermoeden, is hij een Amerikaan. Geboren en getogen. Een Franse vader. Hij schijnt een heel waardige en elegante verschijning te zijn. Hij spreekt Frans en Duits en is brandschoon. En hij vindt het niet erg om iets te doen voor mijn vriend bij de Amerikaanse ambassade, die ik zal inlichten wanneer ik in Londen terug ben. Maar jij zult je hier met Alexander Dubé moeten bezighouden.'

'Is goed, baas,' antwoordde hij grijnzend. 'Daar komt onze overheerlijke maaltijd, Daffy Dilly.'

Hoofdstuk 15

'Ik ben blij dat ik je alleen tref,' zei Diedre terwijl ze achter Cecily aan haar suite in het Adlon in liep. 'Waar is iedereen?'

'Ze hebben besloten naar de Tiergarten te gaan, want Charlie had die nog niet gezien, en Daphne is ook meegegaan. Daarna zouden ze bij Horcher gaan lunchen.'

'Aha. Wilde jij niet mee, Ceci?'

'Niet echt, nee, ik ben alweer in de werkstemming...' Ze zweeg even, half lachend. 'Miles wilde dat we deze korte vakantie eer aan zouden doen, maar ik ben niet zo goed in vakanties, dat weet je wel. Ik moest Dottie spreken, veel zaken doornemen. Nu er beslist een oorlog op til is, moet ik zoveel plannen voor de zaak maken. Het is allemaal nogal urgent.'

'Dat begrijp ik. Heb je Greta vanmorgen nog gesproken?'

'Nee, ik had er niet echt een reden voor, en ik wilde het eerlijk gezegd ook vermijden. Tamelijk laf, vind je niet?'

Diedre schudde haar hoofd en zei: 'Helemaal niet. Ik weet hoe je je voelt. Ik kreeg gisteren onverwacht belangrijk nieuws – puur toevallig, natuurlijk. En ik weet dat het je plezier zal doen.'

Cecily keek haar schoonzus vol verwachting aan. 'Gaat het over professor Steinbrenner?'

'Wat ben je toch een snelle tante, Cecily. Ja, inderdaad, maar ik wil niet dat je al te blij wordt. Mijn vriend Tony Jenkins van de ambassade heeft me verteld dat er vanavond een aantal Engelsen op de receptie zullen zijn. Lady Arabella Cunningham, die nu getrouwd is met een Duitse prins. Daphne kende haar toen ze nog jong waren.'

'Wat bijzonder. Daphne zal nu meer zin hebben om erheen te gaan. Ze vindt het eigenlijk niet fijn om hier te zijn.'

Diedre knikte. 'Weet ik. Ze heeft een grote afkeer van Duitsland. De academicus en radiomedewerker Sir Anthony Parry komt ook, en hij heeft gevraagd of hij een goede vriend, professor Steinbrenner, mee mag nemen.'

'O, goddank. Ik zal hem ontmoeten, en wel op een heel gewone manier… gewoon door toeval.' Cecily was duidelijk verheugd.

'Ja, maar toen ik Tony vertelde dat hij ook een kennis van ons is, zei hij dat de professor nog niet op de uitnodiging heeft gereageerd.'

Cecily's gezicht betrok. 'Ik hoop toch zo dat hij komt. Het zou zo fijn zijn om, wanneer ik weer in Londen ben, Greta te vertellen dat ik met haar vader heb gepraat. Ik weet dat ze zich dan veel beter zou voelen.' Cecily zweeg even en vroeg toen rustig: 'Denk jij dat hij komt?'

Diedre schudde haar hoofd en haalde even haar schouders op. 'Ik kan daar geen antwoord op geven. Ik kreeg echter de indruk dat Sir Anthony en de professor al heel lang goed bevriend zijn, dus waag ik te zeggen dat het zeer waarschijnlijk is dat hij er vanavond zal zijn.'

'Waarom heb je me dat gisterenavond niet verteld?' vroeg Cecily met gefronst voorhoofd.

'Ik had niet echt de gelegenheid; we werden omringd door familieleden en Charlie was de hele tijd aan het woord. Maar goed, ik moet even heel ernstig met je praten, en dat is ook een reden waarom ik tot vanmiddag heb gewacht.'

'Wat klink je plechtig,' reageerde Cecily, Diedre onderzoekend aankijkend. 'Nou, vertel op. Ik ben een en al oor.'

'Ik wil je waarschuwen. Je moet uiterst voorzichtig zijn als je professor Steinbrenner ontmoet. Let op je woorden en heb het vooral niet over het verlaten van het land of iets dergelijks. Heb het over Greta, hoe fantastisch ze is, hoezeer je op haar kunt bouwen. Wees in ieder opzicht heel positief. Geen treurige uitingen van medeleven vanwege zijn miserabele situatie.' Diedre zweeg even en vervolgde toen: 'Ik ben in de loop der jaren maar naar een paar van deze recepties geweest, maar tegenwoordig komen er heel veel mensen, heeft Tony uitgelegd. Iedereen komt naar het "theekransje" van de Britse ambassade, zoals hij het noemt. Weet je, Ceci, alle ogen zullen op ons gericht zijn, omdat we zijn wie we zijn. En vergeet nooit dat muren oren hebben.'

'Zelfs tapijten,' was Cecily's snelle reactie, en ze schoten allebei in de lach, wat de plechtigheid van het moment verbrak.

Cecily slikte haar lach in en zei: 'Ik beloof je dat ik uiterst behoedzaam zal zijn – voorzichtig bij alles wat ik zeg en doe. Ik begrijp de situatie echt. Je hebt het goed duidelijk gemaakt. En ik weet dat ik deze informatie voor mezelf moet houden, toch?'

'Ja. Je kunt maar beter verrast kijken als je aan professor Steinbrenner wordt voorgesteld. Vertel dus niets aan Miles of iemand anders.'

'Zal ik niet doen. Ga je aan Daphne vertellen dat Lady Arabella komt?'

'Ik heb er vandaag lang over nagedacht, maar ik denk dat het beter is als ik dat niet doe. Ze zal haar vanzelf ontmoeten; ik zal ervoor zorgen dat ze naar Daphne toe gebracht wordt.' En omdat ze een verbaasde blik in Cecily's ogen opmerkte voegde Diedre er snel aan toe: 'Ik wil dat de avond informeel verloopt, heel gewoon. En ik wil dat we allemaal genieten. Tony zegt dat er heel veel interessante mensen zullen zijn, en dat het leuk wordt.'

Cecily trok een gezicht. 'Leuk? In een tijd als deze, terwijl de wereld aan de rand van de afgrond staat? Soms kan ik er allemaal geen wijs uit… kan ik niet begrijpen waarom de mensen doen wat ze doen.' Ze schudde haar hoofd. 'Eerlijk gezegd zie ik diep vanbinnen de toekomst met angst en beven tegemoet.'

'Ik ook,' zei Diedre rustig. 'Maar niet alle mensen delen onze visie. Ze begrijpen de politiek niet, begrijpen niet wat er om hen heen gebeurt. En daarom leven ze door zoals ze altijd doen. En dat moeten wij voorlopig ook doen. We moeten blijven lachen, Ceci, en nooit angst tonen.'

'Goed,' zei Cecily. 'Je doet vanavond dus mijn zwarte crêpe de Chine-japon aan, maar dan heb je wel een paar sieraden nodig om het geheel wat levendiger te maken.'

Diedre lachte. 'Ik heb dat soort dingen niet meegenomen toen ik vorige week naar Genève ging. Ik zou maar één nachtje weg blijven. Kun jij me aan iets helpen?'

'Jazeker,' antwoordde Cecily. 'Ga mee naar mijn slaapkamer, dan laat ik je een paar dingen zien die ik heb meegenomen. Het is natuurlijk allemaal namaak, uit de Cavendon-collectie.'

Diedre knikte, en samen liepen ze naar de slaapkamer. Cecily haalde een paar zwarte fluwelen zakken uit een ladekast en leegde ze op het bed, waar ze de sieraden sorteerde.

Diedre kwam bij haar staan en riep verrast uit hoe mooi ze waren. 'Ze lijken allemaal net echt,' zei ze, en meteen stak ze haar hand naar de lange parelketting uit.

'Dag, dames,' zei Miles, staand in de deuropening.

Hij had hen beiden aan het schrikken gemaakt, en ze draaiden zich verbaasd om – ze hadden hem niet horen binnenkomen.

'Jee, ik schrik me wild!' riep Cecily uit, en ze liep snel naar haar echtgenoot en omhelsde hem stevig. 'Je bent vroeger terug dan ik had verwacht.'

Hij knikte haar lachend toe en keerde zich naar zijn zus. Grinnikend zei hij: 'Je ziet er vandaag weer prachtig uit, Diedre. Ik vind het een mooie japon... maar hij komt me nogal bekend voor.'

'Met dank aan je vrouw, Miles. Hoe was het in de dierentuin? En waar zijn de anderen?'

'Naar hun kamer gegaan. Ik zei dat we straks allemaal naar beneden zouden gaan voor de thee. Niet dat ik trek heb. We hebben stevig geluncht bij Horcher.'

Ze gingen met hun drieën terug naar de zitkamer, en terwijl Diedre haar broer de parels en oorbellen in haar hand liet zien, zei ze: 'Ik ben verbluft door deze sieraden. Ceci is een wonder.'

Hij grijnsde naar haar. 'O, dat weet ik. Dat weet ik al sinds ze vijf was.'

'Heeft Charlie zich vanmorgen vermaakt met de bezienswaardigheden?' vroeg Diedre terwijl ze ging zitten.

Miles kwam bij haar zitten op de bank en knikte. 'Ja, en ik moet zeggen: hij is echt opmerkzaam en pienter, en hij heeft een geweldig onderzoekende, heel nieuwsgierige geest. Hij zal het als journalist goed doen. Hij heeft voor zichzelf het perfecte beroep uitgekozen. Hij wil alles weten... over alles. Hij drukt zich goed uit en formuleert heel helder. En wat een kennis zit er in dat koppie van hem! Ik was werkelijk heel verbaasd.'

Er kwam een glimlach op Diedres gezicht, en ze zei: 'Ik ben blij dat je dat hebt gezien, Miles, en ik hoop dat Daphne het ook weet.'

'Ik denk dat ze heel veel over hem te weten is gekomen tijdens dit bezoek aan Berlijn.'

Cecily kwam tussenbeide. 'Daphne maakt zich zorgen om hem omdat hij heel onbesuisd kan zijn.'

'"Avontuurlijk" is misschien een beter woord,' zei Miles. 'Hugo was vandaag in ieder geval onder de indruk van zijn zoon, wilde weten hoe hij aan al die kennis over Hitler en het Derde Rijk kwam, en over wat er in de wereld gaande is.'

'Ik denk dat het komt doordat hij alle Britse kranten leest,' verkondigde Diedre. 'Net als ik. Dat zei hij me onlangs, en hij is inderdaad een grote bron van informatie.'

'Ik denk dat Daphne eindelijk snapt hoe het zit,' mompelde Miles, zich nestelend tegen de kussens. 'Ze is zo'n goede moeder, en echt niet bezitterig, maar ze maakt zich wel te druk om hem.'

'Weet ik,' stemde Diedre in. 'Ze houdt van al haar kinderen, maar haar focus lijkt op Charlie gericht. Logisch dat ze soms zo'n tweestrijd hebben. Hij gooit er gewoon van alles uit. Hij let niet op zijn woorden in het bijzijn van zijn ouders.'

Miles zei: 'Weet je, ze heeft hem vandaag en iedere avond dat we hier nu zijn in ons gezelschap meegemaakt, en ze is gaan begrijpen dat hij twintig is, bijna eenentwintig. Ik heb haar er steeds aan herinnerd. Ik geloof dat het eindelijk tot haar is doorgedrongen dat hij een volwassen man is die –'

'Ik hoop dat hij niet iets doms doet, zoals proberen oorlogscorrespondent te worden als er oorlog komt,' onderbrak Cecily hem.

'Wannéér er oorlog komt,' corrigeerde Diedre haar. 'En ik ben het met je eens. Maar het is veel waarschijnlijker dat hij in dienst zal moeten – hij zal misschien geen keus hebben.'

‘Ik heb nog nooit zo’n militaristische stad gezien,’ zei Miles, op een ander onderwerp overstappend. ‘Er zijn hier meer uniformen dan je je voor kunt stellen. Horcher zat er vol mee.’

‘Wat voor uniform draagt de Gestapo?’ vroeg Cecily.

‘Die dragen geen uniform. Ze zijn in burger. Maar ze zien er zo sinister uit met hun lange leren jassen en gleufhoeden dat je hen wel móét opmerken.’

‘Ik kan maar beter de sieraden opbergen,’ zei Diedre, terwijl ze opstond – ze wilde plotseling weg. ‘Drinken we thee in Daphne en Hugo’s suite of beneden, Miles?’

‘Beneden, over ongeveer een uur, schat.’

‘Tot dan,’ zei ze, en Cecily aankijkend voegde ze eraan toe: ‘Bedankt dat je me hebt geholpen er vanavond mooi uit te zien.’

Hoofdstuk 16

Miles moest onwillekeurig glimlachen toen ze met hun zessen de lobby van hotel Adlon door liepen. Alle hoofden draaiden zich om en keken hen na.

Logisch, dacht hij: de vrouwen zien er beeldschoon uit. Cecily was gehuld in lavendelkleurig chiffon met een paar amethisten snoeren om haar hals; Daphne droeg witte zijde met daarbij haar saffieren, terwijl Diedre haar geleende zwarte jurk droeg met daarbij de valse Marmaduke-parels. Ze waren elegant, modieus en hadden een perfecte houding.

Ook toen hij nog veel jonger was, twaalf nog maar, had hij al goed beseft dat de Inghams als groep heel wat opschudding veroorzaakten alleen al door hun aanwezigheid, en hij wist dat hetzelfde zou gebeuren wanneer ze in de ambassade aankwamen.

Even later gingen ze de voordeur van het hotel uit en Unter den Linden in. Ze sloegen meteen af naar de Wilhelmstraße, waar op nummer 70 de Britse ambassade was. Diedre had al eerder vermeld dat de Rijkskanselarij slechts een paar deuren verderop zat. Miles huiverde plotseling bij de gedachte aan Hitler en die andere schurken die daar hun snode plannen zaten uit te broeden. Meedogenloos, en ongetwijfeld met enorme Duitse grondigheid.

Onverwachts kwam Diedre naast hem lopen en stak haar arm door de zijne. 'Ik heb iedereen ervoor gewaarschuwd dat het een bont gezelschap zal zijn en dat ze niet moeten schrikken van het aantal naziofficieren dat aanwezig zal zijn. Ze zullen hun beste grijze uniform aanhebben en glimlachen en krachtig hun hakken tegen elkaar slaan, en overdreven beleefd en complimenteus zijn. Wat bij ons geen nut heeft, natuurlijk. En je zult de Gestapo herkennen aan hun sinistere gezichtsuitdrukking en goedkope pak.'

Miles schoot in de lach. 'Het staat voor mij vast dat Dulcie dat kleurrijke taalgebruik van jou heeft, en dat jij het weer van oudtante Gwendolyn hebt geërfd.' Hij drukte haar arm tegen zich aan. 'Ik kan haast niet wachten, en de jonge Charlie ook niet. Maar Daphne gaat er naar mijn mening nog steeds met tegenzin heen. Zullen we vanavond een oogje op haar houden?'

'Ze redt het wel, Miles. Zo, we zijn er. We staan op het punt een stukje van ons eigen land in het buitenland binnen te stappen, waar we ons werkelijk veilig weten. En daar boven ons hoofd wappert de Britse vlag.'

Miles keek omhoog en knikte, daarna lachte hij zijn zus veelbetekenend toe. Hij draaide zich om en gebaarde de rest van de familie dat ze moesten opschieten.

Samen liepen ze de ambassade in en niet veel later werden ze begroet door de ambassadeur in dienst van de Britse koning in Berlijn, Sir Nevile Henderson.

De ambassadeur stond op de centrale overloop boven aan de brede trap. Er lag een vriendelijke lach op zijn gezicht terwijl hij iedereen met zijn gebruikelijke charme en hoffelijkheid begroette.

Diedre liet Daphne, Hugo en Charlie als eersten naar de ambassadeur gaan, gevolgd door Cecily en Miles. Zijzelf kwam ten slotte als laatste van de familie voor hem staan.

Na haar de hand te hebben geschud, sprak hij even met haar; hij zei zacht dat ze elkaar later en langer zouden spreken tijdens het besloten diner na de receptie. Zijn gezichtsuitdrukking was hartelijk en in zijn stem klonk genegenheid voor haar door. Ze liep door, wetende dat er andere gasten achter haar stonden.

Diedre voegde zich bij haar familie en nam hen mee naar een van de ontvangstzalen, waar Tony Jenkins hen bij de ingang opwachtte. Met een brede glimlach op zijn gezicht haastte hij zich naar haar toe.

Nadat hij Diedre op de wang had gekust om haar te verwelkomen, stelde ze hem aan Daphne voor, en ze zag meteen dat hij overweldigd werd door de grote schoonheid van haar zus – hij was in feite sprakeloos. Het duurde heel even voordat hij Daphne begroette.

Diedre nam meteen het heft in handen en stelde Cecily, Miles, haar zwager Hugo en daarna Charlie aan hem voor.

Toen iedereen aan elkaar was voorgesteld, zei Tony: 'Laten we naar binnen gaan en een glas champagne nemen. Op dit grondgebied wordt slechts de beste geserveerd, en daarna zal ik jullie aan een paar interessante mensen voorstellen.' Hij lachte droogjes.

'Heel de beau monde is hier vanavond... het is een drukte vanjewelste,' voegde Tony eraan toe. 'Er zijn tegenwoordig veel diplomatieke feestjes in Berlijn, op de verschillende buitenlandse ambassades, maar iedereen zegt dat het onze het beste is. Er is nu zelfs een wachtlijst!' Hij zei dit grinnikend, duidelijk ingenomen met het succes van hun feesten.

Ze stapten naar binnen en bleven kort bij de ingang staan om alles in zich op te nemen. Het viel Diedre meteen op hoe vol de zaal was. De vrouwen waren elegant gekleed, allemaal vrij chic, en de mannen droegen een smoking of een uniform.

Het was een grote ruimte, met aan een kant ramen, en aan het plafond hingen twee reusachtige kristallen kroonluchters. Overal stonden bloemstukken, en ze merkte dat er deze avond een sfeer van echte glamour hing. In een hoek stond een kwartet te spelen; obers met witte handschoenen en een jacquet aan bewogen zich behendig tussen de gasten door met zilveren bladen vol champagneglazen en diverse hapjes.

Om zich heen kijkend merkte Diedre het levensgrote portret van koning George VI aan de muur op. Hij was troonopvolger geworden toen zijn broer Edward afstand van de troon deed, en hij was nu hun koning. Ze dankte God dat Edward nooit gekroond was. De puinhoop zou nog groter zijn geweest.

Instinctief had ze altijd gevoeld dat George VI een goede koning zou zijn. Het was dapper zoals hij omging met zijn spraakgebrek, dat afschuwelijke gestotter. Hij had een lieftallige echtgenote, die nu hun beminnelijke koningin was, en twee dochtertjes, Elizabeth en Margaret Rose. Hij was erg gesteld op zijn gezin en had het altijd over hen als 'wij vieren', alsof ze samen stelling namen tegen de wereld. Misschien was dat ook zo.

Tony, Miles en Charlie pakten champagneflûtes van de bladen van de obers en deelden ze rond. Toen iedereen een glas had, liepen ze als groep verder de zaal in.

Zoals gewoonlijk namen de gesprekken onmiddellijk af en verstomde het geroezemoes en draaiden vele hoofden zich om naar de indrukwekkende aristocratische Inghams.

Gedreven door nieuwsgierigheid hadden Charlie en Hugo zich in het gedrang begeven.

'Zij liever dan ik, in die drukte,' mompelde Diedre.

Cecily zei: 'Ken je hier iemand, Diedre?'

'Nee, niet echt. Maar ik zie daarginds wel een paar bekende gezichten.... bij die groep mannen. Dat zijn allemaal buitenlandse verslaggevers, merendeels van Britse kranten, en ik denk dat de man om wie ze heen staan William Shirer is, een Amerikaanse schrijver. Hij wordt als dé expert op het gebied van het Derde Rijk beschouwd. Hij doet al jaren verslag vanuit Berlijn.'

Daphne zei: 'Ik wil dat jullie drieën weten dat ik echt behoorlijk onder de indruk ben van Charlie. Ik heb gezien hoe serieus hij bezig is met zijn voornemen journalist te worden, en hij is beslist erg gefocust en weet veel. Hij zuigt informatie gewoon op.'

'Hij doet echt aan nieuwsgaring,' mengde Cecily zich in het gesprek. 'Miles denkt dat hij er geknipt voor is, toch, schat?'

'Ja, inderdaad. Hij is goed, Daphers, zet zich helemaal in voor zijn toekomstige carrière. Hij heeft gewoon lucht nodig, ruimte, zoals je hem die de laatste dagen geeft,' voegde Miles er nog aan toe, omdat hij niet wilde dat Daphne zou aanvoeren dat ze haar zoon niet verstikte.

Even later kwam Tony met een knap echtpaar naar hen toe gelopen, en hij zei tegen Daphne: 'Dit is uw vroegere vriendin, Lady Arabella Cunningham, die nu prinses van Wittingen is, en haar man, prins Kurt.'

'Goeie genade! Arabella, wat enig je te zien,' riep Daphne uit, terwijl ze breed glimlachend haar hand uitstak.

De prinses beantwoordde haar glimlach en zei: 'We hebben elkaar in geen jaren gezien, maar je bent niets veranderd, Daphne. Je bent nog steeds een schoonheid.'

Na het echtpaar Von Wittingen de hand te hebben geschud werd Diedre zoals gewoonlijk de observator en luisterde naar iedereen en genoot van het gesprek dat zich ontspon. Ze vond Arabella en haar man een knap paar, en uit wat ze hoorde, maakte ze op dat ze regelmatig te gast waren in de Britse ambassade, evenals een aantal van hun vrienden, die ze spoedig verwachtten.

Na een poosje kwam Hugo terug, en ook hij werd aan het echtpaar voorgesteld. Na hartelijk met hen gesproken te hebben, schoof hij naar Diedre en Tony op. Hij zei zacht: 'Charlie heeft het reuze naar zijn zin, hij praat met een mooie Russin. Ook weer een prinses.'

Tony riep uit: 'Dat moet prinses Irina Troubetzkoy zijn. Ik moet haar spreken. Excuseer me even.'

Diedre glimlachte naar hem, knikte en wendde zich tot Hugo. 'Ik zal me nooit meer echt zorgen om Charlie maken. Ik denk echt dat hij weet hoe hij voor zichzelf moet zorgen, en hij maakt gemakkelijk kennis met nieuwe mensen. Hij kan beslist zijn mondje roeren.'

Met een lach op zijn gezicht zei Hugo: 'O ja, laat hem maar schuiven – hij is niet te stuiten.' Hij dempte zijn stem en fluisterde: 'Wat een verzameling wonderlijke mensen is hier vanavond. Bij de ambassade moet iemand een tikje de weg zijn kwijtgeraakt. Ik hoorde een man zeggen dat er ook een paar dames van de nacht zijn… van Madame Kitty, het beste bordeel in Berlijn.'

Diedre begon te lachen. 'Dat is zo. Die vrouwen daar met die heel opzichtige kleding en goedkope sieraden komen ongetwijfeld bij Kitty vandaan. De ss-officieren die bij hen zijn, lijken helemaal in de ban… stappen vannacht vast en zeker bij hen in bed.'

'Zij liever dan ik,' mompelde Hugo, en hij keerde zijn hoofd om toen Tony zei: 'Hugo, Diedre, ik zou jullie graag aan prinses Irina Troubetzkoy willen voorstellen.'

Diedre keek in een klein, levendig gezicht dat een en al lach was. Grote blauwe ogen keken hen stralend aan, en het kastanjebruine haar van de prinses omlijstte een mooi, tamelijk fijn gezichtje. Ze had iets zorgeloos, in weerwil van de turbulente jeugd die Tony had beschreven.

'Ik ben heel blij u te ontmoeten,' zei Irina tegen Hugo. Ze herhaalde hetzelfde tegen Diedre en voegde eraan toe: 'Tony vertelde me dat Lady Daphne vroeger bevriend was met Arabella. Wat leuk dat ze elkaar na zoveel jaar weer ontmoeten.'

'Mijn zus was opgetogen, zoals u wel kunt merken aan hun conversatie. Ze praten aan één stuk door,' zei Diedre.

'Ik zie het, ja,' antwoordde prinses Irina met lichte, muzikale stem; ze sprak haar Engels met licht accent, maar perfect uit.

Diedre voelde zich onmiddellijk tot haar aangetrokken; haar bruisende persoonlijkheid en haar ontspannen, ongekunstelde manier van doen bevielen haar. Ze droeg een zwarte kanten jurk die tot op de kuit viel; haar enige sieraden waren haar kleine paarlen oorbellen en een horloge. Maar ze was de élégance zelve en had een bijzondere uitstraling.

Charlie, die achter de prinses en Tony aan was gelopen, mengde zich in het groepje dat ze hadden gevormd. Hij ging naast zijn vader staan, en zijn bewondering voor de prinses lag openlijk op zijn jonge gezicht. Hij meende dat ze ongeveer vijfentwintig was, maar dat interesseerde hem niet. Hij wilde haar graag beter leren kennen. Wat een schoonheid was ze.

Tony, die Diedre een behoedzame blik toewierp, zei zacht: 'Ik wilde dat jullie met prinses Irina kennismaakten, maar nu moet ik haar weer meenemen. Het duurt niet lang. Ik moet haar even onder vier ogen spreken.'

'Dat is prima, Tony,' antwoordde Diedre, en toen fronste ze haar voorhoofd. Haar ogen vernauwden zich terwijl ze hem aanstaarde. 'Ik geloof dat Sir Anthony Parry op ons afkomt, met nog een andere man.'

Haar blik volgend knikte Tony nadrukkelijk. 'Goh, ja, het is hem. En ik geloof dat hij zijn goede vriend professor Steinbrenner bij zich heeft.'

Tony liep er meteen heen om de twee mannen te begroeten.

Even later schudde Sir Anthony Diedre de hand, waarna hij professor Steinbrenner aan hen allemaal voorstelde. Diedre vroeg hoe Lady Parry het maakte, vertelde Sir Anthony dat Lady Gwendolyn het goed maakte toen hij naar haar informeerde, en richtte zich toen tot de professor. Ze zei: 'Uw dochter Greta werkt bij mijn schoonzus, Cecily, professor Steinbrenner. Ze is vanavond toevallig hier. Ik weet dat ze u graag zou willen ontmoeten.'

Helmut Steinbrenners gezicht veranderde meteen toen hij dat hoorde. Zijn donkerbruine ogen, die even daarvoor zo dof en moe hadden gestaan, klaarden helemaal op. Ze sprankelden en er lag plotseling iets gretigs in zijn blik. Er verscheen een lach op zijn gezicht. 'Dat zou fantastisch zijn, Lady Diedre.'

Hij keek om zich heen, en terwijl hij dat deed vroeg hij: 'Waar is dan de beroemde Cecily Swann over wie mijn Greta het altijd heeft?'

'Ik zal haar halen,' antwoordde Diedre, en ze keek Tony heel nadrukkelijk aan toen ze de groep verliet.

Hij begreep dat ze wilde dat hij de prinses apart zou nemen om haar te vragen of ze wilde helpen. Hij zag Diedre naar Cecily lopen, die bij het echtpaar Von Wittingen en Daphne stond. Toen ze met elkaar in gesprek raakten, zei hij tegen Sir Anthony: 'Zou u me even willen excuseren, *sir*, en u ook, professor Steinbrenner? Prinses Irina en ik moeten heel even met William Shirer praten. We zijn zo weer terug.'

'Dat is prima, Jenkins,' antwoordde de academicus.

'Bedankt, Sir Anthony.'

Hugo zei: 'Maak je geen zorgen, Tony, wij houden ons wel met Sir Anthony en professor Steinbrenner bezig, hè, Charlie?'

Zijn zoon knikte en richtte zijn aandacht op Sir Anthony. Vol eerbied zei hij: 'Ik lees altijd met veel genoegen uw column in de *Daily Telegraph*, *sir*. Ik hoop zelf ooit voor kranten te kunnen schrijven.'

De befaamde academicus glimlachte toegeeflijk, en dat was het begin van een gesprek tussen de vier mannen over de Britse pers. Ze bespraken de voors en tegens en het pure genot dat ze er soms aan beleefden.

Toen Diedre bij Cecily en Miles kwam, legde ze uit: 'Ik heb zojuist professor Steinbrenner ontmoet. Ik vertelde hem dat jij hier bent. Kom, dan gaan we naar hem toe.'

Er kwam een vrolijke glimlach op Cecily's gezicht, en Miles staarde zijn zus alleen maar aan, overvallen door deze aankondiging. 'Dat is goed nieuws, zeg,' wist hij uit te brengen – de verbazing klonk door in zijn stem.

'Schitterend nieuws!' riep Cecily uit. 'Ik vraag me af waarom bij hier op de receptie van de ambassade is.'

Diedre antwoordde snel: 'Ik heb begrepen dat hij al heel lang goed bevriend is met Sir Anthony Parry, die vanavond bij ons is. Sir Anthony is blijkbaar naar Berlijn gekomen om een aantal lezingen over filosofie te geven.'

Miles zei: 'Breng ons naar hen toe.' Terwijl hij sprak begon hij de zaal door te lopen, want hij had Sir Anthony, die bij Hugo en Charlie stond, herkend.

Diedre hield Cecily tegen toen ze achter hem aan wilde lopen. 'Denk erom, je zegt nergens iets over. En je gedraagt je natuurlijk. Miles is snel van begrip en hij kijkt bijna de hele tijd naar jou, Ceci. Pas op met wat je zegt.'

Cecily knikte. 'Ik ben me ervan bewust. Maak je alsjeblieft geen zorgen, Diedre. Ik ben geen domkop. Ik weet wat er op het spel staat.'

Er waren geen introducties nodig toen Miles en Cecily bij professor Steinbrenner kwamen. Hij stapte naar voren, pakte haar handen en trok haar een beetje naar zich toe. 'Wat een geweldige verrassing u hier aan te treffen! Ik had niet gedacht dat ik u ooit zou ontmoeten. Dank u, dank u dat u zo goed bent voor mijn dochter. Greta heeft het altijd over u.'

'Ze is goud waard, professor Steinbrenner, ze is mijn rechterhand. Ik weet niet wat ik zonder haar zou moeten,' zei Cecily.

Diedre stapte naar achteren omdat ze de professor alleen wilde laten met Cecily en Miles. Hugo, Charlie en Sir Anthony deden hetzelfde, maar bleven met elkaar in gesprek gewikkeld.

Diedre keek de zaal rond. Ze wilde zich een totaalbeeld vormen. Het echtpaar Von Wittingen stond nog bij Daphne, maar er was een ander paar bij komen staan dat ze niet kende, maar dat beslist Duits was. Tony zat met prinses Irina in een hoekje en was haar duidelijk op de hoogte aan het brengen. Cecily en Miles stonden achter haar met de professor. Ze wist precies wie waar was.

Toen de grote menigte in het midden van de zaal wat uitdunde, zag Diedre haar. Pauline Mallard. De vrouw met wie Harry iets had. Diedre keek nog eens goed om er zeker van te zijn dat ze het werkelijk was. En ze was het. Diedre kon haar ogen haast niet geloven. Mrs. Mallard stond vlak naast een oudere man en een andere vrouw, die Diedre vreemd bekend voorkwam. En toen viel het kwartje. Pauline stond bij Lady Diana Mosley, een van de gezusters Mitford en echtgenote van de Britse fascistenleider. Zo, zo, zo, dacht ze, de wonderen zijn de wereld nog niet uit, en onwillekeurig vroeg ze zich af welke politieke richting Pauline Mallard aanhing. Bewonderde ze Hitler, net als haar gesprekspartner?

Precies op dat moment zag ze hem op zich afkomen. Valiant. Mijn god, wat deed hij hier?

Hoofdstuk 17

'Je lijkt verbaasd me te zien,' zei Canaris, terwijl hij voor haar stilstond.

'Dat ben ik ook,' antwoordde Diedre. '"Verbouwereerd" zou een beter woord zijn. Je begeeft je zelden onder de mensen, dus waarom zou je uitgerekend op een feest van de Britse ambassade op komen dagen?'

Er verscheen kort een flauwe glimlach. 'Als je om je heen kijkt, zul je zien dat ik hier niet de enige Duitse officier ben. De zaal is er vol mee, inclusief leden van de Gestapo.' Hij zette een stap naar voren, pakte haar hand, boog zich eroverheen en kuste hem licht – zoals altijd waren zijn manieren onberispelijk.

Hij vervolgde: 'Ik ben uitgenodigd, en het lijkt erop dat iedereen die ook maar iets voorstelt, aanwezig is. En toen ik hoorde dat jij hier zou zijn, dacht ik natuurlijk dat het leuk zou zijn jou te spreken, Diedre. En waarom ben jij in Berlijn?'

'Ik ben met mijn familie meegekomen,' begon ze, trachtend haar gezicht in de plooi te houden. Als hoofd van de Abwehr, de Duitse militaire inlichtingendienst, was er niets wat hij niet wist. Hij had in de afgelopen drie jaar, nadat hij was aangesteld, een uitgebreide en uiterst efficiënte organisatie opgezet. Die omvatte veel officieren, voornamelijk van zijn soort. Diedre geloofde dat ze allemaal, net als hij, antinazi waren en in het geheim Hitlers dodelijke regime probeerden tegen te werken.

Diedre schraapte haar keel en vervolgde nu: 'Mijn neef Charlie wilde Berlijn bezoeken, en we besloten er een familieaangelegenheid van te maken. Zijn moeder, mijn zus Daphne, staat daarginds te praten met een vroegere vriendin die ze hier onverwachts ontmoette.'

Hij volgde haar blik. 'O, ja, prinses Von Wittingen. De prins is ambassadeur voor industrieel Krupp...' Valiant stopte, keek Diedre nadrukkelijk aan. 'Er komt iemand onze kant op.'

'Dat is mijn schoonzus, Cecily Swann, de bekende modeontwerpster.' Terwijl ze dat zei, zag Diedre dat Cecily was blijven staan en aarzelde, haar vragend aankeek. Diedre wist dat ze geen keus had en gebaarde dat ze bij hen moest komen staan.

'Het is geen probleem,' zei hij op gedempte toon terwijl Cecily op hen afliep.

'Cecily, mag ik je voorstellen aan admiraal Canaris... Admiraal, dit is de vrouw van mijn broer, Cecily Swann Ingham.'

'Aangenaam kennis te maken, admiraal,' zei Cecily effen; ze liet de verbazing die ze voelde niet merken en stak haar hand uit.

'Het is me een genoegen, Mrs. Ingham,' reageerde hij, haar de hand schuddend en een lichte buiging makend. 'Ik vertelde Diedre net hoe blij ik was dat ik haar tegen het lijf liep. We kennen elkaar al lang. Mijn familie kende Maxine Lowe en haar vader, die vaak naar het Ruhrgebied kwam. Ook Lady Daphne schijnt een vriendin van vroeger te hebben ontmoet.'

'Ja, inderdaad,' antwoordde Cecily, die ontspande nu hij had uitgelegd wie hij was. 'Ze heeft Arabella al jaren niet gezien.'

'Dat vertelde Diedre, ja.'

Er viel een stilte.

Diedre nam snel het heft in handen en zei: 'Wilde je me iets vragen, Ceci?'

'Ja. Sir Anthony heeft ons uitgenodigd om morgen te gaan lunchen met de professor. Miles en mij, dus, en ik vroeg me af of dat de rest van de familie zou schikken?'

'O jee, ik weet niet wat ik daarop zeggen moet. Ik weet niet zeker of Daphne een lunch heeft gepland –' Ze onderbrak zichzelf en voegde eraan toe: 'Wat zei ze eerder ook alweer?'

De admiraal merkte op: 'Sir Anthony is een bijzonder getalenteerd man. Ik heb gehoord dat zijn lezingen al zijn uitverkocht. Ik zou denken dat met hem lunchen een zeer aangename bezigheid is.' Hij glimlachte naar Diedre en vervolgde: 'Ik zou zelf wel met hem willen lunchen.'

'O, zou u met ons mee willen gaan?' vroeg Cecily. 'Dat is vast goed.'

'Een aardige gedachte, maar ik moet helaas werken.'

Omdat Diedre meteen begreep dat de admiraal geen bezwaren had tegen de lunch, zei ze: 'Ik vind het best, Ceci. Ik heb morgen andere plannen, maar misschien moet je het aan Daphne vragen. Ik denk dat dat het beste zou zijn.'

'Goed idee, ik zal met haar gaan praten. Sorry dat ik jullie stoorde. Het was me een genoegen, admiraal Canaris.'

'Insgelijks, Mrs. Ingham,' antwoordde hij.

Cecily schonk hun beiden een stralende glimlach en liep de zaal door naar Daphne.

'Waarom aarzelde je?' vroeg de admiraal toen ze alleen waren, haar onderzoekend aankijkend. 'Of ze wel samen moesten lunchen?'

'Omdat de dochter van de professor bij Cecily in Londen werkt en zich vreselijk zorgen maakt over haar familie hier in Berlijn.'

Zacht zei Canaris: 'Willen ze het land uit? Is dat het?'

'Ja,' mompelde Diedre even zacht.

'Waarom heb je geen contact met me opgenomen? Het aan mij gevraagd?' Hij klonk verbaasd.

'Omdat je al te veel voor me hebt gedaan.'

'Heb je nog niets in gang gezet?' Hij fronste zijn wenkbrauwen. 'Dat is niets voor jou.'

'Jawel. Tony houdt zich ermee bezig. Daar zit hij...' Haar stem stierf weg. Ze boog haar hoofd in de richting van Tony en de Russische prinses, die nog steeds samen in een hoek van de zaal zaten, tegenover hen.

'Aha. Dat is mooi. Ze komt wel naar mij toe. Het komt voor elkaar.' Toen Diedre bleef zwijgen staarde hij haar aan. 'Wat is er? Wat is er mis? Je kijkt bezorgd.'

'Het zijn er vier,' fluisterde ze. 'Zoveel. Alles nieuw.'

Hij knikte. 'Het komt voor elkaar, Diedre,' herhaalde hij rustig op vastberaden toon.

'Bedankt. Heel hartelijk dank. Ik ben je erg dankbaar.' Ze schudde haar hoofd. 'Ik had het je denk ik moeten vragen, maar er is zoveel dat belangrijker is. En ik maak me zorgen om je veiligheid.'

'Ik heb je al gezegd: hou daarmee op. Ik loop geen gevaar. Maar ondertussen zou ik graag wat hulp van jou hebben.'

'Wat je maar wilt. Je weet dat je het me alleen maar hoeft te vragen.'

'Wat van jouw tijd. Morgen. Alleen. Ik heb je tegen Cecily horen zeggen dat je plannen had. Is dat zo?'

'Nee, maar ik probeer me altijd in te dekken voor het geval er iets opduikt. En dat is nu gebeurd.' Eindelijk kwam er een glimlach tevoorschijn.

'Ik heb informatie voor je die je aan William Lawson moet geven wanneer je weer in Londen bent. Kom om één uur naar de gebruikelijke plaats. En laten we nu een glas champagne nemen.' Hij keerde zich om, hield een van de passerende obers tegen, pakte twee glazen van het blad en reikte Diedre er een aan.

Ze proostten, en hij zei: 'Hierna moet ik weg.'

'Ik begrijp het,' zei Diedre. 'Ik zal er morgen zijn.'

Ze keek de admiraal na terwijl hij zelfverzekerd de zaal uit liep. Hij bewoog zich ontspannen door de menigte, bleef even staan om met een ss-officier te spreken, en daarna met een collega van het Militaire Opperbevel. Allen die hem kenden of met hem werkten, gaven om Canaris en zijn welzijn. Hij was enorm integer en moedig; qua geboorte, opvoeding, overtuiging en instinct was Canaris een antinazi. Hij was nooit lid geworden van de nazipartij, en het jaar ervoor had hij tegen Diedre gezegd dat hij meende dat Hitler de ondergang van Duitsland zou zijn. Hij had eraan toegevoegd dat de Führer bezig was het vaderland de hel op aarde in te leiden.

Haar ogen volgden zijn zwarte marine-uniform totdat het uit het zicht verdween, en toen keerde ze zich om en zocht Cecily. Ze zag haar naast Miles staan babbelen met Sir Anthony en de professor en liep meteen op hen af.

Toen Cecily haar zag, pakte ze haar hand en trok haar naast zich. Zacht vroeg ze: 'Waar is de admiraal? Je had hem mee moeten nemen, dan had hij met Sir Anthony kennis kunnen maken.'

'Hij moest weg.' Diedre ging dichter bij Cecily staan en mompelde: 'Je raadt nooit wie hier is.'

'Wie dan?' Met gefronste wenkbrauwen keek ze Diedre aan en zei: 'Je klinkt zo gek. Wie is het dan wel?'

'Pauline Mallard.'

'Hè? Dat kan niet. Dat is onmogelijk.'

'Blijkbaar niet, want daar staat ze, en wel met niemand minder dan Diana Mosley. Kijk maar. Zie je die vrouw met dat kastanjebruine haar en die paarse jurk? Zou het een geval zijn van soort zoekt soort?'

'Ja, je hebt gelijk, ze is het. Mijn god, Harry zal geschokt zijn als ik het hem vertel. Ik denk dat die oudere man haar echtgenoot is, Sheldon Faircross.' Er kwam een geërgerde uitdrukking op Cecily's gezicht toen ze eraan toevoegde: 'Ze reist kennelijk met hem mee, dus zal het huwelijk wel goed zijn. Ze gebruikt Harry alleen maar.'

'Ik ben het me je eens. Maar denk je dat ze een van die Engelsen is die Hitler toejuichen?' Diedre trok vragend een wenkbrauw op.

Cecily zweeg even en zei toen op dezelfde zachte, bezorgde toon: 'Ik weet het niet. Misschien. Wat ik wel weet, is dat ik Harry uit haar klauwen zal bevrijden.'

Terwijl ze samen zacht hadden staan praten, waren ze weggeschuifeld van de groep en stonden er nu een eindje vandaan. Even later kwam Miles bij hen staan; hij keek van zijn vrouw naar zijn zus en vroeg: 'Waar staan jullie zo over te fluisteren? Jullie lijken wel een stelletje samenzweerders.'

Diedre lachte flauwtjes en zei: 'Harry's minnares staat daar met haar echtgenoot – althans, ik denk dat hij dat is – en Lady Mosley.'

Miles was even verbluft als Cecily was geweest, en hij keek om zich heen en vroeg: 'Waar? Waar staan ze?'

'Bij die grote ramen,' antwoordde Cecily. 'Kom mee, laten we erheen lopen en bij hen in de buurt gaan staan. Háár laten zien dat wij haar gezien hebben.'

Miles keek Cecily bevreemd aan en zei: 'Als je me maar belooft dat je haar niet openlijk gaat beschuldigen, Ceci.'

'Ik beloof het. Ik wil haar alleen maar een onbehaaglijk gevoel geven.'

Ze slenterden met hun drieën het lange vertrek door en bleven niet ver van

Pauline Mallards groepje stilstaan. Ogenblikkelijk had ze hen in de gaten; ze werd knalrood en draaide hen gewoon de rug toe.

'Ze bloosde meteen van schaamte,' zei Cecily met fonkelende ogen. Miles grijnsde haar geamuseerd toe.

Diedre zei zacht tegen haar broer: 'Maar ze is wel heel mooi, hè?'

Cecily keek haar nadrukkelijk aan en riep uit: 'Zeg dat nooit tegen mijn moeder. Haar boze weerwoord zal zijn dat Mrs. Mallard niet alleen mooi maar ook heel promiscue is.'

'Dat zegt iedereen,' zei Miles. 'Maar Pauline Mallard is inderdaad een schoonheid, Diedre, en Diana Mosley ook. Alle vrouwen van die familie zijn dat. Maar naar mijn mening niet zo betoverend als de meisjes Ingham.'

'Ik wilde dat je me had gewaarschuwd dat Valiant naar de receptie kwam,' zei Diedre, Tony over de tafel heen aanstarend.

'Ik wist het niet – en als ik het wel had geweten, zou ik het je natuurlijk hebben verteld,' reageerde hij snel en enigszins gekwetst.

'Maar jij gaat over de lijst,' merkte Diedre op, en ze nam een slok van haar cognac.

Ze zaten samen in het barretje van hotel Adlon. De rest van de familie was na het ambassadediner naar bed gegaan, maar Diedre was op gebleven om met Tony een slaapmutsje te drinken en prinses Irina te bespreken.

Nu protesteerde hij: 'Ik ga niet over de hele lijst, alleen maar over een deel! De ambassadeur heeft Canaris uitgenodigd. Maar de admiraal nam de uitnodiging niet aan, dus daarom heb ik het er tegen jou niets over gezegd. Toen ik hem vanavond binnen zag komen, was ik even geschokt als jij blijkbaar was.'

Diedre knikte. 'Goed, ik geloof je. Oké, laten we het nu over prinses Irina hebben. Wat heeft ze gezegd? Hoe schat je haar in?'

'Ik denk dat ze zal helpen, dat heeft ze met zoveel woorden gezegd. Ze gaf aan dat ze bij een verzetsbeweging is aangesloten, en bovendien is ze fel antinazi: ze noemt de Duitse regering een stelletje bandieten en moordenaars. Ik heb uitgelegd hoeveel uitreisvisa er nodig zijn, heb haar alle details gegeven, en ze leek er niet heet of koud van te worden. Ze zei dat ze volgende week contact met me zou opnemen. Voor zover ik het kan inschatten, denk ik dat ze volledig te vertrouwen is en zal doen wat in haar vermogen ligt om te helpen. Haar jeugd heeft haar veel geleerd. Ze is meelevend.'

'Valiant gaat haar helpen ons te helpen,' voerde Diedre aan.

'Dus je hebt het hem toch gevraagd,' zei Tony, haar aandachtig opnemend, nogal verrast door die uitlating.

'Niet zoals je denkt,' antwoordde Diedre, terwijl ze tegen de rug van het bankje leunde in een poging te ontspannen. 'Hij dacht dat ik me ergens zorgen om maakte en heeft het min of meer uit me getrokken. Ik heb het hem verteld. Hij zei dat de prinses naar hem toe zou komen en dat hij haar zou helpen. Hij zei dat het voor elkaar kwam.'

Tony was even stil en zei toen langzaam: 'Misschien werken ze regelmatig samen. Wat denk jij?'

'Ik weet het niet, en ik wil het ook niet weten, Tony. Maar laten we wel wezen: hij heeft al heel wat mensen Berlijn uit weten te krijgen, Joden, maar ook katholieken en dissidenten.' Ze viel stil en staarde de zwak verlichte bar in. Ten slotte zei ze: 'Ik denk dat dat de reden is waarom ik me zorgen om hem maak, om zijn veiligheid. Maar hij beweert altijd dat hij niet verdacht wordt en geen gevaar loopt.'

'Dat denk ik ook niet. En ook de anderen niet op dit moment. Ik snap eigenlijk niet hoe de generaals het doen… overdag Hitler steunen en 's nachts zijn ondergang plannen.'

Diedre zweeg weer, wetende dat het waar was wat Tony zei. Hij legde zijn oor overal te luisteren en had heel goede informanten, die hem allerlei informatie toespeelden.

Haar stilzwijgen verkeerd uitleggend zei Tony vriendelijk: 'Maak je maar geen zorgen, we krijgen de professor en zijn gezin het land wel uit, en Valiant zal niets overkomen, dat kan ik je verzekeren.'

Ze keek hem lang en bedachtzaam aan en zei zo zacht dat het nauwelijks verstaanbaar was; 'Vorig jaar zei Valiant tegen me dat hij en zijn *compadres*, zoals hij ze noemde, vast en zeker aan de galg zouden eindigen. En dat ben ik niet vergeten.’

‘Hij maakte maar een grapje,’ zei Tony. ‘Vast.’ Lachend vervolgde hij: ‘Iedereen weet dat admiraal Canaris alom gerespecteerd wordt, en zijn staat van dienst is legendarisch. Hij heeft in de vorige oorlog geschiedenis geschreven. We weten in onze kringen allemaal hoe de Royal Navy zijn schip de Dresden maar niet te pakken kon krijgen omdat hij zo briljant was. Hij is in Duitsland een held.’

‘Ik weet het,’ antwoordde ze. ‘Dat is hij ook voor mij, maar vanwege andere daden.’

Hoofdstuk 18

Het restaurant waar de admiraal een vaste klant was, bevond zich niet ver van het hoofdkwartier van de Abwehr. In sommige opzichten deed het Diedre denken aan het restaurantje dat zij en Tony gebruikten, dat was ook een beetje gewoontjes. Maar deze gelegenheid was beter ingericht en de sfeer was verfijnder, en dat gold ook voor het eten.

Maar het belangrijkste was wel dat café Baumer voornamelijk bezocht werd door officieren en personeelsleden die voor de Duitse militaire inlichtingendienst werkten. Met andere woorden: de admiraal werd altijd omringd door zijn eigen mensen; er kwamen maar weinig voorbijgangers binnen die ook bleven, ongetwijfeld omdat ze afgeschrikt werden door de zee van marine-uniformen; iedereen die belde om een tafel te reserveren, kreeg duidelijk te horen dat het café vol zat. Het was het domein van de admiraal.

Toen Diedre er vrijdag om één uur binnenkwam, zoals afgesproken met Canaris, werd ze naar zijn vaste tafel gebracht. De ober schonk een glas water voor haar in, en toen ze alleen was, pakte ze het menu en bekeek het aandachtig, en het schoot haar te binnen dat de wienerschnitzel hier zo lekker was.

Ze liet haar blik door de ruimte dwalen en zag een aantal marineofficieren in uniform en een paar vrouwen die duidelijk secretaresses waren. Even later stond majoor-generaal Hans Oster naast haar tafel; hij had zijn pet in zijn hand en glimlachte naar haar.

'Wat leuk je weer te zien, Diedre,' zei hij, en hij liet zich op een stoel zakken. 'Hij komt zo; hij heeft slechts een paar minuten oponthoud.'

Net als de admiraal sprak Hans Oster goed Engels, maar niet met het perfecte Cambridge-accent dat de admiraal jaren eerder had verworven, omdat hij les had gehad van iemand die in Cambridge had gestudeerd.

'Hans, wat een leuke verrassing. Ik zag je gisterenavond in de verte op het ambassadefeest, maar voordat ik naar je toe kon komen, was je al in rook opgegaan.'

Hij grijnsde haar toe. 'Daar ben ik vrij goed in, zoals je weet, Diedre.'

Plotseling was er enige activiteit bij de ingang, en toen ze beiden die kant op keken, zagen ze admiraal Canaris arriveren en verwelkomd worden door de eigenaars, Alfred Baumer en zijn vrouw Giselle.

'Mijn verontschuldigingen, Diedre,' zei Canaris toen hij even later tegenover haar ging zitten. 'Ik werd opgehouden in een vergadering.'

'Geeft niet, hoor, ik ben er net,' antwoordde ze, en ze glimlachte hem toe. 'En voordat ik met mijn ogen kon knipperen was Hans er al.'

De admiraal knikte. 'Hans luncht met ons mee, niet zo lang, en daarna hebben we nog wat tijd samen.'

'Ik begrijp het,' antwoordde ze. De twee mannen hadden hun menu al opgepakt, en zij deed hetzelfde. Vervolgens wenkte de admiraal de ober, die direct bij hen kwam staan.

De ober keek haar aan, en ze zei: 'Ik wil graag de wienerschnitzel. En niets vooraf.'

'*Bockwurst* met rodekool,' bestelde Oster, en hij voegde eraan toe: 'En ik wil ook geen eerste gang.'

'Wienerschnitzel,' zei de admiraal. 'En schenk alsjeblieft water in, Günther.'

Toen dat gebeurd was en ze alleen waren, boog de admiraal zich naar Diedre toe en vroeg: 'Wanneer vertrek je uit Berlijn?'

'Morgen, volgens plan. We keren allemaal terug naar Zürich, en zondagmiddag vertrek ik naar Londen. Ik moet weer aan het werk.'

'Ga je alleen terug naar Londen? Of reist de rest van de familie met je mee?'

Diedre schudde haar hoofd. 'Charlie gaat met me mee; hij wil zich voorbereiden op zijn terugkeer naar Oxford. Daphne en Hugo blijven nog een paar dagen in Zürich en gaan dan naar huis, naar Cavendon, en dat doen Cecily en Miles ook.'

'Ja, ja. Dat is goed, heel goed. De zaken zullen hier op het vasteland helaas niet zo gemakkelijk verlopen.' Hij had zijn stem gedempt, en die werd nog zachter toen hij zei: 'Ik vrees het ergste voor Tsjechoslowakije. Hitler aast op Sudetenland, en dat kan alleen maar rampzalige gevolgen hebben.'

Dit overviel Diedre, en ze keek hem met open mond aan. Iedereen had het over Sudetenland. Maar nu al? Veel eerder dan ze hadden verwacht.

Hans Osters voorhoofd fronste zich, en hij mompelde zacht: 'Maar Groot-Brittannië en Frankrijk zullen toch wel ingrijpen? Daladier en Chamberlain zouden het niet toestaan.'

Canaris slaakte een diepe zucht. 'Het spijt me, maar het is een gegeven.'

Zich naar de admiraal toe buigend fluisterde de majoor-generaal: 'Praat met generaal Keitel. Hij is Hitlers stafchef, hij kan het hem vast wel uit zijn hoofd praten.'

'Dat kan hij niet. Hij heeft het geprobeerd, en het is hem niet gelukt. Keitel was juist degene die me zei dat ik me op het ergste moest voorbereiden. En dat was precies twintig minuten geleden. Het lijkt erop dat de Führer niet tegen te houden is.'

Op Osters gezicht verscheen een harde uitdrukking en in zijn ogen een woedende glans. Hij haalde diep adem en klemde zijn handen in elkaar op zijn schoot – hij deed duidelijk zijn best om zijn hoog oplaaiende emoties de baas te worden.

Canaris sprak kalm: 'Hou jezelf in de hand, Oster. Onze tijd komt nog wel. Voorlopig moeten we zijn spelletje meespelen en ondertussen ons eigen spel spelen.'

'Zal hij Groot-Brittannië binnenvallen?' vroeg Diedre rustig.

De admiraal haalde licht zijn schouders op. 'Weet je, ik geloof oprecht dat hij dat niet wil, helemaal niet. Ik denk dat hij dat tot iedere prijs wil voorkomen. Hij is namelijk behoorlijk anglofiel. Hij is dol op de Britse aristocratie, bewondert de Royal Navy en wil dat ik een militaire inlichtingenafdeling opzet die die van Groot-Brittannië naar de kroon steekt, want hij beschouwt die als de beste van de wereld.'

'Wil je zeggen dat hij verzoening wil, dat hij mee zou gaan met de politiek van Chamberlain?' vroeg ze, nog dichterbij komend terwijl ze sprak.

'Op het ogenblik wel, ja. Maar...' De admiraal stopte en schudde zijn hoofd. 'Ik weet nooit wat hij nu weer zal bedenken. En dat maakt me angstig. Ook ben ik ervan overtuigd dat de Britse regering een grens zal trekken.'

'Ik wilde bij God dat Churchill nu premier was in plaats van parlementslid,' mompelde Oster met een gezicht dat onverhulde afkeer vermengd met frustratie uitdrukte.

Veertig minuten later nam majoor-generaal Oster afscheid van Diedre en vertrok. Eindelijk waren zij en de admiraal alleen. Nadat hij nog een koffie voor hen had besteld, ging hij er eens goed voor zitten en zei: 'Het is een eenvoudige boodschap die je van mij aan William Lawson moet doorgeven, Diedre. Maar ze is van het grootste belang.'

'Je weet dat ik die woordelijk zal doorgeven.'

'Dat weet ik, ja.'

Nadat de ober de koffie had gebracht, sprak Canaris zachtjes verder. Hij vertelde haar wat ze tegen haar baas moest zeggen. En hij sprak vrij lang.

De wisselvalligheid van het lot

Sterk is de ziel, en wijs, en mooi;
De zaden van godgelijke macht zijn nog in ons;
Goden zijn we, barden, heiligen, helden, als we dat willen.

Matthew Arnold: 'Written in Emerson's Essays'

Hoofdstuk 19

Harry Swann was boos. Hij was zelfs razend, al dagen. Het was nu volledig tot hem doorgedrongen dat Pauline hem had laten vallen, en hij begreep niet waarom. Maar eigenlijk wist hij het wel. Ze hield niet van hem, of in ieder geval niet genoeg, om haar leventje van gemak, luxe en financiële zekerheid op te geven.

Er ontsnapte hem een diepe zucht terwijl hij de kraag van zijn witte overhemd opklapte, de zijden das om zijn nek liet glijden en hem knoopte. Hij stond voor de passpiegel in zijn slaapkamer zich te kleden voor een afspraak waar hij eigenlijk geen behoefte aan had. En die hij ook niet echt wilde.

Maar hij had de uitnodiging aangenomen en had te lang gewacht met afzeggen, dus moest hij gaan. Waar hij eigenlijk zin in had, was naar buiten gaan en hout hakken om zijn woede te koelen. Of in Leeds een sportzaal zoeken voor een bokstraining en een paar uur op een boksbal inslaan. Totdat hij doodmoe was, en zijn woede gezakt.

Nadat hij zijn jasje had aangetrokken, ging hij aan zijn bureau voor het raam zitten om in zijn agenda te kijken. Vandaag was het 12 augustus. Op zaterdag 6 augustus had Pauline hem midden in de nacht opgebeld en uitgelegd dat ze zondagochtend vroeg naar Londen vertrok. Ze had geen keus, had ze gezegd. Haar man had zaken te doen in Parijs en stond erop dat ze hem vergezelde. Ze had hem gezworen dat ze hem eeuwig liefhad en beloofd hem iedere dag te bellen.

Een loze belofte. Hij had sindsdien niets van haar vernomen. Op woensdag had Charlotte hem gevraagd met de jonge Robin, Diedres zoon, naar de tandarts in Harrogate te gaan. Dat had hij gedaan. En in de tijd dat er bij Robin een kies werd getrokken, was hij naar Paulines huis in de buurt van de Stray gegaan, het stuk gemeenschappelijk groen in het midden van de stad.

Harry was verbouwereerd toen hij voor het huis het bord met TE KOOP erop had zien staan. Nadat hij zijn auto geparkeerd had, was hij de stoep op gelopen en had aangebeld, wetende dat er alleen bedienden zouden zijn. Mrs. Ladlow, de kokkin, had opengedaan en breeduit geglimlacht toen ze hem zag.

De kokkin, een vriendelijke ziel, had hem binnen laten komen en bevestigd dat haar werkgevers Harrogate verlaten hadden. En wel voorgoed. Ze vertrouwde hem toe dat ze van plan waren een huis in Parijs te kopen.

Zijn emoties stevig in bedwang houdend had Harry haar bedankt en zich omgedraaid om te vertrekken. Op de stoep had Mrs. Ladlow hem verteld dat ze een baan zocht, voor het geval hij iemand wist die een uitstekende kokkin nodig had. Hij zei dat hij het rond zou vertellen.

Geschoktheid en ongeloof waren omgeslagen in woede, en vandaag was die in volslagen razernij veranderd. Hij schudde zijn hoofd. Ze hadden gelijk gehad, zijn moeder en zijn zus. Pauline Mallard had hem gebruikt. Hij was haar seksspeeltje geweest, haar middel om haar overweldigende sekshonger te stillen. Miles had een paar maanden geleden geopperd dat ze een nymfomane was en dat iedere man goed voor haar was, zolang hij aantrekkelijk was en al een erectie kon krijgen als ze alleen maar verleidelijk glimlachte.

'Ik ben een stommeling geweest,' mompelde hij voor zich heen, en hij sloeg de bladzij van de agenda om. Hij zag dat Diedre en Charlie over een paar dagen terug zouden keren naar Londen, evenals Cecily en Miles. Daphne en Hugo zouden zondag de eenentwintigste op tijd voor de thee terug zijn op Cavendon.

Hij sloot de agenda, leunde achterover en sloot zijn ogen. Wat had hij hen gemist, stuk voor stuk. Ze waren zijn familie, zijn wereld, net als Cavendon. Ja, zijn hele wereld, en hij wist plotseling met een flits van inzicht dat hij op deze plek thuishoorde.

Hij kon hier nooit weg, om met mensen als Pauline de hele wereld over trekken. Hij zou gezien worden als haar gigolo, haar speeltje. En bovendien wilde hij een kind. Kinderen. En ze was te oud. Hij had altijd een gezin willen hebben. Een vrouw en kinderen van wie hij kon houden. Daar ging het om in het leven, dat was wat het de moeite waard maakte.

Beneden sloeg de grote staande klok drie, en hij besefte dat hij moest opschieten. Hij moest meteen weg, want hij wilde voordat hij naar Burnside Manor reed nog even naar de overkant om zijn moeder op te zoeken. Hij kreunde inwendig. Thee drinken bij commandant Jollion was nu niet bepaald iets wat hem lokte, maar de jonge Phoebe Bellamy was heel overtuigend geweest, en hij had er uiteindelijk in toegestemd bij hen te komen om haar familie te ontmoeten.

Alice Swann stond in haar voorraadkamer naar de glanzende potten te kijken die op de planken stonden, en er kwam een glimlach van plezier op haar gezicht. Wat waren ze mooi… haar geweckte paarse pruimen, sneeuwwitte peren, groene kruisbessen en rozerode rabarber. En daaronder, op een andere plank, bloedrode bieten, crème-met-bruine paddenstoelen, rodekool, zoetzure uien, zoetzure komkommer en haar hoogsteigen, bijzondere, felgele piccalilly.

Ze knikte, blij met haar groeiende voorraad, en draaide het licht uit en liep terug naar de keuken. Terwijl ze dat deed, keek ze op de klok op de schoorsteen. Over een kwartier zou Evelyne Bourne bij haar komen om wat te kletsen bij een kop thee. Alice verheugde zich erop haar te zien. Ze kende Evelyne al sinds haar geboorte en hoewel er een leeftijdsverschil was van bijna twintig jaar, was er in de afgelopen vijftien jaar een hechte vriendschap ontstaan. De band had zich verstevigd toen Evelyne lid werd van het Women's Institute in het dorp Little Skell en er evenveel van was gaan houden als Alice.

Alice vulde de ketel en zette hem op het gas, en ze dacht aan hun vrouweninstituut en de rol die het was gaan spelen in het leven van heel veel plattelandsvrouwen. En altijd een positieve – dat was ook de reden waarom het in het leven was geroepen. Het was eind negentiende eeuw begonnen in Canada, begin negentiende eeuw in Amerika geïntroduceerd, en ten slotte was het naar Engeland gekomen.

In 1915 had een Engelse aristocrate, Lady Denman, het eerste Women's

Institute opgezet. Inmiddels hadden ze zich naar veel dorpen in het hele land verspreid. Het Women's Institute had vele duizenden leden, en wat zouden deze plattelandsvrouwen een zegen zijn wanneer het oorlog werd. Alice wist diep vanbinnen dat ze de ruggengraat van het land zouden vormen doordat ze voedsel verbouwden op hun lapjes grond, fruit weckten, jam maakten, sjaals en sokken breiden, kleding naaiden en erop toezagen dat zieken en noodlijdende mensen de juiste zorg kregen.

Alice pakte koppen en schotels uit de kast en zette ze op de keukentafel, en ze schrok toen de deur openvloog en Harry als een donderwolk de keuken in beende.

'Grote grutten, Harry, je laat me schrikken!' riep Alice, haar zoon aanstarend, terwijl ze zich afvroeg wat hem scheelde. 'Is er iets?'

'Nee, nee, niet echt, mam.' Hij sloot de deur rustiger achter zich en liep de keuken door. Hij sloot haar in zijn armen en omhelsde haar stevig. 'Sorry dat ik zo binnenval,' zei hij zacht in haar haar. 'Ik heb eigenlijk een beetje haast, dat is het.'

Terwijl hij haar losliet, keek hij op haar neer en glimlachte. 'U ziet er schattig uit, mam, echt waar. Rood staat u goed.'

'Wat plaag je me, Harry. Schattig, op mijn leeftijd...'

'Nou, het is zo.'

'En jij bent mijn lievelingszoon.'

Ze zei dit al vele jaren tegen hem, en zoals gewoonlijk moest hij erom lachen. 'Nu plaagt u mij. Kom even bij me zitten; ik moet u iets vertellen, mam.'

'Je klinkt ernstig. Wat is er?' vroeg ze – haar ogen vernauwden zich en bleven hem aankijken.

'Ik ga niet meer met Pauline Mallard om. Het is voorbij. Finito. Uit. Helemaal klaar. En nu ben ik weer een vrij man.'

Alice zei even niets, keek hem alleen maar aan, een en al opluchting door deze mededeling. Ze had gedacht dat ze die woorden nooit zou horen. En nu was het dan toch gebeurd. Goddank. Eindelijk hervond ze haar stem en vroeg: 'Wil je erover praten?'

'Ja, hoor. Ik denk dat u en Cecily het hoe dan ook moeten weten, omdat jullie allebei zo bezorgd waren, een tijdje al.'

Er viel een korte stilte, en Harry leunde achterover en staarde peinzend voor zich uit.

'Je hoeft het me niet nu te vertellen: het is vast een verse wond en die is nog rauw, denk ik,' zei Alice zacht – ze wist plotseling dat hij pijn voelde.

'Ik red me wel,' zei hij met een geforceerde glimlach. 'Ik ben een grote jongen.'

'Nou, wat is er gebeurd?' vroeg Alice voorzichtig, een en al nieuwsgierigheid; ze wist dat hij echt verliefd was geweest, veel om Pauline had gegeven. En dat hij de verhouding niet had willen beëindigen.

Langzaam, zijn woorden zorgvuldig kiezend zodat hij zijn moeder niet voor het hoofd zou stoten, vertelde Harry haar over de laatste keer dat hij Pauline had gezien… op die rampzalige vrijdag waarop haar man onverwachts zou thuiskomen en hen samen zou kunnen aantreffen.

Alice onderbrak hem niet en luisterde aandachtig. Toen legde hij uit dat Pauline niets meer van zich had laten horen en dat hij woensdag ten slotte naar het huis in Harrogate was gegaan.

'Ik had het gevoel dat ze me had laten vallen, en plotseling begreep ik dat ik inderdaad gebruikt was, zoals u al zei, mam. Ze komen hier niet meer terug. Ze verkopen hun huis en gaan kennelijk in Parijs wonen. Althans, volgens Mrs. Ladlow, de kokkin. Zelfs als ze me nu belt, of contact opneemt, wil ik niets meer met haar te maken hebben.' Harry stond op en rondde het op ferme toon af met: 'En zoals u al zo vaak zei: ze is welbeschouwd te oud voor mij. En vrijwel zeker te oud om me kinderen te geven.'

Alice sprong overeind, liep naar hem toe en sloeg haar armen om haar zoon heen. Ze begon te huilen en ten slotte mompelde ze tegen zijn schouder: 'Ik vind het naar dat je gekwetst bent, Harry. Maar ik ben blij, heel blij voor jou. Nu kun je aan een nieuw leven beginnen. En ik weet dat er ergens een vrouw is die je ware bestemming is. Je gaat haar vinden, je zult het zien, en wel wanneer je het het minst verwacht.'

'Misschien,' antwoordde hij, en hij kuste haar op de wang. 'Nu geen tranen meer, mam.'

'Het zijn tranen van geluk,' protesteerde ze.

'Dat weet ik.'

Terwijl hij naar de voordeur liep, voegde hij eraan toe: 'Ik ga nu thee drinken bij commandant Jollion. Toen ze me uitnodigden, probeerde ik eronderuit te komen, maar die kleine Phoebe Bellamy is onverbeterlijk. Wanneer ze ergens haar tanden in zet, laat ze niet meer los. Ze is pas twaalf, maar zo vasthoudend als de duvel. Als ze ouder was, zou ik denken dat ze haar zinnen op me gezet heeft. Maar dat is natuurlijk niet zo. Kijk me niet zo aan. Ze is echt pas twaalf, hoor.'

'Dat weet ik, rare. Het is een allerliefst meisje met een grote overredingskracht. Phoebe is eraan gewend haar zin te krijgen – ze hebben haar verwend.'

Harry fronste zijn wenkbrauwen en bleef aarzelend in de deuropening staan. 'Kent u Phoebe, mam?'

'Nee. Haar tante, Mrs. Jollion, de vrouw van de commandant, is lid van ons Women's Institute, en wanneer Adrianna hier is, gaat ze met haar mee naar het instituut. Dat is Phoebes moeder, tussen twee haakjes.'

'Die een heel stel kinderen heeft, heb ik gehoord. Niet alleen Phoebe, maar ook een aantal zoons.'

'Ja, dat klopt,' antwoordde Alice, en ze dacht: ze heeft ook nog vier dochters, maar daar moet je zelf maar achter komen.

Niet lang nadat Harry was vertrokken, werd er zacht op de deur geklopt. Evelyne duwde hem open en stak haar hoofd naar binnen. 'Ik ben het, Alice,' zei ze.

'Dag, lieverd. Kom binnen, kom binnen, blijf daar niet staan,' antwoordde Alice, warm glimlachend, blij haar vriendin te zien.

'Ik heb een kinderwagen vol jam en ingemaakt fruit. Is het goed als ik hem mee naar binnen neem?' vroeg Evelyne.

'Natuurlijk. Kom, ik zal je helpen.'

Alice liep de keuken door terwijl Evelyne de kinderwagen het vertrek in reed. 'Weet je, we hebben een echt probleem,' kondigde Evelyne aan, terwijl ze de potten uit de kinderwagen haalde en ze een voor een aan Alice gaf.

Toen ze allemaal op tafel stonden, keerde Alice zich met gefronst voorhoofd om. 'Wat voor probleem?' vroeg ze met verbazing in haar stem.

'We hebben helaas geen potten meer. Ik heb er nog maar een stuk of tien. Heb jij nog?'

'Tien? Meer niet? Je hebt gelijk, dat is een probleem. Ik vraag me af hoe we aan meer kunnen komen? Het misschien vragen aan de vrouwen in het dorp?'

'Die hebben ook niet meer. Laten we wel wezen: we zijn druk in de weer geweest.' Evelyne lachte hol. 'We zullen ergens moeten bedelen, lenen of stelen. Iets anders zit er niet op.'

Alice knikte, en er kwam een nadenkende uitdrukking op haar gezicht. Toen riep ze uit: 'We smijten er gewoon wat geld tegenaan en kópen een aantal. We hebben geen keus.'

'Ze zijn niet goedkoop.'

'Ja, daar ben ik me van bewust. Ik zal proberen er een paar te bietsen bij de kokkin van het grote huis, maar die maakt tegenwoordig zelf ook veel in. Ik zal Cecily er wat in Londen laten kopen; ze komt volgende week terug. We redden ons wel. Wil je me helpen dit allemaal in de voorraadkamer te zetten? Dan kunnen we nog even gaan zitten voor een kop thee en een babbeltje.'

De twee vrouwen droegen de potten naar de voorraadkamer, en toen ze klaar waren, liep Evelyne naar het fornuis en stak het gas aan; Alice ging aan tafel zitten.

'Het heeft al eens gekookt,' verklaarde Alice. 'Harry was hier, en ik had de ketel al opstaan, maar helemaal geen theegezet.'

'Ik zag hem als een bezetene wegrijden,' zei Evelyne. 'Hij had duidelijk haast.'

'Hij was al laat. Hij gaat thee drinken bij commandant Jollion, vertelde hij me. Weet je nog dat hij de jonge Phoebe Bellamy van haar fiets reed, en dat een van onze jongens hier die heeft gerepareerd? Ik denk dat de commandant hem wil bedanken. Of zoiets.'

Evelyne knikte. 'Het is een goede en een aardige man, jullie Harry. Ik wilde dat hij een aardige jonge vrouw vond om een gezin mee te stichten en een fijn gezinsleven te hebben.'

'Daar ben ik het nou helemaal mee eens,' zei Alice, en ze vervolgde, zachter: 'Hij is nu een vrij man, zoals hij het noemt. Die smerige situatie heeft zich plotseling opgelost.' Alice zweeg even, lachte haar vriendin veelbetekenend toe en eindigde met: 'Die is gewoon in rook opgegaan.'

'Ik was onlangs in Harrogate. Het viel me op dat er een TE KOOP-bord in de voortuin van dat huis stond. Dat deed me plezier, Alice, want ik wist dat het betekende dat ze weg waren. Hopelijk voorgoed.'

'Ik denk het wel.'

Evelyne schonk heet water in de theepot en liep met het blad naar de tafel. Ze vroeg: 'Ken jij de vrouw die de nieuwe voorzitster is geworden van het Women's Institute in Harrogate?'

'Nee, ik geloof het niet. Ze heeft een lange naam – zeg hem nog eens, alsjeblieft.'

'Margaret Howell Johnson. Zij en haar man Stephen hebben een chique juwelierszaak op de Parade. Enfin, Clara Turnbull vertelde me dat het Women's Institute in Harrogate een inblikmachine heeft gekocht, en nu dacht ik dat ze die misschien aan ons zouden willen uitlenen... Het zou ons helpen nu we te weinig potten hebben, als een soort overbrugging.'

'Je hebt gelijk. Misschien kent mijn tante Charlotte haar. De voorzitsters komen vaak bij elkaar.'

'Zou jij het aan de gravin willen vragen?' Evelyne pakte de theepot en schonk twee koppen vol. 'Misschien zou je tante zelfs bij mevrouw Johnson langs willen gaan, om haar te vragen ons die gunst te verlenen. Wat vind je ervan?'

'Ik zal het er zeker met haar over hebben. Ik zie haar morgen. Maar als ze het niet wil doen, wil ik er ook wel heen gaan. Misschien moeten we zelfs samen gaan.'

'Dat zou leuk zijn!' riep Evelyne uit, met een plotselinge twinkeling in haar ogen. 'Dan zouden we kunnen lunchen in Betty's Café. Ik trakteer.'

'Dat zou ik leuk vinden, ja,' antwoordde Alice, en ze nam een slok thee. 'Ik ben al ik weet niet hoelang niet bij Betty's geweest.'

Hoofdstuk 20

Burnside Manor stond dicht bij het dorp High Clough, en Harry was er veel sneller dan hij had verwacht, voornamelijk omdat er geen verkeer was. Terwijl hij de oprit op draaide en de binnenplaats van het elizabethaanse huis op reed, zag hij Phoebe op de stoep voor het huis zitten.

Toen hij de auto stilzette, sprong ze op en rende naar de auto. Zodra hij het contactsleuteltje had omgedraaid en was uitgestapt, stak ze haar hand naar hem uit en er kwam een grote glimlach op haar sproetengezicht. 'Dag, Mr. Swann. Ik ben heel blij dat u er bent.'

Eveneens glimlachend schudde hij haar de hand. 'Ik heb me erop verheugd, Phoebe,' antwoordde hij, zichzelf met dit leugentje verbazend. Maar dit meisje had iets bijzonders dat hem opbeurde. Misschien kwam het door de vele sproeten in haar gezicht, het piekerige rode haar of haar brutale glimlach. Het maakte eigenlijk niet uit waardoor het kwam. Hij vond haar simpelweg innemend.

'U kunt het contactsleuteltje maar beter meenemen,' droeg ze hem op, hem eigenaardig aankijkend.

'Hoezo?' vroeg hij verbaasd.

'Omdat mijn tweelingbroers dol op auto's zijn en ze naar buiten zouden kunnen sluipen om een ritje in uw brikje te maken. Kijk niet zo, Mr. Swann, het is waar wat ik zeg. Ze hebben het al eens eerder gedaan. Let wel: ze hebben geen ongeluk gekregen. Nóg niet.'

Hij begon te lachen, opende het autoportier en stak het sleuteltje in zijn zak. Hij keerde zich naar haar om en zei: 'Voelt dat beter?'

Ze knikte en grijnsde. 'Ik ben een kies kwijt.' Ze wees naar het gat aan de zijkant van haar mond. 'Ik ben gevallen en toen brak hij af. Sabrina zegt dat ik mijn mond dicht moet houden, maar dat kan ik niet. Enfin, mijn moeder gaat volgende week met me naar de tandarts, dus ik maak me geen zorgen.'

'Je moet je nergens zorgen over maken, daar ben je veel te jong voor.'

'Ik maak me om van alles en nog wat zorgen. Maar goed. Ik zal u iets over de rest van mijn familie vertellen.'

'Zouden we misschien niet naar binnen moeten gaan voor de thee? Het is vier uur,' antwoordde Harry, op zijn horloge kijkend.

'We drinken hier thee om halfvijf. De butler luidt dan de scheepsbel. Mijn oom vindt dat leuker dan de gong. Dan voelt hij zich meer thuis. Net als op zijn schip.'

'Zo, zo,' zei Harry, terwijl hij probeerde zijn gezicht in de plooi te houden. 'Goed, vertel me dan maar over de rest van de familie, aangezien we blijkbaar de tijd hebben. Ik kan maar beter weten wat me te wachten staat.'

'O, ze zullen u enig vinden, Mr. Swann, dat weet ik zeker. En u zult hen enig vinden. Of nou, dat weet ik niet zeker. Maar u moet het maar zo zien: u hoeft niet met hen te leven, zoals ik.'

Harry zei: 'Zullen we even op de stoep gaan zitten? Of wil je naar binnen gaan?'

Phoebe schudde heftig nee. 'Buiten blijven is beter. Sommige mensen luisteren wel eens mee. Spionnen.'

Toen ze eenmaal naast elkaar op de stoep zaten, zei Phoebe zacht: 'Hebt u iets aan mijn haar gemerkt? Ik heb het een paar dagen geleden geknipt.'

'Het ziet er ongewoon uit,' zei hij, haar bemoedigend toelachend. 'Heel anders,' voegde hij eraan toe, niet wetend hoe hij het onregelmatige, piekerige kapsel, dat haar niet bepaald flatteerde, moest prijzen.

'O, dank u wel! Ik ben blij dat u het mooi vindt. Niemand vindt het mooi. Sabrina zei dat ik een pruik moest kopen bij een winkel voor toneelpruiken totdat het is aangegroeid.'

'Je hebt het steeds over Sabrina. Zullen we bij haar beginnen?' stelde Harry voor, genietend van deze erg volwassen twaalfjarige, die hem voortdurend aan het lachen maakte. Ze deed hem een beetje aan Dulcie denken, die dat ook altijd deed.

'Sabrina is vijftien en ze denkt dat ze de beste smaak van ons allemaal heeft.

Ze zit altijd op mij te vitten. En ook op de anderen. Maar ze is beeldschoon. We noemen haar de schoonheid van de familie… net als Lady Daphne bij de familie Ingham. En o ja, zij is mijn échte zus.'

Harry fronste zijn wenkbrauwen. 'Wat bedoel je met echt?'

'O, gossie, u weet niets van mijn moeder en al haar echtgenoten, hè? Nou, Sabrina is mijn volle zus. We hebben dezelfde vader, Gregory Chancellor Bellamy. Hij is ook de vader van de tweeling, Gregg en Chance. We hebben allemaal rood haar, net als onze vader. De anderen noemen ons "worteltjes", maar dat kan ons niet schelen, en we steunen elkaar zo'n beetje. Vooral als we ons moeten verdedigen.'

Harry schonk haar een lange, speculatieve blik. 'En waarom zou dat moeten?'

'Ik heb nog drie zussen. Claudia, die is eenendertig en nog nooit getrouwd geweest, en Angelica, die is negenentwintig en pas gescheiden. Ze zijn dochters van mijn moeder en Alan Robertson, dus het zijn mijn halfzussen. En ze kunnen heel bazig zijn. Ze koeioneren ons, alsof ze weten wat het beste voor ons is.'

'Ik begrijp het. Maar je zei dat je nog drie zussen had, Phoebe, en je hebt er maar twee genoemd.'

'Ik hou Paloma altijd gescheiden van de rest, omdat ze heel erg bijzonder is. Ze is ook mijn halfzus, maar ze houdt heel veel van me en ik vind haar gewoon… geweldig. Ze is zevenentwintig en ze is ook nog nooit getrouwd geweest.'

'En wie is haar vader?' vroeg Harry, geïntrigeerd door al die zussen, broers en hun diverse vaders, om maar te zwijgen van Adrianna, de moeder van al dit kroost.

Phoebe boog zich naar hem toe en zei op fluistertoon: 'Edward Glendenning, de acteur. Mijn moeder zegt dat hij de liefde van haar leven was, en ze kan maar niet begrijpen waarom ze zich hem ooit heeft laten ontglippen.'

Harry grinnikte. 'En waar zijn al deze echtgenoten nu?' vroeg hij, overweldigd door nieuwsgierigheid.

Phoebe haalde haar schouders op en mompelde: 'Ik weet het niet. Zwerven ergens rond, denk ik. Nu kunnen we beter naar binnen gaan; Gaston gaat zo de scheepsbel luiden.'

Net toen de scheepsbel begon te luiden, nam Phoebe Harry mee het huis in. Ze liepen samen de galerij door, waarin het droevige gelui van de bel weerkaatste. Phoebe hief haar ogen ten hemel, en Harry moest lachen om haar gezicht.

De galerij was lang en breed en typisch Tudor qua ontwerp en karakter; hij herinnerde zich nu dat hij dit huis altijd mooi had gevonden. De paar keer dat hij bij de Jollions op bezoek was geweest, had hij de fraaie elizabethaanse architectuur altijd gewaardeerd.

Harry keek om zich heen: de overdaad aan bloemen in hoge glazen vazen, de landschapsschilderijen en de algehele inrichting bevielen hem. Er stonden grote canapés en leunstoelen, overtrokken met lichte stoffen; er lagen veel kussens op en ze zagen er comfortabel en uitnodigend uit. Zijn oog viel op een paar elegante antieke kisten, en hij vond de kleur van het mahoniehout goed uitkomen tegen de lichte lambrisering.

Phoebe verbrak zijn gedachtegang met de opmerking: 'We drinken altijd thee in de tuinkamer, en die is hier.' Ze wees naar een zware eikenhouten deur met zwart ijzerbeslag. Hij stond open, en ze duwde ertegenaan en leidde hem naar binnen.

Het eerste wat hem opviel toen hij de kamer binnenstapte, was het heldere licht dat door de in ruitjes verdeelde ramen naar binnen viel. De kamer had iets luchtigs en ruims, en hij stond vol met planten in potten, inclusief een hele verzameling verschillende soorten orchideeën, waarvan sommige exotisch en kleurig waren.

Sylvia Jollion, de vrouw van de commandant, kwam met een glimlach op haar knappe gezicht haastig op hem af. 'Dag, Harry,' zei ze, 'we zijn heel blij dat je vandaag kon komen. We hebben ons er erg op verheugd.'

'Bedankt dat u me hebt uitgenodigd,' zei hij terwijl hij haar een hand gaf.

De commandant was achter haar aan gelopen, en hij stapte naar voren en verwelkomde Harry hartelijk. 'Fijn je te zien, Swann.'

De commandant was in zijn hele voorkomen en gedrag een typische militair. Hij was lang, zijn rug was kaarsrecht en zijn hoofd geheven. Zijn gezicht stond een beetje streng, maar Harry wist dat hij dat absoluut niet was. Commandant Edgar Jollion, van de Royal Navy, was meelevend, zorgzaam en bereid iedereen in nood te helpen.

'Het is me een groot genoegen u te zien, commandant,' zei Harry. 'Ik liep onlangs Noel tegen het lijf, en hij vertelde me dat u binnenkort het bevel gaat voeren over een nieuw slagschip. Gefeliciteerd, *sir*.'

'Dank je, Swann, en ook bedankt dat je je over onze jonge Phoebe hebt ontfermd. Terwijl ze nota bene op verboden terrein was.'

'Niet echt, commandant, en ik was onvoorzichtig – ik lette gewoon niet op.'

De commandant knikte. 'Ik moet je ook bedanken dat je haar fiets in het droogdok hebt gezet. Hij kwam volledig opgetuigd terug.'

'Hij ziet er spiksplinternieuw uit,' verkondigde een lichte, enigszins geamuseerde stem.

Beide mannen draaiden zich om, en de commandant zei: 'Ah, Adrianna, mag ik je Harry Swann voorstellen... dit is Adrianna Bellamy, mijn zuster en Phoebes moeder.'

Er werd een sneeuwwitte hand, elegant en met lange vingers, naar hem uitgestoken. Harry nam hem in de zijne. Wat een koele hand, en haar huid voelde zo zacht als zijde. 'Zeer aangenaam kennis te maken, Mrs. Bellamy, Phoebe heeft me over u verteld.'

'Dat zal best!' Adrianna begon te lachen, en haar lichtgroene ogen twinkelden. 'Het ontroerde me dat u de tijd en moeite nam om haar de avond van het ongeluk naar huis te brengen, Mr. Swann. De meeste mensen zouden niet de moeite hebben genomen. Bedankt.'

'Ik was niet van plan haar dat hele eind te laten lopen, en ik wist niet echt of ze nu gewond was of niet. Ze zei van niet, maar ik besloot haar veilig af te leveren.'

‘En dat hebt u ook gedaan!’ riep Phoebe, die bij hen was komen staan, uit. ‘Laten we hier gaan zitten, mama, zodat we al een plek hebben als de hele zwerm binnen komt rennen.’

De commandant grinnikte. ‘Dat heb je goed bedacht, Phoebe, maar jij zit ook altijd op de uitkijk in het kraaiennest.’

‘Ja, oom Edgar, precies zoals u me geleerd hebt. Ik ben een goede marinecadet geweest, hè?’

‘Inderdaad, ja.’

Iedereen barstte plotseling in lachen uit, en ze gingen bij elkaar zitten op twee enorme canapés en grote leunstoelen.

Mrs. Jollion zei: ‘Zodra Noel binnenkomt, bel ik Gaston. We hoeven niet op de anderen te wachten; die verschijnen tegenwoordig op verschillende tijdstippen.’

‘Goed idee, Sylvia,’ verkondigde Adrianna. ‘Ze doen dat nu al jaren, en het heeft geen zin je er druk om te maken of het er zelfs maar over te hebben. Ze komen en gaan zoals hun goeddunkt, en dat doe ik nu ook. Als het hun niets kan schelen, kan het mij ook niets schelen.’

De Jollions lachten, en Phoebe knipoogde naar Harry, en hij glimlachte, beseffend wat een warme en liefdevolle familie dit was. Hij had Adrianna gemogen zodra hij haar zag. Ze was toegankelijk, extravert en zag er leuk uit, maar op een ingehouden manier. Geen toeters en bellen. Gewoon een aantrekkelijk gezicht, fijne botten, een mooie huid en glanzend honingkleurig haar dat tot op haar middel viel.

Ze zag er merkwaardig jong uit, misschien niet ouder dan vijfendertig. Maar hij wist dat ze veel ouder moest zijn, aangezien haar eerste dochter, Claudia, eenendertig was. Kon ze rond de vijftig zijn? Nee, onmogelijk. Maar ja, het moest wel, corrigeerde hij zichzelf.

Adrianna zat tegenover hem en ze nam ook hem aandachtig op. Hij lachte een beetje naar haar en keek toen weg, beseffend dat hij haar had zitten aanstaren. Ze grinnikte en zei, alsof ze zijn gedachten gelezen had: ‘Ja, ik heb een dochter van eenendertig, Mr. Swann. En ik ben eenenvijftig.’

Harry voelde het bloed naar zijn wangen stijgen en wist zijn charmantste lach tevoorschijn te toveren. 'Ik zat net te denken dat u er zo mooi uitziet, ik vroeg me niet af hoe oud u bent, Mrs. Bellamy.'

'De meeste mensen doen dat wel. En mijn Phoebe kennende, die altijd geheimpjes verklapt, weet ik zeker dat ze u heel wat over mij verteld heeft.'

'Nee, mama, niet waar!' riep Phoebe, haar moeders hand vastpakkend. 'Ik heb het alleen maar over de anderen gehad. Maar niet over Paloma. Zij is heilig.'

'Inderdaad, ja,' zei Mrs. Jollion, en ze keek naar de deur toen Noel binnenkwam. 'Ah, daar ben je, schat!' riep ze. 'Bel jij Gaston even? Dan kunnen we thee gaan drinken.'

Noel Jollion deed wat zijn moeder hem vroeg en kwam toen bij hen zitten; hij begroette iedereen en nam plaats naast Harry aan de andere kant van de canapé. 'Zo, eindelijk hebben we je hier, Harry. Leuk je te zien. Hoe is het met Miles en Cecily? Zijn ze al terug?'

'Nee. Maar ze komen gauw. Morgen vertrekken ze uit Berlijn,' legde Harry uit. 'Lady Daphne en Mr. Stanton komen een paar dagen later terug.'

'Ze zijn in Berlijn geweest?' vroeg de commandant, zijn aandacht op Harry richtend. 'Ik heb gehoord dat het tegenwoordig een uiterst militaristische stad is. Ik vraag me af hoe de Duitse marine op het Derde Rijk reageert. Alles waar de marine voor staat, gaat tegen het gedachtegoed van de nazi's in. Ze hebben onze Royal Navy namelijk als voorbeeld genomen, en die is ruim vierhonderd jaar oud. We hebben onze gedragscode als heren, en die hebben zij ook.'

'Mijn zus Cecily heeft me verteld dat het een stad vol uniformen is, met heel veel theatraal vertoon,' merkte Harry op. 'Het schijnt een heel kosmopolitische stad te zijn geworden.'

Voordat de commandant hierop kon reageren, was er plotseling drukte bij de deur. Gaston, de butler, kwam binnen met twee dienstmeisjes, die allemaal de middagthee binnenbrachten.

Er stond een grote ronde tafel bij het raam naast de zithoek. De butler en de dienstmeisjes zetten alles op tafel en begonnen het eten te schikken.

Terwijl Harry toekeek, dacht hij onwillekeurig: het is dezelfde uitstalling van sandwiches, scones, dikke room, aardbeienjam en cake als op Cavendon. De Engelse middagthee was in ieder landhuis waarschijnlijk meestal hetzelfde. Als lid van de familie Swann was hij opgegroeid in een dienstbare, maar ongebonden familie: hij was vertrouwd met de rituelen van de Inghams, maar hoorde niet bij hun maatschappelijke klasse. Maar tot het gewone personeel behoorden ze ook niet: de positie van de Swanns als trouwe vazallen was uniek.

Phoebe sprong op en ging in de stoel naast Harry zitten.

'De zwerm komt zo binnen, en ik wil naast u zitten. U bent immers een vriend van mij, niet van hen.'

'Zeker, Phoebe,' antwoordde hij, zich realiserend dat ze niet aan de kant geschoven wilde worden. Hij ving Adrianna's blik op, die hem nieuwsgierig gadesloeg, en glimlachend liet hij zijn blik op haar rusten.

Ze glimlachte terug, en hij was zich er plotseling van bewust dat ze een enorme charme bezat, en inzicht in mensen. Ze wist wat mensen bezielde, vooral mannen. Haar zachte, bescheiden uiterlijk was zeer aantrekkelijk en werd geaccentueerd door haar lange japon van perzikkleurig chiffon. Die viel soepel om haar heen en was heel vrouwelijk. Allure, dacht hij. Dat is het. Ze heeft enorme allure.

'De thee kan geserveerd worden, mevrouw,' kondigde de butler aan.

'Dank je, Gaston,' antwoordde Mrs. Jollion, en daarna keerde ze zich om toen er twee roodharige jongens de kamer in kwamen rennen, rustiger gevolgd door een jonger meisje met hetzelfde vlammende haar.

'Dat zijn mijn broers en dat is mijn zus Sabrina,' zei Phoebe tegen hem.

'Ik zie wat je bedoelt met worteltjes,' antwoordde Harry, en hij klopte op haar hand. 'Blijf zitten. Ik wil je naast me hebben wanneer de rest van de zwerm komt.'

Hoofdstuk 21

Harry begreep algauw dat hij zich te midden van een unieke, nogal bohemienachtige familie bevond, althans wat Adrianna Bellamy en haar stoet kinderen betrof.

Afgezien van een fysieke gelijkenis met haar broer wat lengte en lichte huid betrof, leek Adrianna in heel veel andere opzichten helemaal niet op hem, voor zover hij kon zien.

De commandant en Mrs. Jollion waren gewone, nuchtere lieden: aangenaam, warm en tamelijk bezadigd. En toch leken ze het fijn te vinden Adrianna en haar gezin om hen heen te hebben. Hij begreep waarom. Ze vormden een grappige, innemende, vrolijke groep en ze gaven dit gezelschap een zeker elan.

Misschien was er nog een reden waarom ze de Bellamy's namen zoals ze waren. De Jollions hadden hun eerste kind, Kay, verloren – als ze in leven was gebleven, zou ze nu tweeëntwintig zijn. Ze was op zevenjarige leeftijd overleden aan een zeldzame vorm van kanker. Hij wist van zijn tante Charlotte dat het een verschrikkelijk verlies was geweest en een grote klap. Gelukkig hadden ze hun zoon Noel, die ze allebei aanbaden.

Maar Harry moest toegeven dat het waarschijnlijk Adrianna's kinderen waren die een gevoel van avontuur en pret in hun leven brachten, en ook in dat van Noel. De zus van de commandant was duidelijk zeer welkom hier, en dat kwam beslist door de liefde en het plezier die zij en haar kroost in dit huis brachten.

De middagthee was in volle gang, en er werd om hem heen veel gelachen en gekletst. Iedereen leek zich te amuseren, en hij voelde zich volkomen op zijn gemak bij deze mensen en werd door hen onvoorwaardelijk geaccepteerd.

Kort na de komst van Phoebes zus Sabrina en hun tweelingbroers Gregg en Chance verschenen ook de drie oudere zussen.

Toen ze samen de tuinkamer binnenkwamen, wist hij meteen wie de twee oudsten waren. Claudia en Angelica leken sterk op elkaar en op hun moeder. Ze hadden Adrianna's lichte huid, honingblonde haar en lichtgroene ogen.

De derde jonge vrouw leek op geen van de andere kinderen van Adrianna. Haar vader, Edward Glendenning, was een bekende filmacteur, en Harry zag hem zeker in haar terug. Ze had Edwards zwarte haar en lichtblauwe ogen, omgeven door zwarte wimpers.

Harry was gewend aan het 'Ingham-blauw', zoals hij het noemde, maar Paloma's ogen leken blauwer, bijna paars. Of misschien werd de kleur extra benadrukt door haar zwarte haar. Hoe het ook zij, ze was een aardige jonge vrouw, met hoge jukbeenderen en een fijnbesneden neus, net als haar vader, maar ze had Adrianna's lengte en sierlijke houding geërfd.

Wat Harry het meest opviel was haar rust. Net als haar broers en zussen was ze hem komen begroeten en had ze zich aan hem voorgesteld. En toen had ze, op Phoebes aandringen, plaatsgenomen op de canapé tegenover hem.

Het duurde niet lang, of hij werd zich bewust van haar kalmte, van iets sereens in haar. Heel anders dan haar broers en zussen, en dat was ongetwijfeld de reden dat haar kalme en zachtmoedige voorkomen zo duidelijk opvielen.

Phoebe onderbrak zijn dwalende gedachten toen ze zacht vroeg: 'Wat vindt u nou van dit stel? Wat een types, hè?'

Harry onderdrukte de lach die opborrelde. 'Net als jij, Miss Phoebe – misschien ben jij wel het grootste type. Ik moet toegeven, je bent bijzonder, en zij zijn heel aardig… ik mag hen nu al.'

Phoebe, die dol was op vleierij en aandacht, keek hem stralend aan. 'Bent u niet blij dat u me hebt aangereden? Anders zou u ons allemaal niet ontmoet hebben.'

'Dat is beslist waar. En ik kan maar niet begrijpen waarom ik je nooit eerder heb ontmoet, of in ieder geval van je heb gehoord.'

Ze boog zich naar hem toe en zei: 'Mijn vader wilde nooit naar Yorkshire komen, en hij wilde niet dat mama ons meenam zonder dat hij erbij was. Daarom nodigde ze tante Sylvia, oom Edgar en Noel altijd uit in ons huis in

Kent. Mijn vader wilde daar ook niet heen gaan, omdat het van mama is en niet van hem. Ze zei altijd dat hij wrok koesterde jegens haar vroegere echtgenoten en haar broer, en dat maakte haar van streek. Dus toen zijn ze ten slotte gescheiden. En dat betekende dat we hier konden komen logeren. Maar alleen in de maand augustus, omdat de jongens terug moeten naar Eton.'

'Dus jullie gaan binnenkort weg?'

'Over twee weken. Misschien kunt u nog eens op de thee komen,' opperde Phoebe, en toen bedacht ze ineens iets. 'U zou ons kunnen opzoeken wanneer u in Londen bent. We wonen in Kensington, en mama houdt van mensen om zich heen en voor iedereen koken. U zou bij ons kunnen komen eten.'

'Misschien,' mompelde Harry behoedzaam, zich ervan bewust dat Phoebe pas twaalf was en hem niet zou moeten uitnodigen voor het diner zonder de toestemming van haar moeder.

Er viel even een onhandige stilte, en toen hij de vreemde, teleurgestelde uitdrukking op Phoebes gezicht zag, vroeg hij luchtig, met een lach op zijn gezicht: 'Je wilt toch niet zeggen dat jullie allemaal bij elkaar wonen?'

Phoebe trok een gezicht. 'Nee, alleen de Bellamy's. Claudia, Angelica en Paloma hebben hun eigen woning. Maar ze komen vaak bij ons.' Ze begon te giechelen. 'Ze missen ons ukkies.'

Paloma, die naar hen had zitten luisteren, mengde zich in het gesprek. 'Ik weet zeker dat onze moeder u zou willen uitnodigen, Mr. Swann, en mij en mijn zusters ook. Ze kan heel goed koken. Ze onderhoudt graag mensen.' Het was even stil en voordat ze er erg in had zei Paloma ineens: 'Ik vroeg me af of ik mijzelf zou mogen uitnodigen voor een bezoek aan Cavendon? Of beter gezegd: voor het bekijken van de tuinen van Cavendon? Ik ben fotografe. Ik weet dat mijn tante bevriend is met de gravin en dat gemakkelijk zou kunnen regelen. Maar u bent de beheerder van het landgoed en –'

'Mr. Swann heeft de tuinen aangelegd,' onderbrak Phoebe haar. 'Tante Sylvia zegt dat ze fantastisch zijn, betoverend mooi.'

'O ja?' zei Harry verbaasd.

'Dat is exact wat ze zei, Mr. Swann, en ze overdrijft nooit,' merkte Paloma hem aanstarend op, en ze voelde zich onverwachts zo sterk tot hem aangetrokken dat ze haar ogen niet kon afwenden. Haar blik hield de zijne vast.

Harry staarde terug, gehypnotiseerd door die paarsblauwe ogen die hem vasthielden. Hij voelde een plotselinge beklemming in zijn borstkas, een huivering van opwinding. Hij kon geen woord uitbrengen door deze plotselinge opwelling van gevoelens.

Hoewel hij het niet kon weten, was Paloma even verbaasd over zichzelf. Haar hele leven had ze nog nooit op deze manier, en zo plotseling, op een man gereageerd. Ze voelde een overweldigende aantrekkingskracht, een behoefte hem beter te leren kennen. Veel beter zelfs. Ze wist zich geen houding te geven... dit was niets voor haar.

Phoebe, die getuige was van hun reactie op elkaar, lachte stilletjes. Ze wilde hun betovering niet verbreken en hield dus haar mond. Ze waren blind en doof voor hun omgeving en zagen alleen elkaar. Even later wist Phoebe dat ze iets moest doen. Iemand zou het kunnen merken. Ze zei: 'Mag ik met je mee, Paloma? Je assisteren? Toe, mag het?'

Paloma ging met een ruk rechtop zitten en schraapte haar keel. Ze zei: 'Natuurlijk, je mag de rolfilms dragen.'

Harry vermande zich en zei snel: 'U hoeft niet aan uw tante te vragen of ze het aan mijn tante vraagt, Miss Glendenning. U mag de tuinen fotograferen wanneer u maar wilt. Het zal me een genoegen zijn u rond te leiden.'

'Mogen we morgen komen?' vroeg Phoebe.

'Zondag zou beter zijn. Zondagmorgen, als dat kan, Miss Glendenning,' antwoordde hij, Paloma recht aankijkend.

'Graag, dank u. En noem me alstublieft Paloma; we doen hier niet zo ceremonieel.'

Harry kon slechts knikken, opnieuw gevangen als hij was door die paarsblauwe ogen die hem zo intens aankeken. 'Harry,' wist hij uit te brengen. 'Noem me Harry.'

Ze glimlachte naar hem. Hij glimlachte naar haar.

En Phoebe glimlachte naar hen beiden.

Harry reed langzaam en voorzichtig terug naar Cavendon, eigenlijk nogal verward en van de wijs gebracht door zijn eigen gedrag. Het was ongelooflijk dat hij zo vlot en gemakkelijk had gereageerd op Paloma's intense en suggestieve blik. En dat hij die zelfs had beantwoord, vanbinnen een vlaag van plotselinge opwinding had gevoeld. Was hij zó oppervlakkig?

Nog maar een paar uur daarvoor was hij woedend geweest op Pauline en had hij zich gekwetst en afgewezen gevoeld en zich afgevraagd hoe hij deze vrouw op wie hij verliefd was, ooit zou kunnen vergeten.

Maar was hij wel verliefd geweest op Pauline? Of was het lust geweest, zoals Miles vaak had gesuggereerd? Misschien een enorme verdwaasdheid? Geen echte liefde? Hij wist het niet... maar wat hij wel zeker wist, was dat Paloma hem weer wilde ontmoeten. De tuinen van Cavendon fotograferen was duidelijk een list geweest. Het gekke was dat hij er bereidwillig mee had ingestemd, te kennen had gegeven dat hij hetzelfde wenste als zij.

Terwijl hij door het dorp High Clough reed, bedacht hij plotseling dat de sluwe, slimme Phoebe er getuige van was geweest dat ze elkaar in verrukt stilzwijgen hadden aangestaard. Ze had het moment doorbroken door hen aan te spreken. Voordat anderen er erg in kregen? Was dat haar motief geweest? Hij was er niet zeker van... Hij was nergens meer zeker van – zelfs niet van zichzelf. Misschien was hij niet de man voor wie hij zichzelf had gehouden.

Toen hij in het dorp Little Skell aankwam, begon het licht uit de lucht weg te trekken; nadat hij de auto naast het huis had geparkeerd, keek hij op zijn horloge. Tot zijn verbazing zag hij dat het halfacht was. Hij was lang in Burnside Manor gebleven.

Hij huiverde toen hij het huis binnenging. Het voelde koud, en er hing vocht in de lucht. Hij deed het ganglicht aan en liep de huiskamer in. Het was er donker en somber, en hij liep snel rond, diverse lampen aanknippend. Ze schenen helder, maar toch kwam het hem nog steeds somber voor, en toen hij op de bank ging zitten, realiseerde hij zich hoe leeg het huis was.

Hij was hier alleen. Zoals altijd.

Er trok een diepe zucht door hem heen, en hij leunde tegen de kussens en sloot zijn ogen, zich afvragend wat hij moest doen. Hij had geen zin om voor zichzelf te koken – hij had zelfs geen zin om naar de kroeg te gaan om een pintje te pakken, hoewel dat vrolijker zou zijn dan hier zitten.

Ik ben veertig. En alleen. Geen vrouw naast me, geen echtgenote, geen kinderen. Wel familie en goede vrienden. Maar niemand die ik de mijne kan noemen, met wie ik mijn leven kan delen. En ik heb het mezelf aangedaan. Losse romantische avontuurtjes, maar geen daarvan serieus. En toen vele maanden met een getrouwde vrouw die nooit de intentie heeft gehad haar man voor mij te verlaten...

Er werd op de voordeur geklopt; toen die openging, ging hij rechtop zitten, en zijn ogen vlogen open. Hij zag zijn moeder de huiskamer binnenkomen. 'Ah, daar ben je, Harry,' zei Alice. 'Wat zit je daar nou te zitten? In je eentje. Kom, ga mee.'

Hij stond op, liep op haar af en gaf haar een knuffel. 'Waarheen, mam?'

'Naar het huis waarin je bent opgegroeid. Waar het vuur brandt en warm eten klaarstaat. Een lekkere maaltijd voor jou.' Ze keek om zich heen en schudde haar hoofd. 'Het is hier akelig – koud en troosteloos.'

Ze gingen samen naar buiten en staken de hoofdstraat over naar het huis van zijn ouders. Harry liep door de voordeur naar binnen en voelde zijn stemming meteen verbeteren. Er brandde een fel vuur in de haard, en er hingen heerlijke etensgeuren in huis. Op de achtergrond hoorde hij muziek uit de radio. Het huis van zijn ouders was warm en uitnodigend, zoals altijd, en hij was blij dat ze hem was komen halen.

Nadat ze de ovendeur had geopend en in de oven had gekeken, ging Alice rechtop staan en zei: 'Laten we naar de voorkamer gaan, Harry, en iets drinken, dan kun je me alles over je theevisite van deze middag vertellen. Ben je er al die tijd geweest?'

Hij knikte en liep achter haar aan de voorkamer in, die in feite aan de achterkant van het huis was en op de tuin uitkeek. Hij was ruim en had grote ramen; in de verte was de heide te zien.

'Sherry of single malt?' vroeg Harry, zich omkerend naar Alice, die het vuur al aan het opporren was; de vlammen schoten de schoorsteen in en daalden toen weer op een nieuw houtblok neer. 'Sherry, graag,' antwoordde ze.

Even later zat hij in de stoel tegenover haar voor de haard. Nadat ze geproost hadden, zei Harry: 'Stel je voor, ik ging pas tegen zevenen weg.'

Alice glimlachte naar hem, en haar ogen twinkelden. 'Die meisjes wilden je niet laten gaan! Was dat het?'

Hij fronste zijn voorhoofd en riep uit: 'Wist u dat Adrianna Bellamy zoveel dochters had? Waarom hebt u me dat niet verteld?'

'Hoezo? Je bent een volwassen man, je kunt wel op jezelf passen.' Alice glimlachte schrander. 'Het leek me een leuke verrassing voor je. Dacht dat het je op zou vrolijken. En, was er een bij die je aardig vond, op wie je oog viel?'

Harry moest lachen, of hij wilde of niet; toen hij tot bedaren was gekomen, zei hij: 'In feite was er een die haar oog op mij liet vallen, mam.'

'Echt waar?' Alice keek hem vragend maar heel aandachtig aan. 'Of plaag je me, Harry Swann?'

'Nee, hoor.' Hij nam een slok van zijn Schotse single malt en staarde toen lang in het vuur. Uiteindelijk vertelde hij haar precies wat er tijdens de thee gebeurd was, en hoe Paloma op hem had gereageerd; hij vertelde haar de waarheid. Harry had zijn hele leven nog nooit tegen zijn moeder gelogen. Ze wist altijd alles van hem.

Alice, die aandachtig had geluisterd, zei: 'Tja, ze is duidelijk in je geïnteresseerd. En aangezien je zo snel reageerde met een uitnodiging om de tuinen te komen zien, moet je haar leuk hebben gevonden.'

'Dat is denk ik wel zo, maar ik moet toegeven dat het me nog steeds verwart. Vanmiddag nog, voordat ik erheen ging, was ik razend om Paulines gedrag. Ik geloofde dat ik verliefd op haar was, zoals u weet.' Hij schudde zijn hoofd. 'Ik snap het gewoon niet… Ik weet niet wat ik van mezelf moet vinden.'

'Ik weet wel wat ik van jou moet vinden, Harry. Je bent wakker geworden en hebt je gerealiseerd dat Pauline Mallard voor jou niet de enige vrouw in de wereld is. En wat dat verliefd zijn betreft: dat was je misschien in zekere zin ook. Je was verzot op haar, werd bekoord door haar uiterlijk, en dan was er nog jullie wederzijdse seksuele aantrekkingskracht. Ik zal het zo formuleren: je dácht dat je verliefd was, omdat je gevoelens zo sterk waren. Maar nu is daar een eind aan gekomen. En dat is maar goed ook.' Ze zweeg even en voegde eraan toe: 'Ceci belde me vanmiddag om een uur of vijf op. Ze wilde me laten weten dat zij en Miles maandag uit Zürich naar Londen vertrekken. Ze blijven tot dinsdag daar, zodat ze naar de winkel kan gaan, en daarna komen ze naar Cavendon. Ze willen dolgraag de kinderen weer zien.'

Harry knikte en er kwam een lach op zijn gezicht. 'Ik ben blij dat ze gauw weer hier zullen zijn. Ik heb hen gemist.'

'Dat weet ik. Maar goed, even terug naar die jonge vrouw, die Paloma.'

'Hebt u haar ooit ontmoet, mam?'

Alice schudde haar hoofd. 'Nee, ik heb nog nooit een dochter of zoon van Adrianna Bellamy ontmoet. Ze komen hier nog maar een paar jaar, en ik zie hen nooit in het dorp. Adrianna is wel eens met Mrs. Jollion meegekomen naar het Women's Institute, zoals ik al eerder tegen je zei.'

'Ze is zevenentwintig. Dat heeft de jonge Phoebe me verteld,' legde Harry uit. 'En ze is anders dan de anderen, die allemaal rood of blond haar hebben. Paloma heeft zwart haar en helderblauwe ogen, bijna paars van kleur, en ze lijkt kalm, sereen zelfs.'

'Dus je mocht haar wel?'

'Ja.'

'Wie is Paloma's vader, weet je dat?'

'Natuurlijk. Phoebe is een goede informatiebron. Paloma is de dochter van Edward Glendenning, de acteur.'

'Goeie grutten, ja, ik weet wie dat is. Dus ze lijkt op hem?'

'Ja. Ik heb begrepen dat ze beroepsfotografe is en gespecialiseerd is in natuurfoto's. Ook heeft ze volgens Phoebe haar eigen woning in Londen, net als de twee oudere dochters. En meer weet ik niet. Ik vond het leuk hen te ontmoeten. De hele familie is aardig. Maar het is wel een stelletje bohemiens, denk ik.'

'Tante Charlotte zei dat ook al. Ze staat op goede voet met Mrs. Jollion, die kennelijk erg gesteld is op haar schoonzus Adrianna en het leuk vindt als het hele stel bij haar logeert.'

'Ze waren heel hartelijk, en ik moet zeggen: de jongere kinderen, de Bellamy-kinderen, gedragen zich netjes en beleefd. Ik vond hen allemaal prettig in de omgang, moeder. Maar één ding was overduidelijk: commandant Jollion en Mrs. Jollion zijn echt dol op hen.'

'Ze brengen heel wat vreugde in dat huis,' zei Alice. 'En het verbaast me niets dat ze welopgevoed zijn – de Jollions zijn een adellijke familie; ze staan goed bekend in Yorkshire. Je weet dit misschien niet, maar sinds het huis gebouwd werd, in de elizabethaanse tijd, hebben er alleen maar Jollions in Burnside Manor gewoond.'

'Dat wist ik niet, ik ben maar een paar maal binnen geweest, toen Mrs. Jollion advies over tuinieren wilde.'

'O ja, er is nog iets, Harry. Adrianna's eerste echtgenoot heeft een titel. Het is Sir Alan Robertson, dus dan weet je dat er minstens sprake is van goede manieren.'

'O, er is sprake van veel meer dan goede manieren, mam. Veel meer.'

Harry Swann voelde zich heel vitaal toen hij op zaterdagochtend door het park van Cavendon liep. Hij droeg zijn rijkleding, zoals altijd wanneer hij 's zaterdags het landgoed inspecteerde. Hij verheugde zich op de rit, en zijn stemming was opperbest.

Toen hij bij het paviljoen kwam, zag hij tot zijn verbazing een vrouw gehaast weglopen van Cavendon Hall. Toen hij dichterbij kwam, drong het tot hem door dat het Paloma Glendenning was. Ze zag hem en zwaaide; daarna versnelde ze haar pas en begon naar hem toe te rennen.

Hij vroeg zich af waarom ze er was en begon zelf ook te rennen, en toen ze bij elkaar waren, botsten ze tegen elkaar op. Ze viel bijna; hij greep haar armen stevig beet en hield haar overeind. Ze klemde zich vast om haar evenwicht te bewaren. 'Gaat het, Paloma?'

Ze knikte. 'Bedankt dat je me overeind hield. Er hoeft niet nóg iemand te vallen.'

'Wat bedoel je?'

'Daarom ben ik hier, om je te vertellen dat mijn vader gevallen is. Van een paard. Hij wil altijd per se zelf rijden in films. Mijn moeder is gisteravond gebeld. Hij ligt in Londen in het ziekenhuis. Hij heeft een gebroken schouder.'

'Wat een naar bericht, Paloma. Een gebroken schouder is een akelige verwonding, heel pijnlijk. Hoe kan ik je helpen?'

'Dat kun je niet. Maar ik wilde je zelf vertellen dat ik morgen niet kan komen om de tuinen te fotograferen. Ik moet met mijn moeder naar Londen.'

Hij was teleurgesteld, maar zei: 'Ik begrijp het. Zouden we elkaar kunnen ontmoeten wanneer ik in Londen ben? Ik zou je graag weer willen ontmoeten.'

'Dat zou ik enig vinden,' was haar antwoord.

'Ik heb volgende week een paar dagen vrij. Hoe kan ik contact met je opnemen?'

'Ik heb mijn telefoonnummer voor je opgeschreven.' Ze stak haar hand in haar jaszak en haalde er een papiertje uit, dat ze hem gaf.

'Bedankt,' zei hij, en hij stopte het veilig weg in zijn binnenzak. 'Dan kom ik volgende week naar Londen. Lijkt je dat wat?'

'Ik kijk ernaar uit, maar ik moet nu terug naar Burnside, om te pakken.'

Ze begon van hem weg te lopen, maar riep met lichte, blijde stem: 'Pas op met paarden, Harry!' Ze zwaaide en weg was ze, terugrennend zoals ze gekomen was.

Wat een buitengewone jonge vrouw, dacht hij, en hij haalde het papiertje uit zijn zak. Onder het telefoonnummer stond: 'z.o.z.' Hij keerde het om. Op de achterkant stond: 'Verlies dit alsjeblieft niet. Paloma.'

Hij lachte stilletjes, borg het papiertje weer veilig op in zijn zak, en liep, denkend aan Paloma, terug naar zijn kantoor.

Hoofdstuk 22

Het was een schitterende zonnige ochtend toen Diedre aankwam in het gebouw van het oorlogsministerie in Whitehall. Ze duwde de zware houten deur open en besloot de trap te nemen. Ze vond het prettig te bewegen, en ook werd ze het nooit moe via de brede trap de architectuur in dit doorleefde, oude gebouw te bewonderen.

Kilometers gang op zeven verdiepingen herbergden duizend kantoren waar men zich bezighield met het beheren en leiden van het Britse leger. Daar had ze niets mee van doen. Ze werkte zelfs niet voor het ministerie van Oorlog. Dat was een dekmantel voor een speciale groep waar ze deel van uitmaakte en waarbinnen ze ook had gewerkt tijdens de oorlog van 1914-1918.

De groep was in 1907 opgericht door een briljante jonge kolonel van de militaire inlichtingendienst en was in de loop der jaren steeds krachtiger geworden. De jonge kolonel was in de jaren twintig ten slotte met pensioen gegaan, na een uitzonderlijke loopbaan waarin hij van deze bijzondere inlichtingengroep een fantastische eenheid had gemaakt.

De eenheid, die klein en clandestien was, werd nu geleid door William Lawson, die slechts verantwoording hoefde af te leggen aan de premier. Zo was ze oorspronkelijk opgezet, en ze was zo geheim dat slechts enkele mensen van het bestaan wisten, onder wie het hoofd van de geheime inlichtingendienst, die bekendstond als MI6.

Het kleine groepje kantoren bevond zich op de vijfde verdieping, aan het eind van een lange gang. In de kleine koperen plaat op de deur was een nietszeggende naam gegraveerd: ADMINISTRATION BUREAU. De deur zat altijd op slot. De echte naam was Special Secret Undercover Unit. Degenen die er werkten noemden het gewoon Sue, wat een slimme codenaam was.

Toen ze bij de deur was aangekomen, draaide Diedre het slot open en liep naar binnen, waarna ze het weer op slot deed. Het was verplicht deze deur te allen tijde op slot te houden, zelfs wanneer er mensen binnen waren.

Ze knipte het licht in de hal aan en liep door een korte gang naar haar eigen kantoor, deed hem van het slot en liep naar haar bureau. Ze was net gaan zitten toen de telefoon begon te rinkelen.

Ze nam meteen op en zei: 'Hallo? Met wie?'

'Spreek ik met Daffy Dilly?'

'Ja, Toby. Waar ben je?' vroeg ze, blij zijn stem te horen.

'Op mijn werk. Ik bel nog even over onze afspraak.'

'Ja. Materiaal onzeker? Is dat het?'

'Weet ik nog niet. Ik wilde je iets vertellen over geweldige kaviaar.'

'O, heerlijk, laat maar horen,' antwoordde Diedre, wetende dat hij het had over prinses Irina, aan wie ze de codenaam 'kaviaar' hadden gegeven. Valiant had de codenaam 'Bron' gekregen.

'De kaviaar voldoet aan jouw verwachtingen. Je zult hem vast nog eens willen bestellen zodra je hem geproefd hebt. En de bron is goed.'

'Fijn om te weten, Toby. Ik wilde dat ik daar in Berlijn was.'

'Dat zou ik ook willen, want ik ga volgende week deelnemen aan het kaviaarfeest.'

'Ik denk dat ik dat niet red. Helaas, helaas,' zei Diedre.

'Trouwens, wat die koffer betreft, daar zijn geen problemen mee. Die kan vrij snel meegenomen worden. Oké?'

'O, wat goed, hoe sneller, hoe beter. Probeer hem maar zo snel mogelijk hier te krijgen.'

Het was even stil, een aarzeling aan de Berlijnse kant.

'Toby, ben je er nog?' vroeg Diedre dringend.

'Heel snel,' stemde hij in. 'Ik ben er nog. Iemand stak net zijn hoofd om de hoek van de deur, dat is alles. Ik heb hem weggewuifd. Ga door.'

'Ik begrijp het. Dus over het geheel genomen is alles in orde?'

'Niet helemaal, nee,' antwoordde Tony rustig, nadrukkelijk zuchtend.

'Wat houdt dat in?' vroeg ze met schrille stem.

'Een vervelende ontwikkeling,' zei Tony.

Diedre greep de hoorn steviger vast. 'Wat is er Toby? Ik weet dat er iets loos is. Ik kan het aan je stem horen!'

'Ik denk dat we warme sokken moeten kopen... voor iemand die verstijfd is van de kou.'

'Wie?' vroeg Diedre kortaf, begrijpend dat een van de Steinbrenners bang was geworden voor de hele operatie. Ze gebruikten deze codetaal al een aantal jaren, en zij en Tony waren er inmiddels aan gewend en heel bedreven in geworden.

'Roze,' zei Tony ten slotte. 'Roze sokken zouden het best zijn.'

'Prima, die zal ik dan kopen. Klein, medium of large?'

'Large, helaas.'

'Nog anderen op de hoogte?'

'*Moi*. Alleen *moi*. En zo moet het ook zijn. Mee eens? Geen gepraat.'

'Ben ik het mee eens. Maar wat kan ik doen om je te helpen? Jij zit in Berlijn... met de koffer, bedoel ik. En de problemen.'

'Op dit moment niets. Ik denk dat Papa Beer wel een paar goeie zetten zal doen,' antwoordde hij rustig.

'Dat moet ook. En wel heel snel. En gebruik vooral de kaviaar, anders bederft die, en dat zou jammer zijn en het kan de bron van streek, nee, zál de bron van streek maken.'

'Justement. Waar zit je dit weekend? Ongetwijfeld waar de hei bloeit en het heidebloempje op je wacht.'

'Precies. Ik moet mijn bloempje water geven, zoals je je kunt voorstellen. Zal ik je een belletje geven?'

'Ja, graag. Gebruikelijke dag en tijd, gebruikelijke plaats.'

'Komt voor elkaar.'

'Alles zal volgende week rond zijn.'

Ik hoop bij God dat je gelijk hebt, dacht Diedre, maar ze zei alleen maar: 'Laten we het maar niet aan de grote klok hangen.'

'Tuurlijk, Daffy Dilly.'

Diedre leunde achterover en keek op de klok op haar bureau. Het was precies acht uur, de vaste tijd waarop ze binnenkwam, en zoals altijd was ze als eerste aanwezig. Ze dacht aan Cecily, wetende dat ze zo spoedig mogelijk met haar moest spreken, maar besloot toen het nog even te laten rusten.

Ze staarde voor zich uit en nam nog eens door wat Tony gezegd had. Prinses Irina hield zich duidelijk aan haar woord. Valiant had de nodige documenten geleverd. Maar nu durfde Mrs. Steinbrenner niet uit Berlijn te vertrekken. Waarschijnlijk was ze bang dat ze tijdens hun vlucht gesnapt zouden worden en ter plekke gedood.

Maar ze zouden hoe dan ook sterven als ze in nazi-Duitsland bleven. Er waren al zoveel mensen opgepakt en in koelen bloede vermoord. Of ze verdwenen zomaar en werden nooit meer teruggezien. Duizenden mensen werden concentratiekampen in gedreven of naar slavenkampen gestuurd.

Waarom werden ze concentratiekampen genoemd? De juiste benaming voor die gruwelijke plekken was 'dodenkampen'. Ze werden onmiddellijk door de dood beslopen.

Tony had haar de week ervoor verteld dat er een verschrikkelijk systeem in gebruik was. De mensen kregen te horen dat ze zouden gaan douchen; ze moesten zich uitkleden en werden dan de doucheruimten in geleid. Maar er stroomde geen water. Er stroomde gas. En dan gingen ze dood. En daarna wrikten die barbaarse bewakers hun tanden en kiezen los, om het goud, en stalen hun trouwringen en horloges. En ook de andere schamele bezittingen die ze hadden meegenomen.

Er trok een huivering door haar heen bij de gedachte dat deze beestachtige misdaden werden begaan in een zogenaamd beschaafd land. Monsters hadden de macht overgenomen. Logisch dat Valiant zo walgde van deze smerige bruutheid en er woedend om was… en dat hij daarom deed hij wat hij kon om het regime te bestrijden en mensen te redden. En zich daarom had aangesloten bij de groep generaals die Adolf Hitler ten val wilden brengen.

De telefoon schelde opnieuw, en Diedre pakte de hoorn op: 'Hallo, met wie?'

'Dag, lieve Diedre, met mij,' zei Cecily. 'Toen je telefoon thuis niet werd opgenomen, wist ik dat ik je op je werk kon vinden. En daar ben ik nu ook.'

Diedre lachte. 'En ik neem aan dat je er al minstens twee uur bent.'

'Nee, hoor. Maar goed, ik heb je advies nodig. Ik wilde niets tegen Greta zeggen, niet zonder eerst met jou te hebben gepraat. Ik weet dat de professor haar heeft verteld dat we elkaar in de ambassade gesproken hebben, dat zei hij me toen we afgelopen vrijdag samen lunchten.... Ik wil geen fouten maken.'

'Je kunt haar alles vertellen wat er gebeurd is in de ambassade, en tijdens je lunch, want ik weet zeker dat hij haar heeft ingelicht. Maar je mag haar niet de hoop geven dat ze ooit het land uit komen. Dat mag je gewoon niet doen.'

'Ik begrijp het,' antwoordde Cecily terneergeslagen. 'Ik had tegen alle logica in gehoopt dat er misschien iets zou gebeuren toen je in Berlijn was, maar dat is niet zo, hè?'

'Het spijt me erg, Cecily, maar nee, ik kon geen hulp voor hen krijgen. Tony zei zelfs dat hij blij was dat we weggingen, want in Berlijn nemen de spanningen met de dag toe. En niemand weet wat er zal gebeuren. Hij zei dat hij had gehoord dat Hitler in de Rijkskanselarij had staan razen en tieren en iets had staan roepen over een wereldoorlog.'

'O, god, wat klinkt dat afschuwelijk! Die arme Steinbrenners.'

Diedre riep snel: 'Vertel haar niet wat Tony aan mij heeft verteld; het zal haar alleen maar bang maken, Ceci.'

'Ik zal het niet doen, ik beloof het je. Het zou iedereen die er familie heeft, bang maken, maar vooral als het om familie gaat die niet weg kan komen. Als ze me iets vraagt in de trant van: hebben jullie iemand gevonden die kan helpen, wat moet ik dan zeggen?'

'Denk je dat ze dat zal doen?' vroeg Diedre zich hardop af. 'Daar ben ik nog niet zo zeker van. Maar mocht dat zo zijn, zeg dan dat je van mij hebt gehoord, en dat ik het weer van een attaché bij de Britse ambassade heb gehoord, dat er geen uitreisvisa meer worden afgegeven en dat niemand weg kan komen. Wat de waarheid is.'

Er viel een korte stilte, en toen zei Cecily met een verdrietige stem: 'Ik vraag me af hoe ze hier ooit overheen zal komen? In zekere zin was ze er altijd van overtuigd dat het op de een of andere manier zou lukken.'

'Ze heeft een goede band met jou, en jij zult in staat zijn haar te helpen, Cecily. En ik zal dat ook doen, als je me nodig hebt. Ik zal doen wat ik kan,' zei Diedre zacht. 'Dat weet je. Je hoeft het maar te vragen.'

'O, dat weet ik, Diedre. En ik ben me ervan bewust hoe een goed mens je bent, Diedre. Enfin, ik moet het hoofd hoog houden en gewoon doorgaan. Ik heb een drukke dag. Kom je dit weekend nog naar Cavendon?'

'Daar kun je van op aan. Ik kan niet wachten totdat ik mijn Robin weer zie.'

Hoofdstuk 23

Nadat ze had opgehangen, richtte Cecily haar aandacht op de papieren die op haar bureau lagen uitgespreid. Het waren merendeels lijsten van de fabrieken waarvan ze gebruikmaakten, en van de vrouwen die met de hand de Cecily Swann-haute couture naaiden.

Ze leunde achterover en haar geest werkte snel, wetende dat er een heleboel nieuwe plannen zouden moeten worden gemaakt voor het vervaardigen en creëren van kleding. Terwijl ze aantekeningen maakte, begon ze het te warm te krijgen op deze augustusochtend, en ze stond op om een raam open te doen.

De geluiden van Piccadilly kwamen binnen en herinnerden haar eraan dat er in deze stad, waar ze zo van hield, een nieuwe dag was begonnen. Ze keek de straat in en zag tante Dorothy naar haar gebouw lopen waarin haar nieuwe kantoren gevestigd waren. Cecily had het in 1934 gekocht, en het was een uitstekende investering geweest. Toen de zaak zich snel uitbreidde, was er meer dan genoeg ruimte geweest om het groeiend aantal personeelsleden te huisvesten, en er was een hele verdieping omgebouwd en verdeeld in diverse kamers waarin bepaalde accessoires met de hand werden vervaardigd, zoals bloemen van stof en zijden sjaals.

Even later liep Dottie gehaast Cecily's kantoor binnen, uitroepend: 'Goeiemorgen, Ceci, sorry dat ik zo laat ben.'

Cecily lachte. 'Goeiemorgen, Dottie, en je bent niet laat, je bent vroeg. Het is nog niet eens negen uur.'

'Veel verkeer,' mompelde Dorothy Pinkerton, terwijl ze het vertrek door liep en in de stoel aan de andere kant van Cecily's bureau ging zitten.

Hoewel ze nu vijfenvijftig was, was Dorothy nog steeds een knappe vrouw, met een goed figuur, die je met gemak vijftien jaar jonger schatte.

Ze was nog steeds bedrijfsleider van Cecily Swann Couture en had haar kantoor in de winkel in de Burlington Arcade behouden, zoals ook Cecily haar ontwerpatelier daar bleef gebruiken, naast haar kantorenpand in Grafton Street.

Grafton Street was dicht bij de arcade en de afstand tussen de twee gebouwen bedroeg slechts een paar minuten; het was gemakkelijk om je van het ene naar het andere gebouw te verplaatsen.

Cecily zei: 'Om maar met de deur in huis te vallen: ik denk dat we nieuwe fabrieken in Leeds zullen moeten vinden om onze kant-en-klare mode te maken, en ook een gedeelte van de accessoires.'

'Dat vermoedde ik al,' zei Dottie, en ze stak haar hand uit naar Cecily, die een paar papieren vasthield.

Cecily gaf haar tante de papieren en zei: 'De regering zal die fabrieken van ons in Leeds binnenkort vorderen. Ze zullen ze nodig hebben om kleding voor het leger, de marine en de luchtmacht te maken.' Cecily zuchtte. 'Ik zei dat gisteren tegen Mike Leigh, maar die vond het allemaal maar onzin. Het wil er bij hem niet in dat er een oorlog komt. Hij wuift alles wat ik zeg weg. Hij steekt zijn kop in het zand.'

'Wat had je dan gedacht? Hij is in veel opzichten onnozel, ook al is hij een goede productieleider. En trouwens, je bent slimmer dan iedereen die ik ken, je ligt mijlen op ons voor. Niemand kan jouw gedachtegangen bijhouden, en zeker niemand heeft jouw visie.'

Cecily schudde glimlachend haar hoofd: 'Ach, kom, tante Dottie, je bent gewoon bevooroordeeld. Mijn moeder zegt dat ik slimmer ben dan goed voor me is en dat ik mijn mond zou moeten houden, omdat dat veel veiliger is.'

Dorothy knikte. 'Alice heeft gedeeltelijk gelijk, natuurlijk. Maar hou alsjeblieft niet je mond, we moeten horen wat je te zeggen hebt.'

Dorothy richtte nu haar blik op de twee vellen papier. 'Ik ben het met je eens, deze fabrieken zúllen door de regering overgenomen worden. Howard zegt dat het een grote oorlog wordt. Hij voorziet zelfs een wereldoorlog, waarbij grote legers betrokken zijn.'

Er kwam een ernstige uitdrukking op Cecily's gezicht, en ze zei rustig: 'Ik ben geneigd hetzelfde te denken. Toen ik een paar dagen in Berlijn was, kreeg ik dat al gauw door. Overal waren soldaten, en uit wat ik hoorde, maakte ik op dat Duitsland tot de tanden is herbewapend. Ze maken in het geheim al jaren wapens, munitie en oorlogsschepen. En ook vliegtuigen.'

'Howard zegt dat hun leger en luchtmacht gigantisch zijn, veel groter dan de onze. Hij denkt dat de Luftwaffe Londen in een dag plat zou kunnen gooien.'

'Dat zal ik niet bestrijden. Men vertelde mij dat ze enorme voorraden hebben. Er is beslist een oorlog op til; ik heb Mike uitgelegd dat er fabrieken aan de overheid zullen moeten worden afgestaan om uniformen te maken, maar hij wilde dat niet van me aannemen.'

Het was Cecily duidelijk dat Dorothy zich werkelijk ergerde, en ze kneep even in haar arm en zei: 'Wees niet boos of bezorgd. Ik heb hem maar laten praten. Ik heb een plan.'

Dorothy leek enigszins opgelucht en vroeg snel: 'Wat voor plan, Ceci?'

'Ik ga mijn eigen fabrieken oprichten.'

Dorothy staarde haar verbaasd aan. 'Hoe? Waar?'

'In Leeds. En aan de rand van de stad, in een aantal buitenwijken... Upper Armley, Kirkstall, Stanningley, Hunslet, en helemaal bij de rivier de Aire in Leeds, en ook in de buurt van de kanalen. Ik heb er al iemand op gezet, en hij heeft een vijftal lege pakhuizen en oude werkplaatsen gevonden die beschikbaar zijn. Om te huren of te kopen. Ik zal ze kopen zodat ik er de zeggenschap over heb.'

'Ga je ze opknappen? Er fabrieken van maken om kleding te produceren?' vroeg Dorothy, Cecily strak aankijkend.

'Twee ervan voor kleding. In de andere drie zet ik kniptafels en naaimachines neer, alle gebruikelijke zaken, en bied ze dan aan de regering aan. Vervolgens bied ik aan uniformen te maken voor de strijdkrachten. Ze zullen dat aanbod aannemen, dat verzeker ik je, en ze zullen ermee akkoord gaan dat ik confectiejasjes en -rokken in de kleinere twee maak. Vertrouw maar op mij.'

Dorothy begon te lachen. 'Heb ik niet altijd in alles op jou vertrouwd?'

'Inderdaad, ja, en je bent fantastisch geweest, Ik had dit alles niet zonder jou kunnen creëren, tante Dottie. En ook niet zonder tante Charlotte.'

Nadat zij en Dorothy verschillende andere urgente zaken hadden doorgenomen, verliet Cecily haar kantoor en liep de gang door om met Greta te praten.

De deur stond op een kier. Cecily duwde hem open en zei: 'Daar ben ik weer, veilig en wel en nog helemaal heel.'

Er kwam een brede glimlach op Greta's gezicht, en ze sprong op en liep om het bureau heen om haar werkgeefster te begroeten. 'Fijn dat je er weer bent!' riep ze uit.

Cecily omhelsde haar en zei toen: 'Ik weet dat je ervan op de hoogte bent dat ik je vader heb ontmoet... en ook de rest van het gezin.'

Greta knikte – haar gezicht stond nog steeds lachend. 'Hij heeft me alles verteld. Ik ben dolblij dat je hem hebt ontmoet, en zo toevallig! Ik stond versteld toen hij het me vertelde.'

'Het lot, neem ik aan,' reageerde Cecily. Ze ging op een stoel zitten, en Greta keerde terug naar haar plaats aan haar bureau.

'Wat het ook was, in jouw gezelschap zijn vrolijkte hem zeker op. Hen allemaal, in feite. Mijn vader had al vaker gezegd dat hij je graag eens wilde ontmoeten; hij had van mij zoveel over jou gehoord. En onverwachts werd zijn wens vervuld.'

Cecily grijnsde. 'Dat zei hij ook. Ik vond Elise en Kurt fijne mensen, zo aardig en extravert, en je stiefmoeder was enig. Ze leek me een heel aardige vrouw.'

Het was even stil en toen zei Greta langzaam: 'Ja, dat is ze, hoewel ze nogal nerveus is aangelegd. Ze is heel gauw van slag, bangig, als je snapt wat ik bedoel.'

Cecily verbaasde dit niets. Ze had iets schrikachtigs in Heddy bespeurd, een diepgewortelde nervositeit zelfs. Zonder dit te vermelden vervolgde Cecily: 'We hebben de volgende dag gezellig geluncht, en Miles en ik hadden gehoopt hen nog eens te ontmoeten voor we vertrokken, maar je vader had al afspraken met Sir Anthony Parry. Wat een goeie vrienden zijn dat.'

Greta knikte; over het bureau leunend zei ze zacht: 'Ik weet dat je hen niet hebt kunnen helpen om uit Berlijn weg te komen; mijn vader wist dat dat onmogelijk zou zijn. Maar Sir Anthony hoopt iets te kunnen doen, aan wat touwtjes te kunnen trekken.' Greta lachte geforceerd. 'Ik hoop toch zo dat hij dat zal doen.'

'Je moet ook hopen... er kunnen verrassende dingen gebeuren,' zei Cecily. 'Enfin, ik vond hen er gezond uitzien, en je vader was opgewekt en optimistisch, en uiteraard was het voor hem een enorme oppepper dat zijn vriend in Berlijn was; het deed hem veel plezier.'

'Ze hebben altijd een goede band gehad. Al jarenlang. En bedankt, Cecily, dat je zo vriendelijk voor mijn familie bent geweest. Ik waardeer het echt. Maar nu moesten we misschien maar aan de slag gaan.'

Cecily knikte. 'Er zijn een paar dingen die je ik je graag wil laten uitwerken.' Ze overhandigde Greta een vel papier en vervolgde: 'Dit is een lijst van de vrouwen die voor ons met de hand naaien. Sommigen van hen werken hier op de bovenste verdieping, anderen thuis.'

'Ja, degenen die de haute couture maken.'

'Zoals je weet, moet haute couture met de hand worden gemaakt, want anders mag het niet "couture" worden genoemd.'

'Zo is de wet in Frankrijk, dat heb je me verteld,' zei Greta.

'Het is ook hier een soort ongeschreven wet. Couture moet met de hand genaaid zijn. Ik zou graag willen dat jij en Dorothy met de vrouwen boven praten, en Dorothy kan ook degenen bezoeken die thuis werken. Ik wil weten of ze voor me willen blijven werken. Of dat de jongere vrouwen overwegen in een van de munitiefabrieken te gaan werken, uit patriottische overwegingen.' Cecily stond op en liep naar de deur, waar ze bleef stilstaan en zich omkeerde. Ik ga over ongeveer een halfuur naar de winkel in de Burlington Arcade, Greta.'

Greta knikte met een lachje op haar gezicht. 'Ik kan er op een holletje heen als je me nodig hebt.'

Cecily ging weg, en Greta zat met een wezenloze uitdrukking op haar gezicht voor zich uit te staren, denkend aan haar vader en haar familie. Hij had zo'n goede hoop gehad dat Sir Anthony hun probleem zou kunnen oplossen dat ze wel een positieve houding had móéten aannemen. Maar toch had ze de avond ervoor zitten peinzen en was ze bezorgd geraakt; deze ochtend waren de zorgen teruggekeerd.

Als Cecily niet in staat was geweest hen via Diedre, die bij het ministerie van Oorlog werkte, te helpen, wat kon Sir Anthony dan uitrichten? Hij was academicus. Ze had haar vader een paar jaar geleden gesmeekt Duitsland te verlaten, en dat had hij niet gedaan. Nu zaten ze vast.

Greta verdrong haar tranen en legde haar hoofd op haar bureau. Ze zei een gebed en bleef dat tien minuten lang als een mantra herhalen. De meeste mensen geloofden niet in gebed, maar zij wel. Gebeden konden wonderen bewerkstelligen.

'Wat is het een prachtige dag, Charlotte,' zei de graaf, zijn vrouw aankijkend. 'Ik hoop dat het weer ook in het weekend zo goed blijft, wanneer de hele familie weer bij elkaar is.'

Ze glimlachte naar hem en kneep in zijn hand. 'Ik ben even blij als jij dat iedereen komt. Het zal net als vroeger zijn.'

'Behalve dat Dulcie en James er niet bij zijn,' zei hij zacht, met een zweem droefheid in zijn stem. 'Wat is hun laatste nieuws ook alweer, lieveling?'

'Dat Felix nu in Los Angeles zit. Eigenlijk zitten hij en Constance er samen, en ze verblijven bij Dulcie en James in het huis in Bel Air. Het is goed voor James zijn agent bij de hand te hebben – ik denk dat de besprekingen met MGM over het contract van James gauw gaan beginnen. Zodra hij van zijn contractuele verplichtingen ontslagen is, gaan ze naar New York en blijven daar een paar nachten, en dan nemen ze een schip naar Engeland. Waarschijnlijk de Queen Elizabeth.'

'Het zou een opluchting zijn hen nú terug te hebben. Ik moet er niet aan denken dat ze zouden moeten reizen terwijl het oorlog is, want die komt er vast en zeker. De Atlantische Oceaan zal wemelen van de Duitse oorlogsschepen, en gevaarlijk zijn.'

Hij klonk plotseling nerveus en tobberig, en Charlotte pakte zijn hand. 'Het komt goed, Charlie, ik verzeker het je. En denk je eens in – we zullen samen Kerstmis vieren.'

Charles Ingham, de zesde graaf van Mowbray, moest onwillekeurig lachen. 'Het is pas augustus,' sputterde hij geamuseerd.

'Nou ja, ik heb je in ieder geval aan het lachen gemaakt,' kaatste ze terug, en ze moest zelf ook lachen.

'En je maakt me gelukkig, zo ontzettend gelukkig, Charlotte. Maar waar zei je ook weer dat je vanmorgen naartoe ging?'

'Ik moet naar Harrogate, naar een vrouw die Margaret Howell Johnson heet. Ze is de voorzitster van het Women's Institute daar. Alice wil dat ik bij haar langsga, omdat de afdeling in Harrogate blijkbaar een inblikmachine heeft die ons Women's Institute graag wil lenen.'

'Je bent toch op tijd terug voor de lunch?'

'Natuurlijk. Het is pas tien uur. Halfuur heen, halfuur terug, en misschien hooguit een uur dat ik met haar praat,' verzekerde Charlotte hem. Toen vroeg ze: 'Heb je nog iets uit Harrogate nodig?'

'Nee, alleen maar dat je snel terugkomt,' antwoordde hij met een knipoog. Ze lachte en kwam overeind van de bank.

'Goff rijdt je erheen, hoop ik?' controleerde Charles nog even.

'Ja. Maak je toch niet zoveel zorgen, Charles. Ik blijf niet lang weg, en bovendien komt Alicia zo met je praten, dus je hebt goed gezelschap.'

'Je weet dat ik een heleboel post moet doornemen,' mopperde hij. Ook hij stond op en liep achter haar aan de bibliotheek door en ging aan zijn bureau zitten.

'Ze wil het geloof ik met me hebben over haar toneelcarrière...' Hij zweeg en zijn blauwe ogen stonden warm en liefdevol. 'En Annabel heeft me toevertrouwd dat ze concertpianiste hoopt te worden. Het lijkt erop dat we een familie van artiesten aan het worden zijn.'

Charlotte wierp hem een kushandje toe en verliet de bibliotheek.

Een minuut of veertig later liep Charlotte Swann, de gravin van Mowbray, langs de rij winkels op de zogeheten Parade. Charlotte was altijd dol op Harrogate geweest, met zijn statige huizen, elegante restaurants en hotels, en de Stray, die lange meent in het stadscentrum, die in de lente overdekt was met honderden narcissen.

In de victoriaanse en edwardiaanse tijd was Harrogate een echt kuuroord geweest; de bezoekers waren van over de hele wereld gekomen om het water uit de ondergrondse zwavelbronnen te gebruiken. Vooral in de edwardiaanse tijd was het een geliefd oord van het koninklijk huis, de aristocratie en theatersterren geweest – vandaar de élégance van de huizen en hotels, en natuurlijk de prachtige baden waarin men van het water genoot.

Even later stond ze stil voor de juwelierswinkel van het echtpaar Johnson, en ze bleef staan kijken naar een van de twee etalages aan weerszijden van de deur. Er waren een paar heel mooie sieraden kunstig uitgestald, en ze zag dat de juwelen van de hoogste kwaliteit waren. Het was de beste juwelierszaak van Harrogate en echt befaamd.

Nadat ze de andere etalage had bekeken en een prachtige oude camee had bewonderd, deed Charlotte de deur open en ging naar binnen.

Het was een grote winkel met een aantal glazen vitrines met juwelen en rechts een kleine mahoniehouten tafel met twee bijpassende stoelen. Een van de twee jonge verkoopsters kwam met een lachend gezicht naar voren. 'Goedemorgen, *madam*,' zei ze. 'Waarmee kan ik u van dienst zijn?'

'Ik heb een poosje geleden telefonisch met Mrs. Johnson een afspraak gemaakt, maar ik ben geloof ik een beetje te vroeg.'

'U bent zeker Lady Mowbray van Cavendon?' vroeg de vrouw.

'Ja.'

'Neemt u alstublieft hier plaats, *my lady*, dan zal ik Mrs. Johnson meteen gaan halen. Ze verwacht u.'

Even later kwam er een lange, slanke vrouw op haar af. Ze was elegant gekleed, en haar blonde haar was uit haar gezicht gekamd en naar binnen gekruld, als bij een pagekopje. Toen ze dichterbij kwam, kreeg Charlotte een plotselinge flits van herkenning – het was alsof ze haar al eens eerder had ontmoet – en met een glimlach op haar gezicht stond ze op.

Margaret Howell Johnson stak haar hand naar Charlotte uit en zei: 'Goedemorgen, Lady Mowbray, het is me een groot genoegen u te ontmoeten. Vooral omdat we beiden zo betrokken zijn bij het Women's Institute.'

Charlotte was verbluft.

De flits van herkenning kwam niet doordat ze elkaar eerder hadden ontmoet. Hij kwam doordat deze vrouw, wier hand ze nog in de hare hield, een sprekende gelijkenis vertoonde met een iets oudere Diedre, en ze had die eigenaardige rookgrijs-lavendelkleurige ogen die ze zo goed kende. Het waren haar eigen ogen. Swann-ogen. O, mijn god, dacht ze. O, mijn god.

Ze liet haar hand uit die van Mrs. Johnson glijden en zocht houvast bij de rugleuning van een oorfauteuil en slikte moeizaam. Ze zei: 'Het spijt me vreselijk, Mrs. Johnson, maar ik voel me plotseling een beetje slapjes. Zou ik even mogen gaan zitten?'

'Natuurlijk, Lady Mowbray, komt u maar mee.' Mrs. Johnson leidde haar bij de elleboog naar een hoek van de winkel en hielp haar in een gemakkelijke stoel. Ze boog zich naar Charlotte toe en vroeg: 'Zal ik een glas water halen? Of misschien reukzout?'

'Ik zou graag allebei willen,' antwoordde Charlotte, verbaasd dat haar stem zo vast klonk.

'Excuseert u mij even,' zei Mrs. Johnson. Terwijl ze wegliep bleven Charlottes ogen strak op haar gericht.

Hoofdstuk 24

Charlotte had altijd een enorme zelfbeheersing gehad, en ze wist haar gezicht in de plooi te houden en geen enkele emotie te tonen. Lang geleden had de vijfde graaf van Mowbray, David Ingham, tegen haar gezegd dat ze nooit zwakheid aan de dag moest leggen, nooit mocht laten zien wat er in haar omging, en ze had naar hem geluisterd en zoals gewoonlijk gedaan wat hij zei. Het was een houding die ze had aangenomen en nooit meer had opgegeven.

Op dit moment wist ze dat ze geen ongewone belangstelling voor Margaret Johnson moest tonen en haar ook niet aan moest staren. Even later keerde Mrs. Johnson terug met een glas water op een blaadje en een flesje reukzout.

Charlotte pakte meteen het laatste, draaide de dop los en snoof. De geur van ammoniak in het zout was zo krachtig dat ze met stokkende adem en tranende ogen terugdeinsde.

'Het is heel krachtig, hè?' verklaarde Mrs. Johnson. 'Ik zal het van u aannemen, *m'lady*, en neemt u ook een paar slokken water. Het zal u goeddoen.'

Charlotte deed wat haar werd gevraagd; ze dronk het glas halfleeg en zette het op het blad. 'Hartelijk dank, Mrs. Johnson. Ik weet niet wat er met me aan de hand was. Ik dacht dat ik flauw zou vallen.'

Nadat ze het blad aan een van de verkoopsters had aangereikt, zei Mrs. Johnson: 'Zullen we naar mijn kantoor gaan, *m'lady*? Het is daar rustig, we worden er niet gestoord als er klanten in de winkel komen, wat waarschijnlijk wel gebeurt.'

'Dat lijkt me een goed idee,' antwoordde Charlotte. Ze stond op en liep met Mrs. Johnson de zaak door.

Toen ze in twee comfortabele oorfauteuils hadden plaatsgenomen voor de haard, zei Charlotte: 'Ik kom u om een gunst vragen, Mrs. Johnson. Twee van de dames van mijn Women's Institute hebben gehoord dat u in uw vestiging een inblikmachine heeft, en we vroegen ons af of u die misschien aan ons zou willen lenen. De inmaakpotten schijnen op te zijn.'

Mrs. Johnson knikte en glimlachte. 'De machine lost dat probleem op, Lady Mowbray, maar een van onze dames zal uw leden moeten demonstreren hoe die werkt.' Heel onverwachts liet ze een bulderende lach horen, die even aanhield.

Charlotte was verstijfd. Margaret Howell Johnson had dezelfde gulle lach als Lady Gwendolyn. Terwijl Mrs. Johnson haar vrolijkheid in bedwang probeerde te krijgen, keek Charlotte haar steels aan en merkte op dat ze een breed voorhoofd en een adelaarsneus had, net als Diedre. Verbeeldde ze het zich? Charlotte wendde haar blik af, bang dat deze aardige vrouw zou merken dat ze haar aandachtig bestudeerde.

Ten slotte bedaarde Mrs. Johnson, en ze zei bij wijze van uitleg: 'Ik moest zo lachen omdat ik me plotseling herinnerde dat er van de week een blik explodeerde en we allemaal onder de aardbeienjam kwamen te zitten. Wat een troep gaf dat! Die machines moeten blijkbaar met zorg bediend worden. Maar we willen u met plezier onze machine lenen; dat zou uiteraard geen probleem zijn.'

Ze spraken nog even over de Women's Institutes, en hoe geweldig die waren voor plattelandsvrouwen, en hoe nuttig ze zouden zijn tijdens het komende conflict. En ze spraken af dat de inblikmachine de week daarop zou worden opgehaald in de juwelierszaak.

Tijdens de terugrit naar Cavendon Hall zat Charlotte stil op de achterbank en overpeinsde deze uitzonderlijke gelijkenis die Margaret Johnson met Diedre vertoonde. Haar haar was niet zo goudblond, maar ze was lang, net als Diedre, en had dezelfde fijnbesneden neus en hetzelfde brede voorhoofd, duidelijk zichtbaar doordat ze haar haar naar achteren had gekamd. En ze heette Margaret....

Jaren geleden had Lady Gwendolyn Charlotte een geheim toevertrouwd dat geen sterveling kende.

Het probleem was dat Charlotte wist dat ze niemand had om mee te praten, niemand die ze in vertrouwen kon nemen, behalve Lady Gwendolyn zelf. Maar in dit stadium wilde ze dat nog niet doen. Waarom zou ze een oude vrouw emotioneel laten worden om een kind aan wie ze iedere dag had gedacht sinds ze haar had weggegeven? En stel dat ik het bij het verkeerde eind heb, dacht Charlotte. Ze moest er niet aan denken hoe teleurgesteld Lady Gwen zou zijn.

Ik wilde dat ik Cecily in vertrouwen kon nemen, dacht Charlotte toen ze naar boven liep, naar haar boudoir, om haar jas uit te trekken en hoed af te zetten en zich op te frissen voor de lunch. Maar ik durf het niet. Niemand mag weten dat Lady Gwen een verhouding met Mark Swann heeft gehad. Cecily? Haar naam zweefde in haar hoofd. Nee. Onmogelijk.

Maar ze is je erfgename, bracht Charlotte zichzelf in herinnering, en op een dag zal zij de archiefboeken beheren. En de matriarch van de Swann-clan zijn. En bovendien heeft Ceci de eed afgelegd toen ze twaalf was. De eed dat ze de Inghams met haar leven zou beschermen. Ze zou dus zwijgen, zou geen levende ziel ooit iets vertellen.

Wetende dat ze naar beneden moest om met Charles en de kleinkinderen te gaan lunchen schoof Charlotte deze kwestie naar de achtergrond. Voorlopig.

'Ik hoop dat ik je niet lastigval, Diedre,' zei Cecily, de telefoon stevig omklemmend. 'Maar Greta heeft me eerder op de dag iets verteld, en ik dacht dat ik het je moest vertellen.'

'Wat heeft ze gezegd?' vroeg Diedre met gespitste oren. Alles wat met Greta Chalmers en de Steinbrenners te maken had, vond ze op dat moment uiterst belangwekkend.

'Greta zei dat ze begreep waarom je niet in staat was haar familie te helpen, omdat je nu geen echte contacten in Berlijn had. Daarna voegde ze eraan toe dat Sir Anthony Parry zou proberen het gezin Berlijn uit te krijgen door aan een paar touwtjes te trekken. Zo noemde hij het.'

Diedre schrok van deze mededeling; ze ging rechtop zitten en drukte de hoorn tegen haar oor. 'Aan wat voor touwtjes wil hij trekken?' vroeg ze nieuwsgierig, en haar stem ging iets omhoog. 'Hij is academicus en heeft geen politieke connecties.'

'Ja, ik weet het, en ik denk dat hij dat misschien alleen maar beweerde om de professor wat hoop te geven, denk je ook niet?'

Toen Diedre zweeg, drong Cecily aan. 'Nou, wat denk je? Jij zei toch dat er geen visa meer werden verstrekt en dat de stroom contactpersonen was opgedroogd, dat ze allemaal waren gevlucht?'

'Ja, dat is waar. Maar soms gebeuren er vreemde dingen in het leven. Misschien heeft hij een manier om de professor te helpen, alhoewel ik dat eerlijk gezegd betwijfel. Moet je horen, ik waardeer het zeer dat ik deze informatie heb, Ceci, en ik zal die doorgeven aan mijn contactpersoon in Berlijn. Ik denk dat dat wel verstandig zou zijn. We willen immers niet dat Sir Anthony iets... dóms doet. Toch?'

'Klopt, Diedre. Je weet hoe mannen zijn: ze denken dat ze ieder probleem op aarde kunnen oplossen.'

'Ik wist niet dat mannen zo over zichzelf dachten,' zei Diedre grinnikend, voor de verandering eens lichtvoetig klinkend. 'Ik dacht dat vrouwen dat dachten. En waarom ook niet? Want dat kunnen we.'

Cecily lachte met haar schoonzus mee en zei: 'Laat het me weten als je iets hoort. Wat dan ook.'

Nadat ze had opgehangen, zat Diedre een poosje achter haar bureau terwijl ze diverse kwesties diep overpeinsde. Toen pakte ze de hoorn weer op en voerde vier telefoongesprekken.

Het eerste was met Valiant. Ze gebruikte de privélijn van de admiraal, een beveiligde lijn bij de Abwehr, het hoofdkwartier van de Duitse militaire inlichtingendienst in Berlijn. Ze spraken slechts vier minuten.

Het tweede gesprek voerde ze met Tony Jenkins in de Britse ambassade in Berlijn. Ze spraken vijf minuten via Tony's privélijn, die hij veilig achtte.

Het derde voerde ze met Lady Gwendolyn, haar oudtante die in Little Skell Manor op het landgoed van Cavendon woonde. Ze spraken tien minuten, omdat Diedre eerst even een gezellig praatje moest houden alvorens ter zake te komen.

Het vierde was met Cecily, die ze bereikte in haar kantoor in de winkel in de Burlington Arcade. Ze spraken twee minuten.

Toen al die telefoontjes gepleegd waren, stond Diedre op en liep de hal in en de korte gang naar William Lawsons kantoor door. Ze sprak met zijn secretaresse, Lois Bedford, en bevestigde dat ze beschikbaar was voor een bespreking met hem om vijf uur.

Liefde in vele gedaanten

Maar wanneer de slaap iedere moeilijke dag komt afsluiten,
Wanneer de dag de lange wake die ik hou, onderbreekt,
En ik al mijn banden noodgedwongen moet laten vieren,
Mijn wil moet afleggen als een afgedaan kleed, –
Ren ik, ren ik bij de eerste droom die met de eerste slaap
Tot mij komt, en laat mij drukken aan uw hart.

Alice Meynell: 'Renouncement' ('Een vaarwel')

Hoofdstuk 25

William Lawson leek in bepaalde opzichten wel een beetje op admiraal Wilhelm Canaris. Beiden waren officieren die bij de marine carrière hadden gemaakt, die hun land in de oorlog dapper hadden gediend op schepen, zich aangetrokken hadden gevoeld tot het geheime werk van de inlichtingendienst, hadden bewezen dat ze er echt talent voor hadden en briljante spionnen waren geworden.

Lawson was net als Canaris van de marine-inlichtingendienst naar de militaire inlichtingendienst overgestapt toen hij in 1930 kwam werken bij MI6. Lawson was rechtschapen en meelevend en een man van eer, eerlijk en integer, net als de admiraal. En beiden waren echte heren.

Terwijl William Lawson op dit moment van Downing Street 10 terugliep naar het ministerie van Oorlog, waren zijn gedachten niet bij het gesprek dat hij zo-even met de premier had gevoerd. Ze concentreerden zich op Diedre en op de bespreking die ze later die middag zouden hebben. Hij wist van Nevile Henderson, de Britse ambassadeur in Berlijn, dat Diedre en Canaris elkaar hadden gesproken tijdens de receptie in de ambassade de week ervoor, en hij was ervan overtuigd dat dat de reden was waarom ze hem wilde spreken. Om verslag te doen, zoals ze dat meestal noemde.

Hij mocht Canaris graag, bewonderde hem eigenlijk. De Duitse admiraal was een man van principes, en ze hadden dezelfde gedragscode die alle marinemensen over de hele wereld hadden. En daarom liet hij zich geen rad voor de ogen draaien door Hitler. Ze hadden elkaar tweemaal ontmoet, eenmaal in Portsmouth en eenmaal in Kiel; ze hadden elkaar meteen begrepen, hadden in zekere zin een band gesmeed.

Gedachten aan Diedre verdrongen de admiraal uit zijn hoofd. Hij vroeg zich af wat hij toch met haar moest. Niets. Het kon niet. Ze was zijn beste, intelligentste agent, en hij had haar nodig nu er oorlog dreigde. En toch was hij veel voor haar gaan voelen, tot zijn grote verbazing, en was ze zelden uit zijn gedachten.

Wie zou hebben gedacht dat uitgerekend hij zou vallen voor een vrouw met wie hij werkte? Verboden. Vooral voor een man als hij, die dag en nacht voor zijn werk klaarstond en die nauwelijks opmerkte hoe een vrouw eruitzag. Hij was zevenenveertig en had de gedachte nog eens te zullen trouwen allang opgegeven. Zijn vrouw Nora was in de laatste jaren van hun huwelijk invalide geworden en was vijftien jaar geleden gestorven. Het was nooit een goede relatie geweest en het huwelijk geen gelukkig huwelijk. Hij had het grootste geluk en de grootste troost gevonden in zijn werk, en dat was nog steeds zo.

Hij zuchtte zacht terwijl hij voortstapte, niet de bewonderende blikken opmerkend die langslopende vrouwen hem toewierpen. Hij was bijna één meter negentig lang, mannelijk gebouwd, met zwart haar dat achterover was geborsteld, en hij had een knap, enigszins ruig gezicht.

Zoals altijd was hij goedgekleed in een donkerblauw pak, wit overhemd en blauwwit gestreepte das. Net als zijn vader gaf William de voorkeur aan pakken uit winkels op Savile Row en aan de mooiste overhemden en dassen, en gelukkig had zijn vader hem voldoende geld nagelaten om aan die voorkeur toe te geven.

Sir Roger Lawson was eigenaar geweest van een reeks populaire tijdschriften, die veel succes hadden gehad. Zijn moeder was een paar jaar eerder gestorven dan zijn vader, en toen ook hij het afgelopen jaar overleed, waren William en zijn broer Ambrose zeer welgestelde mannen geworden.

William besefte terdege dat hij net zomin zijn werk kon opgeven als stoppen met ademhalen, en zijn broer, een neurochirurg, dacht er net zo over. Het geld was een leuk bezit, maar geen van beiden wilde er zijn leven om veranderen.

Hij was benieuwd wat Diedre hem te vertellen had over Canaris, maar hij moest het ook met haar hebben over twee nieuwe agenten die hij had gevonden. Hij hoopte dat Diedre hen onder haar hoede wilde nemen en toezicht wilde houden op hun speciale opleiding.

Hij lachte inwendig toen hij het gebouw van het ministerie van Oorlog binnenliep – het was dwaas van hem zelfs maar te overwégen Diedre uit te nodigen om met hem te dineren. Hij was wel de laatste naar wie ze ooit zou kijken, en bovendien meende hij dat ze nog steeds om Paul Drummond rouwde. Of niet? Het antwoord op deze vraag wist hij niet.

Terwijl hij de trap naar de kantoren van het 'Administratiebureau' op liep, schudde hij zijn hoofd, verbaasd over zichzelf. Hij mocht dan een van de beste vaklui op spionagegebied zijn, maar van vrouwen wist hij beslist niet veel. Eigenlijk helemaal niets.

Het was Charles die Charlotte eraan herinnerde dat ze had beloofd door het park naar Little Skell Manor te lopen om Lady Gwendolyn op te halen voor de thee.

'Hoe kan ik dat nou vergeten hebben?' riep ze uit, onmiddellijk opstaand. 'Ik ga haar meteen ophalen. Het is gemakkelijker als ik haar zo gek krijg dat ze in de rolstoel gaat zitten.'

'Het is gemakkelijker als je je door Goff heen en weer laat rijden,' reageerde de graaf, zijn vrouw toegeeflijk toelachend.

'Ik denk dat ze een beetje frisse lucht wel prettig vindt,' sputterde Charlotte tegen. Ze kuste Charles op zijn wang en liep toen even elegant als altijd het terras af. 'Tot straks.'

'Ik wacht op je,' antwoordde Charles, en hij pakte het boek op dat hij had zitten lezen.

Terwijl ze de stenen treden van het terras af liep, realiseerde Charlotte zich dat ze zo met Margaret Howell Johnson bezig was geweest dat ze haar belofte aan Lady Gwendolyn, eerder in de week gedaan, was vergeten. Nu begreep ze wat een geweldige kans dit was; ze had een goede reden om naar haar huis te gaan, en het zou niet zo moeilijk zijn om over het verleden te beginnen. Ze moest het gesprek op de een of andere manier op het kind brengen dat tante Gwendolyn vele jaren geleden had gebaard. Ze moest precies weten hoe oud het meisje nu zou zijn.

Toen Charlotte bij Little Skell Manor kwam, klopte ze op de deur, opende hem en liep de hal in. Op hetzelfde moment liep Mrs. Jasper, de huishoudster, gehaast de huiskamer uit.

'O, daar bent u, *my lady*,' zei Mrs. Jasper glimlachend. 'Lady Gwendolyn zit al op u te wachten.'

'Goedemiddag, Mrs. Jasper. Hoe is het met *her ladyship*?'

'Heel goed, heel levendig, en ze verheugt zich op de thee bij u...' Mrs. Jasper aarzelde even en voegde er toen, zachter, aan toe: 'Maar er zijn deze week momenten geweest waarop ik haar een beetje verdrietig vond lijken.'

Charlotte fronste haar wenkbrauwen en zei: 'Ik had dat de laatste tijd zelf ook af en toe gemerkt, maar ik denk dat oudere mensen vaak zo zijn, omdat ze zich misschien dingen uit een ver verleden herinneren.'

'Ja, Lady Mowbray,' zei Mrs. Jasper instemmend, en ze liet haar de huiskamer binnen.

Charlotte liep de kamer door en zei opgewekt: 'Dag, tante Gwen,' en ze ging bij haar zitten voor het erkerraam dat uitzag op de tuin. Ze zag tot haar vreugde dat Lady Gwendolyn er goed uitzag – haar witte haar was goed gekapt en glansde als zilver in het zonlicht dat door het raam viel. En haar gezicht had nog veel van zijn schoonheid behouden. Er lag nu een brede glimlach op, en haar blauwe ogen stonden even helder als altijd en twinkelden.

'Wat aardig van je om me te komen halen, lieve Charlotte, en wat zie je er prachtig uit. Echt magnifiek vandaag.'

'Ik voel me beter dan ooit,' antwoordde Charlotte. Het viel haar plotseling op dat Lady Gwendolyn een boek op haar schoot omklemd hield, maar ze zei er niets over.

'Heb je nog nieuws, Charlotte?'

'Ja. Cecily en Miles zijn terug in Londen, en Diedre ook. De anderen komen in het weekend terug. Ze komen allemaal zondag bij ons thee drinken.'

'Dat zal net als vroeger zijn. Ik wist dat Diedre terug was. Ze belde me om me te vertellen dat ze Sir Anthony Parry was tegengekomen, de man van mijn goede vriendin Regina.'

Lady Gwendolyn stopte abrupt, zich herinnerend dat ze verder niets over haar gesprek met Diedre mocht vertellen. Ze keek lang naar het voorwerp in haar handen en toen naar Charlotte. 'Ik ben zo van streek. Ik ben het sleuteltje van dit oude dagboek kwijt en nu kan ik het niet openmaken, en ik wilde er nog wel zo graag in lezen.'

Charlotte stond op en liep naar haar toe. 'Mag ik er even naar kijken? Misschien kan ik het open krijgen.'

Lady Gwendolyn overhandigde haar het versleten geelbruine leren dagboek en zei grinnikend: 'Is Daphne niet degene die sloten open weet te krijgen?'

Charlotte staarde haar verbaasd aan, verbluft dat ze zich dat incident van jaren geleden nog herinnerde, toen Daphne de gestolen juwelen uit haar moeders brandkast terug wilde halen.

'Waar bewaart u dit dagboek meestal?' vroeg Charlotte nu, het omkerend in haar handen en naar het slotje kijkend, dat niet openging omdat het op slot was gedraaid met de kwijtgeraakte sleutel.

'In die oosterse kist daar,' antwoordde Lady Gwendolyn, naar de andere kant van de kamer wijzend. 'Er zit een aantal dagboeken en fotoalbums in, maar geen sleutel. Ik heb Mrs. Jasper laten kijken.' Ze schudde haar hoofd. 'Het is niets voor mij om iets kwijt te raken, en laat het nou net een sleutel zijn die echt belangrijk is.'

'Ik zou kunnen proberen het open te krijgen met een stukje metaaldraad, of misschien een haarspeld.'

'Dat heb ik al geprobeerd, en ik kreeg het ding niet open.'

Na het dagboek nog eens goed te hebben geïnspecteerd zei Charlotte: 'Het enige wat ik kan doen is gewoon een deel van het slot afknippen. Dat zou niet zo moeilijk zijn. Maar dan zou u de klem niet meer dicht kunnen doen.'

'Dat vind ik niet zo erg, lieve Charlotte. Ik kan het in mijn brandkast leggen.'

'Goed dan. Excuseer me even, tante Gwen. Ik ga bij Mrs. Jasper een schaar halen.' Ze legde het dagboek in Lady Gwendolyns handen en liep snel weg.

Even later was ze terug. Ze pakte het dagboek vast, knipte de klem eraf en gaf het aan Lady Gwendolyn terug.

Lady Gwendolyn slaakte een lange, tevreden zucht en zei lachend tegen Charlotte: 'Dank je wel, liefje. Het is zo fijn om over het verleden te kunnen lezen. Als je zo oud bent als ik, heb je de neiging in je herinneringen te leven. Het is gek, maar ik kan me de dingen die dertig, veertig en vijftig jaar geleden gebeurd zijn nog herinneren, en heel goed ook, maar de dingen van nu vergeet ik wel eens.' Er speelde een lachje om haar mond toen ze dat zei, en daarna begon ze de bladzijden om te slaan. 'Ik zoek 29 augustus,' legde ze uit, onder het bladeren naar de bladzijden turend. Even later keek ze Charlotte aan.

'Ik heb mijn bril nodig, ik kan niet goed zien zonder bril. Zou jij de bladzij willen zoeken en hem willen lezen?'

Ze leunde voorover en bood Charlotte het oude dagboek aan. 'Jij weet zoveel over mijn verleden, en over Mark Swann en onze liefde voor elkaar; 29 augustus was een paar dagen nadat ons kind was geboren, het kind dat in leven bleef...' Haar stem brak en de tranen sprongen haar in de ogen. 'Ik heb iedere dag aan haar gedacht.'

Met het dagboek in haar handen staarde Charlotte Lady Gwendolyn aan, en haar hart ging uit naar deze oude dame van achtennegentig. Even zat haar keel dicht, kon ze geen woord uitbrengen. En onwillekeurig dacht ze aan de vrouw die ze pas in Harrogate had ontmoet.

Ten slotte vroeg Charlotte uiterst vriendelijk: 'Op welke datum werd ze geboren, tante Gwendolyn?'

'Op 26 augustus. In feite een verbazingwekkende gebeurtenis, aangezien ik achtenveertig was. Als ze nog leeft, wordt ze dit jaar vijftig.'

'Over ongeveer een week,' mompelde Charlotte, terwijl er plotseling duizenden gedachten door haar hoofd schoten en er zich een plan vormde.

Op de voorkant van het dagboek stond een jaarstempel: 1888. Charlotte bladerde door tot 26 augustus, een zondag. De bladzij was leeg. Drie dagen later, op woensdag 29 augustus, stond een korte aantekening in Lady Gwendolyns fijne, nette handschrift.

Charlotte haalde diep adem en begon te lezen:

Ons dochtertje Margaret is pas drie dagen op deze aarde. Ze is mooi. Vandaag heeft ze nogmaals in mijn armen gelegen. Het maakt me gelukkig dat mij deze bijzondere tijd met haar is vergund. Morgen wordt ze weggehaald door haar adoptieouders. Mark en ik zullen onze lieve Margaret nooit meer zien. We hopen en bidden God dat ze van haar zullen houden en haar zullen koesteren en haar een goed leven zullen geven. Ik ben gaan begrijpen dat je zoveel van een kind moet houden dat je bereid bent het los te laten, als dat voor het kind het beste is. Ik zal tot aan mijn dood iedere dag van mijn leven aan mijn Margaret denken. En ze zal voor altijd in mijn hart zijn.

De tranen stonden in Charlottes ogen, en ze probeerde ze weg te knipperen, maar zonder succes. Ze pakte een zakdoek uit haar handtas, depte haar ogen droog en keek toen Lady Gwendolyn aan. Er zat zo'n brok in haar keel dat ze niet kon spreken, zoveel emotie en hartzeer voelde ze voor haar tante Gwen.

Lady Gwendolyn zei met een wat bibberige stem: 'Niet lang nadat ik dat had opgeschreven, kwam Mark naar het ziekenhuis met de fotograaf uit de studio in Leeds. Margaret werd nogmaals bij me gebracht – ze had haar prachtige doopjurk aan. Weet je niet meer, Charlotte, dat ik je jaren geleden die foto liet zien?'

'Natuurlijk weet ik dat nog.' Charlotte stond op en liep naar het kleine antieke bureau aan de andere kant van het vertrek, waar ze de bril van Lady Gwendolyn had zien liggen bij de ochtendpost. Ze pakte hem op en bracht hem naar haar toe. Ze reikte haar het dagboek en toen de bril aan en zei: 'Nu kunt u erin lezen wanneer u maar wilt, tante Gwen.'

'Dank je, Charlotte, dat zal ik doen. Maar later.'

'Waar kan ik het dagboek veilig opbergen?'

'De brandkast staat in de bibliotheek; je kunt het daarin achter slot en grendel opbergen voordat we weggaan. Ondertussen wil ik je even iets anders vertellen. Hoewel dat niet de bedoeling was, heb ik de adoptieouders een briefje geschreven en dat in de doos met babykleertjes gestopt die ik had gekocht, samen met de doopjurk. Het was op gewoon papier geschreven en niet ondertekend, en er stond maar één zinnetje op: "Ze heet Margaret." Was dat verkeerd van me?'

'Natuurlijk niet, en ik weet waarom u het deed. Omdat ze voor u Margaret wás, en u altijd aan haar wilde denken als Margaret. En ik denk dat ze dat op de een of andere manier zullen hebben begrepen en de naam behouden zullen hebben.'

Lady Gwendolyns gezicht veranderde: de droefheid werd weggevaagd door een plotselinge lach: 'O, denk je dat, Charlotte? Ik hoop toch zo dat je gelijk hebt. Dat maakt me blij... Denk je dat echt?'

'Ja, echt,' mompelde Charlotte. Ze dacht razendsnel na; ze kon niet wachten tot ze terug kon naar Harrogate om Margaret Howell Johnson te bezoeken en hopelijk een paar antwoorden te krijgen op een aantal heel belangrijke vragen.

Hoofdstuk 26

Toen Diedre op de deur klopte en meteen het kantoor van William Lawson binnenliep, stond hij bij een raam naar de straat te kijken.

'Daar ben je weer,' zei hij.

'Op de plek waar ik thuishoor,' reageerde ze.

Even vroeg hij zich af wat ze bedoelde, maar hij wist zeker dat ze het over het kantoor had.

'Laten we hier gaan zitten,' zei hij, op de twee gemakkelijke stoelen bij een lage tafel wijzend.

Terwijl ze zich installeerden, vervolgde hij: 'Het spijt me dat ik je gisteren niet kon spreken. Ik was een boodschap aan het doen.' Dat was een uitdrukking die ze in hun eenheid gebruikten als code voor: ergens in het buitenland.

'Ik vermoedde al zoiets,' antwoordde ze.

Net als Diedre was hij heel direct en kwam altijd meteen ter zake. Hij vroeg: 'Heb je iets lopen in Berlijn? Iets wat ik moet weten?'

'Min of meer, maar ik moest je meteen spreken om een andere reden. Valiant vroeg me je bepaalde dingen te vertellen. Wil je die boodschap als eerste of als laatste?'

'Is het goed of slecht nieuws?' vroeg William met een diepe frons in zijn voorhoofd

'Naar mijn mening is het niet goed, maar fantástisch.'

'Dan bewaren we het fantastische nieuws voor het laatst. Ik wil alles over die operatie weten, Diedre. Ik neem aan dat je me op de hoogte wilde gaan stellen?' Het klonk als een vraag, en hij trok een donkere wenkbrauw op.

'Dat doe ik toch altijd!' riep ze uit, en ze schudde langzaam haar hoofd. 'Het is een complexe zaak, dus ik zou graag bij het begin willen beginnen, al is het niet echt waar onze operatie begon. Maar het is belangrijk dat je alles weet.'

'Vertel het maar zoals je wilt. Je weet heel goed dat ik je zonder meer vertrouw. Bovendien zijn jouw verhalen altijd heel duidelijk en to the point.' Hij leunde achterover en sloeg zijn lange benen over elkaar. 'Steekt u maar van wal, Lady Diedre.'

Ze glimlachte, zoals ze meestal deed wanneer hij haar titel gebruikte en die sterk benadrukte. Het maakte haar niet uit hoe hij haar aansprak.

Ze haalde diep adem en zei: 'Het begon allemaal een paar weken geleden, toen mijn schoonzus, Cecily Swann, me vertelde dat haar secretaresse, Greta Chalmers, zich zorgen maakte omdat haar vader en zijn tweede vrouw en hun twee kinderen vastzaten in Berlijn, niet weg konden komen, en –'

'Zijn ze Joods?' onderbrak hij haar. 'Greta Chalmers klinkt niet als een Joodse naam.'

'Ze zijn allemaal Joods, ja, ook haar echte moeder. Maar ik zal je een kort overzicht geven. Wat achtergrond. Greta's overleden moeder was een Engelse. Ze woonde na haar huwelijk met professor Steinbrenner in Londen en Berlijn. Greta werd toen ze acht was naar een school in Engeland gestuurd. Toen haar moeder in Londen stierf, besloot de professor Greta bij haar oma te laten wonen, zodat ze haar opleiding af kon maken. Dat heeft ze gedaan. Ze werd verliefd op een Engelsman, Roy Chalmers, met wie ze trouwde. Ze is nu weduwe en –'

'Wil haar vader en zijn gezin zo snel mogelijk Duitsland uit krijgen. Klopt dat?'

Diedre knikte en vertelde hem vervolgens het hele verhaal, beginnend bij haar eigen pogingen met Tony Jenkins en hun gebrek aan succes, en eindigend met Tony's connecties die hem naar prinses Irina leidden. Daarna legde ze uit dat ze de Russische vrouw op de Britse ambassade hadden ontmoet.

'Tot mijn grote verbazing zag ik op de receptie plotseling de admiraal op me afkomen,' verklaarde Diedre. Ze zweeg even en schonk haar baas een veelbetekenend lachje. 'Maar de ambassadeur heeft je vast verteld dat hij me met Valiant zag praten, en vrij lang ook.'

'Inderdaad, ja. Ik zei dat ik niet verbaasd was aangezien jullie reeds lang bevriend zijn, dat je hem kent via wederzijdse vrienden. Sinds het begin van de jaren dertig al.'

'En dat zal hém wel verbaasd hebben,' zei Diedre lachend.

William kon een glimlach niet onderdrukken. 'Jij hebt het weer gauw door. Natuurlijk schrok Nevile. Dat doet hij meestal wanneer vrouwen een grote rol bij wereldgebeurtenissen spelen.'

'Ik denk dat hij niet veel van vrouwen weet. Hij is nooit getrouwd geweest. Maar goed, laat ik het verhaal afmaken. Ik stond met de admiraal te praten toen Cecily naar ons toe kwam. Ze wilde weten of zij en Miles met de professor en Sir Anthony Parry konden gaan lunchen. Ik aarzelde.'

'Omdat je dacht dat er iets gezegd zou kunnen worden over een eventueel vertrek van de professor naar Engeland. Toch?'

Diedre knikte. 'Ik wist dat Cecily niets zou loslaten, maar ik had geen idee wat de professor of Sir Anthony te berde zou kunnen brengen. Misschien zaken die problemen zouden geven.'

Hij knikte. 'Ga door, Diedre.'

'Valiant zei dat hij Sir Anthony bewonderde en dat het interessant zou zijn om met hem te lunchen. Cecily nodigde de admiraal uit, maar hij sloeg de uitnodiging af. Ik besefte dat Valiant de lunch geen probleem vond. Ik zei Cecily dat ze met Daphne moest overleggen en dat ik vrijdag bezet was en niet mee kon. Toen we alleen waren, vroeg Canaris me waarom ik had geaarzeld.'

'En toen vertelde je hem over de connectie tussen Cecily en Greta en over de dringende behoefte aan uitreisdocumenten.'

'Ja. Hij wilde weten waarom ik hem niet had benaderd. Ik zei dat hij al zoveel voor me had gedaan. Toen gaf ik aan dat Tony en de Russische prinses in de hoek zaten te praten en dat Tony haar aan het peilen was. Hij zei dat ze goed was, dat ze hoe dan ook naar hem toe zou komen. En dat het voor elkaar zou komen.'

'En hoe staat de zaak er nu voor?' vroeg William.

'Vanmorgen heb ik Tony gesproken. Hij zei dat de operatie zo'n beetje kon starten. De vier nieuwe paspoorten en uitreisvisa worden volgende week dinsdag, op zijn laatst woensdag, aan de professor overhandigd.'

'Dat is een hele opluchting. Goed werk, Diedre.'

'Dank je. Maar Tony doet het werk.'

'Onder jouw supervisie.'

Ze boog haar hoofd. 'Er is echter wel een probleem, Will.'

William Lawson ging wat rechter zitten en zijn donkere, intelligente ogen boorden zich in die van Diedre. 'Kunnen we het oplossen?'

'Dat zal wel moeten. En gauw ook. Er is weinig tijd. De Steinbrenners moeten volgende week vertrekken en de kaartjes zijn al gekocht, de plaatsen in de trein gereserveerd. Bovendien loopt de spanning op in Berlijn.'

'Vertel me wat het probleem is, Diedre.'

'Tony gaf vandaag aan dat Mrs. Steinbrenner bang is. Ze is verstijfd van angst. Ze wil niet weg. Ze is bang dat ze op hun vlucht uit Berlijn gesnapt en doodgeschoten zullen worden.'

William slaakte een lange zucht en schudde zijn hoofd. 'Ze begrijpt toch zeker wel de afschuwelijke situatie in Duitsland... het systematische vermoorden van Joden op grote schaal.'

'Ik denk dat ik weet wat we met haar moeten doen. Maar helaas moeten we nog een probleem oplossen. Sir Anthony heeft tegen de professor gezegd dat hij hen het land uit kan krijgen, dat hij belangrijke mensen kent, politici, en aan touwtjes kan trekken.'

'Verdorie!' riep William uit. Hij dacht even na en vroeg toen snel: 'Weet hij iets van Tony's plannen voor de Steinbrenners?'

'Nee! Nee! Niemand weet het. Tony heeft het er bij hen alle vier in gestampt dat het strikt geheim moet blijven, dat niemand ervan op de hoogte mag zijn, zelfs geen andere familieleden.'

'Dus vermoedelijk heeft de professor niets gezegd toen Sir Anthony met dit nieuwe idee op de proppen kwam? Waarom vraag ik je dat eigenlijk? Natuurlijk heeft hij niets gezegd: de man is te slim om te zeggen dat al alles geregeld is om Duitsland te verlaten.'

'Dat klopt. Ik heb het een en ander nagetrokken... met betrekking tot Sir Anthony.'

'Hoe?' William keek haar vragend aan.

'Ik heb vanmorgen tante Gwendolyn gebeld. Ze kent de vrouw van Sir Anthony. Zonder haar de ware reden te vertellen, vroeg ik haar mij haar mening over Sir Anthony te geven. Ze zei grinnikend dat het een briljante, aardige man was, maar dat hij graag opschepte, een pocher was, dat hij altijd belangrijker wilde lijken dan hij in werkelijkheid was. Ze zei dat hij mensen dingen beloofde die hij nooit waar kon maken... bijvoorbeeld dat ze door de koningin op de thee zouden worden gevraagd, of een onderscheiding zouden krijgen van de koning. Of zelfs dat de premier hen zou benoemen tot parlementslid. Alsof het zo werkt.'

Diedre begon te lachen. 'Ik moet toegeven, voor een vrouw van achtennegentig mag oudtante Gwen er nog best zijn. Ze vroeg me waarom ik dingen over hem wilde weten, een voor de hand liggende vraag. Ik fluisterde alleen maar dat het een staatsgeheim was en dat ze het voor zich moest houden. Dat wilde ze natuurlijk wel doen. Ze denkt dat ik spionne ben.'

William moest ook een beetje lachen toen hij zei: 'Dus nu weten we dat aan touwtjes trekken gewoon wat loze opschepperij was van de academicus. Dankzij Lady Gwendolyn.'

'Dat klopt. Ik maak me niet meer zoveel zorgen om Sir Anthony. Maar om even terug te komen op Mrs. Steinbrenner, ik maakte me toch wel zoveel zorgen dat ik Cecily heb gebeld. Ik vroeg haar of ik het verkeerd had begrepen toen ze zei dat Mrs. Steinbrenner een nerveuze en uiterst gespannen vrouw was. Ze zei dat ik dat niet verkeerd begrepen had, dat Greta dat had gezegd, en ze wilde weten waarom ik zo geïnteresseerd was in Greta's stiefmoeder.'

'Daar zul je niet zomaar een antwoord op geweten hebben,' mompelde William, terwijl zijn ogen zich vernauwden tot spleetjes en hij Diedre gespannen aankeek.

'Voordat ik belde had ik natuurlijk een geldige reden bedacht om haar te spreken,' reageerde Diedre zacht, hem opnemend. 'Ik heb haar uitgelegd dat ik me omwille van haar, van Cecily, afvroeg hoe Greta zou reageren als ze besefte dat haar familie niet weg kon komen. Ik zei tegen Cecily dat ze een plan moest hebben als ze Greta wilde helpen het trauma te verwerken dat ongetwijfeld het gevolg zou zijn.'

'Geloofde ze je?'

'Ja. Ze is een intelligente vrouw, heel intuïtief. Ze vertrouwde me toe dat ze zich hetzelfde had afgevraagd. Ik stelde voor naar een psychiater te gaan voor advies. Om te leren hoe je met dat soort trauma om moet gaan. Ik bood aan met haar mee te gaan, haar te helpen met Greta als het nodig was.'

Diedre zweeg even, schraapte haar keel en vervolgde: 'Cecily vond het idee van begeleiding door een psychiater om Greta te kunnen helpen de beste oplossing. Later op de dag bedacht ik ineens dat onzekere mensen alleen op gezag reageren, en dat we psychiatrische hulp zouden moeten zoeken als Mrs. Steinbrenner in Londen arriveert. Cecily had me er al eerder op gewezen dat nerveuze, onzekere, uiterst gespannen mensen moeilijk kunnen zijn. Greta's stiefmoeder zal in een nieuw land zijn, een vreemd land, waar alles anders is, inclusief de taal.'

William had aandachtig geluisterd. 'Tja, je weet nu het een en ander over Mrs. Steinbrenner, maar hoe helpt jou dat om haar in beweging te krijgen? Je zei dat ze verstijfd van angst is en niet weg wil uit Berlijn.'

'Goeie vraag, Will. Wat ik uit Cecily's opmerkingen opmaakte, is dat we niet gewoon de paspoorten, uitreisvisa en treinkaartjes aan de professor kunnen overhandigen en het gezin op pad kunnen sturen. De Steinbrenners zullen uit Berlijn moeten worden meegenomen, en Mrs. Steinbrenner desnoods onder dwáng.'

Er verscheen nu een geschrokken uitdrukking op Wills gezicht. 'Onder dwáng? Wie moet dat doen? En zou dat niet de aandacht op hen vestigen?'

'Ik bedoel niet onder dwang zoals je denkt. Tony zal de professor vertellen dat hij hen zal vergezellen in de trein. Gewoon om ervoor te zorgen dat alles goed gaat. Maar ik ben zeker van plan Jerry Randell, mijn vriend bij de inlichtingendienst van de Amerikaanse ambassade, te spreken. Ik zal hem vragen of hij kan regelen dat de Amerikaanse impresario Alexander Dubé van Berlijn tot Parijs met hen meereist.' Diedre zweeg even en vervolgde toen: 'Als Tony dat wil, kan hij in Aken de trein verlaten. Wanneer hij zeker weet dat de Steinbrenners de grens over zijn.'

Diedre haalde diep adem en rondde af met: 'Alexander Dubé zal aardig, maar autoritair zijn, en Tony zal zich net zo gedragen. De professor zal van tevoren te horen krijgen dat hij hen hierin moet steunen, en dat zal hij doen. En dat is het, baas.'

William Lawson zat haar lang aan te staren, denkende dat ze zonder meer een van de pienterste mensen was met wie hij ooit had samengewerkt. 'Goed zo, Diedre. Echt goed gedaan. Bijzonder knap uitgedacht, en je hebt aan alles gedacht om de Steinbrenners veilig weg te krijgen. En ik weet zeker dat Valiant ervoor zal hebben gezorgd dat de documenten perfect zijn, dat er niet aan de echtheid te twijfelen valt. En nu we het toch over de dappere admiraal hebben, had je niet een boodschap van hem voor mij?'

'Ja, die heb ik, Will. Maar wat denk je hiervan: het is zes uur – zullen we ergens wat gaan drinken? Ik zou wel een glaasje water lusten.'

William keek haar grijnzend aan. 'Ik dacht meer aan een glas champagne. Je hebt je keel helemaal droog gepraat.' Hij stond op en liep naar zijn bureau. Hij deed diverse laden op slot en stak de sleutels in zijn zak. 'Laten we naar het Ritz lopen. Het wandelingetje zal ons goeddoen, en de frisse lucht ook.'

'Doen we,' zei Diedre, en ze voegde er bedachtzaam aan toe: 'Ik weet dat het hier volkomen veilig is, maar het is nog veiliger in een hotelbar. Geen luistervinken.'

Toen William en Diedre in de bar van hotel Ritz aan Piccadilly zaten en twee glazen roze champagne hadden besteld, zei Diedre: 'Ik wil dat je weet dat ik Wilhelm Canaris zonder meer vertrouw. Ik zou hem mijn leven toevertrouwen. Voelt het voor jou net zo?'

Hoewel hij zich even overvallen voelde door de vraag, aarzelde William niet. 'Natuurlijk. Absoluut. Het is een rechtschapen man, en we hebben dezelfde morele normen. En in het verleden heeft hij zich meerdere malen bewezen.'

De champagne arriveerde, en ze tikten de glazen tegen elkaar en proostten. Na een paar slokken zei Diedre zacht: 'Vlak voordat hij het feest verliet, vroeg onze vriend of ik de dag erna met hem kon lunchen. We ontmoetten elkaar in dat restaurant bij zijn kantoor. Hans Oster voegde zich bij ons. Toen die was vertrokken, gaf onze vriend mij een boodschap voor jou.'

Diedre leunde achterover en nam af en toe een slok; ze begon bij te komen van haar lange verhaal bij hem in het kantoor.

William nam ook een paar slokken champagne en ontspande zich en besefte dat Diedre wat op adem zat te komen en de informatie die haar door Canaris was ingeprent, zat door te nemen.

Diedre boog zich dichter naar William toe en sprak ten slotte met zachte stem, maar zo duidelijk gearticuleerd dat het perfect te verstaan was. 'Het eerste wat hij zei, was dat hij wilde dat jij wist dat hij tegenover jou altijd zijn woord heeft gehouden, en dat altijd zou blijven doen. Hij voegde eraan toe dat je nooit zou mogen twijfelen aan zijn eerlijkheid en integriteit, dat hij tegen jou altijd de waarheid zou spreken, je nooit zou misleiden.'

William knikte en boog zich ook dichter naar haar toe; hun hoofden waren dicht bij elkaar boven de tafel. 'Ga alsjeblieft door, Diedre.'

'Hij wilde dat ik vier berichten aan je gaf. Het eerste is dat als je informatie ontvangt van wie dan ook in het Vaticaan, je moet begrijpen dat die van hem afkomstig is, vooral als die te maken heeft met ons land. Het tweede lijkt op het eerste. Alle informatie die uit Spanje komt, ook weer betreffende op ons land, zal van hem komen. Het derde is dat hij vaak via mij informatie door zal geven, en soms via Tony naar mij.'

Even later zei William rustig: 'En wat is het vierde bericht, Diedre?'

'Dat hij zal doen wat in zijn macht ligt om Spanje neutraal te houden, dat hij zal trachten een nazi-inval in Spanje te voorkomen. Hij zei dat ik je moest vertellen dat hij Gibraltar voor ons wil beschermen, en ook de Middellandse

Zee. Zijn laatste woorden voor mij waren: "Franco is mijn vriend. Zorg ervoor dat William dat weet, het gelooft."'

William gaapte haar aan, verbluft door deze laatste mededeling. Hoe kon één man, een Duitse admiraal, Spanje in godsnaam neutraal houden? Op dit moment wist hij hier geen antwoord op.

Na een poosje zei Diedre: 'Je hebt niets gezegd. Wat denk je?'

'Dat hij ons gewoon zoiets fantastisch heeft aangereikt dat ik het nauwelijks kan geloven. Een bron van uiterst waardevolle informatie. Hijzelf. Ik ben reuzeblij met deze informatie, Diedre, meer dan reuzeblij, maar ik begrijp gewoon niet waarom hij denkt dat hij Spanje kan behoeden voor Hitlers dominantie. Hoe kan hij dat?'

Diedre staarde hem met gefronste wenkbrauwen aan. 'Omdat hij hoofd van de Abwehr is, van de Duitse militaire inlichtingendienst. Als dat geen immense macht geeft, weet ik het niet meer.'

William knikte. 'Je hebt helemaal gelijk.' Hij sloeg het laatste beetje champagne achterover en nam haar gezicht aandachtig op. Het was mooi. 'Ik heb behoefte aan nog een drankje. En jij?'

Ze begon te lachen. 'Ik ben door jou, en later door Tony, gewaarschuwd dat ik tijdens mijn werk niet moet drinken.'

'Vanavond is een uitzondering op de regel; we zijn niet in functie. En tussen twee haakjes: wil je met me dineren?' Hij kon niet geloven dat hij dat net had gezegd en hij gebaarde naar de ober om zijn plotselinge verwarring te verbergen.

Toen de ober weg was gelopen om hun glazen bij te vullen, wendde William zich tot Diedre en vroeg: 'Nou?'

'Ik wil heel graag met je dineren, Will.'

Hoofdstuk 27

Ze gingen naar een restaurantje in Chelsea dat Le Chat Noir heette en dat William goed kende. Het was weggestopt in een doodlopend straatje, ergens achteraf, en het werd geleid door een Frans echtpaar dat William al jaren kende.

Nadat ze hadden plaatsgenomen en de menu's hadden gekregen, wendde Diedre zich tot hem: 'Is het niet vreemd dat al de spionnen die ik ken een grappig restaurantje hebben dat goed verstopt is? En dat ik dat niet heb?'

'Dan moet je er een zoeken en er jouw restaurantje van maken. Of je kunt dit gebruiken... Zwarte katten brengen toch geluk?' zei hij op plagende toon.

Ze schudde haar hoofd en antwoordde met een licht schouderophalen: 'Ik weet het eigenlijk niet. Maar ik zal het Charlotte dit weekend vragen. Zij is een goudmijn van informatie op dit gebied, zoals rare gezegden en oud bijgeloof.' Het was even stil en toen vervolgde Diedre: 'Denk jij dat Sir Francis Walsingham een goed verborgen lievelingstentje had?'

'Zeer waarschijnlijk, dunkt me. De beroemdste spion van Engeland was naar mijn mening zo ongeveer een magiër.'

'En onze Tudor-koningin vond dat ook, Will. Ze had het volste vertrouwen in Walsingham, haar "hoofd spionage".'

'Hij hielp haar Engeland te leiden, samen met William Cecil en Robert Dudley, in wie ze ook veel vertrouwen had. Maar nu genoeg over geschiedenis gepraat – zullen we bestellen?' Terwijl hij dat zei sloeg hij het menu open en nam de lijst met gerechten door.

Diedre deed hetzelfde en zei: 'Ik laat me door jou leiden, Will. Wat zijn jouw lievelingsgerechten?'

'Ze hebben heerlijke entrecote met sla en friet, een van hun beste Franse schotels. Ik vind hun lamsribbetjes à la Provence ook heel lekker. Ik ben het zo zat vis te eten, ik denk dat ik de entrecote maar neem.'

'Ik ook, en wel om dezelfde reden.'

William wuifde naar de eigenaar, Jacques André, die meteen bij hen kwam. Nadat ze hun eten hadden besteld, plus een fles van Williams favoriete rode wijn, wendde William zich tot Diedre en vroeg: 'Zou je een glas champagne willen terwijl we op het eten wachten?'

'Als jij er een neemt, doe ik het ook. Graag, ja.'

'Dan gebeurt dat, Jacques. Je hebt de dame gehoord.'

Met een glimlach en een knikje vertrok Jacques, en William zei: 'Er is nog één belangrijke vraag die ik je moet stellen, Diedre, voordat we over iets anders gaan praten.'

Ze knikte. 'Vraag maar.'

'Toen je eerder zei dat je Cecily had gebeld om te informeren naar de gezondheidstoestand van Mrs. Steinbrenner, vroeg ze je waarom je dat wilde weten.' Er verscheen een frons op Williams voorhoofd. 'Maar je hebt haar geen antwoord gegeven. Niet volgens het verhaal dat je aan mij vertelde.'

'Nee, dat heb ik niet gedaan. Maar met opzet, want waarom zou ik dat willen weten als ze toch niet kwam. En dat was natuurlijk niet waar – ze zou Berlijn wel degelijk verlaten. Maar dat was een geheim en ik kon het niet tegen Cecily zeggen. Dus deed ik er vaag over. Negeerde het eigenlijk. Ik sprak gewoon heel snel door en legde uit dat ik me zorgen maakte om Greta en me afvroeg hoe ze zou moeten omgaan met de wetenschap dat haar vader en de familie in Duitsland de dood te wachten stond. Ik ken Cecily al mijn hele leven, en ik realiseerde me dat ze vooral bezig zou zijn met haar zorgen om Greta, op wie ze dol is.'

'En daar had je gelijk in. Ze drong verder niet aan. En tussen twee haakjes, ik denk dat je de juiste oplossing hebt bedacht met die psychiater. We moeten er een bij de hand hebben wanneer Mrs. Steinbrenner hier komt. Ze zal heel wat hulp nodig hebben.'

Er kwam een ober met hun glazen champagne, en ze proostten op elkaars gezondheid. En toen zei William heel rustig: 'En op de buitengewone Valiant, die werkelijk de codenaam verdient die jij hem hebt gegeven, Diedre.'

'Inderdaad, ja,' mompelde Diedre terwijl ze haar glas tegen het zijne tikte. 'En we moeten hem altijd naar ons beste vermogen beschermen,' voegde ze eraan toe.

Er viel een korte stilte waarin geen van beiden sprak. Dit was niet ongewoon. Ze werkten nu al drie jaar nauw samen en begrepen elkaar. Hun stiltes waren altijd harmonieus, net als hun dagelijkse omgang.

William verbrak de stilte met de vraag: 'Wat weten we eigenlijk van Alexander Dubé?'

'Dat hij al lang goed bevriend is met Jerry Randell. Ze hebben samen op de universiteit gezeten. Alexander is impresario in de muziekwereld en zit continu in Berlijn vanwege het filharmonisch orkest. Hij is kennelijk bereid Randell af en toe een dienst te bewijzen. En het moet altijd een dienst zijn die Dubé niet in gevaar brengt. Daar staat Jerry op.'

William nam een slok wijn en vroeg toen: 'Dus het plan is hem in de trein te laten zitten die van Berlijn naar Parijs gaat? Als een soort bewaker, iemand die de familie beschermt als er zich problemen voordoen?'

'De trein zit vol met Duitse troepen, buitenlanders, leden van de Gestapo, en God mag weten wat nog meer. En aangezien Mrs. Steinbrenner heel nerveus van aard is, weten we niet wat ze zou kunnen doen. Onverwachts. Ik denk dat de professor misschien een beetje naïef is, niet zo wereldwijs als we misschien zouden denken. Dubé en Tony zouden iedere situatie die zich mocht voordoen, onder controle kunnen houden.' Diedre keek William indringend aan.

'En wanneer ze in Parijs aankomen?' vroeg hij.

'Tony neemt hen mee naar de Britse ambassade, waar het gezin visa krijgt. Dat is al geregeld. Dubé zal hen naar Londen vergezellen.'

Toen William zweeg en met een peinzende uitdrukking in zijn ogen in de verte keek, vroeg Diedre zich af of het plan dat ze had bedacht, hem niet beviel. Ze leunde achterover en wachtte af, niet alleen verbaasd, maar ook bezorgd. Ze had hem nog nooit zo gezien… zo… in gedachten verzonken? Ze wist het niet. Wat ze wel wist, was dat ze ervan genoot buiten kantoortijd in zijn gezelschap te zijn. Hij deed haar iets, gaf haar het gevoel weer een vrouw te zijn. Plotseling drong het tot haar door hoezeer ze zich tot hem aangetrokken voelde.

Uiteindelijk zei William: 'Het steekt volgens mij goed in elkaar, Diedre. Ik trap misschien in de spreekwoordelijke val door te denken dat alle professoren verstrooid zijn, maar ik denk dat het beter is om geen risico's te nemen. De bescherming klinkt me goed in de oren; laten we hopen dat Alexander Dubé ermee akkoord gaat.'

'Ik denk het wel. Het is geen moeilijke klus, en hij loopt geen gevaar, bij lange na niet,' antwoordde ze, nog steeds verbaasd over het feit dat William Lawson zo'n aantrekkingskracht op haar uitoefende.

'Mee eens. Even iets anders: ik heb vandaag een bespreking met de premier gehad,' bekende William. 'Ik was na afloop een en al frustratie en verbijstering. Chamberlain wil het gewoon niet snappen, hij begrijpt maar niet dat een politiek van verzoening zoiets is als... tja, je groothouden. Lord Halifax doet de zaak ook niet veel goed, die jut hem op.' William schudde zijn hoofd, en er lag een verontruste blik in zijn donkere, intelligente ogen. 'Waarom willen ze maar niet begrijpen dat Hitler een moordenaar is, een bewezen massamoordenaar die van plan is de wereld te overheersen? Zo stom kunnen ze toch niet zijn? Of wel?' Er werd een donkere wenkbrauw opgetrokken terwijl hij haar aanstaarde.

'Misschien is dat precies wat ze zijn. Of misschien verwarren ze hun wensen met de werkelijkheid. Maar ja, er is ook een deel van het Britse establishment dat werkelijk gelooft dat Hitler veruit de voorkeur verdient boven Stalin. Ze zijn bang voor het communisme.'

'Ik denk dat ik maar eens exemplaren van *Mein Kampf* voor hen ga kopen. En dan ga zeggen dat ze alles moeten geloven wat ze lezen,' riep hij uit.

'Ze zullen het gewoon niet lezen, Will, dus hou het geld in je zak.'

Hij grinnikte. 'Nou ja, ik ga Hitlers boek natuurlijk niet echt voor hen kopen. Ik deed sarcastisch.'

'Mijn vader meent dat Churchill premier moet worden. Hij zegt dat hij de enige met visie is, de enige die ons kan redden, Europa kan redden, en uiteindelijk de westerse beschaving.'

'Ik ben het volledig met hem eens... En nu we het toch over je vader hebben – ik neem aan dat je dit weekend naar Cavendon gaat?'

Diedre wierp hem snel een blik toe. 'Ja, dat was wel mijn bedoeling. Ik heb Robin al bijna twee weken niet gezien, en trouwens, ik wil ook weer even kijken hoe het met mijn vader is. Voordat ik naar Genève ging, zag hij er niet zo best uit. Maar als ik moet werken, blijf ik natuurlijk in Londen. Als je me nodig hebt.'

Hij gaf geen antwoord en staarde haar bij het kaarslicht slechts aan.

Er lag een blik in zijn ogen, een uitdrukking die ze niet helemaal begreep, en zijn gezicht, dat meestal zo levendig en geanimeerd was, bleef volkomen uitdrukkingsloos. Hij leek in feite bijna treurig, dacht ze. Verontrust zelfs.

Ten slotte vroeg ze: 'Is er iets, Will?'

Hij schudde snel zijn gedachten aan haar af, zijn gevoelens voor haar, zijn behoefte aan haar, en knikte. 'Er is niets, hoor. Ik zat gewoon te denken aan twee agenten die ik heb aangenomen,' improviseerde hij, en hij vervolgde: 'Een man en een vrouw die Frankrijk door en door kennen. Ze zijn allebei half-Frans, half-Engels, en willen daar operaties uitvoeren. Wanneer het ervan komt. En het zal ervan komen.'

'Wil je dat ik hen ontmoet? Zijn ze in Londen?'

'O, ja, ze wonen hier. En ik wil niet dat je hen ontmoet, ik wil dat je hen onder je hoede neemt,' antwoordde hij. 'Ik vind dat ze onder jouw supervisie moeten staan, en dat je toezicht moet houden op hun opleiding.'

'Zijn ze familie van elkaar? Of een getrouwd stel?' vroeg ze.

'Nee, nee. Ze kennen elkaar nog niet eens. Nou, wat zeg je ervan?'

'Ik zal het op me nemen, Will. Je weet dat ik alles doe wat je wilt.'

Hij zweeg en voordat hij iets kon bedenken om te zeggen, kwam Jacques met het eten dat ze hadden besteld. Tot zijn grote opluchting.

Diedre werd midden in de nacht wakker. Na een paar minuten stapte ze uit bed en liep de keuken in. Ze kookte een beker melk en nam die mee naar bed; in de donkere kamer dronk ze de melk langzaam op en dacht na over William Lawson.

Het was een leuke avond geweest. Hij was charmant, soms amusant geweest, en heel intelligent waar het hun werk betrof. Maar hij was ook briljant op inlichtingengebied, en ze waren het op de meeste punten eens. Ze hadden een paar persoonlijke zaken aangeroerd, en dat was dat.

Vanzelfsprekend was hij de hele avond op-en-top een heer geweest, attent en vriendelijk. Nadat ze uit het restaurant waren vertrokken, had hij een taxi aangehouden en haar naar huis gebracht, haar welterusten gewenst en was in de taxi naar zijn huis gegaan.

Maar toen ze de sleutel in het slot van haar voordeur stak, wist ze dat er die avond iets vreemds met haar was gebeurd. Maar wat nu eigenlijk? Ze had onverwachts beseft dat ze hem charmant vond, heel aantrekkelijk. Maar er was nog iets anders, onder de oppervlakte. Een sterke fysieke aantrekkingskracht.

Door deze gedachte schoot ze overeind in bed en morste ze bijna melk. Seksuéle aantrekkingskracht. Hoe was dat mogelijk? Sinds de dood van Paul had ze niet meer aan seks gedacht. 'O, mijn god,' mompelde ze, en ze zette de melk op het nachtkastje, omdat ze plotseling begon te beven. Ze knipte de schemerlamp op het nachtkastje aan, stapte uit bed en zocht een peignoir en een paar pantoffels. Ze was kil tot op het bot.

Diedre was nu klaarwakker en ging aan haar lievelingsbureau zitten, dat onder het slaapkamerraam stond. Omdat het een Frans *bureau plat* was, ontworpen als een tafel, paste het goed in het slaapkamerdecor. Paul had het voor haar in Parijs gekocht, omdat hij wist hoe dol ze op bureaus was, al sinds haar kinderjaren.

Paul. Ze keek naar links en staarde naar zijn foto in het zilveren lijstje. Haar ogen vulden zich plotseling met tranen, maar het lukte haar ze weg te knipperen. Ze had zoveel gehuild na zijn plotselinge en onverwachte dood dat ze dacht dat ze geen tranen meer had.

Wat had ze om hem gerouwd... een jaar lang. Er was een moment geweest waarop ze had gedacht dat ze er nooit overheen zou komen, zó erg miste ze hem: zijn humor, zijn grappige Amerikaanse uitdrukkingen, zijn liefde en zijn verlangen naar haar... in één klap van haar weggenomen.

Daphne was degene geweest die haar had meegenomen naar het paviljoen op Cavendon en haar de les had gelezen, had gezegd dat een jaar lang genoeg was voor dit intense verdriet en dat ze voor haar zoontje moest zorgen, die ook leed onder zijn verdriet. Daphnes strenge woorden hadden haar wakker geschud en haar laten inzien dat ze Robin in zekere zin had verwaarloosd. Ze wist dat ze moest veranderen en haar leven moest beteren.

Toen Hugo een paar weken later met haar kwam praten, had hij voorgesteld Robin naar een kostschool te sturen. Even was ze teruggeschrokken voor dit idee, maar toen had ze beseft dat het verstandig was.

Robin zou bij jongens van zijn eigen leeftijd zijn, en er zouden leraren zijn om hem te begeleiden. Hij had mannen in zijn leven nodig, dat was waar.

Hugo had Colet Court voorgesteld, en had haar meegenomen om de school te bekijken. En toen had ze het idee bij Robin aangekaart. Hij had helemaal geen belangstelling getoond en wilde thuisblijven, bij haar. In een poging hem over te halen, had ze de taal van zijn vader gebruikt en gezegd: 'Laten we een deal sluiten, Robin.'

Hij had haar aangekeken en teruggekaatst: 'Wat levert die me op?' Haar zoon gebruikte ook Pauls zakentaal, en plotseling was er voor het eerst sinds tijden een lach op zijn gezicht verschenen.

Ze herinnerde zich nu hoe blij ze was geweest met dat lachende gezicht en meteen had gereageerd met: 'Eén maand op Colet Court. Als het je niet bevalt, mag je weg en zelf beslissen waar je les wilt krijgen totdat je op je dertiende naar Eton gaat.'

Hij had de deal met een handdruk aangenomen en opnieuw de regels van zijn vader gevolgd door te zeggen: 'Met deze handdruk bezegel ik de overeenkomst.'

Gelukkg had Robin Colet Court meteen leuk gevonden en had hij het er echt naar zijn zin. En in de vakanties en de zomermaanden verbleef hij op Cavendon. Door de week waren daar zijn neefjes en nichtjes, maar vooral Charlie, zijn opa, Miles en Harry, die hem goed leerde paardrijden. En zij ging er ieder weekend heen.

Toen Robin op school zijn draai had gevonden, was het plotseling tot haar doorgedrongen hoe leeg de woning was; ze had niets te doen. Ze had meteen geweten dat ze weer moest gaan werken. Ze had het werk bij de inlichtingendienst altijd heerlijk gevonden, en toen ze langs was gegaan bij het nieuwe hoofd van de eenheid, was ze aangenaam verrast geweest.

William Lawson had haar enthousiast en met open armen ontvangen en haar in een topfunctie benoemd. Als hij ooit ziek of afwezig was, verving ze hem zelfs, nam ze zijn plaats in, als tweede in de rangorde, en was ze alleen verantwoording aan de premier schuldig.

Will. Ze sloot haar ogen en haalde zich voor de geest hoe ze die avond samen in het restaurant hadden gezeten. Waarom was het anders geweest? Ze was immers wel eens eerder met hem uit eten geweest. Maar voorheen was het veel zakelijker geweest, en meestal was er iemand bij hen.

We waren alleen, ontspannen. Hij was blij met alles wat ik had geregeld met betrekking tot de Steinbrenners. Ook verheugd over het nieuws dat ik van Valiant meebracht. We dronken champagne en wijn, en aten gezellig.

Hij was wie hij was als man, en niet als mijn baas.

En hij was geïnteresseerd in mij als vrouw. Wat ik als een trieste blik in zijn ogen interpreteerde, was eigenlijk tederheid. En op een bepaald moment was het verlangen… naar kameraadschap? Naar liefde? Naar mij? Ze wist het niet, maar plotseling begreep ze het: net zoals zij hém aantrekkelijk had gevonden, vond hij háár aantrekkelijk.

Dit plotselinge inzicht in William Lawson maakte haar aan het schrikken. En bang. Ze mocht niet in zijn ban raken. Ze werkten samen. Ze konden geen relatie krijgen.

Diedre opende haar ogen, kwam overeind, deed haar peignoir uit en stapte in bed, in de hoop de slaap te vatten. Maar het lukte niet. Ze lag daar in het donker aan Paul te denken. Dat ze zich aangetrokken voelde tot een andere man was geen verraad van hun liefde. Op geen enkele manier. Paul was nu bijna vijf jaar dood. En hij zou niet hebben gewild dat ze alleen was. Hij zou hebben gezegd dat het leven voor de levenden is.

Maar waarom juist Will, vroeg ze zich af. De wereld is vol mannen. Waarom hij, iemand met wie ze werkte? Niemand zou die vraag ooit kunnen beantwoorden. Maar ze nam aan dat het kwam doordat ze zich tot hem aangetrokken voelde, hem beter wilde leren kennen als man. Dat was begonnen in dat restaurantje in Chelsea. En natuurlijk was het seksuele aantrekkingskracht geweest. Waarom zou ze doen alsof dat niet zo was? Maar wat ze ermee aan moest was een totaal andere vraag. En wat zou hij doen? Ze kon het antwoord niet eens vermoeden.

Hij had haar nooit veel over zichzelf verteld, maar Tony had dat wel gedaan. Ze waren aangetrouwde familie van elkaar: Tony's nicht Veronica was getrouwd met Ambrose Lawson, Williams broer, en ze beschouwden zichzelf als familie.

Tony had haar verteld dat William een moeilijke vrouw had gehad – een jaloerse, neurotische vrouw – en dat ze hem het leven zuur had gemaakt. En daarom had hij zich op zijn werk gestort, iedere opdracht in het buitenland aangenomen die hij krijgen kon. Zijn vrouw was invalide geworden, en ze was nu al vijftien jaar dood. 'Ze hadden geen kinderen,' had Tony eraan toegevoegd, die avond, nu drie jaar geleden, waarop hij haar het een en ander over haar baas had verteld.

Ze vroeg zich onwillekeurig af of er een vriendin was. Het zou heel normaal zijn als hij een relatie had. Hij was per slot van rekening een knappe, tamelijk viriele man die een vrouw een veilig gevoel gaf.

Haar gedachten maalden maar door, werden complexer en intiemer, en daar schrok ze even van. Maar toen liet ze haar fantasie de vrije loop en lag ze wakker tot het licht begon te worden; toen viel ze eindelijk in slaap met het beeld van William Lawson in haar hersens gegrift.

Hoofdstuk 28

Diedre was gezegend met een uitzonderlijk goed geheugen; ze kon gesprekken terughalen die ze jaren geleden gevoerd had, evenals details van vergaderingen en andere gelegenheden. Om deze reden maakte ze nooit aantekeningen en schreef ze nooit iets op, omdat ze dat als een gevaarlijke gewoonte beschouwde. En mocht ze een kleine aantekening maken, dan werd die bij de eerste de beste gelegenheid verbrand.

Haar methode van informatie overbrengen bestond eruit dat ze die zo snel mogelijk persoonlijk overbracht. Ze sloeg die op in een hoekje van haar geest, om uit te putten wanneer ze haar nodig had.

Zodra ze donderdagochtend in haar kantoor kwam, belde ze Tony Jenkins op de Britse ambassade in Berlijn.

'Met Daffy Dilly,' zei ze toen hij de telefoon opnam nadat die driemaal was overgegaan.

'Ik hoopte al dat jij het zou zijn,' antwoordde Tony – de opluchting klonk door in zijn stem. 'Gisterenavond was kaviaaravond. Ik wilde dat je erbij was geweest. Aanstaande woensdag krijg ik de pot met goud in handen, over zes dagen dus.'

'Gefeliciteerd. Ik hoop dat de kaviaar lekker was.'

'Die was heerlijk. Heb jij nog nieuws over de sokken?'

'Ja. Ik zal het zo uitleggen. Ik wil alleen even zeggen dat je het uitstekend gedaan hebt, Toby, en nog wel zo snel! Bedankt. Goed, dan nu de sokken. Ze zullen door jou en Alexander Dubé afgeleverd worden. Je hebt vast wel eens van hem gehoord.'

'Aha.'

'Voor zover ik weet is de persoon die warme sokken nodig heeft, zeer gespannen, nerveus en mogelijk lastig. Ze heeft misschien húlp nodig bij het aantrekken.'

'Dat lukt wel,' antwoordde Tony. 'Maar wat moet ik doen als ze ze in de trein wil uittrekken en weer verstijft van de kou?'

'Jij en Alexander Dubé zullen weten wat jullie moeten doen, als je begrijpt wat ik bedoel. Kan ik zonder problemen doorpraten?'

'Ik heb het vanmorgen gecontroleerd, zoals iedere dag, en je kunt gerust doorgaan. Deze lijn is veilig.'

'Ik zal regelen dat Dubé jou in Berlijn ontmoet. Hij zal op de hoogte zijn, zal alles begrijpen. Jij en hij zullen de reizigers naar Aken begeleiden en doorreizen naar België en vandaar naar Frankrijk.'

'Dus ik blijf helemaal tot aan Parijs in de trein en zorg ervoor dat alles in de Britse ambassade goed verloopt. Klopt dat?'

'Ja. Maar ik dacht dat de visumsituatie al in orde was.'

'Dat is ook zo. Ik zal echter voor de zekerheid contact opnemen met de visumafdeling. Is er nog iets te melden over onze academische vriend?'

'Ik heb met mijn oudtante gesproken, die zijn vrouw kent. Ze zei dat het een erg aardige man is, vriendelijk, maar dat hij graag opschept. Hij belooft mensen de hemel op aarde, maar kan dat vervolgens niet waarmaken.'

'Dat dacht ik al. Hoe snoeren we hem de mond? Hij kletst misschien te veel; zegt misschien tegen Jan en alleman dat hij de professor het land uit kan krijgen. Dat zou gevaarlijk kunnen zijn, de aandacht op de prof kunnen vestigen.'

'Dat doen we niet, we kunnen hem niet de mond snoeren. We hebben niets over hem te zeggen. En we kunnen hem ook niet de waarheid vertellen. Je zou de professor misschien wel kunnen vertellen dat het volgende week gaat gebeuren. Dring erop aan dat hij het geheimhoudt. Hij dient te weten dat het fataal kan aflopen als hij iets zegt.'

'Ik zal het afhandelen.'

'Het is onbegrijpelijk dat mensen de ernst van wat er om hen heen gebeurt niet inzien. De wereld is aan het veranderen, en ze schenken er geen aandacht aan.'

'Ze zien de dreiging of het gevaar niet,' antwoordde Tony.

'Klopt. Hoe is het weer?'

'Niet goed. Onstuimig. Er hangen donder en bliksem in de lucht. Ik ben blij dat je hier niet bent. Ik zou niet willen dat je natte voeten krijgt.'

'Ik ontmoet later op de dag mijn contactpersoon met betrekking tot Mr. Dubé. Ik zal je morgen inlichten. En besluit alsjeblieft waar je uiteindelijk terecht wilt komen.'

'Dat kan ik je nu wel vertellen. Ik blijf met Mr. Dubé in Parijs totdat ze naar Londen vertrekken. Gewoon om er zeker van te zijn dat eind goed, al goed is, om onze goede oude Will, Shakespeare dus, maar weer eens te citeren.'

'Ik wist wie je bedoelde.'

Ze namen afscheid en beëindigden het gesprek. Diedre leunde achterover en concentreerde zich op Greta Chalmers; ze vroeg zich af wat ze haar moest vertellen, óf ze haar wel iets moest vertellen.

Na het een en ander afgewogen te hebben besloot ze niets te zeggen. Ik zal het gewoon laten gebeuren, dacht ze. Greta hoeft van tevoren niets te weten. Er zou op weg naar de grens iets mis kunnen gaan. Dat is al eens gebeurd.

Er werd op de deur geklopt en Will kwam binnen. 'Stoor ik? Je lijkt in gedachten verzonken.'

'Ik wilde net naar je toe gaan. Ik heb Tony zojuist gesproken. De Steinbrenners vertrekken aanstaande woensdag. De documenten liggen klaar.'

Will ging zitten. 'Dus de teerling is geworpen. Ik kan alleen maar zeggen: godzijdank dat we Valiant hebben.'

Diedre knikte. Ze schrok van hoe Will eruitzag. Hij leek doodmoe en had donkere kringen onder zijn ogen. Ze vroeg zich af of hij net als zij een slechte nacht had gehad. Haar borstkas trok samen. Had hij dezelfde gevoelens als zij?

Hij zei: 'Je staart me aan, Diedre. Is er iets?'

'Nee, nee, je ziet er nogal moe uit, dat is alles.'

'Ik heb een rusteloze nacht gehad, voornamelijk vanwege Valiant en jouw boodschap van hem. Wil hij antwoord? Moet ik contact opnemen?'

'Daar heeft hij niets over gezegd. Ik geloof dat hij er niet aan twijfelt dat je zijn informatie wilt hebben, en dat is toch ook zo?'

'Natuurlijk. Absoluut. Hij is van onschatbare waarde. Toen ik hem vorig jaar in Kiel ontmoette, mompelde hij iets in de trant van dat Duitsland de oorlog moest verliezen om zijn menselijkheid terug te krijgen. Hij zei het zo zacht dat ik niet wist of ik hem goed gehoord had.'

'Dat heb je wel degelijk. Maar ik kan je wel vertellen dat heel wat mensen weten hoezeer hij tegen het nazisme is. Daarom maak ik me zorgen om hem. En er is nog iets wat ik wil vermelden. Toen hij bij de marine was, had Valiant een beschermeling die Reinhard Heydrich heet. Het is heel goed mogelijk dat die zijn rivaal wordt en meer macht voor zichzelf gaat opeisen. Althans, zo zie ik het. Laten we dat in gedachten houden, Heydrich in de peiling houden. Hij zou een probleem kunnen worden, een gevaar voor Valiant.'

William knikte. 'Ik heb begrepen dat het een machtswellusteling is. Ik zal het doorgeven. Maar goed, laten we het nu over Tony Jenkins hebben.'

'Hoezo dan?'

'Ik vind dat hij daar weg moet. Menzies bij MI6 vertelde me een poosje geleden dat de berichten die uit Berlijn komen heel slecht zijn... Hitler schijnt door het dolle heen te zijn.'

'Tony gaf aan dat de stemming in Berlijn steeds gevaarlijker wordt. Hij reist volgende week mee tot Parijs. Zal ik tegen hem zeggen dat hij door moet reizen?'

'We kunnen hem maar beter nu binnenhalen, voor het te laat is. Zeg hem dat hij thuis moet komen – hier is hij veilig.'

Hoofdstuk 29

Charlotte stond in haar salon op de bovenverdieping van Cavendon Hall naar buiten te kijken en er kwam een glimlach van plezier op haar gezicht toen ze de twee sneeuwwitte zwanen samen over het meer zag glijden. Ze leken zo elegant, zo koninklijk zelfs, in het heldere augustuszonlicht. Het ontroerde haar dat zwanenparen levenslang bij elkaar blijven.

Binnenkort zou ze naar Harrogate gaan om Margaret Howell Johnson te bezoeken. Het beeld van haar was nauwelijks uit Charlottes gedachten geweest. De fysieke gelijkenis met Diedre was zo duidelijk geweest dat het haar van haar stuk had gebracht. Ze vroeg zich opnieuw af of Mrs. Johnson Lady Gwendolyns dochter kon zijn. Ze was er niet zeker van, ze moest meer weten; aan de andere kant was het heel goed mogelijk dat het inderdaad de Margaret van tante Gwen was.

Wat vreemd dat ze Mrs. Johnson door een inblikmachine voor het Women's Institute had ontmoet, maar ja, je wist nooit wat er ging gebeuren. Het leven maakt zo zijn eigen regels, dacht ze. Dat had Alice Swann ooit voor het eerst tegen haar gezegd, en ze wist dat Alice gelijk had. Ze had haar eigen favoriete uitdrukking met betrekking tot het leven: het gaat zoals het gaan moet.

Langzaam dreven de zwanen de bocht van het meer om en verdwenen uit het zicht. Wat leek dat glasachtige wateroppervlak ineens leeg. Charles had altijd gezegd dat Cavendon zonder die zwanen, en zonder de Swanns, niet hetzelfde zou zijn. Met allebei had hij gelijk.

Ze wendde zich af van het raam en ging aan haar bureau zitten, waar ze de lijst voor de middagthee op zondag doornam. Hij leek erop dat iedereen zou komen, behalve Dulcie en James, die nog in Los Angeles zaten. Ze was blij dat Charles zou worden omringd door zijn kinderen en kleinkinderen; hij had zich op deze bijeenkomst, en op de mengeling van Inghams en Swanns, verheugd.

Haar gedachten dwaalden af naar de familiegeschiedenis, en ze dacht terug aan de man die James Swann heette en honderdtachtig jaar geleden de vazal van Humphrey Ingham was geworden, een schrandere zakenman en handelaar, die overal ter wereld van alles kocht en verkocht, van exotische specerijen in West-Indië tot goud en diamanten in India. Gaandeweg werd hij ontzettend rijk en machtig, liefhebberde in de politiek en gaf het land van zijn geboorte in velerlei opzichten gul. Ten slotte werd hij geëerd met een adellijke titel, die hem werd geschonken door de koning, mét een stuk land dat de naam Mowbray droeg, in zijn geboortestreek Yorkshire.

Toen hij graaf van Mowbray was geworden, kocht Humphrey duizenden hectaren land op die aan Mowbray grensden, inclusief het groene dal dat Little Skell heette, gelegen aan de oevers van de rivier de Skell. Het dal had ook rijke en vruchtbare korhoenderheidevelden, die Humphrey en James in de loop der jaren ijverig onderhielden. Ze waren nog steeds in goede staat en brachten jaarlijks een keur aan wild op.

Met de hulp van zijn vazal James Swann creëerde Humphrey drie dorpen: Little Skell, Mowbray en High Clough. Hij bouwde Cavendon Hall, een groot landhuis, op een heuvel die boven Little Skell uitrees, en bracht de bewoners van de drie dorpen aldus zekerheid en een zekere mate van welvaart.

Wat een geluk dat deze twee mannen elkaar ontmoet hadden en goede vrienden en zakenpartners waren geworden, dacht Charlotte. Het had zo moeten zijn.

Want door Humphrey Ingham zouden er altijd zwanen op het meer van Cavendon zijn, als eerbetoon aan zijn dierbaarste vriend, James Swann. Het was een traditie waar ze van hield.

'Het zij zo,' mompelde ze zacht. Ze stond op, pakte haar handtas en ging naar beneden. Charles was met Harry naar de twee moestuinen gaan kijken die de vrouwen van het Women's Institute hadden aangelegd. Ze waren er heel trots op, en Charles had het nodig gevonden belangstelling te tonen. Ze hadden hard gewerkt, dat leed geen twijfel, en Harry had aangeboden de graaf een rondleiding te geven.

Goff opende voor haar het portier, en ze stapte in en installeerde zich, ondertussen denkend aan Margaret Howell Johnson. Omdat ze niet langer kon wachten en zo graag de waarheid wilde ontdekken, had Charlotte haar gisteren opgebeld om te vragen of ze de inblikmachine eerder konden lenen dan was afgesproken. Mrs. Johnson was op dat moment niet aanwezig geweest, maar een uur later had een van de verkoopsters haar teruggebeld. Mrs. Johnson wilde haar graag morgen ontvangen, en dat was vandaag, vrijdag 19 augustus.

Als Mrs. Johnson was wie Charlotte dacht dat ze was, zou ze over een week jarig zijn, op vrijdag 26 augustus. Maar het zou misschien nog niets bewijzen, gewoon een opvallende gelijkenis, en de geboortedatum een toeval. Ik heb veel meer informatie nodig, dacht Charlotte, voor een sluitende identificatie. Hoe ze daaraan moest komen, dát was het probleem.

Het enige fatsoenlijke idee dat ze had kunnen bedenken was dat ze iemand verzon, een vrouw die Margaret had gekend toen ze nog een klein meisje was en wilde weten hoe het het schattige meisje vergaan was. Dus had ze een persoon verzonnen en een plan gemaakt. Sommige mensen zouden het misschien een flinterdun idee vinden, maar ze geloofde dat het zou werken. Enfin, wat had ze te verliezen? En bovendien zou ze de inblikmachine voor het Women's Institute ophalen. Het zou geen verspilde energie zijn.

Maar dat was het wel, volgens Mrs. Johnson, die Charlotte ontving toen ze in de winkel aankwam. Ze zag er heel verontschuldigend uit toen ze zei: 'Het spijt me zeer, *your ladyship*, maar ik heb me vergist. De dames van mijn Women's Institute gaan de machine dit weekend gebruiken. Ik wist niet dat ze al heel veel fruit gereed hadden gemaakt om dit weekend in de blikken, en ze kunnen het natuurlijk niet laten bederven.' Ze schudde haar hoofd en eindigde met: 'Het spijt me, maar ik heb uw tijd verspild, *your ladyship*.' Ze mocht Lady Mowbray graag en meende het oprecht.

Hoewel ze even van haar stuk was gebracht, was Charlotte vast van plan enige tijd met Mrs. Johnson door te brengen om het een en ander te achterhalen. En daarom zei ze al improviserend: 'Het geeft niet, want ik wilde ook naar die prachtige camee kijken die ik vorige keer in de etalage zag liggen.'

Tot Charlottes grote opluchting glimlachte Mrs. Johnson blij en riep ze uit: 'Ik ben zo opgelucht dat u niet boos bent, *m'lady*. Gaat u alstublieft hier zitten, dan breng ik u ook een selectie andere stukken. Excuseert u mij.'

Terwijl ze wegliep, dacht Charlotte: wat is het toch een aardige vrouw. Aangenaam, welbespraakt, beschaafd en helemaal niet zo opdringerig als ander verkooppersoneel. Margaret Johnson had een warme, hartelijke persoonlijkheid en onberispelijke manieren.

Even later kwam Mrs. Johnson terug met een fluwelen plateau, dat ze op de ronde tafel zette.

'Mijn man en ik hebben eerder dit jaar een paar echt prachtige stukken, inclusief deze broches, in Italië gevonden. Hier zijn ze, en ook de broche die u mooi vond.'

'Dank u, Mrs. Johnson,' zei Charlotte, en ze bekeek de sieraden op het plateau. Ze pakte de broche op, die ze aan Daphne had willen geven, maar nu wist ze niet goed meer of hij wel geschikt was. Daphne hield van dramatische of ongewone sieraden.

Margaret Johnson, die slim en schrander was, zag haar aarzelen en zei rustig: 'Ik weet niet of u erin geïnteresseerd zou zijn, Lady Mowbray, maar ik heb een paar weken geleden in Parijs een prachtige cameeketting gekocht. Het is een antiek stuk en heel zeldzaam. Er is er maar één van.'

'Ik heb geloof ik nog nooit een ketting gezien die uit cameeën bestaat,' zei Charlotte, blij dat ze de tijd die ze met Margaret Johnson doorbracht, kon rekken, wachtend op een gelegenheid om haar verzonnen verhaal te vertellen. 'Ik zou hem graag willen zien.'

Mrs. Johnson excuseerde zich weer en liep gehaast weg, en Charlotte leunde achterover en keek om zich heen. De winkel was smaakvol ontworpen en ingericht, en Charlotte kon zien dat er heel veel moeite en geld was gestoken in het creëren van een comfortabele en elegante entourage.

Even later kwam Mrs. Johnson terug met een tweede fluwelen plateau, dat ze naast het andere op de tafel zette.

'O, wat mooi!' riep Charlotte uit toen ze de ketting zag. 'Mag ik hem oppakken? Hem beter bekijken?'

'Natuurlijk, Lady Mowbray. Misschien wilt u hem even omdoen?'

'Ja, dat zou ik wel willen, dank u.'

'Kom, ik zal hem omdoen en vastmaken,' zei Mrs. Johnson, en vervolgens bracht ze haar naar een spiegel.

Toen Charlotte zichzelf bekeek, besefte ze dat de ketting werkelijk ongewoon was, al was hij niet voor haar. Ze zocht een kerstcadeau voor Daphne en stelde vast dat dit wel eens het perfecte geschenk zou kunnen zijn.

'Ik vind hem heel mooi,' zei Charlotte. 'Zou u hem misschien weer los willen maken, Mrs. Johnson?'

Toen dit was gedaan, keerde Charlotte terug naar de stoel en keek nog eens naar de andere sieraden met een camee erin, zich nog steeds afvragend hoe ze aan haar verhaal zou moeten beginnen.

Haar werd de moeite bespaard toen Gillian Hunter, de jongste van de twee verkoopsters, op hen af kwam lopen met een foto en een leeg zilveren lijstje in haar hand.

'Het spijt me dat ik stoor, *your ladyship*, maar ik moet Mrs. Johnson even spreken,' zei Gillian.

Charlotte knikte glimlachend: 'Ga je gang.'

'Het geeft niet, Gillian, ik zie wat je in je handen hebt. Je gaat zeker naar de lijstenwinkel?'

'Ja. Ik denk dat er een nieuw lijstje moet komen, Mrs. Johnson, en ook nieuw glas. Het lijstje is helemaal gedeukt.' Terwijl ze sprak, liet ze Mrs. Johnson het lijstje zien, en daarbij liet ze de foto vallen.

Hij viel voor Charlottes voeten; deze bukte zich en raapte hem op, en toen riep ze uit: 'Wat een schattige baby! En wat een schitterende doopjurk!'

Margaret Johnson glimlachte. 'Ze maken dat soort doopjurken helaas niet meer.'

Charlotte knikte instemmend en merkte op: 'Dit bent u zeker? En de dame die u vasthoudt is vast uw moeder.'

'Dat klopt.' Mrs. Johnson keek de verkoopster aan en zei: 'Ik denk dat je gelijk hebt, Gillian. Kies alsjeblieft iets van zilver dat op dit lijstje lijkt.' Ze wendde zich tot Charlotte en zei: 'Mag ik de alstublieft de foto hebben, Lady Mowbray? Dan kan Gillian op pad gaan.'

'Natuurlijk. Kijk mij nou, zit ik hem hier zomaar vast te houden.' Charlotte reikte Gillian de foto aan.

De verkoopster ging er snel vandoor, en Mrs. Johnson legde uit: 'Ik heb hem onlangs omgegooid en het glas gebroken. Excuses voor de onderbreking, *m'lady*.'

'Toen ik die foto van u zag, moest ik ergens aan denken,' begon Charlotte. 'Ik heb een vriendin die vele jaren geleden in Yorkshire woonde. Ze denkt dat ze uw moeder kende, en ook u toen u nog een baby was. Uw naam kwam ter sprake toen ik vertelde dat ik een nogal ongewone camee in uw winkel had gezien. Ze is in juwelen geïnteresseerd.'

Charlotte vervolgde lachend: 'Het is raar, maar ik vertelde haar over de inblikmachine en toen kwam uw winkel ter sprake. Ze zei dat ze, toen ze in Yorkshire woonde, uw moeder kende, die een juwelierszaak had, en dat u een heel mooie baby was. Ze herinnerde zich zelfs de doopjurk en ze vertelde me dat ze op uw eerste verjaardag was geweest, dus toen u één werd.'

'Hemeltje, wie is dat? Stel je voor dat iemand zich de doopjurk herinnert, en mijn eerste verjaardag. Dat moet echt een goede vriendin zijn geweest.'

'Ze zei dat u op 26 augustus jarig bent. Klopt dat?' vroeg Charlotte.

'Ja, dat klopt. Vertel me alstublieft hoe ze heet, *m'lady*. U hebt mijn nieuwsgierigheid gewekt, maar ik heb geen idee wie ze is.'

'Audrey Finch. Ze was modeontwerpster en hield zich veel bezig met kleding en sieraden. Voor zover ik heb begrepen kende ze u als peuter. Herinnert u zich haar niet? Een mooie brunette met lichtgroene ogen.'

Margaret Johnson schudde haar hoofd. 'Eerlijk gezegd niet, nee. Maar dat zegt nog eigenlijk niets. Welk kind kan zich nu zulke vroege dingen herinneren? Ik word vrijdag vijftig. Dat was lang geleden.'

'Inderdaad.'

Margaret Johnson zei: 'We woonden toen niet in Harrogate. Mijn ouders hadden een juwelierszaak in York, want daar woonden we tot ik twintig was. Ze verhuisden omdat ze Harrogate een prettige stad vonden en dachten dat het een goede plek zou zijn om zaken te doen. En toen ze deze winkel vonden, kochten ze hem onmiddellijk. Ik heb mijn eerste man hier ontmoet, en we trouwden toen ik tweeëntwintig was. Helaas kwam hij om bij een autoongeluk toen ik vierentwintig was.'

'Ach, wat erg; u verloor uw man al op zeer jonge leeftijd,' zei Charlotte meelevend.

Margaret Johnson knikte alleen maar.

Charlotte ging verder: 'Dus Howell is niet uw meisjesnaam?'

Mrs. Johnson schudde haar hoofd en legde uit: 'Nee, die was Matheson.'

'Wat klinkt dat mooi... Margaret Matheson. Uw ouders hebben een mooie voornaam voor u gekozen.'

Mrs. Johnson lachte een beetje en vroeg: 'Wat heeft uw vriendin nog meer over mij verteld? En over mijn moeder?'

'Eigenlijk niets. Ze vond het alleen maar een vreemd toeval dat ik een inblikmachine voor het Women's Institute in Little Skell kwam lenen en dat ik ú had ontmoet. Ze wist absoluut zeker dat u het kind was dat ze zich herinnerde als de mooiste blonde baby die ze ooit had gezien.'

'Mrs. Finch kan mijn moeder gekend hebben in York, en ons ook hier bezocht hebben, toen ze nog in Yorkshire woonde.'

'Dat is heel goed mogelijk. Enfin, ik zou de cameeketting willen kopen, Mrs. Johnson. Hij is hoogst ongewoon.'

'Dat vonden wij ook. We hebben hem gekocht bij een eersteklas juwelier in Parijs, die hem had gekocht op een veiling waar een paar belangrijke stukken onder de hamer kwamen. De ketting is van Pauline, Napoleons jongste zus, geweest; zij was hem het dierbaarst, weet u, heel loyaal en liefdevol. Hij heeft haar deze ketting misschien zelfs gegeven, volgens de Franse juwelier.'

'Als het zo'n bijzondere kostbaarheid is, zal hij wel tamelijk duur zijn,' zei Charlotte zacht. 'Maar ik vind hem prachtig.'

Mrs. Johnson liep naar de toonbank om de lijst met Franse en Italiaanse aankopen te zoeken. Ze krabbelde de prijs van de ketting op een papiertje, liep terug en gaf het aan Charlotte.

Na er een blik op geworpen te hebben zei Charlotte: 'Ik koop de ketting toch, Mrs. Johnson, vanwege de herkomst, maar ook omdat hij zo mooi is. Ik neem aan dat u alle papieren hebt die bij de ketting horen?'

'Jazeker, *m'lady*, ik zal ze u geven. Het is van het grootste belang de herkomst te kunnen bewijzen.' Ze aarzelde even en zei toen: 'Het doet me echt plezier dat u hem koopt, *m'lady*. Hij is echt uniek, een kostbaar stuk.'

Charlotte keek toe terwijl Mrs. Johnson de ketting in een ronde, veelgebruikte leren doos legde, en op een gegeven moment vroeg ze langs haar neus weg: 'Leeft uw moeder nog?'

'O, hemeltje, nee,' antwoordde Mrs. Johnson, de doos sluitend. 'Na de dood van mijn vader heeft ze nog een jaar of vijf geleefd. Maar ze miste hem heel erg. Het waren fantastische ouders, hebben me heel goed opgevoed, heel liefdevol...'

Haar stem stierf weg, en ze stond op, liep met het leren foedraal naar de verkoopster en vroeg haar het in te pakken.

Toen Mrs. Johnson naar de tafel terugkeerde, ging ze zitten en pakte heel onverwachts het gesprek op waar ze was opgehouden. 'Ik zeg dat omdat ik geadopteerd ben. Sommige adoptiekinderen komen bij de verkeerde mensen terecht. Ik heb geboft: mijn ouders waren dol op me, gaven met het gevoel dat ik hun eigen vlees en bloed was.'

Charlotte verroerde zich niet. Er zat een beklemming in haar borstkas, en ze kon geen woord uitbrengen. Ten slotte, na zich enigszins herpakt te hebben, wist ze te zeggen: 'Kenden ze uw biologische moeder? Hebt u haar ooit ontmoet?'

'Nee, ze kenden haar niet. En we hebben haar nooit ontmoet. Maar wat ze wisten, hebben ze me verteld toen ik oud genoeg was om het te begrijpen. Ze was een jonge vrouw die ongehuwd zwanger werd en afkomstig was uit een respectabele, gegoede familie. Ze kon niet met mijn vader trouwen. Ze moest me afstaan. U weet vast net zo goed als ik hoe het toen was, met de schande en zo.'

'Er is helaas nog niet veel veranderd,' mompelde Charlotte. 'De mensen zijn nog steeds heel kleingeestig.'

'Maar één ding weet ik wel,' sprak Mrs. Johnson zacht. 'De jonge vrouw die mijn biologische moeder was, moet heel veel van me gehouden hebben. De doopjurk en andere mooie kleertjes waren voor mij in een doos gepakt en die kreeg ik mee toen mijn ouders me in het ziekenhuis in Leeds kwamen ophalen, om me mee naar huis te nemen.'

Charlotte slikte en klemde haar handen ineen op haar schoot. Ze trilden. Ze wist nu heel zeker dat deze vrouw Lady Gwendolyns kind was. Ze haalde diep adem en zei langzaam: 'En hebt u zich nooit afgevraagd wie uw biologische moeder was, Mrs. Johnson? Haar willen ontmoeten?'

'O ja, zeker, en mijn ouders ook, maar toen ik tien was en ze me vertelden dat ik geadopteerd was, waren de twee betrokken advocaten al dood.'

Ze schudde haar hoofd. 'Mijn ouders wisten niet waar ze hun zoektocht moesten beginnen, en daarom hebben we het gewoon maar gelaten.' Mrs. Johnson eindigde glimlachend met: 'U kunt uw vriendin Audrey Finch vertellen dat het het kleine blonde meisje dat ze gekend heeft, goed vergaan is.'

'Dat zal ik inderdaad doen,' zei Charlotte, opstaand. 'Laat me alstublieft weten wanneer de inblikmachine beschikbaar is. En wanneer ik hem kom halen, zal ik weer naar de cameebroches kijken, Mrs. Johnson. U hebt prachtige dingen.'

'Dank u, Lady Mowbray, heel hartelijk dank.'

'Ik moet de cameeketting nog betalen,' zei Charlotte, naar de toonbank lopend. Ze opende haar tas en haalde er haar persoonlijke chequeboekje uit.

Later, op de terugweg naar Cavendon, vroeg Charlotte zich af wat ze moest doen. Moest ze geheimhouden wat ze wist? Of het aan beide vrouwen vertellen? Ze wist zich geen raad met dit dilemma.

Die avond bedacht Charlotte tijdens het diner dat ze misschien met Cecily over deze onverwachte situatie moest spreken. Het was een uiterst belangrijke ontdekking. Het leed voor haar geen twijfel dat Margaret Johnson de dochter van tante Gwendolyn was. Je hoefde alleen maar te kijken naar de fysieke gelijkenis met Diedre Ingham, en die Swann-ogen die zij allemaal hadden. En verder waren daar de doos met kleren en de doopjurk, het ziekenhuis in Leeds, de vermelding van twee overleden advocaten. Er was nu te veel bewijs. En toch vond ze het te moeilijk om in haar eentje, zonder advies in te winnen, te beslissen of ze het beide vrouwen moest vertellen.

Cecily kende de geheimzinnige notitie in het archiefboek die vele jaren geleden door Mark Swann was gemaakt. Ze had die Cecily laten zien toen zij met Charles ging trouwen, gewoon om haar bewijs te tonen van de sterke aantrekkingskracht die de mannen en vrouwen van de twee families in de loop der jaren op elkaar hadden uitgeoefend.

Mark Swann was Walters vader en Cecily's grootvader geweest. Hij was ook de vader van Margaret Johnson. Gemengd bloed. Swann-bloed en Ingham-bloed. De geschiedenis had zich al vele malen herhaald.

Wat was de beste koers? Charlotte wist het niet. Ze zou er een nachtje over slapen. Morgen beslis ik, dacht ze. En ze bad God om leiding.

Hoofdstuk 30

Hanson was in zijn element, en dat maakte hem blij. Hij zat in zijn gemakkelijke stoel aan zijn bureau, beneden in zijn kantoor, een paar stappen bij de keuken vandaan.

Voor hem lagen de verschillende lijsten voor de weekendactiviteiten. Hij keek op de kalender die naast het tafelklokje stond. Vandaag was het zaterdag 20 augustus… de zomer was bijna voorbij.

De volgende maand zouden de bladeren van kleur veranderen, en het weer in Yorkshire kennende verwachtte hij in september kilte in de lucht.

Hanson leunde achterover en dacht aan het gesprek dat de graaf gisteren met hem had aangeknoopt, een gesprek dat hem totaal had overvallen.

Lord Mowbray had hem gevraagd of hij zijn pensionering aan het eind van het jaar wilde uitstellen en als hoofdbutler op Cavendon aan wilde blijven. Hoewel hij verrast was, had Hanson meteen bevestigend geantwoord. 'Het zal me een genoegen zijn, *your lordship*,' had hij snel geantwoord, bang dat de graaf plotseling op andere gedachten zou kunnen komen. Daarna had hij beleefd geïnformeerd naar de reden voor dit verzoek.

His lordship had uitgelegd dat oorlog onvermijdelijk was. Hij had gezegd dat hij achter Winston Churchill stond, die constant beweerde dat een verzoeningspolitiek niet werkte, dat Duitsland de rest van Europa zou binnenvallen en ook Groot-Brittannië als doelwit zag.

'Alle jonge mannen zullen opgeroepen worden, Hanson,' had *his lordship* vervolgd. 'Zo gaat het altijd. We raken de beste jongeren kwijt aan oorlog, omdat alleen jonge mannen in staat zijn te vechten. Het dorp zal uit vrouwen bestaan, net als Cavendon Hall. Ik zal je nodig hebben, Hanson, wij allemaal zullen je nodig hebben.' Zijn gezicht stond ernstig, en hij sprak zacht. Ze dachten allebei aan Guy, de knappe, charismatische oudste zoon van de graaf. En nu… zou er voor de jongens en mannen van Cavendon echt weer oorlog kunnen komen?

En daarmee was de zaak beklonken, dacht Hanson hoofdschuddend. Gordon Lane, de onderbutler, zou niet in aanmerking komen voor het leger. Ook Eric Swann niet, die met zijn zus Laura het huis van Miles en Cecily in Londen runde. Er zouden dus maar een paar mannen in dienst van de Inghams zijn, maar naar Hansons mening waren vrouwen even goed, zo niet af en toe beter.

Hij lachte stilletjes, denkend aan de afgelopen negen jaar en de manier waarop Cecily Swann de vier dochters van de graaf was voorgegaan in de strijd om Cavendon te redden. Ze was een geweldige leider geweest, een geboren commandant, naar zijn idee. De vier zussen hadden even hard gewerkt als zij, waren even ijverig en gefocust geweest. De mannen hadden geholpen, maar het was eigenlijk hun prestatie geweest, dacht hij, terwijl hij zijn blik richtte op de lijsten voor hem.

De graaf had de wijn voor het diner van die avond en zondag uitgezocht; de gravin had de menu's voor beide diners uitgeschreven, en ook voor de lunch van vandaag en morgen. Lady Charlotte liet de planning van de middagthee meestal over aan de kokkin en hemzelf, en hij vatte dit op als een compliment. Ze was zo verstandig hen te vertrouwen.

Charlotte Swann, oudtante van Cecily Swann, nu de gravin van Mowbray, vrouw van de zesde graaf. Cecily Swann, vrouw van Miles Ingham, erfgenaam van de grafelijke titel, schoondochter van de zesde graaf en de toekomstige gravin. Hun zoon, David Swann Ingham, toekomstig erfgenaam, die zijn vader ooit zou opvolgen als de achtste graaf van Mowbray. Walter Swann, kamerdienaar van de graaf, vader van een toekomstige gravin van Mowbray, schoonvader en grootvader van toekomstige graven van Mowbray.

Veel Swanns tegenwoordig. Hanson glimlachte. Het maakte hem zo blij dat de Swanns eindelijk kregen wat hun toekwam. Ze verdienden het. Hij had hen altijd heel graag gemogen; ze waren de steunpilaar van de voorname familie waarmee ze al anderhalve eeuw nauw verbonden waren. Trouw bond hen – zo zat het. De tijden waren veranderd: nog maar tien jaar geleden had de familie de roddels weerstaan toen de graaf met Charlotte Swann trouwde en Miles zich liet scheiden van zijn vrouw.

De kleine tafelklok sloeg zes, en Hanson ging staan, verliet zijn kantoor en liep met de menu's in zijn hand naar de keuken.

Susie Jackson, die nu al een aantal jaren kokkin was, stond al spek te bakken. Zijn neus snoof de geur op en het speeksel liep hem in de mond toen hij zei: 'Goedemorgen, Susie. Bedankt dat je gisterenavond de menu's op mijn bureau hebt gelegd. Hier zijn ze.' Hij legde ze op de buffetkast.

Ze keerde zich glimlachend om en zei: 'O, goedemorgen, Mr. Hanson. Wilt u brood met spek? Of hebt u liever spek met ei? Waar hebt u zin in?'

'Brood met spek, graag. En een lekkere kop van die sterke thee van jou. Dat is de beste manier om de dag te beginnen.'

Hanson ging aan de keukentafel zitten, wetende dat over een minuut of veertig de jonge dienstmeisjes zouden verschijnen, evenals de bedienden. Het ontbijt voor de familie werd om negen uur in de eetkamer geserveerd.

Iedereen was gisteravond gearriveerd, behalve Lady Daphne, Mr. Hugo en Mr. Charlie. Zij zouden vanmiddag met de auto vanuit Londen naar Cavendon komen.

Terwijl ze het spek in de koekenpan omkeerde, zei de kokkin: '*Her ladyship* leek gisteravond niet helemaal zichzelf, een beetje afwezig.'

'Ik had de indruk dat ze door iets in beslag werd genomen,' antwoordde Hanson, en hij stond op en sloot de keukendeur. 'Ik had eerlijk gezegd het idee dat ze zich misschien ergens zorgen over maakte.'

'Ik hoop dat het niet de gezondheid van *his lordship* is die haar zorgen baart.'

Hanson staarde Susie aan en riep uit: 'Maar hij verkeert in goede gezondheid! Ik heb gisteren lang met hem gepraat, en hij was in uitstekende conditie. Helemaal bij op politiek gebied, plannen makend voor de toekomst, wanneer het oorlog wordt.' Hij schudde zijn hoofd en voegde er heftig aan toe: 'Nee, nee, het is niet Lord Mowbray die haar zorgen baart; het is iets anders.'

'Wat het ook is, Lady Charlotte zal er wel raad op weten,' merkte Susie op. 'Ze is een sterke, veerkrachtige vrouw.' Haar bewondering voor Charlotte klonk door in haar stem.

'Ja, dat is ze, goddank.'

De kokkin legde de boterhammen met spek voor Hanson en zichzelf op een bord, schonk thee in grote mokken, deed er melk en suiker bij en liep toen met het blad naar de tafel.

'Alstublieft, Mr. Hanson,' zei ze, het brood met spek voor hem neerzettend, 'val aan.'

'Ik heb je ooit een notitie in een van de oude archiefboeken laten zien,' zei Charlotte. 'Weet je dat nog, Cecily?'

'Natuurlijk. Die vreemde, een beetje geheimzinnig tekst. Het ging over een relatie tussen een Swann en een Ingham. En een doodgeboren kind.'

Charlotte boog zich over de tafel in het paviljoen in het park van Cavendon heen en zei zacht: 'Dat paar hield erg veel van elkaar. Ze kregen nog een kind. Een paar jaar later. Het bleef in leven.'

'Hè?' Cecily's adem stokte, en ze staarde haar oudtante aan. Ze was duidelijk met stomheid geslagen. 'Hoe weet u dat?'

'Ik ben erachter gekomen. Of ik moet eigenlijk zeggen dat de moeder van het kind het me heeft verteld,' zei Charlotte zacht. Ze stak haar hand uit, pakte Cecily's hand vast en bleef hem vasthouden. 'Ik weet dat dit een schok kan zijn, maar de moeder van het kind was tante Gwendolyn.'

Cecily was nu nog verblufter en ze keek Charlotte simpelweg met open mond aan, niet in staat iets te zeggen, terwijl ze de informatie probeerde te verwerken. Ten slotte bracht ze uit: 'Hebt u dat pas ontdekt?'

'Nee, Cecily. Jaren geleden al. Rond de tijd van Dulcies huwelijk met James. Tante Gwen nam me in vertrouwen en ze liet me beloven het geheim te houden. En dat heb ik gedaan. Tot nu toe.'

'Waarom vertelt u het me nu? U hebt uw belofte aan oudtante Gwendolyn verbroken. Wat is er gebeurd?' Cecily keek Charlotte strak aan en haar ogen vernauwden zich enigszins. 'Er is iets veranderd, ik weet het gewoon. U zou nooit uw gelofte aan een Ingham verbreken.'

'Dat zou ik zeker niet.' Charlotte leunde achterover en viel stil; de gedachten tolden door haar hoofd. Eindelijk zei ze: 'Ja, je hebt natuurlijk gelijk, dat pik je snel op, Cecily. Heel toevallig heb ik iemand ontmoet. Iemand van wie ik vrij zeker weet dat ze het kind is dat Lady Gwendolyn vijftig jaar geleden heeft moeten afstaan.'

'En waarom vertelt u het aan mij?' vroeg Cecily, Charlotte nog steeds strak aankijkend.

'Omdat ik niet weet wat ik moet doen. Ik heb je advies nodig, Cecily. Ik kan naar niemand anders toe gaan, alleen maar naar een Swann.' Ze glimlachte flauwtjes en voegde eraan toe: 'En we zijn nu allebei ook Inghams.'

Cecily knikte. 'U kunt van me op aan, zoals ik ook van u op aan kan, dat weet ik. Vertel me dus maar het hele verhaal.'

Dat deed Charlotte, beginnend bij het cadeau van de zwanenbroche jaren geleden, tot aan de dag van gisteren, waarop Margaret Howell Johnson haar had verteld dat ze geadopteerd was en Charlotte overtuigd was geraakt van haar identiteit. Charlotte liet geen enkel detail weg, want ze wilde dat Cecily een volledig beeld kreeg.

Toen ze uitverteld was, boog ze zich naar Cecily toe en vroeg: 'Moet ik het nu aan elk van beide vrouwen vertellen? En wie vertel ik het het eerst? Of maak ik geen slapende honden wakker, zoals jouw moeder vast en zeker zou willen?'

'Ik weet het niet,' antwoordde Cecily. 'Maar wat een verhaal, en wat gek dat uitgerekend u dit moest ontdekken.' Het was even stil, en toen vroeg Cecily: 'Lijkt ze echt op Diedre?'

'Er is een heel sterke gelijkenis, ja, hoewel Margaret niet zo mooi is als Diedre, en ook niet zo blond of zo chic.'

'Niemand is zo chic als Diedre,' merkte Cecily op, en toen zei ze: 'Laten we de voors en tegens afwegen. Als u het aan oudtante Gwendolyn vertelt, weet ik vrij zeker dat ze de dochter zal willen ontmoeten aan wie ze de afgelopen vijftig jaar heeft gedacht. Maar ze zal heel erg van streek zijn als Margaret haar niet wil ontmoeten, denkt u ook niet?' Cecily trok een donkere wenkbrauw op, maar toen viel haar iets in: 'En uw ogen? Heeft Margaret niet gemerkt dat uw ogen dezelfde eigenaardige kleur hebben als de hare?'

'Nee, voor zover ik weet niet. Maar je hebt het denk ik bij het rechte eind. Ik kan pas iets tegen tante Gwendolyn zeggen als ik heb vastgesteld hoe Margaret over een ontmoeting met haar moeder denkt.'

'Er is nog iets,' waarschuwde Cecily. 'U mag Margaret niet vertellen wie haar moeder in werkelijkheid is, dat kan pas wanneer u weet hoe ze erover denkt. Ze mag de identiteit van oudtante Gwen niet weten. In geen geval.'

'Ook dat ben ik met je eens.' Er ontsnapte Charlotte een lange zucht, en ze zei: 'En wat als Margaret het aan anderen vertelt? Dat ze zegt dat Lady Gwendolyn Ingham Baildon haar verloren gewaande biologische moeder is, dat ze een affaire met Mark Swann heeft gehad? Je weet dat het een plaatselijk schandaal van behoorlijke omvang zou zijn, ook nu nog, in deze tijd.'

'En *his lordship* vindt schandalen verschrikkelijk, tante Charlotte.' Cecily dacht diep na en riep toen uit: 'Er zou een soort loyaliteitsgelofte moeten zijn... die van "trouw bindt mij"... Als Margaret is wie u denkt dat ze is, is ze immers een Swann. En haar vader was mijn opa.'

'Maar waarom zou ze trouw zweren? Ze is niet als wij opgevoed... bij ons zit trouw aan de Inghams in het bloed. Het is onze tweede natuur.'

'Wat voor iemand is het? Ik weet dat u haar nog maar kort kent, maar u bent scherpzinnig. Denk eens goed na, tante Charlotte. Heeft ze fatsoen? Zou ze de eer van een zeer oude dame beschermen? Bezit ze eergevoel, is ze integer? Heeft ze een vriendelijk hart?'

Charlotte schudde haar hoofd. 'Ik weet het gewoon niet, Ceci. Hoe zou ik het kunnen weten? Ze lijkt me een aardige vrouw en ze heeft beslist iets beschaafds, en ik heb gemerkt dat ze goede manieren heeft. Die zijn onberispelijk.'

'Zoals u het zegt, klinkt ze aardig, maar we kennen mensen natuurlijk niet echt. Zelfs niet de mensen van wie we houden... Er is altijd een stukje dat we niet te zien krijgen. Een verborgen stukje in iedere mens.'

'Je verbaast me, Cecily,' reageerde Charlotte, haar aandachtig opnemend. 'Want ik heb dat de laatste paar jaren pas ontdekt, en ik ben zeventig.'

'Zou u willen dat ik met u meega wanneer u in Harrogate de inblikmachine gaat halen? Ik ben de hele week in Yorkshire. Ik zou voor u een inschatting kunnen maken. Wat denkt u?"

'Het lucht me op, Ceci. Dank je wel. Ik zou het waarderen als je Margaret ontmoet voordat ik ook maar iets over haar tegen tante Gwen zeg.' Charlotte keek op haar horloge. 'Ik denk dat we maar beter naar het huis kunnen gaan. Het is bijna tijd voor de lunch.'

Later in de middag liep Diedre door de grote entreehal toen ze Hanson op de trap zag staan kijken naar een aantal portretten van haar voorouders die de lange zijmuur sierden.

'Is er iets met de schilderijen aan de hand, Hanson?' vroeg ze, naar de trap lopend.

'Nee, Lady Diedre, ze zijn allemaal in goede conditie. Ik inspecteerde de lijsten. Sommige zijn heel oud. Ik denk dat ik de schilderijen goed moet laten inpakken voordat ze de opslagkratten in gaan.' Terwijl hij sprak, liep hij de trap af en kwam bij haar staan.

'Even voor de nieuwsgierigheid: hoe worden ze opgeslagen?' vroeg Diedre.

'Ted Swann maakt houten kratten, waar de schilderijen in worden geschoven. Maar ik denk dat de lijsten op de een of andere manier met iets zachts moeten worden afgedekt. Ter bescherming. Het verguldsel laat gemakkelijk los.'

'Jij denkt ook overal aan, Hanson. Ik ben het met je eens. Mrs. Miles vertelde me dat je de kelders hier in gereedheid hebt gebracht en dat we daarbeneden kunnen wonen wanneer de nazi's ons gaan bombarderen.'

'Ze gaan ons land binnenvallen, denkt u ook niet, Lady Diedre?' Hanson vertrouwde op Diedres oordeel; bovendien werkte ze bij het ministerie van Oorlog.

'Mr. Churchill denkt van wel, en ik ben geneigd hetzelfde te denken… Ik sluit me aan bij de leider, zogezegd. *His lordship* is ook een groot aanhanger van Mr. Churchill, zoals je weet, Hanson. Papa denkt dat hij eigenlijk premier zou moeten zijn.'

'Dat is goed gezegd, Lady Diedre. Ik ben het met *his lordship* eens.'

'O ja, Hanson, ik ben heel blij dat je ermee hebt ingestemd niet aan het eind van het jaar met pensioen te gaan. Papa vertelde me vanmorgen dat je blijft. Dat is geweldig nieuws. Wat zouden we zonder jou moeten beginnen?'

Hanson keek haar stralend aan. 'Ik voel het net zo. Of, nou ja, wat ik bedoel, *my lady*: wat zou ik zonder deze familie moeten? Ik heb het grootste deel van mijn leven op Cavendon doorgebracht... ik zou niet weten wat ik met mezelf aan moest, en ik zou jullie allemaal missen...' Hij slaakte een zucht. 'Ik zou mijn werk missen, dat is een ding dat zeker is.'

'Ik wil je bedanken voor het feit dat je mijn zoon zoveel over onze familiegeschiedenis en het huis hebt verteld, Hanson,' zei Diedre oprecht.

'Het genoegen was geheel aan mijn kant, Lady Diedre.' Opnieuw dacht de oude man aan de generaties Ingham, en hij bad dat ze de komende periode goed door zouden komen.

'Weet jij waar Mrs. Miles is? Ik heb haar overal gezocht.'

'Ik denk dat ze naar het kantoorgebouw is gegaan om wat te werken. Althans, dat zei ze ongeveer tien minuten geleden tegen me.'

'Dan ga ik daarheen. Dank je, Hanson.'

Hij glimlachte en boog zijn hoofd.

Diedre trof Cecily in haar kantoortje in de aanbouw naast de stallen. Haar schoonzus keek op toen ze binnenkwam en glimlachte warm.

Diedre glimlachte ook en zei: 'Ik zou je graag even willen spreken, Ceci. Zijn hier nog anderen aanwezig?'

'Nee. Harry werkt niet op zaterdag, en Miles is bij de kinderen.' Ze fronste haar voorhoofd. 'Wat kijk je plechtig, Diedre. Er is toch niets aan de hand?'

Diedre ging tegenover Cecily zitten. 'Nee. Hoewel het zien van al die voorbereidingen van Hanson omdat papa bang is voor een invasie, me ervan doordringt dat oorlog ons allemaal zal raken. Maar ik moet je iets uitleggen. En wat ik nu ga zeggen, mag je aan niemand doorvertellen. Aan niemand. Ook niet aan Miles.'

Cecily knikte met een vragende uitdrukking op haar gezicht.

Zacht zei Diedre: 'Ik heb van een andere contactpersoon gehoord dat er misschien een manier is om de Steinbrenners toch Berlijn uit te krijgen. Er worden stappen ondernomen. Meer weet ik niet. En Greta mag het niet weten, voor het geval het plan niet werkt. Ze zou er kapot van zijn als het mislukte. Wat heel goed mogelijk is. Daar moet ik je voor waarschuwen.'

Cecily knikte. 'Bedankt dat je me dat vertelt, Diedre. Ik hou het uiteraard voor me. Maar dat ik weet dat er iets op touw wordt gezet, helpt me een beetje, het beurt me op. Ik ben nogal neerslachtig geweest, om je de waarheid te zeggen. Greta is heel ongerust, en dat heeft natuurlijk zijn weerslag op mij, maakt me verdrietig.'

'Ja, ik merkte het gisterenavond tijdens het diner. Je was stil, kwam bezorgd over. Daarom vertel ik je over deze nieuwe ontwikkeling. Laten we duimen.'

'En een schietgebedje doen. En hulp van boven vragen,' antwoordde Cecily. Ze aarzelde even, maar vroeg toen heel zacht: 'Wanneer zou het moeten gebeuren?'

'Ik weet het niet... Ik zal het je vertellen wanneer en als ik die informatie krijg.

Hoofdstuk 31

Wat was dat toch aan haar?

Wat was het dat hem als een magneet naar haar toe trok?

Dat ze een knappe verschijning was, was een gegeven. De kleurstelling in haar was dramatisch, zo levendig dat je er aanvankelijk door verrast werd: glanzend zwart haar, een lichte, ivoorkleurige huid en zulke donkerblauwe ogen dat ze bijna paars waren.

Ook had ze de fijne, klassieke gelaatstrekken van haar beroemde vader geërfd, die hem zo fotogeniek maakten en van hem een matinee-idool en internationale filmster hadden gemaakt.

Harry wist echter dat het meer was dan alleen haar uiterlijk, de fysieke aantrekkingskracht die ze op hem uitoefende. Paloma Glendenning had iets anders wat iedere man zou bekoren. Dat was deels haar lieve karakter, heel warm en extravert. Er was niets aan haar wat onecht was; ze was natuurlijk, zonder trucs en gekunsteldheid.

Hij was tien minuten geleden in haar woning aan Lennox Gardens aangekomen, en nu zaten ze in de huiskamer witte wijn te drinken.

Terwijl hij zat te luisteren naar haar uitleg over haar vaders gebroken schouder, wist hij het ineens. Paloma had dezelfde allure als haar moeder en ze had een kalmte die geruststellend was. Hij had dit al opgemerkt toen ze samen thee dronken in Burnside Manor. Het is gewoon alles wat ze ís, dacht hij plotseling. Haar hele vrouw-zijn: haar uiterlijk, haar intelligentie en haar charme.

Beseffend dat ze zat te wachten tot hij op haar laatste opmerking reageerde, zei hij snel: 'Ik denk dat je moeder gelijk heeft als ze zegt dat moderne ideeën soms werken. Ik heb nog nooit van flexibel gips gehoord, maar het lijkt te werken.'

'Dat doet het. Het is vrijwel onmogelijk om gewoon gips om een schouder aan te brengen. Daarom heeft de orthopedisch chirurg een verband van kunststofgips aangelegd en daarna mijn vaders arm in een mitella gedaan.'

Paloma trok een gezicht. 'Wat nu het meest pijn doet is zijn arm, omdat die de hele tijd gebogen is. Maar goed, hij redt zich, en hij boft dat mijn moeder hem te hulp is gekomen.' Er gleed een wetend lachje over haar gezicht. 'Ze houdt nog steeds van hem.'

'Ja, dat heb je al eerder gezegd.' Harry zweeg even en voegde er toen aan toe: 'Ik verheug me er beslist op dat ik morgen bij haar ga lunchen. Ik mocht je moeder zodra ik haar bij je oom thuis ontmoette.'

'Ik moest tegen je zeggen dat ze het lekkerste zondagsmaal voor je gaat maken dat je ooit hebt gehad. Lamsbout, geroosterde aardappelen en zelfs Yorkshire pudding... de hele santenkraam.'

Harry moest lachen. 'Wat een grappige uitdrukking. Die heb ik nog nooit gehoord.'

'Ik heb die van mijn vader overgenomen en –'

Het gerinkel van de telefoon kapte haar zin af en ze nam op. 'O, dag, mama.' Ze stond geduldig naar Adrianna te luisteren, en dat gaf hem even de gelegenheid haar goed op te nemen.

Ze droeg een marineblauwe jurk van chiffon met lange mouwen en een plooirok die om haar heen zwierde wanneer ze liep. En slechts een lang parelsnoer en paarlen oorhangers. Ze had dezelfde glamour als Cecily, dacht hij, en toen drong het tot hem door dat Paloma een jurk van zijn zuster droeg.

Nadat ze het telefoongesprek had beëindigd, kwam Paloma weer bij hem zitten. 'Mama wilde je laten weten dat alleen wij bij haar zullen lunchen. En Phoebe. De andere kinderen Bellamy brengen het weekend door bij vader Bellamy, maar Phoebe wilde er niet heen. Ze wilde liever jou zien, Harry. Volgens mij valt ze op je.'

Hij begon te lachen, maar hield toen op en riep uit: 'Ik ruik een brandlucht.'

'O! Mijn ovenschotel!' Paloma sprong op en rende naar de keuken, onder het uitroepen van: 'Mijn ovenschotel! Mijn ovenschotel!'

'Niet de deur van de oven opendoen! Zet hem alleen maar uit,' waarschuwde Harry haar terwijl hij zijn drankje neerzette en achter haar aan holde.

Ze deed wat hij zei en stond hem met een uitdrukking van ontzetting op haar gezicht aan te kijken. 'Ik had een ovenschotel van gehakt en puree voor je gemaakt, maar ik denk dat hij helemaal is verbrand.'

'Zeer waarschijnlijk, zo te ruiken.' Hij opende het raam en zei: 'Hou de ovendeur dicht, want anders komt de keuken vol rook te staan.'

Paloma knikte, keerde zich om en pakte zijn hand en leidde hem weer de zitkamer in. 'Ik wilde zo graag lekker eten voor je maken, Harry. Wat zonde dat het eten is verpest.'

'Je hoeft je niet te verontschuldigen. Weet je wat, laten we naar het Savoy gaan. Dan kunnen we daar souperen. Hou je van dansen?'

'Ik ben dol op dansen. Wat een geweldig idee. Goh, het Savoy en Carroll Gibbons met zijn orkest! Wat een feest!'

Harry keek haar lachend aan, genietend van haar enthousiasme, en ook van het feit dat ze niet doorzeurde over de verbrande ovenschotel, maar de gedachte eraan gewoon losliet. Hij pakte zijn glas, nam een slok wijn en zei: 'Je ziet er vanavond mooi uit, Paloma. En als ik me niet vergis draag je een japon van mijn zus.'

'Dat is zo. Mama heeft hem voor me gekocht bij de Cecily Swann Boutique in warenhuis Harte. Ik ben dol op marineblauw; het is niet zo begrafenisachtig als zwart.'

'Dat zegt Cecily ook altijd. Je zult haar graag mogen, Paloma.'

'Ik wil haar graag ontmoeten, Harry, en ook je vader en moeder, en iedereen in je familie. Denk je dat ze me zullen mogen?'

'Natuurlijk. Dat kan niet anders. Je bent een heel bijzonder iemand.'

'O ja?'

Ze keek hem zo eigenaardig aan dat hij zijn wenkbrauwen fronste, zijn glas op het tafeltje neerzette en bij haar kwam zitten op de bank. Hij keek haar aandachtig en heel lang aan en zei ten slotte zacht: 'Ik ben naar Londen gekomen om je te bezoeken, Paloma. Je beseft toch wel dat ik geloof dat je inderdaad heel bijzonder bent?'

Ze knikte, pakte zijn hand en legde hem tegen haar wang. 'En dat ben jij ook, Harry. De bijzonderste man die ik ooit heb ontmoet. Ik ben een en al blijdschap dat je hier nu echt bent.'

Hij herkende het verlangen in haar ogen en wist dat dat een verlangen naar hem was, en hij voelde hetzelfde voor haar. Hij boog zich naar haar toe, nam haar in zijn armen en ze kusten elkaar hartstochtelijk. Meteen werd zijn lust opgewekt, maar na een paar seconden ging er een alarmbel in zijn hoofd rinkelen. 'Stop. Hou je in.' Een stemmetje vertelde hem dat hij niet overhaast te werk moest gaan, langzaamaan moest doen. Plotseling begreep hij dat het deze keer menens was.

Hij liet haar los en raakte zacht haar gezicht aan. 'En ik ben heel blij dat ik hier bij jou ben, Paloma. Ik wil dat we elkaar goed leren kennen zo aan het begin van onze vriendschap. Ik wil namelijk dat die lang duurt.'

Harry en Paloma namen een taxi naar hotel Savoy op de Strand. Harry werd in het restaurant dat op de Theems uitkeek, hartelijk verwelkomd door de maître d'hôtel. Toen ze plaats hadden genomen aan een tafel bij het raam, bestelde Harry champagne.

Hij zag dat Paloma het leuk vond dat ze hierheen waren gegaan. Ze keek om zich heen en nam alles in zich op. Ten slotte boog ze zich naar hem toe en zei tegen hem: 'Ik ben hier pas één keer geweest. Met mijn vader.'

'Het is de favoriete gelegenheid van mijn zus – ze komt hier vaak. Als ze volgende week in Londen is, komen we allemaal bij elkaar. Zou je dat leuk vinden?'

'Dat zou enig zijn.'

Even later werd de champagne geserveerd. Terwijl ze ervan dronken, begonnen ze te praten, eerst over haar broers en zussen en daarna vertelde hij over Cecily en Miles en zijn leven op Cavendon. Ze genoten ervan in zo'n mooi vertrek te zijn en van alles over elkaar te ontdekken.

Carroll Gibbons, de Amerikaanse bandleider, en zijn Savoy Orpheans, zoals zijn orkest heette, speelde op de achtergrond populaire muziek. Er was gedempt licht, er brandden kaarsen, paren dansten samen en er heerste een sfeer van aangename ontspanning.

Ten slotte bekeken ze het menu en bestelden een lichte maaltijd, en toen nam Harry Paloma mee de dansvloer op. Ze paste precies in zijn armen, en omdat ze schoenen met hoge hakken droeg, waren hun gezichten bijna op gelijke hoogte. Ze hield hem vast en kwam nog dichterbij toen de wals in een langzame foxtrot overging. Harry vond het heerlijk zijn armen om haar heen te houden, op de muziek te deinen en de geur van haar haar in te ademen, de geur van rozen op haar huid. Hij voelde zich lichter van geest, blijer, vrijer dan hij zich in maanden gevoeld had, en hij was blij dat ze elkaar ontmoet hadden. En dat alles door een meisje op een fiets.

Ze waren halverwege het hoofdgerecht van gebakken tong, toen Paloma plotseling zei: 'Je bent toch vrij, hè, Harry? Ik bedoel, om een relatie met mij te beginnen?'

Hoewel dit hem overviel, liet hij dit niet blijken toen hij antwoordde: 'Ja, hoor. Waarom vraag je dat?'

'Mijn zus Claudia vertelde me over die dame in Harrogate.' Ze lachte een beetje en vervolgde: 'De twee oudsten willen me altijd graag beschermen. Claudia zei dat ik je die vraag meteen moest stellen. Dat heb ik dus nu gedaan. Maar diep in mijn hart voelde ik dat je niet met me zou spelen… zo iemand lijk je me niet.'

Hij verbeet een lach en zei: 'Nee, dat ben ik ook niet. En ik ga niet meer met die dame in Harrogate om. Ze is zelfs voorgoed uit Harrogate vertrokken.'

En omdat hij zich zo op zijn gemak voelde bij Paloma, en zo ontspannen in haar gezelschap, vertelde hij haar wat er gebeurd was en hoe de affaire ten slotte was geëindigd.

'Dank je wel,' zei ze toen hij zijn verhaal verteld had. 'Je hoefde het me niet te vertellen, maar ik ben blij dat je het gedaan hebt. En nu mag je mij vragen wat je maar wilt.'

'Zullen we net zo beginnen? Ben je vrij om een relatie met mij te beginnen?' vroeg hij op warme, liefdevolle toon, het antwoord intuïtief wetend.

'Ja, Harry. Ik heb niet veel vriendjes gehad, en mijn laatste relatie is ruim een jaar geleden beëindigd. Die was niet erg succesvol. We waren elkaars tegenpool.' Er was even een stilte, een aarzeling, voordat ze vervolgde: 'Ik voelde me tot je aangetrokken zodra ik je ontmoette. En ik voelde me bij je op mijn gemak. Ik wilde je beter leren kennen, met je samen zijn, een band met je opbouwen.'

Harry stak zijn hand uit en pakte de hare, kuste haar vingers. 'En ik voelde hetzelfde. Je bent sindsdien geen dag uit mijn gedachten geweest.'

'Ik heb jou ook niet uit mijn hoofd kunnen zetten,' vertrouwde Paloma hem toe. 'Het is gek. Ik wil van alles voor je doen, voor je zorgen.' Ze trok een gezicht. 'Daarom maakte ik de gewraakte ovenschotel.'

De manier waarop ze dat zei, wekte een lachbui op, en hij zei snel: 'Je krijgt nog wel een kans om een ovenschotel voor me te maken, dat verzeker ik je. Maar voorlopig geniet ik ervan gewoon hier met jou te zijn, Paloma. En je kunt tegen Claudia zeggen dat ik de beschermtaak nu van haar overneem.'

'Ja?' vroeg ze heel direct, met sprankelende ogen.

'Inderdaad.'

Ze namen een dessert en nog een glas champagne en dansten de hele avond naar hartenlust. Ten slotte stelde Paloma hem bij de koffie nog een onverwachte vraag.

'Wie is Eric?'

'Eric?' herhaalde Harry met gefronst voorhoofd, maar toen besefte hij dat ze hem eerder op de avond het huis in South Street had horen bellen en aan Eric had horen vragen bij het Savoy een tafel te reserveren.

'Eric zorgt voor het huis van Cecily in South Street; dat is het huis waar ik verblijf wanneer ik in Londen ben. Hij was vroeger butler bij Lord Mowbray, maar de graaf heeft geen huis in Londen meer. Hij is een Swann, net als wij, een neef, in feite.'

'Aha.'

'Waarom vraag je dat?' vroeg Harry zich hardop af, haar onderzoekend aankijkend.

'Gewoon uit nieuwsgierigheid, Harry. Ik wil geloof ik alles over je weten.'

'Daar zul je wel even mee bezig zijn, denk ik.'

'Ga je in het huis in South Street logeren wanneer je weer in Londen bent? Of logeer je bij mij?'

Hij gaf geen antwoord. Hij stond op, trok haar overeind en nam haar mee naar de dansvloer. Hij hield haar stevig in zijn armen, drukte haar dichter tegen zich aan en zei in haar haar: 'Nee, nog niet, lieve Paloma. Ik wil het rustig aan doen, ik wil dat alles goed gaat. Het is me namelijk menens. Ik hou niet van gokken. Veel te gevaarlijk.'

Diedre kwam de hoofdtrap af en liep de bibliotheek van Cavendon in. Ze pakte de telefoon, draaide het nummer van de centrale voor internationale gesprekken en vroeg het telefoonnummer van Tony Jenkins aan.

'Hé, Daffy Dilly, hoe is het?' zei hij toen hij haar stem hoorde.

'Met mij gaat het goed. Hoe is het weer daar?' vroeg Diedre.

'Beroerd. Ik ben blij dat ik begin volgende week op pad ga. Een verandering van klimaat. Ben jij bij je heidebloempje?'

'Inderdaad. Het is een blij heidebloempje. En hoe is het met jou, Toby?'

'Ik ben blij. De kaviaar was prima. De bron zelfs beter dan ooit.'

'Uitstekend nieuws. Eerder dan je dacht?'

'Ja. Ik heb gisteren onze muziekvriend ontmoet. We zijn gelijkgestemd.'

'De hemel zij dank,' zei Diedre zacht. 'Hou me op de hoogte.'

'Je hoort van me zodra de clochards in zicht zijn.'

'Ik ben blij dat te horen,' antwoordde Diedre lachend om zijn manier van uitdrukken. De gekke manieren die hij vond om haar te vertellen waar hij haar zou bellen amuseerden haar – ze wist dat hij op de oevers van de rivier de Seine doelde, waar de zwervers bij elkaar kwamen.

Tony grinnikte toen Diedre vervolgde: 'Je krijgt instructies om binnen te komen. Je moet de tent vaarwelzeggen.'

'Ik wil niets anders, Daffy Dilly.'

Ze zeiden elkaar gedag. Diedre stond op, verliet de bibliotheek van haar vader en liep naar boven terwijl de klok in de grote entreehal zeven sloeg. Het was nog veel te vroeg voor het ontbijt, stelde ze vast. Terwijl ze haar slaapkamer weer in ging, voelde ze een enorme opluchting. De Steinbrenners zouden Berlijn verlaten, hoogstwaarschijnlijk op dinsdag, onder de begeleiding van Tony Jenkins en Alexander Dubé.

Duimen maar, hield ze zichzelf voor, terwijl ze weer in bed stapte en de dekens over zich heen trok. Duimen.

Hoofdstuk 32

Cecily was zich er terdege van bewust dat oorlog een enorm effect op haar bedrijf zou hebben. En aangezien ze ervan overtuigd was dat er in de nabije toekomst een oorlog zou uitbreken, paste ze haar plannen erop aan.

En nu, op deze koele maandagochtend tegen het eind van de maand augustus, liepen zij en Dorothy Pinkerton over de vloer van een fabriekshal in Leeds. Tante Dottie had het weekend bij Cecily's ouders in Little Skell doorgebracht, en eerder op de dag had Goff hen naar de stad gereden.

Dit speciale gebouw stond dicht bij het centrum van Leeds; in feite keek het uit op het kanaal tussen Leeds en Liverpool. De hal was ongewoon licht en had vele hoge ramen, en van de vijf fabrieken die ze onlangs had besloten te kopen, was deze in de beste conditie.

'Dit was echt een goeie keus, Ceci,' zei tante Dottie nadat ze het hele vertrek door waren gelopen. 'Overal mooi, helder licht, ruim en fris. Een goede plek voor de vrouwen om te werken.'

Dorothy keerde zich naar Cecily en vervolgde: 'Ik weet dat je drie van de andere fabrieken gaat gebruiken voor de dienstuniformen wanneer je het regeringscontract krijgt, maar wat ga je met de vijfde doen? Wat zijn je plannen daarvoor?'

'Nog niets, Dottie,' antwoordde Cecily, tegen een van de lange werktafels leunend. 'Het is goed om zoiets achter de hand te hebben in geval van nood, en als ik er niets mee kan doen, kan ik haar altijd nog verkopen. Of verhuren. Het is op den duur een goede investering. En trouwens, ze is van het bedrijf dat deze hal bezit, en ik moet beide fabrieken kopen. Dat is verplicht.'

'Ik denk dat je deze in een paar maanden draaiende zou kunnen hebben, denk je ook niet?' voerde Dorothy aan.

Cecily knikte. 'Alle houten vloeren zijn sterk en de muren zijn in goede staat. Ze moeten geschilderd worden, maar dat is alles. De ramen zijn ook in goede staat en er is onlangs nieuwe elektrische bedrading aangelegd. Dus in zekere zin kunnen we zó beginnen. Of nou ja, bijna.' Ze keek Dottie vragend aan. 'Je ziet toch ook het belang van confectiekleding voor vrouwen?'

'Absoluut. De haute couture krijgt te lijden van de oorlog, dat staat vast. En om zaken te kunnen blijven doen, moet je een product hebben. Laten we wel wezen, je zit precies in de goede stad. Het maken van confectiekleding is hier begonnen.'

'Ja, ik weet het. Nadat Singer de naaimachine had uitgevonden, opende John Barran de eerste confectiekledingfabriek. En toen kwam een Joodse kleermaker, Herman Friend, met het idee van "stukwerk". Kleine kleermakersbedrijfjes zoals het zijne, voornamelijk in North Street, maakten de onderdelen van kostuums. Met andere woorden: de ene kleermaker maakte revers en mouwen, een andere de rug van een colbertje, en weer een andere de twee voorpanden. En alle onderdelen werden naar Barrans fabriek gestuurd, waar de kostuums in elkaar werden gezet. En dan door naar de winkel. Het was briljant.'

'Ik weet nog dat ik daar jaren geleden iets over heb gelezen. Het was een revolutie op het gebied van kledingproductie; Leeds werd er het grootste confectiecentrum ter wereld door. Maar jij gaat die methode niet gebruiken, hè, Cecily?'

'Nee. Het hele kledingstuk wordt hier gemaakt.' Ze liep naar het midden van de hal en spreidde haar armen. 'Vanaf de ingang daar tot de uitgang daar zetten we lange werktafels neer, zoals die waar jij nu staat, en comfortabele stoelen bij de naaimachines. Ik wil dat de werkomstandigheden optimaal zijn. Up-to-date, heel modern.'

Dorothy knikte om aan te geven dat ze het begreep. 'Wanneer ga je beginnen met mensen in dienst nemen?'

'Zodra de fabriek gereed is, laat ik het management beginnen met vrouwen aannemen, en mannen, als ze beschikbaar zijn. Ik wil namelijk niet wachten tot de oorlog begint, Dottie, maar dat zal binnen een maand of acht, negen echt gebeuren. Ik ga beginnen zodra dat kan. Ik wil de kleding op de markt brengen, mijn klanten eraan laten wennen. Het is mijn bedoeling veel van de couturekleding na te maken. Het wordt heel modieuze kleding.'

Dorothy grijnsde. 'Bravo, Cecily. Dat is de juiste houding... Hoe ga je de confectiekleding noemen?'

'Ik heb nog geen naam bedacht, maar dat komt nog wel. Voorlopig noem ik het Cecily Swann Ready. Maar hopelijk bedenk ik nog iets beters. Wil jij er ook over nadenken?'

'Dat zal ik zeker doen.' Dorothy keek op haar horloge. 'We kunnen maar beter gaan. Ik wil mijn trein terug naar Londen niet missen.'

'Ik zal je afzetten bij het station. En bedankt dat je dit weekend hierheen bent gekomen.'

'Ik vond het enig, Ceci, en ik vind het nieuwe project echt heel spannend. Ik ben ervan overtuigd dat ook dit weer een succes wordt.'

Op weg naar Cavendon richtte Cecily haar gedachten op Charlotte en de netelige situatie met betrekking tot Margaret Howell Johnson. Cecily had haar reactie op het nieuws dat Lady Gwendolyn een kind ter wereld had gebracht en dat de vader Mark Swann was, zorgvuldig verborgen. Maar ze was geschrokken, geschokt zelfs, dat leed geen twijfel, en ze vond het ook heel triest dat oudtante Gwen jarenlang met dat soort hartzeer had moeten leven.

Ze begreep nu ook wat Genevra had bedoeld toen ze had gezegd dat Ingham- en Swann-bloed opnieuw vermengd zouden worden, met nadruk op het woord 'opnieuw'. Genevra had het altijd bij het rechte eind.

Cecily was het met Charlotte eens geweest dat ze Mrs. Johnson zo spoedig mogelijk moesten opzoeken, voornamelijk vanwege de hoge leeftijd van oudtante Gwen. Zoals Charlotte had opgemerkt, zou oudtante Gwen, ondanks haar wens honderd te worden, zomaar ineens kunnen overlijden. Ze wilden allebei dat ze haar dochter ontmoette voor ze stierf. Cecily had voorgesteld Mrs. Johnson te vragen of ze hen deze middag konden ontvangen, en ze hoopte dat Charlotte dat had kunnen regelen.

Toen ze eindelijk bij Cavendon Hall aankwam, zette de chauffeur haar af bij het kantoorgebouw. Toen ze naar binnen ging, trof Cecily een envelop op haar bureau aan, en ze maakte hem snel open. Het was een briefje van Charlotte met slechts een paar woorden erop: 'Het is geregeld. Vanmiddag 4 uur. C.'

Ze stopte het briefje gauw in haar tas toen de deur plotseling openging en Miles binnenkwam, breed lachend toen hij haar zag.

Hij boog zich voorover, kuste haar op de wang en vroeg: 'Hoe ging het? Was Dottie onder de indruk van de fabriekshal?'

'Ja, en ik heb haar gevraagd te proberen een naam te bedenken voor de kledinglijn.'

'Zal ik je eens wat vertellen?' zei Miles, terwijl hij op de rand van haar bureau ging zitten. 'Ik vind Cecily Swann Ready leuk. Ik denk dat het elegant zou staan op een label als 'Ready' onder jouw naam staat. Zie het maar voor je. Toe dan, doe je ogen dicht zoals je altijd doet, en zie het label voor je.'

Ze deed wat hij voorstelde, en even later riep ze uit: 'Miles, je hebt gelijk! En het woord "Ready" met een hoofdletter zou in gouddraad uitgevoerd moeten zijn, om aan te geven dat het om iets speciaals gaat.'

Hij knikte en zei toen: Het woord "Special" zou ook kunnen werken. Enfin, we hebben nog tijd zat om ermee te spelen.'

'Ja, dat is zo.' Ze leunde achterover en keek naar hem op; ze voelde haar liefde voor hem door zich heen stromen. Hij was van haar, haar betere helft, haar man. Ze vond het een wonder dat ze dat kon denken en zeggen. Want het was inmiddels waar. Wat hadden ze geboft, alles zat hun mee, er waren geen obstakels meer, zoals vroeger nog wel eens het geval was.

'Wat kijk je me intens aan, Ceci. Wat gaat er in dat slimme hoofdje van jou om?'

Ze stond op en ging dicht tegen hem aan staan, legde haar handen op zijn schouders en bleef recht in zijn blauwe ogen kijken. Toen boog ze zich naar hem toe en kuste hem op de mond, heel hartstochtelijk. Hij beantwoordde haar kus en sloeg zijn armen om haar heen. Heel lang bleven ze zo staan.

Eindelijk lieten ze elkaar los. Miles lachte zachtjes, en toen hij de uitdrukking op haar gezicht zag, keek hij haar nadenkend aan. Ze had iets stralends. 'Wat is er, liefste?'

Ze bracht haar gezicht bij het zijne en fluisterde: 'Laten we een kind maken. Ik wil nog een kind van jou.'

Weer sloeg hij zijn armen om haar heen en hield haar dicht tegen zich aan. 'Maar je was zo opgelucht toen je onlangs ontdekte dat je niet zwanger was. Vanwaar deze ommezwaai?'

'Ik wil iets van jou in me voelen groeien. Ik hou zoveel van je. En we hebben altijd gezegd dat we vier kinderen wilden.'

Hij streelde haar haar – hij stroomde over van liefde voor haar. 'Ik weet het. En nu is er een oorlog op komst. Je zei dat je geen kind wilde dragen, geen nieuw leven wilde brengen in een wereld in een oorlog.'

'Ik weet het. Maar ineens voelt het anders. En ik laat me niet afschrikken door die nazi's...' Ze zuchtte. 'Ik tart het lot.'

Hij hield haar een eindje van zich af en keek haar met een bedachtzame uitdrukking in zijn ogen aan. 'We hebben geboft, jij en ik, Ceci. We zijn vele malen gezegend, en ik heb een dankbaar hart... voor alles wat we samen hebben. Maar ik ben het met je eens, laten we nog een kind maken.' Toen voegde hij er met een ondeugende glans in zijn ogen aan toe: 'En je weet wat ze zeggen: oefening baart kunst.'

Cecily was zo blij dat ze hem stevig omhelsde. Toen ze hem eindelijk losliet, fluisterde ze: 'We hebben een deal, maar we hoeven geen handen te schudden. Je hebt mijn woord.'

'En jij het mijne. Kom, we kunnen maar beter gaan lunchen met papa en Charlotte.'

Terwijl ze hand in hand over het stalerf liepen, vroeg ze plotseling: 'Heb je iets van Harry gehoord? Hoe was zijn weekend met Paloma?'

'Hij heeft gebeld en vroeg of hij nog een paar dagen in Londen kon blijven. Ik zei dat ik me wel redde. Hij klonk... euforisch. Ik geloof dat dat het beste woord is om het te beschrijven.'

'Aha! Dat is goed nieuws. Laten we hopen dat hij zijn zielsverwant gevonden heeft.'

'Die zijn dungezaaid, Mrs. Ingham, en moeilijk te vinden. Ik kan er slechts aan toevoegen dat ik dankbaar ben dat ik de mijne vlak naast me heb lopen.'

Hoofdstuk 33

Als ze al verbaasd was de beroemde modeontwerpster Cecily Swann haar winkel in te zien lopen, dan liet Margaret Howell Johnson dat niet merken.

Ze liep op haar gebruikelijke bedaarde manier op hen af en begroette beide vrouwen hartelijk, en nadat ze aan Cecily was voorgesteld, zei ze: 'Het is een voorrecht u de ontmoeten, Miss Swann. U bent bijzonder getalenteerd; ik ben al jarenlang een groot fan van u.'

'Dank u, Mrs. Johnson,' antwoordde Cecily, terwijl ze probeerde niet te erg te staren. In zekere zin hoefde dat niet, want de gelijkenis met Diedre was heel opvallend, en ze was lang, net als Diedre en oudtante Gwen.

'U zei dat u me over iets belangrijks wilde spreken, *your ladyship*, dus het lijkt me een goed idee om naar mijn kantoor te gaan.'

'Inderdaad, Mrs. Johnson,' antwoordde Charlotte. 'Dank u.'

Het kantoor van Margaret Johnson was groot, met een erkerraam dat uitzag op de Parade. Het georgiaanse bureau stond in de erker en was naar de kamer toe gekeerd, en voor de haard was een zitgedeelte bestaande uit een bank en stoelen. Er hingen mooie schilderijen aan de wand; het kantoor zag er meer uit als een zitkamer dan een werkplek en was smaakvol ingericht.

Toen ze eenmaal zaten, zei Mrs. Johnson: 'Ik neem aan dat u het wilt hebben over degene die naar Cavendon zal komen om de dames van uw Women's Institute te laten zien hoe de inblikmachine werkt. Dat zal Iris Dowling zijn, de penningmeester van het Women's Institute in Harrogate. Ze is heel handig met de machine en heel behulpzaam. U zult haar vast mogen.'

'Bedankt dat u me dat vertelt. Ze is op iedere dag van deze week welkom, wanneer het haar maar schikt,' antwoordde Charlotte. 'Misschien vrijdag.'

'Wilt u de inblikmachine vandaag meenemen, Lady Mowbray?'

'Als dat goed is wel, ja. Ik heb vandaag de auto met chauffeur, en hij kan ons helpen.'

Mrs. Johnson knikte en keek van Charlotte naar Cecily – ze wist plotseling niet wat ze moest zeggen. Ze begon zich af te vragen wat hierachter stak.

Charlotte, die heel gevoelig was voor andere mensen, merkte de verwarring in Margaret Johnsons blik meteen op en zei: 'Er is nog iets anders wat ik moet bespreken. Onlangs sprak u over uw jeugd. U vertelde me ook over uw adoptie. Vanwege de details die u me verschafte, besefte ik later dat ik uw biologische moeder kende.'

Meteen kwam er een geschokte uitdrukking op het gezicht van Mrs. Johnson, en haar stem schoot omhoog terwijl ze herhaalde: 'Mijn biológische móéder?'

Charlotte knikte. 'U lijkt op haar, en ook op iemand anders die aan haar verwant is.'

Hoewel ze verbouwereerd was, riep Margaret Johnson uit: 'Dus ze leeft nog?'

'Ja,' antwoordde Charlotte.

'En dat weet u zeker, Lady Mowbray?'

'Ik weet het heel zeker.'

Cecily mengde zich snel in het gesprek: 'Ik ontmoet u vandaag voor het eerst, Mrs. Johnson, maar ik zie de gelijkenis waar *her ladyship* op doelt. Ze heeft me uw verhaal verteld, en het past zeker in wat Lady Mowbray me verteld heeft over de vrouw in kwestie.'

Margaret Howell Johnson was duidelijk nog steeds totaal verbluft en keek Charlotte en Cecily aan zonder iets te zeggen. Er laaiden allerlei emoties in haar op: geschoktheid, verbazing, nieuwsgierigheid en een soort angst.

Charlotte bedacht ineens dat Margaret zich misschien afvroeg waarom Cecily haar vergezelde, en ze leunde iets naar voren. 'Ik heb Cecily gevraagd met me mee te gaan, omdat zij de vrouw van wie ik meen dat zij uw biologische moeder is, ook kent. Met wat ze zojuist tegen u zei, heeft ze bevestigd wat ik denk.' Charlotte keek Cecily even aan en trok een wenkbrauw op.

'Ik had dezelfde reactie als u, ja,' bevestigde Cecily.

Er viel een korte stilte. Geen van hen sprak.

Cecily werd zich ervan bewust dat de enige geluiden die ze hoorde, het tikken van de tafelklok op de schoorsteen en het rinkelen van de telefoon in een ander vertrek waren. Ze leunde achterover, begrijpend dat Margaret de aankondiging van Charlotte een plaats trachtte te geven. Het was nieuws waar iedereen van ondersteboven zou zijn, laat staan iemand van vijftig.

Charlotte verbrak eindelijk de stilte. Met zachte, warme stem vroeg ze: 'Zou u uw moeder willen ontmoeten, Mrs. Johnson?'

'M-m-mijn moeder ontmoeten?' hakkelde ze, en plotseling begon ze te trillen. 'Natuurlijk wil ik haar ontmoeten! Ik heb daar altijd naar verlangd. Haar te ontmoeten, haar armen om me heen te voelen, van haar te houden, te weten dat zij van mij hield. Ik heb altijd het gevoel gehad dat er iets ontbrak in mijn leven... en dat was zij...' De woordenstroom hield abrupt op, en de tranen rolden over Margarets wangen, en ze begon te snikken.

Cecily pakte een zakdoek en ging naast haar op de bank zitten. Na de zakdoek in haar trillende handen gedrukt te hebben zei Cecily: 'Lady Mowbray moest dat eerst aan u vragen, voordat ze het aan uw moeder kon vertellen. We weten namelijk dat zij ú zal willen ontmoeten. We wilden haar niet teleurstellen als u weigerde.'

Margarets hoofd kwam met een ruk omhoog, en ze staarde Cecily met gefronste wenkbrauwen aan. 'Waarom zou ik de vrouw aan wie ik mijn hele leven heb gedacht, niet willen zien?' vroeg ze met verstikte en beverige stem.

'Sommige mensen zouden dat misschien niet willen,' mompelde Cecily vriendelijk.

Nadat ze haar ogen gedroogd had, antwoordde Margaret: 'Ja, ik neem aan dat sommige mensen misschien boos zouden zijn. Maar dat ben ik niet. Wilt u haar over mij vertellen? Wilt u een ontmoeting regelen, Lady Mowbray? Alstublíéft.' De tranen welden weer op, en Margaret depte haar ogen droog en probeerde greep op haar heftige emoties te krijgen.

'Maar natuurlijk,' stelde Charlotte haar gerust.

'Dank u,' wist Margaret uit te brengen, en weer veegde ze haar tranen weg. Ze leunde achterover en probeerde gewoon te ademen; haar gedachten tolden door haar hoofd, en ze zat vol vragen. Plotseling vroeg ze: 'Woont ze in Harrogate?'

'Nee,' antwoordde Charlotte.

'Waar dan?'

'In een ander deel van Yorkshire. Ik zal u later in de week naar haar toe brengen, wanneer u maar wilt.'

'Morgen? Zouden we morgen kunnen gaan?'

'Het wordt misschien woensdag, Mrs. Johnson. Ik moet haar erop voorbereiden...' Charlotte zweeg even, aarzelde en keek naar Cecily tegenover haar, die knikte dat ze verder kon gaan.

Charlotte legde uit: 'Ze is namelijk erg oud, veel ouder dan u waarschijnlijk denkt. Mijn nieuws zal voor haar een even grote schok zijn als het voor u was, dat kan ik u verzekeren.'

Margaret Johnson fronste haar wenkbrauwen en keek niet-begrijpend. 'Wat bedoelt u met "erg oud"? Ze was toch een jonge vrouw? Een jonge vrouw uit een gegoede familie die niet met mijn vader kon trouwen?'

'Nee, dat was niet zo. Ze was weduwe. En ze kwam niet uit een gegoede familie, ze is van adel. En ze was bijna achtenveertig toen u werd verwekt.'

Opnieuw met stomheid geslagen schudde Mrs. Johnson haar hoofd – ze kon het duidelijk niet geloven. 'Dat kan niet, dat kan niet.'

Cecily zei: 'Het is de waarheid, Mrs. Johnson. Uw biologische moeder had nooit verwacht dat ze op die leeftijd zwanger zou kunnen worden. Maar het gebeurde. En ze wilde u houden, dat moet u echt, echt geloven.'

'Ik geloof het,' mompelde Margaret Johnson. 'Ergens diep vanbinnen heb ik dat altijd geweten.'

'Ik moet heel discreet te werk gaan, Mrs. Johnson, met het oog op haar hoge leeftijd. Ik zal haar over uw bestaan vertellen, en wanneer ik u woensdag op kom halen, beloof ik u dat ik u zal vertellen wie ze is.'

'Ik begrijp het,' zei Margaret Howell Johnson, die het nog steeds moeilijk vond dit verbijsterende nieuws een plek te geven.

Diedre zat maandagavond nog in haar kantoor, waar ze een kaart van Europa bestudeerde, die ze op haar bureau had uitgespreid. Ze had een rode pen in haar hand en zocht op de kaart waar Aken lag. Toen ze het had gevonden, omcirkelde ze de naam met rode inkt. Terwijl haar blik zich naar Parijs verplaatste, ging de telefoon. Een blik op haar horloge werpend pakte ze hem meteen op. Het was zeven uur.

'Hallo? Met wie spreek ik?'

'Met mij,' zei Tony. Zijn stem klonk voor het eerst in dagen gewoon.

'Waar zit je?' vroeg ze.

'Op de Britse ambassade, om mijn bureau gedag te zeggen.'

'Dus het is eindelijk zover?'

'Ja. Ik smeer 'm. Morgen.'

'Dus eerder?'

'Klopt, Daffy Dilly. Dankzij Monsieur D. Wat een wonder is die man. Heeft een zeer kalmerende invloed.' Tony grinnikte. 'Goed in het ontdooien.'

'Dus eind goed, al goed?' vroeg Diedre, voor de verandering ook eens lachend.

'Tot dusverre wel, ja. Ik zal blij zijn wanneer ik een glaasje kan drinken met de clochards.'

'Je belt me daar?'

'Ja. Tot ziens, Daffy Dilly.'

'Ik kan niet wachten,' antwoordde Diedre, en ze hing op zonder afscheid te nemen. Ze voelde een zekere mate van opluchting nu Tony, Dubé en de Steinbrenners al op dinsdag zouden vertrekken, omdat de documenten snel door Valiant geleverd waren. Het groepje zou de volgende ochtend uit Duitsland vertrekken, met de trein van Berlijn naar Parijs die om negen uur uit de Schlesischer Bahnhof vertrok. Ze zouden door het hart van Duitsland reizen, via Aken België in rijden, dan verder naar Frankrijk en woensdagochtend om halfzeven in Parijs aankomen. Eén ding wist ze zeker: in Duitsland reden de treinen altijd op tijd.

Het was een lange reis met een overnachting in de trein, maar het enige echt zorgwekkende gedeelte was de grensovergang. In Aken bevond zich een massa grenswachten, grenspolitie en altijd Gestapo in de buurt. Maar tegenwoordig was de geheime politie overal. Het hoorde erbij.

Haar ogen gingen terug naar de kaart. Ze omcirkelde Parijs en trok toen een lange lijn van Berlijn naar Aken, van Aken naar Luik, en ten slotte naar de lichtstad.

Ze leunde achterover en liet haar gedachten de vrije loop. Tony zou woensdag op de visumafdeling van de Britse ambassade alles afhandelen, en met een beetje geluk zouden de Steinbrenners daarna de trein naar de boot nemen. Tenzij ze in Parijs overnachtten om uit te rusten. Dat was een mogelijkheid... de Steinbrenners zouden het nodig kunnen hebben. Zaterdag, besloot ze. Ik hou het erop dat ze zaterdag in Londen aankomen.

Ze besloot Cecily te informeren en stak haar hand uit naar de telefoon, maar aarzelde plotseling en legde de hoorn weer op de haak. Omdat ze altijd op haar hoede was en omzichtig te werk ging, bedacht ze zich ineens. Pas als ze in de trein naar Londen zaten, zou ze niet langer twijfelen aan de goede afloop. Pas dan zou ze Cecily vertellen dat ze op weg naar Greta waren. Ze moest maar duimen.

Hoofdstuk 34

Sinds haar vroege jeugd was Cecily begrip voor de regels bijgebracht. Die waren dat de Inghams eerst kwamen en dan de Swanns en hun hele familie. Al het andere was ondergeschikt. Door haar huwelijk met Miles waren de Inghams en de Swanns in de toekomstige generaties nu via hun kinderen vermengd geraakt. Terwijl ze dinsdagmorgen vroeg op weg was naar het kantoorgebouw, dacht ze na over de Inghams of, beter gezegd, over Lady Gwendolyn Ingham Baildon, de familiematriarch, liefkozend ook oudtante Gwen genoemd.

Cecily had altijd geweten dat ze een ongewone vrouw was, uniek, in feite. Zoals Miles vaak zei: 'Nadat ze haar gemaakt hadden, hebben ze de matrijs weggegooid.' En hij had gelijk. Ze was een mengeling van eigenschappen: onafhankelijk, sterk, zeer intelligent, slim, tolerant, liefdevol en meelevend. Afgezien van deze karaktertrekken had ze ook het hart op de tong, en ze uitte zich zo helder dat niemand zich ooit kon afvragen wat ze bedoelde.

Om al die redenen meende Cecily dat oudtante Gwendolyn gepast zou reageren wanneer Charlotte haar over Margaret Howell Johnson vertelde. Met andere woorden: ze zou de dochter die ze na de geboorte had weggegeven, willen zien, en dat zou haar blij maken. Natuurlijk zouden er tranen vloeien, maar het zouden tranen van vreugde zijn… en mogelijk van verbazing. Het kon niet anders dan een schok zijn.

Toen ze gisteren op weg naar huis waren, had tante Charlotte zich hardop zorgen gemaakt over oudtante Gwen en was ze nerveus geweest over haar mogelijke reactie op het nieuws.

Gelukkig had Cecily Charlotte ervan weten te overtuigen dat ze samen naar oudtante Gwen moesten gaan om elkaar zo te steunen.

'Maar dan weet ze dat ik mijn belofte heb verbroken om haar geheim geheim te houden,' had Charlotte geprotesteerd. Cecily moest uitleggen dat dat er niet toe deed. 'Ze zal begrijpen dat u niet alleen een beslissing in deze kwestie wilde nemen; en bovendien ben ik een Swann – ik heb de eed afgelegd, en ze zal er helemaal geen moeite mee hebben.'

Ten slotte had Charlotte dit geaccepteerd en was ze het met Cecily eens geweest dat ze oudtante Gwen meteen op de hoogte moesten brengen van het nieuws over haar dochter. Ze had eraan toegevoegd: 'We mogen niet vergeten dat ze al zo oud is. Ik denk altijd dat ik op een ochtend door Mrs. Jasper zal worden gewekt met de mededeling dat ze in haar slaap is overleden.'

Dit werd op luchtige toon gezegd; Charlotte had er een beetje bij geglimlacht, maar Cecily had zelf hardop gelachen. 'Zo wil ik ook gaan wanneer ik een oude vrouw ben… in mijn slaap,' had ze gezegd.

De vorige avond, na het diner, hadden ze even de tijd gehad om rustig te praten en hadden ze besloten Lady Gwendolyn deze ochtend te bezoeken.

Nadat ze de deur van het kantoorgebouw had opengemaakt, liep Cecily naar binnen; ze knipte alle lichten aan en liep snel haar kantoor in.

De contracten voor de aankoop van de vijf fabrieken lagen boven op haar bureau, en ze keek er nog eens naar, bestudeerde een aantal toegevoegde clausules; ze zette haar paraaf erbij en tekende toen de contracten stuk voor stuk.

De deal was gesloten, en dat gaf haar een prettig gevoel: ze waren een vangnet voor als er oorlog kwam. Voor wannéér er oorlog kwam, corrigeerde ze zichzelf.

En toen dacht ze aan Greta. Haar hart deed pijn wanneer ze aan haar dacht. De arme vrouw was momenteel tot het uiterste gespannen, gefrustreerd, angstig en tobberig, want ze kon niets aan de familiesituatie veranderen. En dat kan ik ook niet, bracht Cecily zichzelf in herinnering. Maar misschien gebeurt er iets goeds met de hulp van Diedres contactpersonen in Berlijn. Ze moest maar duimen.

Telkens wanneer ze dacht aan de paar dagen die ze er hadden doorgebracht, kwam de admiraal die ze bij Diedre had ontmoet in haar gedachten. Ze was reuzebenieuwd hoe haar schoonzus hem had leren kennen, maar had niet te veel vragen durven stellen. Diedre had herhaald wat de admiraal had gezegd, dat ze zijn familie kende via Maxine Lowe, maar had er verder niet over uitgeweid. Maar het was eigenaardig, die duidelijke vriendschap met een Duitse officier die een hoge positie bekleedde.

Cecily schoof deze gedachten terzijde, haalde een paar recente schetsen tevoorschijn die ze had gemaakt voor de confectielijn en bekeek ze aandachtig. Ze hield van de simpele lijn van de mantelpakjes en jurken; ze hadden iets sobers, en dat zou passen bij de moeilijke tijden die gingen komen. Ze konden allemaal opgevrolijkt worden met namaakjuwelen, zoals broches en oorclips, en met haar zijden bloemenspelden en kleurige zijden sjaals. De donkere kleuren pasten goed bij de strakke stijl: wijnrood, donkerrood, donkerblauw, purper, grijs en zwart...

Haar telefoon ging, en ze pakte de hoorn meteen op. 'Hallo?'

'Met Harry, Ceci,' zei haar broer; hij klonk zonnig en vrolijk. 'Ik hoop dat ik je niet stoor.'

'Nee, hoor, en je klinkt goed, Harry. Je hebt het zeker naar je zin in Londen? En met Paloma?'

Hij grinnikte. 'Mam heeft zeker met je gepraat?'

'Een beetje, maar ze houdt zich in. Ik heb echter begrepen dat jij en Miss Glendenning het goed met elkaar kunnen vinden.'

'Iets meer dan dat, Ceci. Ik ben smoorverliefd op haar, en zij op mij.'

'Dat is fantastisch nieuws. Zie je wel, je weet nooit wat het leven je brengen zal.'

'Dat is maar al te waar. Het is me gelukt Pauline Mallard uit mijn geest te bannen. Ze is voorgoed weg.'

'Heb je nog iets van haar gehoord?'

'Helemaal niets, en daar ben ik best blij om. Heel toevallig heb ik een echt lieve, oprechte jonge vrouw ontmoet, tot wie ik me aangetrokken voel en die mij ook mag. Er is voor ons een toekomst weggelegd, denk ik.'

'Dat is vast zo, Harry. Wanneer kom je terug naar Yorkshire?'

'Ik heb tegen Miles gezegd dat ik graag de rest van de week vrij wil hebben, en hij vond het goed. En daarom bel ik jou, Ceci. Ga jij nog naar Londen?'

'Ik denk het niet. Ik heb hier tamelijk veel te doen, en omdat ik zelf weg ben geweest, wil ik bij de kinderen zijn, wat tijd met hen doorbrengen en onze ouders opzoeken. Waarom vraag je dat?'

'Ik wil dat jij en Miles Paloma ontmoeten. En zij wil jullie ontmoeten, en ook mama en papa,' legde Harry uit – hij klonk teleurgesteld.

'Dat zou ik enig vinden, maar ik weet vrij zeker dat we niet naar de stad gaan. Maar waarom komt ze niet naar Yorkshire?' opperde Cecily.

Het was even stil, en toen wierp Harry tegen: 'Maar waar moet ze dan verblijven?'

Cecily antwoordde niet meteen. Even later riep ze uit: 'Ze kan bij haar tante, Mrs. Jollion, logeren en overdag hierheen komen en bij jou en ons allemaal zijn. Burnside Manor is niet zo ver weg.'

'Ik zal erover denken,' antwoordde Harry, en toen voegde hij er een beetje schaapachtig aan toe: 'Ik zou graag willen dat ze mijn huis ziet. Ze heeft me verteld dat ze het leuk vindt om huizen in te richten.'

'En ze kan ook de tuinen fotograferen,' merkte Cecily lachend op. 'Was dat niet háár truc om jou weer te zien?'

'Ze kan ons nu ontvangen,' zei Charlotte in de deuropening.

Geschrokken ging Cecily rechtop zitten en riep uit: 'Jee, u laat me schrikken, tante Charlotte!'

'Sorry, Ceci. Het was niet mijn bedoeling je te besluipen. Kun je met me meegaan om met tante Gwen te spreken?'

'Natuurlijk,' antwoordde Cecily. Ze stond op en vervolgde: 'Ik leg even deze contracten in mijn bureau en dan sta ik tot uw beschikking.'

Even later staken de twee vrouwen het stalerf over naar het park van Cavendon en gingen op weg naar Little Skell Manor. Het was een zonnige ochtend met een paar wollige witte wolken die op de wind door de blauwe lucht scheerden. Maar ondanks de zon was het kil. Augustus was bijna voorbij – het zou snel herfst worden.

'Ik had u niet zo vroeg verwacht,' merkte Cecily onder het lopen op. 'Maar ja, oudtante Gwen is er altijd vroeg bij geweest. Een oude gewoonte leer je niet zo gauw af, denk ik.'

Charlotte knikte. 'Toen ik haar om acht uur belde zat ze aan haar thee met toast. Ik zei dat we er om een uur of negen uur zouden zijn, en ook dat we haar iets bijzonders te vertellen hadden en haar daarom mee uit lunchen wilden nemen naar het Spa-hotel in Harrogate. Om het te vieren.'

Dat verbaasde Cecily, en ze zei: 'Waarom zei u dat: "Om het te vieren"?'

'Omdat dat is wat ik wil, het met haar vieren. Ik wil haar zodra we er zijn over Margaret vertellen, dan kunnen we daarna naar Harrogate rijden. Ik vind dat tante Gwen nu van haar dochter moet weten. Niet morgen, niet volgende week. Ze is oud, Ceci.'

'U zult wel gelijk hebben. Maar zal ze niet boos zijn dat ik er ben? Ze heeft immers alleen u in vertrouwen genomen.'

'Jij hebt me van het tegendeel overtuigd. Enfin, je bent een Swann, en ze houdt van je, is trots op je succes. En dolblij dat Miles eindelijk met je kon trouwen. Kun je niet met me meegaan naar Harrogate? Of heb je het te druk vandaag?' Charlotte klonk bezorgd. 'Ik heb er behoefte aan je bij me te hebben.'

'Alles kan wel wachten, tante Charlotte. Ik heb de contracten voor de vijf fabrieken getekend. Dat was het belangrijkste dat ik vandaag moest doen. En u hebt gelijk, laten we dat doen.'

Mrs. Jasper, de huishoudster, begroette hen bij de voordeur van Little Skell Manor en vroeg toen: 'Gaat *her ladyship* vandaag met u buiten de deur lunchen, Lady Mowbray?'

'Ja, Mrs. Jasper. Ik weet dat het uw vrije middag is. Lady Gwendolyn heeft me dat al verteld. Dus u hoeft zich nergens zorgen over te maken. Wij zorgen de hele dag voor haar. En ze vertelde me dat Sarah, het dienstmeisje, tot uw terugkeer vanavond uw taken zal overnemen.'

'Dat klopt, Lady Mowbray.'

Charlotte knikte. '*Her ladyship* zal vanavond echter bij ons dineren.'

'Dank u, *m'lady*.'

Even later liepen ze gehaast de zitkamer in die uitzag op de tuin, waar Lady Gwendolyn op hen zat te wachten.

'Wat zien jullie er elegant uit... schattig, jullie alle twee,' merkte ze op, nadat ze haar allebei hadden gekust.

'U ook, oudtante,' reageerde Cecily. 'En ik ben blij dat ik dat blauwe complet voor u heb veranderd. Het staat u heel chic, en de ridderspoorblauwe blouse past bij uw ogen.'

Lady Gwendolyn lachte. 'O, ik weet wat je denkt, Ceci. Ik plaag de Ingham-meisjes er altijd mee dat ze kleding dragen die bij hun ogen past...' Ze schudde haar hoofd. 'Maar je weet heel goed dat ik dat zelf ook altijd heb gedaan. Kan er niets aan doen.'

Charlotte en Ceci lachten.

Lady Gwendolyn nam hen allebei enigszins achterdochtig op en vervolgde behoedzaam: 'Ik ben niet op mijn achterhoofd gevallen, hoor. Volgens mij voeren jullie iets in jullie schild. En waarom gaan we iets vieren? Heb je iets nieuws en bijzonders gecreëerd, Ceci? Dat is het, hè?'

Cecily schudde haar hoofd en liet zich op een stoel tegenover Lady Gwendolyn zakken; Charlotte ging bij de bejaarde matriarch op de bank zitten.

'Dat is het niet,' zei Cecily. 'Er is onlangs, heel toevallig, eindelijk iets gebeurd wat duidelijk zo moest gebeuren.'

'En dat was?' vroeg Lady Gwendolyn, zich vooroverbuigend met een gezicht waarop plotseling nieuwsgierigheid, maar ook een zweem van iets anders lag.

'Uw wens is uitgekomen. Tante Charlotte ging iets doen voor het Women's Institute, en ze heeft u iets te vertellen.'

Charlotte pakte de hand van de oude dame. 'Weet u nog dat u me een keer uw grootste geheim toevertrouwde? Over het kind, de dochter die u moest afstaan?' Ze zweeg even. 'Ik denk dat ik haar mogelijk gevonden heb.'

Dit overviel Lady Gwendolyn zozeer dat ze hen met gefronst voorhoofd bleef aanstaren. Toen herhaalde ze verwonderd: 'Je hebt mijn dóchter gevonden?' Ze wendde zich tot Charlotte en vroeg met een beverige stem: 'Is het waar? Hebben jullie... Márgaret gevonden? Het kan niet waar zijn. Hoe kan dat na al die jaren?' Ze klonk perplex.

'Maar het is zo, tante Gwen,' antwoordde Charlotte ferm. 'En ze héét Margaret. Cecily heeft haar op mijn verzoek ook gezien, en ze is het met me eens dat ze het werkelijk is. Ze is uw dochter, werkelijk waar. Ik heb al het bewijs dat u maar kunt wensen.'

Lady Gwendolyn voelde de tranen opwellen. Haar ogen waren vochtig, en ze zat zo vol emotie dat ze geen woord kon uitbrengen. Er speelden veel vragen door haar hoofd. Ze wilde alles weten, vragen stellen. Maar ze sprak nog steeds niet. Ze kon het niet.

Cecily en Charlotte wachtten geduldig en gaven haar de tijd, wetende dat hun nieuws haar geschokt had.

Uiteindelijk zei ze zacht: 'Ze hebben mijn naam voor haar behouden... haar adoptieouders hebben haar Margaret genoemd.' De tranen rolden over haar wangen en vielen op de ineengeklemde handen op haar schoot. 'Kun je me hier alsjeblieft alles over vertellen, Charlotte?'

'Ja, natuurlijk.' Terwijl ze dat zei gaf Charlotte Lady Gwen een zakdoek om haar ogen te drogen. En toen begon ze. Ze legde uit dat ze de inblikmachine nodig had gehad voor het maken van jam en dat ze naar Mrs. Margaret Howell Johnson was gegaan, die precies op Diedre leek, en dat Mrs. Johnson tijdens haar bezoek Charlotte had bekend dat ze geadopteerd was. Charlotte vervolgde haar verhaal en vertelde haar over de andere bezoeken en over de reden waarom ze Margaret opnieuw had bezocht.

Toen ze uitverteld was, voegde Charlotte er nog aan toe: 'Mrs. Johnson was erg ontroerd toen ik haar vertelde dat ik haar biologische moeder meende te kennen. Ze huilde en ze was oprecht toen ze vroeg of ik een ontmoeting tussen jullie beiden kon regelen.'

Lady Gwendolyn zat Charlotte maar aan te staren, hoofdschuddend en nog steeds met een ongelovige uitdrukking op haar gezicht. 'Is het waar? Is het echt waar?'

'Ik verzeker u dat het waar is, tante. Mogen Ceci en ik u naar haar toe brengen?'

'Wanneer?'

'Nu. Vandaag. Als u het zeker weet en als de schok niet te groot is.'

'Laten we gaan,' antwoordde Lady Gwendolyn. 'En wel meteen.'

Een uur later ging Lady Gwendolyn, vergezeld van Cecily en Charlotte, de juwelierswinkel van Margaret Howell Johnson op de Parade in Harrogate binnen.

Tijdens de rit ernaartoe was Lady Gwendolyn heel stil geweest, verzonken in haar gedachten en herinneringen. Maar ze had haar zelfbeheersing hervonden en was er klaar voor de dochter te ontmoeten die ze vijftig jaar eerder had afgestaan.

Margaret wachtte hen op in haar kantoor; ze had de suggestie die Cecily via de telefoon had gedaan, opgevolgd, zodat ze elkaar de eerste keer strikt privé zouden ontmoeten. Zonder dat de verkoopsters konden meekijken.

Hoewel ze achtennegentig was, liep Lady Gwendolyn nog steeds fier rechtop, maar wel langzaam, en ze voelde zich zekerder wanneer ze Charlottes arm kon vasthouden.

Margaret stond bij de haard. Toen ze de koninklijke en elegante dame het vertrek zag binnenkomen, welden de tranen op. En toen rende ze spontaan op haar af, zo graag wilde ze weten of deze vrouw werkelijk haar moeder was.

Ze stonden elkaar lang aan te kijken, waarbij ieder zichzelf weerspiegeld zag in de ander. En toen stapte Margaret naar voren en deed Lady Gwendolyn hetzelfde, en ze omhelsden elkaar en hielden elkaar stevig vast en huilden. En ze wisten het.

Even later stapte Margaret naar achteren, niet in staat haar blik van Lady Gwendolyn af te wenden. 'Ik ben Margaret,' zei ze zacht, en toen haalde ze een envelop uit haar zak.

Hij was aan de randen vergeeld van ouderdom, en terwijl ze hem Lady Gwendolyn aanreikte, zei ze: 'Ze hebben dit bewaard… het zat bij de doopjurk en de mooie kleertjes. Ze hebben het aan mij gegeven toen ik tien was. Toen ze me vertelden dat ik geadopteerd was.'

Lady Gwendolyn maakte de envelop open en haalde het papiertje eruit dat erin zat, en herkende het van lang geleden. Ze had erop geschreven: 'Ze heet Margaret.'

De tranen liepen over Lady Gwens gerimpelde wangen, en ze zuchtte diep door alle herinneringen, en toen zei ze: 'Ik heb iedere dag van mijn leven aan je gedacht. En gebeden dat je veilig was, dat ze goed voor je waren geweest.'

'En ik heb altijd geweten dat er iets ontbrak aan mijn leven, en dat was u.'

Charlotte stapte naar voren en zei: 'Margaret, ik wil je graag voorstellen aan je moeder, Lady Gwendolyn Ingham Baildon, de matriarch van de familie Ingham en de tante van de zesde graaf van Mowbray.'

Margaret, die bleker was dan ooit en duidelijk aangedaan was door de ontmoeting, knikte slechts. Plotseling, onverwachts, glimlachte ze, stak haar hand uit en pakte Lady Gwendolyn bij de arm. 'Kom, gaat u zitten.' Haar stem klonk warm en liefdevol.

Charlotte en Cecily liepen achter de twee vrouwen aan, en toen ze zich geïnstalleerd hadden, reikte Lady Gwendolyn Charlotte het papiertje aan. 'Ik heb die woorden vijftig jaar geleden geschreven, en ik meen dat ik jou heb verteld dat ik dat had gedaan.'

Charlotte keek ernaar en knikte. 'Dat is zo, tante Gwen. En dat is voor u nog meer bewijs. Het sluitende bewijs.'

Met een lachje zei Lady Gwendolyn: 'Ik heb eigenlijk geen bewijs nodig.' Ze nam Margaret aandachtig op en zei zacht: 'Je ziet er een beetje uit zoals ik op jouw leeftijd, en je hebt de ogen van de Swanns... blauwachtig grijs met wat lavendelkleur, precies zoals je vader.'

Margaret probeerde de lach te retourneren, maar ze was nog steeds een beetje onder de indruk van de grandeur en aanwezigheid van deze uitzonderlijke vrouw die nog steeds mooi was. En ze was zo ontroerd door de gelegenheid dat ze heel emotioneel was.

Lady Gwendolyn begreep dit en pakte Margarets hand vast. 'Ik ben blij dat we eindelijk herenigd zijn... ik had dood kunnen zijn.'

'O, zeg dat alstublieft niet, *m'lady*.'

Lady Gwendolyn staarde haar aan. 'Ik ben je moeder, Margaret, en ik zou het fijn vinden als je me zo aansprak.'

Margaret knikte en begon onverwachts te praten, en Lady Gwendolyn luisterde en reageerde.

Charlotte en Cecily glipten weg en lieten hen alleen. Ze liepen wat door de stad om moeder en dochter de gelegenheid te geven elkaar te leren kennen. Toen ze terugkeerden, troffen ze rode ogen aan en gezichten waar een nieuw geluk van afstraalde, en de vier vrouwen gingen lunchen in het Spa-hotel en brachten met champagne een toost uit op de gelegenheid. Het was een schitterende dag.

Hoofdstuk 35

Diedre zat achter haar bureau in het ministerie van Oorlog naar de kleine tafelklok tegenover haar te staren. Het was in Londen bijna halfeen. Halftwee in Parijs. De wijzers leken zich deze woensdagmiddag langzaam voort te bewegen. Maar zo ging het altijd wanneer je op een belangrijk telefoontje wachtte. Op de een of andere manier leek de telefoon nooit te rinkelen wanneer dat moest.

Ter afleiding zette ze haar zorgen over Tony en de Steinbrenners opzij en haalde twee mappen tevoorschijn met informatie over de agenten die Will pas had aangenomen.

Ze opende de bovenste map en begon hem door te nemen. Alsof hij het wist, begon de telefoon te rinkelen. Ze nam meteen op. 'Hallo? Met wie?'

'Met mij,' zei Tony.

'Ik heb met smart zitten wachten op je telefoontje,' zei ze.

'Sorry. Er was helaas oponthoud –'

'Waar zit je?' onderbrak ze hem gebiedend. 'Je klinkt raar, alsof je in een tunnel zit.'

'Ik sta in een telefooncel in de hal van het Plaza Athénée aan de Avenue Montaigne in Parijs.'

'Zo! Wat chic! En waarom daar?' vroeg ze, duidelijk verbaasd.

'Ik verblijf hier. Wij allemaal, met dank aan Alexander Dubé.'

'Goeie genade, dat slaat alles! Hoe is dat zo gekomen?'

'Geen van ons heeft goed geslapen in de trein, die trouwens afgeladen was. Toen we vanmorgen in Parijs aankwamen, concludeerde Mr. Dubé dat we allemaal slaap nodig hadden. Hij had gelijk.'

'Moet ik hieruit opmaken dat Alexander Dubé de hotelrekening betaalt?' De verbazing klonk door in haar stem. 'Je zei toch: met dank aan Mr. Dubé?'

'Dat zei ik. Hij betaalt niet de mijne. Ik heb dat al rechtgezet. Ook de professor stond erop zijn eigen rekening te betalen. Wat ik bedoelde, is dat we in het Plaza Athénée terecht zijn gekomen, omdat Mr. Dubé er connecties heeft, plus een goede vriend die hoofd reserveringen is. Zo is het ons gelukt vijf kamers te krijgen. Het was duidelijk beter om naar een hotel te gaan dat Mr. Dubé gebruikt dan te proberen een ander te zoeken.'

'Ik begrijp het. Het was een goed idee. Hoe zit het met de visa?'

'Ik ben met hun paspoorten naar de Britse ambassade geweest. Ik kan de documenten vanmiddag om vier uur ophalen,' antwoordde Tony.

Diedre leunde achterover en ontspande zich opgelucht. 'Godzijdank dat alles zonder incidenten is –'

'Dat nou niet bepaald,' onderbrak Tony haar – hij klonk plotseling gespannen. 'We hebben een probleem, baas.'

'Wat voor probleem?' vroeg Diedre terwijl ze rechtop ging zitten en de hoorn steviger vastgreep. 'Toch niet met Mrs. Steinbrenner? O, god, ik hoop het niet!'

'Helaas wel. Ze is verdwenen.'

Diedre voelde een kilte door zich heen trekken en ze verroerde zich niet, gefocust op wat hij zojuist had gezegd. 'Wat bedoel je met "verdwenen", Tony? In rook opgegaan?'

'Ja.'

'Vertel.' Terwijl ze sprak trok ze een notitieboekje naar zich toe.

'Ze is het voor het laatst gezien in hun slaapkamer,' begon Tony. 'De professor is kennelijk naar beneden gegaan om met Elise en Kurt te ontbijten. Toen ze een uur later in de suite terugkwamen, was ze weg.'

'Maar ze is vast ergens in het hotel,' wierp Diedre tegen, geschrokken van dit nieuws en zich afvragend hoe ze het aan moesten pakken.

'Ze is niet in het hotel. De manager heeft een paar personeelsleden overal laten zoeken.' Tony zuchtte diep. 'Ze is 'm wel degelijk gesmeerd, en ik weet niet wat ik moet doen, Diedre. Zeg jij het maar.'

'Tony, ik weet het werkelijk niet. Er is eigenlijk niets wat je kúnt doen…

Waar moet je heen? Waar moet je zoeken? Wacht eens even, kent ze Parijs? Heeft ze er vrienden?'

'Voor zover ik weet niet. De professor zegt dat ze nog nooit in Parijs is geweest.'

'Dus ze is niet naar een favoriete winkel gegaan, of naar vrienden?'

'Ik weet zeker van niet, Diedre. Geloof me, de professor staat evenzeer voor een raadsel als ik. En Alexander ook.'

'Hoe haalt ze het in haar hoofd!' riep Diedre, nu nog geïrriteerder, uit. 'Dat ze zomaar verdwijnt is te gek voor woorden. Na alles wat er is gedaan om hen Berlijn uit te krijgen, en al die mensen die erbij betrokken waren, die zich hebben ingezet om hen te helpen.' Diedre haalde diep adem en moest haar uiterste best doen om haar oplaaiende woede onder controle te krijgen. 'Waar zit haar verstand?'

'Weet je, ik ben het met je eens. Het is ongelooflijk. Ik was helemaal verbouwereerd. En wat dat verstand betreft, ik weet het niet.'

'Wat is ze voor iemand?' vroeg Diedre. 'Vertel me eens iets over haar.'

'Nerveus van aard, zo gespannen als een veer, zou ik zeggen. In zichzelf gekeerd, helemaal in haar eigen wereld. Ze is moeilijk te verklaren, Diedre. Maar ik mag haar niet. En Alexander Dubé heeft ook zo zijn bedenkingen.'

'Ze was al vreemd voordat ze weggingen, laten we dat niet vergeten,' merkte Diedre op. 'Ze wilde niet vertrekken. Enfin, wat je zegt is dus dat ze gewoon de suite heeft verlaten, het hotel uit is gelopen en spoorloos is verdwenen. En niemand weet iets. Zit het zo?' Diedre zat te koken van woede.

'Je vat 'm,' antwoordde Tony. 'Weet je, ze kan overal zijn... zelfs op weg naar een andere stad. Gelukkig niet naar een ander land. Haar paspoort ligt op de Britse ambassade.' Diedre, die aandachtig luisterde, riep plotseling uit: 'Tony, je suggereert dat ze weggelopen is... denk je dat echt?'

'Weet ik niet zeker. Maar waarom heeft ze het hotel verlaten? Waar is dat mens in godsnaam? Ze kent alle plannen die we gemaakt hebben.'

Diedre zweeg even, dacht koortsachtig na, en toen zei ze: 'Hoe is de dag verlopen, Tony? Neem hem langzaam door.'

'We kwamen vanmorgen om halfzeven aan op Gare du Nord. We zijn in twee taxi's naar hotel Plaza Athénée gegaan. Alexander regelde de kamers. En we schreven ons allemaal in. Daarna gingen we naar onze kamer. Ik had uiteraard hun reisdocumenten, want ik zou onmiddellijk naar de Britse ambassade gaan. En dat heb ik ook gedaan. Ik zei tegen de professor dat hij ervoor moest zorgen dat zijn gezin zich ontspande, uitrustte, naar bed ging. Ze waren doodop, vooral de kinderen.'

'Ik begrijp het. En toen je terugkwam in het hotel was ze verdwenen. Hoe laat was dat, Tony?'

'Ongeveer kwart over elf, halftwaalf. Ik stond in de lobby een krant te kopen toen Alexander me zag. Hij had op mijn terugkeer gewacht en vertelde me wat er was gebeurd. Ik was verbijsterd. En hij ook – nogal ontdaan, in feite.'

'Dat kan ik me voorstellen. Had hij nog iets op te merken?'

'Niet echt. Hij zei alleen dat ze de vreemdste vrouw was die hij ooit had ontmoet.'

'Jaja. Laten we even vooruitdenken. Ik neem aan dat je plaatsen op de boottrein voor morgen hebt gereserveerd?' zei Diedre.

'Dat klopt. Ik heb me aan ons plan gehouden. We rusten vannacht in Parijs uit en vertrekken morgen naar Londen...' Tony hield abrupt op en riep uit: 'Wat moet ik in godsnaam doen, Diedre? Heb jij nog ideeën?'

'Ja, ik heb er een paar. Allereerst moet de professor zijn vrouw als vermist opgeven bij de Franse politie en daarna alle ziekenhuizen afgaan. Voor het geval ze een wandelingetje is gaan maken en een ongeluk heeft gehad –'

'Dat heb ik hem al laten doen. Ik heb de situatie met Dubé besproken voordat ik jou belde, en hij vindt dat we door moeten gaan, de kinderen morgen naar Greta in Londen moeten brengen.'

'En jij? Wat is jouw idee, Tony?'

'Ik ben het ermee eens. En ik zou nog een stap verder willen gaan. Ik denk dat de professor ook zou moeten vertrekken en met ons mee zou moeten gaan.'

‘Goeie god, Tony, wil je dat hij zijn vrouw in de steek laat? Dat is wel heel kras. Maar ook praktisch.’

‘In mijn ogen heeft zij hem verlaten. Zij is degene die aan het zwerven is geslagen. Hij zou hier nog weken op haar kunnen zitten wachten. Luister, Daffy Dilly, er is iets mis met dat huwelijk. Het hangt als los zand aan mekaar. Ze doen vriendelijk tegen elkaar, er is geen vijandigheid, maar verder is er niets.’

Diedre zei: ‘Het huwelijk is misschien voorbij. Maar waarom zou ze er zomaar vandoor gaan? Het is totaal onbegrijpelijk.’

‘We moeten de knoop doorhakken, baas. Nu!’ riep hij uit – zijn vermoeidheid begon hem parten te spelen en maakte hem ongeduldig.

‘Ja, inderdaad, Tony. Je kunt de professor maar beter vertellen wat zijn opties zijn. En ik ben het met je eens: hij zou met zijn kinderen naar Londen moeten gaan, niet in Parijs blijven hangen om te wachten tot zijn vermiste vrouw opduikt. Elise en Kurt zijn het belangrijkst, en hij zou bij hen moeten zijn in Greta’s huis.’

‘Bedankt, Diedre, we zitten op één lijn. Ik spreek je nog.’

‘Neem alsjeblieft wat rust,’ zei ze, maar hij had al opgehangen.

Na een paar minuten nagedacht te hebben stond Diedre op en liep naar het raam om naar buiten te kijken. Ze had een aantal scenario’s bedacht die ze over de vreemde verdwijning van Frau Steinbrenner zou kunnen schrijven. Geen ervan leek echter helemaal te kloppen. Maar de vrouw wás een probleem, dat leed voor haar geen twijfel.

Diedre keerde zich om, streek met haar handen haar rok glad, trok de hals van haar witte zijden blouse recht, deed het bij de rok horende wijnrode jasje aan en liep de gang in.

Even later klopte ze op de deur van William Lawsons kantoor en liep meteen naar binnen.

Hij keek op en een brede glimlach verspreidde zich over zijn gezicht. ‘Je leest mijn gedachten. Ik wilde net bij jou langsgaan.’

'Daar ben ik dan,' mompelde ze, en ze ging in de stoel tegenover zijn bureau zitten.

'Je komt met slecht nieuws,' zei hij, zich over zijn bureau heen buigend en zijn aandacht op haar richtend.

'Hoe weet je dat?'

'Omdat je een verslagen uitdrukking op je gezicht hebt,' antwoordde hij.

'Je kent me maar al te goed. Ik moet nodig wat aan mijn zelfbeheersing doen. Een nietszeggende uitdrukking op mijn gezicht leggen.'

Er verscheen een lachje in zijn ogen, dat meteen weer weggleed. 'Voor de draad ermee,' zei hij.

Diedre reageerde niet. Ze zat hem alleen maar aan te kijken, denkend dat hij er zo moe uitzag, zo ontzettend moe. En ze vroeg zich onwillekeurig af waarom alleenstaande mannen toch altijd zo slecht voor zichzelf zorgden. Ze wisten niet hoe dat moest, concludeerde ze. Want ze zijn eraan gewend dat hun moeders hen in de watten leggen. Ze hebben allemaal een vrouw nodig. Dat geldt voor Tony, en zeker voor Will –

'Er is iets misgegaan met de evacuatie uit Berlijn,' kondigde William aan, haar gedachtegang onderbrekend. 'En laat me speculeren… Het gaat om Mrs. Steinbrenner, daar durf ik wat om te verwedden.'

Ondanks de ernst van het moment verscheen er even een glimlach op Diedres gezicht, en ze moest zelfs lachen. 'Knap, Will. We kunnen allemaal iets van je leren. En er valt nog veel te leren.'

'Ik ben gewoon goed in het interpreteren van gezichtsuitdrukkingen. Nou, vertel op. Je hebt iets van Tony gehoord.'

'Ik heb net het gesprek beëindigd. En dit is wat hij me vertelde, Will.' Ze vertelde alles langzaam en precies en nam haar telefoongesprek met Tony Jenkins door zonder één detail van Tony's verslag over te slaan.

Toen ze klaar was, zei Will even niets. 'Dus je hebt tegen Tony gezegd dat hij Elise en Kurt naar Greta moet brengen, en je was het met hem eens dat de professor hen zou moeten vergezellen. Klopt dat?'

'Ja.'

'Om permanent te blijven?' Zijn ogen vernauwden zich enigszins.

'Uiteraard. De kinderen hebben hem nodig, hij moet bij hen blijven.'

'Dus hij zou niet terug moeten gaan naar Parijs om zijn vrouw te zoeken?' Will leunde achterover en keek haar nog steeds indringend aan.

'Inderdaad. Dat zou gekkenwerk zijn. Ze is weg. Er is geen enkele manier waarop hij haar kan zoeken, Will. Ikzelf ben van mening dat hij het zich niet kan veroorloven in hotel Plaza Athénée te blijven wonen, in de hoop dat ze daarnaartoe terugkeert om hem te zoeken. Dat is heel duur.'

'Ik weet het.' Hij zweeg even en zei toen zacht: 'Ik neem aan dat de professor niet veel keus heeft. Ik denk trouwens dat het voorstel van Tony onder de huidige omstandigheden het beste is.' Na een korte stilte vroeg hij: 'Ga je tegen Greta Chalmers zeggen dat ze onderweg zijn?'

'Nee,' was haar onmiddellijke reactie. 'En ik zeg het ook niet tegen Cecily. Ik kan niets garanderen zolang de professor en zijn kinderen nog niet op Engelse bodem zijn. Pas dan krijgt Greta het te horen. En geen moment eerder.'

William fronste zijn wenkbrauwen en toen hij zei: 'Je bent bijzonder behoedzaam. Je denkt toch niet dat er nog iets anders mis kan gaan?"

'Ik weet het niet. Het zou kunnen.'

Zijn frons bleef. Hij nam haar een poos aandachtig op en vroeg ten slotte: 'Wat zijn jouw theorieën over deze vreemde verdwijning? Hoe kijk jij ertegen aan?'

'Er klopt iets niet,' verkondigde ze.

'En wat er niet klopt is Mrs. Steinbrenner. Dat is toch wat je denkt, Diedre?'

'Ja. Mijn zwager, Hugo Stanton, heeft vele jaren in New York gewoond en daar een aantal uitdrukkingen opgepikt. Als ik dit verhaal aan Hugo zou vertellen, zou hij meteen zeggen: "Dit is niet helemaal koosjer." Geloof me, dat zou hij zeggen.'

'Niet koosjer, hm? Dat is nogal een bewering. Wat doet je die conclusie trekken?'

'Het gedrag van Mrs. Steinbrenner. Ze krijgt de zenuwen in Berlijn, wil niet vertrekken, is bang dat ze gesnapt en gedood worden. Het lukt Tony en Alexander Dubé haar te kalmeren, en ze krijgen haar nog nét niet met geweld de trein naar Parijs in. Zodra ze in Parijs alleen wordt gelaten, neemt ze de benen. Waarheen?'

Diedre keek William Lawson lang en indringend aan. 'Of misschien zouden we moeten zeggen: naar wíé?'

De donkere ogen van William lichtten begrijpend op, en hij vroeg: 'Denk je dat er een andere man in haar leven is?'

Diedre haalde haar schouders op. 'Een andere man, een dierbaar familielid, een kind? Een andere vrouw? Ik weet het niet. Raden heeft weinig zin. Maar het is het enige wat ik kan bedenken, want dit gedrag getuigt beslist van een emotie die hoog opspeelt. Ga maar na: een Joodse vrouw die in nazi-Duitsland wil blijven, een vrouw die geen Frans of Engels spreekt, verlaat haar hotel in Parijs en laat haar beminde echtgenoot en kinderen achter. Behalve dan dat misschien geen van hen bemind is. En verdwijnt in no time van de aardbodem. De motivatie moet hier allesbepalend zijn.'

William zweeg en nam haar aandachtig op – wat was ze toch in veel opzichten briljant. Maar hij moest nog een beetje meer aandringen en zei: 'Ik kan niet anders dan het met je eens zijn. Er is echter één zwak punt in de theorie dat ze naar, laten we zeggen, iemand anders is gevlucht. En dat is dit: hoe heeft ze met die ander afspraken gemaakt? Had ze wel de tijd of de gelegenheid om plannen uit te werken?'

Diedre knikte snel en zei: 'Ik ben het met je eens. Er zijn inderdaad veel zwakke punten in mijn theorie. Maar je zou er versteld van staan hoe sluw en slim sommige vrouwen kunnen zijn, vooral wanneer er liefde in het spel is.'

Hoofdstuk 36

Ze heette Laure de Bourgeval. William Lawson had haar de codenaam Étoile gegeven, omdat ze, zoals hij in zijn briefje aan Diedre schreef, een ster was. Ze had een Franse vader en een Engelse moeder en sprak beide talen vloeiend, en kon zowel voor Engelse als voor Française doorgaan. Ze had aan de Sorbonne gestudeerd. Laure was naar hem toe gestuurd door een van zijn contactpersonen in Parijs, die haar zeer aanbeval. Ze was zevenentwintig en heel atletisch.

Diedre bestudeerde de rest van het briefje dat Will haar geschreven had en opende toen de map met informatie over de tweede agent, Alain Gilliot, die ook zevenentwintig was en geboren in de Provence; hij had Frans-Engelse ouders. Ook hij had aan de Sorbonne in Parijs gestudeerd en was net als Laure intelligent, snel van begrip, flink en atletisch.

Diedre wist dat dit belangrijk was, aangezien ze beiden misschien per parachute in Frankrijk gedropt zouden moeten worden, en fysiek zeker heel actief zouden zijn.

Ze zouden de volgende week bij haar komen om kennis te maken en tegelijkertijd elkaar leren kennen. Ze zouden niet als team werken, maar zowel Will als Diedre meende dat ze elkaar moesten kennen. Ze zouden geheim agenten zijn die in hetzelfde land werkten en zouden elkaar in geval van nood kunnen helpen. Het was haar taak hen tijdens hun opleiding te begeleiden, in een speciaal centrum net buiten Londen dat onlangs geopend was.

De bel van de telefoon verbrak haar concentratie, en toen ze Tony's stem hoorde, wist ze meteen dat ze een probleem hadden.

'Er is weer iets misgegaan,' zei ze, terwijl ze achteroverleunde in haar stoel en zich op het ergste voorbereidde.

'Niet echt,' antwoordde Tony. 'De professor wil nog niet weg. Hij zegt dat zijn vrouw pas sinds vanmorgen vermist is en vindt dat we nog een paar dagen in Parijs moeten blijven.'

'Tja, we kunnen hem niet dwingen,' reageerde Diedre. 'En misschien moet je nog even blijven. Ze is dus nog niet teruggekeerd of in een ziekenhuis gevonden?'

'Dat klopt. Maar ik heb wel wat meer inzicht in de situatie, Diedre. Ik heb met Elise gesproken, een aardige jonge vrouw, en met haar zeventien jaren bijzonder volwassen. Ze heeft me in vertrouwen genomen. Heddy Steinbrenner is kennelijk depressief en blijkbaar wel eens vaker een nacht weggebleven. Ook wel eens twee. Daarna kwam ze gewoon terug, zonder echt uit te leggen waar ze was geweest. En dan gingen ze allemaal gewoon weer verder alsof er niets was gebeurd.'

'Zonder enige verklaring?'

'Geen afdoende. Elise zegt dat haar moeder bijvoorbeeld zei dat ze bij een vriendin had geslapen, of in een hotel, omdat ze gewoon alleen moest zijn. Of het nu goed of fout is, ze hebben dit in de loop der jaren blijkbaar allemaal geaccepteerd.'

'Maar je gaf aan dat de professor net zo verbijsterd was als jij en Alexander Dubé.'

'Daar leek het wel op. Ik heb Elise daarnaar gevraagd, en ze zei dat haar vader zich nooit zorgen leek te maken om deze verdwijntruc. Enfin, waar het om gaat is dat ze denkt dat haar moeder wel weer zal opduiken.'

'Ik sluit me bij de mening van het meisje aan, Tony. Ze heeft geen reden om dit verhaal te verzinnen. Of om te liegen. Dus blijf nog even daar. Dat is denk ik de beste koers.'

'Ik zal de tickets voor de boottrein wijzigen. Zal ik de overtocht voor vrijdag of zaterdag boeken?'

'Ik moet die beslissing helaas aan jou laten, Tony. Toch vind ik deze situatie heel raadselachtig, raar zelfs. Maar laten we de professor de tijd geven die hij nodig heeft.'

'Ik wist dat je dat zou zeggen; het is het beste.'

'Hou contact, Tony.'

'Doe ik. Tot gauw, Daffy Dilly.'

'Ik reken erop, Toby Jung.'

Diedre ging verder met het dossier van Alain Gilliot en las de rest van de informatie over hem, die indrukwekkend was. Ze merkte op dat Will hem de codenaam Émeraude had gegeven, omdat zijn hobby bestond uit het schilderen van landschappen vol prachtige smaragdgroene bomen.

Maar plotseling begonnen gedachten aan Heddy Steinbrenner zich op te dringen, en ze sloot de map en staarde voor zich uit, terwijl er allerlei vreemde ideeën door haar hoofd spookten. En uiteindelijk kwam ze tot een conclusie.

Ze pakte de hoorn van de haak en liet zich verbinden met Tony in hotel Plaza Athénée en even later begroette hij haar.

Omdat ze direct de bezorgdheid in zijn stem hoorde, zei ze: 'Ik heb heel diep nagedacht over het probleem waarmee je te maken hebt, en ik wil dat je voorbereid bent. Ik geloof niet dat de Frau zal terugkomen. Ik denk dat de vogel gevlogen is.'

'Weet jij iets wat ik niet weet?' riep hij uit, zich afvragend waar haar informatie vandaan kwam.

'Nee, eigenlijk niet, nee. Maar ik ben een paar dingen gaan beseffen. Er is hier duidelijk sprake van een patroon, gezien de informatie die Elise je verstrekte. Volgens haar is de Frau altijd teruggekeerd na een dag en nacht weg te zijn geweest. Ik weet zeker dat er iemand anders in haar leven is en dat ze nu bij die persoon is. Man of vrouw.'

'Hoe weet je dat zo zeker, Diedre?'

'Nou ja, ik weet het niet honderd procent zeker, maar voor zover ik iets van haar weet, is ze een vrouw met problemen die er af en toe behoefte aan heeft weg te zijn bij haar gezin. Ik denk echter dat er heel wat meer gaande is dan je zo op het oog zou denken. Wat het ook is, naar Londen gaat ze niet. Het is voor haar noodzakelijk om in Parijs te blijven. Je zult het zien: die komt niet zoals je denkt morgen voor de thee opdraven.'

'Ik bid en hoop dat ze dat wel doet. Maar moeten Alexander Dubé en ik ons nu houden aan ons plan om vrijdag de boottrein te nemen?' vroeg Tony.

'Morgen kun je niet weg. Hou je maar aan je schema.'

'Goed, dan heb ik ook wat armslag,' antwoordde Tony uiterst gespannen.

'Ik leg het probleem nu in jouw handen, Tony,' kondigde Diedre aan. 'Handel alles naar eigen goeddunken af. Ik moet me met andere zaken bezighouden. Het werk stapelt zich op. Wat zeg je ervan?'

'Ja, ik zal het uiteraard afhandelen. Wie laat Greta Chalmers weten dat ze eraan komen? Met of zonder de Frau?'

'Misschien kun je de professor Greta laten bellen – wanneer de Frau terug is in het hotel, of niet terug is. Dan kan Greta jullie opwachten op het station in Londen en hen meenemen naar haar huis.' Er viel een korte stilte, en Diedre slaakte een vermoeide zucht. Ze zei: 'En hopelijk zullen jij en Mr. Dubé dan eindelijk van hen verlost zijn. Eind goed, al goed, zoals Shakespeare al zo toepasselijk zei.'

Tony begreep waarom ze dit nu aan hem had overgedragen; hij zou haar niet teleurstellen. 'Ik hoop dat jij en ik volgende week samen kunnen lunchen, Diedre. Je verwacht toch dat ik me kom melden?'

'Zeker, en Will heeft je een kantoor naast het mijne toebedeeld. Waar ga je wonen?'

'Voorlopig in mijn moeders woning in South Audley Street. Ze is meestal in Gloustershire, zoals je weet, en ik vind wel gauw een eigen woning. Ben jij er dit weekend?'

'Nee, Tony. Ik ga morgen al naar Cavendon. Het is mijn laatste weekend met Robin voordat hij weer naar kostschool gaat. Maar we kunnen elkaar spreken wanneer je maar wilt. En hou me alsjeblieft op de hoogte van de ontwikkelingen.'

'Doe ik.'

De volgende ochtend om zes uur Londense tijd begon Diedres telefoon te rinkelen. Bijna voordat ze de hoorn had opgepakt, wist ze waar het telefoontje over ging en wie haar belde.

'Goeiemorgen, Tony.'

'Hoe wist je dat ik het was, Diedre?'

'Dat wist ik gewoon... telepathie of iets dergelijks. Ik neem aan dat het geen goed nieuws is, aangezien je me zo vroeg belt.'

'Je had gelijk. De Frau is gisteren niet meer teruggekomen voor de thee. De professor lijkt nu vastbesloten te vertrekken. Hij maakt zich zorgen om de veiligheid van zijn kinderen, wil ze het Europese vasteland uit hebben. Hij wil ze dolgraag naar Greta's huis in Londen brengen.'

'Dus hij wil niet langer op zijn vrouw wachten?' vroeg Diedre terwijl ze rechtop in bed ging zitten.

'Hij zegt dat het onzeker is wanneer ze terugkomt. Zelfs óf ze terugkomt. Hij werd plotseling heel openhartig tegen mij en Alexander Dubé. Het huwelijk is slechts een huwelijk in naam, zo stelde hij het beleefd. Hij is er vrij zeker van dat ze verblijft bij iemand in Parijs. En zoals we van Elise weten, heeft Heddy al vaker de verdwijntruc gedaan. Dat meisje liegt niet. Ook zegt de professor dat hij zich niet langer de onkosten van het hotel kan permitteren. Hij kan hier zeker niet voor onbepaalde tijd blijven in de hoop dat zijn vrouw in de niet al te verre toekomst weer opduikt.'

'Ik begrijp het. Heb je haar reisdocumenten?'

'Ja, die heb ik, en toen ik ze aan de professor gaf, zei hij dat ze voor haar moesten worden vastgehouden op de Britse ambassade. Hij zei dat hij een briefje voor haar zou schrijven en in de envelop ook wat geld zou doen, en hij stelde voor dat ik het treinticket erbij zou doen – dat is nog een poosje geldig. Samen met het paspoort en het visum, natuurlijk.'

'Ik stel voor dat hij een brief aan zijn vrouw schrijft en haar uitlegt waar haar paspoort is, en die aan de hotelmanager geeft voor het geval ze terugkeert. Haar koffer wordt ook voor haar vastgehouden, neem ik aan?'

'Ja. We hebben aan al die dingen gedacht.'

Er viel een stilte, en Tony zei: 'Mijn god, je had gelijk! Ik dacht werkelijk dat ze met ons mee zou gaan naar Londen.'

'Ik betreur het dat ik gelijk had, maar het is niet anders. Wat hebben de kinderen gezegd? Hoe hebben ze gereageerd?'

'Elise lijkt het niet zo zwaar op te vatten. En Kurt eigenlijk ook niet. Ik denk dat ze volkomen van professor Steinbrenner afhankelijk zijn, en ik moet zeggen: het ís een warme en liefhebbende vader, en hij zet zich volledig in voor hun welzijn. Die twee schijnen te denken dat Heddy op een dag gewoon in Londen zal opduiken.'

'Dat betwijfel ik ten zeerste. De tijden veranderen in een rap tempo. Denk vooral niet dat de Führer niet happig is op Frankrijk. Gaat de professor Greta bellen?'

'Ja, maar alleen om haar te vertellen dat ze eraan komen en dat ze ons moet afhalen op het station.'

'Juist, ja.'

'Het is beter zo, Diedre,' mompelde Tony.

'Waarschijnlijk wel. Bedankt dat je het me verteld hebt, en bel me zondagochtend even. Ik wil gewoon weten of je weer veilig in Londen bent.'

'Doe ik,' zei hij, en hij verbrak de verbinding.

Diedre staarde naar de telefoon en er ontsnapte haar een lange zucht. Wat een vreemde manier van handelen voor een vrouw – haar man en kinderen verlaten en gewoon in de vergetelheid verdwijnen. Tja, sommige vrouwen deden een man dat aan. Maar kinderen? Ze kon het niet helpen, maar ze vond het een harteloze daad van Heddy Steinbrenner. Maar, zoals tante Charlotte altijd zei: zulke mensen moeten er ook zijn.

Hoofdstuk 37

DeLacy Ingham zat opgewekt in de hoofdeetzaal van hotel Dorchester op haar zus Diedre te wachtten. Ze dronk een glas limonade en zat bij te komen van een onverwachts drukke ochtend in de kunstgalerie, waar ze tot haar grote vreugde goed verkocht had. Heel goed zelfs.

Ze keek om zich heen en zag dat het restaurant snel volliep, en ze was blij dat ze eerder in de week gereserveerd had. Maar ze zouden voor haar hoe dan ook altijd een tafel vinden.

Voordat Dulcie naar Amerika was verhuisd, hadden DeLacy en Dulcie van de Grill Room hun 'kantine' gemaakt, zoals Dulcie het noemde. Afgezien van het feit dat ze het eten en de sfeer er heerlijk vonden, was het van de galerie in Mount Street naar hotel Dorchester maar een paar minuten lopen, en dus handig. Ze miste haar kleine zus, de oneerbiedigste en grappigste van hen vieren, en hoopte dat de tekenen die erop wezen dat ze terug zouden komen, juist waren.

Ze lachte stilletjes toen ze bedacht dat Cecily en Diedre om dezelfde redenen altijd hotel Ritz gebruikten, terwijl Daphne voor de lunch en de thee de voorkeur gaf aan hotel Brown, net als tante Charlotte. Niet dat die laatste twee voor hun werk een leuk restaurant in de buurt nodig hadden, maar ze hielden allebei van de rustige, tamelijk besloten sfeer bij hotel Brown.

Omdat ze zo in gedachten verzonken was, schrok DeLacy toen ze een bekende stem hoorde zeggen: 'Dag, schat! Vind je het goed als ik even bij je kom zitten?'

Ze richtte onmiddellijk haar blik op haar huidige vriend, Peter Musgrove, die daar plotseling stond, en riep uit: 'Peter! Ik dacht dat je vanochtend naar Parijs ging.'

'Mag ik nou komen zitten of niet?' vroeg hij, plotseling kortaf.

'Ja, natuurlijk,' antwoordde ze, en ze wenkte de dichtstbijzijnde ober. Tegen Peter zei ze: 'Wat wil je drinken?'

'Roze champagne,' zei hij tegen de ober die nu bij de tafel stond, en toen ging hij naast haar zitten.

'Mijn cliënt heeft de bespreking verzet. We gaan nu vanavond dineren. Dus neem ik een latere trein. Ik ben nu in feite op weg naar het station.'

'O,' zei ze.

'Ik weet dat je zus zo komt, dus ik blijf niet lang. Ik wilde je alleen maar iets vragen, en het is heel belangrijk,' kondigde Peter aan.

DeLacy was opgelucht dat hij nu meer als zichzelf klonk. Ze was de afgelopen paar maanden gaan beseffen dat hij een nogal heetgebakerde, ongeduldige man was, een eigenschap die haar niet beviel. Tot dusverre had ze deze kleine oprispingen van woede weten te hanteren, maar ze waren irritant. 'Ik ben een en al oor.' Ze toverde een grote glimlach op haar gezicht en nam een slok limonade.

'Er is een huis in Cirencester waar ik over ben getipt, een tamelijk mooi huis, en ik wil dat je met me meegaat om het te bekijken. Het volgende weekend. Zeg alsjeblieft ja, DeLacy.'

'Ik wil het graag komen bekijken, maar ik ben de komende weekends helaas niet beschikbaar. Daphne en ik werken aan een speciaal project, en dat krijgt voorrang.'

De lach gleed van zijn gezicht, en hij zei ontstemd: 'Waarom ben je in het weekend nooit vrij? Om bij mij te zijn?'

'Omdat ik naar Cavendon ga, en je weet waarom. Mijn vader is de afgelopen maanden niet zichzelf geweest, en hij vindt het fijn als ik er ben,' zei ze, beseffend dat het de zoveelste keer was dat ze dat uitlegde. 'En ook moet ik dat project met zijn zus doen.'

Hij stond op het punt om ruzie met haar te gaan maken, wat hij heerlijk vond, omdat hij ervan genoot als ze haar koele houding verloor. Maar toen hij de strakke lijn van haar kaken en de stalen blik in die babyblauwe ogen zag, veranderde hij ogenblikkelijk van gedachten. Ze kon een taaie rakker zijn. Hij kon haar maar beter niet te veel pushen, want anders zou ze hem zonder een cent laten stikken, en daarom schonk hij haar zijn warmste lach, stak zijn hand uit en hield de hare even vast.

Hij zei: 'Nou, goed dan. Misschien kunnen we ergens in de komende week gaan kijken?'

'Ik denk dat dat wel kan,' antwoordde ze; ze leunde achterover en nam hem aandachtig op.

IJdel, op zichzelf gericht en verwaand als hij was, merkte hij niet dat ze hem taxerend opnam, en ook niet dat ze haar lichaam bij hem weghield. 'Zoals je weet verlang ik naar een eigen huis, en ik denk dat dit het misschien is,' zei hij tegen haar, een vlakke toon in zijn stem leggend.

DeLacy knikte slechts en wilde maar dat Diedre kwam. 'Je zult het weten als dit het is,' zei ze neutraal, en ze vervolgde: 'Is je cliënt geïnteresseerd in je Renoir? Of de Sisley?'

Peter Musgrove hief de champagneflûte die voor hem was neergezet. 'Op jou, liefje.'

Zwijgend hief DeLacy haar glas limonade, en achteroverleunend luisterde ze terwijl hij het belang van de impressionistische schilderijen uitlegde en opschepte dat hij ze allebei aan zijn cliënt, een van de rijkste mannen in Frankrijk, zou verkopen. Want, zoals ze wist, kreeg immers niemand hogere prijzen dan hij, of was er niemand zo succesvol in de internationale kunstwereld.

Een paar minuten later, toen hij nog midden in zijn opschepperige verhaal zat, arriveerde Diedre.

Peter was zo verstandig, en zo welopgevoed, om meteen op te springen. Hij glimlachte naar Diedre en zei: 'Ga maar hier naast DeLacy zitten, Lady Diedre.'

'Dank je,' antwoordde Diedre, en ze ging zitten. Nadat ze haar zus op de wang had gekust, keek ze hem indringend aan terwijl hij zich op de stoel tegenover DeLacy liet zakken.

Wetende dat Diedre niet bepaald blij was Peter te zien, schonk DeLacy haar een lange, veelbetekenende blik en legde zijn aanwezigheid uit door te zeggen: 'Peter kwam heel even langs. Hij is eigenlijk op weg naar Parijs.' Ze keek op haar horloge en toen naar hem en zei nadrukkelijk: 'Ik denk dat je maar beter kunt gaan, Peter. Anders mis je nog je trein.'

DeLacy wendde zich tot Diedre en zei: 'Peter is de beste zakenman die er is op het gebied van kunstverkoop. Hij staat op het punt een heel grote deal te sluiten. Niet minder dan een Renoir en een Sisley.'

Peter keek haar stralend aan, zoals altijd dolblij met complimenten. Hij wist ook dat hij ervandoor moest gaan nu het meezat. Hij wilde DeLacy niet kwijt: ze was een hartstochtelijke vrouw, en bovendien een die hij gemakkelijk in zijn bed kon lokken – hij hoefde maar met zijn vingers te knippen. Hij sloeg de rest van zijn champagne achterover en stond op. 'Wat zou ik zonder jou moeten, DeLacy?' Zijn ogen bleef suggestief op haar rusten. 'Je zorgt altijd zo goed voor me... op welke manier dan ook, hè?'

DeLacy kromp inwendig ineen en boog slechts even haar hoofd.

'Prettige reis, Mr. Musgrove,' zei Diedre koel – ze liet er geen twijfel over bestaan dat ze hem direct wilde zien vertrekken.

'Dank u, Lady Diedre.' Hij bracht zijn hoofd bij DeLacy's wang en mompelde: 'Kan niet wachten tot de volgende week. We overnachten daar. O, ja.' En toen was hij weg, zich er volledig van bewust dat hij niet welkom was.

Zodra ze alleen waren, keek Diedre DeLacy aan en zei zacht: 'Niet te geloven dat hij nog steeds rondhangt. Ik dacht dat je hem de bons zou geven.'

'Dat zou ik ook. Dat zal ik ook. Ik heb hem de laatste tijd niet veel gezien. Maar eerlijk gezegd kan hij heel charmant en onderhoudend zijn, en hij heeft me heel wat klanten gestuurd. Ik heb nog niet de moed gehad hardvochtig te zijn. Of hem zijn congé te geven, maar ik zal het doen.'

Diedre zuchtte. 'Ik weet dat het een knappe vent is – hij lijkt zelfs wel een filmster. En toch is hij... afschúwelijk. Ik weet dat hij op Eton heeft gezeten en zo, maar hij is... hij heeft iets vulgairs, Lacy.'

'Dat is zo, ja,' antwoordde DeLacy, en ze dacht erachteraan: maar hij is zo goed in bed. Ze zei: 'Ik zal hem de bons geven, ik beloof het je.'

'Ik wil je niet beroven van mannelijk gezelschap, lieve Lacy. God weet dat je het niet gemakkelijk hebt gehad.' Ze schudde haar hoofd. 'Nou ja, je weet wat je moet doen en wanneer je het moet doen. Want je bent een slimme vrouw. Ik neem maar eens een drankje, denk ik.'

'Je ziet eruit alsof je er wel een kunt gebruiken, Diedre. Je hebt zeker een zware week achter de rug. Je bent ontzettend moe, denk ik.' DeLacy klonk plotseling bezorgd.

'Ik ben vermoeid. Daarom ben ik blij dat we vanmiddag samen met de trein naar Cavendon gaan. Ik kan niet wachten.' Ze zag een ober, wenkte hem en bestelde een wodka-tonic.

DeLacy zei: 'Iedereen is er dit weekend...' Ze hield op en trok een gezicht. 'Nou ja, niet iedereen. Ik mis Dulcie en James toch zo. Maar ik heb gehoord dat ze de strijd met Mr. Louis B. Mayer gaan winnen.'

Diedre barstte spontaan in lachen uit, zoals altijd wanneer DeLacy de man bij zijn volledige naam noemde. 'Ik mis haar en James ook, en ik kan niet wachten tot ze terug zijn in Londen. Ik hunker er gewoon naar hen te zien.'

'Ik ken dat gevoel.' DeLacy kwam dichterbij en vervolgde: 'Ik heb vandaag nogal goed verkocht, en er zal een flink aandeel naar het Cavendon Restauratiefonds gaan. Papa maakt zich zorgen om al die kapotte muren en hekken. Hij en Miles zeuren er al maanden over.'

Diedre keek haar jongere zus aan en dacht: wat heb je toch hard gewerkt al die jaren, zonder te klagen, wat ben je toch fantastisch geweest. Negen jaar, in feite. Ze riep uit: 'Wat heb je van de galerie toch een succes gemaakt, Lacylief, je hebt gewerkt als een paard! Je hebt ontzettend veel gedaan om Cavendon te helpen. Je verdient het echt alles te hebben wat je je maar wenst, inclusief...' Ze liet haar stem zakken en eindigde met: 'Die afgrijselijke Mr. Musgrove, die ongetwijfeld heel goed is... in sommige opzichten.'

Hoewel ze zich rood voelde aanlopen, begon DeLacy toch te lachen.

DeLacy sloeg haar zus gade, die in de trein zat te slapen. Haar gezicht was bleek, en DeLacy kon nu zien hoe moe Diedre was. Ze had met haar gedachten ver weg geleken tijdens de lunch, nogal tobberig.

Toen de steward het rijtuig in keek en middagthee wilde aanbieden, wuifde DeLacy hem warm glimlachend weg, terwijl ze naar haar zus keek, zodat hij het begreep.

De man glimlachte terug, knikte begrijpend en vervolgde zijn route.

DeLacy liet haar gedachten dwalen; ze kon niet slapen. En ten slotte kwamen haar gedachten weer bij Peter Musgrove uit. Er zát meer in hem dan je zo op het oog zou denken. Hij was zo knap als een matinee-idool, maar niet zo lang als zou moeten om echt chic te zijn. En zijn ogen waren een beetje klein. Maar hij had behoorlijk wat charme en hij had een uitstekende opleiding genoten en kwam uit een goede familie. Ook had hij succes als kunsthandelaar. En toch had hij iets vreemds, en DeLacy bedacht nu dat Diedre gelijk had – hij was een tikkeltje vulgair.

Ik ga niet met hem naar Cirencester, besloot ze. Hij zei dat we er zouden overnachten. Dat is omdat hij me in bed wil lokken. Ik moet hier een eind aan maken. Het leidt nergens toe, en ik ben niet verliefd op hem. Het is lust, dacht ze plotseling, zich herinnerend dat haar broer dat altijd over Harry zei. Ja, dat was het. Peter kon haar lust opwekken, haar vuur aanwakkeren en haar opwinden zoals geen andere man ooit had gekund, zelfs haar dierbare Travers niet…

Ze liet al deze gedachten los, ging rechter op de treinbank zitten en haalde vastberaden een tijdschrift tevoorschijn. Ze zou niet langer aan Peter Musgrove denken en de zaak met hem de volgende week afhandelen. Ondanks al haar vastberadenheid wist ze diep in haar hart dat ze wél met hem naar Cirencester zou gaan. Ze zou geen weerstand aan hem kunnen bieden. Nog één keertje met hem naar bed, besloot ze, dan zal ik de relatie verbreken. Dat moet.

Cecily was verbaasd toen ze Diedre in de deuropening van haar kantoor zag staan, en ze realiseerde zich meteen hoe bleek ze zag. Ze had er de avond ervoor ook al niet goed uitgezien. Deze ochtend oogde ze zo moe dat ze uitgeput leek.

Cecily kwam overeind, liep om het bureau heen en zei: 'Diedre, gaat het goed met je? Je ziet er zo moe uit.'

'Dag, Ceci, ja, ik ben een beetje moe. Ik moet met je praten. Heel even maar. Kunnen we naar het paviljoen gaan?'

'Ja, kom op, we gaan.' Cecily pakte haar schoonzus bij de arm en leidde haar het kantoorgebouw uit, zich afvragend of er iets vreselijks was gebeurd.

Geen van beiden sprak toen ze door het park naar het paviljoen liepen. Het was een aangename ochtend, tamelijk koel, maar de zon scheen en de lucht was maagdenpalmblauw en wolkeloos.

Diedre ontspande zich toen de vredigheid van Cavendon haar omhulde, en ze ademde diep in, genietend van de frisse lucht. Het huis van haar familie had altijd een kalmerend effect op haar.

Toen ze in het paviljoen hadden plaatsgenomen, zei Cecily: 'Ik heb het akelige gevoel dat je me iets heel naars gaat vertellen. Of niet?' Cecily's blik bleef op Diedres gezicht rusten.

Diedre zei: 'Dat ik er zo doodmoe uitzie, komt doordat ik momenteel niet goed slaap. We hebben ontzettend veel te doen op het werk. En ja, wat ik je te vertellen heb, is helaas geen geweldig nieuws.'

Cecily zweeg en wachtte tot Diedre iets zou zeggen.

Diedre was even stil, keek peinzend en zei ten slotte: 'Ik wil een aantal dingen uitleggen, en ik zou het prettig vinden als je me gewoon maar laat uitpraten. Wanneer ik klaar ben, zal ik al je vragen beantwoorden. Vind je dat goed?'

'Ja. Ik zal gewoon zitten luisteren,' beloofde Cecily.

'Zoals je weet heeft Tony Jenkins in Berlijn een contactpersoon gevonden, iemand die samen met anderen Joden en dissidenten helpt weg te komen uit Berlijn. Ik dacht dat er niets van terecht was gekomen, omdat hij het er nooit meer over had gehad. Maandag belde Tony me op en zei dat hij dinsdag uit Berlijn naar Parijs vertrok, omdat zijn dienstverband eerder werd beëindigd dan verwacht. De volgende dag, woensdag, belde hij weer, deze keer vanuit hotel Plaza Athénée. Hij legde uit dat hij samen met een vriend professor Steinbrenner, zijn vrouw en de kinderen per trein Berlijn uit had geleid. Ze zijn veilig in Parijs en reizen morgen naar Londen. Greta zal ze op het station opwachten en meenemen naar haar huis in Phene Street.' Diedre slaakte een korte zucht en zei: 'Maar helaas komt Mrs. Steinbrenner nog niet mee.' Diedre leunde achterover en keek Cecily aan.

Cecily werd overvallen dit onverwachte goede nieuws, en op haar gezicht kwam meteen een blijde uitdrukking. 'O, wat geweldig, Diedre! Hartelijk dank.'

'Ik heb er niets mee te maken gehad, Ceci; en Tony eigenlijk ook niet. De evacuatie van de Steinbrenners is tot stand gebracht door een groep jonge antinazi's van internationale herkomst. Zij zorgden voor de juiste reisdocumenten en troffen alle regelingen.'

'Ik begrijp het. Greta zal in de wolken zijn. Ik kan het nog niet geloven... dat haar familie zondag veilig bij haar zal zijn. Ze is ziek van de zorgen geweest. Maar waarom is haar stiefmoeder niet meegekomen?' Cecily stelde deze laatste vraag voorzichtig.

'Daar weet ik werkelijk het antwoord niet op.'

Cecily aarzelde even en zei toen: 'Hangt er iets als een probleem in de lucht?'

Diedre beantwoordde deze vraag niet. In plaats daarvan zei ze: 'Het is denk ik beter als buitenstaanders niet verstrikt raken in de familieaangelegenheden van andere mensen.'

Cecily staarde Diedre aan en zei met zachte, bezorgde stem: 'Er is iets wat je me niet vertelt, Diedre. Ik ken je al mijn leven lang en ik kan je gezicht heel goed lezen. Wat hou je achter?'

Diedre haalde diep adem en stak van wal. 'Het huwelijk van de Steinbrenners is niet goed.' Gauw vertelde ze Cecily dat Heddy Steinbrenner Berlijn niet had willen verlaten en dat men haar had gedwongen in de trein te stappen en dat ze woensdag was verdwenen; ze vertelde haar wat Elise Tony had toevertrouwd en dat Heddy gewoon in rook was opgegaan.

'Wat vreemd!' riep Cecily. 'Haar gedrag is raar, niet te geloven.'

'Ik zou het toch maar geloven, want het is echt gebeurd,' antwoordde Diedre bondig.

'Is dat alles wat je weet?' Cecily staarde haar schoonzus aan.

'Hoe zou ik meer kunnen weten?' voegde Diedre eraan toe. 'Ik kan gissen, veronderstellen, maar wat heb ik daaraan?'

'Niets,' mompelde Cecily, bedenkelijk kijkend. Plotseling zei ze: 'Zou ze telkens zomaar verdwenen zijn om iemand te ontmoeten? Wat denk jij, Diedre?'

'Dat u veel te slim bent voor deze wereld, Mrs. Miles Ingham!' Diedre lachte hol. 'Ik moet toegeven dat ik tot dezelfde conclusie ben gekomen. Aan de andere kant heb ik geen verklaring voor haar verdwijning.'

Cecily schudde haar hoofd. 'Net als jij ben ik verbijsterd maar achterdochtig. Laten we zeggen dat er een ander is. Iemand die ze niet achter wilde laten. Hoe kon die persoon dan ineens in Parijs zijn?'

Diedre fronste haar wenkbrauwen en zei op strenge, waarschuwende toon: 'Wat ik denk, is dat Heddy Steinbrenner een probleem is, het probleem van de professor. Niet van jou of van mij. Je mag hier niet bij betrokken raken, Cecily. Beloof me dat je dat niet zult doen.'

'Ik beloof het.'

'Niemand weet waarom ze verdwenen is, of waarom ze het risico neemt in Europa te blijven in plaats van met haar man en kinderen naar Engeland te gaan. En niemand weet welke prijs ze daar misschien voor betaalt.' Diedre schudde haar hoofd, en haar gezicht stond ondoorgrondelijk.

Cecily zei zacht: 'Ik wil er wat om verwedden dat het een man is. Vrouwen doen vreemde en gekke dingen voor een man.' Ze ging op het puntje van haar stoel zitten, en terwijl ze Diedre aankeek vervolgde ze: 'En wil je me nu alsjeblieft vertellen waarom je niet kunt slapen? Is er nog iets anders wat je dwarszit?'

'Veel dingen, Ceci. Werk, de dreigende oorlog, Robin opvoeden; veel dingen die in mijn gedachten plotseling een enorme omvang hebben aangenomen.'

'Ik zal ervoor zorgen dat je een fijn, rustgevend, blij weekend krijgt, Diedre. Cavendon zal je opvrolijken.' Cecily stond op. 'Kom, laten we een kop thee gaan drinken en de kinderen gaan opzoeken. En o ja, mag ik Miles het nieuws over de Steinbrenners vertellen?'

Diedre knikte en glimlachte geforceerd. 'Het is een goed idee om onze kinderen te gaan opzoeken, en thuis zijn bij de familie is altijd heerlijk. Ik zal me kunnen ontspannen.'

Maar zou ze dat ook echt kunnen? Het probleem van de Steinbrenners mocht dan gedeeltelijk zijn opgelost, haar zorgen om Will Lawson waren zeker nog niet verdwenen. Ze besefte inmiddels dat ze van hem hield. Maar daar kon ze niets mee, nu niet en nooit niet. Deze liefde was verboden.

Hoofdstuk 38

Charles Ingham klom over de hei naar de enorme rand van reusachtige rotsen, uitzonderlijke monolieten die helemaal uit de ijstijd stamden, toen heel Yorkshire bedekt was met gletsjers.

De imposante, steile rotsen waren al sinds zijn jeugd een lievelingsplek, en hij ging er vaak heen wanneer hij helder moest denken of zijn zorgen op een rijtje wilde zetten.

Maar vandaag was hij op zoek naar Diedre. Hij wist dat ze hier eerder op de dag heen was gegaan, want Hanson had haar naar High Skell zien wandelen, zoals dit uitgestrekte en lege heidelandschap heette dat zich eindeloos uitstrekte tot aan de Noordzee.

Dat ze problemen had, was voor hem overduidelijk, hoewel misschien niet voor anderen. Hij kende zijn oudste dochter heel goed, en ze had veel van zijn eigenschappen geërfd. Een ervan was het onvermogen zorgen te delen met familieleden of vrienden. Ze droeg haar lasten alleen, net als hij.

Toen hij het plateau in de schaduw van de rotswand bereikt had, trof hij haar aan, zittend op de rand die al eeuwenlang gebruikt was door Inghams die reeds lang dood en begraven waren.

Ze leek verbaasd hem te zien, maar glimlachte geforceerd toen hij op haar afliep. Hij zag meteen dat ze had gehuild.

'Papa!' zei ze. 'Dit is úw plekje. Sorry.'

'Nee, hoor,' antwoordde hij, terwijl hij ging zitten. 'Ik heb je hier vaak mee naartoe genomen toen je nog klein was. Misschien voel je je daarom aangetrokken tot deze plek als je met jezelf in het reine moet komen. Geen van je zussen komt hier ooit, en Miles ook niet.'

Hij pakte haar hand en hield hem stevig vast. 'Ik weet dat je ontzettend over iets tobt, Diedre, dus ontken het maar niet.'

Ze knikte. 'Ja. Maar vreemd genoeg helpen rust en stilte en tijd om na te denken. Ik ben de laatste tijd zo druk bezig geweest met een project dat ik privéproblemen terzijde heb geschoven.'

'Ik weet wat je bedoelt; je lijkt op mij. Ik heb dat jarenlang ook gedaan. Op de een of andere manier is het gemakkelijker algemene zaken aan te pakken dan privéaangelegenheden.'

'Toen mama zich zo misdroeg. Dat bedoelt u toch?' merkte Diedre op.

'Ja.' Hij keek haar opmerkzaam aan, bestudeerde haar gezicht, keek haar diep in de ogen, die deze dag zo ongelooflijk blauw waren. Langzaam zei hij: 'Er is maar één ding dat een sterke vrouw als jij werkelijk kwetsbaar kan maken. En dat is een man.' Hij lachte flauwtjes en vervolgde hoofdschuddend: 'Mannen. Vrouwen. Wat zijn we toch gecompliceerd. En toch hebben we elkaar zo nodig. We kunnen niet zonder elkaar. Maar we bezorgen elkaar zoveel pijn en hartzeer.'

Diedre knikte. 'U doorziet me altijd, papa, en weet meteen de kern van de zaak te raken.'

'Zullen we er even over praten? Alsjeblíéft?'

'Ja, natuurlijk,' zei Diedre rustig. 'Ik heb ontdekt dat ik verliefd ben op een man die voor mij taboe is. Maar afgezien daarvan weet ik niet of hij mijn gevoelens deelt. Hij heeft me er in ieder geval nooit iets van laten merken.'

'Taboe? Is het een getrouwde man?' Charles trok vragend een wenkbrauw op.

'O, nee, nee, dat niet. Hij is getrouwd geweest; het was geen blijde verbintenis, is mij verteld. Zijn vrouw is vijftien jaar geleden overleden. En hij is niet hertrouwd.'

'Heeft hij iets met iemand anders?'

'Ik weet het niet,' mompelde Diedre.

'Maar waarom is hij voor jou dan taboe? Ik begrijp het niet goed.'

Toen ze bleef zwijgen, zei Charles: 'Ik heb het eigenaardige gevoel dat je verliefd bent op de man voor wie je werkt. Je baas, zoals jij hem noemt. Dat heb ik goed, hè?'

'Ja,' zei ze even rustig als daarvoor.

Charles stond op en stak haar zijn hand toe. 'Kom, Diedre. We moeten terug naar huis. Nu.'

Ze fronste haar wenkbrauwen en stond op; ze moest zich haasten om haar vader bij te benen terwijl hij met grote passen over het vlakke terrein liep. 'Waarom moeten we naar huis? U klinkt alsof het dringend is.'

'Dringend niet, nee, wel belangrijk. William Lawson heeft kortgeleden gebeld. Toen Hanson zei dat je was gaan wandelen, vroeg hij of hij mij mocht spreken. Hij legde uit dat hij bij commandant Jollion was en vroeg zich af of hij langs mocht komen om jou te spreken. Ik heb hem uitgenodigd voor de lunch en zei dat ik je zou gaan zoeken. En hier ben ik dus. Kom mee, schat, gauw. Hij wacht al op je in de bibliotheek.'

Diedre bleef stokstijf staan; overdonderd staarde ze haar vader aan, verbluft door wat hij had gezegd. Toen hij verder wandelde, liep ze snel achter hem aan, roepend: 'Ik kan me niet voorstellen waarom Will hier is. Het is zeker iets heel belangrijks. En waarom was hij op bezoek bij commandant Jollion? Hij heeft me helemaal niet verteld dat hij dit weekend naar Yorkshire ging.'

'Dat doet er allemaal niet toe, Diedre. Ik weet zeker dat hij je alles zal vertellen. Hij heeft een koffer bij zich, en ik heb de indruk dat hij op de terugweg naar Londen is.'

Toen ze de entreehal binnenkwamen, liep Diedre naar de hoofdtrap toe, maar haar vader hield haar tegen. 'Nee, nee, je hoeft niet naar je kamer te gaan. Je ziet er prima uit, Diedre, mooi zelfs.'

Ze staarde haar vader aan. 'Zijn mijn ogen dan niet rood?'

'Nee, hoor. Je hoeft je geen zorgen te maken. En als Mr. Lawson je wil spreken over iets wat met je werk te maken heeft, stel ik voor dat je met hem naar Skelldale House loopt. Vanessa en Richard zijn er dit weekend niet, en daar zit je helemaal privé.'

Diedre nam haar vader even taxerend op en zei toen: 'Ik kan u verzekeren dat Will Lawson me wil spreken over werk, papa. En misschien moeten we dat op een afgezonderde plek doen. Er lopen altijd veel mensen de bibliotheek in en uit.'

'Precies,' reageerde haar vader; hij gaf haar een kneepje in haar arm en liep op de trap af. 'Lunch om één uur, zoals gewoonlijk,' zei hij over zijn schouder, en daarna liep hij de trap op.

Even bleef Diedre midden in de hal haar vader staan nakijken; toen haalde ze diep adem, opende de deur van de bibliotheek en ging naar binnen.

Will stond met zijn rug naar het haardvuur, en er kwam een glimlach op zijn gezicht toen hij haar zag. Onmiddellijk liep hij naar voren, en in het midden van het vertrek bleven ze vlak voor elkaar staan.

'Wat een verrassing is dit,' zei ze, en tot haar opluchting klonk haar stem vast. Vanbinnen beefde ze, en haar benen voelden slap.

'Sorry dat ik zo binnen kom vallen, Diedre,' zei Will. Hij nam haar bij de arm en leidde haar naar de haard.

'Ik moest commandant Jollion over iets spreken, later zal ik je wel uitleggen waarover. Na mijn gesprek met hem gisteravond voelde ik een dringende behoefte jou te spreken. Ik hoop dat je niet boos bent, en –'

'Nee, nee. Alleen maar heel erg verrast. Maar aangenaam verrast. En ik ben blij dat papa je heeft uitgenodigd voor de lunch,' wist ze uit te brengen.

'Het is een zeer charmante man, en hij gaf me meteen het gevoel dat ik welkom was,' zei William.

'Zo is hij, en ook heel attent. Hij raadde ons aan naar het huis van zijn zus te lopen. Ze is er dit weekend niet. Hij nam aan dat je misschien privé met me wilt spreken.'

'De bibliotheek is prima, Diedre, echt –'

Ze onderbak hem. 'Het eigenaardige is dat bijna iedereen in de familie hier steeds binnenloopt, om de een of andere reden.'

Ze lachte even naar hem en legde uit: 'Skelldale House is heel dichtbij. Kom, dan gaan we.'

'Je vertelde me dat het in Yorkshire altijd regent,' zei William. 'Maar dat is vandaag niet het geval. Het is heerlijk weer. Het lijkt wel lente.'

'September is het meestal vrij goed, en oktober soms ook... daarom zeg ik altijd dat het onze Indian summer is.' Diedre hief haar hoofd en keek naar de lucht. 'Er zijn stukken blauw, dus we zitten nog goed. Geen regenbui in het verschiet.'

William knikte en keek om zich heen terwijl ze door het park wandelden. Na een poosje zei hij: 'Ik begrijp echt waarom je hier graag komt, het is hier zo rustig, en het park is werkelijk prachtig. Vooral die bomen. Ze lijken heel oud.'

'Dat zijn ze ook; ze dateren uit de tijd van de eerste graaf, die heeft ze laten planten,' legde Diedre uit. 'En hij heeft de befaamde tuinarchitect Capability Brown ingehuurd om het park aan te leggen.'

Ze lachte aarzelend naar hem. Ze was weer bijgekomen van de schok William Lawson hier op Cavendon te zien en kon inmiddels normaal praten. Eerst had ze zich er verlegen mee gevoeld. Maar haar jaren van continue training bij de inlichtingendienst deden zich nu gelden, en ze herstelde zich heel snel, kon zich een kalm uiterlijk aanmeten.

Omdat ze gewoon wat over koetjes en kalfjes wilde praten, zei ze: 'Mijn tante Vanessa is getrouwd met Richard Bowers. Hij heeft een leidinggevende baan bij Scotland Yard. Ik weet niet of je hem wel eens bent tegengekomen?'

'Ik heb van die naam gehoord; een nogal belangrijke man, schijnt het, een hoge piet. Maar ik heb hem nog nooit ontmoet.' Williams stem klonk vast, hoewel haar aanwezigheid hem, zoals altijd, iets deed. Het duurde meestal even voordat hij gewend was aan haar schoonheid en élégance.

Even later zei Diedre: 'Zo, dit is Skelldale House.' Ze ging hem voor over het stenen pad, door een fraai aangelegde voortuin. Het herenhuis stond een eindje van het hoofdpad van het park vandaan, vóór een groepje hoge bomen, die een natuurlijke achtergrond van groen vormde voor het grijze stenen huis. Door de bomen heen was een stuk heidegrond te zien, nu paars omdat de hei in volle bloei stond.

Diedre deed de deur open en liet William binnen. Er was een kleine zitkamer die uitkwam op de hal. Diedre zei: 'Laten we hier gaan zitten, het is een comfortabele kamer en vlak bij de deur. Niet dat ik denk dat er op dit moment van de dag iemand zal binnenkomen.'

William keek haar nieuwsgierig en met gefronste wenkbrauwen aan: 'Wie zou er dan moeten binnenkomen als je tante weg is?'

Diedre haalde haar schouders op. 'Een van de dienstmeisjes, de hoofdhuishoudster of de butler, Hanson, van Cavendon. Gewoon om even alles na te lopen. De deur wordt 's morgens geopend voor de eerste controle, en daarna blijft hij open tot laat in de middag.'

Diedre ging op een van de leunstoelen voor de haard zitten en gaf aan dat hij de stoel tegenover haar moest nemen.

Toen hij had plaatsgenomen, zat William even na te denken, omdat hij zich geheel op zaken wilde focussen en niet op haar, wat moeilijk bleek. Hij schraapte zijn keel, en zijn oplaaiende emoties de baas blijvend zei hij ten slotte: 'Om maar meteen ter zake te komen: je zult je wel afvragen waarom ik commandant Jollion ben gaan opzoeken.'

'Ja, inderdaad. Je hebt het nooit met mij over hem gehad. En ik kan ook niet bedenken waarom je hem zo nodig moest spreken,' reageerde Diedre, zonder haar plotselinge ongerustheid over Williams aanwezigheid op Cavendon te verraden. Iedereen, en vooral Cecily, had scherpe ogen. En allemaal waren ze heel nieuwsgierig naar haar leven.

'Ik zal het je uitleggen. Je moet namelijk weten –'

Ze onderbrak hem en zei: 'Vertel het me alsjeblieft.'

'Ik wilde weten hoe hij over Wilhelm Canaris dacht, Diedre. Je vriend Valiant is voor mij een raadsel. Niet omdat hij berichten voor ons achterlaat bij vreemde bronnen, zoals een contactpersoon in het Vaticaan, maar vanwege zijn inschatting van de toekomst van Spanje.' Hij zweeg even en keek haar nadrukkelijk aan.

Voordat hij verder kon praten, zei ze: 'Je doelt op zijn suggestie dat Spanje neutraal zal blijven?'

'Ja. Ik heb hier de afgelopen week mee zitten worstelen, en toen herinnerde ik me ineens dat commandant Jollion in de oorlog in het zuidelijk gedeelte van de Atlantische Oceaan had gediend, tijdens de slag bij de Falklandeilanden in 1914. Ik wist ook dat Valiant voor de Duitsers in die oorlog een held was. Hij was de briljante jonge inlichtingenofficier op de Dresden en maakte onze marine gek door steeds verstoppertje te spelen.'

'Wat bijzonder dat je onze goede buur de commandant kende,' zei Diedre met verbazing in haar stem.

William knikte. 'Ja, inderdaad. We zijn geen dikke vrienden of zo. Ik heb hem wel eens bij een informele gelegenheid ontmoet. Bij mijn broer Ambrose, die wél met hem bevriend is. Maar om verder te gaan: ik herinnerde me dat Edgar Jollion ons ooit een verhaal vertelde over het tot zinken brengen van de Dresden, en ik bedacht dat hij misschien meer over Canaris wist dan jij of ik. Om die reden kwam ik naar Yorkshire.'

Diedre boog haar hoofd, maar bleef zwijgen. Ze vroeg zich onwillekeurig af waarom William haar niet in vertrouwen had genomen; ze had de bespreking heel gemakkelijk kunnen regelen. Hoogstwaarschijnlijk had hij haar dekmantel willen beschermen.

'Toen ik de commandant eerder in de week belde, zei hij dat hij alleen maar beschikbaar was op vrijdagavond, omdat hij zondag naar Portsmouth ging. Om het commando over zijn nieuwe schip op zich te nemen. Hij stond erop dat ik gisteren vóór het diner zou komen en voegde eraan toe dat ik bij hen moest overnachten. Ik had geen keus.'

'Hij zal zich wel afgevraagd hebben waarom jij wilde weten wat hij wist over het hoofd van de Abwehr. Denkt hij dat je bij MI6 werkt?'

'Nee, hij denkt niet dat ik een spion ben. Hij is ervan overtuigd dat ik op het kantoor van het ministerie van Oorlog werk. Mijn dekmantel is nog helemaal intact, Diedre, en de jouwe ook. Hij gelooft namelijk dat jij en ik ons bezighouden met troepenbewegingen over de hele wereld.'

Diedre barstte in lachen uit en schudde haar hoofd.

William lachte met haar mee en vervolgde: 'Toen ik hem vroeg of hij Canaris kende, zei hij dat hij hem maar een- of tweemaal had ontmoet, en dan ook nog terloops, voordat de oorlog begon. Hij wist me echter wel te vertellen dat Valiant als marinecadet enige tijd in Chili had gezeten, Spaans sprak met een Chileens accent en in de loop der jaren belangrijke connecties had gekregen in Spanje. Bankiers, financiers.'

'Dat is op zich al heel interessant,' zei Diedre nadenkend. 'Maar ik zal je niet onderbreken, Will. Maak alsjeblieft je verhaal af.'

'Ik wil dat je begrijpt hoe ik mijn belangstelling voor het hoofd van de Duitse militaire inlichtingendienst heb verklaard,' merkte William op. 'Ik zei tegen hem dat ik via via had gehoord dat Hitler niet in Spanje geïnteresseerd was, zijn oog had laten vallen op Rusland en Groot-Brittannië. Ik suggereerde dat deze informatie van Canaris zelf bij MI6 terecht was gekomen. En toen heb ik het volgende aangekaart: ik vroeg Jollion of hij dacht dat Canaris de waarheid zou weten over Hitlers echte bedoelingen.'

Diedre riep uit: 'En hij zei ja, hè?'

'Inderdaad. Omdat iedereen in Duitsland, en hier in Groot-Brittannië, weet hoeveel macht Canaris in werkelijkheid heeft, dat hij altijd Hitlers volle aandacht heeft, en dat Hitler altijd naar hem luistert. De commandant vertelde me nog iets anders... dat Canaris doet wat hij wil, dat hij heel Europa door vliegt, ontmoet wie hij wil en bepaalde landen steeds weer bezoekt. Hij voegde eraan toe dat niemand van het hele naziregime weet hoe je een inlichtingendienst moet leiden. Dat is hun een raadsel. Alleen Canaris heeft de kennis en de vaardigheid, plus de ervaring. En daarom krijgt hij alles gedaan. Ze geloven allemaal oprecht dat hij de grote expert is. En dat is hij ook.'

'Is commandant Jollion nog dieper ingegaan op de Spaanse connecties van Canaris?"'

'Niet echt, nee. Hij speculeerde wel een beetje. Hij vertelde me dat er een gerucht ging dat het hoofd van de Duitse militaire inlichtingendienst een goede vriend van generaal Franco is, en dat al een aantal jaren. Een heel goede vriend – "twee handen op één buik" noemde hij het.'

'Nou, dan heb je je antwoord,' mompelde Diedre, haar collega veelbetekenend aankijkend.

William schonk haar op zijn beurt een lange, onderzoekende blik. 'Geloof jij dat Franco binnenkort de volledige macht zal hebben?'

'Ja. Volgend jaar om deze tijd. Stel je voor: iemand naar wie zowel Franco als Hitler luistert.' Ze lachte luid. 'Bravo, Valiant, vind je ook niet?'

'Jazeker.' William keek op zijn horloge. 'Het is tien voor een. Misschien kunnen we maar beter gaan lunchen en dit gesprek later hervatten.'

Hoofdstuk 39

Toen ze de entreehal van Cavendon in liepen, kwamen Diedre en William Lady Gwendolyn tegen, die aan de voet van de brede trap met DeLacy stond te praten.

Op Lady Gwendolyns gezicht verscheen een grote glimlach toen ze Diedre zag, die meteen op haar afrende. Nadat ze haar tante op de wang had gekust en DeLacy had begroet, wenkte Diedre William.

Toen hij bij hen kwam staan, werd hij buitengewoon hartelijk verwelkomd door Lady Gwen, en Diedre moest inwendig lachen. Haar oudtante had een knappe man altijd weten te waarderen.

Nadat ze hem aan DeLacy had voorgesteld, draaide Diedre zich om toen ze voetstappen hoorde.

Plotseling werden ze omringd door de rest van de familie. Haar vader en Charlotte, Cecily en Miles, gevolgd door Daphne en Hugo. Toen William met iedereen had kennisgemaakt, dromden ze gezamenlijk de eetkamer binnen.

Hoewel hun gezichten kalm en lachend stonden, wist Diedre dat haar zussen het reuzespannend vonden dat William Lawson op Cavendon was. Omdat ze Inghams waren, kon je echter niets van hun gezichten aflezen en waren ze hartelijk. Ook Cecily.

Het was echter Cecily die haar een vragende blik schonk toen niemand keek en een wenkbrauw optrok. Diedre hield haar gezicht in de plooi en schudde ontkennend haar hoofd.

Charlotte, zoals altijd de charmante gastvrouw, leidde William de eetkamer binnen. Diedre liep een eindje achter hen aan; Cecily kwam dichterbij, pakte haar arm en hield haar tegen. 'Wat een knappe man… zo voorkomend. Het is vast moeilijk om met hem te werken.' Ze lachte Diedre ondeugend toe.

'Nee, hoor,' zei Diedre zachtjes. 'En hij reist veel. Maar laten we naar binnen gaan, Ceci.'

Diedre nam haar gebruikelijke plaats aan haar vaders linkerzijde in. Hij trok de stoel voor zijn tante Gwen naar achteren, die aan zijn rechterzijde zat. Ze merkte dat Charlotte William rechts naast zich had geplaatst; DeLacy zat aan zijn andere zijde. Diedre keek de tafel langs, schonk hem een flauwe glimlach en leunde achterover, besluitend tijdens de lunch onopvallend aanwezig te zijn.

Haar gedachten concentreerden zich op William. Hij was onverwachts haar privéwereld binnengedrongen, zij het op uitnodiging, en hij wist niet wat hem te wachten stond. De Inghams en de Swanns konden soms onbarmhartig zijn. Ze waren nieuwsgierig, wilden alles weten over familieleden en hun relaties; ze peilden. Desondanks maakte ze zich over hem geen zorgen. Hij was een volwassen man en kon voor zichzelf opkomen. Daarbij was hij ook nog spion en had hij wel eens voor hetere vuren gestaan.

Ze bleef over hem nadenken. Ze vroeg zich af waarom hij haar deze ochtend had gebeld. Als ze overdacht wat hij haar zojuist over Valiant en zijn Spaanse connecties had verteld, leek de kwestie niet bijzonder urgent. Hij had haar advies niet echt nodig en er hoefden ook geen beslissingen te worden genomen.

Hij had bij commandant Jollion belangrijke informatie vergaard, dat leed geen twijfel. Jollions mening over Valiant en zijn invloed op Hitler was voor hen belangrijk om te weten. Maar toch bleef het een onduidelijke zaak.

Miles, die naast haar zat, verbrak haar gedachtegang. 'Waarom heb je me niet verteld dat je baas kwam lunchen?'

'Omdat ik het niet wist. Hij had kennelijk een bespreking met commandant Jollion en belde me om me gedag te zeggen, volgens papa. Ik was aan het wandelen, dus toen heeft papa hem uitgenodigd om mee te eten. Hij schijnt later op de dag terug te gaan naar Londen.'

'Het lijkt me een aardige kerel. Waarom ging hij naar Jollion?'

'Dat weet ik eigenlijk niet. Maar ik denk dat het iets te maken heeft met het nieuwe slagschip van de commandant en de bemanning. William gaat over troepenbewegingen. Soldaten, zeelieden en vliegeniers, en waar ze heen worden gestuurd. Niet dat we momenteel een luchtmacht van betekenis hebben. Die probeert Winston Churchill op te bouwen.'

Miles knikte, maar ze merkte de sceptische blik in zijn ogen op.

Hij boog zich naar zijn zus toe en sprak rustig: 'Ik heb van Ceci gehoord dat professor Steinbrenner en zijn kinderen toch weg hebben kunnen komen. Maar is het waar dat de Frau achter is gebleven?'

'Dat is wat ze zeiden.' Diedre hield het vaag. 'Ik weet niet veel meer, alleen maar wat Greta weet. Ze verwacht hen morgen te kunnen gaan afhalen, wanneer ze aankomen uit Parijs.'

'Ze boft. Ik denk dat er momenteel niet veel Joden het land uit kunnen komen, na wat we hebben gezien en gehoord in Berlijn.'

Diedre reageerde neutraal, totaal niet verbaasd over de opmerkingen van haar broer. 'Ik ben blij voor haar en voor die kinderen.'

Even later kwam Hanson de eetkamer binnen, gevolgd door twee bedienden en twee dienstmeisjes. De eerste gang, gerookte zalm, werd opgediend, er werd water en witte wijn ingeschonken, en de maaltijd begon.

Diedre, die altijd aan het observeren was, zag dat William bezig werd gehouden door Charlotte en DeLacy, die onder het eten beiden duidelijk vragen op hem afvuurden.

Diedre was zich er heel erg van bewust dat Will er was, maar hij was dan ook een man met een enorm charisma. Ze merkte dat hij ieder beetje zuurstof in de kamer leek op te zuigen, en dat zonder enige zichtbare inspanning. Het waren niet alleen zijn knappe uiterlijk en ontspannen charme die bekoorden, maar ook nog iets anders. Hij was beschaafd en beleefd, barstte van het zelfvertrouwen en wist wat hij deed. Hij had wel eens tegen haar gezegd dat als een spion een heer was, het al met al niet zo'n armoedig vak leek.

Oudtante Gwendolyn ving haar blik en zei: 'Ik hoop dat de informatie die ik je laatst gaf, nuttig was, Diedre.'

'Die was nuttig, ja. En nog hartelijk dank.'

'Ik ben altijd blij als ik iemand van dienst kan zijn.'

Diedre lachte haar toe, bedenkend dat ze er zo goed uitzag, beslist stralend.

Misschien zou haar tante toch nog haar honderdste verjaardag halen. Ze hoopte het. Lady Gwendolyn had een speciaal plekje in haar hart.

De graaf wendde zich tot zijn dochter en zei: 'Ik denk dat je maar boft dat je voor een man als William Lawson werkt, Diedre. Het is een prima vent.'

'Zeker,' antwoordde Diedre. 'En ik leer iedere dag heel veel van hem.'

Gordon Lane en de twee dienstmeisjes kwamen de borden weghalen, en even later werd de hoofdgang geserveerd. Deze dag had Charlotte lamsribbetjes met geroosterde aardappelen en gemengde groenten besteld, het lievelingsmaal van de hele familie.

Diedre keek stiekem de tafel langs en zag dat William volledig op zijn gemak leek en zonder enige twijfel tante Charlotte en DeLacy aan het inpakken was met zijn charme; DeLacy zat hem zelfs verrukt aan te staren. O jee, dacht Diedre, is hij heimelijk een ladykiller? Die gedachte amuseerde haar. Ze had zin om te lachen, maar onderdrukte haar lach en begon aan haar lamsvlees.

Er werd aan tafel veel gebabbeld en gelachen. Iedereen leek het naar zijn zin te hebben. Diedre besefte dat zij het stilst van allemaal was, maar ze was te diep verzonken in haar gepeins over Will om zich in de verschillende gesprekken te mengen.

Toen ze zag dat hij zich goed staande wist te houden en hen binnen de kortste keren zelfs om zijn vinger wist te winden, ontspande Diedre zich eindelijk. Wat ze voelde verbaasde haar. Ze was in zekere zin trots op hem, om wie hij was, om wat hij was. Maar ze had er ook nooit aan getwijfeld dat hij in haar familie zou passen.

Tijdens haar vele slapeloze nachten, toen ze over hem had liggen piekeren, hem fysiek bij zich had willen hebben, had ze diep in haar hart geweten dat hij overal in iedere situatie zijn mannetje zou staan. Ze twijfelde er niet meer aan dat ze verliefd was op Will. Het probleem was dat ze geen idee had wat hij voor haar voelde.

Afwijzing, dacht ze. Niemand wil afgewezen worden. Durf ik een zet te doen? De eerste stap te nemen? Er kwam nog een gedachte bij haar op. Waarom had hij haar deze ochtend op Cavendon gebeld? Omdat hij zo dichtbij was, maar op twintig minuten afstand? Had hij gehoopt dat hij zou worden uitgenodigd voor de lunch? Zij, die zo schrander was waar het haar werk betrof, had geen idee.

Ze schrok op toen haar vader Will aan het andere eind van de tafel aansprak. De graaf zei: 'Ik hoop dat deze vraag niet ongelegen komt, Lawson. Maar wat vind jij van dat recente gedoe om Sudetenland en van het feit dat de Sudeten-Duitsers de gesprekken met de Tsjechische regering hebben afgebroken? En wat vind je van al die verstoringen van de openbare orde daar? Is het niet zorgwekkend?'

'De vraag komt niet ongelegen, *your lordship*, en ja, de situatie is instabiel. De pers zal steeds meer verhalen over de problemen daar gaan schrijven. Ik weet zeker dat Chamberlain de zaak weer zal proberen te sussen, maar uiteindelijk zal een vredespolitiek niet werken.' Will zweeg even en voegde er toen langzaam aan toe: 'Ik vrees dat de Führer alle omringende landen wil veroveren, inclusief Polen. Het is in wezen slechts een kwestie van tijd.'

Er viel een stilte aan tafel. Niemand sprak meer. Iedereen leek enigszins verdoofd, vond Diedre, en ze boog zich voorover en keek naar Will.

Hij keek ook haar aan en trok een wenkbrauw op. Ze knikte. Even later vervolgde Will: 'De geruchten over oorlog zijn eigenlijk geen geruchten, maar voorspellingen. Ik wil jullie niet bang maken, maar jullie moeten voorbereid zijn. In september of oktober van dit jaar zal Groot-Brittannië nazi-Duitsland de oorlog verklaren.'

Diedre zei: 'Papa, jij gelooft in Winston Churchill, dat weten we allemaal, en wij geloven ook in hem. Het is jammer dat hij momenteel in het parlement zit. Maar hij beziet de wereld tenminste door een heldere bril. Hij leeft niet in sprookjesland. Daarom houdt hij zich bezig met de bouw van oorlogsschepen en de ontwikkeling van een luchtmacht.'

Lord Mowbray knikte en zijn gezicht kreeg een grimmige uitdrukking. 'Je hebt gelijk, Lawson, we moeten klaar zijn voor de strijd. Wat zei Nelson ook alweer bij Trafalgar? Ik weet het helaas niet meer.'

'Engeland verwacht dat iedere man zijn plicht zal doen,' zei Miles. 'En dat zullen we ook.'

Kort nadat het dessert genuttigd was, stond Charlotte op en vroeg iedereen naar de gele zitkamer te gaan voor de koffie.

Terwijl ze allemaal opstonden en het vertrek uit begonnen te lopen, merkte Diedre op dat haar vader recht op William afliep en rustig met hem sprak. Ze vertrokken samen. Ze zag hen de bibliotheek in lopen, en de deur ging achter hen dicht.

Ze vroeg zich af wat dit allemaal te betekenen had en concludeerde dat haar vader nog wat verder wilde praten over militaire dienst. Ze wist hoezeer dit hem bezighield, vanwege Charlie en de tweeling. Hij was bang dat ze zich allemaal zouden aanmelden zodra dat kon. In ieder geval had Noel Jollion gezegd dat hij dat zou doen, en hij was dikke maatjes met de drie jongens van de familie Stanton – hij zou hen kunnen beïnvloeden.

Diedre liep met Cecily de zitkamer binnen. Ze gingen samen op de bank bij het raam zitten, en even later liet Hanson de twee dienstmeisjes komen om koppen koffie, melk en suiker rond te delen.

Niet lang daarna zag Diedre tot haar verbazing haar vader met William de kamer binnenkomen. Wat hij met Will had willen bespreken, had kennelijk niet erg lang geduurd. Haar vader leidde William naar de haard om plaats te nemen bij Charlotte en oudtante Gwen. Onmiddellijk kwam er een andere gedachte bij Diedre op. Waarom was haar vader zo zorgzaam voor William Lawson? Hij was altijd een goede gastheer, maar vandaag besteedde hij wel heel veel aandacht aan hun gast. Misschien omdat Will haar baas was?

Daphne, DeLacy en Hugo kwamen bij hen zitten en toen arriveerde Miles. 'Goed als ik erbij kom zitten?" Hij nam plaats naast Cecily en pakte haar hand vast, maar keek Diedre aan. 'Ik vind je baas erg aardig, en goedgeïnformeerd. We hoopten natuurlijk allemaal dat het niet tot een oorlog zou komen en hebben geprobeerd de gedachte terzijde te schuiven. Maar hij heeft het vandaag gewoon ronduit gezegd, en ik persoonlijk ben blij dat hij dat heeft gedaan. We kunnen niet doen alsof het niet zal gebeuren. Het zal gebeuren. Harry zegt dat de hele tijd al. En dat betekent dat de jongemannen uit de drie dorpen zullen vertrekken. Ze zullen onmiddellijk vrijwillig dienst nemen, niet eens wachten tot ze een oproep krijgen.' Met een berustende uitdrukking op zijn gezicht slaakte hij een lange zucht.

Hugo zei: 'Je hebt gelijk, Miles. Oorlog is helaas iets voor jonge mannen.'

'Kanonnenvoer,' zei Diedre zacht. 'Voer voor de oorlogskanonnen. Twintig jaar geleden zijn er zovele miljoenen gestorven, ik kan de gedachte niet verdragen.'

Miles en Hugo bleven praten over datgene wat ze nu ineens de Tweede Wereldoorlog noemden; na een poosje stond Diedre op en verontschuldigde zich.

Ze liep de kamer door en sprak Charlotte aan. 'Het was een heerlijke lunch. En bedankt dat u William liet mee-eten. Maar we moeten er nu vandoor. We hebben werk te doen. Ik weet dat u ons zult excuseren, tante Charlotte, papa.'

'Ga doen wat je doen moet, Diedre,' zei de graaf, zijn oudste dochter toelachend, die hij oprecht bewonderde en van wie hij veel hield.

William stond op. Hij bedankte, nam zeer hoffelijk afscheid, en verliet samen met Diedre de gele zitkamer. Ze liepen de entreehal door en gingen naar buiten. Terwijl ze naar Skelldale House liepen, zei hij slechts één ding: 'Ik moet een belangrijke kwestie met je bespreken.'

Hoofdstuk 40

De deur van Skelldale House zat nog steeds niet op slot. William opende hem en liet Diedre voorgaan. Ze liep meteen door naar de kleine salon en ging bij het raam staan.

William bleef even in de deuropening staan, leunend tegen de deurpost.

Ze staarden elkaar aan zonder iets te zeggen.

Ten slotte zei William: 'Vind je het erg als ik mijn jasje uitdoe? Ik heb het erg warm.'

'Nee, hoor.' Ze keek toe terwijl hij het uitdeed en gevouwen op een stoel legde. Ze merkte de spieren in zijn armen en rug op, die zich spanden terwijl hij bewoog, en eindelijk zag ze hem eens goed. Meestal probeerde ze hem niet te zien zoals hij eigenlijk was, een bijzonder aantrekkelijke man en in plaats daarvan naar hem te kijken als door een sluier.

Maar deze middag waren haar ogen wijd open. Ze moest toegeven dat hij inderdaad ongewoon knap was. Hij had iets mannelijks dat op dat moment op haar af leek te springen. Hij had iets sterks, zelfs iets gehards, en ze bedacht plotseling dat hij veel leek op die acteur van wie James zo weg was, die zijn beste vriend was geworden sinds hij en Dulcie in Hollywood waren gaan wonen. Clark Gable. Ja, op die man leek Will. De beroemdste filmster ter wereld.

Will had net als hij achterovergekamd dik, zwart haar, krachtige gelaatstrekken en blinkend witte tanden. Hij was lang, bijna één meter negentig, slank, maar met een brede borstkas. Toch hadden zijn bewegingen iets gracieus. Ze had dat de eerste dag al gemerkt toen ze met elkaar kennismaakten in zijn kantoor.

Onverwachts liep hij de salon uit. Diedre bleef volkomen stil staan. Ze hoorde hem de sleutel in het slot omdraaien en toen de grendel dichtschuiven.

Toen hij terugkeerde in de salon, was zijn blauwe das losgemaakt. Hij hing losjes om zijn nek, en hij liep naar de haard terwijl hij de bovenste knoopjes van zijn witte overhemd losmaakte.

Ze staarde hem aan; de verbazing flitste over haar gezicht. Maar ze zei niets. Hij had immers gezegd dat hij het warm had? En het was zeker niet ongewoon dat een van hen beiden deuren afsloot. Het hoorde bij het vak.

Hij leunde tegen de schoorsteen en bekeek haar zo intens dat ze begon te blozen. Ze schraapte haar keel en zei: 'Wat wenste mijn vader met je te bespreken?'

William gaf geen antwoord. Hij wilde zeggen: jou. Hij wilde over jou spreken, maar hij durfde niet. In sommige opzichten intimideerde ze hem. Niet door wie ze was, de dochter van een graaf. Het was haar enorme schoonheid die hem beangstigde, in feite overweldigde, en soms voelde hij zich net een stuntelende idioot.

Niettemin verlangde hij naar haar. Hij had altijd naar haar verlangd, vanaf het moment waarop hij haar voor het eerst zag. Maar ze was zo betoverend mooi, met haar goudblonde haar, fijne gelaatstrekken, roomblanke perzikhuid en levendige blauwe ogen dat hij haar niet durfde aan te raken, soms zelfs niet bij haar in de buurt durfde te zijn.

Haar kleding was schitterend, verleende haar een speciaal soort élégance, en gaf hem vaak een gevoel van ontzag. Ze was heel anders dan andere vrouwen die hij in de loop der jaren van dichtbij had gekend, in alle opzichten. Voor hem was ze de volmaakte vrouw.

In gedachten noemde William haar 'de onaanraakbare vrouw'. Toch hunkerde hij ernaar haar aan te raken. Het kostte hem ieder onsje wilskracht om zijn handen thuis te houden. Hij was verliefd op haar, was het geweest vanaf de eerste dag. Hij verlangde er hevig naar haar in zijn armen te houden, haar te bezitten. In feite begeerde hij haar, hoewel hij ook innig en oprecht van haar hield om alles wat ze was als vrouw. Een unieke vrouw, met een bijzondere schoonheid en stijl en gratie, en een waarlijk uitzonderlijk verstand. Ze had een begripvol hart, dat wist hij, en ze was meelevend en zorgzaam. Hij wilde bij haar zijn. Mocht ze ooit voor hem zwichten, dan zou hij haar nooit meer kunnen verlaten...

'Waarom ben je plots zo stil en nadenkend?' vroeg ze.

Hij kwam bij zijn positieven. 'Sorry, ik was even afgedwaald. Je vader wilde met me praten over militaire dienst. Hij is bang dat je neven meteen de oorlog in willen, zodra die officieel is geworden.'

'Dat dacht ik al.'

'Ik moet je iets belangrijks vertellen. Ik moet weg.'

Ze keek hem fronsend aan. 'Wat bedoel je?'

'Ik moet een boodschap doen. Zaken.'

Diedre verstijfde onmiddellijk, en haar adem stokte even. 'Waar ga je heen?'

'Naar Sudetenland en Tsjechoslowakije. Ik moet weten wat er nu precies aan de hand is.'

'Nee, nee, je mag niet gaan! Ik laat je niet gaan!' riep ze. De woorden vlogen uit haar mond voordat ze er erg in had. 'Er zou je iets kunnen overkomen. Het is te gevaarlijk en...' Diedre hield abrupt op, beseffend dat ze haar gevoelens blootgaf. Ze pakte de rug van een oorfauteuil in de buurt vast om houvast te zoeken. Ze had slappe knieën.

Williams blik bleef op haar gezicht rusten. Al zijn moed bij elkaar rapend zei hij: 'Je vader had nog meer te zeggen. In feite gaf hij me op mijn kop. Hij zei dat ik je hart brak, omdat je verliefd op me bent. En dat ik je niet juist behandelde. Hij –'

'Zei papa dat? Het was verkeerd van hem om iets te zeggen wat ik hem in vertrouwen had verteld.' Ze kon haar tong wel afbijten omdat ze dit had gezegd. Ze wist dat ze bloosde en berispte zichzelf. Stond ze daar op haar vijfenveertigste te blozen. Belachelijk. Ze wist zich geen houding te geven, was haar zelfbeheersing kwijt.

William zette een paar stappen in haar richting. Toen hij haar terug zag stappen in de richting van het raam, bleef hij staan. Er speelde een lachje om zijn edelmoedige mond toen hij zei: 'Je vader zei dat ik dan wel een intelligent man mocht zijn, maar dat ik ook dom was… omdat ik niet zag wat zo overduidelijk was. En hij bekende me dat hij ooit, jaren geleden, hetzelfde had gedaan. Zou je willen weten wat hij nog meer zei?'

Ze kon alleen maar knikken.

'Je vader noemde Charlottes naam. Hij vertelde me dat hij naar haar huis was gegaan, haar huiskamer was binnengelopen en haar boven op een ladder had aangetroffen. Omdat ze schrok van zijn komst, verstapte ze zich. Hij was naar voren gesneld en had haar in zijn armen weten op te vangen. Hij bekende me dat hij pas op dat moment begreep dat hij van haar hield, en dat al jarenlang.'

Diedre was zo verbluft dat haar vader William zo iets persoonlijks had bekend dat ze volkomen sprakeloos was.

Hij kwam dichterbij. 'Hou je van me, Diedre?'

Ze gaf geen antwoord.

'Toen je vader vroeg of ik van jou hield, zei ik ja. Toen hij informeerde naar mijn intenties, legde ik uit dat dat van jou afhing. Ik gaf toe dat ik serieuze bedoelingen had, maar dat ik niet wist wat jij voor me voelde.'

Ze zei nog steeds niets. William liep naar het raam, pakte haar hand en trok haar naar voren. Hij trok de gordijnen dicht, leidde haar naar het midden van de kamer en liet haar hand onmiddellijk los.

Ze stonden tegenover elkaar, bijna oog in oog. Zij was lang, maar niet zo lang als hij. Geen van beiden sprak.

Hun blikken haakten zich in elkaar.

Hij zei: 'Zeg het, Diedre. Vertel me deze ene keer de waarheid. Hou je van me?'

Haar borstkas trok samen en inwendig beefde ze. Ze haalde diep adem en zei: 'Ja.'

'Zeg het. Vertel het me. Ik wil het je horen zeggen.'

'Ik hou van je, Will.' Haar ogen vulden zich met tranen, en ze trilde, overweldigd door de kracht van haar emoties.

Hij kwam in beweging. Hij stak gauw zijn handen naar haar uit en nam haar in zijn armen en hield haar zo stevig vast, zo dicht tegen zich aan, dat ze nauwelijks lucht kreeg. In haar haar zei hij heel duidelijk: 'En ik hou van jou, Diedre. Al vanaf de eerste dag waarop ik je zag.'

Diedre werd overspoeld door liefde voor hem. Ze leunde tegen zijn lichaam, hing tegen hem aan, opgelucht dat ze eindelijk in zijn armen lag. Ze voelde zich geborgen, veilig bij hem.

Zijn mond vond de hare. Hij kuste haar. Zij beantwoordde zijn kus. Zo stonden ze lange tijd, voordat ze samen naar de bank stommelden en erop neervielen. Hij streelde haar gezicht, kuste haar voorhoofd, vertelde haar hoeveel hij van haar hield, dat hij wilde dat ze voor altijd de zijne werd. Ze kusten elkaar opnieuw, hartstochtelijker, en toen zei hij: 'Ik denk dat we een bed moeten zoeken.'

Ze gingen samen naar boven. Ze nam hem mee naar de logeerkamer, knipte een schemerlamp op een nachtkastje aan, keerde zich naar hem toe en keek hem aan. Ze betrapte hem en zag de liefde voor haar in zijn donkerbruine ogen, tederheid op zijn gezicht. Ze liep naar hem toe en raakte zachtjes zijn gezicht aan. 'Ik hou heel veel van je, William Lawson, en ik ben dolblij dat het je ernst is, want ik kan je nooit meer laten gaan.'

Ze sloegen hun armen om elkaar heen en hielden elkaar met bonkend hart vast. Even later kuste hij haar weer, tegelijkertijd frummelend aan haar zijden jasje, in een poging het uit te trekken, precies zoals zij trachtte zijn overhemd los te knopen.

Plotseling ging William een eindje van haar af staan. 'Trek je kleren uit.'

Hij bekeek haar terwijl ze deed wat hij vroeg. Vervolgens gooide hij zijn eigen kleren uit en liep achter haar aan naar het bed. Ze lagen naast elkaar onder de dekens, zonder iets te zeggen. Na een poosje steunde hij op een elleboog en keek op haar neer. 'Ik had nooit gedacht dat dit zou gebeuren.'

'Ik ook niet. Maar ik heb er constant aan gedacht, het iedere nacht gewild.'

Een scheve, ietwat brutale glimlach speelde om zijn mond. 'En ik ook.'

William staarde haar vol verwondering aan en raakte zachtjes haar lichaam aan, zich verbazend over de zijdezachtheid van haar huid. Ze had lange, bevallige benen, een slanke romp en prachtige borsten. Hij sloeg zijn armen om haar heen en trok haar dichter naar zich toe; hij ademde haar geur in en luisterde naar haar hart, dat tegen het zijne bonsde. Spoedig zouden ze verenigd zijn, één worden, maar op dit moment wilde hij genieten van alles aan deze vrouw naar wie hij al zo lang had verlangd.

Haar stem klonk zacht toen ze zei: 'Raak me aan, Will. Ik wil dat je me overal aanraakt; ik verlang ernaar je handen op me te voelen, door jou verkend te worden.'

Hij deed wat ze vroeg, streelde en liefkoosde haar, en er trok een gevoel van vreugde door hem heen. De onaanraakbare vrouw was van hem. Hij mocht haar aanraken. Liefhebben. De zijne maken. Hij huiverde toen ze haar handen over zijn buik en tussen zijn benen liet glijden. Hij liet haar even begaan, maar hield haar plotseling tegen door een hand op de hare te leggen. Hij legde haar vingers stil. Ze wakkerde zijn opwinding aan, zijn vurige verlangen naar haar, en op dat moment wist hij dat het voor hen beiden het juiste moment was om één te worden. Het moest nu.

Hij rolde op haar en legde zijn handen onder haar billen en trok haar dichterbij, gleed heel snel in haar, bijna ruw. Ze slaakte een verraste kreet en sloeg haar lange benen om zijn rug, en hij werd vervuld van extase, precies zoals zij, wist hij, want ze smeekte hem door te gaan. En dat deed hij.

Terwijl ze ritmisch en als één bewogen, kreeg William een gevoel alsof hij plotseling over de rand van een afgrond dook en in de ruimte viel. Ze schreeuwde het uit van genot en zei telkens zijn naam. Hij liet alle controle los en gaf zich aan haar over zoals zij zich overgaf aan hem.

Het duurde een tijdje voordat hij bijgekomen was. Hij lag op haar zonder zich te verroeren. Ten slotte sprak hij. 'Mijn god, o, mijn god, wat is er met me gebeurd?' mompelde hij, haar stevig vasthoudend.

'Jij hebt met mij gevrijd en ik met jou,' zei Diedre. 'En was dat niet heerlijk?'

Will sloeg zijn armen om haar heen, en ze lagen samen te genieten van hun pas gevonden intimiteit en nabijheid. Diedre vond het fijn zijn huid tegen de hare te voelen, de kracht van zijn lichaam te voelen, de vreugde zo samen te zijn. Ze kende hem in veel opzichten goed, had bepaalde aspecten van hem reeds lang begrepen, maar nu waardeerde ze hem om de man die hij was in zijn privéleven, die hij werkelijk was als mens.

En wat Will betrof, die kon niet geloven dat hij nu zijn perfecte vrouw had. Ze hoorde bij hem. Hij hoorde bij haar. Ze was het wachten waard geweest. Hij hoopte dat ze net zo over hem dacht. Eindelijk verbrak hij de lange stilte tussen hen.

'Wil je met me trouwen, Diedre?'

'Ja, met minder neem ik geen genoegen.'

Hij voelde haar tegen zijn borst glimlachen toen ze dat zei. 'Kan dat gauw? Ik wil je als mijn vrouw.'

'Ja. Zo gauw mogelijk, Will. Er is echter één ding. Ik zou willen dat al mijn zussen op onze bruiloft aanwezig zijn. Ik weet dat Dulcie en James in december terug zijn. Ze vertelde me dat James de onderhandelingen over zijn contract met MGM aan het afronden is. Ze komen naar huis.'

'Dat is iets om naar uit te kijken in deze harde tijd waarin we leven. Een kerstbruiloft.'

'Moet je echt naar Tsjechoslowakije?'

'Eigenlijk wel. Maar ik zal Gareth Jones sturen. Ik haal hem voor de duur van een week uit Parijs.'

'Je zou Tony kunnen sturen,' stelde ze enigszins aarzelend voor.

'Hij is er nog niet aan toe. Nog niet ervaren genoeg. Je had gelijk toen je zei dat het gevaarlijk kan zijn.'

'Hoe gaan we het doen op kantoor, Will?'

'Ik kan je niet volgen.' Hij keek niet-begrijpend.

'Ik bedoel, we hebben nu een liefdesrelatie en we werken samen. Is dat niet problematisch?'

Hij begon hard te lachen. 'Doe niet zo gek. Dat maakt niets uit. Ik ben immers je baas. De baas van de eenheid, zoals jij me steevast noemt. Ik hoef aan niemand verantwoording af te leggen, behalve natuurlijk aan de premier.'

Ze lachte met hem mee, en het was de lichtvoetige lach die hij al heel lang niet meer had gehoord. 'Ik verwacht niet dat Neville Chamberlain in je liefdesleven geïnteresseerd zal zijn,' zei ze.

'Mee eens. Of wie dan ook, trouwens.'

'Denk je dat mijn vader ons naar Vanessa's huis heeft gestuurd zodat we konden vrijen?'

William begon weer te lachen. 'Ik weet het niet zeker. Maar hij zei wel dat ik je mee moest nemen naar een besloten plek om de puinhoop die we ervan gemaakt hadden, uit te zoeken. Zo formuleerde hij het echt.'

'Ik weet dat hij heel veel van me houdt, Will, zoals hij van al zijn kinderen en kleinkinderen houdt. Misschien had hij het gevoel dat er ingegrepen moest worden.'

'Dat was ook zo. Dat weet je. Zijn we niet een stelletje sufferds geweest?'

'Ja. En we hebben heel wat tijd verspild. O, de trein! Je moet met de trein terug naar Londen. Ik wil niet dat je weggaat.'

'Ik ga niet weg. Je vader heeft me uitgenodigd hier te logeren, zo lang ik maar wilde. En toen ik zei dat ik geen schone overhemden had, zei hij dat hij er zeker van was dat zijn overhemden mij zouden passen.'

'Nou nou, hij mag je blijkbaar erg graag. Stel je voor, Will. Je kwam, je zag, je overwon.'

'Als ik jou maar heb gewonnen. Dat is voor mij het enige wat telt.'

'Ik was de gemakkelijkste overwinning die je ooit hebt behaald,' zei ze ad rem, terwijl ze haar hoofd omdraaide en naar hem opkeek.

'Dat is niet waar, en dat weet je. Enfin, zoveel overwinningen zijn er in mijn leven niet geweest.'

Ze keek hem lang en aandachtig aan, maar bleef zwijgen.

Hij zei: 'We laten het verleden rusten. We beginnen samen een nieuw leven. Jij en ik en Robin. Hoe zal hij het vinden? Zal hij me accepteren, Diedre?'

'O, absoluut, daar twijfel ik geen moment aan. Hij heeft zijn ooms en mijn vader, maar ik weet dat hij diep in zijn hart dolgraag een man zou willen hebben die van hem is, die hij "vader" kan noemen.'

'En ik zal een goede vader voor hem zijn, Diedre, ik beloof het je. En een goede echtgenoot.' Hij grijnsde een beetje wolfachtig en voegde eraan toe: 'En minnaar.'

Ze lachte hem weer toe en knikte slechts.

Toen werd Williams blik serieuzer. 'Er komen moeilijke tijden, zoals je weet. Binnenkort komt er oorlog, en Hitler zal proberen ons land binnen te trekken. Ik wil gewoon dat je weet dat ik blij en opgelucht ben dat we samen zijn, Diedre. Zodat ik op jou en Robin kan passen. Jullie kan beschermen en jullie veilig door de nare jaren kan loodsen die voor ons liggen.'

Geen afscheid

Er zijn twee dagen in de week waarover en waarop ik me nooit zorgen maak. Twee onbezorgde dagen, die ik vrijwaar van angst en vrees. Een van die dagen is gisteren… en de andere waarover ik me geen zorgen maak is morgen.

Robert Jones Burdette: 'The Golden Day'

Hoofdstuk 41

Hollywood, Californië, VS. Hij vond het er heerlijk, en toch stoorde en verontrustte het hem regelmatig. Hij wilde blijven. Hij wilde vertrekken. Er zat een bepaalde tweedeling in hem, een soort ambivalentie. En toch wist hij diep in zijn binnenste wat hij móést doen. Hij had eigenlijk geen keus.

Wat James Brentwood niet beviel aan Hollywood waren de voor de hand liggende dingen. Het geroddel, de achterklap, de opschepperij, de wrok, de venijnige jaloezie. De fantijdschriften vol leugens, insinuaties en wilde aannamen. De bobo's van de branche die de dingen regelden zoals zij dat wilden in deze stad, die in wezen één grote filmfabriek was. Mannen die een carrière konden ruïneren, een leven met een knip van hun vingers konden maken of breken. En zoveel andere dingen die grensden aan het goedkope, het smerige en het vulgaire. En toch was het de bijzonderste plek van de hele wereld, een unieke plek. Heel simpel gezegd: zoals er geen tweede was.

Wat James Brentwood heerlijk vond aan Hollywood was het werk. Hij hield van zijn collega's, al die toegewijde mensen die van hun vak hielden, elke dag enthousiast net als hij zwoegden en alles gaven; van de getalenteerde scenarioschrijvers die woorden in hun mond legden en zonder wie er geen films zouden zijn; van de briljante regisseurs die het beste in hen naar boven haalden; van de producers die het mogelijk maakten; en van de cameramannen die alles op wonderbaarlijke wijze vastlegden op film.

Hij hield van die grote lege ruimten, de gigantische opnamestudio's waar het filmen plaatsvond. De studiolampen, camera's, geluidsopnameapparatuur, de regisseur en de acteurs. Alles bij elkaar creëerde het een zeer bijzondere soort magie, die op celluloid werd vastgelegd zodat de hele wereld het kon zien. Drama. Mysterie. Romantiek. Plus de grote Hollywoodmusicals, die hun specialiteit waren.

James moest inwendig lachen terwijl hij over het achterterrein van Metro

Goldwyn Mayer in Culver City liep, in de richting van een van die opnamestudio's. Hij wilde nog één keer naar zijn lievelingspodium kijken voordat hij vertrok.

Het jaar 1939 was net begonnen; over een week zouden hij en Dulcie en hun gezinnetje op weg zijn naar New York, waar ze een schip terug naar Engeland zouden nemen. Hij zou Hollywood verlaten, en er zou heel veel zijn wat hij zou missen, niet in het minst het weer. Maar hij was blij dat ze spoedig in Londen zouden zijn. Hij maakte zich zorgen over de oorlog en alles wat die hun zou brengen.

James keek op naar de zonnige, helderblauwe hemel; hoewel er deze ochtend een koelte in de lucht hing, maakte dat niet uit, vooral niet omdat de lucht geurde naar de sinaasappelbosjes en boomgaarden die overal in dit gebied voorkwamen.

Felix Lambert was de week ervoor teruggekeerd naar Los Angeles, na zijn verblijf in augustus, om de deal die hij voor James bij Louis B. Mayer, het hoofd van MGM, had bedongen te sluiten. Het was uiteindelijk een goede deal geworden, een die beide partijen beviel.

De laatste heropnamen van zijn huidige film waren klaar voor vertoning. Maar het zou niet zijn laatste Hollywoodfilm zijn. Hij was opnieuw gecontracteerd door MGM, en was Mr. Mayer nu vier films verschuldigd die in de toekomst zouden worden opgenomen. Twee zouden in Engeland gemaakt kunnen worden, maar L.B. wilde hem weer in Hollywood hebben voor de resterende twee. Mr. Meyer had ermee ingestemd dat dat kon gebeuren wanneer de oorlog voorbij was. Wanneer dat ook zou zijn. Niemand wist het antwoord.

De oorlog. Er was geen oorlogsverklaring geweest. Nog niet. James wist dat het onvermijdelijk was. Hij kwam als een tornado op hen af en zou hen in zijn wervelende vaart meenemen.

Toen hij dichter bij de studio kwam, zag hij Patrick Kelly, de bewaker, die daar altijd op wacht stond. Een lange, joviale man, die altijd buitengewoon behulpzaam was. Hij was een Iers-Amerikaan van de tweede generatie die vanuit New York naar Los Angeles was verhuisd, waar zijn vader en broers allemaal politieagent waren. 'Het is hier veiliger,' had hij James een keer verteld.

Pat zwaaide naar hem en lachte hem vrolijk toe toen hij dichterbij kwam. 'Goeiemorgen, Sir James.'

'Jij ook een heel goeie morgen,' antwoordde James, Pat ook toelachend. 'En een mooie dag is het. Pat, ik zou graag even naar binnen willen om nog één keertje naar mijn lievelingsset te kijken. Mag dat?'

De bewaker knikte, deed de deur van het slot en liet James binnen. Pat zette de schakelaars in een elektriciteitskast in de muur om, en meteen werd de reusachtige studio gevuld met schitterend licht.

'Wat is dat toch een prachtig gezicht,' mompelde James, terwijl hij met een gelukkige uitdrukking op zijn gezicht naar voren liep, zich omkeerde en de reusachtige ruimte overzag. 'Ik zal deze set missen, Pat, werkelijk waar.'

'En ik zal u missen, Sir James, wij allemaal zullen u missen. U bent een echte heer, als ik het zeggen mag. Een van de weinige echte heren die ik hier de laatste tijd heb zien langskomen. U, en natuurlijk Mr. Gable.'

'Dank voor je vriendelijke woorden. En ik zal jou ook missen, en al mijn makkers hier. Maar ik moet nu terugkeren naar mijn land. Er is een oorlog op komst waarin gestreden moet worden.'

'Komt die dan echt?' vroeg Pat, plotseling bezorgd klinkend.

'Helaas wel,' antwoordde James met plechtige stem en zwaar hart. 'Ik wilde dat het niet zo was, maar ik ben bang dat hij erger wordt dan de vorige, Pat.'

James reed, vervuld van goede herinneringen, de poort van de MGM-studio's uit en zette koers naar Beverly Hills. Hij zou met Felix lunchen bij Chasen's, wat in zekere zin ook een afscheid zou zijn.

James parkeerde zijn auto en liep Chasen's binnen, beseffend dat hij vroeg was. Maar Felix zat al op hem te wachten.

'En, hoe voelde het, Jamie? Afscheid nemen?' vroeg Felix nadat hij hem begroet had.

Lachend ging James op de rode leren bank naast Felix zitten. 'Ik heb geen afscheid genomen. Want ik weet dat ik ooit terugkom, Felix.'

'Dat is zo, jongen. Dat kan ik je verzekeren. Het contract verplicht je daartoe. En tussen twee haakjes: ze zullen je nooit laten vechten, hoor, het Britse leger. Je krijgt een administratieve baan, of ze halen je over propagandafilms voor hen te maken.'

'Zeg dat niet!' riep James scherp uit, en hij keek zijn beste vriend, agent en manager nadrukkelijk en met gefronste wenkbrauwen aan. 'Ik wil dienst nemen.'

'Ik weet dat je dit niet wilt horen, maar je bent te oud voor het front. Je bent vijfenveertig, James, dat mag je niet vergeten. De jongens van achttien, die willen ze in de loopgraven, niet mannen zoals jij – of ik, trouwens.'

James zuchtte. 'Ik weet het. Ik weet het. Het is waar wat je zegt. Maar Dulcie zei onlangs tegen me dat Cecily bang is dat Miles een oproep zal krijgen, en misschien zelfs Harry. Ze maakt zich zorgen om diverse zaken. Als de graaf het landgoed moet leiden, denkt ze dat dat wel eens te veel voor hem zou kunnen zijn.'

Felix tuitte zijn lippen en knikte. 'Ik kan haar gevoelens heel goed begrijpen, Jamie. Maar op de een of andere manier lijken de meisjes van Cavendon het altijd weer te redden. De Inghams staan niet alleen al jarenlang bekend om de schoonheid van hun vrouwen, maar ook om de kрácht van die vrouwen, om wie je blijkbaar niet heen kunt.'

Een klein, wetend lachje gleed over James' gezicht. 'Daar zal ik niet tegenin gaan, Felix. Mijn Dulcie is er het levende bewijs van... mooi, sterk, inventief, liefdevol. En ontzagwekkend. Net als haar zussen en haar schoonzus.'

'Wat gaat Dulcie doen met de galerie in Londen? Constance denkt steeds maar dat ze van plan is die te sluiten. Is dat zo?' vroeg Felix zich hardop af.

'Ik denk dat ze niet veel keus heeft als het oorlog is, Felix. De schilderijen zouden gevaar lopen. Er zou gebombardeerd kunnen worden. Dulcie vertelde dat Hanson een groot kluisgewelf voor haar heeft gereserveerd in de kelder van Cavendon, waar alles uit de galerie zolang kan worden opgeslagen.'

Ze staakten onmiddellijk hun gesprek toen Dave Chasen op hen afkuierde om hen te begroeten. Hij was een warme, innemende man, een volmaakte gastheer. Aangezien hij alle aanwezigen kende, was de sfeer er 'net als thuis', zoals James het noemde. Nadat ze beleefdheden hadden uitgewisseld, liep Dave weg om een praatje te maken met twee andere Engelsen, Nigel Bruce en Ronald Colman, die aan de andere kant van de eetzaal zaten te lunchen met David Niven, ook een Engelsman die binnenkort huiswaarts zou keren om zijn land te dienen.

Hoofdstuk 42

Felix ging naast James in de auto zitten, zich ontspannend na een uitstekende lunch bij Chasen's. Terwijl James door Beverly Hills reed, op weg naar Bel Air, keek hij af en toe even naar buiten.

Hij mocht deze stad wel. Hij had iets van een plattelandsdorp, omgeven als hij was door sinaasappelbomen, boomgaarden en peperbomen. De keurige, met bomen omzoomde straten met de mooie huizen en goedverzorgde tuinen benadrukten die bijzondere sfeer van het buitenleven. En toch wás het een industriestad. En het product was overal ter wereld erg in trek: Films. Met een hoofdletter F. Het publiek kon er tegenwoordig niet genoeg van krijgen, was verslaafd aan films. En ze veranderden veel acteurs in één klap in sterren, die vereerd werden door de toegewijde en vaak doldwaze fans die niet genoeg konden krijgen van hun lievelingen.

Felix was zich er terdege van bewust dat de filmindustrie een hoge vlucht nam. Hij wist dat het zou doorzetten. Niets zou het kunnen tegenhouden. Het verbazingwekkende was dat de filmbranche in het leven was geroepen door slechts een handjevol jonge Joodse emigranten uit Europa. Sommigen waren aan het begin van de twintigste eeuw door hun ouders meegenomen naar Amerika, toen ze nog klein waren. Of ze waren op eigen gelegenheid geëmigreerd toen ze tieners of twintigers waren.

Felix moest ineens aan Louis B. Mayer, de directeur van MGM, denken, die op dat moment de grootse en machtigste zakentycoon van allemaal was. Hij was op driejarige leeftijd met zijn ouders uit Rusland gekomen. Deze geëmigreerde Joden waren voornamelijk als eigenaars van filmhuizen of filmdistributeurs in de business begonnen. Hoewel Mayer in New York een filmimperium had geleid, zoals hij dat noemde, had hij algauw beseft dat het meer winst opleverde als hij zijn eigen films maakte. Hij richtte zich op filmproductie en ging naar Hollywood.

In de loop der jaren creëerde deze handvol briljante jonge Joodse mannen een eigen imperium. Ze bouwden de studio's, hadden over alles en iedereen de leiding, en waren de mogols van een industrie die volledig in hun handen was: MGM, Paramount, Universal en Warner Brothers, om er maar een paar te noemen.

Wat loopt het toch raar in het leven, dacht Felix, een blik op James werpend. Dertig jaar geleden waren hij en Constance naar een uitvoering van een kindertheater gegaan en hadden een vijftienjarige jongen ontdekt die Jimmy Wood heette, de zoon van een havenarbeider uit East End. Maar op dat podium, in een voorstelling van de Drama School for Children onder leiding van Madame Adelia Foster, hadden ze een puur genie aan het werk gezien.

De kleine Jimmy Wood barstte niet alleen van het talent, maar had ook een bijzonder knap uiterlijk en veel charisma, ook al op die jonge leeftijd. Jimmy was – onder het toeziend oog en de hoede van henzelf en zijn drie zussen – James Brentwood geworden, een van de grootste acteurs op het Engelssprekende toneel van zijn tijd. Hij was nu Sir James, omdat hij door de koning geridderd was, en ook een wereldberoemde filmster.

James Brentwood liep een set op en speelde alles heel ingehouden. In zekere zin was hij gewoonweg zichzelf. Zijn stem en zijn uiterlijk waren zijn grootste troef, en vrouwen over de hele wereld waren zijn grootste fans.

'Wat ben je stil, Felix,' zei James zonder zijn blik van de weg af te wenden.

'Ik zat gewoon aan Hollywood te denken, aan hoe het daar allemaal toegaat. Je hebt het hier naar je zin gehad, hè, Jamie?'

'Jazeker. Mijn collega's zijn fantastisch geweest. En ik heb veel over het maken van films geleerd. Het is een speciaal vak; ik zou het zelfs een kunst willen noemen.'

'Dus je zegt dat ze het hier het best doen… films maken?' vroeg Felix.

'Niet alleen het best, maar beter dan best. Je vindt hier in de studio's heel veel creatief talent en efficiency, en heel veel gedrevenheid en ambitie en enthousiasme, en meer vastberadenheid dan ik ooit heb gezien. Het is opmerkelijk.'

'Vergeet ook niet het geld dat je hebt verdiend,' merkte Felix op. 'Die paar jaren zijn heel goed geweest voor je banksaldo.'

Niet lang daarna reden ze Bel Air Road op, waar James en Dulcie met hun drie kinderen woonden.

Toen Annie Farrell, de assistente en secretaresse van James, hen in de hal begroette, zag James meteen dat Annie geagiteerd was, niet haar gebruikelijke beheerste zelf.

'Wat is er?" vroeg James, haar gespannen aankijkend. 'Is er iets aan de hand? Iets mis?'

'Nee, nee, niet mis. Meer iets... onverwachts, zou ik zeggen. Een onverwachte bezoeker om precies te zijn.'

Hij nam haar scherp op en merkte dat haar gezicht rood was en dat haar ogen sprankelden. James meende te weten wie er was langsgekomen. Maar hij zei slechts: 'Toe maar, vertel me in godsnaam wie de bezoeker is. Je ziet eruit alsof je uit elkaar klapt van de opwinding.'

'Mr. Gable,' zei ze ten slotte vol ontzag. 'Clark Gable, bedoel ik.'

'Is er dan nog een Mr. Gable?' vroeg Felix plagerig.

Annie schudde haar hoofd.

James zei: 'Nou ja, we hebben natuurlijk ook Will Gable, zijn vader.' Hen beiden toegrijnzend vroeg James: 'Goed, Annie. Vertel, waar heb je hem opgeborgen?'

Felix lachte hartelijk.

Annie keek hem fronsend aan. 'Hij zit op het terras met Lady Dulcie te praten,' antwoordde ze. 'Mamie heeft hun ijsthee gebracht.'

James knikte en liep gehaast de hal door; hij zei: 'Ik kan maar beter snel naar hem toe gaan. Hoelang wacht hij al?'

'Een kwartier, niet veel langer,' antwoordde Annie. 'Hij zei dat hij het helemaal niet erg vond om op u te wachten.'

Hoofdstuk 43

'Toe maar, ga jij maar naar Clark,' zei Felix. 'Ik ga naar boven om een dutje te doen.'

'Doe niet zo raar, hij zal gekwetst zijn als je hem niet gedag komt zeggen!' riep James uit. 'Hij mocht je heel graag toen hij met je kennismaakte vorig jaar.'

'Goed dan, maar heel kort. Hij wil duidelijk met jou over iets belangrijks praten.'

'Dat is zo, Felix, en ik weet heel zeker dat het iets met *Gone with the Wind* te maken heeft. Binnenkort beginnen de opnamen ervan, en dat zit hem dwars.'

Verbaasd vroeg Felix: 'Waarom? Iedere vrouw ter wereld wil dat hij Rhett Butler speelt. Niemand anders is goed genoeg. Hij is de gedoodverfde favoriet.'

'Zo ziet hij het niet. Hij weet dat hij het móét doen, om het publiek, de fans niet teleur te stellen, of om geen problemen voor de studio te veroorzaken. Maar hij denkt dat hij niet aan hun verwachtingen kan voldoen, want die zijn torenhoog. Eerlijk gezegd snap ik wel hoe hij zich voelt. Ik zou zelf ook tegen die rol opzien.'

'Louis B. vertelde me dat dit, voor zover hij weet, de eerste keer in de geschiedenis van de film is dat het publiek zo'n grote rol speelt in het casten van een acteur. Ze accepteren gewoon niemand anders dan Clark Gable.'

'Ze zien hem natuurlijk als Rhett Butler... en hij heeft zeker alles daarvoor in huis. Hij is lang, heeft donker haar en is een knappe vent,' antwoordde James. 'Hij heeft een mannelijke uitstraling. En daarbij heeft hij ook iets brutaals, een boosaardige glinstering in zijn ogen, een soort lef dat vrouwen opwindt.'

Felix knikte. 'Daar is geen twijfel aan, hij is momenteel de grootste filmster

ter wereld. Een kassucces.' Terwijl Felix de arm van James beetpakte en hem door de hal naar de zitkamer leidde, voegde hij eraan toe: 'Zullen we hem dan maar gaan opvrolijken?'

'Ik denk dat een peptalk beter helpt, Felix. Hem een hart onder de riem steken,' opperde James, terwijl ze de zitkamer door liepen en het overdekte terras op kwamen. Het liep langs de gehele lengte van het huis en keek uit op de weelderige tuin, het zwembad en het omliggende terrein.

Dulcie zat bij Clark; zodra ze James het terras op zag lopen, stond ze op en liep snel met een lachend gezicht op hem af.

Ze droeg een perzikkleurige jurk, de kleur waarin hij haar het liefst zag, en toen ze op hem afzweefde, voelde James zijn hart samenknijpen, zoals altijd wanneer hij afwezig was geweest – ook al was het maar een paar uur – en haar weer zag. Op haar achttiende, toen ze elkaar voor het eerst ontmoetten, was ze een mooi meisje geweest. Nu, op haar dertigste, was ze een beeldschone vrouw, het licht van zijn leven. Hij beschouwde haar als de helderste ster aan de hemel, ja, in iedere opnamestudio in deze stad. Ze was wat hem betrof stralender en mooier dan iedere actrice aan het filmfirmament; na elf jaar huwelijk hield hij meer van haar dan ooit. Er was niemand zoals zij, en goddank was ze de zijne.

Dulcie stond stil, ging op haar tenen staan en kuste hem op de wang. 'Felix en ik gaan zo weg. Clark moet dringend met je praten.'

'Dat besef ik,' mompelde James in haar haar.

Felix zei: 'Krijg ik geen kus, juffie?'

Dulcie maakte zich lachend van James los en liep op Felix af en omhelsde hem stevig. Ze kuste zijn wang en zei: 'Een paar minuutjes en dan laten we hen alleen, oké?'

'Oké, oké,' fluisterde Felix terug.

Ze liepen met hun drieën over het terras naar Clark Gable, die was opgestaan en breeduit glimlachend op hen stond te wachten. Na de uitgestoken hand van Felix te hebben geschud en hem te hebben begroet, keerde hij zich naar James, en ze omhelsden elkaar, gaven elkaar een paar stevige knuffels.

'Ik weet dat ik er een gewoonte van heb gemaakt om onaangekondigd bij je langs te komen,' zei Clark. 'Maar je mooie vrouw zegt dat je dat niet erg vindt, Jamie.'

'Nee, hoor. Maar je wilt toch wel iets beters dan ijsthee, Clark? Champagne? Wijn? Schotse whisky?'

'Nee, dank je, dit is prima.'

Clark toelachend kondigde Dulcie aan: 'Ik moet er nu vandoor. Ik moet nog het een en ander doen, maar ik kom terug voordat je weggaat.'

'Ik hoop het,' antwoordde Clark, en hij nam een nieuwe trek van zijn sigaret.

'Ik kom straks ook terug,' verklaarde Felix. 'Ik moet naar Londen bellen voordat het daar te laat wordt.' Felix en Dulcie liepen het terras af en verdwenen door de openslaande deuren in de zitkamer.

James en Clark waren even lang en hadden hetzelfde postuur, en ze stonden naast elkaar schouder aan schouder te roken op het terras en staarden zonder iets te zeggen voor zich uit, allebei even diep verzonken in hun gedachten. Twee knappe filmsterren die niet wisten wat te zeggen.

Plotseling zei Clark: 'Ik heb echt je hulp nodig. Ik moet weer met je praten over dat dilemma met betrekking tot Rhett Butler.'

'Laten we gaan zitten en kijken of we eruit kunnen komen,' stelde James voor, en samen liepen ze naar een lage tafel met een stel stoelen eromheen.

Ze gingen tegenover elkaar zitten, en James zei: 'Ik weet dat je nooit een sterrol in *Gone with the Wind* hebt willen hebben, en ook waarom niet. Miljoenen vrouwen hebben gezegd dat ze alleen maar jou in de rol van Rhett willen. Klopt, toch? En je bent bang dat je het niet waar zult kunnen maken.'

'Je slaat de spijker op zijn kop. Het kan niet anders of ik zal hier en daar mensen teleurstellen, en ik heb nog niet uitgedacht hoe ik hem neer moet zetten.'

James knikte, maar bleef zwijgen. Hij kende Clark inmiddels goed, en hoewel hij geen intellectueel was, was hij wel een heel intelligent man, belezen ook. James wist dat Clark Margaret Mitchells boek vele malen had gelezen in de hoop duidelijkheid te krijgen over zijn rol en de interpretatie ervan op het filmdoek. En toen daagde het James plotseling.

Hij maakte zijn sigaret uit in de asbak, boog zich voorover en zei: 'Ik weet wat je moet doen, Clark. Je moet die set op lopen en gewoon jezélf zijn. Die vrouwen die naar de studio hebben geschreven, zeggen dat ze Clark Gable willen. Jóú. Ja, ze willen dat jij Rhett Butler speelt. Maar wie is hij eigenlijk. Deze Rhett? Hij is een man op papier, in een boek, en zoals Margaret Mitchell hem met woorden beschreven heeft, lijkt hij wel wat op jou, zoals je nu hier tegenover me zit. Een echte man, viriel, met sexappeal. Maar je bent ook bij de mannen populair. Kijk maar naar de afgelopen twee jaar.

Al vanaf 1937 ben je een soort nationale manie, razend populair. En mannen mogen je ook. Je bent de keuze van het volk; het publiek geeft je onvoorwaardelijke genegenheid. Je bent hun held, Clark. Ik heb je tijdens openbare optredens gezien, en het publiek is euforisch in zijn liefde voor jóú. Niet voor Rhett Butler. Ga gewoon –'

James onderbrak zichzelf, grinnikte en zei: 'Wees Blackie Norton in *San Francisco*, als ik het zo mag stellen. Je maakte grote indruk in die film, en je speelde toen jezelf.'

Clark zat James verbluft en enigszins verdwaasd aan te kijken. En toen gooide hij zijn hoofd in zijn nek en begon te brullen van het lachen. Even later zei hij, nog steeds geamuseerd: 'Dus dat is het? Meer hoef ik niet te doen? Gewoon mezelf zijn?'

'Precies.'

Opnieuw grinnikend zei Gable: 'Ik heb tegen David Selznick gezegd dat ik geen zuidelijk accent kan nadoen. Dat zou ik nooit onder de knie kunnen krijgen. Ik zou me belachelijk maken.'

'Ben ik met je eens. Wees gewoon wie je bent. Zeg tegen Carole wat ik heb gezegd, kijk hoe ze reageert.'

'Ik denk dat ze het met je eens zal zijn,' antwoordde Clark. 'Enfin, ik geloof dat deze plotselinge oplossing van mijn probleem wel een toost verdient. Zullen we naar binnen gaan, naar die bar van jou, en iets drinken?'

Blij sprong James op. 'Volgens mij vraagt deze gelegenheid om champagne.'

De twee mannen slenterden het terras af en het huis in, richting de studeerkamer. Het was een ruimte met een sterke, mannelijke sfeer, geschilderd en behangen in een mengeling van warme crèmetinten, diepkoraalrood en bordeauxrood. Er stond een groot georgiaans bureau in, waarop stapels scripts lagen, en er waren een heleboel familiefoto's, diverse boekenkasten en veel gekoesterde aandenkens die aangaven dat dit het privédomein van James was. Dicht bij de haard stonden een aantal leunstoelen en een grote bank, overtrokken met crèmekleurige stof; de bar bevond zich aan de andere kant van de kamer.

Wanneer James en Dulcie een feestje gaven, liepen de mannen altijd meteen naar de bar, en daar liep James nu ook heen. Hij richtte zich tot Clark en vroeg: 'Zin in een glas bubbelwijn? Of wil je iets sterkers?'

'Ik denk dat ik liever een Jack Daniel's wil,' antwoordde Clark.

'Goed idee. Ik neem hetzelfde.'

Clark stapte naar het raam en keek de tuin in, en na een poosje merkte hij op: 'Ik ben blij dat je het huis niet verkoopt, James. Dat geeft me de geruststelling dat je terugkomt naar Hollywood.'

Lachend zei James: 'Ik moet wel terugkomen, aangezien ik nu een contract met MGM heb. Alwéér.'

'Ik weet het, maar MGM is de grootste, beste en machtigste studio van deze stad. Hij domineert de branche en daarom moet je bij hen zijn. Bij Metro, net als ik. Enfin, dit huis kan alleen maar in waarde stijgen, vanwege de groei van deze bedrijfstak.'

Clark draaide zijn hoofd om en keek James aan: 'En Bel Air is een goede plek om te wonen. Ik vond het er heerlijk rustig en besloten toen ik hier vorig jaar dat huis huurde. Carole huurde er ook een, zoals je weet, en we hadden volledige privacy.'

James liep met de drankjes naar het raam en reikte Clark er een aan. Ze proostten en Clark zei: 'Op jouw ingenieuze idee, James. Rhett Butler gespeeld als ikzelf.'

James grijnsde. 'Denk maar aan hoe je erin slaagde dat te doen in *San Francisco*. Het is een van de winstgevendste films uit de geschiedenis geworden, en je was fantastisch... zoals je Blackie Norton speelde als jezelf.'

'Bedankt voor het compliment, maar Spence was de ster. Het was helemaal zíjn film. Hij was geweldig; hij is de beste.'

'Jij en Spencer Tracy werken heel goed samen; jullie zijn een fantastisch team. Maar ik heb me altijd afgevraagd waarom Jeanette MacDonald geen rol had. Een vreemde keus.'

Clark kreunde en trok toen een gezicht. 'Ik vond haar niet zo bijzonder. Maar goed, Spencer was geweldig. Hij hoeft daar alleen maar te staan, niets te doen, niets te zeggen. Het is de emotie die hij met zijn ogen weet over te brengen, de uitdrukkingen op zijn gezicht.'

'Ik weet wat je bedoelt.' James liep richting de leunstoelen en liet zich op een ervan zakken. Clark volgde zijn voorbeeld. Hij zette zijn glas op een bijzettafeltje, haalde een gouden sigarettenkoker tevoorschijn, nam er een sigaret uit en stak hem aan.

James nam hem aandachtig op en dacht: wat is het toch een ongewone man. Vrouwen over de hele wereld aanbaden hem. Mannen bewonderden hem. Hij was geliefd bij mannen en bij vrouwen. En iedereen respecteerde hem, behandelde hem als een vorst, en zo noemden ze hem ook: The King. De verering die het publiek hem betoonde was fenomenaal; die was voor geen enkele filmster ooit zo groot geweest, voor wie dan ook, trouwens, of het nu om een sportman of een politicus ging. En toch, ondanks dit alles, en ondanks zijn overweldigende roem, wist James heel goed hoe verlegen deze man was, en hoeveel hij tobde. Hij was ook nuchter, attent en vriendelijk. Filmcrews waren dol op hem; hij was op-en-top een professional. Hij kwam altijd op tijd, was zijn hele leven nog nooit te laat op een set verschenen; hij kende zijn tekst en gaf wanneer hij acteerde alles. Clark had totaal geen temperament; hij was nooit ongeduldig, tenzij een acteur of actrice voortdurend te laat kwam of continu zijn of haar tekst verprutste.

Clark werd zich er plotseling van bewust dat James hem al een tijd zat op te nemen. 'Je zit me zo aan te kijken, James. Ik wilde dat ik wist wat je dacht. Zeg op, makker.' De lichtgrijze ogen van Clark waren strak op James gericht.

'Ik zat te denken dat je een van de fatsoenlijkste mannen bent die ik ooit heb ontmoet. We hebben in Engeland een gezegde. Als we iemand echt bewonderen om zijn morele gedrag, noemen we hem *true blue*. En dat ben jij. *True blue*. Ik ben heel blij dat we elkaar hebben ontmoet en goede vrienden zijn geworden.'

'O, bedankt voor die vriendelijke woorden.' Onverwachts begon Clark vrolijk te grinniken. Toen hij zijn borrelende lach onder controle had gekregen, zei hij: 'Ik vind "ontmoet" onder de gegeven omstandigheden een raar woord. Je bent letterlijk over me gestruikeld.'

James moest ook lachen. 'O, god, ja! Ik zal die zaterdagmiddag in de garage van Rory Gallagher in Santa Monica nooit meer vergeten. Ik stond daar in zijn werkplaats te zeuren over de rare geluiden in mijn Jaguar en raakte steeds meer onder de indruk van zijn kennis van motoren toen hij me vroeg mee te lopen naar achteren.... hij wilde me iets laten zien. En onhandige jongen als ik ben struikelde ik over twee lange benen, gestoken in een blauwe spijkerbroek en glimmende cowboylaarzen die onder een auto uitstaken, en viel op mijn gezicht. En toen hoorde ik een van de beroemdste stemmen in Hollywood uitroepen: "Wat krijgen we nou?" En werd ik overeind geholpen door Clark Gable, die zijn zorgen uitte over de jaap in mijn voorhoofd, die hevig bloedde. Je was heel bezorgd.'

'Ik herkende je; ik wist dat je met een film bezig was. Natuurlijk was ik bezorgd. Daarom heb ik je meteen naar mijn dokter gebracht.'

'En nogmaals dank daarvoor.' James schudde zijn hoofd, en met een twinkeling in zijn ogen merkte hij op: 'Stel je mijn verbazing voor dat ik Clark Gable languit onder een auto aantrof, sleutelend aan het binnenwerk.'

Clark was zo vriendelijk te grinniken. 'Autotechniek. Een hobby van me.

Weet je, Jamie, je bent een van ons, een van de goeien, pretentieloos. Je hebt je droom waargemaakt zonder je ziel te verkopen.' Clark zweeg even, nam een slok van zijn Jack Daniel's en stapte over op een ander onderwerp. 'Als ik een script had, zou ik me lekkerder voelen omtrent die rol.'

'Ik begrijp het. En ik heb gehoord dat er tientallen scripts zijn, verschillende versies. Is dat waar?'

'Niet echt tientallen, maar wel veel. Ik vind het eerste script, dat twee jaar geleden door Sidney Howard is geschreven, het beste. Maar Selznick is met geen een tevreden. Toch vertrouw ik op zijn oordeel. Hij is een goede producent.'

'De opnamen beginnen toch volgende week al? Is er nog steeds geen draaiboek?'

'Niet dat ik weet,' antwoordde Clark. 'Maar gelukkig kom ik pas 31 januari voor de camera. Misschien is er dan een wonder gebeurd. Op dit moment ben ik afhankelijk van het boek. Zoals ik al zo vaak tegen je gezegd heb, wil ik het publiek niet teleurstellen, dat is mijn allergrootste zorg.'

'Moet je horen, Clark, je kunt het niet verkeerd doen. Ik kan het niet vaak genoeg zeggen: jíj bent voor het publiek Rhett Butler. Zie het maar zo: kapitein Rhett Butler is een man die midden in de Burgeroorlog zit. Moedig. Moraliserend. Een heer, een charmeur, een avonturier, een man die van vrouwen houdt, die ook van hem houden. Een man die ook bij de mannen geliefd is. Als je hem ziet als een zwierige rivierbootgokker uit die tijd, zit je goed.'

'Ik hoop bij God dat je gelijk hebt...' reageerde Clark. 'En bedankt voor je tips, het wordt zeer gewaardeerd, James.'

'Je redt het wel, probeer het maar gewoon en wees ontspannen.'

'Zal ik doen. Eerlijk gezegd was er voor mij als contractpartner van MGM ook geen ontkomen aan, en als MGM dat wil, kan ik aan iedere andere studio uitgeleend worden.'

Clark voegde er rustig aan toe: 'Ik heb er in zekere zin ook bij gewonnen, want L.B. en David O. hebben me met mijn huwelijksproblemen geholpen en een schikking met Ria getroffen, zodat ik op vriendschappelijke basis kon scheiden.'

Er kwam plotseling een lach op Gables knappe gezicht, waarin meteen kuiltjes verschenen. Hij boog zich naar James toe en zei: 'Even onder ons: ik ga met Carole Lombard trouwen. Binnenkort. Toen ik Carole ontmoette, ben ik namelijk voor het eerst van mijn leven verliefd geworden. En zij op mij, ze noemt me haar Big Lug.'

James ingespannen aankijkend, vervolgde Clark zacht: 'We trouwen zodra ik even niet hoef te filmen. Misschien in maart. Een rustige bruiloft, alleen Carole, ik, twee getuigen en een rechter. Jammer dat jij en Dulcie dan niet hier zijn, Jamie, jullie hadden onze getuigen kunnen zijn.'

'Inderdaad, maar gefeliciteerd – jullie tweeën zijn voor elkaar gemaakt. Gek genoeg is ook dat een reden waarom we zo snel mogelijk terug moeten naar Londen. We moeten een bruiloft bijwonen.' James kwam overeind en klopte zijn vriend op de rug.

'Wie gaat er trouwen?'

'Dulcies zus, Diedre, en ze heeft het uitgesteld, zodat we erbij konden zijn.'

'Ik begrijp wel waarom.' Clark glimlachte wrang. 'Je zult echter niet alleen mijn bruiloft missen, maar ook mijn verjaardag. Op 1 februari word ik achtendertig.' Hij kwam ook overeind. 'Laten we er nog één nemen om het af te leren, en dan moet ik maken dat ik wegkom. Carole wacht op me. En onthoud, James: geen afscheid.'

'Geen afscheid, Clark, alleen maar "het beste" en "tot later".'

'Ik weet zeker dat je Clark hebt geholpen,' zei Dulcie. 'Toen hij wegging, keek hij veel minder zorgelijk.'

James knikte. 'Ik zei dat hij gewoon zichzelf moest zijn, dat dat is wat zijn fans willen. Gewoon Clark Gable, heel doodgewoon.'

Dulcie glimlachte. 'Dat moet niet zo moeilijk zijn.' Ze leunde tegen James aan en zei zacht: 'Ik zal deze plek in veel opzichten missen, maar ik kan je niet zeggen hoe opgelucht ik ben dat we naar huis gaan.'

James sloeg zijn arm om haar heen en hield haar nog dichter tegen zich aan. Na het eten zaten ze samen op het terras met uitzicht op de tuin. Het was koeler geworden, en het licht was allang vervaagd, maar het was een heerlijke avond; aan de heldere hemel stonden de sterren te fonkelen in de diepblauwe lucht.

Hij wist precies was Dulcie bedoelde. Ook hij zou veel dingen hier in Beverly Hills missen. Maar wat er in Europa gaande was, maakte al het andere onbelangrijk. Een dictator, Adolf Hitler genaamd, voerde oorlog tegen naburige landen, en het zou niet lang duren of zijn eigen land zou in de strijd verzeild raken. Neville Chamberlain had zijn politiek gebaseerd op het gunstig stemmen van dat verachtelijke individu, maar het zou op den duur allemaal verspilde moeite zijn. Hitler wist wat hij wilde.

'Je zwijgt als het graf,' mompelde Dulcie, en toen huiverde ze. 'Ik vind het vreselijk om aan de dood te denken, maar dat is het enige waarover we nu nog in de krant lezen en op het nieuws horen. Denk jij dat Hitler Engeland zal binnenvallen, James?'

'Ik twijfel daar niet aan. Daarom moet ik terug naar Londen. Ik moet dienst nemen. Een bijdrage leveren. Ik voel me echt rot, soms gespannen, omdat ik hier in dit schitterende paradijs zit en niets doe om te helpen.'

Het was een poosje stil, maar eindelijk zei Dulcie: 'Felix zei dat je te oud bent om te vechten, en ik zou me zorgen maken als je aan het front was.'

'Dat weet ik, en Felix heeft gelijk. Ik betwijfel of ze me zullen aannemen, maar ik moet iets nuttigs doen, ik kan niet gewoon hier films blijven maken terwijl ieder ander bijdraagt aan de oorlogsinspanning.'

'Ik weet het. En ik denk dat onze hele familie zich beter zal voelen wanneer we eenmaal terug zijn. Ik weet dat veel mensen zouden zeggen dat de kinderen veiliger zijn in Californië, maar ik weet dat wij ons allebei heel veilig zullen voelen in Engeland. En met de kinderen zal het ook goed gaan.'

'Jij mist je zussen en Charlotte en je vader, zoals ik mijn lieve Ruby en alle anderen mis. Het is beter dat we gaan. En als we besluiten na de oorlog niet meer terug te gaan, zal dit huis gemakkelijk te verkopen zijn. Daar heb ik geen zorgen over. Ik wil gewoon zo snel mogelijk vertrekken.'

'Het was eigenlijk Diedre die onlangs zei dat de kinderen allemaal op Cavendon zouden moeten zijn. Het zal voor hen op het platteland veel beter zijn dan in Londen. Haar Robin is daar ook.'

'Dat zal je vader gelukkig maken,' antwoordde James, zich naar haar toe buigend en haar wang kussend. 'Ik voel me min of meer belachelijk hier in Californië, met al mijn vaderlandslievendheid.'

'Je bent van top tot teen een Engelsman, James Brentwood, en ik snap dat je in je vaderland wil zijn. En dat zul je ook, al snel. Dus voel je niet langer een lafaard omdat je niet eerder vertrokken bent.'

'Je hebt gelijk, ik maak me te veel zorgen. Maar de strijd met Louis B. was wel een hele opgaaf. Ik heb even gedacht dat hij me hier zou laten blijven om mijn contract af te maken.'

'Ik ook, en toen heb ik mijn vertrouwen in Felix gesteld en gebeden.'

Hij lachte en zei toen: 'Ik heb de koffers gezien. Wat zijn het er veel! Ongelooflijk wat we hier allemaal hebben verzameld, bedoel ik.'

'En dan laat ik ook nog veel speelgoed van de kinderen achter, dingen waarvoor ze te groot zijn geworden, en kleding die niet meer past. Maar inderdaad, we schijnen een hele hoop te hebben gekocht. Ik heb de boeken die we allebei mooi vinden, in dozen gestopt en die gaan per vrachtschip terug. Er zijn verder niet veel koffers meer, James, ik ben klaar met pakken.'

'Heb je het hier naar je zin gehad?' vroeg hij onverwachts.

Deze vraag overviel Dulcie. Ze dacht even na en zei een beetje lachend: 'Ja, uiteindelijk wel. Toen ik er eenmaal aan gewend was dat alle vrouwen naar jou en de mannen naar mij lonkten, en de producenten me een screentest aanboden! En het is merendeels leuk geweest. Maar ik ben blij dat we naar huis gaan.'

'Ik ook.' Hij kuste haar wang, en toen haar hals, en plotseling laaide hun hartstocht op. Hij maakte zich los, stond op en reikte haar zijn hand. 'Zullen we naar boven gaan, naar onze kamer, schat? Ik wil dicht bij je zijn. Heel dicht.'

'En ik ook,' zei ze.

James was klaarwakker; hij lag in het donker naar het plafond te staren, en zijn gedachten tuimelden door zijn hoofd. Dulcie was na hun gepassioneerde vrijpartij diep in slaap gevallen. Hij wierp een blik op haar en glimlachte. Wat was ze in veel opzichten een vreugde. Een fantastische echtgenote, een goede moeder, een geweldige kameraad, en iemand die een ander wat gunde.

Hij wist hoeveel heimwee ze soms had en hoe ze naar haar broer en zussen en haar vader en Charlotte verlangde. En natuurlijk naar Cavendon. Maar ze hield zich groot voor hem en de buitenwereld. Hij besefte wel dat er veel dingen waren die ze leuk vond aan Hollywood. Maar haar ouderlijk huis oefende een enorme aantrekkingskracht op haar uit en die werd met de dag sterker, vooral nu de oorlog zijn schaduwen vooruit begon te werpen.

Familie en gezin, dacht hij. Het belangrijkste in het leven. Het gezin gaat altijd voor, had Ruby hem jaren geleden ingeprent. Het gezin moet altijd beschermd worden. Hij had nu zijn eigen gezin: Dulcie en hun drie kinderen.

Maar er was ook zijn familie nog. Ruby en zijn andere broers en zussen, en hun partners, kinderen en kleinkinderen. En dan waren er nog de Inghams en de Swanns. Hij wilde weer bij hen zijn, nee, hij had het nódig weer bij hen te zijn. Daar draaide zijn ongerustheid om. Hij was net als zij, had dezelfde waarden en principes.

Hier in Hollywood dachten de Britse acteurs net als hij, ook zij waren van plan terug te keren. Maar niet iedereen hier begreep deze verschrikkelijke oorlogsdreiging, niet iedereen dacht dat die een wereldoorlog zou kunnen worden. De Amerikanen waren altijd isolationisten geweest. Ze dachten dat de oorlog in Europa zou blijven. Maar dat zou best eens niet zo kunnen zijn. Gelukkig stond president Roosevelt achter Winston Churchill, althans, voor zover dat mogelijk was. Ze waren begonnen munitie en voedsel naar Groot-Brittannië te sturen, maar of er ook mannen zouden overkomen om te gaan vechten… dat was een geheel andere vraag.

De enige die de oorlogsdreiging echt begreep, was Clark Gable. Hij had zelfs gezegd dat hij dienst zou nemen als Amerika zich in het conflict mengde, en James wist dat hij dat ook echt meende.

Plotseling dacht hij aan Bow Common Lane, aan East End en aan de havens waar zijn vader en broer hadden gewerkt; en aan de Old Vic en de andere theaters waarin hij had gespeeld, en aan Rules en de Garrick Club. Maar zijn familie was het voornaamste. Hij miste hen, en Dulcie miste hen ook. Ze stonden te trappelen om naar huis te gaan… om terug te keren naar de plek waar ze thuishoorden.

Hoofdstuk 44

Cecily en Dorothy Pinkerton zaten in Cecily's kantoor in de winkel in de Burlington Arcade. Het was nog steeds haar lievelingsplek; ze deed hier het meeste werk en ontwierp in het aangrenzende atelier. Wat het kantoor voor haar ook perfect maakte, was dat Dorothy beneden zat en altijd voor haar beschikbaar was, wat ze ook maar nodig had.

Dorothy wist dat Cecily op deze koude februariochtend in 1939 erg van streek was, en ze vroeg zich af hoe ze haar moest troosten, toen Cecily mompelde: 'Sorry, Dot, echt sorry.'

'Het geeft niet, Ceci.' Ze stond op, ging bij haar zitten op de bank en sloeg haar armen om haar heen. 'Hou nou op met jezelf de schuld geven. Je hebt niets verkeerd gedaan. Zelfs dokters weten niet waarom een vrouw die twee maanden zwanger is een miskraam kan krijgen.'

Cecily slikte haar tranen weg, veegde met haar vingertoppen haar betraande ogen droog en leunde tegen Dorothy's schouder. 'Het gaat wel weer. Ik ben gezond. Mijn dokter zegt dat ik weer zwanger zal worden. Ik ben alleen maar ongelooflijk teleurgesteld, en Miles ook. We willen al zo lang nog een kind.'

'Ik begrijp het. Maar dokter Denton heeft je vast de waarheid verteld,' antwoordde Dorothy.

'Ik maak me een beetje zorgen, Dottie, vanwege mijn leeftijd. Ik word dit jaar achtendertig. Binnenkort ben ik te oud om nog een kind te krijgen.'

Dorothy legde haar hand onder Cecily's kin, tilde haar gezicht op en keek haar in de ogen. 'Je bent niet te oud. En we moeten altijd bedenken dat je niet kinderloos bent. Jij en Miles hebben drie prachtige, gezonde kinderen: David, Walter en Venetia. Voor het geval je het bent vergeten. Dus laten we het glas als halfvol beschouwen, oké?'

De oudere vrouw had dit zo streng gezegd, en er lag zo'n ernstige uitdrukking op haar gezicht, dat Cecily zich plotseling nogal dwaas voelde. 'Ja,' knikte ze. 'Ik weet dat ik veel heb om dankbaar voor te zijn, en Miles ook. En ze groeien zo hard. David wordt deze zomer al tien. De tijd vliegt.'

Cecily vermande zich meteen, vol ergernis dat ze zoveel zelfmedelijden had gevoeld, en stond op, liep naar haar bureau en ging zitten.

Na een blik op de tafelklok en riep ze uit: 'O, jee! Ik moet er zo vandoor. Dulcie heeft me voor de lunch uitgenodigd. Kunnen we nog snel even een paar dingen doornemen, tante Dottie?'

Dorothy knikte en ging bij haar zitten op de stoel tegenover het bureau, opgelucht dat ze Cecily uit haar trieste bui had weten te halen. Ze opende haar notitieboek. 'Eén dringende zaak. Joe Hardy in Leeds wil weten wanneer hij het witte katoen voor de witte rozenbroches krijgt. Hij is bijna door zijn voorraad heen.'

'Je kunt dat nagaan bij de fabrikant in Manchester. Als er niets beschikbaar is, zullen we op zijde moeten overstappen, maar dan wordt de broche wel duurder, Dot.'

'Dat weet ik, dus ik zal onmiddellijk contact opnemen met de fabriek. Toevallig heb ik in het weekend de verkoop van de afgelopen maand bestudeerd. Accessoires en parfum verkopen het best. Kleding loopt helaas minder goed.'

'Bedoel je de couture?' vroeg Cecily, terwijl ze Dorothy aankeek.

'Nee. Ik bedoel onze confectie. Die wordt echt slecht verkocht. De mensen geven geen geld uit... Ze zijn bang voor oorlog; ze weten dat die komt, maar niet wat ze moeten verwachten. Ze zijn spaarzaam.'

'Ik ben het met je eens. Iedereen is voorzichtig.' Cecily fronste haar voorhoofd. Ze had geweten dat alles zou veranderen. 'Het kan ook de somberheid van de winter zijn – het weer is afschuwelijk geweest. Ik zal proberen de zomerkledinglijn te vernieuwen en er eerder mee te komen. Vrouwen kopen meestal wel een paar dingen voor de zomer. Ik zal dit weekend aan het ontwerpen slaan.'

'Dat dacht ik niet, Ceci. Dan is de bruiloft.'

'Jee, wat mankeert mij? Ik was het even vergeten. Nou ja, dan ga ik volgende week wel met de zomercollectie in de weer.' De bel van de telefoon onderbrak hun gesprek. Ze nam de hoorn op. 'Hallo? Daphne, hoe is het?' zei Cecily; ze luisterde even en haar gezicht veranderde radicaal van uitdrukking terwijl ze rechtovereind schoot.

Dorothy, die haar gadesloeg, wist dat er iets mis was, maar bleef stilzitten en zei niets.

'En wanneer heeft Charlotte haar been gebroken?' Terwijl Cecily dit zei staarde ze Dorothy aan en trok een gezicht. Toen vervolgde ze: 'Dus Goff heeft haar met je vader naar het ziekenhuis in Harrogate gebracht...' Ze luisterde nog even en sprak toen weer: 'Ja, ik begrijp het, Daphne. Laat me maar weten wat ik nog meer kan doen, en doe alsjeblieft rustig aan. Alles komt goed. Dag, lieverd.'

Cecily legde de hoorn op de haak en zuchtte. 'Charlotte is vanmorgen gestruikeld en gevallen; gelukkig gebeurde dat in de bibliotheek, waar tapijt ligt. Ze heeft haar linkerbeen gebroken, de arme stakker. Verder gaat het goed met haar, geen ander letsel. Maar dan nog, ze is al zeventig. De graaf is met haar meegegaan naar het ziekenhuis, en Daphne zal de komende dagen Cavendon runnen, en tja, met Diedres bruiloft dit weekend zijn er heel wat extra dingen te doen.' Cecily wreef over haar voorhoofd en pakte de hoorn van de haak. 'Ze wil dat ik Miles en Hugo laat weten wat er gebeurd is, want ze zijn allebei hier in de stad. Ze heeft hen niet te pakken kunnen krijgen. Ik weet niet waar Hugo is. Miles ging naar zijn oogarts voor een controle.'

Cecily droeg een marineblauwe wollen jas en bijpassende kasjmieren sjaal; ze was goed ingepakt tegen het ijskoude weer. Halverwege de Burlington Arcade schoot haar te binnen dat ze Miles niet had gesproken, maar ze liep door. Hij deelde een kantoor met Hugo en een van hen zou inmiddels wel weten dat Charlotte een ongeluk had gehad.

Het was een grauwe dag, winderig, en de lucht was bewolkt en loodgrijs. Ze voelde de kilte tot in haar botten terwijl ze haastig Piccadilly op liep en de brede straat overstak in de richting van hotel Ritz.

De warmte van de lobby van het hotel was heerlijk na de bitterkoude wind, en terwijl ze naar de damesgarderobe liep, liet ze haar jas van zich afglijden. Even later liep ze de prachtige eetzaal binnen die uitzag op Green Park.

Drie van de vier D's zaten al op haar te wachten. Dulcie zwaaide, en ze zwaaide met een lachend gezicht terug. Iedereen in de familie was dolblij dat Dulcie en James weer thuis waren, samen met hun drie kinderen, Rosalind, Juliet en Henry. Ze hadden vooral Dulcies levenslust gemist, die in deze donkere tijd meer dan ooit werd gewaardeerd.

Toen ze iedereen had begroet, ging Cecily naast Diedre zitten en vertelde hun over Charlottes val. Ze waren allemaal bezorgd om Charlotte en beloofden hun steentje bij te dragen, ook al wisten ze dat Daphne Cavendon kon leiden zoals admiraal Nelson de Britse vloot had geleid. Daphnes lievelingsgezegde was: 'Ik wil alles in tien minuten tiptop in orde hebben.' Hoe vaak hadden ze haar er in het verleden niet mee geplaagd, en dat zouden ze straks natuurlijk weer doen.

'Nu je er bent, Ceci, kunnen we een toost op Diedre uitbrengen.' Terwijl ze sprak, wenkte Dulcie een ober, die naar de tafel kwam en hun kristallen champagneglazen met roséchampagne vulde.

Dulcie hief haar glas en zei: 'Op jou, lieve Diedre. We wensen je veel geluk en vreugde met William, die voor jou de volmaakte partner is. En mogen jullie samen lang leven.'

Ze tikten de glazen tegen elkaar, en Diedre, die roze wangen had van geluk, nam een slok champagne en bedankte hen voor de geschenken die ze haar de week ervoor hadden gestuurd, voornamelijk verwennerij in de vorm van zijdezachte nachthemden en lingerie. 'Ik popel om het te dragen,' zei Diedre.

'O, maar niet langer dan een paar minuten, hoor!' riep Dulcie uit. 'Dan moeten ze weer uit.' Terwijl ze dit zei, gaf ze Diedre een knipoog, die prompt begon te blozen en dat zichzelf vervolgens kwalijk nam.

De anderen giechelden ook, en toen keek DeLacy Dulcie aan en vroeg: 'Lijkt William echt op Clark Gable? Als er iemand is die het weten kan, ben jij het.'

'Ze zijn eigenlijk wel hetzelfde type,' antwoordde Dulcie meteen. 'Ze zijn allebei meer dan één meter tachtig lang en goedgebouwd, maar slank. Ze hebben allebei zwart haar en een snor en zijn heel mannelijk. Maar er is een verschil: Clarks ogen zijn lichtgrijs, bijna doorschijnend, en die van William bruin. Ook heeft Clark een spleetje in zijn kin en kuiltjes in zijn wangen. Die zijn heel uniek, en zijn wangen krijgen écht kuiltjes wanneer hij lacht. Ik heb dat soort kuiltjes eerlijk gezegd alleen maar bij mollige baby's gezien,' eindigde Dulcie, en daarna begon ze uitgelaten te lachen.

'Maar wat voor een baby, hè?' zei Cecily. 'Clark Gable niet meegerekend denk ik dat William het knapste is wat er op twee mannenbenen rondloopt. Op Miles na, natuurlijk.'

Er werd nog meer gelachen en geschertst, en Diedre vond hun geplaag helemaal niet erg. Ze vatte het geamuseerd op en deed zelf net zo hard mee. Ze kon niet geloven dat er na al die jaren van weduwschap nieuw geluk in het verschiet lag.

Na de lunch nam Diedre een taxi naar het ministerie van Oorlog, gingen Dulcie en DeLacy terug naar de kunstgalerie in Mount Street, en keerde Cecily terug naar haar winkel in de arcade. Zodra ze binnenkwam, riep Dorothy: 'Ach, je hebt net Lady Gwendolyn gemist. Sinds je bent gaan lunchen heeft ze al twee keer gebeld.'

Cecily trok haar jas uit, deed haar sjaal af en vroeg: 'Heeft ze gezegd waarom ze me belde?'

'Nee, maar ze klonk zoals altijd, gewoon, heel erg bij. Ik hoop dat ik zoals zij zal zijn wanneer ik zo oud ben. Ze is een mirakel.'

'Ik zal naar het kantoor gaan en haar meteen terugbellen. Nog andere berichten?'

'Van Miles. Hij zei dat hij van Hugo heeft gehoord wat Charlotte is overkomen. Ze waren samen aan het lunchen, en daarna ging Miles naar de tractor kijken. Hij zei dat hij je vanavond thuis pas ziet.'

Cecily knikte en vertelde Dorothy een paar dingen over de lunch en rende toen naar boven. Ze liet zich op een stoel zakken, pakte de telefoon en belde het nummer van Lady Gwendolyn.

Tot haar grote verrassing was het haar moeder die opnam. 'Mam, wat doe je daar? Is alles in orde?'

'Natuurlijk,' zei Alice Swann. 'Charlotte had beloofd te komen kijken naar verschillende jurken die Lady Gwendolyn uit haar kast had gehaald. Voor de bruiloft. *His lordship* maakt zich druk om Charlottes gebroken been, dus nu ben ik in plaats van haar hier.'

'O, mooi, daar ben ik blij om. Ik weet zeker dat haar paarse zijden jurk de beste is voor de bruiloft.'

'Dat is ook onze keus. Ik geef nu de telefoon aan Lady Gwendolyn. Ik moet me haasten, Ceci. Ik ben al aan de late kant voor de bijeenkomst van het Women's Institute. Tot morgen, liefje.'

'Tot dan.' Even later begroette Cecily Lady Gwendolyn. Daarna vroeg ze haar: 'Is er iets wat u met mij wilde bespreken, oudtante Gwen? Iets met de jurk?'

'Nee, het gaat niet over de jurk, Cecily. Ik wilde met jou en Charlotte over mijn testament praten. Wat ik wil is een afspraak met mijn notaris maken, en ik had gehoopt dat Charlotte en jij met me mee konden, maar nu Charlotte haar been heeft gebroken, kan dat natuurlijk niet..'

'Ik ga met u mee. Volgende week?'

'O jee, waarom niet eerder?' Lady Gwendolyn klonk ontdaan.

'Vanwege de bruiloft. Het is toch niet zó dringend?' vroeg Cecily.

'Wanneer je zo oud bent als ik, is het dat wel een beetje. Ik zou in mijn slaap kunnen overlijden. Of tijdens het diner.'

'O, dat gaat u toch niet doen, hè, oudtante Gwen! U wilt toch niet uw grote verjaarsfeest missen… wanneer u honderd wordt? U vertelde me dat u het tot in de kleinste details hebt geregeld.'

Lady Gwendolyn lachte en vervolgde energiek: 'Ik zal vanmiddag een codicil schrijven, en misschien kun je zodra je hier bent, even bij me langskomen. Ik zal het tekenen met jou en Mrs. Alice als getuige. Voor het geval ik het loodje leg voordat ik bij mijn notaris ben geweest.'

Cecily pikte de scherts in Lady Gwendolyns stem op en grinnikte. 'Ik denk dat u voorlopig nog niet het loodje legt. En ik denk dat het codicil wel rechtsgeldig is, maar ik zal het even navragen bij Miles.'

'Heel hartelijk dank, Ceci. Ik respecteer je oordeel, hoor, aangezien jij de zakenvrouw van de familie bent.' Ze zweeg even. 'Ik vermaak mijn huis aan Diedre, want het moet in de familie blijven. Ik had het eerst aan Hugo willen vermaken, maar hij zei onlangs tegen me dat hij het eigenlijk niet wil. Ook wens ik een deel van mijn juwelen en verschillende kleinoden te vermaken aan...' Ze hield op, dempte haar stem en zei zacht: 'Margaret, want ze is mijn dochter. Ik wil dat ze mij niet vergeet en onthoudt dat ik al die jaren van haar heb gehouden. Ze zei dat ze niets van me wil hebben.' Haar stem werd onvast. 'Alleen maar mij kennen.'

'Natuurlijk moet u dat doen, ik begrijp het, oudtante Gwen. Ik zal ervoor zorgen dat ik morgen bij u langskom. Misschien kunnen we na de thee naar Little Skell Manor gaan.'

'Dat is inderdaad een uitstekend idee, Cecily. Dank je wel, liefje. Ik ga nu mijn codicil schrijven.'

Ze namen afscheid, en Cecily legde de hoorn op de haak en leunde achterover. Er welde ineens een gevoel van trots in haar op om Lady Gwendolyn. Wat was het toch een fantastische vrouw, een voorbeeld voor hen allemaal. Ze was zeker bij haar volle verstand, dat leed geen twijfel, en ze was redelijk gezond. Tot nu toe. Dat ze haar lang verloren gewaande dochter had gevonden, was een wonder geweest, om het zacht uit te drukken, en Cecily wist dat het Lady Gwendolyn een nieuwe impuls had gegeven om door te leven. In ieder geval nog een tijdje.

Sinds de kennismaking was het werkelijk ontroerend geweest hoe hun relatie zich had ontwikkeld. Margaret was dol op oudtante Gwen en kwam regelmatig bij haar op bezoek. Ze kwam meestal samen met Charlotte, zodat het personeel niet achterdochtig werd. Maar de intuïtie van Charlotte en Cecily was juist geweest.

Al bij de eerste ontmoeting had Cecily Margaret gemogen, had het haar een aardige, welopgevoede vrouw geleken; die indruk was juist gebleken. En degene die er het meeste profijt van had gehad, was een oude dame die eindelijk gemoedsrust had gevonden.

Hoofdstuk 45

Miles Ingham vond dat zijn oudste zus, Diedre, er nog nooit zo mooi had uitgezien als deze avond. Ze droeg een rode zijden jurk, die haar rank en elegant deed lijken, en de cameeketting, die ooit van Napoleons zus Pauline was geweest, lag perfect om haar hals.

Ze zaten allemaal bij elkaar in de gele zitkamer voor een glas champagne om een toost uit te brengen op Diedre en William. Het was vrijdag, de avond voor de huwelijksvoltrekking. Diedre stond met William bij de haard te praten met Harry en Paloma, die vijf maanden zwanger was. Wat pasten ze toch goed bij elkaar, en wat waren ze gelukkig samen – net als de Swanns was hij blij dat ze elkaar hadden gevonden. Zijn vriend had er in zijn leven nog nooit zo goed uitgezien.

Cecily stond vlak voor Miles, en hij trok haar tegen zich aan en sloeg zijn arm om haar middel. Ze draaide zich om, keek naar hem op en glimlachte. Hij bukte zich en kuste haar wang. 'Goed gedaan, lieveling, Diedre ziet er geweldig uit, en jij ook.' Hij verhoogde de druk van zijn arm op haar lichaam en fluisterde: 'Alles komt goed, ik verzeker het je.'

Cecily knikte en leunde tegen zijn lichaam – ze had er behoefte aan zo dicht bij hem te zijn als mogelijk was. Ze had zich eerder vermoeid gevoeld en een beetje terneergeslagen, duidelijk vanwege de miskraam, maar ze had erg haar best gedaan om niets te laten merken. Ze was zich ervan bewust dat Miles geloofde dat ze uiteindelijk nog een kind zouden krijgen; hij had gezegd dat hij het in zijn botten voelde. Als het God behaagt, dacht ze nu, en ze glimlachte naar hem.

Hij keek neer op zijn vrouw en zag de schaduwen onder haar ogen, en Miles moest denken aan die afschuwelijke nacht, nu zo lang geleden, dat hij naar haar piepkleine winkeltje in South Audley Street was gegaan. Hoewel hij wist dat ze er niet zou zijn, was hij er toch heen gelopen, omdat hij zich dicht bij haar wilde voelen.

Op het bordje op de deur had gestaan: WINKEL TE HUUR, en hij was in paniek geraakt en had zich afgevraagd waar ze heen was gegaan. Hij had toen beseft dat hij zich de rest van zijn leven zorgen om haar zou maken en van haar zou houden. Op dat moment had hij geweten dat de teerling was geworpen, dat er voor hem geen uitweg was.

Pas recentelijk had hij begrepen dat de teerling lang daarvoor al was geworpen, toen Cecily dertien was en hij vijftien. Ze waren gaan beseffen dat ze van elkaar hielden en niet meer gewoon een platonische kindervriendschap hadden.

Er waren jaren van hartzeer gevolgd, na zijn desastreuze huwelijk met Clarissa, en toen was het tot hem doorgedrongen dat hij met haar moest breken om eindelijk bij Cecily te kunnen zijn, zoals voorbestemd was. Voor altijd.

De gedachten aan zijn rijke en gelukkige leven met haar en hun drie kinderen vervulden hem met een opwelling van vreugde en gaven tegenwicht aan de drukkende zorgen die hem tegenwoordig kwelden. Cavendon, het landgoed beheren, de komende oorlog en alles wat dat inhield. En de sombere toekomst, wat die voor hen in petto had. Ik ga vanavond niet aan de toekomst denken, besloot Miles. Ik wil dat dit voor ons allemaal een blij weekend wordt, en dan met name voor Diedre. Het is waarschijnlijk het laatste dat we allemaal in lange tijd zullen hebben.

Hij keek nogmaals naar Diedre en voelde trots om haar in zich opwellen. Ze was jarenlang stoïcijns geweest, had zo goed met haar verdriet om Pauls onverwachte dood weten om te gaan.

Miles lachte stilletjes toen hij bedacht dat Diedre haar onafhankelijkheid had weten te bewaren, haar behoefte om haar lot in eigen hand te houden had weten te bewaken. Zo goed als voor een mens mogelijk was. Het amuseerde hem dat ze erop had gestaan dit feestelijke diner van vanavond te betalen, tot ergernis van zijn vader. Maar ze had haar vader in ieder geval toegestaan de rekening van de trouwreceptie te betalen.

Miles keek om zich heen en zag dat iedereen nu gearriveerd was. Behalve alle Inghams en vier Swanns zag hij Edward Glendenning en Adrianna Bellamy, de ouders van Paloma, de Jollions en Noel, Williams broer Ambrose en zijn vrouw Veronica. Mark Stanton was ook aanwezig, omdat hij beschouwd werd als een familielid, en ook Tony Jenkins, de vriend van Diedre die hij in Berlijn had ontmoet, was te gast, evenals een andere vriend van haar, Alex Dubé. Het deed hem oprecht plezier dat Felix en Constance Lambert ook op Diedres gastenlijst waren gezet.

'Het is een hele meute,' zei hij tegen Cecily. 'Daar gaat Diedres wens een heel bescheiden bruiloft te houden.'

Cecily lachte. 'Lijsten groeien altijd aan... Maar kijk eens naar oudtante Gwen – ze ziet er absoluut vorstelijk uit in haar koningspurper, zoals zij het noemt. En ze is echt in vorm op dit moment. Toen ik haar gisteren bezocht was ze een en al energie.'

Miles knikte. 'Ik wed dat ze haar honderdste verjaardag haalt, echt.'

'O, ja. Ik twijfel er niet aan,' antwoordde Cecily.

Even later kwamen Constance en Felix bij hen staan, gevolgd door Dulcie, die zei: 'James heeft een vriend gevonden. Hij en Edward Glendenning kunnen met elkaar lezen en schrijven, en Alicia staat er met wijd open mond van te smullen. Ze kan niet geloven dat ze bij twee beroemde acteurs staat.'

'Ik had me niet gerealiseerd dat deze familie zoveel kinderen heeft,' merkte Constance op, Miles aankijkend. 'Ik heb er al tien geteld.'

'Je hebt er nog een paar gemist,' verkondigde Miles. 'Papa heeft alles bij elkaar twaalf kleinkinderen, en er zijn hier vanavond nog twee kinderen, Williams nicht en neef.'

'Een potentieel leger...' zei Cecily, en ze zweeg abrupt. Meteen veranderde haar gezicht toen ze Miles naar haar zag kijken. Ze maakte de zin niet af. Charlie en de tweeling konden gemakkelijk opgeroepen worden wanneer er oorlog uitbrak.

Felix vulde de beklemmende stilte op. 'Ik ben zo blij dat Alex Dubé is uitgenodigd. Hij zal zeker een ster van Annabel maken. Hemeltjelief, wat een genie is die meid aan de piano.'

Even later kwam Diedre naar hen toe om met hen te praten, onmiddellijk gevolgd door William. Cecily was opgelucht dat het gesprek weer een andere wending nam.

Het duurde niet lang of Hanson kwam aankondigen dat het diner geserveerd was, en ze dromden allemaal langzaam de blauwe zitkamer in. Zoals gewoonlijk was die voor de bruiloft omgetoverd tot de blauwe balzaal. Er waren twee tafels voor de volwassenen en twee voor de kinderen, en ze zagen er prachtig uit, vol met glinsterend zilver en kristal. Opnieuw had Charlotte haar toverkunsten vertoond door overal in de zaal prachtige bloemstukken te plaatsen. Er brandde een fel vuur in de haard en in een hoek bij het andere raam bracht een trio zachte achtergrondmuziek ten gehore.

'Wat mooi,' mompelde Constance tegen Dulcie toen ze samen de zaal in liepen. 'Het wordt een schitterende avond voor Diedre en William.'

Na het ontbijt joegen Diedres zussen en Cecily haar naar boven, naar haar slaapkamer, waar ze de oude traditie volgden door de bruid vier symbolische geschenken voor voorspoed te geven: iets ouds, iets nieuws, iets geleends, iets blauws.

'Hier is iets ouds,' zei Cecily, terwijl ze Diedre een doosje overhandigde. Er lag een kanten zakdoekje in, met een gouden veiligheidsspeldje eraan. 'We spelden het aan de binnenkant van je tailleband,' legde Cecily uit. 'Niemand zal het zien. Het is ook niet zo groot.'

'Bedankt, Ceci,' zei Diedre, en ze nam een tweede doosje van Dulcie aan. Ze tilde het deksel op en riep uit: 'O, mijn hemel! Beeldschone kousen.'

'Ik heb ze in Beverly Hills gekocht,' zei Dulcie tegen haar. 'En het is pure zijde, volmaakt voor een mooie bruid. Nu heb je iets ouds van Ceci en iets nieuws van mij.'

'En nu iets geleends,' kondigde Daphne aan, haar een fluwelen doosje overhandigend. 'Je mag ze vandaag dragen.'

Diedre opende het doosje en was even verbluft. 'Oorbellen met robijnen en diamanten! Ze zijn spectaculair, Daphne. Zijn ze van jou?'

'Nee, van óns. Papa heeft me gisteren meegenomen naar de grote kluis om iets voor jou te zoeken wat je op je bruiloft kon dragen, en toen ik deze zag, wist ik dat ze perfect waren voor jou. Maar ze moeten morgen weer de kluis in.'

Ze lachten allemaal, terugdenkend aan de juwelen die jaren geleden kwijt waren geweest, en toen stapte DeLacy naar voren en reikte Diedre een klein zijden zakje aan. 'En ten slotte iets blauws.'

Diedre maakte het met lintjes samengebonden buideltje open en haalde er een blauwe zijden kousenband afgezet met kant uit.

'Iets blauws om boven de knie te dragen.' DeLacy grijnsde. 'En in tegenstelling tot de robijnen hoef je hem niet aan me terug te geven. Je mag hem houden.'

'Ik zal hem koesteren.'

Er werd weer gelachen, en toen schikte Diedre de geschenken netjes op het voeteneind van het bed. 'Bedankt. Ik wil nog even toevoegen dat jullie zo aardig voor William zijn geweest, dus dank daarvoor. Hij is geloof ik op jullie allemaal verliefd geworden.'

'Maar jij bent zijn enige ware liefde,' zei Dulcie, Diedre een knuffel gevend. De anderen omhelsden haar ook en liepen naar de deur.

Het was even stil en toen zei Diedre plotseling: 'Ik kan niet geloven dat ik vandaag ga trouwen. Ik had nooit gedacht dat ik nog eens verliefd zou worden.'

'Maar dat is wel gebeurd. En zo zie je maar: je weet nooit wat er gaat gebeuren. Het leven is vol verrassingen,' merkte DeLacy op.

'Natuurlijk zijn niet alle verrassingen zo leuk als deze.'

'Dat is maar al te waar,' stemde Daphne met haar in. 'En nu laten we je even met rust.'

Cecily kwam om één uur terug om Diedre te helpen zich op te maken en haar haar te doen. En toen hielp ze haar in haar bruidskleding.

Omdat het haar tweede huwelijk was, en ook winter, had Diedre besloten dat ze liever een complet, met een lange rok en een jasje, wilde dragen dan een jurk. Ze hadden wit, crème en het voor de hand liggende blauw gemeden en hadden samen besloten dat het dieproze moest worden, een kleur die heel goed bij Diedre paste, met haar blanke huid en blonde haar.

De stof van zachte wol viel prachtig. De lange smalle rok liep vlak onder de knie iets uit en reikte tot aan de enkels; er was een bijpassend kort jasje met een rechte onderkant, dat tot het middel reikte. Het had een ronde hals, smalle lange mouwen en aan de voorzijde kleine knoopjes.

Terwijl ze nu voor de passpiegel in haar slaapkamer stond, glimlachte Diedre, en ze keerde zich naar Cecily om. 'Ik vind het prachtig! Bedankt, Ceci. Het is heel chic, en de kleur is schitterend. Ik draag niet vaak roze, maar het wordt mijn lievelingskleur.'

'Hij staat je goed, Diedre, en de rode jurk stond je ook goed. Ook een goede kleur voor jou. Ik laat je zelf je kapje opzetten, maar het moet wel precies boven op je kruin en recht. Niet schuin zetten.'

Diedre deed wat haar werd opgedragen en knikte omdat het effect haar beviel. Toen clipte ze de oorbellen met robijnen en diamanten aan haar oren. De enige andere sieraden waren de diamanten verlovingsring die ze van William had gekregen en haar eigen smalle, met diamanten bezette horloge. Ze had er een hekel aan niet te weten hoe laat het was. Komt vast en zeker door mijn training, dacht ze, en ze keerde zich nogmaals om. 'Hoe zie ik eruit, Ceci?'

'Magnifiek, zoals Dulcie zou zeggen.'

Even later kwam Dulcie binnengerend, uitroepend: 'Ik kom me even door jou laten inspecteren, Cecily. O, mijn god! Diedre, je ziet er magnifiek uit!'

Cecily en Diedre wisselden onwillekeurig een lachende blik, en Cecily zei: 'Kom, Dulcie, ik wil alleen even de achterkant van je japon controleren.'

Dulcie liep naar voren en bekeek zichzelf in de passpiegel. Ze deed een haarlok goed en keek toen Cecily aan. 'Kan ik ermee door?'

Er verscheen even een lachje in Cecily's ogen en ze knikte. 'Jazeker.' Ze trok de schouders recht en was tevreden.

Ze had voor Dulcie een lange, nauwsluitende jurk ontworpen van heel lichtroze stof. Net als de rok van Diedre was hij enkellang. De japon had lange mouwen en was sober, maar elegant. Dulcie droeg paarlen oorhangers en verder alleen maar haar verlovingsring en trouwring. Om de bruidsdame niet een kopie van de bruid te laten zijn had Cecily een hoofdband van lichtroze wol voor Dulcie gemaakt in plaats van een kapje.

'Jullie kunnen er allebei mee door,' kondigde Cecily met een brede glimlach aan, en ze liep de kamer door en pakte haar jasje. Ze droeg ook een complet met een lange rok, gemaakt van zilvergrijze wol. Ze hield van deze stijl, die ze pas had gecreëerd. Hij was niet alleen modieus en elegant, maar de lange rokken waren in het winterse weer ook warm.

'Zullen we gaan?' vroeg Dulcie, met een blik van opwinding in haar ogen. 'Papa wacht in de bibliotheek.'

De graaf stond bij de haard toen Diedre en Dulcie binnenkwamen.

Charles, gekleed in zijn jacquet met een witte roos in zijn knoopsgat, was met zijn zeventig jaren nog steeds een knappe man; vandaag leek hij in goede gezondheid te verkeren, wat de meisjes genoegen deed, en ze keken elkaar glimlachend aan.

Na Diedre en toen Dulcie op de wang gekust te hebben, zei hij: 'Wat bof ik toch dat ik twee mooie dochters zoals jullie heb.'

'U hebt er nog een paar,' zei Dulcie lachend.

'Dat is maar al te waar, en ook Ceci, die mijn vijfde dochter is geworden.' Zijn blik dwaalde over hen heen, en hij vervolgde: 'En ze heeft jullie vandaag recht gedaan. Jullie kleding is mooi, en ik moet toegeven, ik vind dat roze je heel goed staan, Diedre, en jou ook, Dulcie. Wat een prettige verandering na jullie al die jaren in het blauw te hebben gezien.'

Dulcie grinnikte. 'Oudtante Gwendolyn zal ons vandaag niet kunnen plagen met opmerkingen over kleding die bij onze ogen past.'

Charles glimlachte en zei: 'We moeten gaan. We zijn aan de late kant.'

Dulcie riep uit: 'Ik ga er alvast vandoor, papa. Tot in de kerk.'

Charles en Diedre volgden haar en liepen in stevige pas over het stalerf. 'Ik ben heel blij met deze verbintenis, Diedre,' zei Charles, vol genegenheid klopjes op haar hand gevend. 'Ik mocht William zodra ik hem had ontmoet, en ik wist dat hij in jou geïnteresseerd was als vrouw en niet alleen als collega. Het doet me genoegen dat ik besloot me ermee te...' Hij liet de zin wegglijden en klopte simpelweg op haar hand, die op zijn arm rustte.

'Het was een inmenging die heel succesvol bleek, papa. En bedankt voor uw gesprekjes met Robin. Hij mocht William meteen, maar u hebt hem het gevoel gegeven dat hij Will absoluut kan vertrouwen.'

'Het is een goeie jongen, intelligent en gevoelig – wel een oude ziel, denk ik. Hij zal vandaag aan je zijde zijn.'

Ze vielen stil terwijl ze de heuvel op liepen, en even later kwamen ze bij het kerkje aan. Toen ze het portaal in stapten, werden ze begroet door de vier bruidsjonkers, fraai uitgedost in hun jacquet, elk met een verse witte roos in het knoopsgat.

Robin stond vooraan en kwam zijn moeder kussen. Er lag een brede glimlach op zijn gezicht toen hij zei: 'U bent een mooie bruid, mama.'

Charlie en zijn broers, de tweeling Thomas en Andrew, stonden te grijnzen van oor tot oor, en ze sloten zich aan bij Robins sentiment toen ze de bruid complimenteerden.

De bruidsjonkers leidden hen de kerk in, waar Dulcie stond te wachten naast een tafeltje waarop de bruidsboeketten lagen. Ze was bruidsdame, de enige begeleidster die Diedre had gewild.

Dulcie reikte Diedre haar bruidsboeket aan, dat een combinatie was van donkerroze rozen en anjers in dezelfde kleur; Dulcies boeket was een ruiker van lichtroze rozen, passend bij haar japon.

Charles leidde Diedre naar het schip van de kerk, waar ze bleven wachten. Ze rook de oude, vertrouwde kerkgeur, het vocht in de oude stenen muren, maar de mufheid was deze middag niet zo sterk, waarschijnlijk omdat Harry overal in de kerk fantastische bloemstukken had neergezet. Omdat het een kille winterdag was, waren er rondom kacheltjes neergezet, en de sfeer was warm en uitnodigend.

Diedre was blij dat het een heldere, zonnige dag was. Vrolijk zonlicht stroomde door de vele hoge glas-in-loodramen naar binnen en vulde de kerk met banen regenboogkleurig licht. Haar blik bleef even rusten op die ramen, die haar voorvaderen voorstelden met hun wapenschild, allemaal als krijger afgebeeld.

De kerk was tegelijk met Cavendon Hall gebouwd, en de eerste Inghams hadden hier hun erediensten bijgewoond, precies zoals zij als kind had gedaan. Vele generaties van ons, dacht ze.

Ze was als een van de vele Ingham-bruiden die haar voor waren gegaan en ze was blij dat ze een bescheiden bruiloft hield, zodat ze hier kon trouwen. De kerk was veel intiemer en had veel meer betekenis dan de grotere dorpskerk in Little Skell. Deze was doordrenkt met familiegeschiedenis, het verleden, hun erfgoed… en de toekomst. Haar huwelijk met Paul had in Londen plaatsgevonden, maar dit had een totaal andere resonantie.

Mrs. Parkington was nog steeds de organiste, en ze speelde 'O Perfect Love' en vulde de kerk tot aan de nok met muziek. Maar Diedre hoorde ook vreemde geluiden om zich heen: het geruis van kleren, gehoest, gefluister, geschuifel van voeten… ze verdrong alles en liet haar gedachten dwalen.

Paul kwam in haar gedachten, en even concentreerde ze zich op hem. Hij had een speciaal plekje in haar hart, zou daar altijd blijven. Ze wist dat hij dit voor haar had gewild, en ook voor Robin. Iemand die van hen hield, voor hen zorgde. Een goede man als William Lawson, die al had bewezen dat hij een goede echtgenoot zou zijn, en een liefdevolle vader voor Robin.

Door de plotselinge luide inzet van de bruidsmars schrok Diedre op, en ze keek verschrikt haar vader aan. Hij fluisterde: 'Dat vindt Mrs. P. leuk… de bruid wakker maken.'

Na een klopje op haar hand stapte haar vader naar voren, en zij deed hetzelfde. Ze liepen gearmd en met gelijke tred over het middenpad, recht voor zich uit kijkend.

Bij het altaar stond William met zijn broer Ambrose, die zijn getuige was, op hen te wachten.

Toen haar vader haar aan William gaf en achteruit stapte, keek ze haar bruidegom aan en lachte naar hem, en hij beantwoordde die lach. Op dat moment kalmeerden Diedres zenuwen en maakten plaats voor een vredig gevoel.

Volgens de lokale traditie waren de dorpelingen uit Little Skell, High Clough en Mowbray verzameld voor de kerk, waar ze hen toejuichten en hun veel geluk en een goed leven samen toewensten, en confetti en rozenblaadjes over hen uitstrooiden. Diedre en William liepen lachend over het pad en zwaaiden en bedankten hen; niet veel later staken ze het stalerf over en openden de deur van Cavendon Hall.

Het was stil in de grote entreehal; het enige geluid was het tikken van de grote staande klok. William sloeg zijn armen om Diedre heen en hield haar dicht tegen zich aan; ze kusten elkaar en zetten toen een pas achteruit.

Hij staarde haar aan. 'Je bent mijn vrouw… dat is heel moeilijk te geloven.'

'Geloof het,' mompelde ze. 'Je zit nu aan me vast.'

'Met heel sterke lijm, dat kan ik je wel vertellen,' antwoordde hij lachend.

'Kom. Miles zei dat we naar de lichtgroene zitkamer in de zuidvleugel moesten gaan. Hij en Ceci wachten ons daar over een paar minuten op bij de fotograaf.'

'Het is ontzettend stil,' merkte William op terwijl ze gang in, gang uit liepen.

'Omdat al het personeel de bruiloft heeft bijgewoond. Maar ze zijn zo weer terug, daar kun je van op aan.'

De lichtgroene zitkamer was leeg, en terwijl ze naar het gedeelte liepen waar de stoelen waren geplaatst, bleef William ineens staan en keek Diedre aan.

'Weet je zeker dat je nog steeds naar Parijs wil? Voor onze huwelijksreis?'

'Jazeker.'

William knikte. 'Dan doen we dat, schat. Trouwens, ik ben dol op Parijs. En dit is misschien onze laatste kans om de lichtstad te bezoeken. Voordat de hel losbarst.'

Miles en Cecily kwamen binnen met de fotograaf en zijn assistent, en even later kwamen de families binnenslenteren.

'Ik hoop dat dit niet zo'n eindeloze sessie wordt,' zei Diedre tegen Miles.

'Daar zorg ik wel voor,' antwoordde haar broer. 'Laat dat maar aan mij over.'

Deel twee

Vrouwen en oorlog

1939-1945

Tegen alle verwachtingen in

We zullen niet verslappen of falen. We zullen doorgaan tot het einde, we zullen vechten in Frankrijk, we zullen vechten op de zeeën en oceanen, we zullen met toenemend zelfvertrouwen en toenemende kracht vechten in de lucht, we zullen ons eiland verdedigen, we zullen tegen elke prijs vechten op de stranden, we zullen vechten op de landingsbanen, we zullen vechten op de velden en in de straten, we zullen vechten op de heuvels; nooit zullen we ons overgeven.

Winston Churchill, toespraak in het Lagerhuis, 4 juni 1940

Hoofdstuk 46

Alice Swann liep de kelder in om wat potten jam, ingelegd fruit en ingelegde groente te halen die op de planken stonden. Ze liep recht op de potten af waarop 'Juni 1939' stond en vulde haar mand met diverse potten.

Toen ze weer in de keuken was en ze naast elkaar had opgesteld, schudde ze ongelovig haar hoofd. Het jaar was omgevlogen. Het was nu mei 1940, en er was nog steeds wat van de oude voorraad over. Maar net als iedereen in het land ging ze tegenwoordig heel zorgvuldig met voedsel om.

Er was een tekort aan veel producten, omdat er niets uit het buitenland geïmporteerd werd. Ze moesten allemaal leven van wat ze hier in Groot-Brittannië op het land konden verbouwen en van wat ze hier konden maken.

Alice zuchtte zacht terwijl ze de potten met een vochtige doek afnam. Ze waren al sinds 3 september 1939, nu bijna een jaar geleden, in oorlog met Duitsland, en er was niet veel gebeurd. Ze waren hardnekkig doorgegaan met het uitvoeren van hun dagelijkse klussen en talloze andere dingen; ze hadden naar de radio geluisterd en kranten gelezen en informatie met elkaar uitgewisseld. Inmiddels noemde iedereen het een nepoorlog, en dat leek Alice een toepasselijke naam.

Een week na de oorlogsverklaring had de regering bonnenboekjes voor voedselrantsoenen uitgegeven; ze waren goed voorbereid geweest, hadden dit reeds lang zien aankomen. Iedereen had een bonnenboekje, ook kinderen, en alle soorten voedsel waren op rantsoen. Behalve vis. Gelukkig woonden ze op een eiland en werd er nog dagelijks vis gevangen. Voorlopig nog wel... God verhoede dat er ooit een tekort kwam. Het was hun enige echte basisvoedsel. Het gezegde luidde dat er meer dan één manier was om een kat te villen; Alice had twaalf manieren om vis te bereiden en anders te laten smaken.

Ook kleding was op rantsoen – ze hadden bonnen om die te kopen – net als benzine, kolen, en verder zo'n beetje alles. Alle vrouwen in de drie dorpen hadden meer dan één taak. Ze runden hun huishouden, zorgden voor hun kinderen, kookten en maakten jam. Alice had het nog nooit zo druk gehad. Lady Denman en de nationale federatie van het Women's Institute in Londen hadden lang voor de oorlogsverklaring, in 1935 al, beseft dat er narigheid op komst was en lagen daarom qua planning voor op sommige andere vrouwenorganisaties.

Charlotte had hen enorm geholpen en de productie van jam in de dorpen veel professioneler gemaakt. Toen er in het jaar daarvoor, in de zomer van 1939, een overdaad aan fruit was geweest, had ze twee inblikmachines gekocht, en Cecily nog twee, zodat de vrouwen niet meer de inblikmachine van het Women's Institute in Harrogate hoefden te lenen.

Het had betekend dat vijf vrouwen uit Little Skell en High Clough algauw experts waren geworden, en een van hen had zelfs de beste manier uitgevonden om de hete blikken te koelen. Gladys Miller had een grote tinnen badkuip naar de dorpshal laten komen, waar het inblikken plaatsvond. Hij werd gevuld met emmers koud water; de hete blikken werden eerst op een groot laken gelegd en daarna pakten vier vrouwen de hoeken vast en lieten het laken met de blikken in de kuip zakken. Wanneer de blikken afgekoeld waren, haalden ze ze eruit. Een paar dagen later kwamen er etiketten op en werden ze verkocht.

Alice en Charlotte waren erg trots op het succes van hun jamproductie, evenals de vrouwen van andere Women's Institutes overal in Engeland. Hun efficiency had Lord Woolton, de minister van Voedsel, ertoe gebracht een nationale, door de regering gefinancierde jamproductie op te zetten naar het voorbeeld van die van de Women's Institutes. Omdat suiker inmiddels op de bon was, gaf de regering die aan de Women's Institutes overal in het land voor hun nationale jamproductie.

Alice deed de potten met jam, fruit en groente in haar boodschappenmand, pakte hem op en ging het huis uit.

Ze stak de hoofdstraat in Little Skell over; even later klopte ze op de deur van Harry en Paloma's huis en liep naar binnen.

Paloma kwam snel naar haar toe en omhelsde haar en kuste haar op de wang. 'Precies op tijd,' fluisterde ze. Toen wees ze naar de wieg. Alice kon de verleiding niet weerstaan; ze zette haar boodschappenmand op de grond en ging naar haar kleinzoon kijken. Hij lag diep te slapen met een van zijn dikke handjes gekromd tegen zijn roze wang.

Alice lachte naar Paloma en knikte haar met ogen vol liefde toe. Hij was al één. Twee weken geleden, op 10 mei, had hij zijn eerste verjaardag gevierd. Alice zou altijd aan die speciale verjaardag denken als een veelbelovende dag, aangezien Winston Churchill op die dag als premier zijn intrek had genomen in de ambtswoning op Downing Street 10. Om die reden zou ze nooit de datum 10 mei 1940 vergeten.

Paloma zei zacht: 'Ik heb een pot thee voor u gezet; het blad staat daar. Met een kleine traktatie erbij, chocoladekoekjes nog wel. Moeilijk aan te komen tegenwoordig.'

'Dank je, lieverd,' zei Alice, en ze sloeg Paloma gade terwijl zij zich gracieus door de kamer bewoog en door de openslaande deuren de tuin in ging. Ze liep naar de oude keet voorbij het gazon, die Harry vergroot had, zodat ze die als doka kon gebruiken voor het ontwikkelen van haar foto's. Voorlopig was haar lievelingsonderwerp een kleine jongen: Edward Walter Swann, vernoemd naar zijn twee opa's.

Ondanks de oorlog en de zorgen die deze meebracht, het vele werk dat ze verzetten en de somber ogende toekomst voelde Alice altijd geluk opwellen wanneer ze in dit huis kwam. Paloma had er iets moois van gemaakt, maar dat was niet de reden waarom haar stemming verbeterde.

Dat kwam door Paloma, die Harry's leven had veranderd, en daarmee ook het hare en dat van Walter. Ze hielden allebei van zijn jonge vrouw. Niet alleen omdat ze mooi was en van goede komaf, maar ook omdat ze een eerlijke en oprechte jonge vrouw was, die hun zoon aanbad en hem gelukkig maakte.

Paloma had iets kalms en sereens. Ze was vriendelijk en ook slim en intelligent. Alice Swann wist diep in haar hart dat ze Harry altijd trouw en loyaal zou zijn, en een goede echtgenote en moeder.

Paloma was een zegen, en ze was precies op het juiste moment in Harry's leven gekomen. En het kind was op het juiste moment geboren. Alice hoopte dat er meer kinderen zouden komen en dat Harry het grote gezin zou krijgen waarnaar hij altijd had verlangd. Bij Paloma zou Harry veilig zijn.

Ze zuchtte inwendig toen haar gedachten plotseling naar de oorlog gingen. Het Britse expeditieleger was naar Frankrijk gegaan om de Fransen te helpen vechten tegen de Duitsers, die snel oprukten in het land. Alle jonge mannen in de drie dorpen waren opgeroepen. De dienstplicht was voor mannen in de leeftijd van achttien tot eenenveertig jaar, gehuwde mannen uitgezonderd. Nog wel… Alice wist maar al te goed dat naarmate een oorlog vorderde, meer mannen de dood vonden… en er meer mannen nodig waren.

Charlie, de zoon van Lady Daphne, was opgeroepen, en ook zijn beste vriend, Kenny Bourne, de zoon van haar buren Evelyne en Tommy. Kenny was een van Cecily's beursstudenten en had met Charlie in Oxford gestudeerd. Ze waren allebei tweeëntwintig, eigenlijk nog jongens. Alice kon de gedachte dat Charlie, die ze zich nog als kleine jongen herinnerde, daar in dat land streed in een oorlog bijna niet verdragen.

Harry was tweeënveertig en Miles eenenveertig, beiden getrouwde mannen, en bovendien runden ze een landgoed waar landbouw werd bedreven, en dus hoefden ze niet in dienst, omdat ze een vrijgesteld beroep hadden. Daarom zouden ze misschien helemaal niet hoeven te vechten. Ze bad dat dat zo zou zijn. Ze dacht aan de jongens die in de vorige oorlog waren omgekomen: neven, en de oudere broer van Miles, Guy, en het maakte haar ziek van de zorgen.

Een licht geruis deed Alice omkijken. Tot haar grote verrassing zag ze Evelyne Bourne in de deuropening van de huiskamer staan. Ze leek zo van slag dat Alice onmiddellijk opstond en op haar afliep.

Ze pakte haar arm en zei op fluistertoon: 'De baby slaapt, laten we naar buiten gaan.' Terwijl ze sprak, leidde ze Evelyne door de hal de kleine voortuin in.

'Wat is er in godsnaam aan de hand?' vroeg Alice. 'Je ziet er geschokt uit.'

'O, Alice, ik heb iets gehoord. Toen ik eerder op de dag in Harrogate was… Dat al onze jongens vastzitten op de stranden van Frankrijk. En dat ze er zullen sterven. Ze zullen gedood worden door de Duitsers!'

'Dat lijkt me zwaar overdreven,' zei Alice sussend. 'Ons expeditieleger heeft het niet gemakkelijk gehad, en ze trekken zich terug naar de Franse kust, maar onze jongens zullen wel gered worden.'

'Maar dat is niet wat ik heb gehoord,' sputterde Evelyne tegen, de tranen verdringend.

'Het kan me niet schelen wat je hebt gehoord,' zei Alice zelfverzekerd. 'Winston Churchill is nu onze premier. Hij zal ons niet in de steek laten. We zijn bij hem in goede handen. Heb een beetje vertrouwen, liefje. Hij zal onze jongens redden.'

Evelyne leunde tegen de deur. 'Het spijt me, Alice. Het is niet mijn bedoeling je van streek te maken. Maar ik maak me zoveel zorgen... om Kenny en Charlie... het is Lady Daphne vast ook zwaar te moede. Charlie is daar immers ook. Midden in de strijd, samen met mijn Kenny.'

'Ze zullen veilig thuis worden gebracht,' zei Alice op ferme toon om haar vriendin gerust te stellen. En in feite geloofde ze dat ook... want lang geleden had ze haar vertrouwen in Winston Churchill gesteld. Ze geloofde zonder het geringste spoortje twijfel dat hij de leider was die ze nodig hadden om de oorlog te winnen. De leider die de wereld nodig had... om de beschaving te redden.

Hoofdstuk 47

Diep in de krochten van de aarde, in de vele geheime tunnels onder Dover Castle, heerste constant bedrijvigheid. De tunnels, die in de beroemde witte krijtrotsen waren aangelegd, waren in wezen bunkers om de officieren en mannen te huisvesten die Groot-Brittannië, het Nauw van Calais en het Kanaal moesten verdedigen.

Ze waren uitgehouwen en geconstrueerd op bevel van Winston Churchill, en er was geschut opgesteld om nazischepen te bestoken als ze het Kanaal in voeren, of om onderzeeërs tot zinken te brengen.

Viceadmiraal Bertram Ramsay, de vlagofficier van Dover, voerde er het bevel en gaf op dat moment leiding aan de evacuatie van Franse en Engelse soldaten die vastzaten op de stranden van Duinkerken. Het was 24 mei 1940.

Een van de hogere officieren was commandeur Edgar Jollion. Hij was daar op verzoek van viceadmiraal Ramsay, die op de hoogte was van zijn goede reputatie. Én van zijn uitgebreide kennis van de Franse kust, met al zijn details en eigenaardigheden. Jollion had ook diepgaande kennis van het Kanaal en de Atlantische Oceaan in de betreffende gebieden.

De commandeur nam een slok thee en leunde achterover, bedenkend hoezeer hij bofte dat hij op dat moment was waar hij was. Hij was in maart 1940 gearriveerd om samen met Ramsay te werken aan de verdediging van het Kanaal. Zijn nieuwe positie was met een promotie gepaard gegaan.

Het schip dat men hem in 1938 had gegeven, was teruggestuurd naar het droogdok om onder andere de motoren te laten nakijken. Geen schip. Geen baan. Hij moest een nieuw schip toegewezen krijgen en wachtte er vol ongeduld op.

In plaats daarvan had men hem uitgenodigd om met de viceadmiraal samen te werken, en onverwachts was er nóg een promotie gekomen, tot commandeur, slechts één rang lager dan schout-bij-nacht. Toen de ramp van

Duinkerken zich voordeed, gaf men viceadmiraal Ramsay onmiddellijk de leiding over Operatie Dynamo. Commandeur Jollion, een officier die bij de Royal Navy carrière had gemaakt, hield van de zee, maar ook van deze baan. Hun soldaten redden, van wie velen even oud waren als zijn zoon, was een dankbare taak.

Zijn zoon Noel was even vaderlandslievend als hij – dat waren alle Jollions, maar hij had het luchtruim boven de zee verkozen. Noel was nu gevechtspiloot bij de Royal Air Force; hij vloog Spitfires, die het oprukkende Duitse leger in Frankrijk bombardeerden. Zijn eskader was gelegerd in Biggin Hill, net buiten Londen, en wanneer hij even vrijaf had, logeerde hij altijd bij Edgars zus, Adrianna Bellamy. Ze had zich aangesloten bij het Rode Kruis, evenals haar dochter Claudia.

Hij dacht aan Phoebe, en plotseling realiseerde hij zich dat hij vergeten was zijn zus te schrijven dat ze Phoebe en haar broers en zussen moest overbrengen naar Burnside. Ze zouden daar veel veiliger zijn wanneer de invasie begon. En beginnen zou die.

Duizenden Engelse kinderen waren al geëvacueerd, uit de kleine en grote steden weggehaald en herplaatst op het platteland. Hij wist van zijn nicht Paloma dat in de dorpen Little Skell, High Clough en Mowbray de eerste evacués waren gearriveerd. Sommigen waren al aardig gewend, terwijl anderen vreselijk veel heimwee hadden. Een klein dorp in Yorkshire was totaal anders dan de stad.

De mooie, lieve Paloma, die hem zijn eerste achterneef had geschonken. Haar huwelijk met Harry Swann had hem ongelooflijk veel plezier gedaan; Harry was het zout der aarde.

Edgar stond op om de benen te strekken en besloot een wandelingetje door een paar tunnels te maken. Het was zijn manier om fit te blijven. Hij verliet zijn kantoor en kuierde een lange gang door die naar de radiokamer leidde. Het tunnelstelsel was ruim drieduizend vierkante meter groot en versterkt met ijzeren balken en metalen platen. In zekere zin was het net een kleine stad, met slaapzalen, badkamers, keukens en messrooms. Helemaal niet zo slecht, gezien de omstandigheden. En het werk dat ze deden was van cruciaal belang. Het was noodzakelijk zo veel mogelijk mannen te redden; er waren soldaten nodig om het land te beschermen. Edgar had tot zijn schrik ontdekt dat het Britse leger niet erg groot was, en de luchtmacht nog kleiner. Alleen de Royal Navy was groot, goed toegerust en helemaal op orde. Maar ze waren dan ook een eilandbevolking: hun marine was al eeuwenlang hun geheime wapen. Maar ook weer niet zo geheim, dacht hij, stilletjes glimlachend en aan Horatio Nelson denkend.

Hij stond net op het punt om te keren en naar zijn kantoor terug te gaan, toen hij zijn naam hoorde roepen. Hij keek om. Het was een van de vaandrigs uit de radiokamer, die snel op hem afliep en verklaarde: 'Ik wilde net naar u toe gaan, commandeur. Dit bericht is zojuist binnengekomen.'

Edgar knikte en nam het papier aan dat de jongeman hem toestak. 'Dank je, Judson.'

De man knikte, salueerde en vertrok. Edgar keerde terug naar zijn kantoor. Hij ging aan zijn bureau zitten en las het korte bericht. Toen staarde hij er fronsend naar en las het nog eens.

'Waar slaat dit in 's hemelsnaam op?' zei hij hardop tegen het lege vertrek. Hij begreep niets van het bericht.

Maar plotseling deed hij dat wel. Hij sprong op, rende naar buiten en liep twee deuren verder om viceadmiraal Ramsay te spreken. Hij klopte hard op de deur, en toen Ramsay 'Binnen' zei, liep Edgar het vertrek in.

Ramsay staarde hem aan. 'Is er iets mis, Jollion?'

'Er is iets vreemds aan de hand. Ik heb zojuist dit radiogram van het hoofdkwartier in Duinkerken ontvangen. Generaal Rundstedt heeft de pantserdivisie van generaal Kleist bevolen bij de frontlinie halt te houden. Niet voorwaarts te gaan. Dat absoluut niet te doen. Met andere woorden: te blijven zitten waar ze zitten.'

Ramsay was verbouwereerd. Hij riep uit: 'Maar ze hebben ons in het vizier! Ik was al bang dat ze op zouden rukken, onze mannen gevangen zouden nemen op dat stuk land waar onze jongens door de pantserdivisie heen zijn gemanoeuvreerd.' Ramsay schudde zijn hoofd. 'Inderdaad vreemd, Jollion.' Het was even stil, en toen zei de viceadmiraal: 'Zijn we zeker van deze informatie?'

'Ik denk het wel, *sir*. Ja. Maar om aan de veilige kant te blijven kunnen we de bron natrekken. Een boodschap terugsturen naar het hoofdkwartier in Frankrijk.'

'Doe dat meteen. Ik zou graag horen hoe het komt dat we zo plotseling weten wat de Wehrmacht van plan is.'

Binnen een paar uur hadden Ramsay en Jollion hun antwoord van luitenant-kolonel Lord Bridgeman van de Jagers op het continent, die samenwerkten met Lord Gort, het hoofd van het Britse expeditieleger.

Het bericht dat ze hadden ontvangen klopte.

Generaal Kleist was in het hogergelegen gebied van Vlaanderen gebleven, dat uitzicht bood op Duinkerken. Uiteindelijk was zijn pantserdivisie wel in beweging gekomen, maar die was niet Duinkerken in gegaan om de stad in te nemen, of om de Britse en Franse soldaten die gevangenzaten op een stuk land in de buurt, aan te vallen en te doden. In plaats daarvan hadden ze zich teruggetrokken.

Het was commandeur Jollion die redeneerde dat de Duitse generaal er misschien niet zo happig op was om met zijn tanks de lagergelegen gebieden van Vlaanderen in te rijden, waar het wemelde van de kanalen, riviertjes en moerassen. En er was nog een mogelijkheid die hij onder de aandacht van Ramsay bracht. Tanks door de bebouwde kom van dorpen en steden manoeuvreren was meestal lastig. Misschien had hij zich ook om die reden teruggetrokken.

Maar wat dit plotselinge terugtrekken van de nazitanks ook mocht hebben veroorzaakt, Lord Gort, de opperbevelhebber van het Britse expeditieleger, Ramsay en Jollion grepen deze kans aan om meteen meer manschappen uit Duinkerken te evacueren. Commandeur Jollion beschouwde het als een godsgeschenk.

Gedurende twee kalme en zonnige etmalen klauterden algauw duizenden

Britse en Franse soldaten aan boord van de grote Britse schepen die voor Duinkerken voor anker lagen.

Het was Jollion zwaar te moede, want hij wist dat bijna het hele Britse leger zich in Frankrijk bevond. Er waren niet veel soldaten in Groot-Brittannië meer om het land tegen de vijand te verdedigen. Zijn land was kwetsbaar als de Duitsers besloten het binnen te vallen. Want de aanvallen van Kleists pantserdivisie werden spoedig hervat en de geallieerden meedogenloos neergemaaid.

Hoofdstuk 48

Kapitein Charlie Stanton van de Coldstream Garde wist dat ze het stadje Poperinge zo snel mogelijk moesten verlaten. Meteen zelfs.

Ze bevonden zich aan de zuidelijke rand van Duinkerken en het werd tijd dat ze de weg terug naar de stranden namen. In de verte kon hij de Duitse artillerie al horen, en hij wist zeker dat ze algauw onder de voet zouden worden gelopen door vijandige troepen. Het Britse expeditieleger was omringd. Ten ondergang gedoemd.

De avond ervoor had hij van het hoofdkwartier te horen gekregen dat hij met wat er over was van zijn peloton terug moest gaan naar Duinkerken. Er waren nog maar twintig mannen over, maar die wilden net zo graag en snel terug als hij.

Toen hij om zich heen keek, zag hij Kenny Bourne naar hem toe komen. Ze hadden hun studie in Oxford gestaakt en in 1939 een officiersopleiding aan de Sandhurst-academie doorlopen, en het was hun gelukt bij elkaar te blijven door dienst te nemen in hetzelfde regiment. Ze boften dat de Coldstream Garde voornamelijk in het noordoosten van Engeland mannen rekruteerde. Kenny was luitenant, en de enige andere officier in deze groep die nog in leven was.

'We kunnen gaan,' zei Kenny, en Charlie knikte. Het plan was iedereen in vrachtwagens, twee kleine en een grote, te laden en er zo snel mogelijk vandoor te gaan. Dat deden ze, en iedereen was opgelucht toen ze eenmaal op weg waren naar de Franse kust, waar de rest van het regiment zich bevond en de Britse oorlogsschepen, torpedojagers en hospitaalschepen voor anker lagen. Het zou een enorme reddingsoperatie worden. Eind mei zou ieder regiment weggehaald moeten zijn.

Charlies opluchting sloeg algauw om in ongeduld toen hij besefte dat ze misschien beter hadden kunnen gaan lopen. De weg was tjokvol vluchtende soldaten die gestaag voortmarcheerden en hun soms de weg versperden.

Kenny, die de Humber Snipe-truck bestuurde, hield zijn ogen op de drukke weg gericht terwijl hij zei: 'Verdorie! Het begint te regenen. Dan gaat het nog langzamer.'

'Misschien,' antwoordde Charlie, en toen grijnsde hij. 'Maar laten we wel wezen, regen houdt de Luftwaffe uit de lucht. Als het een zonnige dag was, zouden we een gemakkelijke prooi zijn.'

'Wat een mazzel dat het dan nu hondenweer is,' lachte Kenny terug.

De twee mannen vielen stil terwijl ze langzaam vorderden richting Warhem, de volgende stad op deze route. Er waren zoveel soldaten hier dat Charlie stomverbaasd was. Duizenden mannen bewogen zich voort over deze weg, niet alleen Britse, maar ook Franse en Nederlandse. Geen van hen voelde zich verslagen, nog niet, maar in de minderheid waren ze wel. De Wehrmacht had een indrukwekkende omvang, was het grootste leger ter wereld, met de grootste voorraad wapens en een enorme vuurkracht, om nog maar te zwijgen van die dodelijke tanks.

Toen ze het hoofdkwartier in Duinkerken dicht waren genaderd, werden hun trucks plotseling door militaire politie tegengehouden. Charlie draaide het raampje naar beneden en vroeg wat er was.

'Sorry, kapitein, maar u moet uw voertuigen achterlaten. Daar op dat veld, naast de andere geparkeerde voertuigen. Steek ze in brand. Het is maar goed dat het niet meer regent.'

Charlie vroeg: 'Waarom moeten we ze achterlaten?'

'Orders, kapitein. De legerleiding wil geen verkeersopstoppingen in Duinkerken. Ik zal uw mannen opdragen u te volgen.'

Charlie knikte dat hij het begreep en zei tegen Kenny dat hij het veld op moest rijden. Toen ze uit de Humber sprongen, zagen ze dat veel van de achtergelaten auto's en vrachtwagens nog brandden, nasmeulden of volledig uitgebrand waren.

Charlie en Kenny keken naar hun bezittingen in de Humber Snipe en staarden elkaar toen met een vertrokken gezicht aan. 'Ik vind het vreselijk mijn spullen te moeten achterlaten, maar we hebben geen keus,' sputterde Charlie, en hij pakte zijn ransel.

'Ik ook, maar we mogen maar weinig bagage bij ons hebben,' antwoordde Kenny, en ook hij pakte alleen zijn ransel. 'Ik laat al het andere achter.'

Vervolgens deden de andere mannen hetzelfde. Toen ze allemaal hun ransel hadden gepakt, droeg Charlie hun op de voertuigen in brand te steken, wat ze deden, zij het met enige tegenzin.

Charlie wendde zich af, maar kon de verleiding niet weerstaan en liep naar een van de trucks die eerder was achtergelaten, maar niet verbrand. En tot zijn grote verbazing en genoegen zag hij achterin geweren en voedsel liggen. Hij was duidelijk gehaast verlaten door andere vluchtende Britse soldaten.

Hij gebaarde naar Kenny en de mannen, en droeg hun op ieder een geweer te pakken en zoveel eten als ze konden dragen. Dat deden ze. Dat ze weer een wapen in hun handen hadden, en ook eten, bracht een lach op de gezichten van zijn mannen.

Het waren loyale en sterke mannen, en ze waren duidelijk opgelucht geweest toen hij het bevel over hen had overgenomen van majoor Barton, nadat deze bij een zware Duitse luchtaanval was omgekomen. Charlie wist dat hij op hen kon rekenen; deze Coldstreamers waren het zout der aarde. Hij wist ook dat ze bekaf waren na drie weken intensieve strijd in de velden van Vlaanderen, waarbij ze verschillende dorpen hadden verdedigd. Hij was vast van plan een plek te vinden waar ze die nacht konden slapen. Dat was van wezenlijk belang.

Zijn mannen stonden te wachten en keken Charlie aan alsof ze probeerden zijn gedachten te lezen. De meesten van hen vroegen zich af waarom ze bleven hangen op het veld dat vol stond met brandende voertuigen.

Aangezien ze Charlie aankeken en met hun rug naar de hoofdweg stonden, konden ze niet zien waar hij aan de overkant van de weg naar staarde.

Het was rook. Niet de rook die opsteeg van brandende voertuigen, maar rook van een heel andere soort. Het was een spiraal die de lucht in dreef en kennelijk uit een schoorsteen kwam die Charlie niet kon zien.

'Luister,' zei hij. 'Ik wil niet dat we in die massa's terechtkomen die naar

Duinkerken drommen. We gaan naar dat veld daar achter jullie om te kijken wat we kunnen vinden.'

Joe Wortley, de korporaal-sergeant, begreep het meteen. 'U denkt dat daar een boerderij is, *sir*?'

'Hoogstwaarschijnlijk. We hebben allemaal rust nodig. Eten. En, indien mogelijk, slaap voordat we terugmarcheren naar het hoofdkwartier. Dat ik honderden soldaten op deze weg zie, maakt me iets duidelijk. Het wordt vanavond heel druk in de haven van Duinkerken. Ik wil graag dat we wat op krachten komen, en dan vertrekken we morgenochtend vroeg naar de haven.'

De korporaal-sergeant knikte. 'Goed plan, kapitein. Ik neem aan dat u Frans kunt, dus laten we die boerderij gaan zoeken.'

Charlie lachte. 'Ik heb het op school geleerd. Kom, we steken kalm de weg over. Niet duwen en trekken tussen de marcherende soldaten.'

De mannen deden exact wat hun werd opgedragen en staken de drukke weg in groepjes van twee en drie over, niet allemaal tegelijk. Charlie volgde de mannen samen met Kenny, die zei: 'Ik zou heel wat overhebben voor een peuk en een koud biertje. Maar eerlijk gezegd zou ik het liefst lekker maffen. Dat zou me meer goeddoen.'

'Mij ook. Ik wilde dat ik ter plekke kon gaan liggen slapen,' antwoordde Charlie. 'Aha!' riep hij toen uit, en hij zwaaide terug naar de korporaal-sergeant, die een grijns van oor tot oor op zijn gezicht had. Tussen een stel bomen werd nu een huis zichtbaar.

Even later stond Charlie tegen een houten hek leunend te praten met de boer die de eigenaar was van de boerderij, die vanaf de weg niet te zien was geweest.

Hij leek op zijn hoede toen hij Charlie en zijn mannen zag, maar Charlie begon onmiddellijk Frans te praten. Hij legde uit dat hij Engelsman was en stelde zich voor. Hij vroeg de boer of hij een schuur had en of ze daar mochten overnachten. Hij voegde eraan toe dat zijn mannen vrijwel uitgeput waren nadat ze in de loopgraven tegen de Duitsers hadden gevochten.

De boer spuugde op de grond en riep boos uit: *'Les boches! Merde!'* Hij deed het hek open en verwelkomde Charlie en zijn mannen. Hij leidde hen achter de boerderij langs en liet hun een grote oude schuur zien. Hij stond vol met balen hooi en een watertrog, en aan de muur hing oud paardentuig. *'Voilà!'* Hij grijnsde en zei tegen Charlie dat ze welkom waren en dat hij hun dekens, water en brood zou brengen.

Charlie bedankte hem uitbundig en droeg zijn mannen op een plekje te zoeken en zich te installeren; hij legde uit dat ze er de rest van de nacht mochten blijven. Opgelucht lieten ze hun ransel afglijden en gingen op de balen hooi zitten; enkelen van hen vielen vrijwel meteen in slaap.

De boer hield zich aan zijn woord. Hij kwam spoedig terug met zijn vrouw en zoon. De boer had twee grote kannen water bij zich, en zijn vrouw en de jongen droegen bladen met allerlei oude mokken en glazen erop. De boerin schonk water in en samen met haar zoon deelde ze de mokken en glazen uit. De boer vertrok en kwam even later terug met een aantal lange stokbroden en een paar borden met stukken kaas erop.

Charlie bedankte de boer en zijn familie, en de mannen vielen aan op de kaas en het brood, en aten ook wat van het voedsel dat ze uit de verlaten truck hadden meegenomen.

'De boer zei dat ze geen Duitse troepen hadden gezien. Nog niet...' zei Charlie. 'Maar ik heb hem beloofd dat we morgenochtend vroeg weg zijn. Hij begreep heel goed in welk lastig parket we zaten.'

'Ik kon het merken,' zei Kenny. 'Hij was gecharmeerd... of nee, misschien is gevléíd een beter woord, doordat je Frans sprak, Charlie. Daar houden ze namelijk van, de Fransen.'

'Het helpt als je in Frankrijk Frans kunt,' zei Charlie, en hij trok een gezicht. 'Nou ja, je snapt wel wat ik bedoel.'

'Die kloteransel is zwaar,' zei Kenny op een gegeven moment. 'Ik ga de hele inhoud dumpen.'

'Maar niet hier,' waarschuwde Charlie hem snel. 'We mogen de boer niet in gevaar brengen. Als de moffen hier komen en je spullen vinden, zien ze meteen dat die Engels zijn en zullen ze zich afvragen hoe die hier terecht zijn gekomen.'

Charlie lag wakker op zijn hooibalen, luisterend naar zijn slapende mannen. Ze waren uren geleden zo ongeveer buiten westen geraakt van volledige uitputting en genoten hun eerste echte slaap in weken. Er waren geluidjes – licht gesnurk en geritsel – maar het was merendeels stil in de schuur.

Het maanlicht viel door een raampje hoog in een van de schuurwanden naar binnen; Charlie duwde zich overeind, sloop over de grond, duwde voorzichtig de enorme deur open en glipte naar buiten.

Hij haalde een paar maal diep adem. De lucht was koel in deze meinacht, en verfrissend. Hij keek omhoog naar de vollemaan die hoog in de donkere lucht hing en besefte hoe helder de hemel was. En de stilte maakte hem kalm. Wat een opluchting nu eens niet bestookt te worden met het lawaai van kanonvuur, geweerschoten en exploderende bommen!

Hij wist dat hij goed voor zijn eigen veiligheid moest zorgen, zodat hij terug kon keren bij zijn moeder. Als hij het niet redde, zou ze het hem nooit vergeven. Hij glimlachte bij de gedachte. Ook Evelyne Bourne, Kenny's moeder, zou het hem niet vergeven als haar zoon het niet redde. Misschien hebben alle moeders dezelfde gevoelens, concludeerde hij.

Hij pakte een sigaret en stak hem aan, inhaleerde diep en ging op een laag stenen muurtje zitten om van het roken te genieten. De boer had hen gewaarschuwd dat ze er zelfs niet aan mochten dénken een sigaret op te steken in de schuur vol hooi, en ze hadden zich aan die regel gehouden.

Er slopen gedachten aan zijn zus zijn hoofd in. Alicia had eerst dolgraag bij de Army Transport Service willen gaan, maar had zich plotseling bedacht en zich aangemeld bij het Rode Kruis. Ze had de afdeling gekozen die in het buitenland diende, tot grote schrik van hun ouders.

Maar ze zat kennelijk nog in Londen, waar ze opgeleid werd. Charlie wist wel waarom ze ervoor had gekozen om de gewonden beter te maken. Ze was altijd al een zorgzaam en meelevend meisje geweest dat zich zorgen maakte om zieke huisdieren en ieder wild dier dat in een val terechtkwam. Ze zou een goede verpleegster zijn; ze had er de juiste instelling voor... in zekere zin was het een roeping.

Hij hoorde een geluid en keek naar het erf. In het maanlicht zag hij Kenny de schuur uit glippen; zijn beste vriend liep op het muurtje af waarop hij zat.

'Ik ben er niet aan gewend zoveel te slapen,' zei Kenny zacht, en hij stak een sigaret op. 'Ik neem aan omdat we het de afgelopen weken met een paar uur hebben moeten doen.'

'Ik weet wat je bedoelt. Bij mij is het net zo, maar ik heb wel diep geslapen, en het heeft me goedgedaan,' vertrouwde Charlie hem toe.

'Hoe laat ben je van plan te vertrekken?' vroeg Kenny nu.

'Ik wil graag om een uur of vijf, zes op weg zijn naar Duinkerken. Hoe eerder we terug zijn in het hoofdkwartier, hoe beter ik me zal voelen.'

'Denk je dat we meteen geëvacueerd worden? De Coldstream Garde was immers als eerste hier in Frankrijk. We zijn hier het langst geweest. We zouden er recht op moeten hebben als eersten te vertrekken.'

Charlie grinnikte zachtjes. 'We zullen waarschijnlijk de laatsten zijn! Maar daar komen we gauw achter. Als we vandaag vroeg op weg gaan, zouden we vanmiddag bij de kust moeten zijn.'

'De mannen zullen hun uiterste best doen, Charlie.'

Kenny zat een poosje zwijgend te roken en zei toen rustig, maar op intense toon: 'Als mij iets overkomt en ik het niet haal, zeg dan alsjeblieft tegen mijn ouders en mijn zus dat ik heel veel van hen heb gehouden.'

'Ik beloof het je. Maar denk niet zo, Kenny. Je gaat het halen. Je bent een taaie rakker, net als ik. En ik ga het beslíst halen.'

Kenny negeerde deze opmerking en vervolgde: 'En ik wil dat je Cecily bedankt, en haar vertelt hoeveel haar steun in de loop der jaren voor me heeft betekend. Dat ze die privéleraar voor me heeft ingehuurd en me daarna een van haar beurzen heeft gegeven zodat ik naar Oxford kon gaan, was het mooiste wat me in mijn leven is overkomen.'

'Dat wil ik wel doen, maar je kunt het beter zelf doen. Binnen het komende etmaal worden we geëvacueerd, Kenny.'

'Ik geloof dat ook,' antwoordde Kenny, 'maar ik moest dit gewoon even kwijt, het hardop zeggen.'

Charlie knikte en keek naar de lucht. De dageraad brak aan, en het zag ernaar uit dat het een mooie dag ging worden. Een mooie dag om terug te lopen naar Duinkerken, naar het hoofdkwartier te gaan en hun evacuatie te plannen. Die hoogstwaarschijnlijk al gepland was. We komen thuis, dacht Charlie. Dat móét.

Hoofdstuk 49

Hun onderbevelhebber, majoor Tommy Riley, had hen op verkenning uitgestuurd, en Charlie was blij dat hij dat had gedaan. Net als de majoor was hij ervoor alles te controleren en nog eens te controleren, vooral alles wat er op dat moment rond Duinkerken gebeurde.

Ze waren inmiddels in Duinkerken aangekomen, waar ze merkten dat de stranden deze middag iets minder vol waren, en op zee, in het diepe water, lag een groot konvooi Britse oorlogsschepen, torpedojagers en andere grote vaartuigen. Het waren versterkingen die waren aangevoerd na de enorme verliezen die de Royal Navy de laatste paar dagen had geleden. In de straten bevonden zich duizenden soldaten.

De hospitaalschepen dreven ook op zee en waren duidelijk gemarkeerd met grote rode kruisen. Niet dat dit embleem de Luftwaffe ervan weerhield hen regelmatig te bombarderen. De meeste patiënten aan boord kwamen om, evenals artsen, verpleegsters en bemanningsleden. Aan Britse zijde waren er in alle gelederen enorme aantallen slachtoffers. Het was hartverscheurend hoeveel gesneuvelden er waren.

Charlie wist dat de verliezen waren veroorzaakt door torpedo's van onderzeeërs, maar ook door vliegtuigen, en gevechten in de loopgraven. Helaas was de Royal Air Force zwaar gedecimeerd. Nadat ze hun laatste luchtmachtbasis in het Franse Merville waren kwijtgeraakt, moesten de vliegtuigen nu het Kanaal oversteken, wat veel meer vlieguren vergde. Maar ze waren wel opgewassen tegen de Stuka's.

Dit was een uiterst dodelijke oorlog, een die op land, op zee en in de lucht werd gevoerd, en wel tegen een verachtelijke man en zijn gewelddadige regime, het zogeheten Dritte Reich. Charlie wist dat ze tegen iedere prijs moesten winnen.

'Laten we naar de pier lopen,' opperde Joe, doelend op de aanlegsteiger van

Duinkerken. 'Ik ken iemand die voor viceadmiraal William Wake-Walker werkt en rond deze tijd vaak een wandelingetje maakt. Hij heet majoor Jack Remmington en is altijd een goudmijn van informatie.'

'Ik ken de admiraal van naam, maar heb hem nog nooit ontmoet,' zei Charlie. 'Hij gaat over het rechtstreekse vervoer vanuit Duinkerken, maar van majoor Remmington heb ik nog nooit gehoord.'

'Ik denk dat we wel het een en ander kunnen oppikken, wat nuttige informatie, als hij er is,' antwoordde Joe.

'Laten we hem gaan zoeken,' mengde Kenny zich in het gesprek. 'Ik zou graag willen weten of we vanavond echt vertrekken. Je weet maar nooit, misschien hebben ze ons verward met de Grenadiers.'

'Laten we niet ons motto vergeten: *Nulli secundus*. Zoals wij is er geen,' zei Charlie. 'Vanavond zitten we op een schip, je zult het zien… wees toch niet zo'n ongelovige thomas, Kenny. Wees als ik, een optimistische Olivier.'

'Die uitdrukking heb ik nog nooit gehoord,' zei Kenny.

Charlie lachte alleen maar.

Joe Wortley had gelijk gehad. Majoor Remmington stond op de steiger een sigaret te roken en naar zee te staren. Hij keerde zich om toen hij de mannen over de steiger hoorde lopen, en zijn gezicht klaarde op toen hij Joe zag.

Nadat ze elkaar warm begroet hadden, stelde Joe zijn kameraden aan hem voor. 'Dit is kapitein Charlie Stanton en dit is luitenant Kenny Bourne. Coldstreamers, net als ik. We komen nog één keer Duinkerken bekijken. Hopelijk gaan we vanavond weg.'

Remmington knikte. 'Ik denk dat –' Plotseling stopte hij, en al zijn aandacht was op zee gericht.

'Tjee, ik had nooit gedacht dat ik dit zou zien! Ik kan het haast niet geloven!' riep Remmington uit. 'Och, wat een prachtig gezicht… een genot voor het oog. Het is een mirakel.'

'Waar hebt u het over, *sir*?' vroeg Joe niet-begrijpend.

'Daar. Kijk daar verderop, sergeant.'

Joe volgde de blik van de majoor. Ook Charlie en Kenny deden dat, en ze hielden allemaal hun adem in en uitten kreten van verbazing en verwondering.

'Het is net een kleine vloot,' zei Kenny, nog vol verbazing.

'Maar dan wel een máchtige vloot,' verkondigde Charlie.

Majoor Remmington knikte en toen verscheen er een brede glimlach op zijn gezicht. 'Ze hebben gehoor gegeven aan het verzoek van admiraal Ramsay. Hij vroeg hen te komen. Hij zei: "Kom onze jongens van de stranden halen. Kom hen redden. Ze zitten vast in Duinkerken." En ze zijn gekomen. Om de jongens van het strand te halen... de burgers van Engeland, gewone burgerlieden die de oproep van de admiraal hebben gehoord en reageren.'

De majoor rechtte zijn rug. 'Zij zijn het... zij zijn het "groot" in "Groot-Brittannië"... de bevolking. Ónze bevolking.' Hij salueerde naar de kleine vaartuigen die langzaam op hen afkwamen.

Charlie zei: 'Ik kan het niet geloven, al die vaartuigen. Motorjachten, motorsloepen, vissersboten, plezierstoomboten, kano's, veerboten, kanaalboten, rubberbootjes, zelfs reddingsboten. Het is werkelijk een machtige vloot van boten en bootjes. Wat een mooi gezicht.

'En ze komen naar de pier. Ze kunnen gemakkelijk binnenvaren, het ondiepe water in. In tegenstelling tot de grote schepen, die dat niet kunnen. Zij kunnen onze troepen naar de schepen brengen die hen veilig naar huis zullen brengen,' zei majoor Remmington.

Terwijl de machtige kleine vloot dichterbij kwam, raakte Charlie ontroerd door wat hij zag, door wat dit buitengewone optreden betekende. Met een brok in zijn keel wendde hij zich af, even niet in staat iets te zeggen.

Uiteindelijk zei hij kalm: 'Deze doodgewone mensen hebben Engeland verlaten toen hun dat werd gevraagd, en het enige wat ze hadden was hun grote hart en alles wat varen kon. En varen deden ze. Recht deze hel hier in Duinkerken in. Om onze jongens op de stranden te redden – ze zijn helden, stuk voor stuk. Maar ze zullen onze eerbewijzen en dankbetuigingen wegwuiven. Ze zullen alleen maar bescheiden glimlachen en zeggen dat ze gewoon deden wat juist was.'

Later die avond, rond een uur of zeven, marcheerden het eerste en tweede bataljon van de Coldstream Garde de pier op, waar ze van de steiger van Duinkerken overgevaren zouden worden naar de grote schepen.

Toen ze langs een van de stranden kwamen, stonden Charlie en Kenny versteld van het aantal soldaten van andere regimenten dat daar stond te wachten. Rustig, ordelijk, geduldig. Gewoon in lange rijen. Te wachten, wachten en nog eens wachten. Op hun beurt. Doodmoe, gehavend en hoopvol.

'Die rij is wel acht kilometer lang,' mompelde Charlie tegen Kenny, die geen antwoord gaf. Hij kon zich alleen maar afvragen hoe de Royal Navy en al die kleine boten het voor elkaar konden krijgen om hen allemaal te redden.

Majoor Remmington en een aantal marineofficieren stonden op de pier te wachten en legden snel aan de eerste manschappen die naar voren kwamen uit hoe ze van plan waren de evacuatie te beginnen.

Er lag al een sloep aangemeerd, plus een van de boten van de burgervloot; het was een motorboot, bemand door de eigenaar, een accountant uit Dover, en twee van zijn vrienden. De boot heette The Flying Dutchman.

'Het gaat als volgt,' kondigde Remmington met heldere, luide stem aan. 'De sloep zal worden vastgemaakt aan de motorboot The Flying Dutchman, die hem zo dicht bij de steiger zal trekken als veilig is. De mannen gaan in de sloep en The Flying Dutchman trekt de sloep aar de grote schepen. De motorboot keert daarna terug om nog meer mannen op te halen. Maar ondertussen, terwijl de eerste mannen vertrekken, komt er een andere boot van de vloot met een sloep achter zich aan, en die doet hetzelfde. Ze lossen elkaar af, en dit heeft sinds we om vijf uur begonnen zijn goed gewerkt.'

Remmington maakte een grimas. 'Nou ja, er is in het begin wel een ongeluk gebeurd, toen er een sloep omsloeg vanwege de korte golfslag en veel wind. Maar sindsdien is het gladjes verlopen. Het weer is verbeterd. Geen wind en de zee is kalm.'

Ordelijk voer de ene groep Coldstreamers na de andere weg in de vastgemaakte sloep, en na een uur stapte Charlies peloton, mét Charlie en Kenny, in de sloep achter de motorboot. Joe Wortley en een ander peloton zouden vlak achter hen aan komen in een andere sloep zodra die arriveerde.

Toen ze zich op zee bevonden, keek Charlie om naar Duinkerken en schudde treurig zijn hoofd. De stad brandde fel, en er hing prikkelende rook in de lucht; er hing ook een geur van dieselolie, cordiet en nog iets wat hij niet thuis kon brengen. Toen hij het tegen Kenny zei, die naast hem zat, fluisterde deze: 'Bloed. Vele liters bloed van de doden en de stervenden.'

Kenny draaide zijn hoofd om en keek over de rand van de sloep. 'Ze drijven overal om ons heen. Kijk maar naar de zee – die is rood van het bloed.'

Charlie deed het en was stomverbaasd. Hij had vóór zich zitten kijken naar Duinkerken en hoe de stad in vlammen opging, en niet naar het water. Er kwam een gevoel van immense smart over hem toen hij al die Britse soldaten overal zag drijven, en toen begreep hij waarom de motorsloep een bepaalde snelheid had en niet zo snel voer als hij had verwacht. De kreten van de gewonde en stervende mannen deden zijn hart van verdriet samenknijpen. Wat een verspilling van levens.

Even later dook hij in elkaar toen de vliegtuigen van de Luftwaffe over hen heen scheerden en met machinegeweren de vloot van kleine bootjes en de grote schepen in de verte bestookten. Charlie wist dat de Duitsers eerder die week, op 29 mei, tien Britse schepen onder vuur hadden genomen, waarvan vijf in de haven. Drie grote aanvallen hadden er zeven uitgeschakeld. De schade en het aantal slachtoffers waren enorm geweest.

Toen de vliegtuigen dichter bij The Flying Dutchman kwamen, schreeuwde Charlie tegen Kenny en zijn mannen: 'Blijf laag! Die klotemoffen bombarderen de torpedojagers. En onze mannen die in de netten aan de zijkanten van de schepen klimmen. En ons.'

Diverse explosies deden de sloep en de motorboot heen en weer slingeren, maar hardnekkig en onverschrokken ploeterden de drie burgerlieden voort, vastbesloten om zo veel mogelijk reddingen te verrichten.

Het was 31 mei. Hij herinnerde zich ineens dat de reddingsoperatie op 1 juni voltooid moest zijn. De volgende dag al. Zouden ze het allemaal halen?

Onverwachts eindigde de luchtaanval en vlogen de vliegtuigen weg. The Flying Dutchman vermeerderde meteen vaart en voer verder de zee op, weg van alle lijken, de vele wrakstukken en de zinkende Britse schepen.

Toen hij aankwam bij een torpedojager met netten aan de zijkant waar de mannen in konden klimmen, was Charlie opgelucht. Zijn hele peloton was fysiek in goede staat, zij het behoorlijk moe. Hij wist dat ze zonder te veel moeite de netten in konden klimmen.

Charlie was blij toen hij Kenny en zijn peloton tegen de flank van de torpedojager op zag klauteren. Hij sloot zich bij hen aan en sprong van de sloep naar voren. Hij landde op de netten en klampte er zich met beide handen aan vast. Hij vond zijn evenwicht en begon zo snel hij kon omhoog te klimmen; hij was in een betere conditie dan hij had gedacht.

Toen gebeurde het. Vliegtuigen van de Luftwaffe keerden terug, beschreven een boog en vlogen op de torpedojager af; de machinegeweren begonnen op de soldaten in de netten te schieten. Gemakkelijke doelwitten.

Charlie wist dat hij in beide benen was geraakt. Hij voelde de kogels met een plof binnendringen en daarna was er pijn. Wanhopig probeerde hij zich zo goed mogelijk met zijn handen aan de netten op te hijsen; zijn benen waren nu nutteloos. Onverwachts zag hij het gezicht van een zeeman bezorgd op hem neerkijken.

'Problemen, maat?' riep de zeeman.

'Mijn benen. Ze zijn gewond. Kan ze niet gebruiken.'

'Probeer omhoog te blijven gaan. Ik ga hulp halen. We zullen de netten op moeten hijsen met jou erin. Hou vol.'

De meeste mannen vóór Charlie waren nu uit zijn deel van de netten verdwenen. Hij was alleen. Hij spande zich in om naar beneden te kijken, en met enige moeite lukte dat. Goddank waren er geen andere soldaten onder hem – dat betekende dat het gewicht op de netten niet zo groot was.

Plotseling was de zeeman er weer met nog zeven bemanningsleden. 'Grijp het net stevig vast!' riep de zeeman. 'We gaan dit gedeelte van de netten ophijsen. Ze zijn zwaar.'

Charlie voelde zijn krachten afnemen; hij wist dat hij het gevaar liep er af te vallen. Of dood te bloeden. Desondanks hield hij vol en bleef de netten vastgrijpen. Hij sloot zijn ogen en bad.

Acht sterke zeelieden kregen de netten in beweging, en langzaam haalden ze ze op naar de reling van het schip. Ten slotte wisten twee zeelieden Charlie beet te pakken en op het dek te krijgen.

'Het is ons gelukt!' riep een van de zeelieden uit.

'Bedankt,' mompelde Charlie zwak, en hij wist eraan toe te voegen: 'Kapitein Charlie Stanton, Coldstream Garde...' Daarna verloor hij het bewustzijn.

Onmiddellijk was er medisch personeel om hem heen, dat hem op een brancard tilde. Een van de artsen zei: 'Zijn broek is doorweekt met bloed. Laten we hem gauw naar de operatiekamer beneden brengen.'

Land van hoop en glorie

Land van hoop en glorie, moeder van vrije mensen,
Hoe zullen wij, die uit u geboren zijn, u prijzen?
Steeds verder zult u uw grenzen verleggen;
Moge God, die u machtig maakte, u nog machtiger maken,
Moge God, die u machtig maakte, u nog machtiger maken.

Thema uit *Pomp and Circumstance March No. 1* van Edward Elgar, tekst van A.C. Benson

Hoofdstuk 50

Operatie Dynamo, de codenaam voor de evacuatie van Duinkerken, eindigde op 4 juni 1940.

Bijna vierhonderdduizend Engelse en Franse soldaten waren van de stranden in Frankrijk gered. Het succes van de operatie was voornamelijk te danken aan de Royal Navy en de 222 schepen die ze hadden gebruikt, plus de kleine door dappere burgers bemande vloot, die ruim achthonderd diverse soorten vaartuigen telde. Het werd algauw als de mooiste en grootste evacuatie van troepen in de geschiedenis beschouwd. Iedereen in Engeland was verheugd.

Diezelfde dag sprak Winston Churchill het Lagerhuis en het volk toe. Eerst zei hij dat aan deze bevrijding niet de eigenschappen van een overwinning moesten worden toegekend. 'Oorlogen worden niet gewonnen met evacuaties,' zei hij.

Niet veel later deed zijn grote redenaarsgave zich in volle kracht gelden toen hij die zeer nobele woorden sprak, misschien wel zijn beroemdste, die zouden voortleven in de geschiedenis.

'We zullen niet verslappen of falen. We zullen doorgaan tot het einde, we zullen vechten in Frankrijk, we zullen vechten op de zeeën en oceanen, we zullen met toenemend zelfvertrouwen en toenemende kracht vechten in de lucht, we zullen ons eiland verdedigen, we zullen tegen elke prijs vechten op de stranden, we zullen vechten op de landingsbanen, we zullen vechten op de velden en in de straten, we zullen vechten op de heuvels; nooit zullen we ons overgeven.'

Churchill mocht dan, als de kleinzoon van de hertog van Marlborough, een aristocraat zijn, maar hij wist het gewone volk te raken. En hij begreep die allesoverwinnende geest die de Britten in het bloed zat.

Met name Diedre wist hoe briljant deze man was, zag hoeveel visie hij had. Alleen hij kon de westerse beschaving redden van het barbaarse kwaad van de nazi's; William dacht er net zo over.

Haar gedachten keerden terug naar haar werk terwijl ze het papier bekeek dat Tony Jenkins haar net had overhandigd. Er stond op: '*Seelöwe* ook vliegen. In juni.' Meer stond er niet. Ze staarde Tony aan en zei: "*Seelöwe*" is Duits voor "zeeleeuw". Zeeleeuw ook vliegen. In juni.' Ze fronste haar wenkbrauwen en riep toen uit: 'Duitser zal vliegen. In juni. Het is een waarschuwing. Ze kunnen ieder moment ons land binnenvallen.' Bij deze gedachte kreeg ze koude rillingen. Ze wierp een blik op de kalender op haar bureau. Het was donderdag 6 juni. 'Waar komt dit vandaan?' vroeg ze Tony ten slotte.

'Van onze contactpersoon in het Vaticaan. Ik ben er honderd procent zeker van dat het van Valiant komt.'

'Ik ook.' Diedre stond op en liep haar kantoor door. 'Kom, we gaan naar William.'

Even later las William het bericht en hij was het met hen eens. 'Ik kan maar beter gauw naar de premier gaan. Hij moet dit weten. Alhoewel ik geloof dat hij, met zijn enorm vooruitziende blik, allang verwacht dat de Wehrmacht ons land ieder ogenblik kan binnenvallen. Hij heeft er bij Lord Beaverbrook steeds op aangedrongen dat de productie van vliegtuigen en schepen wordt opgevoerd, en is voortdurend bezig geweest het land voor te bereiden op –'

'Beaverbrook heeft het beslist goed gedaan,' onderbrak Tony hem. 'De vliegtuigproductie is inderdaad opgeschroefd.'

'Ik kan maar beter even vragen of ik de premier kan spreken.' William pakte de hoorn van de haak. Diedre nam een stoel en ging zitten; Tony verontschuldigde zich en verdween.

Nadat William had gesproken met iemand die hij kende in het kantoor van de premier, stond hij op. 'Ik moet weg. Nú.' Hij glimlachte naar haar. 'Canaris zal altijd míjn held zijn, en ik weet dat je het met me eens zult zijn als ik zeg dat hij dapper is.'

'Inderdaad. Hij is buitengewoon geweest. Hij heeft altijd getracht ons wat tijd te gunnen om ons behoorlijk voor te bereiden op nare dingen die gaan gebeuren.'

Ze liepen samen de kamer uit. William kuste haar op de wang en zei: 'Tot gauw.'

Diedre keerde terug naar haar eigen kantoor en ging aan haar bureau zitten; ze dacht aan Wilhelm Canaris, hoofd van de Abwehr, de Duitse militaire inlichtingendienst; ze dacht aan zijn haat jegens Hitler en het Derde Rijk. Hij riskeerde werkelijk alles door de Britten te helpen, evenals velen van zijn collega's en een aantal Duitse generaals, die ook meenden dat Hitler Duitsland onherstelbare schade toebracht.

Ze dacht aan de verschrikkelijke aanval op Polen in september het jaar daarvoor, bijna een jaar geleden. Het Poolse volk was totaal verrast geweest toen de lucht zwart werd van de Duitse vliegtuigen, honderden vliegtuigen, en de straten vernield werden door de Duitse pantserdivisies. Polen was in nog geen drie weken tijd grondig verwoest. Enorme aantallen burgers waren afgeslacht, de katholieke kerk was monddood gemaakt en alle geestelijken waren in koelen bloede vermoord. In heel Polen was geen katholieke priester meer te vinden. Toen Hitler had verklaard: 'De enige god die wij willen is Duitsland,' had hij het gemeend. Ook verdwenen waren de aristocratie, de intelligentsia, iedereen die enig talent had op welk vakgebied dan ook, iedereen van enig kaliber.

Daarom hebben wij Duitsland de oorlog verklaard, dacht Diedre. En wat had het uitgehaald? Nu waren zij aan de beurt. Ze wist dat Canaris zo verbijsterd, ontzet en ziek was geweest van wat hij met eigen ogen in Polen had aanschouwd, dat hij echt ziek was geworden. En zijn haat jegens Hitler was alleen maar gegroeid...

Er werd zacht op de deur geklopt, en Tony kwam binnen. 'Ik heb iets bedacht,' zei hij. 'Heb je even?'

Ze knikte. 'Ik zat net te denken aan wat er vorig jaar september in Polen is gebeurd, en aan het feit dat Hitler alle katholieke priesters heeft laten vermoorden en de katholieke kerk volledig heeft laten vernietigen. Logisch dat het Vaticaan zo anti-Duits is.'

'Dat ben ik met je eens; maar niet veel mensen weten dat. Toen ik onlangs in Spanje was, maakte Valiant een terloopse opmerking. Toen de kardinalen Pacelli tot paus kozen, zei hij, hadden ze die kandidaat gekozen die de beste politicus was, en een intelligent staatsman.'

'Dat verbaast me niets, en er is ook een geheime dienst binnen het Vaticaan. We weten dat omdat we ermee te maken hebben.'

Tony zei: 'Enfin, die opmerking was weggezakt, maar zojuist schoot ze me weer te binnen..'

'Ik ben blij dat je het me hebt verteld. Het lijkt niet zo'n belangrijke opmerking van Canaris, maar ik denk daar anders over. Hij vertelde ons hoe we tegen paus Pius XII moeten aankijken... hij is een medestander.'

Tony glimlachte. 'De paus zal Hitler bestrijden, ook al doet hij dat indirect.'

'Dat zal hij zeker doen. Dat moet wel als hij wil winnen. De nazi's willen zijn kerk over de hele wereld te gronde richten. Hij zal haar uit alle macht verdedigen, wat het ook kost.'

'Ik heb het gevoel dat de Heilige Stoel een broeinest van intriges is,' zei Tony. 'Maar het lukt hun in ieder geval een goede koeriersdienst voor ons te zijn.'

'Inderdaad. Heb je al iets van Étoile gehoord? Heeft ze alles in orde kunnen brengen?'

'Grappig genoeg ben ik een uur geleden door haar gebeld. Ze is helemaal gesetteld in Annecy, dat dicht genoeg bij de grens ligt als ze er snel vandoor moet. Het gaat prima met haar.'

Diedre was blij te weten dat Étoile, haar belangrijkste pion in Frankrijk, nu in Annecy vlak bij de Zwitserse grens was. Maar afgaande op het huidige verloop van de oorlog in Frankrijk, was het misschien beter voor haar om verder naar het zuiden af te zakken. Ze zou in het weekend over die situatie nadenken. De Wehrmacht vocht rond Duinkerken tegen de Fransen, en de Britten hadden troepen achtergelaten om hun bondgenoot bij te staan in de strijd. De Provence was hoogstwaarschijnlijk een goede plek voor Étoile.

Émeraude, haar andere pion, was in Parijs gebleven, waar hij familie had; ze maakte zich om hem geen zorgen. Voorlopig niet.

Onverwachts dook er een totaal ander onderwerp op in haar gedachten. Kende Canaris paus Pius XII persoonlijk? Of was wat hij tegen Tony had gezegd slechts een terloopse opmerking geweest? Eerst had ze gedacht dat het gewoon een bericht voor haar was, dat de paus in principe een van hen was. Maar hoe kon Canaris dat weten als hij de paus niet persoonlijk kende?

Ze had een goed geheugen; het had haar altijd goed gediend, en nu keek ze terug naar het voorjaar van het jaar daarvoor, 1939. Als ze het goed had, was kardinaal Eugenio Pacelli ergens in maart of april tot de nieuwe paus van Rome gewijd. Hij was een Romein, geboren en getogen, dat wist ze. En toen hij tot paus werd gekozen, was hij als kardinaal staatssecretaris van Vaticaanstad geweest.

Zo ver reikte haar kennis zo'n beetje. Ze stond op, liep Tony's kantoor naast haar binnen en vroeg: 'Kent Canaris de paus persoonlijk?'

'Dat weet ik niet. Maar daar kan ik wel achter komen. Ik kan een beetje gaan spitten,' antwoordde Tony, en hij gebaarde naar een stoel.

'In wiens tuin? We moeten voorzichtig zijn,' zei ze terwijl ze ging zitten.

'Die van mijn neef. Van vaderskant. Zijn moeder is katholiek en hij is katholiek opgevoed – sterker nog, hij is een priester.'

'En ik maar denken dat alle Welshmen iedere zondag naar hun non-conformistische kerk gaan en daar uit volle borst zingen, zodat het klinkt als een klok.'

Tony was zo beleefd te lachen. 'Ik kan hem bellen als je dat wilt.'

'Dat is een goed idee.'

'Wat moet ik hem precies vragen? Ik kan moeilijk over Canaris beginnen.'

'Nee, dat zou onverstandig zijn. Zeg maar dat je voor je baas iets over de paus moet schrijven en vraag of hij iets weet wat jij nog niet weet. Misschien iets ongewoons. Of iets unieks, iets bijzonders. Misschien een paar interessante nieuwtjes, om het stukje wat jeu te geven. Toe maar, pak de telefoon. Doe het nu,' zei Diedre gretig.

Tony's nieuwsgierigheid was gewekt door haar belangstelling voor deze zaak, en hij deed wat ze voorstelde. Hij belde zijn neef en even later zei hij: 'Dag, Ivor. Je spreekt met Tony. Hoe is het ermee?'

Na een babbeltje kwam Tony ter zake. 'Moet je horen, ik zou je hulp kunnen gebruiken, daarom bel ik je eigenlijk. Ik moet iets voor mijn baas schrijven. Over jouw baas. Daar bedoel ik paus Pius XII mee. Ik heb wat achtergrondgegevens nodig, iets unieks, misschien een leuk verhaal, om het stuk een beetje pikanter te maken.'

Hij luisterde naar zijn neef en begon toen te lachen. 'Tja, ik weet dat je over hém niets pikants zou weten. Misschien iets ongewoons… een hobby? Heeft hij bijvoorbeeld wel eens reizen naar het buitenland gemaakt?'

Aan de andere kant van de lijn, in Cardiff, riep Ivor uit: 'Ja, natuurlijk. Hij is ooit naar Amerika geweest!'

'Amérika! Mijn hemel, wat interessant, en is de paus nog in andere landen geweest?'

'In Duitsland, dat weet ik wel, want hij heeft daar ambten bekleed,' verklaarde Ivor, met een tikkeltje trots in zijn stem.

'Ambten? Waar in Duitsland?' vroeg Tony, Diedre aankijkend.

Ivor reageerde weer onmiddellijk. 'Hij zat in München, iets officieels, als ik me niet vergis. Hij is ook nuntius in Berlijn geweest aan het eind van de jaren twintig – maar verder weet ik niet zoveel, hoor.'

'Nou, bedankt, kerel. Dit is iets waar ik mee verder kan, en als je nog iets te binnen schiet, bel me dan dit weekend thuis even. En nogmaals bedankt.'

Tony zei tegen Diedre: 'Toen hij kardinaal Pacelli was, was de paus nuntius in Berlijn aan het eind van de jaren twintig. Dat vertelde mijn neef me zojuist. Dat is interessant, hè?'

'Ja, en misschien heeft hij zo Valiant leren kennen. Toen hij in Berlijn zat. Ik denk dat kardinaal Pacelli tijdens zijn eerdere functies allerlei hoge pieten heeft leren kennen. Je zou nog een beetje door kunnen spitten. Met een heel discrete spade.'

'Mag ik vragen waarom je zo in deze zaak geïnteresseerd bent?' Tony trok een wenkbrauw op.

'Ik wil graag weten wat voor relaties mensen hebben, wie hun vrienden zijn. Dat zegt me veel. Vergeet niet dat Canaris Franco kent – en heel goed kent, voor zover we hebben kunnen vaststellen. Onze vriend schijnt te denken dat hij zoveel invloed op Franco kan uitoefenen dat hij Spanje neutraal kan houden.'

'Daar hoef je me niet aan te herinneren. Valiant heeft nu het luisterend oor van El Caudillo én de paus, en...' Hij stopte toen er op de deur werd geklopt. William Lawson kwam snel binnen en sloot de deur achter zich.

'En, hoe was het met de premier?' vroeg Diedre.

'Strijdvaardig. Hij betuigt mijn afdeling zijn dank... jullie tweeën, dus. Ik heb hem het bericht laten lezen en onze theorie uitgelegd, en hij leek het met me eens te zijn.' William ging op de stoel naast die van Diedre zitten.

'Vroeg hij nog hoe je aan de informatie kwam?' Tony keek William strak aan, hem aandachtig opnemend.

'Niet echt, nee. Hij zei: "Een goede bron?" En ik zei ja. Ik voegde eraan toe dat het bericht van het Vaticaan kwam, en hij knikte... keek me heel nadrukkelijk aan, alsof hij alles van spionnen in het Vaticaan weet. Hij wilde weten of hij het door mocht geven aan "C" bij MI6, en dat vond ik uiteraard goed.'

'En, heeft hij Menzies gebeld?' zei Tony.

'Inderdaad, ja. Waar ik bij was. Hij zei tegen C dat ik bij hem zat en legde uit waarom. MI6 had geen informatie over zeeleeuwen. Dat zei C blijkbaar. Maar hij zei ook dat hij het zou onderzoeken. En wel meteen. Voor ik vertrok zei de premier dat hij vermoedde dat de Duitsers over ongeveer een maand zouden proberen ons land binnen te vallen. Toen ik hem vroeg of die datum officieel was, schudde hij zijn hoofd, zei dat het een kwestie van intuïtie was. Hij voegde eraan toe dat Hitler eerst Frankrijk moest afhandelen voordat hij ons kon aanvallen.'

'Dat klinkt wel juist, Will, want meestal waarschuwt Valiant ons een maand van tevoren,' zei Diedre zacht.

Hoofdstuk 51

Daphne zat aan haar bureau in de serre een lijst door te nemen met dingen die ze vandaag moest doen. Het was een zonnige ochtend in juni en terwijl het zonlicht naar binnen viel, voelde ze iets kriebelen… ópluchting, ja, dat was het. Het voelde goed hier in deze kamer te zijn die ze jaren geleden tot de hare had gemaakt. Want het was normaal, een dagelijks gebeuren, nu ze Cavendon weer hielp runnen, hier achter het bureau dat ze altijd haar commandopost had genoemd. Druk bezig zijn hielp haar haar zorgen te verdrijven, al was het maar even…

'Daphne!'

Ze schrok van Hugo's stem en keerde zich om in de stoel. Haar man kwam snel de kamer binnenlopen, en ze stond meteen op. Hij zag krijtwit, en de geschokte uitdrukking op zijn gezicht maakte haar bang.

'Wat is er?' riep ze, op hem afrennend. 'Wat is er aan de hand? O, mijn god! Nee, niet Charlie! Hij is toch niet dood?' Terwijl ze sprak begon ze over haar hele lichaam te beven.

'Nee!' riep Hugo uit. 'Nee, niet dood. Maar hij is zwaargewond. We hebben net deze brief van het leger ontvangen.' Hij liet haar de envelop zien en vervolgde: 'Charlie is in Duinkerken gered, maar hij is in beide benen geschoten. Het zijn ernstige verwondingen.' Hugo zweeg even, slikte en zei toen met beverige stem: 'Ze hebben zijn linkerbeen moeten amputeren.'

'O, god, nee! Nee, niet Charlie. O, mijn god. Nu is zijn leven geruïneerd.'

Hugo pakte haar vast en trok haar in zijn armen. 'Ik weet dat het verschrikkelijk is. Maar hij heeft nog één been, en ze zeggen dat het goed zal genezen. Zijn leven is niet geruïneerd, dat verzeker ik je. Als ik Charlie een beetje ken, zal hij de uitdaging aannemen.'

'Maar wat moet hij doen? Hoe moet hij lopen? Met krukken?' Ze keek hem door een waas van tranen aan.

'Alleen maar in het begin,' antwoordde Hugo, in een poging haar te kalmeren, ook al was hij zelf helemaal van zijn stuk. 'Zodra het goede been geheeld is, zal er een kunstbeen worden aangemeten, en die schijnen heel goed te zijn.'

Op dat moment kwam hun dochter Annabel de serre in; ze was op zoek naar Daphne, en toen ze zag dat haar ouders van streek waren, rende ze op hen af en omklemde haar moeders arm. 'Is Charlie dood?' vroeg hun jongste kind met tranen in de ogen en altijd het ergste in deze oorlog verwachtend.

Hugo en Daphne keken elkaar ontzet aan en vermanden zich onmiddellijk, waarna Hugo met klem zei: 'Nee! Nee, hij is niet dood, Annabel, goddank. Hij is zwaargewond, maar hij leeft, en dat is fantastisch. Hij lééft!'

Vervolgens legde Hugo Annabel uit dat zijn linkerbeen boven de knie was afgezet omdat er gangreen in was ontstaan en dat dat snel voortwoekerde. Gelukkig had de legerchirurg zijn rechterbeen kunnen redden. Hij was aan het herstellen in een militair hospitaal, waar hij de juiste medische zorg en aandacht kreeg.

Annabel had aandachtig geluisterd en vroeg: 'Wanneer zal hij naar huis kunnen komen?'

'Pas over een paar maanden,' antwoordde Hugo. 'Het geamputeerde been zal moeten genezen en daarna zal hem een kunstbeen worden aangemeten. Ik heb gehoord dat die uitstekend zijn.'

'Als ik Charlie een beetje ken, zal hij daar goed mee overweg kunnen,' zei Annabel, haar vader en toen haar moeder toelachend. 'Zal ik vragen of Lane thee voor ons zet?'

'Goed idee, schat,' zei Daphne; ze had haar kalmte weten te herwinnen. Ze keerde zich naar Hugo en vervolgde: 'Laten we op de bank gaan zitten om over Charlies toekomst te praten. Hij zal immers wel kunnen schrijven, zelfs bij een krant kunnen werken, misschien, zoals hij altijd heeft gewild.'

Hugo keek zijn vrouw aan en knikte; hij was enorm trots op haar. Daphne wist zich altijd te redden, wat er ook gebeurde.

Sinds die dag begin juni had Daphne elke avond God gedankt dat hij hun oudste zoon had beschermd, dat hij zijn leven had behoed. Charlie had hun ten slotte een opgewekte brief geschreven. Hij had erin uitgelegd dat hij na verloop van tijd een kunstbeen zou krijgen. Deze fantastisch vervaardigde benen waren licht van gewicht, had hij gezegd, en hij wist dat hij goed zou leren lopen wanneer het eenmaal om zijn middel was gegespt. Hij zou weer mobiel worden, had hij hun in zijn brief verzekerd.

Zij en Hugo wisten dat het verlies van een been voor een jonge man iets verschrikkelijks was. Maar het was gebeurd, en Charlie aanvaardde zijn lot. Zij en Hugo wisten dat het zijn positieve instelling niet zou veranderen of hem zou stuiten in zijn vaart. Daar waren ze zeker van, net als de rest van de familie.

Het was midden juni en nog steeds waren de nazi's hun land niet binnengevallen, maar dat zou spoedig gebeuren. Het land was goed voorbereid. En Cavendon was dat ook.

Ook Harry Swann had een oproep ontvangen, en hoewel hij nu tweeënveertig was, had hij ervoor gekozen zich aan te melden bij de Royal Air Force. Hij vloog niet, maar bemande de zo belangrijke radarpost op een vliegveld in het zuiden, samen met de vrouwen van de WAAF. De Women's Auxiliary Air Force mocht niet vliegen, hoewel velen van hen piloot wilden zijn. Te gevaarlijk, had de legerleiding gezegd. En daarmee was de kous af.

Miles had vrijstelling, omdat hij een landgoed beheerde waar landbouw werd bedreven; de meeste jongemannen op Cavendon waren de oorlog in gegaan, maar ze waren vervangen door de lieftallige meisjes van het Land Army – het Landarbeidstersleger. Deze jonge vrouwen hielpen Miles en werkten hard; de vrouwen uit de drie dorpen droegen zoals gewoonlijk ook hun steentje bij, en het Women's Institute draaide op volle toeren. Ze verzorgden de moestuinen, weckten fruit en groente, maakten jam, breiden sokken en bivakmutsen voor de troepen en deden hun best om iedereen vrolijk te houden.

We boffen dat we op het platteland wonen, dacht Daphne plotseling. We kunnen gemakkelijker aan voedsel komen dan de mensen in de steden nu er schaarste begint te heersen en er bonnenboekjes zijn en de mensen in de rij moeten staan. De oudere mannen die nog op het landgoed werkten, vingen vis, schoten vogels en konijnen; anderen hielden kippen. Voornamelijk voor de eieren, maar vaak verdwenen ze uiteindelijk in de pan. Haar vader had er vanaf het begin van de oorlog steeds op gestaan dat alle inwoners van de drie dorpen hun eerlijke deel kregen van alles wat op hun land werd verbouwd, en het werd iedere week door Alice en Evelyne verdeeld.

Papa. Denkend aan hem verbaasde ze zich er nog steeds over dat hij plotseling hernieuwde kracht had gekregen. Het was gebeurd nadat Charlotte haar been had gebroken en hij zich geroepen voelde voor haar te zorgen. Ze herinnerde zich dat hij meteen zijn schouders eronder had gezet en de leiding op zich had genomen. Het zou hem goeddoen dat hij dit weekend de familie om zich heen had. Reizen was in deze tijd niet gemakkelijk. Maar Diedre en William kwamen vanavond uit Londen; DeLacy en Dulcie waren al op Cavendon en controleerden de opgeslagen schilderijen, en James zou morgen arriveren vanuit Catterick Camp, waar hij meedeed aan een propagandafilm voor het leger.

Het geluid van voetstappen onderbrak haar gedachtegang, en ze draaide haar hoofd om. Tot haar grote genoegen zag ze Mrs. Alice de kamer in komen; ze sprong op en begroette haar. Ze waren al jarenlang dikke maatjes. Daphne zou nooit vergeten dat het Alice Swann, Cecily's moeder, was geweest die haar leven had gered en haar voor de waanzin had behoed toen ze zeventien was.

Na een warme omhelzing zei Alice: 'Ik heb fantastisch nieuws, Lady Daphne. Evelyne heeft me zojuist verteld dat Kenny buiten gevaar is. De operatie aan zijn rug is succesvol verlopen. Ik ben meteen hierheen gerend om het u te vertellen.'

'Dat is fantastisch nieuws, Mrs. Alice, ik zal vanavond Charlie schrijven. Hij zal het heerlijk nieuws vinden. Kenny wordt beter. Hij heeft zich zorgen gemaakt sinds ze na Duinkerken gescheiden raakten.'

Alice zei: 'Doe Mr. Charlie de hartelijke groeten, *m'lady*.'

Daphne knikte en ging aan haar bureau zitten. Ze gaf aan dat ook Alice moest gaan zitten, wat ze deed, en Alice zei: 'Er zijn nog een paar dingen waar ik het graag over zou willen hebben, Lady Daphne. Allereerst Lady Gwendolyn. Ik denk eerlijk gezegd dat ze de nieuwe huishoudster, Mrs. Raymond, niet aardig vindt. Het is zo moeilijk om aan huishoudelijke hulp te komen, maar Lady Gwendolyn zou niet zonder kunnen. Dat is de indruk die ze me geeft. Daarom vroeg ik me af of Peggy Swift misschien belangstelling zou hebben. Ach, ik had moeten zeggen: Peggy Lane.'

Daphne lachte. 'Ik maak aldoor dezelfde fout. Ik kan het Peggy vragen, misschien wil ze ons uit de brand helpen. Maar ik denk wel dat het van Gordon afhangt. Nu hij hier meer huishoudelijke taken op zich heeft genomen, zou het kunnen zijn dat hij niet wil dat zijn vrouw gaat werken.'

'Dat zei Walter ook al,' bekende Alice. 'Maar we kunnen het toch proberen?'

'Hoe gaat het met oudtante Gwen?' vroeg Daphne.

'Ik hou een oogje in het zeil, en het gaat vrij goed, vooral nu het warmer weer wordt. Maar...' Aarzelend hield Alice op.

'Maar?' vroeg Daphne snel, haar voorhoofd fronsend. 'Gaat het niet goed met haar?'

'Ze is nog zo'n beetje hetzelfde, maar ik heb de afgelopen week een verandering in haar opgemerkt, *m'lady*. Ze zit veel te dagdromen, heb ik de indruk. Dan zit ze in haar stoel voor zich uit te staren... dan is ze ver weg en zie je dat ze echt oud is.'

'Ik weet het. En ik waardeer het dat u iedere dag bij haar langsgaat. Ze heeft me verteld dat ze erg van uw bezoekjes geniet.'

'Ik wil u nog iets anders vertellen, Lady Daphne,' begon Alice, en toen hield ze abrupt op, alsof ze naar woorden zocht.

Daphne zei: 'Hou niet weer op. Vertel me alsjeblieft wat er is. Ik zie aan uw gezicht dat er een probleem is.'

'Ik weet niet zeker of het een probleem is. Zoals u weet werd me een paar dagen geleden gevraagd voor een nieuwe evacuee te zorgen. Het meisje dat bij ons verbleef, ging terug naar Liverpool. Het nieuwe meisje is lief. Ze heet Victoria en ze is verlegen, een beetje teruggetrokken, nogal stil. Enfin, ik zag haar gisterenavond voor het eerst zonder kleren, en ik schrok. Ze heeft op haar lichaam flink wat sporen van blauwe plekken. Ik denk dat er fysiek geweld tegen haar is gebruikt, *my lady*, op de vorige plek.'

Daphne schoot overeind in haar stoel en vroeg: 'Hebt u iets tegen haar gezegd?'

'Nee. Het drong plotseling tot haar door dat ik de blauwe plekken had gezien, en ze sloeg een handdoek om zich heen en keek me eigenaardig aan. Alsof ze zich schaamde. Ze was in bad geweest.'

Daphne zei: 'Zeg niets tegen haar; sla er geen acht op en gedraag u heel gewoon. Wat u moet doen is haar het gevoel geven dat ze welkom en veilig is, haar op haar gemak stellen, dan neemt ze u uiteindelijk misschien in vertrouwen. U moet niet over de blauwe plekken beginnen.'

'Nee, dat zal ik niet doen,' verzekerde Alice haar.

De komst van Lord Mowbray maakte een eind aan het gesprek tussen Daphne en Mrs. Alice, die, na de graaf een goede ochtend te hebben gewenst, zich verontschuldigde en vertrok.

'Ik spreek u later nog, Mrs. Alice,' mompelde Daphne, en ze stond op om haar vader te omhelzen.

Ze stapte achteruit en zei: 'Goed nieuws, papa. Het komt goed met Kenny. De operatie aan zijn rug is geslaagd, en hij zal weer kunnen lopen. Uiteindelijk... Mrs. Alice heeft net het nieuws van zijn moeder gekregen.'

'Dat is zeker goed nieuws,' antwoordde Charles Ingham, en hij pakte haar arm. 'Laten we een eindje gaan wandelen. Het is zo'n mooie dag.'

'Ja, natuurlijk, papa.' Ze keek hem steels aan, want ze had een vreemde klank in zijn stem bespeurd. Bedroefdheid? Spijt? Of teleurstelling? Ze wist het niet goed.

Toen ze eenmaal buiten waren, zei hij: 'Laten we naar het meer gaan, Daphne. Ik voel de behoefte mijn benen te strekken en wat frisse lucht in te ademen. Engelse lucht. Vandaag heeft de rest van de wereld voor mij een vieze geur.'

Ze keek naar hem op en vroeg snel: 'Wat is er? U klinkt teleurgesteld, zelfs een beetje... verbítterd.' Toen hij niet reageerde, zei ze rustig: 'Dat is niets voor u, papa. Verbitterd is een woord dat ik nog nooit met u geassocieerd heb.'

Hij bleef staan, keerde zich om en keek haar aan. Zijn mooie Daphne, die altijd zoveel vreugde in zijn leven had gebracht, vele malen zijn houvast was geweest. Haar grote schoonheid was er nog steeds, scheen sommige mensen bijna delicaat, fragiel toe. Toch wist hij dat ze een ijzeren wil had en een ruggengraat van staal. Ze liet zich door niets verslaan. En haar stoïcisme en moed nadat ze had vernomen dat haar zoon zo zwaar verwond was dat er een been afgezet moest worden, waren heel bijzonder geweest.

Hij reageerde niet echt op haar opmerking, maar vervolgde: 'De Britten hebben zo hard gevochten om de Fransen te helpen de Duitsers terug te dringen en te verslaan toen ze Frankrijk binnenvielen, en Duinkerken was een schitterende evacuatie. Duizenden Franse soldaten werden gered...' Er ontsnapte hem een lange zucht, en hij zei: 'Het zijn de Fransen die me hebben teleurgesteld...' Hij maakte zijn zin niet af.

Daphne schrok van zijn woorden. Ze riep uit: 'Mijn god, u wilt toch niet zeggen dat de Fransen zich hebben overgegeven? We hebben daar toch troepen?'

'Ja. Het tweede Britse expeditieleger is daar. En nee, ze hebben zich niet overgegeven. Maar ze hebben luid op ons afgegeven en gezegd dat wij ons hebben teruggetrokken zonder het tegen hen te zeggen, dat zij het strijdgewoel in zijn gegaan en dat wij de Franse troepen hebben achtergelaten op de stranden. Dat hebben we ook, evenals een deel van de Britse troepen. Maar verraden hebben we hen zeker niet, zoals ze suggereren.'

'De pot verwijt de ketel dat hij zwart ziet. Hugo zei dat veel van onze soldaten die van de stranden zijn gekomen, hebben geklaagd over de manier waarop de Franse soldaten zich gedroegen.'

Heel onverwachts lachte hij en trok haar naar zich toe. 'Mijn lieve, praktische, nuchtere dochter. Wat je zegt is: vergeet het papa. Het is allemaal om het even.'

Daphne lachte met hem mee en stak haar arm door de zijne. 'Dat klopt. We hebben belangrijkere zaken om over na te denken. Charlie, wanneer hij thuiskomt, om maar wat te noemen. Wij zullen er voor hem moeten zijn, maar ik weet dat dat ook zal gebeuren.'

'De hele familie zal hem steunen, wees maar niet bang.'

Hij zweeg even. 'Wat boffen we toch dat we zo'n sterke en liefdevolle familie hebben, wij Inghams, ondersteund door de Swanns.' Zijn gezicht stond nadenkend. 'Laten we bidden dat het ons in deze vreselijke tijd zal blijven meezitten.'

Later die dag, vlak voor het avondeten, ging Daphne op zoek naar haar vader. Ze had met de middagpost een brief van Charlie ontvangen en wilde de inhoud met hem delen.

Ze liep gehaast de gang op de slaapkamerverdieping door en klopte op de deur van zijn kleedkamer. Charlotte deed onmiddellijk open en legde een vinger tegen haar lippen.

Ze liet Daphne binnen en wees naar Charles, die bij de ladekast stond te luisteren naar wat de nieuwslezer van de BBC tijdens het nieuws van zes uur zei.

'Eerder deze avond is het Duitse leger Parijs in getrokken zonder dat er één schot is gelost. Generaal Bogislav von Studnitz voerde de Duitse 87ste infanteriedivisie aan en leidde die door vrijwel verlaten straten. Sommige burgers waren achtergebleven en stonden te huilen, als trieste getuigen van deze tragische gebeurtenis. Anderen waren gevlucht, samen met de regering van Monsieur Paul Reynaud.'

Charles zette de radio af. Zowel Charlotte als Daphne had de boze uitdrukking op zijn gezicht opgemerkt.

Charlotte sprak als eerste. 'Betekent dit dat de Fransen zich hebben overgegeven, Charles?'

'Ik denk het niet. Maar dat zullen ze wel gaan doen. Daar twijfel ik niet aan.'

'Dus ze zijn gewoon gevlucht?' vroeg Daphne, haar vader strak aankijkend. 'Zullen de Fransen nu als lafaards beschouwd worden?'

'Sommige mensen zullen dat misschien vinden, Daphne, maar zelf denk ik dat niet, hoewel het me droevig maakt dat ze de stad hebben verlaten. Het is waarschijnlijk zo dat de regering, evenals veel Parijzenaars, is vertrokken om Parijs, hun prachtige lichtstad, te redden. Door de hele stad leeg achter te laten zodat de Duitsers hem zo over konden nemen, hebben ze hoogstwaarschijnlijk vuurgevechten en explosies en algehele verwarring voorkomen, en ook de vernieling van een aantal van de mooiste gebouwen ter wereld.'

'Geloof je dat werkelijk, lieveling?' zei Charlotte, terwijl ze ging zitten en haar man bedachtzaam aankeek, omdat ze even daarvoor die boze uitdrukking had opgemerkt. Zijn gezicht was altijd zo expressief.

Het was lang stil voordat hij eindelijk zei: 'Dat wil ik denken… het is veruit te prefereren boven het overwegen van andere motieven of redenen voor hun plotselinge vlucht, hun desertie, vind je ook niet?'

Charlotte knikte instemmend. 'Ja. En ik denk dat we meer te weten zullen komen als we straks naar het nieuws van negen uur luisteren. Ondertussen moeten we maar naar beneden gaan. Ik weet niet hoe het met jou zit, Daphne, maar ik zou wel een cocktail lusten. Bij hoge uitzondering heb ik behoefte aan een drankje.'

Na het diner ging iedereen naar de bibliotheek om naar het nieuws van negen uur te luisteren, en naar de toespraak van de premier. Het was een ritueel geworden, een ritueel dat geen van hen zou willen missen. Wanneer ze die onnavolgbare, bulderende stem met zijn unieke cadansen hoorden, werden ze altijd opgevrolijkt en gesterkt in de vastberaden wil om te winnen.

Een paar avonden later verzamelden ze zich weer, deze keer om de premier een heel speciale toespraak te horen houden nadat Frankrijk zich aan de Duitsers had overgegeven.

Het was griezelig stil in het vertrek toen ze luisterden naar wat Winston

Churchill te zeggen had. Toen deze het einde van zijn toespraak naderde, ging Charles dichter bij de radio zitten, wachtend tot de laatste zinnen werden uitgesproken. Hij vond de slotwoorden altijd de beste, de ontroerendste.

Churchills stem werd dieper toen hij na een korte stilte zei: 'Wat generaal Weygand de Slag om Frankrijk noemde, is voorbij. Ik verwacht dat de Slag om Groot-Brittannië binnenkort gaat beginnen. Van deze slag hangt het voortbestaan van de christelijke beschaving af. Van deze slag hangt ons eigen Britse bestaan af, de lange voortzetting van onze instellingen en ons wereldrijk. Alle razernij en macht van de vijand zullen zeer spoedig tegen ons gericht zijn. Hitler weet dat hij ons op dit eiland zal moeten breken, want anders verliest hij de oorlog. Als wij hem kunnen weerstaan, zal heel Europa vrij kunnen zijn en zal het leven van de wereld voorwaarts kunnen gaan naar een uitgestrekt, zonnig hoogland. Maar als we falen, zal de hele wereld, inclusief de Verenigde Staten, inclusief alles wat we gekend en gekoesterd hebben, verzinken in de afgrond van een nieuwe donkere tijd, die nog sinisterder wordt, en misschien nog langer duurt, door het licht van een verdorven wetenschap. Laten we daarom de schouders onder onze plichten zetten en ons zo gedragen dat, als het Britse Rijk en de Gemenebest duizend jaar bestaan, de mensen nog zullen zeggen: "Dit was hun glorietijd."'

Niemand sprak, en verschillende Inghams huilden stilletjes, zo aangedaan waren ze door de woorden van hun leider. En hun geloof en vertrouwen in hem raakten diep verankerd in hun geest, en ze zouden alles doen om de overwinning die Churchill hun voorhield zeker te stellen.

Hoofdstuk 52

Zandzakken om de hoofdingang van het Dorchester, dacht Cecily, toen ze ze zag bij het betreden van het hotel in het gezelschap van Hugo. Stel je voor. Nu ja, het was oorlog.

Terwijl ze door de grote lobby van het hotel liepen, riep Hugo uit: 'Goh! Wat een activiteit. En ik maar denken dat iedereen in Londen in kelders zit te schuilen. Dat had ik helemaal mis.'

Cecily lachte. Ze hield van Hugo; hij was een van de besten, en hij was naast Miles altijd de man in de familie geweest op wie ze bouwde. Haar lieve Miles. Hij had niet gewild dat ze deze week naar Londen ging vanwege de escalerende oorlog, maar hij had de hand over zijn hart gehaald toen ze hem haar geheim had verteld. Ze was drie maanden zwanger en ze had de volgende ochtend een afspraak met haar arts. 'Maar vertel het alsjeblieft nog aan niemand in de familie.' Hij had het begrepen en beloofd niets te zeggen. Maar toen ze in bed lagen, had hij haar dicht tegen zich aan gehouden. Hij had zijn opwinding niet kunnen verbergen, en ze hadden erover gespraat totdat ze in slaap vielen. Ze hadden na haar miskraam lang geprobeerd nog een kind te krijgen, en ze wist dat hij even opgelucht was als zij dat ze zwanger was geraakt. Ze was nu negenendertig, en dit was hun laatste kans. Althans, zo zag zij het. Miles had er schoorvoetend mee ingestemd dat ze naar Londen ging, omdat Hugo met haar mee zou reizen. Hij zou ook in hun huis in South Street logeren, en ze zouden samen voor het weekend terugreizen naar Cavendon. Hugo had de komende twee dagen een paar belangrijke zakenbesprekingen.

In de ruime lobby van het hotel was het een drukte van belang. Er stonden mensen te kletsen en er liepen mensen naar de befaamde Grill Room. Er waren kruiers en piccolo's druk bezig met hun werk, en er waren bedienden aan de balie die rinkelende telefoons opnamen. Het mocht dan druk zijn in het hotel, maar dat was het ook in Londen. Cecily had dat een aantal weken geleden al gemerkt toen zij en Miles in de stad waren. Het wemelde er van de militairen – gewone soldaten en officieren, en mariniers – en veel buitenlanders, van wie sommigen chic gekleed waren en anderen eruitzagen als vluchtelingen.

Maar geen piloten van de RAF. Die waren in de lucht strijd aan het leveren tegen de Luftwaffe. De slag om Groot-Brittannië was op 10 juli begonnen, en het was nu 24 juli, en er waren nu al twee weken lang hoog in de wolken luchtgevechten gaande. De Luftwaffe bestookte vliegvelden, vliegtuigfabrieken en gevechtsbases. Ook de centraal gelegen vliegvelden van de RAF om Londen heen waren het doelwit van gigantische aanvallen. Er scheerden Dornier- en Heinkel-bommenwerpers over de vliegvelden, terwijl de geweldige kleine Spitfires, het Britse geheime wapen, zoals Noel Jollion ze noemde, opstegen om ze, in Noels woorden, uit het 'zonnige blauwe zwerk' te schieten.

Soms was Cecily bang wanneer ze in Londen was, vanwege de gevechtsvliegtuigen in de lucht. Maar op de een of andere manier wist ze haar angst te beteugelen. Hoe het ook zij, ze wist dat Miles erop zou staan dat ze al haar zaken vanuit Cavendon zou gaan regelen. Op zo kort mogelijke termijn.

De maître d'hôtel verwelkomde hen hartelijk bij de ingang van het restaurant en leidde hen naar een mooie tafel in een rustige hoek. Hugo zei tegen hem dat hij, hoewel ze op andere gasten wachtten, graag een fles Dom Pérignon wilde bestellen.

Toen ze zaten, boog Cecily zich voorover en zei: 'Ik ben zo blij dat Daphne oudtante Gwendolyn heeft weten over te halen tot het geven van een klein verjaarsfeest. Ze hoeft geen honderd mensen uit te nodigen omdat ze in oktober honderd wordt.'

Hugo grinnikte. 'Je hebt gelijk, maar het was niet zo gemakkelijk om haar in te laten stemmen. Ze is nog steeds een tijger, die goeie ouwe tante Gwendolyn. Echt een typische Ingham.'

'En tot welk aantal heeft Daphne het uiteindelijk weten terug te brengen?" vroeg Cecily.

'Tot ongeveer twintig niet-familieleden, en wij allemaal. Weet je wat het is, ik betwijfel of ze nog wel twintig vrienden en vriendinnen heeft. Ze is heel oud. Ga maar na, de meeste vrienden zijn dood en begraven… en ook reeds lang. Wij, en dan bedoel ik de hele familie en de Swanns, zijn nu al vele jaren haar hele leven.'

'Weet ik. Maar laten we wel wezen, ze is nog steeds een markante vrouw. En onze matriarch. Ik ben blij dat we haar dit feestje geven, Hugo. Ze heeft er zo naar uitgekeken.'

'Ze verdient het.'

Hugo proefde de wijn. 'U mag nu wel inschenken,' zei hij tegen de ober, en Cecily aankijkend vervolgde hij: 'Ze wilde mij haar huis nalaten en was verbaasd toen ik het niet wilde hebben. En toen vroeg ze of ik het erg vond als ze het aan Diedre naliet, in plaats van aan een van mijn kinderen. Natuurlijk zei ik dat ik dat niet erg vond.' Het duurde even voordat Cecily reageerde, en Hugo nam haar nieuwsgierig op.

'Ja, daar weet ik van,' zei Cecily ten slotte.

'O ja?' Hugo leek werkelijk verbaasd, en hij zat haar met gefronste wenkbrauwen aan te kijken.

Cecily grijnsde hem toe. 'Ze vroeg me namelijk of ik getuige wilde zijn met betrekking tot het codicil van haar testament, en Charlotte ook, en we voldeden aan haar verzoek. Ze heeft een zwak voor de Swanns, Hugo, of had je dat nog niet gemerkt?'

'Dat merkt iedereen, al eeuwenlang! De Inghams zijn stapelgek op de Swanns, zoals het familiegezegde luidt.'

Hij proostte met haar en zei: 'En moge die heerlijke gewoonte voortduren.' Na een slok champagne te hebben genomen vroeg Hugo: 'Hoe gaat het met Harry?'

'Hij redt zich vrij aardig, hoewel hij Paloma vreselijk mist. Dat kan ik me zo goed voorstellen. Hij houdt heel veel van haar… de meeste geüniformeerde mannen missen hun liefje.'

'Maar niet altijd hun vrouw,' zei Hugo gevat, haar toegrijnzend. 'Ik maak maar een grapje, Ceci. Ik weet dat ik nergens zou zijn zonder mijn allerliefste Daphne.'

Er viel een korte stilte tussen hen terwijl ze af en toe een slok champagne namen, maar na een poosje zei Hugo verbaasd: 'Je zou niet denken dat het oorlog is. Moet je al dat heerlijke eten zien dat geserveerd wordt, en die wijnen. Het is zeer verbazingwekkend.'

Cecily opende haar mond om antwoord te geven, maar deed hem abrupt weer dicht. 'O, daar komt Emma aan. Met haar goede vriend, Blackie O'Neill. Je zult hen heel sympathiek vinden. Vooral met haar ben ik heel goed bevriend geraakt.'

Hugo stond op om een van de mooiste vrouwen te begroeten die hij ooit had gezien. Ze had kort kastanjebruin haar en heel groene ogen. Heldergroene ogen, die pasten bij de schitterende smaragden broche en oorbellen die ze droeg. Wat een beeldschoon gezicht, dacht hij.

De vier konden het heel goed met elkaar vinden en genoten van de heerlijke lunch. Hugo was gefascineerd door Emma Harte, die niet alleen een mooie vrouw was, maar ook de slimste vrouw die hij ooit had ontmoet. Het was niet verwonderlijk dat Cecily zo onder de indruk van haar was en graag zaken met haar deed en Emma als haar heldin beschouwde.

Hugo wist echter dat Cecily al lang voordat ze Emma kende zelf carrière had gemaakt. Pas aan het eind van de jaren twintig waren ze met elkaar in contact gekomen. Cecily had nog steeds kledingboetieks in warenhuis Harte op Knightsbridge, en Emma was haar partner op het gebied van de Cavendon Juwelencollectie.

Heel onverwachts keek Emma hem tijdens de hoofdgang van gestoofde kip over de tafel heen aan en zei: 'Mijn broer Winston heeft in de vorige oorlog een been verloren, en hij heeft nu al twintig jaar een kunstbeen. Als uw zoon Charlie hulp nodig heeft, laat het me dan alstublieft weten. Winston zal maar al te graag met hem komen praten.'

'Dank u wel, Mrs. Harte, dat is heel vriendelijk van u,' antwoordde Hugo.

'Charlie zou inderdaad wel eens iemand nodig kunnen hebben om mee te praten wanneer hij thuiskomt. Iemand van buiten de familie.' Hij glimlachte. 'Hij is heel trots en zelfstandig.'

'Ik begrijp het,' zei Emma. 'De kunstbenen die ze tegenwoordig maken zijn veel beter dan de vroegere modellen. De knie en enkel kunnen bijvoorbeeld buigen, want daar zitten speciale scharnieren. Heel opmerkelijke dingen. Ze worden van een heel licht materiaal gemaakt. Maar uw zoon zal moeten leren hoe hij er het best mee kan omgaan.'

Blackie zei: 'Wanneer je Winston ontmoet, zul je denken dat hij een man met een stijf been is die een beetje hinkt, dat is alles.'

'Ja, dat is zo,' zei Cecily. 'Ik ken Winston, en hij loopt goed.'

'En ondanks dat gebrek heeft hij een goed leven,' voegde Emma eraan toe.

Hugo bedankte haar nogmaals en keek toen Blackie aan. 'U zei zo-even dat het Dorch, zoals we het tegenwoordig allemaal noemen, het veiligste hotel in Londen is. Hoe dat zo?'

Blackie keek Hugo stralend aan, blij dat hij het over zijn lievelingsonderwerp kon hebben: gebouwen en de bouw. Hij zei: 'Allereerst is het betrekkelijk nieuw, het is in 1931 geopend. En het bestaat volledig uit gewapend beton. Verder hebben ze vorig jaar zandzakken bij de hoofdingang geplaatst en dakspanen op het dak gelegd. Die beschermen heel goed. Ik ken de man die het gebouwd heeft, Sir Malcolm McAlpine, en hij heeft me alles uitgelegd. Ik heb zijn ideeën in een aantal hotels en andere gebouwen van mezelf toegepast.'

'Heel interessant, en goed om te weten,' merkte Hugo op, denkend aan Cavendon Hall, dat nog delen had die gerepareerd moesten worden. Het was nuttig een man als Blackie O'Neill te kennen. En een veilig gebouw hebben was in deze tijd zelfs nog meer waard.

'Wat een geweldige vrouw is die Emma Harte,' zei Hugo tegen Cecily toen ze na de lunch door South Audley Street liepen. 'Maar ik bespeur een zekere triestheid in haar.'

Cecily keek hem even aan en knikte. 'Ja, dat klopt, die is er. De man van wie ze hield, is ongeveer een jaar geleden gestorven, en ze was er behoorlijk kapot van. Maar ze hebben samen een dochter, Daisy, en Emma heeft zich voor haar kind vermand. Maar ik vermoed dat ze nooit over de dood van Paul McGill heen zal komen.'

'Ach, natuurlijk! Ik weet nog dat ik de overlijdensberichten las. Hij was een invloedrijk zakenman, uit Australië.'

'Maar hij woonde hier in Londen, met Emma.'

Het gejank van de sirenes onderbrak haar, en Hugo pakte haar hand en zei: 'Gauw, Ceci. We moeten terug naar South Street.'

'Hugo, alsjeblieft, ik kan niet rennen. Ze gooien hier geen bommen. De Luftwaffe heeft het gemunt op onze vliegvelden.' Terwijl ze sprak keek ze omhoog en huiverde. De blauwe lucht was donker van honderden en honderden Duitse vliegtuigen, die in formatie vlogen.

Afgeleid als ze was, zette ze haar voet verkeerd neer en viel. Terwijl ze viel, draaide ze haar lichaam enigszins en viel op haar linkerzij. Ze lag stil, vervuld van angst. Het kind. Het kind. Ontzetting en angst verpletterden haar, en stil lag ze daar, zonder te bewegen.

Hugo boog zich bezorgd over haar heen en riep: 'Cecily, gaat het? Ik zal je overeind helpen.'

'Gun me een minuutje,' riep ze scherp uit, en toen begon ze diep adem te halen.

Plotseling verscheen er uit het niets een man van de luchtbeschermingsbrigade. 'Zal ik u overeind helpen, Mrs. Ingham?' vroeg hij, en het drong tot haar door dat het Mr. Clewes was, die over hun buurt ging.

Voordat ze kon antwoorden, hoorde ze de heldere en mooie stem van Alicia uitroepen: 'Goeie genade, papa, opzij, laat mij tante Ceci helpen.' Haar nicht boog zich over haar heen en zei: 'Ontspan maar, neem even de tijd en dan helpen we u overeind. Mr. Clewes neemt de ene arm en ik de andere.'

'Bedankt,' fluisterde Cecily, en ze trilde hevig terwijl het luchtalarm voor de tweede keer begon te snerpen. Wat was ze bang voor dat geluid. Het was net een doodsklok.

Eric en Laura Swann stonden op de drempel van het huis in South Street toen ze de straat in kwamen lopen, duidelijk ongerust over het feit dat Cecily buiten was. Eric liep meteen op haar af om te zien of ze hulp nodig had, maar zag meteen dat er goed voor haar werd gezorgd.

Na de man van de luchtbeschermingsbrigade bedankt te hebben gingen ze naar binnen, en Alicia bracht Cecily naar een stoel in de hal.

'Ik hoop toch zo dat je niet gewond bent,' zei Hugo met een bezorgd en schuldbewust gezicht. 'Ik had je niet zo moeten laten rennen.'

'Het geeft niet, Hugo,' antwoordde Cecily met een benepen stem. 'Het gaat wel. Geen gebroken botten.' En geen miskraam, hoop ik, dacht ze. Ze was echt boos op hem, maar ze had lang geleden geleerd dat woede tijdverspilling was. Het maakte haar alleen maar van slag en stoorde haar bij haar werk.

Laura Swann, die nog steeds huishoudster in South Street was, zei dat ze thee zou gaan zetten, en Eric, de butler, verontschuldigde zich en liep met zijn zus mee naar de keuken.

Op haar doortastende en zelfverzekerde wijze nam Alicia het heft in handen en zei: 'Ik help tante Cecily naar boven, papa. Tot zo.'

Toen ze in Cecily's slaapkamer waren, liet Alicia haar Rode Kruis-cape afglijden en hielp Cecily met uitkleden. Toen ze op straat liepen, had ze gemerkt dat Cecily op een gegeven moment haar hand beschermend op haar buik had gelegd. Nu zei ze: 'U bent zwanger, hè?'

'Niemand weet het. Miles en ik hebben het nog niet tegen de familie gezegd. Hou het dus voor je. Ik hoop dat er niets mis is met het kindje.'

'Ik weet zeker dat het kindje niets mankeert, want u viel op uw zij. Het is trouwens nog niet te zien. Hoe ver bent u? Drie maanden?'

'Iets ervoorbij. Zou je me even een nachthemd willen geven, Alicia? Er hangen er een paar in de kast daar.'

Toen ze eenmaal in bed lag en zich meer ontspannen voelde, zei Cecily: 'Bedankt, Alicia. Je hebt me goed geholpen, en ik kan je niet zeggen hoe opgelucht ik was toen ik je stem hoorde.'

'Ik ben blij dat ik op weg naar huis was. Ik wil er niet aan denken hoe Mr.

Clewes en mijn vader met u zouden zijn omgesprongen. Mannen bedoelen het wel goed, maar in heel veel dingen zijn ze niet zo slim.'

Cecily moest lachen en ze stak haar armen uit naar Alicia, die zich over het bed heen boog en haar stevig vasthield. 'Maak u maar geen zorgen om de baby. Alles is dik in orde, daar ben ik zeker van.'

En dat bleek ook zo te zijn.

Diedre keek op toen de deur van haar kantoor openging en William binnenkwam. Hij sloot de deur achter zich, leunde ertegenaan en zei: 'Operatie Zeeleeuw. De codenaam van de Duitsers voor de invasie van Groot-Brittannië.'

'Hoe ben je daarachter gekomen?' vroeg ze, terwijl ze alert rechtop ging zitten.

'Ik heb net C van MI6 aan de telefoon gehad. Hij had het antwoord ongeveer een week geleden al, maar wilde nog het een en ander natrekken om er zeker van te zijn. Nu is het bevestigd. De premier is op de hoogte. En Menzies wilde dat wij het weten. Ja, Operatie Zeeleeuw. Valiant had het bij het rechte eind; hij wilde ons inderdaad waarschuwen.'

'Maar de invasie is al begonnen… we zitten toch al midden in de slag om ons land?'

'In de lucht, ja. Het is een luchtoorlog. Ik denk dat C gelooft dat Operatie Zeeleeuw slaat op een invasie over land. Hij denkt dat ze ons hevig zullen gaan bombarderen, onze steden, en niet alleen vliegvelden en munitiefabrieken zoals ze nu doen. Hij zegt dat de Wehrmacht het Kanaal wil oversteken en ons op het land wil veroveren. Maar ik weet dat we aan de kust hard bezig zijn geweest. Er zijn overal versterkingen. En bedenk dat we iets hebben wat radar heet. De Duitsers hebben dat niet, en radar beschermt ons absoluut, want het ontdekt alles wat beweegt.'

'Ik weet dat Churchill Beaverbrook al een tijd aan de kop zeurt om meer vliegtuigen, en ieder ander om versterking van de kusten.' Ze glimlachte langzaam en zei: 'Weet je nog die boodschap die je vorige week kreeg?'

'"Er zal geen Duitse laars op Engelse bodem lopen?" Of zoiets. Die bedoel je zeker?'

'Ja, en die kwam van een contactpersoon in Spanje.'

'Via Spanje. Van Valiant,' corrigeerde William haar, en hij liep de kamer door. Hij ging op de stoel tegenover haar bureau zitten. 'Ik vertrouw hem zonder meer. Hij weet wat hij doet om ons te helpen. Hij wil het doen.'

Toen ze zweeg, vroeg hij: 'Wat is er? Je kijkt bezorgd.'

'Ik wilde dat ik wist dat iemand hem rugdekking gaf.'

'Ik denk dat C dat misschien wel doet. Of laat ik het anders zeggen: hoogstwaarschijnlijk geeft MI6 hem rugdekking.'

'Nu je dat zegt voel ik me beter.'

'Kom, laten we een stukje gaan wandelen in Green Park, een frisse neus halen. Het is zo'n mooie dag. Het is ongelooflijk goed weer de laatste tijd. Echt volmaakt, terwijl er chaos heerst in de wereld, of op het punt staat los te barsten.'

Hoofdstuk 53

Het weer was ongekend mooi. De zon scheen al een paar weken de hele dag, iedere dag. De hemel was stralend blauw en onbezoedeld. Geen wolkje. Geen druppeltje regen. Volmaakt, in een onvolmaakte wereld, voegde Dulcie er inwendig aan toe, terwijl ze het gebouw waarin ze woonde uit liep en op weg ging naar warenhuis Harte in Knightsbridge.

Ze hadden daar een goede levensmiddelenafdeling en nog flink wat basisvoedingsmiddelen op voorraad, zoals hun befaamde pasteien met varkensvlees, wild en kip, en diverse soorten ham. Maar ze had gemerkt dat ook zij nu tekorten begonnen te krijgen, zoals de meeste levensmiddelenwinkels. Omdat Rosalind, Juliet en Henry zo lang de oorlog duurde op Cavendon woonden, had zij hun bonnenboekjes, waardoor ze extra bonnen te besteden had wanneer zij en James in Londen waren.

Dulcie keek onder het lopen om zich heen. Ze hield van Londen en dacht: wat zijn de Londenaren toch opgewekt en positief. Ze stak Eaton Square over, waar ze nu woonden, en knikte tegen een van de werksters die ze van gezicht kende en zwaaide naar haar glazenwasser, die het hele plein deed en hun ramen lapte. Hij zwaaide terug en holde op haar af. 'Wat een dag, *m'lady*,' zei hij grijnzend. 'Wat een zomer hebben we. Heb nog nooit zo'n zomer gezien. Als er geen nazi's in zaten, leefden we in een perfecte wereld.'

Dulcie lachte. 'Daar heb je volkomen gelijk in, Eddie. Maar we gaan hen verslaan, dat zul je zien.'

'Ik weet het. Ze weten niet wat ze zich op de hals hebben gehaald door ons aan te vallen.'

'Zo is het.'

Hij salueerde naar haar zoals hij altijd deed, schonk haar zijn brutale grijns en rende terug naar zijn bestelbusje.

Eddie was een echte cockney, geboren binnen gehoorsafstand van de 'Bow

Bells', de klokken van de St Mary-le-Bow, en zo patriottisch en vrolijk als maar kon. Deze Londenaren die ze elke dag tegenkwam, waren allemaal uit hetzelfde goede hout gesneden. De postbode, de man van de luchtbeschermingsbrigade, de man die hun plaatselijke burgerlegerafdeling leidde, de patrouillerende wijkagenten, de krantenjongens – ze gingen hardnekkig door, lachend en schertsend, vastbesloten zich door niets of niemand klein te laten krijgen. Het was de overlevingsgeest die hen gaande hield… die hen allemaal gaande hield. Het was een Britse karaktertrek die niemand uit hen zou kunnen slaan.

Eindelijk kwam ze bij Harte aan; ze kocht een pastei met wild en een met varkensvlees, betaalde, gaf haar bonnen en vertrok. Dulcie liep vervolgens de hoek om naar haar slager, die glimlachte toen hij haar zijn winkel in zag komen. Er stond voor de verandering eens geen rij: de winkel was leeg.

'Môgge, Lady Brentwood,' zei de slager. 'Ik heb iets voor u.' Hij keek snel naar de deur, verdween naar achteren en kwam terug met een pakje. 'Ik heb deze karbonaadjes voor u bewaard. Ik heb gisteren wat lamsvlees binnengekregen, en ik weet dat Sir James van lamsvlees houdt.'

'Goh, hartelijk dank, Mr. Westin. Wat aardig van u,' antwoordde Dulcie, en ze haalde haar bonnenboekjes tevoorschijn. 'Ik hoop dat ik genoeg bonnen heb voor lamskarbonaadjes.' Ze reikte hem de twee boekjes aan.

De slager knikte, glimlachte, haalde er de bonnen uit en gaf haar het pakje. Na betaald te hebben fluisterde ze glimlachend: 'Wanneer mijn man meedoet aan een nieuw toneelstuk, zal ik twee kaartjes voor u en Mrs. Westin regelen. Voor de beste plaatsen.'

Er verscheen een brede glimlach op het gezicht van de slager. 'Gaan er binnenkort weer een paar theaters open?' vroeg hij opgewonden.

Dulcie trok een gezicht. 'Voor zover ik weet niet. Ze blijven dicht, en de bioscopen ook. Alles is dicht. Inclusief mijn kunstgalerie, en alle openbare gelegenheden waar mensen samenkomen.'

'Het zal wel voor onze veiligheid zijn, maar ik moet zeggen: Londen is 's avonds een beetje sombertjes, vooral met die verduistering. Het is nu een donkere stad.'

'Ik weet wat u bedoelt. Maar verduistering is echt noodzakelijk. De premier wil niet dat er ook maar een kiertje licht door een raam valt. Vanwege de nachtelijke bombardementen.'

'Ik dank God dat Mr. Churchill het land leidt!' riep de slager uit. Toen er drie klanten de winkel in kwamen, nam hij afscheid van haar en begroette de vrouwen, die met hun bonnenboekje in de hand wachtten.

Toen Dulcie op weg was naar haar huis op Eaton Square, gingen haar gedachten naar het theater, en naar James, die al maanden chagrijnig was. En vaak geïrriteerd, niet zijn gewone manier van doen. Voornamelijk omdat hij niets te doen had. Hij had voor de regering, voor het ministerie van Informatie, propagandafilms gemaakt, omdat er geen enkele theaterproductie was. Niet op het toneel en niet op het witte doek.

Zij was degene geweest die een idee aandroeg dat hielp. Ze had voorgesteld een klein gezelschap te vormen van acteurs en actrices die hij kende, en toneelstukken op te voeren om de troepen te vermaken.

'Je zou het "De Troep voor de Troepen" kunnen noemen,' had ze min of meer schertsend geopperd. Maar James had de naam leuk gevonden, en ook het idee, en toen ze erop had aangedrongen dat hij er met Edward Glendenning, Paloma's vader, over moest spreken, had hij meteen gebeld.

Binnen een paar weken hadden ze het gezelschap gevormd en hadden ze besloten geen drama's te brengen, maar variétévoorstellingen. De troepen wilden vermaakt worden, wilden lachen om komieken of populaire zangers of zangeressen horen, zoals Vera Lynn.

Felix Lambert had geholpen, evenals zijn vrouw Constance, en in no time waren ze klaar om 'op tournee' te gaan, zoals James het noemde.

'Ons kleine repertoiregezelschap gaat eerst naar Catterick Camp,' had James de week ervoor tegen haar gezegd. 'Dus ik ben een paar dagen met jou op Cavendon, en Edward kan bij Paloma logeren.'

Dulcie had er een hekel aan als James ontevreden was. Ze hadden een goed huwelijk en kibbelden of ruzieden zelden. Maar er was niets ergers dan een man die niets te doen had, die te veel tijd had.

Toen ze Eaton Square naderde, begonnen de sirenes te loeien, en ze begon te rennen, hoewel ze een beetje gehinderd werd door de boodschappentas. In een ommezien was Dulcie in hun woning en pakte de rinkelende telefoon toen ze de hal binnenstormde.

Het was James. 'Je bent goed thuisgekomen, schat.'

'Ja, ik maak het goed. Waar ben je? In de repetitiezaal?'

'Ja. Maar we gaan naar de kelder. Er is daar een echte schuilkelder. Tot straks. O, en hebben we genoeg te eten als ik Edward mee naar huis neem?'

'Ja, natuurlijk. Weet je, de slager kreeg gisteren wat lamsvlees binnen en heeft een paar karbonaadjes voor me bewaard, omdat hij weet dat jij ervan houdt.'

'Het enige wat ik kan zeggen is: goddank is Henry op Cavendon. Want als hij thuis was geweest, zou je ze weg hebben moeten geven.' Hij grinnikte. 'Ik hou van je. Tot vanavond.'

'Hou ook van jou,' zei ze, en ze legde de hoorn neer.

Dulcie liep met de boodschappentas naar de keuken, waar Mrs. Pearl haar opwachtte. Dulcie reikte haar de tas aan en zei: 'Moeten we naar de kelder gaan, denkt u?'

De huishoudster haalde haar schouders op. 'Het lijkt mij niet nodig, *your ladyship.* De moffen gaan toch geen bommen op Londen gooien. Ze gaan door met wat ze aan het doen waren, de munitiefabrieken raken. Maar als u het wilt, ga ik met u mee.'

'Ach, laten we het maar vergeten,' antwoordde Dulcie. 'Het eindsignaal zal zo wel klinken. O ja, er eet vanavond iemand mee, Mrs. P. Mr. Edward Glendenning komt bij ons.'

In haar afwezigheid was er post gekomen, en Dulcie maakte die in haar kleine privédomein open. Terwijl ze met de zilveren briefopener enveloppen open zat te ritsen, begon ze plotseling te lachen omdat ze aan hun zoon Henry moest denken. Hij was nu acht, en hoewel hij erg op zijn vader leek, had hij haar karakter en dezelfde flair op taalgebied als zij.

Ze lachte omdat de opmerking van James haar had herinnerd aan Henry's confrontatie met Miles eerder in het jaar. Een van de landarbeidsters, Antonia Morgan, had Miles ertoe overgehaald een kudde schapen te kopen, omdat iedereen in de familie van lamsvlees hield. Antonia beweerde dat hun lammeren hen konden voeden, en dat dat voedselbonnen scheelde.

Miles had het nut hiervan ingezien, en op een dag was de familie verrast met de aanblik van schapen die op twee stukken weiland rondliepen. Miles besefte dat de schapen niet in de buurt van de korhoenderheide mochten komen en had ze daarom in een omheining gezet bij de zigeunerwagens waarin Genevra woonde met haar familie.

Niemand, behalve Genevra, wist dat Henry dol op een van de schapen was, en Genevra had hem geholpen vast te stellen dat het een 'meisjesschaap' was, zoals Henry het noemde. Hij had haar Ophelia genoemd, en hij ging iedere dag naar Genevra, zodat hij Ophelia kon aaien. Hij had zelfs een roze lint om de hals van de ooi gebonden, hoewel hij het lint niet nodig had om haar te herkennen. Ze was de kleinste van de kudde, en fijngebouwd.

Helaas ving Henry een gesprek op tussen Antonia en Miles over het slachten van schapen.

Later die dag had hij tegen Miles gezegd dat dat slecht was en dat zijn Ophelia niet gedood mocht worden. Hij had eraan toegevoegd dat Miles zijn hond maar moest doodschieten als hij honger had.

Tegen Dulcie had Miles opgemerkt dat Henry niet alleen haar opvliegendheid had geërfd, maar ook haar snelle tong. Ze had hem gevraagd zijn ooi ongemoeid te laten.

'Dat zal ik doen,' had Miles beloofd.

Het gerinkel van de telefoon onderbrak haar gedachten. Het was DeLacy, die zei: 'Ik heb een oplossing bedacht voor de kunst. O, verdorie, daar heb je het eindsignaal.'

'Ik blijf aan de lijn,' antwoordde Dulcie.

Even later kwam er een eind aan het geloei en spraken ze af dat ze allebei op Cavendon zouden zijn voor hun gebruikelijke zaterdagochtendbespreking. 'We hebben heel wat problemen op te lossen,' voegde Dulcie eraan toe.

Hoofdstuk 54

Al vele jaren kwamen de vier D's en Cecily wanneer ze op Cavendon waren, op zaterdag bijeen in de serre. Sinds Harry met Paloma getrouwd was, waren ze met hun zessen, want ze had meteen ja gezegd toen ze haar vroegen of ze zich bij hen wilde aansluiten.

Op deze ene zaterdag aan het eind van de maand juli zaten ze gezamenlijk koffie te drinken terwijl ze de situatie op het landgoed doornamen en problemen bespraken die zich hadden voorgedaan.

Dulcie zei dat zij en DeLacy één groot probleem hadden, hoewel ze het idee hadden dat ze misschien de oplossing wisten. Ze legde uit: 'Ongeveer tien maanden geleden, vóór de oorlogsverklaring, liet Hanson houten kratten maken, waarin de familieschilderijen geschoven konden worden. Ted Swann en zijn mannen maakten er een flink aantal, en de schilderijen werden erin gedaan. En toen gingen ze in opslag in de kelder. De rest werd in zwaar gewatteerd doek ingepakt en ook in de gewelven geplaatst. DeLacy en ik controleren de houten kratten regelmatig om zeker te weten dat de kunst in goede staat is. Onlangs, nog maar twee weken geleden, besloten we de schilderijen uit de kratten te halen, omdat ze warm aanvoelden. Een paar doeken voelden zelfs vochtig. Dus misschien zijn de kratten niet nodig.'

Paloma was de eerste die iets zei: 'De schilderijen zijn misschien gaan zweten door de houten kratten. Enfin, ik zou zeggen dat jullie juist gehandeld hebben.'

'Ik weet dat je kunstgeschiedenis hebt gestudeerd, net als ik,' zei DeLacy. 'En ik vraag me dus af of je het met me eens bent... Ik denk dat de schilderijen gewoon in de gewelven tegen de muren moeten worden gezet. Dat zou betekenen dat ze in omstandigheden verkeren die vergelijkbaar zijn met die in het hoofdgedeelte van het huis.'

'Dat is waarschijnlijk de beste oplossing,' stemde Paloma in. 'Maar je zou de temperatuur in het huis moeten vergelijken met die in de gewelven. Ook is het soms een goed idee om airconditioning te installeren om koelte te produceren. Hebben jullie daarbeneden elektriciteit? Ik bedoel, kun je er een airconditioner aansluiten?

'O, ja hoor,' mengde Daphne zich in het gesprek. 'Ik ben altijd blij geweest dat er jaren geleden elektriciteit is aangelegd.'

Dulcie zei: 'De schilderijen uit mijn kunstgalerie zijn in een van de andere gewelven gewoon tegen de muren gezet, en die zijn in prima staat.'

'Laten we alles nog eens grondig nalopen,' zei DeLacy tegen Paloma, die instemmend knikte.

Diedre keek Daphne aan en glimlachte. 'Ik ben blij dat je het goed vond dat Susie Jackson wegging. Het heeft geen zin iemand over te halen te blijven als die staat te trappelen om mee te vechten in de oorlog. Dat verlies je toch.'

'Ze was niet te houden,' legde Daphne uit. 'Ik heb ten slotte toegegeven. Ik zie Susie nog niet zo gauw in een munitiefabriek werken, maar het is háár leven. En trouwens, Cecily heeft binnen een paar dagen al een nieuwe kokkin gevonden.'

'Heel wat mensen willen Londen uit omdat ze bang zijn dat ze omkomen bij een luchtaanval,' zei Cecily. 'Ik heb South Street gebeld en met Eric gesproken. Hij heeft een vriend wiens dochter volleerd kokkin is. Ze heet Meggie Trader en greep de kans met beide handen aan.'

'Meggie is naar Yorkshire gekomen en heeft diverse maaltijden voor ons bereid,' legde Daphne uit. 'Vorige week. Papa en Charlotte vonden het heerlijk, dus er is geen probleem. Charlotte heeft haar onlangs de baan aangeboden. Ze is hier de komende paar dagen om voor ons allemaal te koken. Dan gaat ze naar Londen om haar spullen te halen. Ze is lid van het team.'

'Ik verheug me erop haar specialiteiten te proeven,' zei Diedre, en toen stapte ze over op een ander onderwerp. 'Ik zou het graag over iets anders willen hebben. Ik denk dat we in elk van de dorpen iemand moeten hebben die lid is van de luchtbeschermingsbrigade. Ik weet dat iedereen weet wat hij moet doen: de eigen kelder of een schuilkelder in. Maar ik vind dat er in elk dorp een man moet zijn die de leiding heeft, een aanspreekpunt is. En verder zou ik graag willen dat er een EHBO-post wordt opgezet, geleid door iemand met een verpleegopleiding. Voor noodgevallen.'

'Denk je dat we gebombardeerd zouden kunnen worden?' vroeg Daphne met gefronst voorhoofd. 'Waarom zouden ze het platteland bombarderen? Koeien doden?'

'Ben ik even blij dat je het niet over lammetjes had,' mompelde Dulcie, haar zus aankijkend en een trieste blik veinzend.

Daphne lachte. 'O, ja, lieve help, Ophelia. Dat was ik even vergeten.'

'Nou, wat vinden jullie van luchtbeschermingsmannen en een EHBO-post?' maande Diedre hen.

'Ik vind het een goed idee,' zei Paloma.

'Ik ook,' zei Cecily.

'Laten we het dan gaan realiseren. Ik zal later met papa en Charlotte gaan praten, en met Mrs. Alice. Ze...' Daphne zweeg en richtte haar blik op de deur, waar Lane stond.

'Ja, Lane?'

'Sorry dat ik stoor, *your ladyship*, maar er is een telefoongesprek voor Mrs. Miles.'

'Bedankt, Lane,' antwoordde Daphne.

Cecily kwam meteen overeind en verontschuldigde zich. Ze liep snel de serre uit, hopend dat er niet iets mis was in een van de kledingfabrieken in Leeds. Ze maakten overuren, momenteel in de weekends, om jassen te produceren voor de troepen, voor haar het bewijs dat de Britse regering verwachtte dat het een lange oorlog werd.

Toen ze de entreehal in liep, stond Charlotte daar. Er lag een ongeruste uitdrukking op haar gezicht.

'Wat is er aan de hand?' vroeg Cecily, op haar afrennend.

'Het gaat om tante Gwendolyn. Peggy belde me zojuist. Tante Gwendolyn heeft kennelijk om mij gevraagd en ook om jou. Ze is de laatste dagen niet zichzelf. Ik denk dat we beter maar meteen naar haar toe kunnen gaan.'

Cecily knikte, en haar gezicht stond plechtig. Ze verlieten Cavendon en zonder te spreken liepen ze over het pad dat door het park voerde.

Peggy Swift, ooit de persoonlijke bediende van Daphne, nu echtgenote van Gordon Lane, was de hele familie toegewijd. Ze begroette hen bij de deur van Little Skell Manor.

'*Your ladyship*, Mrs. Miles, komt u alstublieft binnen.' Ze deed de deur verder open, en ze liepen het huis in.

Charlotte vroeg: 'Waar is Lady Gwendolyn, Peggy?'

'In de zitkamer, *m'lady*. Ze wilde vanmorgen per se opstaan en zich aankleden. Ik heb haar haar gedaan, en zij heeft lippenstift en rouge opgedaan, zoals altijd. Zelf. Toen vroeg ze mij jullie hierheen te brengen. Ze zei tegen me dat ze jullie beiden moest spreken.'

Cecily wierp een blik op Charlotte en raakte zacht haar arm aan, zodat zij als eerste naar binnen ging. Cecily volgde en sloot de deur achter zich.

Lady Gwendolyn zat in haar lievelingsstoel. Cecily zag meteen dat ze een van haar favoriete Cecily Swann-japonnen droeg. Paarse zijde met een geplooide strook van chiffon aan de voorzijde. Ze had haar paarlen oorbellen in, die, zoals ze beiden wisten, haar vele jaren geleden waren gegeven door Mark Swann.

Toen ze hen zag, zei ze met heldere, lichte stem: 'Wat heerlijk mijn twee allerdierbaarste Swanns te zien. Wat zouden de Inghams hebben gemoeten zonder de Swanns? Ze zouden niet zo gelukkig zijn geweest, neem ik aan. Kom hier zitten, naast me.'

Ze deden wat ze vroeg en namen een stoel aan weerszijden van haar.

Charlotte zei: 'Hoe voelt u zich, tante Gwendolyn?'

'Ik voel me goed. Maar ik voel me er ook klaar voor, als je begrijpt wat ik bedoel?'

Cecily keek haar liefdevol aan en pakte haar hand. 'Klaar om te gaan? Bedoelt u dat? U ziet eruit alsof u ergens heen gaat, met uw mooiste paarse jurk aan, die ik speciaal voor u heb gemaakt.'

'En de paarlen oorbellen van Mark.' Lady Gwendolyn strekte nu haar linkerhand uit en voegde eraan toe: 'En zijn trouwring. We hadden namelijk het gevoel dat we getrouwd waren. Laat hem door niemand van mijn vinger halen, Charlotte, wil je?'

'Ik zal erop toezien,' beloofde Charlotte, terwijl ze iets wegslikte. Ze deed haar best om haar emoties in bedwang te houden, maar haar keel zat dicht, en ze voelde zich verstikt. Haar bewondering voor Cecily kende geen grenzen. Ze sprak kalm en zorgeloos met tante Gwen, alsof ze gewoon wat keuvelden over onbelangrijke zaken.

'De koffers daar, oudtante Gwen... gaan die met u mee?' vroeg Cecily, trachtend onder moeilijke omstandigheden een beetje luchthartig te zijn.

'Doe niet zo gek. Die zijn gelabeld. Er is er een voor Margaret.' Terwijl ze sprak maakte ze haar handen los en frummelde met haar handtas op haar schoot. 'Dit zijn de sleutels,' zei ze, Charlotte een envelop overhandigend.

'Dus we moeten de koffers aan andere mensen geven, en ook aan Margaret,' stelde Cecily vast.

Lady Gwendolyn knikte. 'Er is er een voor jou, en ook voor jou, Charlotte.' Ze leunde achterover en sloot een paar minuten haar ogen. Toen ze ze weer opendeed, vervolgde ze: 'Het spijt me dat ik mijn verjaarsfeest niet ga halen. Maar vier het toch, willen jullie? Dat zou ik leuk vinden.'

'Ja, we zullen u de hemel in toosten,' beloofde Cecily met een stem die plotseling onvast klonk.

'We zullen voor u zingen,' wist Charlotte uit te brengen, met verstikte stem.

Lady Gwendolyn keek Cecily aan en toen, nog aandachtiger, Charlotte. Ze lachte haar toe. 'Bedankt dat je zo liefdevol je leven aan de Inghams hebt gewijd.' Ze keerde zich naar Cecily en vervolgde: 'En jij ook. Jij hebt de familie gered zoals alleen een Swann dat kan. Met grote intelligentie.' De lach bleef op haar gezicht. 'Je zult het goed doen, Ceci. Er is niemand beter dan jij. En als het kindje dat je draagt een meisje is, wil je haar dan naar mij vernoemen?'

'Dat zal ik doen,' zei Cecily, terwijl haar ogen zich met tranen vulden. Ze pakte Lady Gwendolyns hand, en Charlotte pakte de andere. Zo bleven ze een tijdje zitten, vervuld van liefde voor hun matriarch, opgelucht dat ze op dit moment bij haar waren.

Heel onverwachts kwam Lady Gwendolyn in beweging en ging iets rechter zitten. 'Ik heb me vanmorgen aangekleed, zodat jullie later kunnen zeggen dat ik in het harnas gestorven ben.'

Cecily zei: 'O, oudtante Gwen, probeer door te gaan, u klinkt zoveel beter, zoveel sterker, bijna als vroeger. Verlaat ons alstublieft nog niet. Blijf nog wat langer. Probéér het.'

Lady Gwendolyns gezicht begon plotseling te stralen, en haar ogen waren helderblauw. 'Mark wacht op me...' Ze keek in de verte alsof ze hem kon zien en glimlachte. Er was een kleine keelklank te horen, gevolgd door een lange zucht.

Cecily wist dat ze zojuist de doodsrochel had gehoord. 'Ze is vertrokken, tante Charlotte... naar Mark toe, die volgens haar echt op haar wacht.'

Charlotte reageerde niet meteen, en toen ze het wel deed, beefde haar stem. 'Ik denk dat het zo is. Ze heeft meestal gelijk.' Charlotte stond op, boog zich over Lady Gwendolyn heen, streek haar zilveren haar glad en kuste haar voorhoofd.

Cecily deed hetzelfde en sloot toen zacht elk ooglid. Terwijl ze dat deed, mompelde ze tegen Charlotte: 'Ik heb haar ogen nog nooit zo blauw en haar gezicht nog nooit zo stralend gezien.'

'Ze was gelukkig,' mompelde Charlotte zo zacht dat Cecily het nauwelijks kon horen.

Ze verlieten de zitkamer en troffen Peggy aan in de kleine bibliotheek aan de andere kant van de hal.

Cecily zei: 'Lady Gwendolyn is zojuist overleden. Heel vredig, Peggy.'

'Ik verwachtte het al,' antwoordde Peggy met een bedroefd gezicht en vochtige ogen. Ze schraapte haar keel en zei: 'We kunnen *her ladyship* niet in de stoel laten zitten, Mrs. Miles. We moeten haar naar boven dragen en op bed leggen.'

'Denk je dat jij en ik dat samen kunnen?' vroeg Cecily, Peggy nadrukkelijk aankijkend. 'Kunnen wij haar dragen?'

'Ik denk het wel. Ik zal een laken halen, dan kunnen we dat om haar heen doen.' Peggy begon weg te lopen, maar bleef toen staan. 'Ik denk dat u Mrs. Alice moet bellen en haar moet vragen ons te komen helpen.'

'Goed idee.' Cecily pakte de telefoon en belde haar moeder.

'Met mij, mam,' zei Cecily rustig, toen Alice opnam. 'Tante Charlotte en ik zijn bij oudtante Gwen, ze wilde ons spreken. Ik vind het vervelend het te moeten zeggen, maar ze is zojuist overleden. Kunt u komen?'

'Meteen,' zei haar moeder, en ze hing op

'Ze is onderweg,' zei Cecily tegen Peggy. 'Ze is er over een paar minuten. Zou jij alsjeblieft het laken willen halen, Peggy?'

Peggy knikte alleen maar en liep weg.

Cecily liep de kamer door en ging naast Charlotte op de bank zitten. 'Gaat het?' vroeg ze, haar aankijkend. 'Droevig, ik weet het, net als ik, maar we hebben het zien aankomen.'

'Inderdaad,' antwoordde Charlotte – haar stem klonk nu vaster. 'Maar ze zag er zo goed uit. En het is altijd een schok wanneer iemand die je dierbaar is, sterft, ook al is die heel oud.'

'Negenennegentig, stel je eens voor.' Daarop keek Cecily Charlotte vragend aan. 'Wat kan er in godsnaam in die koffers zitten? Ik vind het heel vreemd dat ze dat gedaan heeft.'

Charlotte zweeg even, maar legde het toen uit. 'Ze heeft het me een paar weken geleden verteld. Er is er een voor elk van de vier D's. En een voor jou en mij, zoals ze tegen je zei, en een voor Margaret. Er is er ook een voor je vader. Het zijn kleine koffers, Ceci. Er kan niet veel in zitten.'

'Ik neem aan dat ze ons dingen heeft gegeven die ze als aandenken aan haar beschouwde.'

'Dat denk ik ook. Ik moet Charles bellen, hem vragen hier te komen.'

'Ja, dat moet u doen. En ik moet Miles spreken. Maar eerst moeten we het lichaam van oudtante Gwendolyn naar boven dragen. Ervoor zorgen dat ze op bed ligt en er mooi uitziet.'

De voordeur ging open, en Cecily liep de hal in. Alice Swann kwam binnen en ze stak onmiddellijk haar armen naar haar dochter uit en hield haar stevig vast. 'Ik wist dat het ieder moment kon gebeuren,' zei Alice door haar tranen heen. 'Ze is vast vredig heengegaan.'

'Ja, mam, dat is zo… ze was gelukkig.'

Peggy kwam met witte linnen lakens de trap af en begroette Alice. 'Ik dacht dat we haar in deze schone lakens zouden kunnen wikkelen en het lichaam zo naar boven kunnen brengen, naar haar slaapkamer.'

Alice stemde ermee in en keek toen Cecily aan. 'Waar is Lady Gwen? Ik zou haar graag willen zien om afscheid te nemen.'

'Hierbinnen.' Cecily nam haar moeder mee de zitkamer in.

De leden van de familie die uit Londen waren gekomen, bleven, keerden niet naar de stad terug. De treinen hadden vaak vertraging en zaten meestal propvol met soldaten, en benzinebonnen waren schaars.

Daphnes zoons, de tweeling Thomas en Andrew, die nu twintig waren, konden niet thuiskomen vanuit Sandhurst, waar ze een officiersopleiding volgden. En ook hun zus Alicia kon niet komen. Ze zat bij het Rode Kruis in Londen en werkte hard.

Harry Swann kreeg van de RAF geen verlof wegens familieomstandigheden. Hij was nodig voor zijn werk op Manston Airfield. Charlie kreeg geen toestemming om te reizen vanwege zijn wonden.

Lady Gwendolyn Ingham Baildon, matriarch van de familie Ingham, was geliefd bij iedereen in de drie dorpen. Ze werden uitgenodigd om samen met haar familie haar begrafenis bij te wonen, die gehouden werd in de grote kerk in het dorp Little Skell. Het werd een besloten begrafenis genoemd, zoals ze had gewenst.

Daphne en Dulcie maakten prachtige bloemschikkingen voor in de kerk. Op de dag van de begrafenis, drie dagen na haar dood door een hartstilstand, scheen de zon helder in een lichtblauwe lucht.

Lord Mowbray sprak het eerst. Daarna kwam Miles, zijn erfgenaam, en ten slotte zijn oudste dochter, Diedre, die zei dat ze ook namens haar zussen sprak. Na een paar lovende woorden te hebben gesproken sprak ze psalm 23 uit: 'De Heer is mijn herder.'

Op verzoek van de hele familie sprak James Brentwood de lofrede uit. Het werd heel stil in de kerk toen hij begon te spreken. Niemand wilde een woord missen, aangezien het de beroemdste acteur van heel Engeland was die op de kansel stond. Zijn zoete stemgeluid klonk kristalhelder en prachtig, reikend tot de nok. Hij sprak liefdevol over de weergaloze Lady Gwen, zoals ze door iedereen vertederd werd genoemd. Hij sprak over haar warmte, edelmoedigheid en vriendelijkheid en memoreerde zelfs haar energieke, boude manier van spreken en vaak scherpe, gevatte tong.

Hij eindigde zijn lofrede met de vraag nog wat geduld te hebben, want hij wilde voor hen zingen. 'Het was haar absolute lievelingslied. En uitermate geschikt voor de wereld waarin we heden ten dage leven. Ik word op de piano begeleid door mijn nicht Annabel, Lady Daphnes dochter.'

Hij keek om naar de zestienjarige en knikte. Ze schonk hem een glimlach, keek naar de toetsen en sloeg het eerste akkoord aan.

James had een welluidende stem. Hij was tenor en zong vol zelfvertrouwen.

Land van hoop en glorie, moeder van vrije mensen,
Hoe zullen wij, die uit u geboren zijn, u prijzen?
Steeds verder zult u uw grenzen verleggen;
Moge God, die u machtig maakte, u nog machtiger maken,
Moge God, die u machtig maakte, u nog machtiger maken.

Niemand bewoog; er was geen enkel geluid te horen toen James klaar was. Het scheen hem toe dat de aanwezigen ter plekke versteend waren.

James dacht dat Lady Gwen misschien op hen neerkeek en glimlachte.

Hoofdstuk 55

'Oké, Victoria, laat me je eens bekijken,' zei Alice Swann, glimlachend naar de tienjarige evacuee. 'Je ziet er heel schattig uit in die jurk. Hij staat je goed. Ik ben blij dat ik hem voor je heb vermaakt.'

Er verscheen een zeldzaam lachje op het gezicht van het kind, en ze zei: 'Ik vind geel mooi. Het is mijn lievelingskleur.'

Alice nam de canvas tas van de keukentafel, hing hem aan Victoria's schouder en trok de riem schuin over haar lichaam 'Zo, dat zit prettiger.'

Victoria keek haar behoedzaam aan en vroeg: 'Moet ik het gasmasker echt bij me dragen, Mrs. Alice?'

'Ja, en ik het mijne.'

'Waarom?'

'Omdat dat nu voorgeschreven is, we mogen niet ver weg gaan zonder ons gasmasker mee te nemen. Iedereen heeft er een.'

Victoria dacht even na en vroeg toen: 'Moeten de koning en koningin ook die van hen meenemen wanneer ze weggaan? En prinses Elizabeth en prinses Margaret Rose ook? O, en Mr. Churchill?'

'Absoluut!' riep Alice uit, inwendig lachend omdat Victoria de mensen had genoemd in wie ze het meest geïnteresseerd was, die ze alleen kende door haar frequente opmerkingen over hen.

'Het is voor onze veiligheid, om ons te beschermen,' legde Alice uit. 'Ik zal even in mijn handtas kijken om zeker te weten dat ik onze identiteitskaarten, voedsel- en kledingbonnenboekjes bij me heb, voor het geval we in Leeds een mooi paar schoenen voor jou kunnen vinden. Je hebt voor de winter namelijk nieuwe schoenen nodig.'

'Leeds!' riep Victoria, terwijl haar stem schril uitschoot. 'Nee, nee, nee! Ik wil niet naar Leeds. Ik ga niet.'

Alice werd zo overvallen door deze uitbarsting, en de heftigheid ervan, dat ze schrok. Victoria had nog nooit haar stem verheven. De reactie van het kind was zo sterk geweest, en zelfs angstig, dat Alice nu wist dat haar daar iets was aangedaan. Door iemand. Iemand die de blauwe plekken had veroorzaakt die Alice had opgemerkt toen ze net bij hen was.

Onverwachts begon Victoria te huilen. Ze stond daar midden in de keuken, de riem van het gasmaskerfoedraal omklemmend en Alice hulpeloos aanstarend, terwijl de tranen over haar wangen rolden.

Alice Swann, altijd kordaat, liep meteen naar het kind toe, haalde het gasmasker weg en gaf haar een zakdoek. 'Droog je tranen, liefje, we hoeven niet naar Leeds. We kunnen naar Harrogate gaan, volgende week.'

Ze nam het meisje in haar armen, hield haar tegen zich aan en streelde haar haar. 'Zo, zo, je moet niet bang zijn, Victoria. Ik laat je door niemand pijn doen...' Alice stopte toen ze Paloma in de deuropening zag staan met Edward op haar arm.

Alice gaf Paloma een waarschuwende blik en zei: 'Dag, Paloma. Wat grappig, ik was net van plan om naar jou toe te komen. We wilden gaan winkelen om een paar schoenen voor Victoria te kopen. Winterschoenen. En toen kwam ik tot de conclusie dat het een gek plan was, want het is pas zomer.'

Paloma had de situatie meteen door. 'Wat toevallig. Ik kwam naar u toe om u en Victoria uit te nodigen om bij me te komen lunchen. Ik heb een ovenschotel met puree en gehakt gemaakt.'

Haar schoondochter toelachend en ondertussen geruststellend met haar hand over Victoria's rug strijkend zei Alice: 'Victoria is daar dol op, hè, Victoria?'

Alice ging een eindje bij haar vandaan staan en voegde eraan toe: 'En we kunnen een paar foto's nemen met het nieuwe fototoestel dat Mr. Walter je gegeven heeft.'

'Jaaa!' zei Victoria, meteen opgevrolijkt en naar Paloma glimlachend. 'Mag ik een foto van Edward nemen?'

'Dat zou leuk zijn, dan stuur ik hem naar zijn vader. Wat een aardige gedachte, Victoria.'

'Zullen we dan maar gaan?' zei Alice, en ze sloeg haar arm om haar kleine evacuee en leidde haar naar buiten.

Paloma zei: 'Harry belde me vanmorgen. Jullie krijgen de hartelijke groeten. Hij maakt het goed en vindt het leuk zoveel over radar te leren.'

Alice knikte en zei met een grimmig lachje: 'Miles zegt dat we in ieder huishouden twee emmers moeten hebben om van alles en nog wat in te doen.'

Paloma keek haar nieuwsgierig aan en vroeg: 'Wat dan?'

'Metalen dingen. Uiterst belangrijk. Blikjes waar eten in gezeten heeft, flessendoppen, oude spijkers, gespen van oude riemen, oude sleutels, oud gereedschap, haarspelden, schilderijhaken, zo'n beetje alles wat van metaal is. Ted Swann komt het metaal eenmaal per week ophalen.'

'Waar is al dat metaal voor?' vroeg Paloma.

'De regering heeft het nodig. Ze komen het in de drie dorpen ophalen. Het wordt naar een fabriek vervoerd en daar wordt alles omgesmolten. Om vliegtuigen, wapens, schepen en munitie van te maken.'

Alice lachte om de uitdrukking op Paloma's gezicht terwijl ze de dorpsstraat overstaken naar Paloma's huis. 'Heb je de aanplakbiljetten in Harrogate niet gezien? Er staan drie vrouwen op met een vlag in hun hand waarop staat: ZET HEM OP, HUISVROUWEN! Ik moest lachen toen ik het onlangs zag, maar Miles zegt dat het belangrijk is. De regering heeft onze hulp hard nodig.'

'Dan zal ik het doen. En waar is die tweede emmer voor?'

'Etensresten. Om de kippen en de varkens te voeren... ja, want Miles gaat een paar varkens kopen.' Alice voegde er snel aan toe. 'Stel geen vragen over de varkens, alsjeblieft. We hebben al genoeg te stellen gehad met de lammetjes.'

Toen ze binnen waren, legde Paloma Edward in zijn ledikantje en stond erop dat Alice in de stoel ging zitten. Nadat ze dit had gedaan schoof Paloma het voetenbankje dichterbij, zodat Alice haar benen erop kon leggen.

'Je bent altijd maar bezig,' zei Paloma. 'Ik heb nog nooit iemand zo hard zien werken als jij.'

Alice zuchtte van genoegen terwijl ze zich ontspande. 'Er is nog nooit iemand doodgegaan van hard werken, en ik ben eraan gewend, hoor. En bovendien heb ik mijn hele leven op en neer gelopen door het park. Mijn voeten zijn eraan gewend.'

Paloma glimlachte. 'Ik kan maar beter de schotel in de oven zetten. Hij is al gaar, maar hij moet opgewarmd worden. En ik zal een van de potten met doperwten openmaken die je me hebt gegeven.' Ze wierp een blik op Victoria, die op een stoel bij het ledikantje met grote belangstelling naar Edward zat te kijken. 'Hoe klinkt jou dat in de oren?'

Victoria keerde haar hoofd om en glimlachte. 'Ik hou van puree met gehakt. Ik had het nog nooit gegeten voordat ik bij Mrs. Alice en Mr. Walter kwam wonen. O, het fototoestel!' Ze keek Alice aan. 'Zal ik het gauw gaan halen?'

'Ja, dat is een goed idee, voordat de kleine Edward diep in slaap valt. Anders zul je hem niet kunnen fotograferen.'

Toen ze alleen waren, zei Alice: 'Het gaat inmiddels een stuk beter met haar, Paloma, ze is niet meer zo gespannen en verlegen. Ik heb van het evacuatiebureau dat de leiding over Operatie Rattenvanger heeft, gehoord dat ze niet als evacuee bij een ander gezin is geweest voordat ze hier kwam. Ze zegt niet veel over haar leven, ze zegt hoe dan ook niet veel. Het is een kind dat het in het verleden niet gemakkelijk heeft gehad.'

'Ze lijkt een beschermend laagje om zichzelf te hebben aangebracht. Wat ik heb gemerkt is dat ze erg aan jou gehecht is geraakt. Ook gaat ze heel lief met Edward om en besteedt ze veel aandacht aan hem wanneer ze bij ons is. Ze is welbespraakt en heeft goede manieren.'

'Dat is waar, welopgevoed, zou ik zeggen. Maar ik stel haar geen vragen. Ik kreeg een poosje geleden te horen dat familieleden nu hun geëvacueerde kinderen mogen bezoeken. Maar niemand heeft verzocht haar te mogen bezoeken.' Alice hield op met spreken en richtte haar aandacht op haar kleinzoontje toen Victoria terugkwam met haar Kodak-fototoestel.

Paloma tilde Edward op. 'Goed. Waar wil je ons fotograferen, Victoria? Hier op de bank? Of buiten?'

'Hier. Vlak bij de vaas met bloemen, zodat die ook op de foto komt.'

Victoria nam zorgvuldig een paar foto's en vroeg toen Alice voor een foto te komen poseren. Toen dat gebeurd was, stelde Paloma voor dat Victoria met de baby ging zitten, zodat ze hen samen kon fotograferen. Toen ze klaar was, riep Paloma uit: 'O! De ovenschotel! Ik mag de ovenschotel niet laten verbranden!'

Terwijl ze de lunch serveerde, vertelde Paloma Alice en Victoria over haar eerste afspraakje met Harry, en dat ze voor hem dezelfde ovenschotel had willen maken en dat die in de oven helemaal verbrand was.

Ze moesten allemaal lachen, en Alice zag tot haar vreugde dat haar tienjarige evacuee genoot. Ze kon het niet helpen, maar ze wilde de verlegen, behoedzame Victoria beschermen. En wat Paloma betrof: die was alleraardigst. Maar zo was ze nu eenmaal. Liefdevol, warm, capabel, altijd bereid anderen een plezier te doen. Ze had zich aangesloten bij het Women's Institute in Little Skell, had haar eigen moestuin buiten in de tuin omgespit en beplant, had geleerd jam te maken en fruit te wecken, en was een van hen geworden. En iedereen had haar met open armen en een liefdevol hart verwelkomd. Alice wist dat Harry een heel bijzondere vrouw had gevonden.

Later in de middag pakten Alice en Victoria hun boek en gingen naar het laaggelegen heidegebied. Het was niet ver van Cavendon Hall, in de schaduw van de noordvleugel. Er was een beschutte plek waar Alice al haar boeken las sinds ze een jong meisje was. Nu was het ook voor Victoria een speciale plek geworden.

Alice had zich gerealiseerd dat dit gereserveerde persoontje graag op stille, beschermde plekken kwam. Daar verbaasde ze zich over, en ook over de wens om alleen te zijn, ver weg van de menigte. En ze dacht nog steeds aan die blauwe plekken. Alice had de raad van Lady Daphne opgevolgd en het onderwerp nog nooit bij het meisje aangesneden. Op een dag neemt ze me wel in vertrouwen, vertelt ze me alles, dacht Alice; tenzij er iets onvoorziens gebeurde, zou Victoria tot het einde van de oorlog bij hen zijn, en Cecily en Miles bleven zeggen dat het een lange oorlog zou worden.

Alice keek even naar Victoria en zag dat ze haar boek niet had opengeslagen. 'Heb je geen zin in lezen?'

'Ja, hoor. Ik vroeg me alleen iets af. Waar gaan we heen wanneer we doodgaan? Ik bedoel: waar is Lady Gwendolyn? Is ze daarboven in de lucht?' Terwijl ze dat zei, tilde Victoria haar hoofd op en riep toen: 'O, Mrs. Alice, kijk! Kijk, er komt een vliegtuig recht op ons af.'

Alice volgde haar blik en zag een vliegtuig hun kant op komen. Ze sprong op, greep Victoria's hand vast en trok haar mee naar de hogergelegen hei. Ze had de swastika, het nazi-embleem, op het vliegtuig opgemerkt en zich gerealiseerd dat het op de noordvleugel van Cavendon Hall afvloog. Het viel ook, verloor hoogte. Alice en Victoria stonden vol afgrijzen toe te kijken terwijl het twee schoorsteenpotten en een groot stuk dak wegsloeg. Het dook nog meer omlaag, vloog het huis voorbij en stortte neer op de hei, vlak bij de plek waar ze even daarvoor hadden gezeten.

Victoria stond te trillen op haar benen en snikte het uit; ze klemde zich stevig aan Alice vast, duidelijk bang. Alice, die helemaal ontdaan was, maakte zich los uit haar greep en probeerde haar kalm toe te spreken. 'Doe niets. Blijf hier staan. Ik ga even naar het vliegtuig kijken.'

Victoria knikte en bleef doodstil staan, met haar armen beschermend om zich heen geslagen.

Alice rende de hei op en liep voorzichtig op het vliegtuig af tot ze naast de cockpit was. De piloot zat helemaal beklemd tussen de brokstukken van zijn vliegtuig, maar hij leefde nog. Hij staarde haar aan en probeerde te spreken. Toen Alice achteruit stapte, zei hij in het Engels: '*Please... help me... please.*'

Ze had zin om te zeggen: 'Waarom zou ik? Je bent de vijand.' Maar toen drong het tot haar door hoe jong hij was, een jongen nog maar. Hooguit twintig. Zijn ogen, die haar smekend bleven aankijken, waren heel blauw.

'Ik ga hulp halen,' zei Alice, en ze rende terug naar Victoria. Ze pakte haar hand en nam haar mee de heuvel af, weg van het vliegtuig. Er kwamen al mensen aan. Ze zag Miles en Lane en daarachter de graaf en Percy Swann, de hoofdjachtopzichter. En zelfs Hanson volgde hen, met een bezorgd gezicht moeizaam de heuvel op klauterend.

Miles bleef even staan en vroeg snel en dringend: 'Mrs. Alice, hebt u gezien wat er is gebeurd?'

'Ja. Het vliegtuig ging steeds lager vliegen, het viel eigenlijk, alsof het onbestuurbaar was. Het drong plotseling tot me door dat het recht op de noordvleugel afging. Ik zat met Victoria op de lage hei, daar. Het miste ons op een haar na.'

Plotseling kwam Cecily aangerend, buiten adem. Ze riep uit: 'Mam, wat is er in godsnaam gebeurd? Ben je ongedeerd? En jij, Victoria?'

'Ik was bang. Mrs. Alice pakte mijn hand en toen gingen we rennen.'

Cecily keek Miles angstig aan. 'Zal het vliegtuig in brand vliegen, denk je?'

'Ik denk het niet. Uit wat je moeder vertelt, maak ik op dat de piloot waarschijnlijk geen brandstof meer had. En misschien verdwaald was, uit koers geraakt. Maar hij is vast dood.'

'Hij leeft nog,' zei Alice. 'Hij heeft hulp nodig.'

'Ik zie dat mijn vader er al is met Lane en Percy,' zei Miles. 'Ik kan maar beter gaan kijken of ik kan helpen. En Ceci, je kunt maar beter de RAF-basis in Topcliffe bellen; vertel wat er hier is gebeurd en vraag hun een paar officieren en een ambulance voor de piloot te sturen. Ik weet dat ze daar een ziekenafdeling hebben.'

'Ik zal het meteen doen,' antwoordde Cecily.

Alice zei: 'O, daar komt Alf Merton met nog iemand van het burgerleger.'

Miles en Lane wisten de Duitse piloot uit het vliegtuig te krijgen. Terwijl ze wachtten tot Percy en de twee leden van het burgerleger een draagbaar uit de kelder hadden gehaald, ondervroeg Miles de piloot, die versuft was en duidelijk gewond, maar nog tamelijk samenhangend kon spreken. Hij vertelde Miles dat hij plotseling had beseft dat hij uit de koers was geraakt en verdwaald.

Miles had ondanks alles met de piloot te doen. Hij was nog zo jong, hooguit twintig, net als hun eigen jongens die in de lucht strijd leverden. Eigenlijk nog een jongen.

Miles, die bekendstond om zijn medemenselijkheid en meelevendheid, knielde naast de piloot op de hei en raakte zijn schouder aan: 'Ik denk dat je gewond bent,' zei hij. 'Is er misschien iets gebroken?'

De piloot vertrok zijn gezicht en zei toen: 'Mijn rug. Mijn been. Doen pijn.'

'Niet bewegen. Er is een ambulance onderweg.'

'Ik wilde niet vallen. Op land,' stamelde de piloot in zijn gekunstelde Engels. 'Ik zocht de zee. Geen brandstof. Hoogte verliezen. Geen controle.'

'Je was niet ver van de zee; je zou het misschien zelfs hebben gehaald als je een kwart tank vol had gehad,' zei Miles.

De jonge pilloot zweeg en staarde Miles aan; zijn blauwe ogen vulden zich plotseling met angst.

Miles zei tegen hem: 'Wees maar niet bang. We zullen je geen pijn doen, ook al ben je op vijandelijke bodem. De ambulance komt gauw, en je verwondingen zullen goed behandeld worden. Je gaat naar een RAF-basis in de buurt, naar hun ziekenhuis. Een paar officieren komen je helpen, want je bent nu krijgsgevangene.'

De piloot leek meteen hevig te schrikken.

Miles vervolgde op dezelfde kalme toon: 'We behandelen onze gevangenen heel goed.'

De piloot knikte alleen maar, niet in staat iets te zeggen. Toen zei hij met verstikte stem: '*Danke schön*... bedankt.'

Het duurde niet lang of er kwamen een stel officieren van de Royal Air Force uit Topcliffe, een medisch team met een ambulance en militaire politie. Toen de piloot eenmaal door het medische team op een draagbaar de ambulance in was gedragen, gingen de twee leden van de militaire politie met hen mee. De technici van de RAF bleven achter om het Duitse vliegtuig te ontmantelen, en een paar officieren bleven erbij.

Percy en Ted waren het puin bij de noordvleugel aan het opruimen toen de graaf er met Miles en Cecily aankwam. Lane was kennelijk snel weggelopen om ervoor te zorgen dat het personeel kalm bleef en bijkwam van de schrik. Toen de graaf de schade zag, was hij verbluft, en ook van slag. Het Duitse vliegtuig had een hoge schoorsteen geraakt en een deel van het dak meegenomen. De muur eronder was ingestort door de kracht en het gewicht van het vliegtuig dat het dak was binnengedrongen, en er was nu een groot gapend gat. Er waren drie ramen verbrijzeld en overal op het achterterras lagen glasscherven, bakstenen en puin.

De graaf zag tot zijn ontzetting dat een deel van de fraaie antieke Franse meubels, die van grote waarde waren, in stukken lagen. 'Goddank staan de schilderijen in de kluis,' zei Lord Mowbray tegen Miles, die zag dat zijn vader lijkbleek was en dat zijn gezicht grimmig stond.

Plotseling kwam Hanson in zicht; hij liep over het achterterras met een blad in zijn hand. Er stond een fles uitstekende Franse cognac op met borrelglaasjes erbij. Hanson zei: 'Ik dacht dat een slokje van onze beste Napoleon ons goed zou doen, *your lordship*. We zijn allemaal flink geschrokken.'

'Wat een goed idee, Hanson!' riep Charles uit. 'Schenk ons allemaal een borrel in, en roep ook Ted en Percy erbij, en de mensen van de RAF. Die lusten ook wel een slokje. En jijzelf ook, Hanson.'

Terwijl ze allemaal op het terras hun cognac stonden te drinken, dacht Cecily aan Blackie O'Neill. Ze bedacht ineens dat hij hen misschien goed zou kunnen helpen. De schade was enorm, en ze had gemerkt dat Percy en Ted bezorgd en geschrokken keken toen ze het vernielde uiteinde van de noordvleugel inspecteerden.

Ze zei tegen Miles: 'Ik denk dat Emma Hartes vriend Blackie O'Neill ons zal kunnen helpen. Hij heeft een bouwbedrijf. Ik heb hem onlangs ontmoet en ik weet heel zeker dat hij bereid zou zijn om de schade te komen opnemen. Ik denk dat ik wel een fatsoenlijke deal met hem zou kunnen sluiten. Hij zal een redelijke raming maken.'

'Kun je hem nu bellen?' vroeg de graaf.

'Ja, en hij woont in Harrogate. Misschien kan hij later in de middag langskomen.'

'Hoe eerder hoe beter,' zei Miles.

Hoofdstuk 56

Daphne zat op de bank in de kleine zitkamer naast de eetkamer, die Cecily als kantoor gebruikte. Haar handen waren stevig ineengeklemd omdat ze zat te trillen. Ze was helemaal van haar stuk gebracht door de schade aan de noordvleugel, die ze zojuist had aanschouwd.

Daphne en Charlotte waren die middag in Harrogate geweest en waren net voordat de RAF-officieren met hun team vertrokken teruggekeerd.

Cecily deed het team uitgeleide, en nadat Daphne haar auto had geparkeerd, was ze op haar afgelopen, gevolgd door Charlotte, en had ze met opgetrokken wenkbrauw gevraagd waarom er RAF-officieren op Cavendon waren geweest.

Cecily had alles uitgelegd. Charlotte was ontzet geweest en was Charles gaan zoeken om hem bij te staan. Toen had Cecily Daphne meegenomen naar de noordvleugel. Ze had met open mond naar de puinhopen staan kijken en was toen naar een boom gewankeld om ertegenaan te leunen. De tranen rolden over haar gezicht.

Toen Cecily haar had aangesproken, had ze niet geantwoord, en Cecily, die dacht dat ze in shock verkeerde, had haar arm vastgepakt en haar naar de zitkamer geloodst en de deur achter hen dichtgedaan.

Een poosje later knipperde Daphne een paar maal met haar ogen, veegde met haar vingertoppen haar natte wangen droog en keek Cecily aan. Ze zaten nog steeds zonder te spreken.

'Is het niet gek,' begon Daphne plotseling, 'dat iedereen het altijd maar over het geluk van Cavendon heeft, alsof het lot Cavendon altijd gunstig gezind zal zijn? Maar ik heb het nooit zo gezien. Jij?'

'Nee, ik ook niet,' antwoordde Cecily. 'Ik heb altijd geweten dat deze familie niet alleen voorspoed, maar ook tegenspoed zou kennen.'

'Hoe wist je dat?'

'Ik denk doordat het nu eenmaal zo gaat in de wereld waarin we leven. Maar ook door Genevra. Sinds ik klein was heeft ze me gewaarschuwd voor tegenslagen, omdat die zouden komen. Ze heeft altijd gezegd dat Cavendon leed zou kennen, dat de familie met dood en chaos en problemen te maken zou krijgen. Altijd, maar niet continu.'

'En jij geloofde haar? Geloof je haar nog?'

'Jazeker. Ze is helderziend, en dat geloof ik ook.'

Daphne slaakte een lange zucht, en haar stem werd plotseling beverig toen ze zei: 'Maar wáárom de noordvleugel? Al die jaren die ik erin heb gestopt om hem weer mooi te maken.'

'We moeten het van de zonnige kant bekijken,' zei Cecily vriendelijk. 'We laten hem herbouwen.'

Daphne knikte alleen maar, en weer kwamen de tranen, maar het lukte haar te spreken. 'Ik heb een zoon in het ziekenhuis met een geamputeerd linkerbeen, die wacht tot de stomp geheeld is, zodat hij weer kan leren lopen met een kunstbeen. Oudtante Gwen, onze matriarch, is net overleden. Mijn oudste dochter, die nu verpleegster is bij het Rode Kruis, staat op het punt zich in een gevaarlijke oorlog te storten, en mijn tweelingzoons zullen binnenkort als soldaat in het leger vechten. Daarnaast is mijn jongste dochter boos op me omdat ik haar niet laat studeren aan de Royal Academy of Music, omdat het gebouw midden in het centrum van Londen staat. En nu is ons huis, dat ik vol liefde gerestaureerd heb, verwoest door een vliegtuig met een swastika erop. Ik vraag me af wat er nog meer komt.'

Daphne had zo'n wanhopige uitdrukking op haar gezicht dat Cecily opsprong en naast haar ging zitten op de bank. Ze sloeg haar armen om haar schoonzus en probeerde haar tot bedaren te brengen, haar te kalmeren; Daphne begon te snikken alsof haar hart brak.

Cecily wist dat haar reactie op de schade aan de noordvleugel oprecht was, maar ook dat Daphne oververmoeid was, doodop. Er waren de problemen met Susie Jackson, de kokkin, geweest, die ongewoon kort en bondig had gezegd dat ze weg wilde, en uiteindelijk zelfs onaangenaam was geworden.

Inmiddels was ook de huishoudster, Mrs. Weir, vertrokken, en ook een van de dienstmeisjes, Brenda Caine, ging weg. Allebei gingen ze in de munitiefabrieken werken.

Dan was er nog Charlotte, die naar Cecily's mening oud begon te worden. Ze was nu tweeënzeventig en sinds ze het jaar daarvoor haar been had gebroken, was ze niet meer de oude. Hoewel het been was genezen, liep ze om de een of andere reden toch een beetje mank. Cecily dacht dat Charlotte mogelijk aan reumatiek leed, of misschien aan een andere ziekte. Ze was in ieder geval wat van die enorme energie kwijt die haar door vele jaren op Cavendon heen had geholpen, waarin ze voor iedereen zoveel had gedaan. Ze heeft haar sporen wel verdiend, dacht Cecily, net als Daphne. Ze kunnen allebei wel wat verlichting van hun lasten gebruiken. We hebben meer hulp nodig hier. Kon ik maar een paar mensen vinden. Ze kon zich niet voorstellen waar ze die kon vinden, gezien de druk waaronder iedereen stond om een bijdrage te leveren in de fabrieken en op het land.

Tot haar verbazing ging Daphne ineens rechtop zitten. Ze pakte haar handtas, haalde er een zakdoek uit, veegde haar ogen droog en snoot haar neus.

Even later zei Daphne, duidelijk trachtend haar zelfbeheersing te hervinden: 'Wat ben ik vreselijk. Zo egoïstisch! Ik denk alleen maar aan mezelf. Wat zijn mijn problemen nu eigenlijk in vergelijking met die van duizenden vrouwen in Engeland? Velen hebben hun echtgenoot en hun zoons verloren in deze afgrijselijke oorlog, en hebben niet alle privileges die wij hebben. Ik schaam me dat ik zo zwak ben.'

'Je hebt geen enkel egoïstisch botje in je hele lijf, Daphne!' riep Cecily uit. 'Het enige wat je je hele leven hebt gedaan is anderen helpen. Moet je horen. Het is me gelukt een nieuwe kokkin te vinden, en nu ga ik een huishoudster opscharrelen. Ergens.'

'Maak je daar niet druk om, Ceci. Hoe dan ook bedankt, maar ik red me wel.'

'Dat zullen we nog wel zien. Ík denk dat Charlotte en jij uitgeput zijn. Dit is een kolossaal gebouw om te runnen, met een heleboel kinderen.'

'Ja, daar heb je wel gelijk in. Tussen twee haakjes, waar is Hugo?'

'O jee, dat was ik even vergeten. Hij is beneden in de gewelven, in het onderste. Hij is DeLacy gaan halen voor de thee.'

'Ze wachten vast op ons in de gele zitkamer, denk je ook niet? Het is ver na vieren.'

Cecily knikte. 'Waarschijnlijk wel. Kun je het aan om erheen te gaan?'

'Jawel. En het spijt me dat ik zo van streek was, Ceci. Ik ben een Ingham. En Ingham-vrouwen houden de rug recht en dragen hun last. Ik zal de noordvleugel opknappen en hem nog mooier maken dan hij was – nu, of wanneer deze rotoorlog voorbij is.'

Cecily en Miles zorgden er al heel lang voor dat ze iedere avond voor het naar bed gaan een halfuur samen doorbrachten in de zitkamer naast hun slaapkamer. Dan bespraken ze zaken die hun ter harte gingen. Het was een ritueel geworden, en ze wilden het voor niets ter wereld missen.

Toen ze zich op de bank voor het langzaam dovende vuur hadden geïnstalleerd, zei Miles: 'Ik weet niet hoe jullie het allemaal doen, maar de Britse vrouwen zijn heldinnen. Ik vind dat de regering wanneer de oorlog voorbij is, jullie allemaal een medaille moet geven. Of zoiets.'

Cecily lachte. 'Nou, in ieder geval is er één man die inziet wat we doen. Niet alle mannen zien dat. Ze hebben de neiging neer te zien op vrouwen in de oorlog, want daar zitten we nu eenmaal in. Ik kwam onlangs Joyce Bourne tegen in het dorp. Ze had achtenveertig uur verlof van de WAAF en logeerde een paar dagen bij Evelyne. Ze beklaagde zich erover dat sommige dienstplichtigen geen vertrouwen in hen stelden, hen als imbecielen behandelden.'

'Ze zullen er algauw achterkomen hoe fantastisch die WAAF's zijn!' riep Miles uit. 'Harry had het over hen tegen mij. Hij kon niet zonder hen. Ze zijn de echte experts geworden.'

'Ik heb vanavond veel over Daphne nagedacht, Miles,' zei Cecily. 'En ik wil een nieuwe huishoudster vinden. Ze heeft op het ogenblik veel op haar bordje, en dat neergestorte vliegtuig heeft haar echt van haar stuk gebracht.'

Miles knikte. 'Ik weet het, maar ze heeft zich tijdens de thee en het avondeten beslist goed gehouden. Ik vond haar zelfs heel kranig. Zo is Daphne. Ze wil niet zwak lijken, wil geen medelijden.'

'Ik dacht erover Laura Swann te vragen een paar weken vanuit Londen hierheen te komen, totdat ik een nieuwe huishoudster voor Cavendon heb gevonden.'

'Het lijkt me een uitstekend idee om Laura hierheen te halen. Eric redt zich altijd heel goed. Hij kan het huis in South Street met gemak runnen, en Mrs. Wilkinson komt er iedere dag om schoon te maken en strijkwerk te doen. Bovendien zijn we daar momenteel niet zo vaak.'

'Ik ben blij dat je het met me eens bent, Miles. En dan is er nog iets. Ik wil je vragen...' Cecily zweeg even en zei toen een beetje aarzelend: 'Ik wil niet suggereren dat tante Charlotte ziek is of iets ernstigs heeft, maar ze is langzamer geworden, vind je ook niet?'

'Je hebt gelijk, dat is zo. Maar voor zover ik weet is ze niet ziek. Dan zou mijn vader het me verteld hebben. Ik denk dat het haar leeftijd is. Weet je, papa is ook langzamer geworden.' Hij fronste zijn wenkbrauwen, schoof naar zijn vrouw toe en sloeg zijn arm om haar schouder. 'Maak je geen zorgen om Charlotte, volgens mij maakt ze het prima.'

Ze waren even stil. Ondanks Daphnes rol in het runnen van Cavendon, wisten Miles en Cecily dat ze op een dag naar voren zouden moeten treden als de nieuwe graaf en gravin.

Cecily knikte. 'Ik wil iets doen om iedereen op te vrolijken, vooral Daphne. Ik heb een idee gekregen dat ik aan je wil voorleggen.'

Hij glimlachte. 'Jij met je ideeën. Maar ze zijn meestal goed, dus ga je gang.'

'Daphne en Hugo zijn in april niet mee geweest toen we met z'n allen naar de première van *Gone with the Wind* gingen. Daphne had griep, zoals je misschien nog weet. Wat ik wil doen is regelen dat we hem gaan zien. Een aantal bioscopen in Harrogate is weer open, en ik zag vanmorgen in de krant dat in een ervan *Gone with the Wind* draait. Ik dacht erover met de bedrijfsleider te gaan praten en te proberen een aantal plaatsen voor ons te reserveren.'

'Ik weet dat ze hem graag wil zien,' zei Miles. 'En ik heb een beter idee. Waarom roep je niet de hulp van Dulcie in? James heeft de connecties. Waarom vraag je hem niet een kopie van de film te vragen, als dat kan? Dan kunnen wij hier een filmoperateur inhuren, uit een van de bioscopen, plus de benodigde apparatuur.'

'En iedereen uitnodigen?' riep Cecily uit. Ze klonk ineens opgewonden.

'Wat bedoel je met "iedereen"?'

'De hele familie, niet alleen Daphne en Hugo. Als James het kan regelen, zouden we de film op een zaterdag moeten vertonen, wanneer iedereen uit Londen overkomt.'

Hij knuffelde haar stevig en kuste haar wang. 'Er is niemand als u, Mrs. Ingham... Trouwens, ik denk dat Blackie O'Neill onze redding is. Niet alleen voor de noordvleugel, maar ook voor andere delen van het huis die nog gerepareerd moeten worden.'

'Ik ben blij dat jij hem mocht, en ik vond zijn voorstel om de noordvleugel af te dekken met dekzeilen een fantastische oplossing. Dat isoleert de vleugel en beschermt de rest van het huis tot er gerepareerd kan worden.'

'Ik was onder de indruk van wat hij allemaal voorstelde.'

Ze vielen allebei stil. Cecily leunde tegen Miles aan en genoot van die paar ogenblikken samen. Ze maakte zich over zoveel dingen zorgen, maar toch was ze vanbinnen gelukkig. Ze legde beschermend haar rechterhand op haar buik. Het kind was veilig. Het zou allemaal goed komen. Op de een of andere manier. Ze zouden deze oorlog doorstaan, wat het ook kostte. Net als de rest van het land. Het was een ontembaar volk hier op dit eiland. Duitsland zou hen nooit verslaan.

Hoofdstuk 57

Noel Jollion zat op zijn stapelbed de brief van zijn nicht Paloma te lezen en was ontzet over het Duitse vliegtuig dat Cavendon Hall in was gedoken. Wat een ravage moest dat gegeven hebben. Paloma schreef goed en ze had alles tot in het kleinste detail beschreven. Goddank was niemand op Cavendon gewond geraakt.

Zelfs de Duitse piloot was in leven gebleven. Hij was natuurlijk verdwaald, uit koers geraakt, dacht Noel, zonder brandstof komen te zitten, waardoor hij snel hoogte verloor.

Noel verscheurde de brief, verscheurde hem nog eens, tot hij kleine snippertjes had, en gooide die in de prullenbak. Hij bewaarde nooit enig geschrift, vooral niet brieven van zijn familie. Hij wilde niets persoonlijks achterlaten, voor het geval hij de pineut was, in de plomp stortte, niet terugkeerde naar zijn basis: Biggin Hill, net buiten Londen.

Noel liep naar buiten en keek naar de lucht. Lichtblauw. Geen wolkje te zien. En even geen spoor van de Luftwaffe. Maar die zouden niet lang op zich laten wachten, en dan zou hij snel naar zijn kist moeten. Zij allemaal. En dan zouden ze opstijgen om te vechten tegen de Heinkels, Stuka's en Messerschmitts die op hen af werden gestuurd om hen te doden.

Het was een gouden zomerochtend. Het weer was al dagenlang zo. Hij liet zich op het koele gras vallen en leunde met gestrekte benen op zijn zij, half soezend, zoals ze probeerden te doen terwijl ze wachtten tot het alarm hen tot actie opriep.

Hij was moe. Iedere gevechtspiloot was moe. Maar ze konden niet aan de vermoeidheid toegeven. Enfin, ze waren fit en jong, net voorbij de twintig, en ongehuwd, en geen van hen had zijn formele opleiding helemaal afgemaakt.

In plaats daarvan waren ze gevechtspiloot van het hoogste kaliber geworden. Hij was de meesten ver voor geweest, aangezien hij in Yorkshire had leren vliegen in zijn eigen vliegtuigje. Maar de anderen waren wel goed, en het jagerscommando was de eerste verdedigingslinie in de slag om zijn land; het stond onder bevel van Sir Hugh Dowding. Hun opperbevelhebber werd gekscherend 'Stuffy' genoemd en zijzelf stonden bekend als 'Dowdings kuikens'.

Zoals iedere luchtmachtluitenant bij de RAF was Noel dol op vliegtuigen, en het was voor de in blauw uniform gestoken jongens de grootste kick om op te stijgen in hun Spitfires en Hurricanes en de Luftwaffe te verslaan.

Noel vloog een Spit, zoals ze die noemden, en hij vond het een heerlijk vliegtuig. Het paste helemaal bij hem, en hij had het 'Baby Doll' genoemd, en dat was het ook: zijn speeltje. Wanneer hij in de cockpit zat, compleet met vliegenierspak, zuurstofmasker, reddingsvest en parachute, voelde hij zich werkelijk beschut, volkomen veilig in Baby Doll. Zijn rechterhand rustte dicht bij de rode knop die zijn acht machinegeweren bediende die in de twee vleugels waren gemonteerd. Het enige wat hij hoefde te doen om te vuren was erop drukken.

Hij had geprobeerd deze dingen uit te leggen aan zijn moeder, die zich constant zorgen om hem maakte. Om haar gerust te stellen had hij uitgelegd dat hij een eenmansgevechtsvliegtuig bestuurde dat zo goed ontworpen was dat de Duitsers het graag zouden willen hebben. Hij zei dat het voor hem iets schitterends was: tien meter spectaculaire schoonheid. Hij had eraan toegevoegd dat het werd aangedreven door een Merlin-motor met 1030 pk, een maximumsnelheid kon halen van 360 mijl per uur en dat het op een maximale hoogte van 34.000 voet kon vliegen. Hij had zijn kleine uiteenzetting vervolgd met de mededeling dat het sneller was dan zijn Duitse tegenhanger op hoogten boven de 15.000 voet en dat zijn Spitfire bijzonder goed manoeuvreerbaar was, met gemak bij vijandige vliegtuigen weg kon komen. Ten slotte had hij nogmaals gezegd dat hij in het beste vliegtuig zat en dat ze zich niet zoveel zorgen moest maken.

Sylvia Jollions antwoord was geweest dat ze zich altijd zorgen om hem zou maken, maar dat hij nu al die gegevens op moest schrijven, zodat ze beter kon begrijpen wat hij haar zojuist had verteld. Ze leerde later alles zelfs uit haar hoofd en vergat het nooit meer.

Zijn vader, de commandeur, had Sylvia geruststellend gezegd dat Noel zo veilig was als maar kon midden in een oorlog, zelfs als hij in zijn Spitfire zat.

Niettemin begreep Noel diep in zijn hart wel dat zijn moeder zich zorgen maakte. Alle moeders waren bezorgd, omdat hun zoons in de oorlog iedere dag hun leven waagden. En omdat honderdduizenden zoons nooit meer terug zouden komen en nooit meer hun moeder zouden omhelzen.

Deze ochtend droeg Noel zijn vliegoverall en die zo belangrijke witte zijden sjaal. Wanneer hij strijd leverde, moest hij zijn nek veel draaien, en de sjaal gaf hem wat comfort. Alle vliegeniers droegen hem. Hij pakte zijn reddingsvest en trok het aan. Hij en een maat uit het 39ste eskader waren in staat van paraatheid; de piloten die standby waren, zaten al in hun cockpit. Te wachten.

Toen de alarmbel klonk, schrok Noel op. Hij hoorde de stem van zijn eskaderleider luid en duidelijk. In de verte werd de lucht donkerder. Honderden vijandelijke vliegtuigen vlogen op Biggin Hill af.

Hij deed zijn sjaal goed en rende naar zijn Spitfire. Hij had zich bij zo'n veertig andere gevechtspiloten gevoegd die naar hun vliegtuig sprintten. In een mum van tijd zat hij in zijn cockpit en trok zijn parachuteplooier de parachuteriemen over zijn schouders; daarna kwamen de riemen van het draagstel. Ten slotte werd zijn zuurstofmasker vastgemaakt en werd de zuurstoftoevoer opengedraaid. Hij was klaar om op te stijgen.

Noel startte de motor, zette alle knoppen in de juiste stand en gaf de mecaniciens op de grond het teken: twee duimen omhoog. Noel wist dat ieder moment de blokken weg zouden worden geschoven en dat zijn Merlin-motor, gemaakt door Rolls-Royce, zou beginnen te brullen en zijn Spit het blauwe uitspansel in zou tillen.

Nu steeg zijn eskader op. Steeds hoger gingen de vliegtuigen, in formatie. Plotseling klonk de stem van de commandant van zijn eenheid, Gerald Rayne, in zijn oortelefoon, die hem vertelde wat er verderop gaande was: *'Bandits approaching, angels one-eight.' Bandits* verwees naar de vijand, *angels* naar hoogte. De boodschap was helder en duidelijk. Hij reageerde snel.

Plotseling bevond hij zich tussen de vijandelijke vliegtuigen. Ze omringden hem. Vandaag waren het Stuka-bommenwerpers en Messerschmitt-gevechtsvliegtuigen. Zijn hoofd draaide voortdurend van links naar rechts en weer terug, maar hij moest ook zijn voorruit goed in de gaten houden. De sjaal beschermde zijn nek terwijl hij continu alle kanten op keek.

Noel zag twee Stuka's op zich afkomen en hij dook met zijn Spit behendig onder hun buik. Hij zwenkte en laveerde en vloog door. Hij manoeuvreerde zijn vliegtuig bij hen uit de buurt – die mogelijkheid bood de Spitfire hem. Daarna drukte hij met zijn duim op de rode vuurknop, en aan weerszijden van hem trokken zijn acht mitrailleurs sporen van vuur en troffen de naderende vliegtuigen.

Hij knikte en grijnsde toen hij zag dat de Stuka's onhandelbaar werden, hoogte verloren en spiraalsgewijs de ruimte onder hem in vielen en verdwenen.

Dat was raak.

Plotseling kwamen er enkele Messerschmitts recht op hem af, en zijn gemanoeuvreer begon weer helemaal opnieuw. Zijn geschut gaf vuur en daarna vloog hij omhoog, moest hij steil klimmend de formatie verlaten. Hij ging hoog de wolken in om dekking te zoeken. Maar hij wist dat hij een van de Messerschmitts had geraakt.

Even later daalde hij weer, en een snelle blik naar links en naar rechts zei hem dat al zijn collega-gevechtspiloten de Spitfires schitterend hanteerden. Er was gigantische schade toegebracht aan de vijandelijke vliegtuigen.

En toen, zoals de laatste tijd wel vaker gebeurde, keerden de vliegtuigen van de Luftwaffe om en vlogen terug naar het Kanaal. Hadden ze ingezien dat de RAF nog meer dan genoeg vliegtuigen in de lucht had en ook het lef had om door te gaan, om hen aan te vallen en te vernietigen? Noel grijnsde. Niet alleen zijn eigen eskader was vandaag de lucht in gegaan, ook andere eskaders hadden meegevochten.

Wat een luchtgevecht was het geweest. Allemaal vlogen ze terug; sommige met schade, maar er was geen enkel vliegtuig neergestort en er was geen enkele piloot verongelukt.

Noel maakte een prachtige, vloeiende landing op Biggin Hill. Zijn Baby Doll had hem goed gediend.

De afgelopen week hadden Noel Jollion en zijn maat Victor 'Tory' Yardley, ook een luchtmachtluitenant, vaak twee vluchten per dag uitgevoerd, wanneer de Luftwaffe 's middags en 's avonds was teruggekeerd. Na hun succes van die ochtend zei hun eskaderleider dat ze even vrijaf konden nemen. 'Smeer 'm vanavond naar het café van Teddy Preston, ontspan je en drink wat. Jullie vliegen morgen niet. Jullie hebben het verdiend en hebben allebei wat rust nodig.'

Dat was maar al te waar. Algauw persten ze zich in Tory's Austin Seven, een twoseater, en reden naar de White Hart in Brasted. De auto maakte een hoop herrie, maar ze kwamen er.

Dit café was de lievelingskroeg van alle mannen van Biggin Hill, en toen ze binnenkwamen, werden ze joviaal begroet door mannen van diverse eskaders die op hun basis gestationeerd waren.

Noel en Tory liepen linea recta naar de bar, waar ze allebei een halve pint bitter bier bestelden. Tory zei: 'Heb jij toevallig sigaretten bij je? Ik heb wel trek in een saffie.'

Noel haalde een pakje Gold Flake, hun lievelingssigaretten, tevoorschijn en bood Tory er een aan; daarna nam hij er zelf een. Na hem aangestoken te hebben, keek Noel om zich heen.

Het café was gedempt verlicht, warm, rokerig en heel aangenaam. Er stond in de hoek een piano waarop een plaatselijke jonge vrouw een populair liedje speelde: 'Fools Rush in'. Een paar in blauw uniform gestoken jongens dromden om de piano heen en zongen met haar mee en leefden zich uit.

Noel zuchtte van genoegen. Wat was het heerlijk om met de andere jongens hier te zijn en te genieten van deze welverdiende vrije avond. De eskaderleider had hem vorige week verteld dat hij binnenkort recht had op een weekendverlof van achtenveertig uur, en Noel was van plan naar Londen te gaan. Hij kon altijd in Kensington logeren, bij zijn tante, Adrianna Bellamy, die nu bij het Rode Kruis werkte. En Cecily en Miles hadden hem ook een kamer in hun huis in South Street aangeboden. Dat idee beviel hem wel, want de uitnodiging gold ook voor Tory, en bovendien was South Street veel dichter bij Shepherd Market, waar de Shepherd's Club was. Noel noemde deze club 'het officieuze hoofdkwartier van het jagerscommando'. De piloten waren gesteld op Oscar, de Zwitser die het café runde. Hij kende de roddels, wist waar iedere piloot was en wat hij deed. Hij was een goudmijn van informatie en verwelkomde hen altijd enthousiast.

Tory keerde zich naar Noel en zei: 'Heb je al besloten waar we gaan neerstrijken wanneer we weekendverlof krijgen?'

'Je hebt mijn gedachten gelezen. Hopelijk bij Miles en Cecily. Ik weet dat we ook bij mijn tante terechtkunnen, ze heeft massa's ruimte, maar South Street ligt in Mayfair.'

'Aha! Je denkt aan Shepherd's. Maar wat dacht je van Quags? Daar zouden we ook heen kunnen.'

Noel knikte. 'Da's waar. Maar ik vind Quaglino een beetje duur. Enfin, we hebben nog de tijd om te beslissen.'

Tory knikte instemmend en bestelde nog twee pullen bier. 'Ik wil vanavond niet zat worden,' bekende hij. 'Hoewel we morgen niet de lucht in hoeven, wil ik geen ongeluk met de Rolls. Het is het enige transportmiddel dat we hebben.'

Noel begon te lachen. 'O, was het maar een Rolls...' zei hij, en hij keerde zich om toen twee maten van hun eskader bij hen kwamen staan aan de bar.

Burt Mayfield zei: 'Jezus, het was niet te geloven, Noel, toen je de tiet indrukte en begon te vuren... het was geweldig, en je hebt heel wat van die knakkers neergehaald.'

'Dat hebben wij allemaal gedaan,' antwoordde Noel. 'Het was vandaag een fantastisch luchtgevecht.'

'En er komen er nog heel wat meer... we krijgen die klootzakken wel te pakken. We gaan winnen. We laten ons door niets tegenhouden,' zei Burt. 'Dat verzeker ik je.'

Het jagerscommando vocht moedig door. De Luftwaffe bleef alle vliegvelden in Engeland aanvallen en beschoot ook fabrieken en schepen op zee. Ze waren onvermoeibaar en meedogenloos, en ze wisten van geen ophouden.

De in blauw uniform gestoken mannen vochten terug, en in de zomer van 1940 leverden ze de eerste echt grote luchtstrijd. En verijdelden zo de voorbereidingen van de nazi's om Groot-Brittannië over land binnen te vallen. Nog geen enkel Duits schip had het Kanaal durven oversteken.

In de loop van de daaropvolgende weken wist Lord Beaverbrook de productie van vliegtuigen te verhogen, en beschadigde vliegtuigen werden sneller gerepareerd. Dankzij de inspanningen van Winston Churchill, en die van president Roosevelt, kwam er nu munitie uit Amerika; het was een immense hoeveelheid.

Tegelijkertijd voerden de binnenlandse fabrieken hun leverantie van wapens, machinegeweren en granaten op.

Groot-Brittannië had nog nooit zulke legers gehad als de legers die in oorlogstijd bijeen werden gebracht. Op 15 augustus werden alle middelen van het jagerscommando in het zuiden ingezet toen de moeilijkste periode van de strijd aanbrak. De Britse regering wist dat de Duitsers op het punt stonden alles waarover ze beschikten op hun eiland los te laten.

Op 20 augustus sprak Winston Churchill het Lagerhuis toe. Het was een lange toespraak, een die het Lagerhuis, en later, toen hij 's avonds werd uitgezonden, het volk ervan op de hoogte stelde hoe het land er op dat moment precies voor stond. In deze toespraak kwamen een paar gedenkwaardige zinnen voor, die het hart van iedereen in het land, ja, van iedereen in de hele wereld, raakten.

'De dankbaarheid van ieder huisgezin op ons eiland, in ons wereldrijk, ja, in heel de wereld, behalve in de woningen van de schuldigen, gaat uit naar de Britse piloten die in weerwil van de grote overmacht, onvermoeid door de constante uitdagingen en het dodelijk gevaar, met hun moed en hun toewijding het tij van de oorlog keren. Nog nooit hebben er in een conflict der mensheid zo velen zoveel te danken gehad aan zo weinigen.'

Blitzkrieg

Deez' koningstroon, dit scepterdragend eiland,
Dit land van macht en waardigheid, Mars' zetel,
Dit ander Eden, tweede paradijs,
Dit bolwerk, door natuur zichzelf gebouwd,
Waar iedre krijg en zijn verderf op afstuit,
Dit volk van zegen, deze kleine wereld,
Dit kleinood, in de zilv'ren zee gevat,
Die als een wal het kostlijk pand beschut,
Of als een gracht, die 't huis verdedigt tegen
Den nijd van min met heil begaafde landen, –
Deez' zegenrijke plek, dit rijk, dit England

William Shakespeare, *Koning Richard de Tweede*

Hoofdstuk 58

Diedre zat aan haar bureau in het speciale kantoorgedeelte van het ministerie van Oorlog. Zoals gewoonlijk lagen er geen papieren op, alleen maar een kaartje. Ze pakte het op, las het nogmaals en legde het toen neer; het was een soort puzzel, maar ze zou er wel uit komen.

Het was een vreemd bericht. Toch zei haar intuïtie haar dat het van Valiant kwam. Het was niet afkomstig van een bekende bron, zoals het Vaticaan of Madrid. Het was uit Lissabon gekomen. De spionnenstad. Zo zag ze Lissabon. Het was een broeinest van intriges.

Tony liep haar kantoor in en Diedre pakte de witte kaart op. Ze las hem hardop voor.

'Zeeleeuw verdronken. Barbarossa drijft.'

Tony ging tegenover haar zitten en maakte een grimas. 'Welk oord heeft dit kleine epistel voortgebracht?'

'Lissabon. Vanmorgen vroeg. Het riekt naar Valiant, vind je niet?'

'Ja. Heb je het al ontcijferd?'

'Gedeeltelijk. "Zeeleeuw verdronken" betekent duidelijk dat er geen landinvasie komt, dat de moffen niet met schepen het Kanaal zullen oversteken. Operatie Zeeleeuw is dus dood, niet meer actief. Maar vanwaar dat Barbarossa?'

Tony fronste zijn voorhoofd. 'Ik weet niet zo goed wie Barbarossa is, of was. Een tiran of zo?'

'Klopt. Hij was eigenlijk koning Frederick I van Duitsland, in de twaalfde eeuw of ergens rond die tijd. In ieder geval in de periode van het Heilige Roomse Rijk.'

William kwam het kantoor binnen en ging naast Tony zitten. 'Hebben we een nieuw bericht van Canaris?'

'Het is denk ik van hem.' Terwijl ze sprak, overhandigde Diedre haar echtgenoot het kaartje.

William las het en zei: 'Ik denk dat dit betekent dat er iets in de pijplijn zit met de codenaam Operatie Barbarossa, omdat we allemaal weten dat Operatie Zeeleeuw dood is. Ik denk dat het een codenaam is voor een ophanden zijnde aanval. In de nabije toekomst. Valiant laat het ons altijd bijtijds weten. Maar, eh... wie is Barbarossa?' Hij keek Diedre aan, en zijn donkere ogen stonden vragend.

'Een Duitse koning, Frederick I, van eeuwen geleden.'

'Waarom die verwijzing naar hem? Heb je enig idee?' vroeg William.

Tony zei: 'Ik weet dat het een tiran was, dat hij vaak slag leverde.' Hij stond op. 'Ik zal in een van mijn encyclopedieën kijken. Ben zo terug.'

Toen ze alleen waren, vroeg Diedre: 'Hoe was het met de premier, Will?'

'Hij was boos. Hij gelooft niet dat de bom die 23 augustus op Londen viel een ongeluk was, wat de moffen beweren. Hij slaat dus terug. De RAF, die al andere Duitse steden heeft gebombardeerd, stapt over op nachtelijke aanvallen. Op Berlijn.'

Diedre zweeg even, en haar gezicht stond bezorgd. 'De strijd wordt dus opgevoerd.'

'Maar al te waar.'

William zweeg toen Tony terugkwam en ging zitten. Hij zei: 'Barbarossa was een man van de actie, een generaal. Hij stierf in de strijd, of eigenlijk verdronk hij in een rivier. Maar de clou is dat hij een Duitse held is, en de plaatselijke folklore wil dat hij begraven ligt onder de bergketen bij Berchtesgaden, waar zich de Berghof bevindt, Hitlers vakantieverblijf in de Duitse Alpen.'

'Laten we dit even analyseren. Duitse koning. Een held. Nogal een tiran. Vlak bij Hitlers huis begraven. Er is sprake van verschillende verbanden. Verder nog iets over die man, Tony?' William leunde achterover en sloeg zijn lange benen over elkaar.

'Nee. Alleen maar dat hij een rode baard had,' antwoordde Tony.

'Waar duidt die baard op? Nergens op, neem ik aan,' zei William met een licht schouderophalen, even weinig aanknopingspunten ziend als Tony.

‘Vergeet de baard,’ zei Diedre. ‘Concentreer je op de kleur. ROOD. Wat duidt die voor jou aan, Will? Tony?’ Ze trok een wenkbrauw op. Toen geen van beiden reageerde, zei ze: ‘Wanneer ik het woord “rood” gebruik, heb ik het meestal over een communist.’

‘Rusland!’ riep William uit. ‘Operatie Barbarossa kan heel goed de codenaam voor de invasie van Rusland zijn.’

‘Mijn god, dat zal hij toch niet doen?’ Diedre keek geschrokken. ‘Zo gek kan hij toch niet zijn? Hij zou dezelfde fout maken als Napoleon.’

‘Inderdaad,’ viel William haar bij. ‘Maar moet je horen, niemand heeft ooit gezegd dat de Führer onfeilbaar is. Sterker nog, hij zit er heel vaak naast. En naar mijn idee spoort die man niet. Ik ga dit doorgeven aan C, uitzoeken wat MI6 weet.’

‘Misschien meer dan wij,’ merkte Diedre op, en ze stond op. ‘Het spijt me, maar ik moet nu weg. Ik heb een afspraak met Dulcie, DeLacy en Cecily, voornamelijk om te bespreken wat we moeten doen met de eigendommen van oudtante Gwendolyn, en ook nog wat andere zaken.’

Beide mannen stonden op; ze kuste William op de wang en zei tegen Tony: ‘Niet vergeten dat je bent uitgenodigd voor de voorstelling van James op donderdagavond.’

‘Het staat in mijn agenda, zoiets zou ik nooit overslaan.’

Toen ze in hotel Ritz aankwam en het restaurant in liep, zag Diedre tot haar opluchting dat Cecily alleen was. Dulcie was de laatste tijd vaak te laat. Ze had altijd veel te doen voor James, en ze was nu vrijwilligster bij het Rode Kruis en deed een paar dagen in de week administratief werk. Net als haar zussen voelde ze zich verplicht haar ‘steentje bij te dragen’, zoals ze het noemde.

Nadat ze Cecily op de wang had gekust, ging Diedre zitten en vroeg: ‘Voel je je nog steeds goed? En de baby ook?’

Cecily lachte. ‘Ja hoor, baby voelt zich goed en mama ook.’

Diedre zei: ‘Ik trakteer vandaag op de lunch. Jij neemt hem altijd voor je rekening. Ik weet dat jij het Ritz als jouw kantine beschouwt, maar vandaag is het de mijne.'

Cecily haalde lachend haar schouders op en zei: 'Dat is best. Enfin, het is een goed idee om de kosten te delen. We zouden allemaal om de beurt moeten betalen. DeLacy komt trouwens niet. Ze is nog op Cavendon, schilderijen in het huis van oudtante Gwen aan het uitzoeken. Ze maakt een inventarislijst en catalogiseert ieder schilderij.'

'Dat is veel werk, Ceci. William en ik zouden het kunnen doen voordat we erin trekken.'

'Jullie hebben het dan al druk genoeg met het schilderen van het huis. Het hele huis. Het is nodig, hoewel je misschien op een paar slaapkamermuren dat prachtige oude behang wilt behouden. Nu het huis van jullie is, kun je ermee doen wat je wilt.'

'Ik neem aan dat de schilderijen de gewelven in gaan?'

'Ja, voor de veiligheid. Oudtante Gwen heeft de schilderijen nagelaten aan het Cavendon Restauratiefonds. DeLacy en Dulcie verkopen ze na de oorlog en het geld zal goed van pas komen. Maar je mag de meubels uitkiezen die je hebben wilt; de rest kan verkocht worden voor het fonds.'

'Ik weet het. Haar testament was heel duidelijk. Ik vond het trouwens lief van oudtante Gwen dat ze ons allemaal zo'n koffertje naliet met een paar juwelen en een van haar mooie sjaals erin. Wat heeft ze je vader nagelaten?'

'Ze heeft mijn vader en Miles mooie gouden manchetknopen gegeven en, net als aan ons, een ingelijste foto van haarzelf met haar handtekening erop.'

Diedre schoot onwillekeurig in de lach. 'Alsof ze van koninklijken bloede was. Maar ik vind dat ze ons allemaal heel goed bedeeld heeft, en ze heeft papa opgevrolijkt door haar kunst aan het fonds te schenken.'

'Dat vind ik ook, en Daphne was ook opgetogen. De verwoesting van de noordvleugel is hard aangekomen, heeft haar erg van streek gemaakt na al dat werk dat ze er al die jaren in heeft gestopt.'

'Het gaat wel beter met haar, hè?' vroeg Diedre bezorgd.

'Ze is weer de oude. O, daar is Dulcie! Zo, die heeft zich opgetut!'

'Weet je, ze is van nature al uitdagend, en toen de oorlog officieel begon, werd ze dat nog meer. Ze vindt het van belang zich elke dag op te maken en mooi te kleden, en ze is vast van plan de oorlog geen vat op haar te laten krijgen.'

'Dag, dames,' zei Dulcie terwijl ze aan tafel ging zitten. 'Goh, ik heb zin in een drankje, een glas champagne. Daar zal ik van opknappen. Ik heb me wel het ochtendje achter de rug met James en Sid in het theater.'

'O, is Sid weer ten tonele?' vroeg Diedre.

'Ja, al tijden. Hij is niet door de medische keuring voor het leger gekomen. Hij heeft platvoeten. Kun je geloven dat ze mensen om die reden afkeuren? Ik dacht dat we soldaten nodig hadden.'

'Miles zei dat hij had gehoord dat we inmiddels een leger van ruim twee miljoen man hebben. Wat zeg je me daarvan? Allemaal in Engeland.'

Dulcie grijnsde. 'Ik weet dat we die rotmoffen gaan verslaan, zoals Sid ze noemt. Jullie zullen het gezelschap en de voorstelling op donderdag enig vinden. Het is echt grappig. En ze hebben veel succes gehad overal in het land; ze zijn op vliegvelden en in militaire kampen en theaters in de provincie geweest. Wat een opluchting dat West End niet meer donker is, nu de regering heeft toegestaan dat de theaters en bioscopen hun deuren weer mogen openen. Het heeft iedereen goed gedaan, vooral James, die zo druk bezig is met acteren dat hij niet meer gefrustreerd is.'

'De regering begon te beseffen dat het publiek afleiding nodig heeft, iets moet hebben om zich op te verheugen, zoals een film of toneelstuk. Ze willen dat we even niet meer aan de oorlog denken, dat we vrolijk blijven,' merkte Diedre op. 'Ik ben er blij om. Ik heb de bioscoop gemist.'

Ze wenkte nu de ober en bestelde een fles Pol Roger-champagne.

Cecily keek Dulcie aan en zei: 'Hoeveel mensen doen aan de voorstelling mee?'

'Zes, inclusief James. Waarom vraag je dat?'

'Ik zat erover te denken na de voorstelling een klein souper te geven, in het huis in South Street. Ik probeer erachter te komen met hoeveel we zijn.'

Dulcie maakte snel een optelsom: 'Wij zessen, inclusief James. Vijf medespelers. Dat is elf. O, en Felix en Constance, want James heeft hen uitgenodigd om te komen kijken, dat is dertien.'

'En je zei dat ik Tony mocht uitnodigen,' bracht Diedre Dulcie in herinnering.

'In totaal veertien,' kondigde Cecily aan. 'Ik heb denk ik wel genoeg eten. In de kelder in South Street staan ingemaakte groenten en ingemaakt fruit, en ik heb gisteravond uit Cavendon twee kippen meegenomen. Om te braden. O, en een lamsbout. En die is niet afkomstig van Ophelia.'

'Wat een geweldig idee, van dat souper,' reageerde Dulcie met een twinkeling in haar ogen. 'Maar je hoeft niet de hele cast uit te nodigen. Alleen Edward Glendenning. James zou hem niet willen uitsluiten. Hij is zijn partner in deze onderneming.'

'Hoe red je dat met alleen Eric?' vroeg Diedre. 'Laura is op Cavendon om Daphne te helpen.'

'We hebben ook nog mijn lieve werkster, Mrs. Wilkinson. En ze zegt dat ze haar zussen Florrie en Gladys kan meenemen om ons een handje te helpen. Ik maak er een buffet van. Daar is Eric goed in.'

Dulcie zei: 'Ik kan mijn huishoudster, Mrs. Pearl, aardappelpuree, rijst en pasta laten maken. Eric zou die alleen maar op hoeven warmen. Dat zou goed passen bij de kip en het lamsvlees.'

'En ik kan naar mijn slager gaan,' zei Diedre. 'Ik heb nog een paar levensmiddelenbonnen over.'

'Geen coupons gebruiken, jullie,' zei Cecily. 'We hebben genoeg eten, en natuurlijk moet de hele cast komen. We hebben allemaal al zo lang geen lol gehad. Het wordt donderdag een heerlijk samenzijn, en ik vind dat de cast ook wel een traktatie verdient.'

De voorstelling met James Brentwood en Edward Glendenning in de hoofdrol was uitverkocht. Er was geen plaats onbezet. En het was een groot succes vanaf het moment waarop de twee acteurs het toneel op liepen als de lelijke zusters in Assepoester, met Marianne Taft als Assepoester. Het was een parodie; het publiek brulde en klapte en stampte en wilde meer.

Er werden liedjes gezongen die op dat moment populair waren, en het publiek werd uitgenodigd om mee te zingen. De komiek maakte grappen, oude en nieuwe, en het publiek lag dubbel van het lachen. Het was simpele pret die erin ging als koek.

Iedereen genoot, want de mensen hadden behoefte aan lachen, en lachen deden ze. Mannen die verkleed waren als vrouwen – op hoge hakken wiebelend – deden het altijd goed, en James en Edward waren er bijzonder goed in om het nog zwaarder aan te zetten, gewoon om de lach gaande te houden.

Toen ze later in hun huis in South Street waren, begroetten Miles en Cecily de spelers warm, en even later vloeide de wijn die in de kelder was gevonden. Ze waren vast van plan de avond zo aangenaam en succesvol mogelijk te maken. Niemand wist immers of er ooit weer zo'n feestje kwam.

Hoofdstuk 59

Eindelijk klonk het eindalarm. James en Dulcie verlieten de schuilkelder onder in hun appartementengebouw en liepen terug naar hun woning.

Toen ze binnenkwamen, ging de telefoon, en James beende naar zijn bureau en nam de hoorn op.

'Met Brentwood,' zei hij.

'Dag, James, met Miles. Ik wil gewoon even vragen of met jou en Dulcie alles goed is.'

'Ja, hoor, maar het was vanmiddag een lange aanval. Ik neem aan dat jij en Ceci het ook goed maken?'

'Ja, James. Ik bel ook om te zeggen dat East End zwaar is getroffen. Ze hebben het daar zwaar te verduren gehad, ook bij de haven, die nu in brand staat. Een grote vuurzee, heb ik gehoord.'

James zweeg even terwijl hij dit nieuws in zich opnam, en toen riep hij uit: 'De haven! East End getroffen! Niet te geloven.' De gedachten tolden door James' hoofd. Hij was bij de haven opgegroeid; zijn vader en broer hadden er gewerkt. 'O, mijn god, Sid woont daar nog.' James realiseerde zich plotseling dat hij stond te beven, zo geschokt was hij.

'Het is echt een verschrikking, en we wilden dat jullie het wisten. We kwamen er alleen maar achter doordat Emma Harte Ceci een paar minuten geleden belde. Ceci wil je spreken, Jamie, ogenblikje.'

Dulcie was op dat moment de kamer van James binnengekomen, en ze stond hem aan te staren. Ze zag dat hij krijtwit was en stond te trillen, en ze kwam dichterbij en probeerde te begrijpen wat er aan de hand was.

'Ja, dag, Ceci,' zei hij in de hoorn; hij wendde zich af van het bureau en ging zitten voordat zijn benen het zouden begeven. Dat hij diep geschokt was, was voor Dulcie maar al te duidelijk, en ze nam ook een stoel en hield haar blik strak op hem gericht.

'Ja, ik weet het, Miles heeft het me verteld,' zei James. 'Ik moet er onmiddellijk heen en Sid gaan zoeken. Hij is als een broer voor me, Ceci.'

'Je kunt er nu niet heen gaan, James,' zei Cecily aan de andere kant van de lijn. 'Morgen wel. Daarom belde Emma me zojuist. Ze zoekt mensen die zondagochtend willen helpen, die voedsel willen uitdelen onder de mensen wier huis gebombardeerd is. Ze probeert een grote ploeg samen te stellen. Miles wil me niet laten gaan omdat ik zwanger ben. Maar hij gaat wel, en Diedre en William ook. En jij? Misschien vind je Sid.'

'Natuurlijk ga ik helpen, en Dulcie ook, maar ik wil er nú heen,' hield hij vol, alsof hij haar even daarvoor niet gehoord had.

'Je vindt hem nooit, James, vanavond niet. Trouwens, de politie laat je er niet door. Op dit moment begeleiden ze honderden mensen naar de stations van de ondergrondse, zodat ze vanavond beschut zijn en daar kunnen slapen. Het Rode Kruis is er en ook de Brigade van de St John's Ambulance. Ook andere instellingen doen van alles om te helpen.'

'Ik hoop maar dat Sid nog leeft...' James kon niet verder praten – zijn stem begaf het.

Hij wenkte Dulcie en reikte haar de telefoon aan. De tranen rolden over zijn wangen; hij zocht in de zak van zijn jasje naar een zakdoek.

Dulcie zei: 'Ik heb de grote lijn begrepen, Ceci. East End is zwaar gebombardeerd, hè?'

'Ja, en we wisten dat James het zou willen weten omdat hij daar is opgegroeid. En nu maakt hij zich zorgen om Sid. Ik heb geen idee hoe hij hem zou moeten vinden... Ik neem aan dat James gewoon zal moeten wachten tot Sid contact met hem opneemt.'

'Vertel me iets over morgen, Cecily. Waar gaat dat allemaal om?'

'Emma Harte heeft een vriendin die getrouwd is met een minister, en die heeft Emma gevraagd of ze kon bijspringen met voedsel van haar warenhuis. Emma belde om te vragen of ik met een ploeg mee wilde gaan die morgen naar East End gaat om voedsel uit te delen, en warme dranken en dekens, dat soort dingen. Ze wil dat alle mensen het eten meenemen dat ze kunnen missen en verder gewoon het reddingsteam helpen. Miles, Diedre en William gaan, en Diedre belt Tony Jenkins. Hoe meer handen, hoe meer eten er kan worden uitgedeeld.'

'Je kunt op ons rekenen. Zeg maar waar en hoe laat.'

'Morgenochtend negen uur bij de vooringang van warenhuis Harte op Knightsbridge.'

'We zullen er zijn. O, mijn god, de benzine. Ik vraag me af hoeveel bonnen ik heb.'

'O, dat was ik even vergeten. Kom niet met je eigen auto. Emma heeft een paar bussen gehuurd om het eten en de mensen naar East End te brengen.'

'Dat is een goed idee. We doen mee, Ceci. Zeg tegen Miles dat we hem morgen zien.'

Toen ze had opgehangen, liep Dulcie naar James en ging op de leuning van de stoel zitten. Ze herhaalde wat Ceci had gezegd, en hij knikte, sloeg zijn armen om haar heen en trok haar op zijn schoot. Hij hield haar heel dicht tegen zich aan en huilde tegen haar schouder.

Na een poosje herwon hij zijn zelfbeheersing en veegde zijn ogen droog. 'Ik kan de gedachte niet verdragen dat East End is weggevaagd, al die East Enders als ik, die beroofd zijn van hun huis en levensonderhoud. Deze klote-oorlog is afschuwelijk.'

De telefoon ging, en Dulcie gleed uit de armen van haar man en nam hem op. Het was de zus van James, Ruby, aan de andere kant van de lijn.

'Hij maakt het goed, Ruby, maar is wel van streek. Net als jij, ongetwijfeld. Uiteraard. Ik zal hem even geven.'

'Dag, Ruby, lieverd,' zei James. 'Ik heb het nieuws net van Miles gehoord. East End is finaal platgebombardeerd, en het havengebied ook. Al onze herinneringen zijn weg... Bow Common Lane weg, en West India Docks vlak bij Bow...'

'Ik ben zo blij dat jij en Dulcie niets mankeren, en dat jullie ons jaren geleden allemaal hebben laten verhuizen.'

'Ik ook, Ruby... de rest van de familie is ongedeerd, neem ik aan?'

'Ja, Jamie, we leven allemaal nog. Zorg maar goed voor jezelf en voor Dulcie. Ik ben blij dat ik weet dat jullie kinderen in Yorkshire zijn.'

'Ik ook, Ruby. Ik hou van je, en doe iedereen de hartelijke groeten. O ja, we gaan er morgen heen om voedsel te helpen uitdelen. Ik zal Dulcie geven, die legt het wel uit.'

Toen Dulcie haar over hun plannen had verteld, zei Ruby dat ze ook wilde komen helpen. Dulcie was dolblij dat ze weer iemand voor de zaak had gewonnen, en ze spraken af voor de volgende dag.

Een uur later ging de telefoon weer, en James, die nog aan zijn bureau zat, nam op.

'Met Brentwood.'

'Met Sid.'

'O, goddank, je leeft nog! Ik heb me zorgen om je gemaakt. Waar ben je?'

'Ik heb net zolang gelopen totdat ik een telefooncel vond die niet in puin lag. En ik weet niet waar ik ben.'

'Miles heeft gebeld en me verteld dat East End is weggevaagd – en ook het havengebied. Was je daar toen het gebeurde?'

'Ja. Ik heb het allemaal gezien. Stomme klotemoffen, ze hebben mijn huis onder mijn kont weggebombardeerd. En het havengebied is ook verwoest. Waar je vader vroeger werkte, en je broer David...' Sid begon te snuffen, en James wist dat hij stond te huilen.

Even later zei James: 'Sid, waar slaap je vannacht? Weet je wat? Loop door totdat je een taxi vindt, stap in en zeg dat je hierheen moet. Ik betaal de taxi. Je mag hier blijven totdat Ruby een oplossing vindt.'

'Nee, bedankt, Jamie, maar ik ga bij de anderen in de ondergrondse maffen. Maar hoe dan ook bedankt.'

'Dulcie en ik gaan morgen naar East End, eten helpen uitdelen. We zien je daar.'

'Waar? Het is platgegooid, alles. Het is één grote puinhoop. Je vindt me nooit. Ik weet niet eens waar Bow Common Lane is, zo'n rotzooi is het.'

'Probeer mij dan te vinden. En als dat niet lukt, zie ik je maandag in de repetitieruimte. Zorg goed voor jezelf, Sid.'

'Ik ben echt niet van plan me dood te laten maken door die klotemoffen,' sputterde Sid. 'Vergeet dat maar.'

Geen van hen kon de taferelen van verwoesting geloven die ze zondag zagen in het gebombardeerde East End. Ze waren er in een van Emma's bussen heen gereden, en James, Dulcie, Ruby, Diedre, William, Miles en Tony liepen als groep eten uit te delen aan de mensen die op de puinhopen aan het werk waren. Het was puin dat ooit hun huis was geweest.

Maar ze waren opgewekt en warm, beleefd en dankbaar. De mannen en vrouwen bedankten hen voor het brengen van eten en warme dranken; veel mannen hadden iets ad rems, altijd denigrerend, over de moffen te zeggen. Maar het verbazingwekkende was dat ze toch nog konden lachen en duidelijk een poging deden om er het beste van te maken. Hun houding leek te zijn: wat kunnen we anders doen?

Terwijl ze voorzichtig tussen het puin door liepen, zei James tegen Miles en de anderen: 'Mijn god, wat zijn ze sterk en moedig. Ik kan je wel vertellen, ik ben er trots op Engelsman te zijn wanneer ik deze mensen zie.'

Emma Harte voegde zich bij hen. 'Dit moet voor jou heel akelig zijn, James. Jij bent hier opgegroeid, vertelde Miles me net. Bedankt dat je gekomen bent.'

'Ik wil helpen.' Hij schudde zijn hoofd. 'Waar moet iedereen wonen? Er staat geen huis of flat meer overeind.'

'Ze wonen in de stations van de ondergrondse,' zei Emma. 'Tussen twee haakjes, blijf gewoon teruglopen naar de grote bus, daar zit heel veel voedsel in.'

'Doe ik. Doen we allemaal, Mrs. Harte,' zei Dulcie.

Plotseling riep Ruby uit: 'O, kijk eens, James… Dulcie. Daar. Is dat niet Mr. Churchill? Ik herken zijn grote hoed en zijn sigaar.'

'Inderdaad,' antwoordde James. De mensen juichten Winston toe, ze klapten en toonden hun waardering. James zei: 'Laten we erheen lopen en meejuichen. De man heeft vandaag onze steun nodig.'

Terwijl ze zich bij de menigte aansloten, merkte Diedre, zoals altijd scherp observerend, op dat Winston Churchill tranen in zijn ogen had toen hij de menigte om hem heen toesprak. Hij sprak met een zekere zachtmoedigheid die uniek was, en zoals altijd was wat hij zei inspirerend. Diedre voelde een brok in haar keel. Ze wist dat hij werkelijk begreep wat deze vreselijke verwoesting en vernieling voor deze Londenaren betekenden. Ook geloofde ze dat hij hun pijn deelde, met hen meeleed.

Logisch dat hij terugsloeg door Berlijn meedogenloos te bombarderen. Ze besefte dat er langdurige oorlog voor hen lag. Maar wat kon Churchill anders doen dan zijn volk verdedigen? Niet alleen met de RAF en hun bommen, met de Royal Navy en het leger, maar ook met zijn woorden. Hij gaf hun moed en hoop met zijn opbeurende toespraken, en hij deed dat beter dan wie ook.

William sloeg zijn arm om haar heen en hield haar dicht tegen zich aan. 'Wat een geweldige man, hè?' fluisterde hij in haar haar. Diedre kon slechts knikken.

Met een schok ging haar hoofd omhoog toen ze James hoorde loeien: 'Sid! Sid! Hier zijn we!'

Even later kwam de kleder van James, een echt cockney, geboren binnen gehoorsafstand van de klokken van St Mary-le-Bow, net als James zelf, over het puin aangerend. Hij struikelde en viel voortdurend, maar kwam ook steeds weer overeind. En hij rende door totdat James hem van pure opluchting stevig in zijn armen sloot.

'Goddank mankeer je niets, Sid.' James lachte en voegde er met een knipoog aan toe: 'Je bent hard nodig in mijn leven. Ik kan niet zonder je.'

'Dat hoef je me heus niet te vertellen. Dat weet ik,' sputterde Sid, maar hij keek blij.

Toen al het eten was uitgedeeld, liep de groep van James langzaam terug naar de bussen. Onverwachts werden ze tegengehouden door een rij politieagenten.

Algauw begrepen ze waarom. De politie maakte plaats voor een grote zwarte auto, waaruit koning George VI en zijn vrouw, koningin Elizabeth, stapten.

De menigte werd uitzinnig en juichte hen toe.

Hun koning en koningin liepen in hun midden, praatten met hen, toonden bezorgdheid en begrip voor hun barre omstandigheden. En ze boden een prachtige aanblik. De koningin ging gekleed in mooie pasteltinten, en de koning droeg zijn marine-uniform. Deze Londenaren groeiden, leken trotser, omdat ze begrepen dat ze ertoe deden voor dit koninklijke echtpaar, dat om hen te troosten tussen het puin en het stof liep.

De blitzkrieg was begonnen.

Iedereen begreep dat die voorlopig niet zou ophouden. En dat was ook zo. De bombardementen hielden maandenlang aan, en het Britse volk besefte dat het met die Duitse luchtaanvallen moest leren leven. Er waren al zware verliezen geweest. Vele duizenden mensen kwamen om, zowel burgers als strijdende militairen. De Tweede Wereldoorlog zou langer duren dan ze ooit hadden kunnen denken.

De rug recht

Breng me mijn boog van fonkelend goud!
Breng me mijn pijlen van verlangen!
Breng me mijn speer! O, wolken, wijk!
Breng me mijn strijdwagen van vuur!

Mijn geestelijke strijd zal ik niet staken,
Noch zal mijn zwaard rusten in mijn hand,
Totdat we Jeruzalem hebben gebouwd,
In Engelands groene en aangename land.

William Blake: 'Jerusalem'

Hoofdstuk 60

'Voor- en tegenspoed wisselen elkaar af op Cavendon.' Cecily keek naar de woorden die ze zojuist in haar persoonlijke notitieboek had opgeschreven en knikte bevestigend. Die zin beviel haar. Genevra had hem gisteren tegen haar gezegd, toen ze bij haar langs was gegaan nadat ze haar moeder had bezocht in Little Skell.

'De kleine is de voorspoed,' had Genevra toen gemompeld. 'Ze zal alleen maar voorspoed kennen... koester haar. Ze is een gezegend kind... een oude ziel.'

Cecily had altijd naar Genevra geluisterd, aandacht besteed aan alles wat de zigeunerin haar in de loop der jaren had verteld. Ze had er nooit naast gezeten.

Cecily draaide haar hoofd opzij om naar het kind te kijken dat aan het bureautje bij de haard zat. Haar glanzende bruine haar met de rode tinten lichtte op in het middagzonlicht. Haar hoofd was gebogen terwijl ze zich met het kleurpotlood stevig in haar hand op haar tekening concentreerde. Niet alleen leek het kind op haar, maar ook had ze haar concentratievermogen geërfd, plus nog een paar andere karaktertrekken. Maar in andere opzichten leek ze op Miles – een beetje koppig, maar even warm en liefdevol als haar vader, en even goedgehumeurd.

Vandaag was ze jarig. Er zou een taart zijn, gemaakt met de suiker die nog over was van de kerst, en Alice had hard gewerkt om een lappenpop voor haar te naaien. Later in de middag zou ze in de gele zitkamer met haar nichten en neven haar feestje vieren. Het was 24 januari 1944, en ze was drie jaar geworden.

Hoe was het mogelijk? De jaren waren zo snel voorbijgegaan. Goede tijden, slechte tijden, maar de familie had ze goed doorstaan. Tot nu toe. En ze hadden alles genomen zoals het kwam.

Onlangs nog had Dulcie gezegd dat ze wel van ijzer moesten zijn. Cecily had gelachen en teruggekaatst dat ze henzelf liever zag als gemaakt van glanzend staal.

Cecily bladerde haar in blauw leer gebonden notitieboek door om het moment te zoeken waarop haar laatste kind geboren was, en haar ogen bleven op de eerste jaren rusten. Het boek was geen dagboek of agenda. Het bevatte gewoon wit papier, waarop geschreven kon worden wanneer er iets bijzonders was gebeurd dat ze wilde onthouden, dingen die voor haar belangrijk waren. Een speciale betekenis hadden.

Wat nu in het oog sprong, was de datum die ze had genoteerd vanwege een zeer blijde gebeurtenis. 'Zaterdag 21 december 1940.' Ze glimlachte toen ze de notitie zag: 'Charlie is vandaag op twee benen thuisgekomen.'

Dat was waar. Niemand had hem verwacht. Het was een verrassing voor Daphne en Hugo. Zij en Miles hadden het geweten, omdat Charlie haar in de winkel in de Burlington Arcade had gebeld. Hij had haar verteld dat hij een week lang in het Chapel Allerton Hospital zou zijn, even buiten Leeds, en daarna ontslagen zou worden. Het ziekenhuis stond bekend om wat het voor invaliden kon doen, met name voor mensen die gewond waren geraakt in de oorlog en een amputatie hadden ondergaan. Zij en Miles hadden met Winston Harte geregeld dat hij Charlie zou ophalen, omdat hij bekend was met het ziekenhuis. Emma had voorgesteld om Charlie kennis te laten maken met haar broer Winston, die tijdens de vorige oorlog zijn been had verloren. Ze was een slimme vrouw en voorzag dat Charlie de komende maanden advies of hulp nodig kon hebben.

Cecily leunde achterover en sloot haar ogen. Ze kon zich die dag nog goed voor de geest halen. Het was een zaterdagmiddag, vlak voor de kerst, en zij en Daphne waren in de blauwe zitkamer de kerstboom aan het versieren. Ze versierden de grote spar meestal verspreid over een paar dagen omdat hij zo hoog was.

Het was even stil geweest. Ze waren allebei geconcentreerd bezig met de door hen uitgekozen ornamenten, toen een bekende stem zei: 'Dag, moeder. Daar ben ik eindelijk.'

Daphne had meteen het ornament in haar hand losgelaten en zich omgedraaid met een uitdrukking van grote verbazing op haar gezicht.

'Charlie!' riep ze, naar adem happend toen ze hem zag. 'Charlie, je bent het echt.' Ze wilde naar hem toe lopen, maar Cecily hield haar tegen. 'Laat hem naar jou toe komen, zodat je hem ziet lopen,' had Cecily gefluisterd.

Dat had Daphne gedaan, en ze hadden samen staan kijken hoe hij naar voren liep, lang, zo recht als een kaars, nauwelijks waarneembaar hinkend. Hij droeg het gala-uniform van de Coldstream Garde, en Cecily vond hem er onweerstaanbaar uitzien. Hij was drieëntwintig en zag er heel jong uit. Op zijn gezicht was niets te zien van het leed dat hij had geleden. Hij was even knap als hij altijd was geweest. Hij had iets waardigs en elegants zoals hij daar zonder haperen op zijn moeder afliep.

Miles kwam na hem binnen, grijnzend van oor tot oor, en het was een fantastische tijd geweest, ondanks het feit dat het de eerste Kerstmis was waarop sommige kinderen er niet waren omdat ze in dienst waren, en er veel producten op rantsoen waren. Het was de beste kerst die ze in lange tijd gehad hadden. Iedereen in de familie was heel trots op Charlie, maar bovenal zijn ouders.

Inmiddels werkte hij bij de *Daily Mail*. Hij had het de afgelopen drie jaar goed gedaan en werkte nu bij een van de speciale afdelingen die over de oorlog berichtten. Dus niet echt als oorlogscorrespondent, maar het scheelde niet veel.

Doden. Te veel doden, dacht Cecily terwijl ze rechtop ging zitten en het notitieboek doorbladerde. Er waren er verschillende geweest sinds Lady Gwendolyn was overleden. Ze sloeg de bladzijden om.

Ze staarde naar de datum die ze na de geboorte van de kleine Gwen had genoteerd: '24 januari 1941'. In bepaalde opzichten een fantastisch jaar. De geboorte van hun kleine meid, een gemakkelijke bevalling, en de komst van een prachtig mooi kind.

Churchill had een overeenkomst gesloten met president Roosevelt, en dat jaar was Lend-Lease begonnen. De Amerikanen waren voedsel, schepen en munitie gaan sturen, en ze wist nog hoe het had gevoeld dat ze eindelijk wat hulp kregen.

Hoewel de bommen waren blijven vallen en Londen waren blijven beschadigen, en hoewel er van sommige delen niet veel meer over was, bleven de inwoners optimistisch. Cecily meende dat dat kwam doordat Churchill hen inspireerde, hen gaande hield met zijn patriottische toespraken.

Haar schoonvader, de zesde graaf van Mowbray, was ook overleden, maar het was een zachte dood geweest, en daarvoor waren Cecily en Miles dankbaar geweest. Hij was niet ziek geweest, eerder zwak en afwezig in de zomer van 1942. De dag waarop hij hen had verlaten, was in haar geheugen gegrift, en zou dat altijd zijn.

Venetia, hun negenjarige dochter, was die noodlottige middag naar Cecily in haar kantoor in het bijgebouw gerend. Ze had een bezorgde uitdrukking op haar gezicht en verklaarde dat ze moest meekomen. Tante Charlotte had haar nodig. Opa was vast in slaap, en tante Charlotte kon hem niet wakker krijgen.

Dat moment flitste plotseling door haar hoofd en haar ogen vulden zich met tranen. Charles had na de lunch bij Charlotte gezeten; hij had zich naar haar toe gewend en gezegd dat hij een dutje ging doen. Charlotte was haar boek blijven lezen, totdat ze een nogal vreemd rochelend geluid hoorde. Ze was opgestaan, had zich over Charles heen gebogen en zich afgevraagd of er iets aan de hand was. Hij had haar toegelachen en haar hand gepakt. En toen was hij gestorven. Charlotte, die naar de deur van de bibliotheek was gerend om Lane te zoeken, had Venetia naar boven zien gaan en in plaats daarvan haar gestuurd.

Drie dagen later stonden ze in het zonlicht, allemaal in het zwart gekleed, toe te kijken terwijl de kist van Charles Ingham werd neergelaten in zijn graf op het kerkhof bij de kerk op het landgoed. De familie leed een groot verlies en toonde haar verdriet en smart. En waarom ook niet, had Cecily die dag gedacht, en ze dacht het nu weer. Ze hadden allemaal van hem gehouden, en hij was een heel bijzonder man geweest. Pas toen de dominee haar als *your ladyship* had aangesproken, had ze beseft dat ze nu de zevende gravin van Mowbray was en Miles de zevende graaf.

Er klonk geruis en plotseling stond er een gevoelig meisje van drie naast haar bureau, dat haar een zakdoek toestak. 'Hier, voor jou, mammie. Waarom huil je?'

Terwijl ze de zakdoek die haar door een groezelig handje werd aangereikt, aannam, glimlachte Cecily. 'Ik huil niet, Gwen. Ik ben vandaag blij omdat je jarig bent.'

Het kind knikte en gaf haar de tekening die ze net af had. 'Die is voor jou, mammie.'

'Dank je wel, schat, wat lief van je.' Cecily pakte de tekening aan, bekeek die en glimlachte. Er stond een wankel ogende verjaarstaart op met heel veel wankele kaarsjes.

Cecily boog zich voorover en kuste haar dochter op de wang, die uitlegde: 'Hij is voor jóúw verjaardag.'

'Dan bewaar ik hem tot die dag,' zei Cecily, en ze sloeg haar armen om Gwen heen en hield haar stevig vast. Ze was dol op al haar kinderen, maar op de een of andere manier vulde dit kind de trieste hoekjes in haar hart.

Hoofdstuk 61

Cecily was blij dat ze weer in Londen was, iets wat tegenwoordig steeds moeilijker te realiseren was. Ze was de avond ervoor met Miles vanuit Yorkshire naar de stad gegaan. Hij had een afspraak met zijn oogarts, en ze had dit aangegrepen om met hem mee te reizen in de trein.

Het was een winderige ochtend in maart, koud maar zonnig, en ze genoot van haar wandeling van het huis in South Street naar de Burlington Arcade. Ze was goed ingepakt in een dikke mantel en wollen das.

Cecily zou er later Dulcie ontmoeten, die een van haar witte zijden sjaals wilde kopen, een kopie van de sjaals die de gevechtspiloten droegen. Vrouwen waren er dol op, en ze vlogen de winkel uit. Ook haar vierkante sjaals, die vrolijk en kleurig waren, werden goed verkocht. Vrouwen knoopten ze als een tulband om hun hoofd. Zelfs Clementine Churchill, Winstons vrouw, deed mee aan de sjaaltulbandmode. Al Cecily's accessoires deden het goed, maar niet de couture, maar ze had ook niet verwacht dat die in oorlogstijd gekocht zou worden. Haar confectielijn draaide quitte, maar ze wist dat de verkoop in de komende zomer wel zou aantrekken.

Het begon er voor hen beter uit te zien, en er heerste overal een positiever gevoel. Dat kwam door Amerika. Op 7 december 1941 hadden de Japanners Pearl Harbor gebombardeerd. Tijdens een niet-uitgelokte aanval vernietigden tweehonderd vliegtuigen bijna de hele Zuidzeevloot van Amerika, waarbij duizenden militairen en burgers omkwamen. President Roosevelt had Japan onmiddellijk de oorlog verklaard; vervolgens verklaarde Duitsland Amerika de oorlog. In reactie daarop verklaarde de president Duitsland ook de oorlog, en zo raakten de Verenigde Staten betrokken bij de oorlog. In 1942 waren de eerste gevechtspiloten, leden van de luchtmacht, soldaten en zeelieden gearriveerd. Hun aanwezigheid had het aanzien van Londen, zo niet van heel Engeland, veranderd.

Het scheen haar toe dat alle Amerikanen die zij en Miles waren tegengekomen, lang en knap waren, en in het bezit van een natuurlijke charme, en ze vond het best leuk *ma'am* genoemd te worden, hoe raar het haar ook in de oren klonk.

Zij en haar vier schoonzussen hadden aardig wat Amerikaanse militairen ontmoet in Emma Hartes kantine aan de Fulham Road. Emma was in ieder opzicht gul, en omdat ze zoons en een schoonzoon had die in de oorlog streden, had ze gemerkt dat er behoefte was aan een plek waar soldaten en leden van de marine en luchtmacht elkaar konden ontmoeten, zich konden ontspannen en plaatselijke jonge vrouwen konden leren kennen, en zich in alle opzichten konden vermaken.

Voor dat doel had ze een pakhuis gekocht en er diverse bars, keukens, toiletten, vier comfortabele zitkamers en zelfs een dansvloer in laten aanbrengen. En dat vroeg natuurlijk weer om een band, en uiteindelijk ook om een zanger of zangeres, zodat alle favoriete nummers gezongen konden worden.

De kantine was in Londen hét gespreksonderwerp geworden, en jonge mannelijke én vrouwelijke leden van de krijgsmacht, evenals veel meisjes uit Londen en omgeving, gingen er in groten getale heen. Emma had er een internationale plek van gemaakt, zodat je er iedere nationaliteit kon aantreffen. Polen, Tsjechen en Fransen die een paar jaar eerder dienst hadden genomen bij de RAF, en ook de yanks, zoals Noel Jollion hen noemde. Er heerste een prima sfeer: vriendelijk en warm. Het was niet ongebruikelijk Emma daar een paar avonden per week allerlei mensen te zien ontvangen. Haar dochters Daisy en Elizabeth kwamen vaak een handje helpen en maakten sandwiches en zetten koffie, schonken drankjes in en zorgden voor de jongens en meiden van de verschillende onderdelen van de krijgsmacht.

Binnenkort waren zij aan de beurt, en Cecily verheugde zich erop weer naar de kantine te gaan. Meestal gingen Miles, James en William ook mee, omdat ze Emma fascinerend vonden, en ze genoten van het geroezemoes en de activiteit in de kantine en het gezelschap van de mannen.

Dulcie stond op haar te wachten toen ze de winkel in kwam, en tante Dottie drukte haar algauw een kop warme thee in de handen.

'Het is afschuwelijk buiten,' zei Dulcie nadat ze haar omhelsd had. 'En die arme James is vandaag op locatie. Een buitenopname. Maar ik moet niet "arme" zeggen, hè. Hij is zo blij als een kind dat hij een film aan het maken is. Voor Sir Alexander Korda. Hij is in zijn element. Het mooie is dat Sir Alex nu voor Louis B. MGM in Londen leidt, dus deze film valt onder James' contract.'

'Ik moet Emma laten weten wanneer we naar de kantine gaan. Wat vind je van donderdag? Miles en ik blijven de hele week in Londen. Vrijdag weer terug naar Cavendon.'

'Ik vind het best. Laten we Diedre en DeLacy ook vragen. Ik ga met je mee, ook als zij niet kunnen.'

Nadat ze hun thee gedronken hadden, gingen ze naar boven, naar Cecily's kantoor. Dulcie nestelde zich in een stoel. 'Na de oorlog gaan we misschien een tijdje terug naar Hollywood,' vertrouwde ze haar toe. 'James geniet van het werk daar, en hij mist Clark Gable. Ik denk dat Clark hem ook wel mist. Hij was er kapot van toen Carole Lombard omkwam. Toen hij hier vorig jaar was, vond James hem een totaal andere man. En ik was het met hem eens. Clark is nooit over de dood van Carole heen gekomen. En dat zal ook nooit gebeuren. James voelde zich een beetje opgelaten omdat hij geen uniform droeg, want Clark was kapitein in het Amerikaanse luchtmachtkorps en was ook actief geweest als kanonnier. Had over Duitsland gevlogen.'

'Maar heeft James hem niet verteld dat hij een probleem had met zenuwschade in een van zijn oren?'

'Dat wist Clark al. Maar je weet hoe mannen zijn. Het heeft James altijd dwarsgezeten dat hij niet meevocht.'

'Miles ook, maar hij heeft oogproblemen. Daarom draagt hij nu een bril. Maar laten we wel wezen: Miles is nodig op Cavendon. Wie zou anders het landgoed moeten beheren?'

'Daphne natuurlijk!' was Dulcies weerwoord. 'Je weet dat ze bereid is alles aan te pakken, vooral als het met Cavendon te maken heeft. We moeten binnenkort een heiligenkrans voor haar maken. Of misschien zelfs twee.'

'Niet flauw doen, Dulcie. Je weet dat ze een goed mens is.'

'Ik plaag maar. Er gaat niemand boven Daphne.'

Noel Jollion ging als een speer op de vier D's en Cecily af zodra hij hen later die week in Emma's kantine in de gaten kreeg.

Na hen allemaal op de wang te hebben gekust, vroeg hij: 'Waar zijn jullie echtelieden?'

'In een van de zitkamers, ze drinken iets met Emma en Blackie. Hoezo?' vroeg Dulcie.

'Omdat ik een paar van mijn yanks heb meegenomen, en ze staan te trappelen om een beetje te jiven. Jitterbuggen. Wat vinden jullie ervan, meisjes?'

Cecily zei: 'Ik ben niet zo goed in jitterbuggen, Noel. Maar ik kan wel foxtrotten.'

'Ik zou wel willen jitterbuggen,' zei DeLacy, 'maar er komt straks een vriend en ik kan maar beter op hem wachten.' Ze zag er deze avond oogverblindend uit – haar fragiele schoonheid was op haar hoogtepunt. Het goudblonde haar glansde, het blauw van haar ogen werd geaccentueerd door een blauwe jurk en saffieren oorbellen van Cecily. Ze stak met kop en schouders boven alle andere vrouwen uit.

'Hè, kom op, geef een van mijn geweldige yanks een kans, DeLacy. Het zijn allemaal prima kerels. Ik hou van hen stuk voor –'

'Ik val op hun uniform,' onderbrak Dulcie hem, Noel schalks aankijkend en knipogend. 'Dus ik zal met genoegen een jitterbug doen.'

'En wie is jouw yank dan?' vroeg Noel aan DeLacy.

'Ik dacht dat je hem al had ontmoet. O, daar is hij.' Terwijl DeLacy sprak verontschuldigde ze zich en haastte zich naar een lange, knappe kolonel die zoekend om zich heen keek.

Even later bracht ze hem naar hen toe om kennis te maken met Noel. 'Dit is… Cameron Daniels. Cameron, dit is Noel Jollion. Hij is gevechtspiloot op Biggin Hill en een buurman uit Yorkshire.'

De twee mannen schudden elkaar de hand en begonnen meteen over vliegen te praten. DeLacy lachte, haalde haar schouders op en zei tegen Cecily: 'Kom, laten we een glas bubbelwijn gaan halen. Cameron kan zo uren doorgaan. Hij is dol op mannenpraat, en op in de lucht zijn.'

Terwijl ze aan de bar zat te praten met DeLacy en luisterde naar haar commentaar op de wereld in het algemeen, kreeg Cecily steeds meer bewondering voor haar beste vriendin, die ze al sinds haar jeugd kende. De afgelopen tien jaar was DeLacy veranderd; ze had meer zelfvertrouwen gekregen en was een befaamd kunstexpert geworden. Haar grote liefde, Travers Morton, had innig veel van haar gehouden, en zijn adoratie had haar een gevoel van eigenwaarde gegeven, de schade van haar eerste huwelijk hersteld. DeLacy was slim en intelligent, maar ze verdiende het weer gelukkig te zijn.

Cecily was opgelucht geweest toen DeLacy een paar jaar eerder Peter Musgrove de bons had gegeven en de relatie had verbroken. Hij was eerst een lastpost geweest, had haar niet met rust gelaten, maar toen was hij opgeroepen voor militaire dienst. Hij was de oorlog in gegaan en in Duinkerken gesneuveld. Althans, DeLacy ging ervan uit dat hij dood was. Zijn lichaam was nooit gevonden. DeLacy had zich heel ladylike gedragen en was op bezoek gegaan bij zijn ouders om hen te condoleren.

'Mag je Cameron?' vroeg DeLacy plotseling, Cecily overvallend met haar vraag – even daarvoor hadden ze nog over kunst zitten praten.

'Ja, en Miles ook,' antwoordde Cecily naar waarheid. 'Waarom vraag je dat?'

DeLacy schonk haar een veelbetekenend lachje. 'Hij heeft serieuze plannen, Ceci. Wat vind jij?'

'Wat zijn je gevoelens voor Cameron? Dat wil ik weten.'

'Het is mij ook ernst. Maar ik ben op mijn hoede. Het is echt een fijne man, in bepaalde opzichten een beetje als Travers: attent, een heer, en hij maakt me aan het lachen. Trouwens, hij vertelde me dat Clark toen hij vorig jaar in Engeland was, in Polebrook gestationeerd was. De andere mannen hadden het een goeie grap gevonden dat een beroemde filmster bij de luchtmacht was. Maar Cameron had hem graag gemogen en hem bewonderd. Hij zei dat het een echte kerel was, en de andere piloten waren na verloop van tijd bijgedraaid en hadden Clark ook bewonderd. Hij is geen nep, zoals Cameron het zei.'

'James zweert bij hem, en ik moet toegeven dat ik hem zelf ook graag mocht. Hij is aardig, geen opschepper. Waarom bracht je Clark ter sprake?'

'Omdat hij ooit tegen Cameron heeft gezegd dat zijn eigen leven hem had geleerd te leven alsof elke dag zijn laatste kon zijn.'

'Misschien komt dat door de manier waarop zijn vrouw Carole om het leven is gekomen. Bij een vliegtuigongeluk, toen ze terugvloog naar Hollywood nadat ze voor president Roosevelt fondsen had geworven voor de financiering van de oorlog. Haar lichaam was... Ze hebben haar lichaam eigenlijk niet gevonden, alleen maar delen,' zei Cecily. 'Clark heeft vertrouwelijk aan Dulcie verteld dat een kapotte oorbel, van diamant en robijn, het enige was dat hij nog van haar had. Hij had die met kerst aan haar gegeven. Hij draagt dat stukje oorbel in een medaillon om zijn nek.'

DeLacy staarde haar slechts aan, maar de tranen stonden in haar ogen. 'Wat triest, wat ontzettend triest dat ze zo aan haar eind is gekomen.'

Even later kwam Cameron DeLacy ten dans vragen, en Cecily sloeg hen samen op de dansvloer gade. DeLacy zag er tegenwoordig zo mooi uit, beter dan ooit tevoren. De diepblauwe zijden jurk die Cecily drie jaar eerder voor haar had gemaakt, zwierde en zweefde om haar heen terwijl ze danste. Wat een goddelijke benen heeft ze, dacht Cecily. Ze is een plaatje. Iedere man zou voor haar vallen. Ze vond het leuk hen samen te zien... alsof ze voor elkaar bestemd waren. Ginger Rogers en Fred Astaire, dacht Cecily, stilletjes glimlachend. Ze lieten een heel goede foxtrot zien.

Later op de avond verzamelde hun groepje zich om de piano en zong mee toen een paar mannelijke en vrouwelijke militairen liedjes zongen bij de pianist. Al hun lievelingsmelodietjes klonken door de warme lucht. 'The White Cliffs of Dover', 'I'll Be Seeing You', 'Fools Rush in', en veel andere liedjes die populair waren geworden door Vera Lynn, 'het liefje van de strijdkrachten', zoals ze werd genoemd.

Vlak voordat Cecily met Miles vertrok, liep ze naar DeLacy toe en nam haar terzijde. 'Heeft Cameron je ten huwelijk gevraagd, DeLacy?'

'Nog niet, maar ik denk dat hij dat wel gaat doen.'

'En wat ga je antwoorden?'

'Ik ga geloof ik ja zeggen.'

'Dan ga je weg, ver bij ons vandaan. Dat zouden we niet kunnen verdragen,' zei Cecily, maar toen glimlachte ze. 'Maar het is jouw leven en jij moet je eigen geluk vinden.'

'Ik zal je nooit verlaten, Ceci.' Ze boog zich voorover en kuste Cecily op de wang. 'Bedankt, lieverd. Ik zal er altijd voor je zijn.'

Hoofdstuk 62

Bijna vijfduizend schepen. Ruim tweehonderdduizend soldaten, zeelieden en kustwachten. Een vloot met een omvang die ongekend was in de geschiedenis van de mensheid. Ongelooflijke vuurkracht. En een wil om te winnen die zo diep verankerd was in de mannen dat dit wel moest slagen.

Deze enorme vloot lag vlak voor de kust van Normandië. Het was 6 juni 1944, en om vijf minuten na middernacht zou Operatie Overlord beginnen: de invasie van bezet Frankrijk door de gecombineerde legers van de geallieerden.

De twee opperbevelhebbers waren een Amerikaanse generaal, Dwight D. Eisenhower, en een Britse generaal, Sir Bernard Law Montgomery. Samen zouden ze hun troepen naar de overwinning leiden door Hitler en het Derde Rijk te verslaan. Ze hadden gezworen hun bondgenoten te zullen bijstaan, en zo de beschaving te bevrijden van een kwaadaardige dictator die de wereld had willen overheersen.

Aan de overkant, tegenover de vloot, bevond zich de Normandische kust, die gekozen was vanwege zijn goede stranden, gunstige getijden en betrekkelijk zwakke kustverdediging. Er waren door de bevelhebbers vijf stranden uitgekozen, en deze hadden de volgende namen gekregen: Utah, Omaha, Gold, Juno en Sword.

De Amerikanen zouden landen op Omaha en Utah, de Canadezen op Juno en de Britten op Sword en Gold. Het was hun bedoeling de stranden in te nemen en bezet te houden, de Duitsers te verdrijven en hen te dwingen zich terug te trekken.

Na massale beschietingen vanaf de zee en bombardementen vanuit de lucht waadden een paar duizend man door het ondiepe water naar de hun toegewezen stranden. Het was halfzeven in de ochtend, en de invasie was begonnen.

Onder deze eerste paar duizend soldaten die aan land gingen, bevonden zich Thomas en Andrew Stanton, de tweelingzoons van Lady Daphne en Hugo. Ze zaten bij de 8ste infanteriebrigade, waarbij ze waren ingedeeld toen ze hun opleiding aan Sandhurst, de militaire academie iets buiten Londen, hadden afgesloten.

Het waren typische Inghams, lang, blond, blauwogig, en een identieke tweeling. Ze vonden het moeilijk lange tijd niet bij elkaar te zijn, maar ze wisten dat ze misschien gescheiden zouden worden in deze gigantische slag die op het punt stond te beginnen.

Een paar dagen voor de invasie hadden ze nog met hun ouders afgesproken, ze hadden grappen gemaakt en gelachen, en helemaal niets gezegd over hun soldatenleven. Ze hadden een verlofpas voor zesendertig uur gehad en waren in Londen buiten de deur gaan eten. Ze waren het met elkaar eens dat ze verantwoordelijk waren voor zichzelf en de taak die ze moesten uitvoeren. Ze zouden niet met elkaar bezig zijn, dat zou maar afleiden. Ze moesten hun kansen grijpen en er het beste van maken. 'Wij hebben het geluk van Cavendon,' had Thomas gezegd.

Eerst was het verzet op het strand tamelijk hevig. Het aantal gewonden liep snel op en verschillende voertuigen gingen verloren. Maar de meeste gepantserde voertuigen landden met succes en de Britse troepen waren in staat hun gebied te veroveren.

Toen het halftien in de ochtend was geworden, hadden de genietroepen zeven van de acht uitvalswegen van Sword vrijgemaakt, waardoor de eerste opmars kon beginnen. De troepen verlieten massaal het strand en marcheerden de kustplaats Ouistreham in, aan de oostkant van Sword. Opnieuw was er veel hevig verzet. Maar uiteindelijk konden de soldaten de vijandelijke stellingen opruimen.

Tegen middernacht had de 8ste infanterie zich aangesloten bij paratroepers van de 6de luchtlandingsdivisie, die de bruggen over de rivier de Orne en het Kanaal van Caen bezet hield. De paratroepers hadden daarvoor al batterijen uitgeschakeld in een nachtelijke slag bij Merville. Later bleek dat de enige grote Duitse aanval in het gebied rond Caen was ingezet door de 21ste pantserdivisie.

Veel later op de avond vonden de tweelingbroers Stanton elkaar weer en rookten samen een sigaret alvorens zich op de volgende dag voor te bereiden. En zo zou het voortaan gaan, en ze wisten het.

Omdat de Duitsers overrompeld waren en geen aanval hadden verwacht vanwege het wisselvallige weer, waren ze niet goed voorbereid. Daardoor stuitten de geallieerden op ieder strand op relatief weinig verzet en konden ze snel doorstoten. Op 11 juni waren de standen Utah, Omaha, Gold, Juno en Sword in een ononderbroken linie door troepen en gepantserde voertuigen met elkaar verbonden. Ze hadden bereikt wat ze zich ten doel hadden gesteld. En ze begonnen het Derde Rijk in te sluiten.

Iedereen in Engeland juichte deze enorme geallieerde inspanning toe. Er was nog geen overwinning, maar kranten en nieuwslezers riepen het goede nieuws constant van de daken. Het hielp beslist het moreel van de bevolking op te krikken.

Diedre vierde het samen met de familie, maar in haar hart maakte ze zich ernstig zorgen. Haar geheim agent, Étoile, werd al bijna een week vermist. Diedre was nog niet zo lang geleden door een contactpersoon bij de Franse ondergrondse gewaarschuwd dat Étoile misschien gevangen was genomen. De Gestapo was nu in Zuid-Frankrijk werkzaam.

Ze was zich er terdege van bewust dat de levensverwachting van een lid van de Franse Résistance niet veel langer dan een halfjaar was. Maar Étoile was geen lid van de Maquis, het Franse verzet. Ze waren er om haar te helpen als ze iets nodig had, meer ook niet.

Terwijl ze op 15 juni in haar kantoor zat, een paar dagen na het succes van D-day, kreeg ze plotseling een eigenaardig voorgevoel. Étoile was iets ernstigs overkomen, misschien wel het ergste. Eerder die week had ze tegen

William gezegd dat ze misschien Émeraude om hulp moesten vragen. Maar William had dat idee terzijde geschoven. Hij had haar ten slotte het vreselijke nieuws verteld dat hij een paar dagen ervoor had ontvangen. Émeraude, hun andere agent in Frankrijk, had een zware beroerte gehad en was verlamd.

Iets later klopte Tony op de deur, en hij kwam met een papier in zijn hand binnen. 'Waar is William? Weet je dat, Diedre?'

'Hij is op bezoek bij de premier, die vast en zeker in een van zijn ondergrondse bunkers zit. Ik denk dat Mr. Churchill hem iets wil vertellen, waarschijnlijk uiterst belangrijke informatie van C bij MI6. Heb je hem nodig?'

'Niet echt, nee. Ik heb helaas heel naar nieuws.'

'Over Étoile?' vroeg Diedre snel, terwijl ze rechtop ging zitten. 'Is ze dood?'

'Dat weet ik niet, maar Émeraude is aan zijn beroerte overleden. Er kwam een bericht door van onze contactpersoon van de Maquis in Parijs. Er is in Émeraudes woning niets wat bezwarend of gevaarlijk zou kunnen zijn voor zijn vrouw. Ons mannetje heeft daar alles schoongeveegd. Alles vernietigd wat moest verdwijnen, alles uitgewist.'

'Alles?'

'Álles.'

'Mooi. Wat erg van Émeraude. Wat een verlies. Ik ben bang dat ons een flinke dosis narigheid te wachten staat, Tony. Die vliegende bommen, die zijn dodelijk, en wat nog erger is: niemand weet wanneer er een treffer komt. Het zijn rotdingen.'

Tony knikte. 'De V-1's zijn de wraak van de nazi's voor D-day. Het is momenteel de enige manier waarop ze terug kunnen slaan. De Luftwaffe gaan ze niet sturen. Hun meeste vliegtuigen zijn vernietigd tijdens Operatie Barbarossa... Ik denk dat de Slag om Stalingrad Hitler de das om heeft gedaan.'

'Dat is waar. Ze zijn nog niet op de loop gegaan, maar ze weten dat ze in onze yankeevrienden hun gelijke hebben gevonden. Ik kan alleen maar zeggen dat ik God dank dat de Amerikanen onze bondgenoten zijn. Enfin, ik neem aan dat de zoemende bom, zoals sommigen hem noemen, hun geheime wapen is. De Duitsers hebben hem al die tijd achter de hand gehouden, hè?'

'Ik denk het. Hij is ontwikkeld in Peenemünde, en geloof me, dit is nog maar het begin. Ze zijn door het dolle heen vanwege de landingen van de geallieerden in Frankrijk. Ik wed dat ze ons nu hevig gaan bestoken met de zoemende bommen. Ze willen ons nog steeds hard treffen.'

'Ik weet het. De oorlog is nog niet voorbij, bij lange na niet.' Haar gedachten gingen naar haar neven, Thomas en Andrew, die nog steeds ergens in het strijdgewoel zaten en met de geallieerden in Frankrijk vochten. Ze bad voor hen.

Cecily maakte zich zorgen om Miles. Hij zag er zo moe uit, en ook al zo lang. Toen ze koffie zaten te drinken in haar kantoor in de winkel in de Burlington Arcade, zei ze: 'Je maakt je ergens zorgen om, Miles. Vertel me alsjeblieft wat het is, schat.'

Hij slaakte een diepe zucht. 'Het is niet iets waarmee je me kunt helpen, dus waarom zouden we het erover hebben?'

'O, Miles, doe niet zo dom. Soms helpt het als je erover praat.'

'Ik maak me zorgen om de landarbeidsters,' begon hij, en toen zweeg hij. 'Ik bedoel: om het gebrek aan landarbeidsters. Na de oorlog. Ze zullen allemaal teruggaan naar hun burgerbaan en dan heb ik geen hulp meer.'

'Je krijgt Harry terug, maar ik snap wat je bedoelt. Er zijn heel wat van onze jongemannen omgekomen in de oorlog, meer uit High Clough en Mowbray dan uit Little Skell, maar ik begrijp waarom je je zorgen maakt. Er komen inderdaad zware tijden aan. Er zullen nog allerlei tekorten zijn – rantsoenering en andere problemen.'

'De landarbeidsters zijn zo fantastisch geweest, en we hebben de opbrengst van het land weten op te voeren. Maar als er niemand is om het land te bewerken, zit ik in een lastig parket.' Miles schudde zijn hoofd. 'En ja, we gaan een moeilijke toekomst tegemoet.'

'Nou ja, de oorlog is nog niet voorbij. Ik sprak onlangs met oom Howard, en hij zei dat we, ondanks het enorme succes van de landingen op D-day, nog een eind te gaan hebben. We moeten Italië nog veroveren, en ook Duitsland. Hij geeft het nog een jaar.'

Miles fronste zijn wenkbrauwen weer. 'Zo lang?'

'Hij zei: of daaromtrent, maar hij zegt dat soort dingen niet zomaar.'

'Nee, meestal heeft hij het bij het rechte eind.'

'Ik heb afgesproken dat we vanavond bij Dulcie en James gaan souperen. Ze maakt een kippenpastei.'

'Ik ben blij te horen dat het geen lamspastei is.'

Cecily begon te lachen. 'Ik weet het. Enfin, ik ben voor vandaag klaar hier. Zullen we naar huis lopen? Het is zo'n heerlijke juniavond.'

Toen Miles in South Audley Street, heel dicht bij South Street, de brandweerauto, politieauto's, politieagenten en leden van het burgerleger zag, wist hij instinctief dat er iets vreselijks aan de hand was. En Cecily ook. Ze bleef plotseling staan en greep zijn hand. 'Er is iets in South Street gebeurd.'

'Daar ziet het naar uit.' Terwijl hij sprak verstevigde hij zijn greep op haar hand, en ze renden zo hard ze konden. Toen ze de hoek om sloegen van de straat waarin ze woonden, zagen ze de smeulende resten van een brand, verkoold hout, puin en glasscherven. Door de prikkelende brandgeur en de rook moesten ze hoesten.

Cecily wankelde even en leunde tegen hem aan. Met verstikte stem wist ze uit te brengen: 'Ons huis? Waar is ons huis?'

Miles was even sprakeloos. Zijn huis, dat hij die ochtend in goede staat had achtergelaten, was er niet meer. Het was veranderd in een puinhoop. 'O, mijn god!' riep hij uit, om zich heen kijkend.

Een van de agenten haastte zich naar hem toe, en toen zag Miles Mr. Clewes, de luchtbeschermingsman van hun buurt, en hij wenkte hem.

Zich zo goed mogelijk beheersend vroeg Miles met onvaste stem: 'Wat is er gebeurd, Mr. Clewes? Weet u het?'

De luchtbeschermingsman knikte. 'Het spijt me dat ik het u moet vertellen, Lord Mowbray, maar uw huis is getroffen. Door een vliegende bom. Zo'n zoemende bom.'

Cecily klemde zich aan Miles vast. Ze trilde zo hevig dat hij zijn arm om haar heen moest slaan om haar overeind te houden. 'DeLacy!' zei ze door haar tranen heen. 'DeLacy was in ons huis, en Laura. En Mrs. Wilkinson...' Ze hield op, niet meer in staat verder te praten.

De politieagent zei: 'Wij waren hier als eerste, Lord Mowbray, en toen kwam de brandweer. Er waren inderdaad drie mensen in het huis, zoals Lady Mowbray zojuist zei. Ze zijn naar het ziekenhuis in Middlesex gebracht. Dat is het ziekenhuis voor noodgevallen in Mayfair. In Mortimer Street. We zullen u en Lady Mowbray erheen rijden als u dat wilt. Ik zie geen taxi's in de buurt.'

'Dank u, agent. Dat is heel aardig van u,' antwoordde Miles. 'Dat zou ik zeer op prijs stellen.'

Toen ze in het ziekenhuis waren aangekomen en met een receptionist hadden gesproken, werden ze onmiddellijk naar een wachtkamer gebracht. 'Ik kom zo terug, Lord Mowbray,' zei de vrouw, en ze verdween.

Zodra ze alleen waren, sloeg Miles zijn armen om Cecily heen en hield haar heel dicht tegen zich aan. Ze huilde stilletjes, en hij ook. Er was niets meer van het huis over. Niemand had zo'n explosie kunnen overleven.

Toen er een arts de wachtkamer binnenkwam, gingen ze allebei rechtop zitten en deden hun best om wat kalmer te lijken. Miles ging staan en gaf hem een hand.

'De politie vertelde me dat mijn zus, Lady DeLacy Ingham, eerder hierheen is gebracht. Met Miss Laura Swann en Mrs. Wilkinson. Zij waren in ons huis in South Street...' Miles zweeg abrupt. Hij zag aan de uitdrukking op het gezicht van de dokter dat ze allemaal dood waren.

'Ze hebben het niet gered, hè?' vroeg hij, nauwelijks in staat te spreken. Zijn gezicht was asgrauw.

'Het spijt me, Lord Mowbray. Ik betuig u mijn deelneming.'

Hoofdstuk 63

Ze namen DeLacy's lichaam mee terug naar Cavendon, en ook dat van Laura Swann. Haar broer Eric was nu hun hoofdbutler. Hanson was inmiddels met pensioen gegaan en vervangen door Gordon Lane, maar hij had een paar maanden geleden een hartaanval gehad en had verlof genomen om te herstellen.

Ze begroeven DeLacy naast haar vader, en Laura werd aan de andere kant van het familiekerkhof te ruste gelegd, waar al bijna tweehonderd jaar vele Swanns waren begraven. Ze rouwden om Laura en probeerden haar broer Eric te troosten.

Het was een trieste dag voor iedereen, en de hele familie wist dat het lang zou duren voordat ze over het verlies van hun lieftallige DeLacy heen waren. Als dat al zou lukken. Zo onverwachts uit hun midden gerukt, zo plotseling en op zo gewelddadige wijze. Met name Charlotte leunde zwaar op de zus van Charles, Vanessa, die met haar man Richard uit Londen was overgekomen voor de begrafenis. Ze waren al sinds hun jeugd goed bevriend. Maar als de nieuwe matriarch van de Inghams deed Charlotte haar best om dapper te zijn en haar rug recht te houden, en daar slaagde ze in, zij het met een zwaar gemoed.

DeLacy's drie zussen en Cecily waren maandenlang ontroostbaar. Maar de oorlog woedde nog voort, de geallieerden vochten zich een weg door Europa, en ze aanvaardden dat ze hun plichten moesten vervullen en gingen weer aan de slag.

Het was dat jaar een rustige kerst. Iedereen kwam naar Cavendon en deed voor de kinderen zijn best, maar het was de moeilijkste van alle Kerstmissen, want er werd zwaar gerantsoeneerd en hun verdriet drukte hun stemming. Daphne wist haar zorgen om de tweeling in de hand te houden, die hevige strijd leverde in de 8ste infanteriebrigade, en iedere dag was ze dankbaar dat ze nog leefden.

Alicia kreeg verlof van het Rode Kruis en hielp haar moeder van eerste kerstdag iets te maken, vooral voor de jongere kinderen. Maar er heerste een droefheid op Cavendon die het huis met somberheid leek te doordrenken.

Harry kwam vlak na de feestdagen thuis, ontslagen bij de RAF wegens invaliditeit. Zijn basis was zwaar beschadigd geraakt door een reeks onbemande vliegende bommen, en één kant van zijn lichaam zat vol scherven. Na maandenlang in een militair hospitaal te zijn behandeld voor zijn verwondingen kon hij terugkeren naar huis.

Miles en ook Paloma, Cecily, Alice en Walter waren dolblij dat hij terug was, en algauw beheerde hij samen met Miles het landgoed. Hij hielp hen ook de moed erin te houden. Harry was altijd al een lieveling van Charlotte geweest, en hij was vaak aan haar zijde en troostte haar. DeLacy's dood had zijn tol geëist.

De Inghams en de Swanns vormden een nog hechtere eenheid dan ooit tevoren; ze beschermden elkaar en zorgden ervoor dat ze veilig en gezond waren en alles hadden wat ze nodig hadden.

Het werd januari 1945 en toen februari en maart, en het nieuws werd steeds beter. Het hele land wist dat ze aan de winnende hand waren vanwege de opmars van de geallieerden. Ze verwachtten dat er in de loop van dat jaar een einde aan de oorlog zou komen. Er heerste hoop, en die hoop voedde hun overtuiging dat ze als winnaar uit de bus zouden komen.

Diedre was optimistisch; ze drong haar zorgen om Canaris naar de achtergrond, wetende hoeveel risico hij liep binnen het Derde Rijk. Zij en William, en ook Tony, wisten niet wat ze van Étoiles verdwijning moesten denken. Haar lichaam was nooit gevonden. Beide mannen trachtten Diedre te troosten, want ze trok zich deze zaak erg aan. Ze had een hekel aan mysteries die ze niet kon oplossen en wilde weten hoe het met Étoile was afgelopen. Ook rouwde ze nog steeds om DeLacy, de zus van wie ze zoveel had gehouden.

Op een ochtend in april liep Daphne eerder dan anders de serre in, omdat ze achter was met de administratie en de rekeningen van het huishouden. Zoals gewoonlijk pakte ze een paar kranten van het rek in de hal voordat ze naar haar commandopost ging, zoals ze het noemde.

Ze ging aan haar bureau zitten en sloeg de *Daily Mail* open, omdat ze allereerst Charlies column wilde lezen. Maar ze kwam niet verder dan de voorpagina, want haar aandacht werd getrokken door de in het oog springende kop. Met grote letters stond er het woord 'GENOCIDE'.

Er kwam afgrijzen op haar gezicht toen ze de namen las: Dachau, Bergen-Belsen, Buchenwald, Ohrdruf. Vernietigingskampen overal in Duitsland. Miljoenen joden en anderen, in koelen bloede vermoord. Gruwelijke misdaden... onbeschrijflijke wreedheid en bruutheid.

Terwijl ze de bladzijden omsloeg en naar de foto's staarde, kon ze het nauwelijks verdragen ernaar te kijken, maar ze dwong zich ertoe. Daphne begon onbeheersbaar te beven toen ze verder las. Het was massamoord op gigantische schaal. Bijna niet te geloven. De foto's verbijsterden haar, deden haar de tranen in de ogen springen. Halfnaakte mensen, levende skeletten, die met holle ogen door prikkeldraadomheiningen keken. Nog meer foto's in de andere kranten, de *Daily Express*, de *Daily Telegraph*. Gasovens, vele stapels skeletachtige lichamen die op een hoop waren gegooid, massagraven. Martelkamers, ziekenhuizen waarin geëxperimenteerd werd. De nazidoodsmachine was eindelijk ontmaskerd.

Toen de foto's nog duidelijker werden, dacht ze dat ze moest overgeven. Hoe hadden ze dit durven doen? En ze gaf zichzelf meteen het antwoord. Ze hadden het gedurfd omdat ze dachten dat niemand er ooit achter zou komen.

Nog trillend legde Daphne haar hoofd op haar bureau en huilde. Ten slotte vond ze een zakdoek en droogde haar ogen, en na verloop van tijd hield het trillen op.

Ze pakte de *Daily Mail* weer op en vond Charlies verhaal. Hij had een volledige pagina gekregen, en het was haar zoon die het verhaal van deze vreselijke ontdekking had geschreven.

De eerste Britse en Amerikaanse troepen die het land waren binnengekomen, hadden deze kampen in West- en Oost-Duitsland aangetroffen. De geallieerde soldaten waren geschokt geweest, vervuld van walging en verbijstering toen ze de kampen waren binnengegaan, en allemaal waren ze ontzet geweest bij het zien van zoveel wreedheid. Sommigen waren er letterlijk ziek van geworden en hadden, net als zij nu, overgegeven. Mannen, vrouwen en zelfs kleine kinderen waren het slachtoffer geworden van deze systematische marteling en moord. Miljoenen en nog eens miljoenen gedood, om geen enkele reden.

Toen Hugo iets later binnenkwam om haar even te spreken, bleef hij in de deuropening naar haar staan kijken – haar gezicht was krijtwit en betraand. 'Wat is er in godsnaam gebeurd?' vroeg hij terwijl hij snel naar haar toe liep.

Daphne stond op en ging naar hem toe, leunde tegen hem aan en hield hem stevig vast. 'Lees de kranten, dan zul je het begrijpen. Die nazimonsters hebben een doodsmachine gecreëerd...'

Hugo hield haar een eindje van zich af en knikte. 'Ik heb onlangs een gerucht gehoord... over gasovens en massamoorden in de kampen.'

'Lees de kranten,' zei Daphne. 'Lees Charlies verhaal.'

Hij deed het, en toen hij haar aankeek, stonden de schok en het afgrijzen op zijn gezicht te lezen. 'Ze zullen zich hiervoor moeten verantwoorden. Die verschrikkelijke goddelozen zullen gestraft moeten worden.'

'Hoe?'

'We zullen het doen. De geallieerden zullen het doen. Maak je daar geen zorgen over. Wat het ook kost, deze genocide zal bestraft worden. Ondertussen zal de hele wereld het weten en zal iedereen willen dat de nazi's hier met hun leven voor boeten.'

Op maandag 7 mei 1945, om precies 14.41 uur, ondertekenden generaal Alfred Jodl, de vertegenwoordiger van het Duitse opperbevel, en grootadmiraal Dönitz de akte van onvoorwaardelijke overgave van alle Duitse land-, zee- en luchtstrijdkrachten in Europa. De oorlog met Duitsland was voorbij. De geallieerden hadden gewonnen, precies zoals Winston Churchill had voorspeld.

Het was 8 mei 1945. De dag van de overwinning in Europa.

Er was nog nooit zo'n feest geweest. Althans, dat zei iedereen. Maar of dat ook echt waar was... Maar wat maakte het uit. Heel Groot-Brittannië was verheugd en vierde dat in de straten, van Land's End tot John O'Groats.

De Britse vlag hing uit ieder raam in het land; in ieder dorp, in iedere stad luidden de klokken. De mensen zongen, klapten in hun handen, lachten, huilden en lieten de emoties die ze jarenlang hadden opgekropt, de vrije loop. Samen met hun bondgenoten hadden ze de oorlog gewonnen. Ze waren vrij. Er brandden vreugdevuren op iedere straathoek, als tegenwicht voor de jarenlange verduistering. Er werden afbeeldingen van Hitler verbrand en er kwam geen eind aan het gejuich en gedans.

Overal waren straatfeesten. De kroegen zaten bomvol. Was er een betere manier om het te vieren dan met je landgenoten? Deze dag was een nationale feestdag en dat zou altijd zo blijven. Ter herinnering aan de vernietiging van het Derde Rijk, het kwaadaardigste regime in de geschiedenis van de mensheid.

Diedres hart was zwaar toen ze zich kleedde voor het souper dat Dulcie en James gaven om hun overwinning te vieren. Haar verdriet was tweeledig. Ze treurde om DeLacy, die zo werd gemist en zo geliefd was geweest, en ook om Canaris, hun dappere Valiant. Hij was gearresteerd, gevangengezet in Flossenbürg en in april opgehangen. Het Derde Rijk had hem een verrader genoemd, maar naar haar mening was hij dat niet. Hij was nooit een nazi geweest. Hij was een echte Duitser van de oude school. De oorlog die Hitler voerde, had hem tegengestaan, en hij was ontzet geweest over de wreedheden. Valiant had zijn plicht gedaan zoals zijn geweten hem voorschreef, en dat was voor haar goed genoeg.

Winston Churchill had hem een moedig man genoemd, en C van MI6 – ook wel bekend onder de naam SIS, de Secret Intelligence Service – had dit oordeel onderschreven. Ze geloofde werkelijk dat admiraal Wilhelm Canaris had geholpen de koers van de oorlog te veranderen, en wel ten gunste van Groot-Brittannië.

Deze gedachte vrolijkte haar op terwijl ze de laatste hand aan haar make-up legde en opstond van de toilettafel. Ze droeg de rode jurk die Cecily had gemaakt voor het feest voorafgaand aan haar huwelijk, en toen William hun slaapkamer binnenliep, vertelde hij haar hoe mooi ze eruitzag. En dat was ook zo.

Tien minuten later vertrokken ze naar Eaton Square, waar Cecily en Miles hen samen met Dulcie en James opwachtten.

Cecily en Diedre lachten toen ze elkaar begroetten. Cecily droeg een felblauw ensemble, en Dulcie had haar beste witte zijden japon aan. Dulcie lachte mee en riep: 'Allemachtig, we vertegenwoordigen de Britse vlag. Waarom hebben we niet even nagevraagd wat elk van ons ging dragen? Nou ja, we hebben het al eens eerder gepresteerd.'

James zei: 'Maar ik vind het leuk om met de Britse vlag uit te gaan. Het is beslist de vlag van mijn keuze.'

Nadat ze een toost op elkaar en de hele familie hadden uitgebracht, zowel op de aanwezige als op de overleden familieleden, vertrokken ze met hun zessen en liepen naar Whitehall. De straten waren zo vol met mensen dat het onmogelijk was een taxi te nemen.

Ze gingen naar het House of Commons en wachtten met de menigte op de premier. Hij had die middag om drie uur het volk via de radio toegesproken, maar ze verlangden ernaar meer te horen van deze grote leider, van wie ze hielden en die hen naar de overwinning had geleid, een zwaarbevochten, maar waarlijk eervolle overwinning.

Ze stonden lang te wachten, maar uiteindelijk verscheen hij op het balkon van het ministerie van Gezondheid. Het was halfelf 's avonds en hij droeg zijn geliefde hansop; hij gaf zijn beroemde V-teken voor de overwinning.

De menigte viel stil en er daalde een eerbiedige stilte over de drukbevolkte straten om hen heen neer.

'Beste vrienden,' begon Churchill. 'Dit is jullie uur. Dit is geen overwinning van een partij of van een klasse. Het is een overwinning van de grootse Britse natie als geheel. Wij waren op dit oude eiland de eersten die het zwaard trokken tegen de tirannie. Na een tijdje moesten we het helemaal alleen opnemen tegen de machtigste militaire macht die ooit is gezien. Een jaar lang stonden we geheel alleen. Daar stonden we dan, alleen. Was er iemand die wilde toegeven?' Churchill zweeg.

Als antwoord op deze vraag brulde de menigte: 'Nee!'

'Waren we terneergeslagen?' wilde de premier weten.

'Nee!' reageerden de duizenden als met één stem.

De premier zei: 'De lichten gingen uit en de bommen vielen neer. Maar geen man, vrouw of kind in het land dácht eraan de strijd op te geven. Londen kan wel wat hebben. En zo kwamen we na lange maanden terug uit de kaken van de dood, uit de hellemond, terwijl de hele wereld verbaasd stond. Wanneer zullen de reputatie en het vertrouwen van deze generatie van Engelse mannen en vrouwen afnemen? Ik zeg u dat in de lange jaren die komen gaan niet alleen de bevolking van dit eiland, maar die van de hele wereld, waar de vogel van de vrijheid ook maar tsjilpt in het mensenhart, zal terugkijken op wat we gedaan hebben en zeggen: "Wanhoop niet, geef niet toe aan geweld en tirannie, ga dapper voorwaarts en sterf indien dat moet, maar wel onoverwonnen!" Nu we een dodelijke worsteling te boven zijn gekomen, is er een verschrikkelijke vijand ter aarde geworpen, die op ons oordeel en onze genade wacht.'

Toen hij uitgesproken was, wilde de menigte hem niet laten gaan. De mensen juichten en klapten en riepen zijn naam. Ze zongen 'For He's a Jolly Good Fellow' en 'Land of Hope and Glory'. De premier zwaaide ten slotte en ging naar binnen, waarna de mensen langzaam vertrokken.

De zes Inghams keerden terug naar de woning aan Eaton Square, waar ze een laat souper genoten en rustig feestvierden. De volgende ochtend namen ze allemaal de trein naar Cavendon om de dag van de overwinning te vieren met Charlotte, Cecily's ouders, Harry en Paloma, Vanessa, Richard, Daphne, Hugo, Charlie, Alicia en alle andere kinderen. Ze zouden die avond in de dorpszaal een feest geven en iedereen uit de drie dorpen was welkom. Daphne zou voor de catering zorgen, zodat al het personeel kon delen in de feestvreugde.

Cecily wilde er deze avond leuk uitzien, niet alleen voor zichzelf en Miles, maar ook voor de dorpelingen. Ze wilde een voorbeeld stellen, laten zien dat de Inghams dapper zouden voortgaan.

Het was ook voor haar dierbare DeLacy, gedurende haar hele leven haar beste vriendin, op de korte tijd na waarin ze onenigheid hadden gehad. Ze miste haar zo erg dat het soms ondraaglijk was, en moeilijk te geloven dat het was gebeurd. In één klap weg, gedood door een vliegende nazibom.

Er waren dagen waarop Cecily wegglipte naar het kerkhof en bij haar graf ging zitten. Ze praatte met haar lieve DeLacy, vertelde haar wat er op Cavendon gebeurde, vertelde haar hoeveel ze van haar hielden, hoezeer ze haar misten. Dat ze haar nooit zou vergeten. DeLacy... zo mooi, soms kwetsbaar, maar altijd sterk, altijd een Ingham-vrouw die de rug rechthield.

Ze hield een handdoek voor haar gezicht om de tranenvloed tegen te houden en wist dat ze zich klaar moest maken voor de avond. Plotseling hoorde ze Miles door de slaapkamer lopen. Toen hij haar zag, zei hij: 'Och, schat, niet doen, niet doen. Ik mis haar ook, maar we moeten sterk zijn, moeten doorgaan. We hebben hier zoveel te doen.'

Zachtjes haalde hij de handdoek weg en hield haar even in zijn armen, bracht haar tot bedaren. Toen ze elkaar loslieten, glimlachte hij. 'Je ziet er ondanks alles mooi uit.'

Ze staarde hem aan. Zijn gezicht was het gezicht dat ze haar hele leven had bemind. Hij had hier en daar al grijze haren, en hij was ouder en zag er nog steeds moe uit, maar hij was fit en gezond, en dat was voor haar het belangrijkste.

Even later was ze gekleed in een van haar favoriete zomerjurken van paars chiffon, met amethisten om haar hals. Cecily pakte zijn hand en samen gingen ze de trap af naar de bibliotheek.

Iedereen was zich nog boven aan het kleden, en ze nam hem mee naar het terras. Samen stonden ze over het park uit te kijken, naar het meer waarin de twee zwanen dreven.

Cecily draaide zich naar hem toe en zei: 'Ooit, lang geleden, toen alles om ons heen aan het afbrokkelen was, hebben we gezworen alles weer op te bouwen. En dat moeten we nu weer doen. Als we het één keer hebben gedaan, kunnen we het ook twee keer doen. We kunnen de schade van deze oorlog herstellen.'

Hij lachte. 'Dat klopt. Mijn lieve krijgshaftige vrouw. Wie zal ons tegenhouden?'

Ze lachte hem toe. 'Niemand. Want niemand kán ons tegenhouden. We zijn de ontembare Inghams, vermengd met een snufje Swann. We gaan opnieuw winnen.'

'Dat vraagt om een toost.' Miles ging naar binnen en keerde even later terug met twee glazen champagne.

Hij reikte zijn vrouw er een aan en tikte met zijn glas tegen het hare. 'Op Cavendon, Ceci. We zullen het weer tot leven wekken, want dat is de enige weg die we kennen.'

'Zo is het, Miles, zolang we elkaar hebben.'

'En dat hebben we,' zei Miles. 'Voor altijd.'

Dankwoord

Toen ik een paar jaar geleden de Cavendon-reeks aan het plannen was, was ik me er terdege van bewust dat dit derde boek vanwege de tijdspanne de Tweede Wereldoorlog zou moeten beslaan.

Ik maakte me niet zoveel zorgen over het onderzoek dat ik zou moeten verrichten, omdat ik het geluk had dat mijn mentor een historicus was die gespecialiseerd was in de Tweede Wereldoorlog, namelijk wijlen journalist en oorlogscorrespondent Cornelius Ryan. Zijn boek *De laatste slag*, over de val van Berlijn, bewees me goede diensten toen ik *Letter from a Stranger* schreef.

Deze keer wist ik dat ik terug moest grijpen op Connies boek *De langste dag* om D-day weer volledig te begrijpen. Ik ontdekte meteen dat het boek nog even levendig en ontroerend is als toen het voor het eerst verscheen. Mijn man had pas *The D-Day 70th Anniversary Collector's Edition* voor me gekocht, een groot boek vol foto's, en ook de tekst van het origineel. Die foto's van D-day zijn haast niet te bevatten, en de tekst is uitzonderlijk gedetailleerd. Het is dan ook niet verwonderlijk dat de Fransen Connie in 1970 opnamen in het Legioen van Eer voor zijn boeken over de oorlog.

Aangezien *Het geluk van Cavendon Hall* de volledige zes jaar van de oorlog omspande, moest ik ook veel andere boeken lezen. Ik ben zeer veel dank verschuldigd aan die andere auteurs die de pen op papier hebben gezet om over diverse aspecten van het conflict te belichten. Ik noem er een aantal: *Wereld in vlammen* van Andrew Roberts, *De slag om Engeland* van Richard Collier en Philip Kaplan, en *Dunkirk* van Hugh Sebag-Montefiore.

Natuurlijk kun je onmogelijk over de Tweede Wereldoorlog schrijven zonder Winston Churchill op de voorgrond te plaatsen, en hoewel ik heel wat van hem weet, heb ik opnieuw bepaalde boeken geraadpleegd om mijn geheugen op te frissen. Ik heb nieuw inzicht verworven in deze fantastische man door grote stukken te herlezen uit *Churchill* van Roy Jenkins, en *De*

Churchill factor: hoe één man geschiedenis schreef van Boris Johnson gaf me een heel eigentijdse kijk op hem. *Blood, Toil, Tears and Sweat: The Speeches of Winston Churchill*, geredigeerd door David Cannadine, bracht die uitzonderlijke toespraken en zijn redenaarskunst tot leven die mensen zo ontroerden en inspireerden, evenals *Never Give In!* van zijn kleinzoon Winston S. Churchill.

Ik ben altijd gefascineerd geweest door admiraal Wilhelm Canaris, het hoofd van de Duitse militaire inlichtingendienst, en de rol die hij heeft gespeeld door Groot-Brittannië in die gevaarlijke jaren te helpen. *Master Spy* van Ian Colvin, het eerste boek dat over Canaris werd geschreven, hielp me, en ik verwierf nieuwe kennis door *Hitler's Spy Chief* van Richard Bassett te lezen. Andrew Mortons boek *17 Carnations* nam me mee naar de sociale wereld van Berlijn aan het eind van de jaren dertig van de vorige eeuw en onthulde veel over Hitlers houding jegens de Britse aristocratie en zijn bewondering voor MI6.

Ik moet een uiterst onthullend boek vermelden over het Vaticaan en paus Pius XII. Auteur Mark Riebling, die *Church of Spies* schreef, bracht me op de hoogte van de geheime oorlog die de paus tegen Hitler voerde, en van de manier waarop hij de joden van Rome redde. Fascinerende lectuur voor mij, aangezien hij ook Canaris noemt.

A Force to be Reckoned With: A History of the Women's Institute van Jane Robinson en *Jambusters* van Julie Summers brengen het vele werk tot leven dat de gewone vrouwen van Groot-Brittannië verzetten tijdens de oorlog. Ze voedden zo ongeveer het hele land door miljoenen potten jam te maken, fruit en groenten in te maken en de moestuinen te verzorgen waarin die groenten geteeld werden.

De regering gaf hun suiker om de jam te maken, die naar de lege winkels ging. Ze breiden dassen, bivakmutsen en handschoenen voor de soldaten, namen geëvacueerde kinderen op via een programma dat Operatie Rattenvanger heette en gaven hun een thuis nadat het hunne was vernield door de bombardementen op de grote steden. En zij aan zij met deze vrouwen van het

Women's Institute werkten de energieke meisjes van het Landarbeidstersleger. Ik hoop dat het me is gelukt dit alles in mijn eigen boek tot leven te wekken.

Het Hollywood aan het eind van de jaren dertig van de vorige eeuw was heel anders dan het Hollywood van nu, en om een idee te krijgen hoe het er in die jaren was, sprak ik uitgebreid met mijn vriendin Anne Edwards, die biografieën, romans en scenario's schrijft. Ze is daar opgegroeid en haar oom was Dave Chasen, de eigenaar van het beroemde restaurant.

Annes biografie van Vivien Leigh nam me mee naar het jaar 1939, waarin *Gone with the Wind* werd opgenomen, en dat deed ook *Long Live the King*, de biografie van Clark Gable, geschreven door Lyn Tornabene. *David O. Selznick's Hollywood*, van Ronald Haver, gaf me ook een prachtig beeld van die jaren, evenals *An Empire of Their Own* van Neal Gabler. Deze auteur legt uit hoe de Europese joden die naar Amerika emigreerden, Hollywood in het leven riepen, en het boek staat vol met fantastische verhalen.

Uit al deze research is de tweede helft van *Het geluk van Cavendon Hall* voortgekomen, waarin ik de evacuatie van Duinkerken beschrijf, tijdens welke een beroep op burgers werd gedaan om de Britse troepen te redden die op de stranden vastzaten. Ze vertrokken in alles wat varen kon, slechts gewapend met hun machtige hart en grote moed. En dan is er de slag om Groot-Brittannië, die geleverd werd in de lucht door jonge vliegeniers die niet ouder waren dan twintig, ongehuwd, en die hun formele opleiding nog niet eens voltooid hadden. Over hen zei Churchill: 'Nooit waren er zo velen die zoveel te danken hadden aan zo weinigen.' Terwijl ik de blitzkrieg in Londen en D-day beschreef, werd ik er constant aan herinnerd hoe ontzettend dapper iedereen was. Niet alleen de mensen van de krijgsmacht, maar ook de burgers. Naar mijn mening vereiste die vreselijke tijd dat, en iedereen stond zijn mannetje.

Nadat Frankrijk zich aan Duitsland had overgegeven, stond Groot-Brittannië er een jaar lang alleen voor. En toen werd naar aanleiding van Winston Churchills dringende verzoeken aan president Roosevelt Lend-Lease in het leven geroepen, en begon Amerika voedsel en munitie naar Groot-Brittannië te sturen. Nadat Japan Pearl Harbor had aangevallen en driekwart van de Amerikaanse Zuidzeevloot had vernietigd, verklaarde president Roosevelt Japan de oorlog, en daarna Duitsland. Ze besloten met Groot-Brittannië mee te strijden, en als Amerika niet de bondgenoot van Groot-Brittannië was geworden, weet ik niet wat er zou zijn gebeurd. Zoals we weten, wonnen ze samen de oorlog.

Ik ben dank verschuldigd aan een aantal mensen die betrokken waren bij het schrijven van dit boek. Lonnie Ostrow van Bradford Enterprises helpt op veel verschillende manieren. Hij is vooral een wonder met de computer, en op de een of andere manier weet hij al mijn veranderingen en verbeteringen van het manuscript goedgehumeurd en meestal onder grote druk in te voeren. Ik zou graag Linda Sullivan van WordSmart willen bedanken voor het produceren van een perfect getypt script, zonder typefouten!

Ik heb een bijzonder goede redacteur, Lynne Drew, de uitgeefdirecteur van HarperCollins UK. We hebben inmiddels samen aan veel boeken gewerkt, en ik waardeer haar begrip voor mijn manier van schrijven, haar snelle reacties, haar inzicht in mijn karakters en haar vele suggesties. Ik dank haar voor haar voortdurende ondersteuning en betrokkenheid. Ook dank aan redacteur Claire Palmer, en aan persklaarmaker Penny Isaac, die ook al vele jaren aan mijn boeken werkt. Eveneens dank aan het hoofd van de afdeling publicaties Kate Elton, directeur groepsrechten Lucy Vanderbilt, pr-directeur Elizabeth Dawson, mede-uitgever Roger Cazalet, en hoofd verkoop Verenigd Koninkrijk Oliver Wright. Ze vormen een geweldig team, dat zich bezighoudt met de publicatie van mijn boeken.

Ik bedank mijn man altijd het laatst, terwijl ik hem eigenlijk het eerst zou moeten bedanken. Bob is de steunpilaar in mijn leven, stimuleert me voortdurend tot schrijven en geeft me alle ruimte om dat te doen. Hij verdraagt manhaftig dat hij een vrouw heeft die constant alleen in een kamer zit te schrijven, en hij doet dat met humor en liefde. Maar wanneer hij het nodig vindt, komt hij binnen en laat me de tent sluiten, en dat doe ik dan. Ik bof heel erg dat ik zo'n lieve en begripvolle man heb.

Mijn vriendinnen zeggen me dat ook steeds, en ik wil hen hier allemaal bedanken omdat ze zo aardig zijn en blijven, ook wanneer ik geen afspraken maak en herhaaldelijk lunchafspraken en diners afzeg vanwege deadlines. Jullie weten allemaal wie jullie zijn en dat ik van jullie hou.

De trilogie van *Cavendon Hall* is een familiesaga van het soort waar Barbara Taylor Bradford patent op heeft. Gelaagd, rijk aan couleur locale en boordevol personages die je niet meer loslaten. Net zo heerlijk en verslavend als *Downton Abbey*

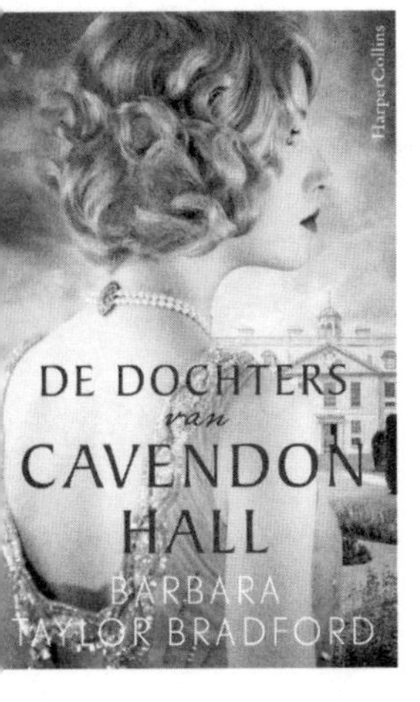

ISBN: 978 94 027 0480 8 **ISBN:** 978 94 027 1010 6 **ISBN:** 978 94 027 0163 0

'Meeslepend, fascinerend en vol drama.
De kracht en emotie spat van de pagina's.'
Romantic Times Book Reviews

'Voor iedereen die afkickverschijnselen vertoont na *Downton Abbey*.'
Boeken Magazine

Kijk voor meer informatie: **www.barbarataylorbradford.com**